O NOME da ROSA

Obras do autor publicadas pela Editora Record

Ficção

Baudolino
O cemitério de Praga
A ilha do dia anterior
O nome da rosa
Número zero
O pêndulo de Foucault

Não ficção

Arte e beleza na estética medieval
Cinco escritos morais
Confissões de um jovem romancista
Construir o inimigo e outros escritos ocasionais
Da árvore ao labirinto
A definição da arte
Diário mínimo
Em que creem os que não creem?
Entre a mentira e a ironia
História da beleza
História da feiura
História das terras e lugares lendários
O fascismo eterno
A memória vegetal
Migração e intolerância
Nos ombros dos gigantes
Pape Satàn aleppe: Crônicas de uma sociedade líquida
A passo de caranguejo
Quase a mesma coisa
Vertigem das listas
Não contem com o fim do livro – com Jean-Claude Carrière

Com Milo Manara

O nome da rosa – Graphic novel (vol.1)

UMBERTO ECO
O NOME da ROSA

Tradução de
Aurora Fornoni Bernardini
Homero Freitas De Andrade

Revisão de tradução de
Ivone Benedetti

28ª edição

EDITORA RECORD
RIO DE JANEIRO • SÃO PAULO
2025

CIP-BRASIL. CATALOGAÇÃO NA PUBLICAÇÃO
SINDICATO NACIONAL DOS EDITORES DE LIVROS, RJ

```
E22n     Eco, Umberto, 1932-2016
28ª ed.      O nome da rosa / Umberto Eco; tradução de Aurora Fornoni Bernardini,
         Homero Freitas de Andrade; revisão de tradução Ivone Benedetti. – 28ª ed.–
         Rio de Janeiro: Record, 2025.
            23 cm.

            Tradução de: Il nome della rosa
            ISBN 978-65-55-87366-5

            1. Ficção italiana. I. Bernardini, Aurora Fornoni. II. Andrade, Homero
         Freitas de. III. Benedetti, Ivone. IV. Título.

                                CDD: 853
21-73022                        CDU: 82-3(450)
```

Camila Donis Hartmann – Bibliotecária – CRB-7/6472

Título original:
Il nome della rosa

Copyright © 1980 Gruppo Editoriale Fabbri, Bompiani, Sonzogno, Etas S.p. A.

Texto revisado segundo o Acordo Ortográfico da Língua Portuguesa 1990.

Todos os direitos reservados. Proibida a reprodução, no todo ou em parte, através de quaisquer meios. Os direitos morais do autor foram assegurados.

Direitos exclusivos de publicação em língua portuguesa somente para o Brasil adquiridos pela
EDITORA RECORD LTDA.
Rua Argentina, 171 – Rio de Janeiro, RJ – 20921-380 – Tel.: (21) 2585-2000, que se reserva a propriedade literária desta tradução.

Impresso no Brasil

ISBN 978-65-55-87366-5

Seja um leitor preferencial Record.
Cadastre-se no site www.record.com.br e receba informações sobre nossos lançamentos e nossas promoções.

Atendimento e venda direta ao leitor:
sac@record.com.br

SUMÁRIO

NOTA DA REVISÃO — 11

CRONOLOGIA — 15

NOTA À NOVA EDIÇÃO — 33

NATURALMENTE, UM MANUSCRITO — 35

NOTA — 41

PRÓLOGO — 43

PRIMEIRO DIA

Primeiro dia PRIMA — 53
De como se chega aos pés da abadia e Guilherme dá mostras de grande argúcia.

Primeiro dia TERÇA — 60
Em que Guilherme tem instrutiva conversa com o abade.

Primeiro dia SEXTA — 73
Em que Adso admira o portal da igreja e Guilherme reencontra Ubertino de Casale.

Primeiro dia POR VOLTA DA NONA — 99
Em que Guilherme tem um doutíssimo diálogo com Severino herborista.

Primeiro dia APÓS A NONA — 105
Em que se visita o scriptorium e de como se trava conhecimento com muitos estudiosos, copistas e rubricadores, além de um velho cego que está à espera do Anticristo.

Primeiro dia VÉSPERAS 119
Quando se visita o restante da abadia, Guilherme chega a algumas conclusões sobre a morte de Adelmo, fala-se com o irmão vidreiro sobre vidros para ler e sobre fantasmas para quem quer ler demais.

Primeiro dia COMPLETAS 128
Quando Guilherme e Adso gozam da alegre hospitalidade do abade e da conversa ressentida de Jorge.

SEGUNDO DIA

Segundo dia MATINAS 135
Quando umas poucas horas de felicidade mística são interrompidas por um acontecimento muito sangrento.

Segundo dia PRIMA 144
Em que Bêncio de Upsala confidencia algumas coisas, outras são confidenciadas por Berengário de Arundel e Adso aprende o que é a verdadeira penitência.

Segundo dia TERÇA 155
Em que se assiste a uma rixa entre pessoas vulgares. Aymaro de Alessandria faz algumas alusões, e Adso medita sobre a santidade e sobre o esterco do demônio. Depois Guilherme e Adso voltam ao scriptorium. Guilherme vê algo interessante, tem uma terceira conversa sobre o caráter lícito do riso, mas, definitivamente, não pode olhar onde quer.

Segundo dia SEXTA 170
Em que Bêncio faz estranho relato, pelo qual se tem conhecimento de coisas pouco edificantes sobre a vida da abadia.

Segundo dia NONA 176
Em que o abade se mostra orgulhoso das riquezas de sua abadia e temeroso dos hereges, e por fim Adso desconfia que fez mal em sair pelo mundo.

Segundo dia DEPOIS DAS VÉSPERAS 191
De como, malgrado a brevidade do capítulo, o ancião Alinardo conta coisas bastante interessantes sobre o labirinto e o modo de nele penetrar.

Segundo dia COMPLETAS 195
De como se entra no Edifício, descobre-se um visitante misterioso, encontra-se uma mensagem secreta com signos de necromante, e de como desaparece, tão

logo encontrado, um livro que será depois procurado em muitos outros capítulos, e não será a última vicissitude o furto das preciosas lentes de Guilherme.

Segundo dia MADRUGADA   204
Quando finalmente se penetra no labirinto, têm-se estranhas visões e, tal como acontece nos labirintos, fica-se perdido.

TERCEIRO DIA

Terceiro dia DE LAUDES A PRIMA   217
Quando se encontra um pano sujo de sangue na cela de Berengário desaparecido, e é tudo.

Terceiro dia TERÇA   219
Em que Adso, no scriptorium, reflete sobre a história de sua ordem e sobre o destino dos livros.

Terceiro dia SEXTA   223
De como Adso ouve as confidências de Salvatore, que não podem ser resumidas em poucas palavras, mas que lhe inspiram muitas meditações preocupadas.

Terceiro dia NONA   232
De como Guilherme conversa com Adso sobre a grande corrente herética, a função dos simples na igreja, suas dúvidas sobre a cognoscibilidade das leis gerais e, quase num parêntese, conta como decifrou os signos necromânticos deixados por Venâncio.

Terceiro dia VÉSPERAS   246
Quando se fala de novo com o abade, Guilherme tem algumas ideias mirabolantes para decifrar o enigma do labirinto e tem nisso um sucesso razoável. Depois se come queijo empastelado.

Terceiro dia DEPOIS DAS COMPLETAS   258
De como Ubertino conta a Adso a história de frei Dulcino, Adso relembra ou lê outras histórias na biblioteca, por conta própria, e depois topa com uma moça bela e terrível como um exército em formação de batalha.

Terceiro dia NOITE   287
Quando Adso, transtornado, se confessa a Guilherme e medita sobre a função da mulher no plano da criação, mas depois descobre o cadáver de um homem.

QUARTO DIA

Quarto dia LAUDES — 295
Em que Guilherme e Severino examinam o cadáver de Berengário, descobrem que está com a língua preta, coisa singular para um afogado. Depois discutem sobre venenos dolorosíssimos e um furto remoto.

Quarto dia PRIMA — 303
Em que Guilherme induz primeiro Salvatore e depois o despenseiro a confessarem seu passado, Severino encontra as lentes roubadas, Nicolau traz as lentes novas, e Guilherme, com seis olhos, vai decifrar o manuscrito de Venâncio.

Quarto dia TERÇA — 313
Em que Adso se debate nos padecimentos de amor, depois chega Guilherme com o texto de Venâncio, que continua indecifrável mesmo depois de decifrado.

Quarto dia SEXTA — 323
Em que Adso vai procurar trufas e encontra os menoritas chegando; estes conversam demoradamente com Guilherme e Ubertino e fica-se sabendo de coisas muito tristes sobre João XXII.

Quarto dia NONA — 335
Em que chegam o cardeal de Pouget, Bernardo Gui e os demais homens de Avinhão, e depois cada um faz coisas diferentes.

Quarto dia VÉSPERAS — 338
Quando Alinardo parece fornecer informações preciosas e Guilherme revela seu método para chegar a uma verdade provável por meio de uma série de indubitáveis erros.

Quarto dia COMPLETAS — 342
Em que Salvatore fala de uma magia portentosa.

Quarto dia DEPOIS DAS COMPLETAS — 345
Em que se visita de novo o labirinto, chega-se ao umbral do finis Africae, mas não se pode entrar porque não se sabe o que são o primeiro e o sétimo dos quatro, e por fim Adso tem uma recaída, de resto bastante douta, em seu mal de amor.

Quarto dia MADRUGADA — 362
Em que Salvatore se deixa miseramente descobrir por Bernardo Gui, a moça amada por Adso acaba presa como bruxa, e todos vão para a cama mais infelizes e preocupados que antes.

QUINTO DIA

Quinto dia PRIMA   371
Em que se dá uma fraterna discussão sobre a pobreza de Jesus.

Quinto dia TERÇA   384
Em que Severino fala a Guilherme de um estranho livro, e Guilherme fala aos legados de uma estranha concepção de governo temporal.

Quinto dia SEXTA   394
Quando se encontra Severino assassinado e já não se encontra o livro que ele encontrara.

Quinto dia NONA   405
Em que se aplica a justiça e tem-se a embaraçosa impressão de que estão todos errados.

Quinto dia VÉSPERAS   426
Em que Ubertino foge, Bêncio começa a observar as leis e Guilherme faz algumas reflexões sobre vários tipos de luxúria encontrados naquele dia.

Quinto dia COMPLETAS   433
Em que se ouve um sermão sobre a vinda do Anticristo e Adso descobre o poder dos nomes próprios.

SEXTO DIA

Sexto dia MATINAS   445
Quando os príncipes sederunt, e Malaquias se estatela no chão.

Sexto dia LAUDES   450
Em que é eleito um novo despenseiro, mas não um novo bibliotecário.

Sexto dia PRIMA   453
Em que Nicolau conta muitas coisas, enquanto se visita a cripta do tesouro.

Sexto dia TERÇA   461
Em que Adso, ouvindo o Dies irae, tem um sonho ou visão, como se queira chamar.

Sexto dia APÓS A TERÇA   472
Em que Guilherme explica o sonho a Adso.

Sexto dia SEXTA   475
Em que se reconstitui a história dos bibliotecários e têm-se algumas notícias mais sobre o livro misterioso.

Sexto dia NONA   481
   Em que o abade se recusa a ouvir Guilherme, fala da linguagem das gemas e manifesta o desejo de que não se indague mais sobre aqueles tristes acontecimentos.

Sexto dia ENTRE VÉSPERAS E COMPLETAS   490
   Em que se narram com brevidade longas horas de confusão.

Sexto dia APÓS AS COMPLETAS   493
   Quando, quase por acaso, Guilherme descobre o segredo para entrar no finis Africae.

SÉTIMO DIA

Sétimo dia MADRUGADA   501
   Em que, para resumir as revelações prodigiosas de que se fala aqui, o título deveria ter a extensão do capítulo, o que é contrário aos costumes.

Sétimo dia MADRUGADA   517
   Em que ocorre a ecpirose e, por excesso de virtude, prevalecem as forças do inferno.

ÚLTIMO FÓLIO   533

PÓS-ESCRITO A *O NOME DA ROSA*
   O título e o sentido   539
   Relatar o processo   543
   Obviamente, a Idade Média   544
   A máscara   546
   O romance como fato cosmológico   547
   Quem fala   551
   A preterição   554
   Respiração   555
   Construir o leitor   557
   A metafísica policial   560
   O divertimento   561
   O pós-moderno, a ironia, o agradável   565
   O romance histórico   568
   Para terminar   571

Trechos em latim traduzidos por Ivone Benedetti   573

Nota da revisão

Traduzir a ficção de Umberto Eco é um ato de bravura. E bravura aqui significa tanto coragem e destemor, quanto virtuosismo e talento. Por isso, aproveito este ensejo para manifestar meu apreço por Aurora Bernardini e Homero F. de Andrade que, no início da década de 1980, empreenderam com brio essa difícil tarefa.

De lá para cá o texto em língua portuguesa ainda não havia passado por nenhum reexame minucioso, que se justificava sobretudo pela existência de uma revisão feita por Eco em seu original em 2012, com a qual a edição da Record ainda não tinha sido completamente cotejada.

Bons indícios do modo como deve ser realizada a tarefa de tradução do livro já se encontram no capítulo introdutório ("Naturalmente, um manuscrito"), em que se relatam as peripécias do descobrimento do manuscrito de Adso de Melk e se problematiza a tradução como atividade de transcrição e transposição. Que estilo adotar — pergunta o narrador — numa "versão italiana da obscura versão neogótica francesa de uma edição latina seiscentista de uma obra escrita em latim por um monge germânico em fins do século XIV"? E nessa pergunta ouvimos a voz do semiólogo Umberto Eco. A resposta (do ficcionista) vem a seguir: recorrer a "modelos italianos da época" é inviável, pois Adso escreve em latim e seu texto é a "soma plurissecular de conhecimentos e de vezos estilísticos que se ligam à tradição da baixa Idade Média latina".

Está aí traçado um caminho. O texto é escrito num italiano culto que, embora não isento de termos incomuns, não é arcaizante. A não ser pelo uso dos pronomes de tratamento: usam-se o *tu* (entre pessoas de mesmo nível social) e o *voi* (marca de plural ou de deferência). O *voi*, como tratamento de deferência, não é usado no italiano moderno, em que seu emprego se restringe ao plural.

Portanto, foi acertada desde o início a opção dos tradutores por *tu* e *vós*, sendo este segundo pronome igualmente inabitual no português moderno, porém de uso comum no português medieval, com os mesmos valores do italiano.

Por outro lado, os trechos latinos e a exuberante intertextualidade transformam qualquer tradução de Eco numa faina de redação artesanal e busca exaustiva de fontes. A pesquisa das fontes é hoje grandemente facilitada por avanços tecnológicos inexistentes na época da primeira tradução, o que a torna ainda mais respeitável. Os trechos latinos integram o texto italiano sem grifo e sem nota, em conformidade com o que se diz na introdução sobre a versão do abade Vallet, que não achara "oportuno traduzi-los". Na tradução brasileira foram conservados todos os trechos latinos da forma como o autor os registrou, mas os editores, pensando na perplexidade da grande maioria dos leitores, decidiram apresentar sua tradução em forma de apêndice, no fim do volume (p. 573).

Além da introdução das modificações da revisão do autor e de algumas retificações que se faziam necessárias, as principais mudanças inseridas na tradução inicial podem ser resumidas da forma abaixo.

Apresentação gráfica

Optou-se pelo "arejamento" do texto, com a substituição das aspas por travessões nos diálogos, o que se coaduna com nossa tradição editorial e é feito normalmente também em ficção de língua inglesa.

Nomes

Foi preciso uniformizar a política de adaptação dos nomes das personagens. É sabido que na tradição eclesiástica (mas não só) os nomes de origens diversas passavam pelo latim e, nos vários países de tradição católica, eram ajustados às peculiaridades fonéticas de suas respectivas línguas. No trabalho de revisão foi feito um esforço de uniformização. Com relação às personagens históricas (Miguel de Cesena, Ubertino de Casale etc.), adotou-se a grafia com que são conhecidas no universo lusófono. Nas personagens fictícias, seguiu-se o mesmo padrão de "aportuguesamento". Digna de nota é a mudança do nome da personagem italiana Aymaro de Alexandria para Aymaro de Alessandria. Em italiano não há diferença na grafia do nome da cidade italiana de Alessandria, que fica no Piemonte (aliás, terra natal de Eco), e o nome da cidade egípcia, Alexandria. Tudo indica que essa ambiguidade seja uma "piscadela" do autor a seu leitor. Num caso desses, diante das imposições de uso de sua língua, o tradutor precisa optar entre manter o equívoco ou desfazê-lo. Qualquer opção será discutível. No caso, decidimos usar Alessandria.

Por que só o nome Salvatore ficou em italiano? Essa decisão baseou-se na interpretação da narrativa. Numa das camadas da "fábula", encontra-se a polêmica da pobreza na qual se engajou a ordem franciscana na época retratada. Grande parte dos diálogos gira em torno dela, num cenário beneditino rico, com protagonistas oriundos de famílias dotadas de vários graus de prestígio social. Todos ostentam alguma origem no nome, menos Salvatore, camponês rústico e miserável que com esse único designativo se identifica. Salvatore é o frade que não sabe falar latim, cujas frases são verdadeiras colagens de falares dos locais por onde ele passou. Salvatore é o povo desvalido e inculto. Um prenome em vulgar.

Os vagabundos

Menção importante merece a retradução de uma daquelas listas com que Eco sempre se delicia. Todos os tradutores tropeçaram no catálogo de "charlatães que tinham nomes e subdivisões em legiões, como os demônios". Na obra *Dire quasi la stessa cosa*,* Eco comenta as diversas opções a que recorreram os tradutores de espanhol e alemão (em inglês, Weaver preferiu simplesmente omitir o elenco, com o beneplácito do autor). Pois bem, essa lista foi extraída de um livro chamado *Il libro dei vagabondi*, de Piero Camporesi, ao qual não tive acesso. Mas tive acesso ao livro *Il vagabondo*, de Rafaele Frianoro, editado em 1664 em Treviso (editor, Francesco Righettini), que contém praticamente o mesmo rol. Segundo consta, todas essas obras são inspiradas em *Speculum*

---

* Umberto Eco, *Dire quasi la stessa cosa* (Milão, Bompiani, 6ª ed., 2016), p. 102-3 — [Edição bras.: *Quase a mesma coisa: experiências de tradução,* trad. Eliana Aguiar, Rio de Janeiro, Record, 2007].

cerretanorum, de Teseo Pini, escrito em latim.* De qualquer maneira, o certo é que, na época da primeira tradução, nenhum desses dados estava à disposição, e as escolhas basearam-se numa interpretação heroica do sentido que as palavras italianas pareciam conter. Embora, segundo o próprio autor, a lista valha mais pelo sabor da enumeração do que propriamente pelo valor semântico de cada palavra, pareceu-me apropriado tornar esse valor um pouco mais transparente para o leitor.

Ivone Benedetti
Setembro de 2018

---

* Esta última tem uma edição nova, de 2000, organizada por Piero Tiraboschi, para a Dedalus, Nápoles.

Cronologia

Data	Vida e obra do autor	Contexto literário	Contexto histórico
1922			Os fascistas marcham sobre Roma. Vitório Emanuel III nomeia Mussolini primeiro-ministro da Itália.
1929			Tratado de Latrão entre Mussolini e a Igreja Católica Romana.
1932	Nasce Umberto Eco em 5 de janeiro, em Alessandria, pequena cidade a 95km ao sul de Milão, na província, no noroeste de Piemonte. Seu pai, Giulio Eco, é contador.	Broch: *Os sonâmbulos*. Joseph Roth: *Marcha de Radetzky*.	Os nazistas tornam-se maioria no *Reichstag*. Eleição de Roosevelt nos EUA.
1933		Quasimodo: *Odore d'eucalipto*. Malraux: *A condição humana*. Mann: A tetralogia *José e seus irmãos* (até 1943).	Hitler torna-se chanceler alemão. Roosevelt anuncia o New Deal.
1934		Christie: *Assassinato no Expresso do Oriente*. Sayers: *The Nine Tailors*. Waugh: *Um punhado de pó*.	O chanceler Dollfuss da Áustria é assassinado pelos nazistas. Hitler torna-se *Führer*. A URSS é admitida na Liga das Nações.

1935		As leis de Nuremberg, na Alemanha, privam os judeus de cidadania. Forças italianas invadem a Abissínia.
1936	Celine: *Morte a crédito*.	Deflagração da Guerra Civil Espanhola (até 1939). Hitler e Mussolini formam o Eixo Roma-Berlim. Inicia-se o "Grande Expurgo" do Partido Comunista da União Soviética.
1937	Começa a frequentar o Liceo Plana, em Alessandria.	Silone: *Vinho e pão*. Cioran: *De lágrimas e santos*.	Invasão japonesa à China.
1938		Brecht: *A vida de Galileu* (até 1939). Bacchelli: *O moinho do pó*.	A Alemanha anexa a Áustria. Crise em Munique. Ocupação alemã em Sudetos. Itália reivindica Djibuti, Tunísia, Córsega e Nice. Mussolini abole a Câmara dos Deputados. Na Itália são aprovadas leis antissemitas.
1939	Com a deflagração da guerra, Eco e sua mãe, Giovanna, partem para um pequeno vilarejo da montanha. Lá, testemunha tiroteios entre os fascistas e os *partisans*.	Montale: *Le Occasioni*. Joyce: *Finnegans Wake*. Steinbeck: *As vinhas da ira*.	Tropas italianas invadem a Albânia. Hitler e Mussolini assinam o "Pacto de Ferro". Pacto germanossoviético; Hitler invade a Tchecoslováquia e a Polônia. Irrompe a Segunda Guerra Mundial.
1940		Buzzati: *O deserto dos tártaros*. Greene: *O poder e a glória*. Hemingway: *Por quem os sinos dobram*.	A França se rende à Alemanha. Batalha da Inglaterra. A Itália entra na guerra do lado alemão (junho); lança ataque sobre a Grécia (outubro). A Marinha italiana é enfraquecida por ataques da RAF em Tarento (novembro).

1941		Pavese: *I Capolavori*. Vittorini: *Conversa na Sicília*.	O exército italiano na Albânia é derrotado pelos gregos. A Eritreia e Adis Abeba caem sob os britânicos. Invasão alemã da Iugoslávia. Os japoneses atacam Pearl Harbor; os EUA entram na guerra. Hitler invade a URSS.
1942	Obtém seu primeiro prêmio num concurso literário.	Quasimodo: *Ed è Subito Sera*. Pavese: *La Spiaggia*. Camus: *O estrangeiro*.	Campanha norte-africana; Rommel é derrotado em El Alamein.
1943		Montale: *La Bufera e Altro*. Ginzburg: *La Strada che va in Città*.	Invasão estrangeira na Sicília. Renúncia e prisão de Mussolini (julho). Começa a invasão à Itália; rendição incondicional do governo italiano (setembro). A Itália declara guerra à Alemanha (outubro). As forças alemãs ocupam a maior parte do norte e do centro da Itália, onde são combatidas durante dois anos pelo movimento de resistência antifascista. Mussolini, libertado pelos alemães, tenta erguer um regime republicano fascista no norte da Itália.
1944		Malaparte: *Kaputt*. Anouilh: *Antígona*.	Queda de Monte Cassino (maio); queda de Roma (4 de junho). Desembarques do Dia D na Normandia (6 de junho).

1945		Carlo Levi: *Cristo ficou em Eboli.*	Mussolini, com sua amante e doze pessoas de seu gabinete, é executado pelos Aliados (abril). Rendição incondicional da Alemanha (maio). Bombas atômicas caem sobre Hiroshima e Nagasaki. Fim da Segunda Guerra Mundial. Fundação das Nações Unidas. Começam em Nuremberg os julgamentos dos crimes de guerra (até 1946).
		Sartre: *Caminhos da liberdade* (até 1947); *Entre quatro paredes.*	
		Lorca: *A casa de Bernarda Alba.*	
		Orwell: *A revolução dos bichos.*	
1946	Une-se à *Azione Catolica* [Ação Católica].	Canetti: *Auto de fé.*	Vitório Emanuel abdica em favor de seu filho, Umberto II. Referendo aprova instalação de uma república; elege-se uma nova Assembleia Constituinte. A URSS começa a ampliar sua influência sobre a Europa Oriental. Começo da Guerra Fria.
		De Filippo: *Filomena Marturano.*	
		Pratolini: *História de pobres amantes.*	
1947		Levi: *É isto um homem?*	A Itália assina tratado de paz com os Aliados, cedendo territórios na Iugoslávia, na França e na Grécia, e perdendo suas colônias norte-africanas. Aprovada a nova constituição italiana: Luigi Einaudi é eleito presidente por um período de sete anos. Liderado por Alcide de Gasperi, a ala direitista da Democracia Cristã forma maioria no parlamento. De Gasperi incentiva a importância do crescimento industrial, da reforma agrária e da cooperação íntima com os EUA e o Vaticano.
		Gramsci: *Cadernos do cárcere.*	
		Pratolini: *Cronaca Familiare.*	
		Ungaretti: *A dor.*	
		Quasimodo: *Giorno Dopogiorno.*	
		Pavese: *Diálogos com Leuco.*	
		Moravia: *A romana.*	
		Buzzati: *A famosa invasão dos ursos na Sicília.*	
		Mann: *Doutor Fausto.*	

1948		Ionesco: *La Cantatrice Chauve*. Pavese: *Il Compagno; Feria d'Agosto*. Morante: *Menzogna e Sortilegio*.	Com maciça ajuda dos EUA (Plano Marshall, 1948-1952), a Itália inicia uma rápida recuperação econômica. Fundação de Israel. Assassinato de Gandhi na Índia. Bloqueio da Rússia a Berlim Oriental; ponte aérea dos Aliados. O apartheid é introduzido na África do Sul.
1949		Pavese: *La Casa in Collina*. Malaparte: *A pele*. Orwell: *1984*.	Fundação da Otan.
1950		Pavese: *A lua e as fogueiras*. Ungaretti: *Sentimento do tempo*.	Começa a Guerra da Coreia (até 1953). Iniciam-se nos EUA os "Julgamentos de caça às bruxas", de McCarthy. A China invade o Tibete.
1951	Entra na Universidade de Turim. Inicialmente estuda Direito mas, contra os desejos do pai, passa a estudar Literatura e Filosofia medieval.	Moravia: *O conformista*. Beckett: *Molloy; Malone morre*. Yourcenar: *Memórias de Adriano*.	A Itália se une a cinco outras nações para formar a Comunidade Europeia do Carvão e do Aço.
1953		Borges: *Labyrinths*, publicado em Paris (tradução inglesa 1962). Robbe-Grillet: *Les Gommes*. Fleming: *Cassino Royale*.	Renúncia de De Gasperi: Período de instabilidade na política italiana. Estabelece-se a Corte Europeia de Direitos Humanos em Estrasburgo.
1954	Gradua-se pela Universidade de Turim. Começa a trabalhar como editor cultural para a RAI, Radiotelevisão italiana (até 1959).	Soldati: *Le Lettere da Capri*.	Começa a Guerra do Vietnã (até 1975).

1955	Pasolini: *Meninos da vida*.	A Itália passa a integrar as Nações Unidas.
	Pratolini: *Metello*.	
	Nabokov: *Lolita*.	
1956	É publicada *A Estética de Tomás de Aquino*, extensão de sua tese de doutorado. Começa a lecionar na Universidade de Turim. Associa-se a uma rede de escritores, músicos e pintores de vanguarda.	Bassani: *Cinque Storie Ferraresi*.
		Mishima: *O templo do pavilhão dourado*.
		Tropas soviéticas invadem a Hungria. Crise de Suez.
1957	Pasolini: *As cinzas de Gramsci*.	A Itália é membro fundador do Mercado Comum Europeu.
	Gadda: *Aquela confusão louca da via Merulana*.	
	Morante: *A ilha de Arturo*. Pasternak: *Doutor Jivago*.	
	Barthes: *Mitologias*.	
1958	Presta um ano de serviços militares.	Lampedusa: *Il Gattopardo*.
		Quasimodo: *A terra incomparável*.
		Bassani: *Óculos de ouro*.
		Khruschev torna-se premiê da União Soviética. Charles de Gaulle torna-se premiê francês.
1959	Seu segundo livro, *Arte e beleza na Idade Média*, firma sua reputação como acadêmico medievalista. Torna-se editor-chefe na editora Bompiani, em Milão (até 1975). Começa a trabalhar como colunista para *Il Verri*, revista dedicada a ideias de vanguarda.	Bassani: *Óculos de ouro*.
		Carlo Levi: *The Linden Tree*.
		Grass: *O tambor*.
		Queneau: *Zazie dans le métro*.
		Bellow: *Henderson, o rei da chuva*.
		Fidel Castro toma o poder em Cuba.

1961		Lampedusa: *Os contos.* Heller: *Ardil 22.*	Construção do Muro de Berlim. Yuri Gagarin é o primeiro homem no espaço.
1962	Casa-se com Renate Ramge, professora de arte alemã e designer gráfica. Publica *A obra aberta*, o primeiro grande ensaio de sua série.	Bassani: *O jardim dos Finzi-Contini.* Solzhenitsin: *Um dia na vida de Ivan Denisovich.*	Crise dos mísseis cubanos.
1963	Publicação de *Diário mínimo*, antologia de artigos de Eco para *Il Verri*. É cofundador do *Gruppo 63*, grupo literário italiano radical e de vanguarda.	Levi: *A trégua.* Gadda: *O conhecimento da dor.* Calvino: *Marcovaldo.* Ginzburg: *Família.*	Assassinato do presidente norte-americano John F. Kennedy.
1964	Muda-se para Milão a fim de assumir a posição de professor na universidade. *Apocalípticos e integrados* (ensaios: revisado em 1977).	Sciascia: *Morte dell'Inquisitore.* Cioran: *La Chute dans le Temps.* Bassani: *Dietro La Porta.*	Khruschev é deposto e substituído por Brezhnev. Nelson Mandela é preso na África do Sul (até 1990).
1965	Eleito professor de Comunicações Visuais em Florença.	Calvino: *As cosmicômicas.*	
1966	Aceita um posto na Politécnica de Milão como professor de semiótica. Dois livros infantis: *A bomba e o general* e *Os três astronautas*. Ensaio sobre *Finnegans Wake*, de Joyce.	Quasimodo: *Dare e Avere.* Bulgakov: *O mestre e Margarida.*	Mao lança na China a Revolução Cultural.

1967		Bernhard: *Gargoyles*.	A Guerra dos Seis Dias árabe-israelense.
		Márquez: *Cem anos de solidão*.	
		Malamud: *O faz tudo*.	
		Derrida: *A escritura e a diferença*.	
1968	Primeiro texto sobre semiótica, *A estrutura ausente*.	Bassani: *L'airone*.	Agitações estudantis em toda a Europa e nos EUA. Invasão liderada pelos soviéticos à Tchecoslováquia. Assassinato de Martin Luther King.
		Solzhenitsin: *O pavilhão dos cancerosos*.	
1969	Professor convidado na Universidade de Nova York — o primeiro de muitos compromissos acadêmicos do tipo nos Estados Unidos.		Os norte-americanos levam o primeiro homem à Lua.
1971	Assume o cargo de primeiro professor de Semiótica na Universidade de Bolonha. Funda e começa a editar a *VS*, periódico de semiótica.	Montale: *Satura*.	
		Böll: *Gruppenbild mit Dame*.	
1972	Professor convidado na Universidade do Noroeste, na Virgínia.	Calvino: *Cidades invisíveis*.	Assinado pelos EUA e pela URSS o Tratado de Limitação de Armas Estratégicas (SALT).
		Bassani: *L'Odore del Fieno*.	
1973		Calvino: *O castelo dos destinos cruzados*.	Guerra árabe-israelense.
		Pynchon: *O arco-íris da gravidade*.	
1974	Organiza o primeiro congresso da Associação Internacional de Estudos Semióticos.	Morante: *La Storia*.	Renúncia do presidente Nixon após o escândalo de Watergate.
		Bassani: *Il Romanzo di Ferrara*.	

1975		Levi: *A tabela periódica*.	As forças da URSS e do Ocidente assinam o Acordo de Helsinque.
		Volponi: *Il sipario ducale*.	
		Borges: *O livro de areia*.	
		Bernhard: *Korrektur (Correção)*.	
1976	É publicado o *Tratado geral de semiótica*, importante estudo sobre o tema.	Yourcenar: *L'abîme*.	
1978	Começa a escrever seu primeiro romance, um "mistério" enigmático, sugestivamente intitulado *A abadia do assassinato*. Este torna-se mais tarde *O nome da rosa*.	Levi: *A chave estrela*. Sciascia: *L'Affaire Moro*.	Acordo de Camp David entre Israel e o Egito. As Brigadas Vermelhas de esquerdistas terroristas seqüestram e assassinam o ex-premiê italiano Aldo Moro. O terrorismo explode na Itália (até o início dos anos 1980).
1979		Calvino: *Se um viajante numa noite de inverno*. Kundera: *O livro do riso e do esquecimento*.	Os presidentes Carter e Brezhnev aventam o tratado de limitação de armas SALT2. Ocupação soviética no Afeganistão.
1980	*O nome da rosa* é publicado e aclamado pela crítica; logo se torna um best-seller internacional.	Burgess: *Poderes terrenos*.	É formado o Comitê Sindical Solidariedade na Polônia.
1981	Vence três dos maiores prêmios literários da Itália com *O nome da rosa*: Prêmio Strega, Prêmio Anghiari e Prêmio Il Libro dell'anno.	Rushdie: *Os filhos da meia-noite*.	Ronald Reagan toma posse como presidente dos Estados Unidos.
1982	*O nome da rosa* obtém o Prix Médicis Étranger, na França.	Levi: *Se não agora, quando?* Morante: *Aracoeli*.	Guerra das Malvinas.

1983	*O nome da rosa* é publicado em tradução inglesa. *Reflections on "The Name of the Rose"*.	Narayan: *Um tigre para Malgudi.* Walker: *A cor púrpura.*	
1984	*Semiótica e a Filosofia da Linguagem.*	Kundera: *A insustentável leveza do ser.*	O catolicismo romano perde status como religião de Estado na Itália.
1985		Márquez: *O amor nos tempos do cólera.*	Gorbachev torna-se Secretário Geral do Partido Comunista da URSS; inicia-se o período de liberação.
1986	É lançada a adaptação cinematográfica de *O nome da rosa*, dirigida por Jean-Jacques Annaud. *Travels in hyperreality* ("Viagens na hiper-realidade"), tradução inglesa de ensaios.		Enorme acidente nuclear na estação de energia de Chernobyl, na URSS.
1987		Levi: *Os afogados e os sobreviventes.* Tabucchi: *Noturno indiano.* Sciascia: *Porte Aperte; Il Cavaliere e La Morte.*	Margaret Thatcher é reeleita para um histórico terceiro mandato na Grã-Bretanha.
1988	É publicado *O pêndulo de Foucault.*	Calasso: *As núpcias de Cadmo e Harmoni.* Rushdie: *Versos satânicos.*	George Bush é eleito presidente norte-americano.
1989		Jaeggy: *Les Années Bienheureuses du Châtiment.* Márquez: *O general em seu labirinto.*	Colapso do império comunista na Europa Oriental. Queda do muro de Berlim. Primeiras eleições democráticas nas URSS. Massacre da Praça da Paz Celestial na China. De Klerk torna-se presidente na África do Sul.

1990	*Os limites da interpretação* (ensaios).	O Iraque invade o Kwuait. Nelson Mandela é libertado do cárcere após 27 anos. Yeltsin é eleito chefe da Federação Russa.
1991	Buzzati: *Bestiario*.	Guerra do Golfo.
1992	É publicado *O segundo diário mínimo*. Covito: *La bruttina stagionata*.	Escândalo de corrupção envolvendo líderes de todos os grandes partidos políticos na Itália resulta em exigências de reformas políticas.
1993	Recebe o Chevalier de La Légion d'Honneur (França). Assume o posto de diretor do Instituto de Disciplinas em Comunicações, na Universidade de Bolonha.	O dramaturgo e ensaísta Václav Havel é eleito presidente tchecoslovaco.
1994	*A ilha do dia anterior.* *Seis passeios pelos bosques da ficção.* Tabucchi: *Afirma Pereira*.	O recém-formado grupo direitista Aliança pela Liberdade, liderado pelo magnata da mídia Silvio Berlusconi, alcança a vitória em eleições gerais. Mandela e a ANC são vitoriosos nas eleições sul-africanas.
1995	*A busca da língua perfeita.*	
1996	Cavaliere di Gran Croce al Mérito della Repubblica Italiana. Camilleri: *O cão de terracota*.	Na Itália, Romano Prodi lidera a coalizão de centro-esquerda conhecida como A Oliveira.
1997	*Kant e o ornitorrinco* (ensaios). Tabucchi: *A cabeça perdida de Damasceno Monteiro*. Camilleri: *A voz do violino*.	Sucessão de terremotos em Assis.

1998	*Entre a mentira e a ironia.*	Roth: *Casei com um comunista.*	Na Itália, Massimo D'Alema torna-se o primeiro ex-comunista a liderar um governo europeu ocidental.
1999		Camilleri: *La Mossa Del Cavallo.*	Ataques étnicos dos sérvios aos albaneses em Kosovo; os EUA lideram a Otan no bombardeio a Belgrado. Eleição de Carlo Ciampi como presidente da Itália.
2000	*Baudolino.*		O genoma humano é decifrado.
2001	*Cinco escritos morais.*	Ammaniti: *Não tenho medo.* Starnone: *Via Gemito.*	Terroristas atacam e destroem as torres gêmeas do World Trade Center em Nova York. Os EUA lideram uma coalizão de forças no Afeganistão em perseguição às forças da al-Qaeda, supostamente responsáveis pelo ataque. Um referendo constitucional na Itália (pela primeira vez desde 1946) dá maior autonomia às vinte regiões do país em impostos, educação e políticas ambientais.
2002			O euro substitui a lira na Itália. Polêmica quando o voto do parlamento italiano permite que Berlusconi retenha o controle de seus negócios.
2003			Invasão norte-americana e britânica ao Iraque. Berlusconi é julgado por denúncias de corrupção. Descoberta fraude multibilionária na gigante fabricante de alimentos Parmalat.

2004	*Sobre a literatura;* *História da beleza;* *A misteriosa chama da rainha Loana.*	Riccarelli: *Il dolore perfetto.*	O primeiro-ministro Berlusconi é absolvido das acusações.
2005	*Nel segno della parola*, com Daniele Del Giudice e Gianfranco Ravasi.	Camilleri: *Excursão a Tindari.*	Parlamento italiano ratifica a constituição da União Europeia.
2006	*A passo de caranguejo: guerras quentes e o populismo da mídia.* *A memória vegetal e outros escritos de bibliofilia.*	Saviano: *Gomorra.* Ferrante: *A filha perdida.*	Giorgio Napolitano é eleito presidente da república na Itália. Vitória de Romano Prodi nas eleições legislativas. Sadam Hussein condenado à morte.
2007	*História da feiura.* *Da árvore ao labirinto. Estudos históricos sobre o signo e a interpretação.* *La cospirazione impossibile*, com Piergiorgio Odifreddi et al. *La grande storia della civiltà europea* (org.).	Vernor Vinge: *Rainbows End.*	Itália entra para o Conselho de Segurança das Nações Unidas. Eleição de Nicolas Sarkosy, na França.
2008	*Nebbia* (org., com Remo Ceserani). Professor emérito e presidente da Escola Superior de Estudos Humanísticos da Universidade de Bolonha.	Le Clézio: *Ritournelle de la faim.*	Crise do governo Prodi na Itália. Novas eleições: Silvio Berlusconi primeiro-ministro. Barack Obama eleito presidente dos Estados Unidos. Fidel Castro renuncia à presidência e ao comando das forças armadas em Cuba. Raúl Castro é empossado. Irrupção da crise econômica mundial.

2009	*Não contem com o fim dos livros* (com Jean-Claude Carrière).	Camilleri: *La danza del gabbiano*.
	A vertigem das listas.	Neil Gaiman: *O livro do cemitério*.
		Dany Laferrière: *L'Énigme du retour*.
		Pierre Michon: *Les Onze*.
		Alice Munro: *Felicidade demais*.

2009 — Forte terremoto no centro da Itália.

2010	*O cemitério de Praga.*	Vargas Llosa: *O sonho do celta*.
	Idade Média, org. (4 vol.).	Houellebecq: *A carta e o território*.
	Sócio da Accademia dei Lincei.	

2010 — David Cameron: primeiro-ministro do Reino Unido.

Divulgação de mais de 251.000 documentos diplomáticos do Departamento de Estado dos EUA pelo WikiLeaks.

2011	*La grande Storia*, org. (28 vol.).	Ferrante: *A amiga genial*.
	Construir o inimigo e outros escritos ocasionais.	

2011 — Osama bin Laden é morto.

Deposição e morte de Kadafi, na Líbia.

Renúncia de Berlusconi.

Declarado o fim da guerra do Iraque.

Início da guerra civil na Síria.

Motim black bloc em Roma.

Berlusconi demite-se do cargo de Presidente do Conselho de ministros. Mario Monti assume o cargo.

2012	*Scritti sul pensiero medievale*, col. Il pensiero occidentale. *L'età moderna e contemporanea*, org. (22 vol.).	Javier Marías: *Los enamoramientos*. China Miéville: *A cidade e a cidade*.	Vladimir Putin vence eleições presidenciais na Rússia. François Hollande vence eleições na França. Barack Obama reeleito presidente dos Estados Unidos. Naufrágio do Costa Concordia. Na Itália, Mario Monti demite-se. As Câmaras são dissolvidas por Giorgio Napolitano.
2013	*História das terras e lugares lendários*. *Da dove si comincia?*, com Stefano Bartezzaghi.	Alice Munro: *Vida querida*.	Bento XVI renuncia ao pontificado. É eleito Jorge Mario Bergoglio, papa Francisco. Golpe de Estado no Egito. Giorgio Napolitano reeleito presidente da República Italiana. Exacerbação de conflitos na Síria: intervenção americana. Angela Merkel: 3º. Mandato. Protestos na Ucrânia. Morte de Nelson Mandela.

2014	*Riflessioni sul dolore.* *La filosofia e le sue storie* (org.).	Modiano: *Para você não se perder no bairro.*	Após demissão de Enrico Letta, Matteo Renzi assume do cargo de Presidente do Conselho de Ministros da República Italiana.

Destituição de Victor Yanukovich na Ucrânia.

A Rússia invade militarmente a península da Crimeia.

Após referendo, a Crimeia é anexada à Rússia.

Golpe de Estado na Líbia.

Nova ofensiva aérea dos EUA no Iraque.

EUA iniciam bombardeios na Síria.

2015   *Número zero.*

Atentados terroristas ao jornal *Charlie Hebdo.*

O presidente da Itália, Giorgio Napolitano, renuncia ao cargo.

Sergio Mattarella é eleito presidente da República Italiana.

Rússia inicia bombardeios contra o Estado Islâmico.

Atentados do Estado Islâmico em Paris.

Fim do embargo americano a Cuba.

2016 *Pape Satàn Aleppe. Crônicas de uma sociedade líquida.*

Como viajar com um salmão.

Falece em 19 de fevereiro.

Barack Obama visita Cuba.

Theresa May assume após renúncia de David Cameron no Reino Unido.

Forte terremoto atinge Perúgia e Rieti na Itália.

Eleito Donald Trump nos EUA.

Fidel Castro morre.

Matto Renzi renuncia ao cargo de primeiro-ministro da Itália.

Nota à nova edição

A expressão edição revista talvez seja muito pomposa, uma vez que as diversas correções esparsas a que submeti o texto originário não mudaram sua estrutura narrativa nem seu estilo linguístico. No que se refere a este último minha intervenção limitou-se a eliminar algumas repetições fastidiosas de uma mesma palavra a poucas linhas de distância, recorrendo a um sinônimo e, às vezes (mas raramente), procurei tornar mais leve uma construção sintática.

Corrigi também algumas falhas (pouquíssimas, consideradas minhas consultas a textos exclusivamente medievais) que há trinta anos vinham me incomodando. Por exemplo, havia encontrado, num herbário da época, a menção à cicerbita (uma espécie de chicória), que eu havia lido como cucurbita, tornando-a, com isso, uma abóbora, e na Idade Média a abóbora não era conhecida na Europa, visto ter ela vindo, mais tarde, da América.

Possivelmente, as variações mais consistentes dizem respeito à extensão das citações latinas. O latim era e continua sendo fundamental para conferir sabor conventual à história e atestar a confiabilidade e a autenticidade de certas referências às ideias da época; por outro lado, queria submeter o meu leitor a uma espécie de disciplina penitencial. Entretanto, Helen Wolff, minha editora norte-americana, chamara minha atenção para o fato de que um leitor europeu, mesmo sem ter estudado latim no colégio, já estava acostumado a tantas inscrições lidas nas fachadas de palácios ou de igrejas e já tinha ouvido tantas citações filosóficas, jurídicas ou religiosas, que não haveria de ficar atemorizado por palavras (que sei eu) como dominus ou legitur. Um leitor americano, ao contrário, teria dificuldades muito mais sérias — como se entre nós aparecesse um romance com uma porção de citações em húngaro.

Diante disso, com meu tradutor Bill Weaver, cuidamos de tornar mais leves, ainda que nem tanto, os trechos em latim, ora começando com uma citação latina e continuando-a em inglês, ou deixando a citação no original, mas parafraseando, em seguida, sua parte mais importante. Ao fazer isso, repetia o que se faz de onde eu vim: ao se falar em dialeto, sublinham-se as afirmações mais importantes, repetindo-as em italiano.

Ao reler a versão em inglês, em seguida, eu verifiquei que tornar mais leves aqueles trechos nada tirava ao estilo do texto, mas tornava menos árduas certas passagens. Diante disso, resolvi aliviar também esta versão em italiano. Estou com um trecho diante dos olhos, em que, numa discussão na biblioteca, Jorge diz: Forte potuit sed non legitur eo usus fuisse. Ao severo ancião não podia subtrair aquele recurso à língua sagrada, mas logo depois, ao relatar como são Lourenço, na grelha, convida desdenhosamente seus algozes a virarem--no para o outro lado (e nessa hora vinha a citação: manduca, iam coctum est), para tornar compreensível a argúcia resolvi escrever tudo diretamente em italiano. Com isso, também reduzia a quatro as nove linhas originárias, tornando mais leve a troca dialógica.

Às vezes ocorre com o escritor o mesmo que com o dentista, quando o paciente sente na boca o peso de uma rocha e basta a mínima ação do motor para que tudo se torne levíssimo. É suficiente cortar uma palavra para que um período inteiro se areje.

Aqui está. Se fosse instituído um concurso para convidar o leitor a localizar todos os pontos em que intervim, não haveria vencedores, uma vez que muitas vezes era alterada apenas uma conjunção ou um "d" eufônico [que em italiano acompanha as conjunções "e", "o" [ou], ou a preposição "a"], passando despercebidos. Não sei se valia a pena falar nisso, mas como esta edição, por exatidão bibliográfica, aparece como "revista", aqui está o que me cabia dizer.

Naturalmente, um manuscrito

*E*m 16 de agosto de 1968 caiu-me nas mãos um livro da lavra de certo abade Vallet, Le manuscript de Dom Adson de Melk, traduit en français d'après l'édition de Dom J. Mabillon (*Aux Presses de l'Abbaye de la Source, Paris, 1842*). O livro, provido de indicações históricas na verdade bastante pobres, assegurava estar reproduzindo fielmente um manuscrito do século XIV, encontrado por sua vez no mosteiro de Melk pelo grande erudito seiscentista, a quem tanto se deve pela história da ordem beneditina. A douta trouvaille (*minha, a terceira portanto no tempo*) alegrava-me, enquanto me encontrava em Praga à espera de uma pessoa querida. Seis dias mais tarde as tropas soviéticas invadiam a desventurada cidade. Consegui, depois de muitas peripécias, atingir a fronteira austríaca em Linz, para dali me dirigir a Viena, onde me encontrei com a pessoa esperada, e juntos subimos o curso do Danúbio.

Num clima mental de grande excitação, eu lia, fascinado, a terrível história de Adson de Melk e deixei-me absorver tanto por ela que redigi uma tradução quase de jato, nalguns cadernos grandes da Papéterie Joseph Gibert, nos quais é tão agradável escrever quando a caneta é macia. E assim avançando chegamos aos arredores de Melk, onde, a pique sobre um remanso do rio, ainda se ergue o belíssimo Stift, muitas vezes restaurado ao longo dos séculos. Como o leitor terá imaginado, na biblioteca do mosteiro não encontrei vestígio do manuscrito de Adson.

Antes de chegar a Salzburgo, numa trágica noite, num hotelzinho às margens do Mondsee, o meu sodalício de viagem interrompeu-se bruscamente, e a pessoa com quem eu viajava desapareceu levando consigo o livro do abade Vallet, não por maldade, mas por causa do modo desordenado e abrupto com que tivera fim o nosso relacionamento. Sobrou-me assim uma série de cadernos manuscritos de meu próprio punho, além de um grande vazio no coração.

Alguns meses depois, em Paris, resolvi ir a fundo na minha pesquisa. Das poucas notícias que tinha retirado do livro francês, sobrava-me a referência à fonte, excepcionalmente minuciosa e precisa:

VETERA ANALECTA, Sive COLLECTIO VETERUM ALIQUOT OPERUM & Opusculorum omnis generis, Carminum, Epistolarum, Diplomatum, Epitaphiorum, & CUM ITINERE GERMANICO, Adnotationibus & aliquot disquisitionibus R.P.D. Joannis Mabillon, Presbiteri ac Monachi Ord. Sancti Benedicti e Congregatione S. Mauri. — NOVA EDITIO, Cui accessere Mabilonii Vita & aliquot opuscula, scilicet Dissertatio de Pane EUCHARISTICO, AZYMO ET FERMENTATO, ad Eminentiss. Cardinalem BONA. Subjungitur opusculum ELDEFONSI Hispaniensis Episcopi de eodem argumento ET EUSEBII Romani ad THEOPHILUM Gallum epistola, DE CULTU SANCTORUM IGNOTORUM, Parisiis, apud Levesque, ad Pontem S. Michaelis, MDCCXXI, cum privilegio Regis.

Encontrei logo os VETERA ANALECTA *na biblioteca Sainte Geneviève, mas, para minha grande surpresa, a edição descoberta discordava em dois particulares: primeiro o editor, que era Montalant, ad Ripam P.P. Augustinianorum (prope Pontem S. Michaelis), e depois a data, posterior em dois anos. É ocioso dizer que tais* analecta *não continham nenhum manuscrito de Adso ou Adson de Melk — e, aliás, trata-se, como se pode verificar, de uma coletânea de textos de média e curta extensão, enquanto a história transcrita por Vallet se estendia por algumas centenas de páginas. Consultei, na época, medievalistas ilustres como o caro e inesquecível Etienne Gilson, mas ficou claro que os únicos* Vetera Analecta *eram os que eu tinha visto em Sainte Geneviève. Uma parada na Abbaye de la Source, que se ergue nos arredores de Passy, e uma conversa com o amigo Dom Arne Lahnestedt convenceram-me, além disso, de que nenhum abade Vallet publicara livros nos prelos (aliás, inexistentes) da abadia. É notório o desleixo dos eruditos franceses em dar indicações bibliográficas de alguma confiabilidade, mas o caso superava qualquer razoável pessimismo. Comecei a achar que o que me caíra nas mãos era uma falsificação. O livro de Vallet já era irrecuperável (ou pelo menos eu não ousava ir pedi-lo a quem o tinha levado embora). E não me restavam senão as minhas notas, das quais já começava a duvidar.*

Há momentos mágicos de grande cansaço físico e intensa excitação motora, em que surgem visões de pessoas conhecidas no passado ("en me retraçant ces details, j'en suis à me demander s'ils sont réels, ou bien si je les ai rêvés"). Como aprendi mais tarde no interessante livreto do Abbé de Bucquoy, também acodem visões de livros ainda não escritos.

Se nada de novo tivesse acontecido, eu estaria ainda aqui a perguntar-me de onde vem a história de Adso de Melk, mas eis que em 1970, em Buenos Aires, bisbilhotando nos balcões de um pequeno livreiro antiquário na rua Corrientes, não longe do mais insigne Patio del Tango daquela grande via, caiu-me nas mãos a versão castelhana de um livrinho de Milo Temesvar, Do uso dos espelhos no jogo de xadrez, que eu já tivera ocasião de citar (em segunda mão) no meu Apocalípticos e integrados, resenhando o seu mais recente Os vendedores do Apocalipse. Tratava-se da tradução do já inencontrável original em língua georgiana (Tbilissi, 1934), e ali, para minha grande surpresa, li copiosas citações do manuscrito de Adso, salvo que a fonte não era nem Vallet nem Mabillon, e sim o padre Athanasius Kircher (mas qual obra?). Um erudito — que não acho oportuno nomear — assegurou-me depois que (e citava índices de memória) o grande jesuíta nunca falara em Adso de Melk. Mas as páginas de Temesvar estavam debaixo de meus olhos, e os episódios a que se referiam eram absolutamente análogos aos do manuscrito traduzido por Vallet (em particular, a descrição do labirinto não deixava margem a dúvidas). Seja lá o que Beniamino Placido* tenha escrito depois, o abade Vallet existira e, assim, certamente Adso de Melk.

Concluí disso que as memórias de Adso pareciam justificadamente participar da natureza dos eventos que ele narra: envoltas em muitos e imprecisos mistérios, a começar do autor para terminar na localização da abadia sobre a qual Adso silencia com tenaz obstinação, de modo que as conjecturas permitem desenhar uma zona imprecisa entre Pomposa e Conques, com razoáveis probabilidades de que o estabelecimento se erguesse ao longo da encosta apenina, entre o Piemonte, a Ligúria e a França (é como dizer entre Lerici e Turbia). Quanto à época em que transcorrem os acontecimentos descritos, estamos em fins de novembro de 1327; quando, porém, o autor escreveu é coisa incerta.

---

* *La Repubblica*, 22 de setembro de 1977.

Calculando que se diz noviço em 1327 e que já está próximo da morte quando escreve suas memórias, podemos conjecturar que o manuscrito foi elaborado nos últimos dez ou vinte anos do século XIV.

Pensando bem, bastante escassas eram as razões que poderiam inclinar-me a publicar a minha versão italiana da obscura versão neogótica francesa de uma edição latina seiscentista de uma obra escrita em latim por um monge germânico em fins do século XIV.

Antes de mais nada, que estilo adotar? A tentação de recorrer a modelos italianos da época estava afastada por injustificada: não só Adso escreve em latim, como também fica claro por todo o andamento do texto que sua cultura (ou a cultura da abadia que tão nitidamente o influencia) é muito mais datada; trata-se claramente de uma soma plurissecular de conhecimentos e de vezos estilísticos que se ligam à tradição da baixa Idade Média latina. Adso pensa e escreve como um monge que permaneceu impermeável à revolução da língua vulgar, ligado às páginas abrigadas na biblioteca sobre a qual versa sua narrativa, baseado em textos patrístico-escolásticos, e a sua história (afora as referências e os acontecimentos do século XIV, que Adso também registra em meio a mil perplexidades, e sempre por ter ouvido dizer) poderia ter sido escrita, quanto à língua e a citações eruditas, no século XII ou XIII.

Por outro lado, é indubitável que, ao traduzir para seu francês neogótico o latim de Adso, Vallet introduziu várias licenças, e nem sempre apenas estilísticas. Por exemplo, as personagens falam por vezes das virtudes das ervas, referindo-se claramente àquele livro dos segredos, atribuído a Alberto Magno, que ao longo dos séculos passou por infinitas reescritas. É certo que Adso o conhecia, mas o fato é que cita trechos seus que soam literalmente demais tanto como receitas de Paracelso, quanto como claras interpolações de uma edição de Alberto Magno de autêntica época Tudor.* Além disso, apurei em seguida que, nos tempos em que Vallet transcrevia (?) o manuscrito de Adso, circulavam em Paris edições setecentistas do Grand *e do* Petit Albert** *já então*

---

* *Liber aggregationis seu liber secretorum Alberti Magni*, Londinium, juxta pontem qui vulgariter dicitur Flete brigge, MCCCLXXXV.
** Les admirables secrets d'Albert le Grand, *A Lyon, Chez les Héritiers Beringos, Fratres, à L'Enseigne d'Agrippa, MDCCLXXV*; Secrets merveilleux de la Magie Naturelle et Cabalistique du Petit Albert, *A Lyon*, ibid., *MDCCXXIX*.

irremediavelmente contaminadas. Todavia, como ter certeza de que o texto a que se remetiam Adso ou os monges cujas conversas ele anotava não continha, entre glosas, escólios e apêndices diversos, também anotações que viriam a nutrir a cultura posterior?

*Enfim, devia conservar em latim as passagens que o próprio abade Vallet não achou oportuno traduzir, talvez para conservar o sabor do tempo? Não havia justificativas precisas para fazê-lo, a não ser o senso, talvez **mal-entendido**, de fidelidade à minha fonte... Eliminei o excesso, mas alguma coisa deixei. E receio ter feito como os maus romancistas que, pondo em cena uma personagem francesa, fazem-na dizer "parbleu!" e "la femme, ah! la femme!".*

Concluindo, estou cheio de dúvidas. Não sei exatamente por que me decidi a criar coragem e apresentar como se fosse autêntico o manuscrito de Adso de Melk. Digamos: um gesto de apaixonado. Ou, se quisermos, um modo de libertar-me de numerosas e antigas obsessões.

Transcrevo sem preocupação de atualidade. Nos anos em que eu descobria o texto do abade Vallet, circulava a convicção de que se devia escrever empenhando-se no presente, e para mudar o mundo. A dez ou mais anos de distância é agora consolo do homem de letras (restituído à sua altíssima dignidade) poder escrever por puro amor à escrita. E assim agora me sinto livre para contar, por mero gosto da fabulação, a história de Adso de Melk, e sinto conforto e consolo por reencontrá-la tão incomensuravelmente distante no tempo (agora que o despertar da razão afugentou todos os monstros que seu sono tinha engendrado), tão gloriosamente isenta de relação com os nossos tempos, intemporalmente estranha às nossas esperanças e às nossas certezas.

Porque ela é uma história de livros, e não de misérias quotidianas, e a sua leitura pode inclinar-nos a recitar, com o grande imitador de Kempis: "In omnibus requiem quaesivi, et nusquam inveni nisi in angulo cum libro."

5 de janeiro de 1980.

Nota

O manuscrito de Adso está dividido em sete dias, e cada um dos dias, em períodos correspondentes às horas litúrgicas. Os subtítulos, em terceira pessoa, foram acrescentados provavelmente por Vallet. Porém, uma vez que são úteis para orientar o leitor e que não destoam do uso de grande parte da literatura em língua vulgar do tempo, não achei oportuno eliminá-los.

Causaram-me alguma perplexidade as referências de Adso às horas canônicas, porque não só sua identificação varia de acordo com as localidades e as estações, mas, com toda probabilidade, no século XIV não era costume ater-se com absoluta precisão às indicações fixadas por são Bento na Regra.

Todavia, para orientação do leitor, deduzindo em parte do texto e em parte confrontando a regra originária com a descrição da vida monástica feita por Edouard Schneider em *Les heures bénédictines* (Paris, Grasset, 1925), creio ser possível atermo-nos ao seguinte cômputo:

Matinas (que às vezes Adso também designa pela antiga expressão *Vigiliae*). Entre 2h30 e 3h da madrugada.

Laudes (que na tradição mais antiga eram chamadas *Matutinas*). Entre 5 e 6 horas da manhã, de tal modo que termine quando clareia o dia.

Prima Em torno das 7h30, pouco antes da aurora.

Terça Por volta das 9 horas.

Sexta Meio-dia (em mosteiros onde os monges não trabalhavam nos campos, no inverno era também a hora da refeição).

Nona Entre 14 e 15 horas.

Vésperas   Em torno das 16h30, ao pôr do sol (a regra prescreve que se faça a ceia quando ainda não desceu a escuridão).

Completas Em torno das 18 horas (até as 19 os monges se recolhem).

O cômputo se baseia no fato de que na Itália setentrional, em fins de novembro, o sol nasce em torno das 7h30 e põe-se em torno das 16h40.

Prólogo

No princípio era o Verbo e o Verbo estava em Deus, e o Verbo era Deus. Ele estava no princípio em Deus, e o dever do monge fiel seria repetir a cada dia com salmodiante humildade o único evento imodificável cuja incontrovertível verdade pode ser asseverada. Mas videmus nunc per speculum et in aenigmate, e a verdade, em vez de se mostrar face a face, manifesta só por vezes seus traços (ai, tão ilegíveis) no erro do mundo, de modo que precisamos soletrar seus símbolos verazes, mesmo quando nos parecem obscuros e como que entremeados por uma vontade totalmente voltada para o mal.

Chegando ao fim de minha vida de pecador, enquanto, encanecido, envelheço como o mundo, à espera de perder-me no abismo sem fundo da divindade silenciosa e deserta, participando da luz inconversível das inteligências angélicas, já entrevado com meu corpo pesado e doente nesta cela do querido mosteiro de Melk, apresto-me a deixar sobre este pergaminho o testemunho dos espantosos e formidáveis acontecimentos a que na juventude me foi dado assistir, repetindo tudo o que vi e ouvi, sem me aventurar a extrair disso algum plano, como que para deixar aos que virão (se o Anticristo não os preceder) signos de signos, para que sobre eles se exercite a prece da decifração.

Conceda-me o Senhor a graça de ser testemunha transparente dos acontecimentos que tiveram lugar na abadia cujo nome é de bom e piedoso alvitre também agora calar, quando findava o ano do Senhor de 1327 em que o imperador Ludovico entrou na Itália para reconstituir a dignidade do sacro império romano, segundo os desígnios do Altíssimo e para humilhação do infame usurpador simoníaco e heresiarca que em Avinhão lançou na vergonha o santo nome do apóstolo (falo da alma pecadora de Jacques de Cahors, que os ímpios honraram como João XXII).

Quem sabe, para compreender melhor os acontecimentos em que me achei envolvido, é bom que eu recorde o que andava acontecendo naquele pedaço de século, do modo como o compreendi então, vivendo-o, e do modo como o rememoro agora, enriquecido de outras narrativas que ouvi depois — se é que a minha memória estará em condições de reatar os fios de tantos e tão confusos portentos.

Desde os primeiros anos daquele século o papa Clemente V transferira a sede apostólica para Avinhão, deixando Roma à mercê das ambições de senhores locais: e gradualmente a cidade santa da cristandade transformara-se num circo, ou num lupanar, dilacerada pelas lutas entre os seus poderosos; dizia-se república, e não o era, atacada por bandos armados, submetida a violências e saques. Eclesiásticos subtraídos à jurisdição secular comandavam grupos de facínoras e rapinavam de espada em punho, prevaricavam e organizavam torpes tráficos. Como impedir que o Caput Mundi voltasse a ser, e com justiça, a meta de quem quisesse cingir a coroa do sacro império romano e restaurar a dignidade daquele domínio temporal que já fora dos césares?

Eis, pois, que no ano de 1314 cinco príncipes germânicos elegeram, em Francoforte, Ludovico da Baviera regente supremo do império. Mas no mesmo dia, na outra margem do Meno, o conde palatino do Reno e o arcebispo de Colônia tinham elegido para a mesma dignidade Frederico da Áustria. Dois imperadores para uma única sede e um único papa para duas: situação que se tornou, na verdade, incentivo para grande desordem...

Dois anos depois era eleito em Avinhão o novo papa, Jacques de Cahors, velho de setenta e dois anos, justamente com o nome de João XXII, e queira o céu que nunca mais um pontífice assuma um nome assim, já tão malquisto pelos bons. Francês e devotado ao rei de França (os homens daquelas terras corrompidas estão sempre inclinados a favorecer os interesses dos seus e são incapazes de olhar para o mundo inteiro como sua pátria espiritual), ele dera sustentação a Filipe, o Belo, contra os cavaleiros templários, que o rei acusara (creio que injustamente) de vergonhosos crimes para apoderar-se de seus bens, com a cumplicidade daquele eclesiástico renegado. Nesse ínterim, inserira-se na trama toda Roberto de Nápoles, que, para manter o controle da península italiana, convencera o papa a não reconhecer nenhum dos dois imperadores germânicos, e assim permanecera capitão-mor do Estado da igreja.

Em 1322 Ludovico, o Bávaro, derrotava seu rival Frederico. Ainda mais temeroso de um único imperador do que o fora de dois, João excomungou o vencedor, e este, em contrapartida, denunciou o papa como herético. É preciso dizer que, justamente naquele ano, ocorrera em Perúgia o capítulo dos frades franciscanos, e o geral deles, Miguel de Cesena, acolhendo as instâncias dos "espirituais" (sobre os quais terei ainda ocasião de falar), proclamara como verdade de fé a pobreza de Cristo, que, se alguma coisa possuíra com seus apóstolos, tivera-a apenas como usus facti. Digna resolução, que visava a salvaguardar a virtude e a pureza da ordem; mas desagradou sobremaneira ao papa que talvez entrevisse nisso um princípio capaz de pôr em risco as mesmas pretensões que ele tinha, como chefe da Igreja, de contestar ao império o direito de eleger bispos, reivindicando para o sacro sólio o de investir o imperador. Fossem essas ou outras as razões que o moviam, em 1323 João condenou as proposições dos franciscanos com a decretal *Cum inter nonnullos*.

Foi nesse ponto, imagino, que Ludovico viu nos franciscanos, já então inimigos do papa, poderosos aliados. Afirmando a pobreza de Cristo, eles, de certo modo, revigoravam as ideias dos teólogos imperiais, ou seja, de Marsílio de Pádua e João de Jandun. E, por fim, não muitos meses antes dos acontecimentos que estou narrando, Ludovico, que chegara a um acordo com o derrotado Frederico, penetrava na Itália, era coroado em Milão, entrava em conflito com os Visconti, que, no entanto, o tinham acolhido com simpatia, sitiava Pisa, nomeava vigário imperial Castruccio, duque de Lucca e Pistoia (e creio que fez mal, porque não conheci jamais homem mais cruel, exceto talvez Uguccione della Faggiola), e já se preparava para entrar em Roma, chamado por Sciarra Colonna, senhor do lugar.

Eis como estava a situação quando eu — então noviço beneditino no mosteiro de Melk — fui tirado da tranquilidade do claustro por meu pai, que combatia nas hostes de Ludovico (não o último dentre seus barões) e achou de bom alvitre levar-me consigo para conhecer as maravilhas da Itália e estar presente quando o imperador fosse coroado em Roma. Mas o cerco a Pisa absorveu-o nas lides militares. Tirei vantagem disso vagando, um pouco por ócio e um pouco por desejo de aprender, pelas cidades da Toscana, mas essa vida livre e sem regra não convinha, pensaram meus genitores, a um adolescente votado à vida contemplativa. E, a conselho de Marsílio, que começara a ter afeição por mim, decidiram confiar-me a um douto franciscano, frei Guilherme de Baskerville, que estava para iniciar uma missão que o levaria a cidades famosas e abadias antiquíssimas. Tornei-me assim seu escriba e discípulo e não tive do que me arrepender, porque com ele fui testemunha de acontecimentos dignos de ser consignados, como estou fazendo agora, para memória daqueles que virão.

Eu não sabia então o que frei Guilherme estava procurando, e para dizer a verdade não o sei ainda hoje e presumo que nem ele mesmo soubesse, movido que estava pelo único desejo da verdade e pela suspeita — que sempre o vi alimentar — de que a verdade não era a que lhe aparecia naquele momento. E talvez naqueles anos ele estivesse afastado de seus estudos prediletos por incumbências seculares. A missão de que Guilherme estava encarregado continuou desconhecida para mim durante toda a viagem, ou melhor, ele não me falou dela. Foi, antes, ouvindo trechos de conversas entre ele e os abades dos mosteiros em que nos detínhamos a cada vez, que formei alguma ideia da natureza de sua tarefa. Mas não a compreendi de todo enquanto não atingimos nosso destino.

Dirigíamo-nos para setentrião, mas nossa viagem não procedeu em linha reta e nos detivemos em várias abadias. Aconteceu que dobramos para ocidente (ao passo que deveríamos ter ido para oriente) quase seguindo a linha montanhosa que de Pisa leva em direção à estrada de São Tiago, parando numa terra cujo nome os terríveis acontecimentos depois lá transcorridos me desaconselham identificar melhor, mas cujos senhores eram fiéis ao império e onde os abades de nossa ordem se opunham de comum acordo ao papa herege e corrupto. A viagem durou duas semanas, entrecortadas por vários acontecimentos, e nesse tempo tive oportunidade de conhecer (nunca o suficiente, como sempre me convenço) meu novo mestre.

Nas páginas que seguem não vou me deter em descrições de pessoas — a não ser quando a expressão de um rosto, ou um gesto, apareça como sinais de muda mas eloquente linguagem — porque, como diz Boécio, nada é mais fugaz que a forma exterior, que perde o viço e muda como as flores do campo com o aparecimento do outono; e que sentido teria hoje dizer que o abade Abão tinha olhar severo e faces pálidas, se agora ele e os que o rodeavam já são pó e do pó o corpo deles tem o cinzento da morte (e só a alma, queira Deus, resplandece de uma luz que não se apagará nunca mais)? Mas de Guilherme eu gostaria de falar, de uma vez por todas, porque dele também me tocaram as feições singulares, e é próprio dos jovens ligar-se a um homem mais velho e mais sábio, não só pelo fascínio da palavra e pela agudez da mente, mas também pela forma superficial do corpo, que se torna querida, como acontece com a figura de um pai, de quem se estudam os gestos, os arrufos, e espia-se o sorriso — sem que sombra alguma de luxúria contamine esse modo (talvez o único puríssimo) de amor físico.

Os homens de outrora eram belos e altos (agora são crianças e anões), mas esse fato é apenas um dos muitos a testemunhar a desventura de um mundo que vai envelhecendo. A juventude já nada mais quer aprender, a ciência está em decadência, o mundo inteiro caminha de cabeça para baixo, cegos conduzem outros cegos e os fazem precipitar-se nos abismos, os pássaros se lançam antes de alçar voo, o asno toca lira, os bois dançam, Maria já não ama a vida contemplativa e Marta já não ama a vida ativa, Lia é estéril, Raquel tem olhos lúbricos, Catão frequenta lupanares. Tudo está desviado do próprio caminho. Sejam dadas graças a Deus por eu naqueles tempos ter adquirido de meu mestre a vontade de aprender e o sentido do caminho reto, que se conserva mesmo quando a vereda é tortuosa.

A estatura de frei Guilherme superava a de um homem normal, e ele era tão magro que parecia mais alto. Tinha olhos agudos e penetrantes; o nariz afilado e um pouco adunco conferia ao rosto a expressão de alguém que vigia, ainda que o rosto alongado e coberto de sardas — como vi frequentemente nos nascidos entre Hibérnia e Nortúmbria — pudesse às vezes exprimir incerteza e perplexidade. Percebi com o tempo que o que parecia insegurança era apenas curiosidade, mas de início eu pouco sabia dessa virtude, que acreditava, antes, ser uma paixão da alma concupiscente, achando que a alma racional não devia dela se nutrir, mas alimentar-se tão somente da verdade, coisa que (pensava eu) já se sabe desde o início.

Guilherme podia ter cinquenta primaveras e já era, portanto, muito velho, mas movia o corpo incansável com uma agilidade de que eu muitas vezes carecia. Parecia ter energia inexaurível, quando entregue a um excesso de atividade. Mas de vez em quando, como se seu espírito vital participasse da natureza do camarão, recolhia-se a momentos de inércia, e o vi permanecer horas sobre o catre de sua cela, pronunciando a custo algum monossílabo, sem contrair um só músculo do rosto. Nessas ocasiões aparecia-lhe nos olhos uma expressão vazia e ausente, e eu teria suspeitado de que ele estava sob o império de alguma substância vegetal capaz de provocar visões, caso a patente temperança que lhe regulava a vida não me tivesse induzido a rejeitar tal pensamento. Não escondo, todavia, que, durante a viagem, ele se detivera às vezes à beira de um prado, às margens de uma floresta, para apanhar alguma erva (creio que sempre a mesma): e punha-se a mascá-la em silêncio. Trazia uma pequena provisão consigo, que comia nos momentos de maior tensão (e como eles foram frequentes na abadia!). Quando, uma vez, lhe perguntei de que se tratava, ele disse sorrindo que um bom cristão pode de vez em quando aprender até com os infiéis; e, quando lhe pedi permissão para prová-la, respondeu-me que as ervas que são boas para um velho franciscano não são boas para um jovem beneditino.

No tempo em que estivemos juntos não tivemos oportunidade de levar vida muito regular: mesmo na abadia velamos à noite e caímos de cansaria durante o dia, e não participamos regularmente dos ofícios sagrados. Contudo, em viagem, ele raramente ficava acordado após as completas e tinha hábitos frugais. Algumas vezes, como aconteceu na abadia, passava o dia inteiro andando pelo pomar, examinando as plantas como se fossem crisopásios ou esmeraldas, e o vi girar pela cripta do tesouro admirando um escrínio cravejado de esmeraldas e crisopásios como se fosse uma touceira de estramônio. Outras vezes permanecia o dia todo na sala grande da biblioteca folheando manuscritos como a procurar neles nada além do próprio prazer (enquanto ao nosso redor multiplicavam-se cadáveres de monges horrivelmente assassinados). Um dia encontrei-o passeando no jardim sem objetivo aparente, como se não precisasse prestar contas a Deus de suas obras. Na Ordem haviam-me ensinado um modo bem diferente de dividir o meu tempo, e eu lhe disse isso. E ele respondeu que a beleza do cosmos é dada não só pela unidade na variedade, mas também pela variedade na unidade. Pareceu-me uma resposta ditada por inculta empiria, mas aprendi em seguida que os homens de sua terra frequentemente definem as coisas de tal modo que a força iluminadora da razão parece ter pouquíssima função.

Durante o período em que permanecemos na abadia vi-lhe sempre as mãos cobertas pela poeira dos livros, pelo ouro das miniaturas ainda frescas, pelas substâncias amareladas que tocara no hospital de Severino. Dava a impressão de só conseguir pensar com as mãos, coisa que então me parecia mais digna de um trabalhador manual (e haviam-me ensinado que o trabalhador manual é moechus, que comete adultério contra a vida intelectual, à qual deveria estar unido em castíssimo esponsal). Porém, mesmo quando suas mãos tocavam páginas corroídas pelo tempo e quebradiças como pão ázimo, ele possuía, parece-me, extraordinária delicadeza de tato, a mesma que usava para tocar suas máquinas. Direi, com efeito, que aquele homem curioso carregava consigo, em seu saco de viagem, instrumentos que eu não tinha visto até então, por ele definidos como suas maravilhosas máquinas. As máquinas, afirmava, são efeito da arte, que é arremedo da natureza, e desta não reproduzem as formas, mas a própria operação. Assim me explicou ele os prodígios do relógio, do astrolábio e do ímã. Mas no início receei que se tratasse de bruxaria e fingi dormir em algumas noites serenas em que ele se punha (com um estranho triângulo na mão) a observar as estrelas. Os franciscanos que eu conhecera na Itália e na minha terra eram homens simples, quase sempre iletrados, e espantou-me nele a sapiência. Mas ele me disse sorrindo que os franciscanos de suas ilhas eram de outra cepa: "Roger Bacon, que eu venero como mestre, ensinou-nos que o plano divino passará um dia para a ciência das máquinas, que é magia natural e santa. E um dia, por força da natureza, poderão ser feitos instrumentos de navegação graças aos quais as naves se moverão unico homine regente e bem mais rápidas que as impelidas por vela ou remos; e haverá carros que se moverão velozmente sem que nenhum animal os puxe, e veículos voadores guiados por um homem que os fará bater as asas como se fossem pássaros. E instrumentos minúsculos que erguerão pesos infinitos e navezinhas que permitirão flutuar no fundo do mar".

Quando lhe perguntei onde estavam essas máquinas, disse-me que já tinham sido feitas na Antiguidade, e algumas até em nossos tempos: "Exceto o instrumento para voar, que não vi nem conheço quem o tenha visto, mas conheço um estudioso que o imaginou. E é possível fazer pontes que atravessem os rios sem colunas ou qualquer outra sustentação, e outras máquinas inauditas. Mas não precisas ficar preocupado por não existirem ainda, porque isso não quer dizer que não existirão. E digo-te que Deus quer que existam, e certamente já estão em sua mente, ainda que meu amigo de Ockham negue que as ideias existem desse modo, e não porque podemos decidir sobre a natureza divina, mas justamente porque não podemos impor-lhe limite algum". Não foi essa a única proposição contraditória que o ouvi enunciar, mas, mesmo agora que sou velho e mais sabido do que naquele tempo, não compreendo definitivamente como ele podia ter tanta confiança em seu amigo de Ockham e ao mesmo tempo jurar sobre as palavras de Bacon. É bem verdade que aqueles eram tempos obscuros em que um homem sábio precisava pensar coisas contraditórias entre si.

Eis aí que eu disse sobre frei Guilherme coisas insensatas talvez, como que a recolher desde o início as impressões desconexas que tive então. Quem foi ele e o que fez, meu bom leitor, poderás talvez deduzir melhor pelo que fez nos dias que passamos na abadia. Não te prometi um plano completo, porém um elenco de fatos (estes sim) espantosos e terríveis.

Conhecendo assim dia a dia o meu mestre, e passando as longas horas de marcha em longuíssimas conversações sobre as quais, conforme o caso, falarei aos poucos, atingimos as faldas do monte sobre o qual se erguia a abadia. E, tal como fizemos então, está na hora de aproximar dela a minha narrativa, e oxalá minha mão não trema quando eu começar a contar o que aconteceu em seguida.

PRIMEIRO DIA

A ABADIA

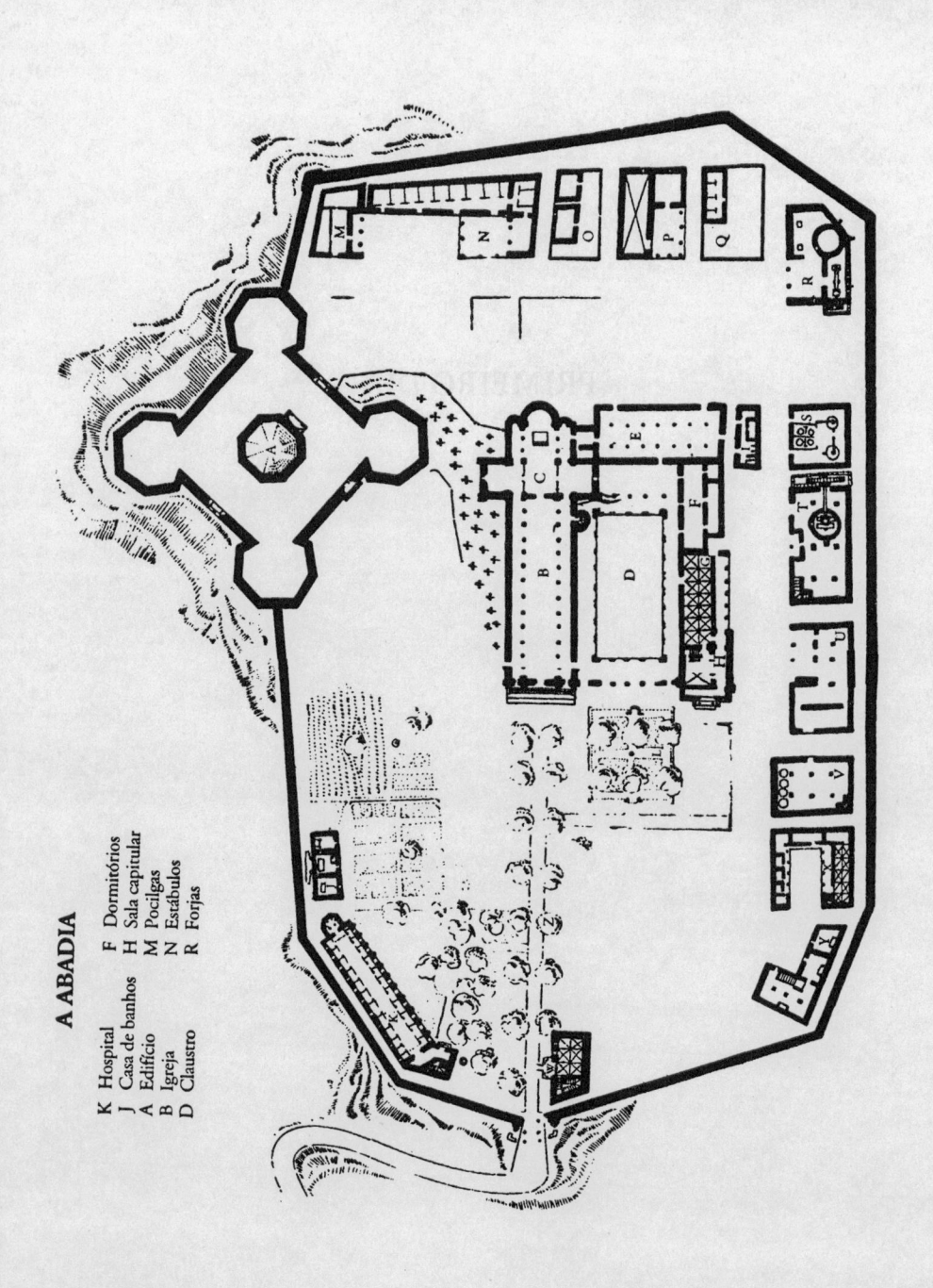

K Hospital
J Casa de banhos
A Edifício
B Igreja
D Claustro
F Dormitórios
H Sala capitular
M Pocilgas
N Estábulos
R Forjas

Primeiro dia

PRIMA

*De como se chega aos pés da abadia e Guilherme
dá mostras de grande argúcia.*

Era uma bela manhã de fins de novembro. À noite nevara um pouco, mas o chão estava coberto de um véu fresco não mais alto que três dedos. No escuro, logo depois das laudes, tínhamos assistido à missa num vilarejo do sopé. Depois, quando o sol raiou, seguimos viagem rumo às montanhas.

Enquanto grimpávamos pela trilha íngreme que se desatava ao redor do monte, vi a abadia. Não me espantaram as muralhas que a cingiam por todos os lados, semelhantes a outras que vi em todo o mundo cristão, mas sim a mole daquilo que depois fiquei sabendo ser o Edifício. Era uma construção octogonal que a distância parecia um tetrágono (figura perfeitíssima que exprime a solidez e a inexpugnabilidade da Cidade de Deus), cujos lados meridionais se erguiam sobre a planura da abadia, enquanto os setentrionais pareciam crescer das próprias faldas do monte, sobre o qual se robusteciam a pique. Digo que de certos pontos, de baixo, parecia que a rocha se prolongava até o céu, sem descontinuidade de cores e matéria, e, a certa altura, transformava-se em fortaleza e torreão (obra de gigantes que tivessem grande familiaridade tanto com a terra quanto com o céu). Três fileiras de janelas ditavam o ritmo trinário de sua sobrelevação, de modo que aquilo que era fisicamente quadrado na terra era espiritualmente triangular no céu. A maior proximidade, via-se que a forma quadrangular gerava, em cada um de seus ângulos, um torreão heptagonal, com cinco lados projetados para fora — quatro, portanto, dos oito lados do octógono maior geravam quatro heptágonos menores, que no exterior manifestavam-se como pentágonos. E não há quem não veja a admirável harmonia de tantos números santos, cada um dos quais a revelar um sutilíssimo sentido espiritual. Oito, o número da perfeição de todo tetrágono; quatro, o número dos evangelhos; cinco, o número das zonas do mundo; sete, o número dos dons do Espírito Santo. No tamanho e na forma, o Edifício afigurou-se-me como o que mais tarde eu veria no sul da península italiana, Castel Ursino ou Castel dal Monte, mas, pela posição inacessível, era mais assombroso que estes, capaz de gerar temor no viajante que dele se aproximasse devagar. E por sorte, sendo aquela uma límpida manhã de inverno, a construção não se me mostrou como é vista nos dias de tempestade.

De qualquer modo, não direi que ela sugeria sentimentos de alegria. Causou-me espanto e sutil inquietação. Deus sabe que não eram fantasias de minh'alma imatura, e que eu interpretava corretamente indubitáveis presságios inscritos na pedra desde o dia em que os gigantes nela pousaram a mão e antes que a iludida vontade dos monges ousasse consagrá-la à custódia da palavra divina.

Enquanto nossos burricos se arrastavam pelo último cotovelo da montanha, onde o caminho principal se trifurcava, dando origem a duas trilhas laterais, meu mestre deteve-se por algum tempo, olhando ao redor, para os lados da estrada, para o leito da estrada e por cima da estrada, onde uma série de pinheiros sempre-verdes formava por um breve trecho um teto natural, cândido de neve.

— Abadia rica — disse. — O abade gosta de fazer boa figura nas ocasiões públicas.

Habituado que estava a ouvi-lo fazer as mais singulares afirmações, não o interroguei. Mesmo porque, após mais um trecho de estrada, ouvimos rumores, e numa curva apareceu um agitado punhado de monges e de fâmulos. Um deles, assim que nos viu, veio ao nosso encontro com muita urbanidade:

— Bem-vindo, senhor — disse —, e não vos admireis se adivinho quem sois, porque fomos advertidos de vossa visita. Eu sou Remigio de Varagine, o despenseiro do mosteiro. E se, como creio, sois frei Guilherme de Baskerville, o abade precisa ser avisado. Tu — ordenou, voltando-se para alguém do séquito —, sobe para avisar que nosso visitante está para ingressar no recinto murado!

— Agradeço-vos, senhor despenseiro — respondeu cordialmente meu mestre —, e mais aprecio vossa cortesia porquanto, para saudar-me, interrompestes a perseguição. Mas não receeis, o cavalo passou por aqui e dirigiu-se para a trilha da direita. Não poderá ter ido muito longe, porque, chegando ao depósito da forragem, precisará deter-se. É inteligente demais para lançar-se escarpa abaixo...

— Quando o vistes? — perguntou o despenseiro.

— Na realidade não o vimos, não é, Adso? — disse Guilherme voltando-se para mim com ar divertido. — Mas, se estais à procura de Brunello, o animal só pode estar onde eu disse.

O despenseiro hesitou. Olhou para Guilherme, em seguida para o atalho, e por fim perguntou:

— Brunello? Como sabeis?

— Ora — disse Guilherme —, é evidente que andais à procura de Brunello, o cavalo favorito do abade, o melhor galopador de vossa estrebaria, de pelagem preta, cinco pés de altura, rabo luxuriante, casco pequeno e redondo, mas de galope bastante regular; cabeça miúda, orelhas finas, mas olhos grandes. Foi para a direita, estou dizendo, e apressai-vos, em todo caso.

O despenseiro teve um momento de hesitação, depois acenou para os seus e barafustou pela trilha da direita, enquanto nossos burricos recomeçavam a subir. Quando estava para interrogar Guilherme, porque tinha sido mordido pela curiosidade, ele me fez um sinal para esperar: e de fato alguns instantes depois ouvimos gritos de júbilo, e na curva do caminho reapareceram monges e fâmulos trazendo de volta o cavalo pelo morso. Passaram por nós, continuando a nos olhar um tanto aturdidos, e nos precederam em direção à abadia. Creio até que Guilherme diminuiu o passo de sua cavalgadura para permitir que eles lá contassem o que acontecera. Com efeito, eu tivera oportunidade de perceber que meu mestre, em tudo e por tudo homem de altíssima virtude, transigia no vício da vaidade quando se tratava de dar mostras de sua argúcia e, tendo eu já apreciado seus dotes de sutil diplomata, compreendi que ele queria chegar ao destino precedido de sólida fama de homem atilado.

— E agora dizei-me — não pude me controlar por fim — como conseguistes saber tudo isso?

— Meu bom Adso — disse meu mestre —, durante toda a viagem tenho te ensinado a reconhecer os traços com que o mundo nos fala como um grande livro. Alanus ab Insulis dizia que

> omnis mundi creatura
> quasi liber et pictura
> nobis est in speculum

e pensava na inexaurível reserva de símbolos com que Deus, através de suas criaturas, nos fala da vida eterna. Mas o universo é ainda mais loquaz do que pensava Alanus e não só fala das coisas últimas (caso em que o faz sempre obscuramente), mas também das próximas, e nisto é claríssimo. Quase me envergonho de repetir aquilo que devias saber. Na encruzilhada, sobre a neve ainda fresca, estavam desenhadas com muita clareza as marcas dos cascos de um cavalo, que apontavam para a trilha à nossa esquerda. Os sinais, que guardavam entre si bela e igual distância, indicavam que o casco era pequeno e redondo, e o galope, de grande regularidade; disso então deduzi a natureza do cavalo e o fato de que ele não corria desordenadamente, como faz um animal árdego. Lá onde os pinheiros formavam como que um teto natural, alguns ramos tinham sido partidos recentemente, bem na altura de cinco pés. Uma das amoreiras — onde o animal deve ter virado para tomar o caminho à sua direita, enquanto sacudia altivamente a bela cauda — conservava ainda longas crinas negras presas entre os espinhos... Não vais me dizer afinal que não sabes que aquela trilha conduz ao depósito dos resíduos da palha, porque, subindo pela curva inferior, vimos a gosma dos detritos escorrer pelas escarpas aos pés do torreão meridional, sujando a neve; e, do modo como a trifurcação estava disposta, o caminho só podia levar àquela direção.

— Sim — eu disse —, mas a cabeça pequena, as orelhas pontudas, os olhos grandes...

— Não sei se os tem, mas com certeza os monges acreditam piamente nisso. Dizia Isidoro de Sevilha que a beleza de um cavalo exige "ut sit exiguum caput et siccum prope pelle ossibus adhaerente, aures breves et argutae, oculi magni, nares patulae, erecta cervix, coma densa et cauda, ungularum soliditate fixa rotunditas". Se o cavalo cuja passagem inferi não fosse realmente o melhor da estrebaria, não se explicaria por que não saíram apenas os cavalariços a persegui-lo, mas até o despenseiro se deu ao incômodo. E um monge que considera um cavalo excelente, além de suas formas naturais, só pode vê-lo tal como as autorictates o descreveram, especialmente se — e aqui me endereçou um sorriso malicioso — for um douto beneditino...

— Está bem — eu disse —, mas por que Brunello?

— Que o Espírito Santo te ponha mais luzes na cachola do que as que tens, meu filho! — exclamou o mestre. — Que outro nome lhe darias se até mesmo o grande Buridan, que está para tornar-se reitor em Paris, precisando falar de um belo cavalo, não encontrou nome mais natural?

Assim era meu mestre. Sabia ler não apenas no grande livro da natureza, mas também no modo como os monges liam os livros da escritura e pensavam através deles. Dote que, como veremos, lhe seria bastante útil nos dias que se seguiriam. Sua explicação, além disso, me pareceu àquela altura tão óbvia, que minha humilhação por não a ter achado sozinho foi superada pelo orgulho de participar dela, e quase me congratulei por minha agudeza. Tanta é a força da verdade que, tal como o bem, ela é autodifusiva. E seja louvado o santo nome de nosso senhor Jesus Cristo por essa bela revelação que tive.

Mas retoma o fio da meada, ó minha história, pois este monge senil se demora demais nas *marginalia*. Dize que chegamos ao grande portal da abadia, e na soleira estava o abade para quem dois noviços sustinham uma baciazinha de ouro cheia de água. Tão logo apeamos, ele lavou as mãos de Guilherme, depois o abraçou, beijando-o na boca e dando-lhe suas santas boas-vindas, enquanto o despenseiro se ocupava de mim.

— Obrigado, Abão — disse Guilherme —, para mim é uma grande alegria pôr os pés no mosteiro de vossa magnificência, cuja fama atravessou estas montanhas. Venho como peregrino em nome de Nosso Senhor e como tal me haveis prestado honras. Mas venho também em nome do nosso senhor aqui na terra, como vos dirá a carta que vos entrego, e também em nome dele agradeço-vos a acolhida.

O abade pegou a carta com os sinetes imperiais e disse que em todo caso a vinda de Guilherme tinha sido precedida de outras missivas de seus confrades (visto que é difícil apanhar um abade beneditino de surpresa — pensei eu com certo orgulho), depois pediu ao despenseiro que nos conduzisse a nossos alojamentos, enquanto os cavalariços levavam nossas cavalgaduras. O abade comprometeu-se a visitar-nos mais tarde, depois que tivéssemos refeito nossas forças, e entramos no grande pátio onde os edifícios da abadia se estendiam por toda a suave planura que embotava em delicada caldeira — ou alpe — o topo do monte.

Sobre a disposição da abadia terei ocasião de falar mais vezes e mais minuciosamente. Após o portal (que era a única passagem da muralha) abria-se uma alameda arborizada que conduzia à igreja abacial. À esquerda da alameda estendia-se uma vasta zona de pomares e, como fiquei sabendo depois, o jardim botânico, ao redor dos dois prédios dos banhos e do hospital e herbanário, que costeavam as curvas da muralha. No fundo, à esquerda da igreja, erguia-se o Edifício, separado desta por uma esplanada coberta de túmulos. O portal norte da igreja dava de frente para o torreão meridional do Edifício, que oferecia frontalmente aos olhos do visitante o torreão ocidental, em seguida se ligava à muralha, à esquerda, e profundava-se torreado para o abismo, sobre o qual se projetava o torreão setentrional que era visível obliquamente. À direita da igreja estendiam-se algumas construções que a ladeavam e circundavam o claustro: por certo o dormitório, a casa do abade e a casa dos peregrinos, para a qual éramos conduzidos e que atingimos atravessando um belo jardim. Do lado direito, para além de uma vasta esplanada, ao longo dos muros meridionais e continuando a oriente atrás da igreja, uma série de alojamentos de colonos, estábulos, moinhos, lagares, celeiros e adegas, e aquilo que me pareceu ser a casa dos noviços. A regularidade do terreno, pouco ondulado, permitira aos antigos construtores daquele lugar sagrado respeitar os ditames da orientação, mais do que poderiam pretender Honório Augustodunense ou Guilherme Durando. Pela posição do sol àquela hora do dia, percebi que o portal se abria perfeitamente para ocidente, de tal modo que o coro e o altar ficavam voltados para oriente; e o sol de manhã cedinho podia surgir acordando diretamente os monges no dormitório e os animais nos estábulos. Nunca vi abadia mais bela e admiravelmente orientada, ainda que em seguida tenha conhecido

São Galo, Cluny, Fontenay e outras mais, talvez maiores, porém não tão bem proporcionadas. Diferentemente das outras, esta se destacava contudo pela mole incomensurável do Edifício. Eu não tinha a experiência de um mestre alvanel, mas logo me dei conta de que ele era muito mais antigo que as construções que o rodeavam, que talvez tivesse nascido para outros fins, e que o conjunto abacial fora se dispondo ao redor dele em tempos posteriores, mas de tal modo que a orientação da grande construção se adequasse à da igreja, ou esta àquela. Pois a arquitetura é dentre todas as artes a que mais ousadamente busca reproduzir em seu ritmo a ordem do universo, que os antigos chamavam de *kosmos*, isto é, ornato, porquanto é como um grande animal sobre o qual refulgem a perfeição e a proporção de todos os seus membros. E louvado seja o Nosso Criador que, como dizem as Escrituras, estabeleceu todas as coisas em número, peso e medida.

Primeiro dia

TERÇA

Em que Guilherme tem instrutiva conversa com o abade.

O despenseiro era um homem obeso e de aspecto vulgar mas jovial, encanecido mas robusto ainda, pequeno mas ágil. Conduziu-nos às nossas celas na casa dos peregrinos. Ou melhor, conduziu-nos à cela reservada ao meu mestre, prometendo-me que no dia seguinte teria uma livre também para mim, pois, ainda que noviço, eu era hóspede deles, portanto devia ser tratado com todas as honras. Por aquela noite poderia dormir num nicho amplo e comprido que se abria na parede da cela, sobre o qual mandara espalhar boa palha fresca. Coisa que — acrescentou — se fazia às vezes para os serviçais de senhores que desejassem ser velados durante o sono.

Depois os monges nos trouxeram vinho, queijo, azeitonas, pão e uva-passa da boa, e deixaram-nos a cear. Comemos e bebemos com muito gosto. Meu mestre não tinha os hábitos austeros dos beneditinos e não gostava de comer em silêncio. Contudo, falava sempre de coisas tão boas e sábias que era como se um monge nos estivesse lendo as vidas dos santos.

Àquele dia não deixei de interrogá-lo de novo sobre o fato do cavalo.

— Porém — eu disse — quando lestes as pegadas sobre a neve e nos ramos, ainda não conhecíeis Brunello. De certo modo os rastros nos falavam de todos os cavalos, ou pelo menos de todos os cavalos daquela espécie. Não devemos então dizer que o livro da natureza nos fala só por meio de essências, como ensinam muitos insignes teólogos?

— Não de todo, caro Adso — respondeu-me o mestre. — É verdade que para mim aquele tipo de pegada exprimia, digamos, o cavalo como *verbum* mentis, e assim teria expressado em qualquer lugar que o encontrasse. Mas a pegada naquele lugar e àquela hora do dia dizia-me que pelo menos um dentre todos os cavalos possíveis passara por ali. De modo que eu me encontrava a meio caminho entre a apreensão do conceito de cavalo e o conhecimento de um cavalo individual. Em todo caso, o que eu ficava conhecendo do cavalo universal me era dado pelo rastro, que era singular. Poderia dizer que naquele momento eu estava preso entre a singularidade do rastro e a minha ignorância, que assumia a forma bastante diáfana de uma ideia universal. Se vires alguma coisa de longe e não entenderes o que é, contentar-te-ás em defini-la como um corpo extenso. Quando ela se aproximar de ti, tu a definirás como um animal, mesmo que não saibas ainda se é um cavalo ou um asno. E por fim, quando estiver mais perto, poderás dizer que é um cavalo, mesmo que não saibas ainda se Brunello ou Favello. E somente quando estiveres a distância apropriada verás que é Brunello (ou este cavalo e não outro, qualquer que seja o modo como decidas chamá-lo). E esse será o conhecimento pleno, a intuição do singular. Foi assim que eu, há uma hora, estava pronto a esperar todos os cavalos, mas não pela vastidão do meu intelecto, mas sim pela exiguidade da minha intuição. E a fome do meu intelecto só foi saciada quando vi o cavalo singular que os monges traziam pelo morso. Só então eu soube, realmente, que meu raciocínio anterior conduzira-me para perto da verdade. De modo que as ideias, que eu usava antes para figurar um cavalo que ainda não vira, eram puros signos, como eram signos da ideia de cavalo as pegadas sobre a neve: e usam-se signos e signos de signos apenas quando faltam as coisas.

Outras vezes eu o ouvira falar com muito ceticismo das ideias universais e com grande respeito das coisas individuais: e depois também me pareceu que essa tendência lhe proviesse tanto do fato de ser britânico quanto do fato de ser franciscano. Mas naquele dia eu talvez não tivesse forças suficientes para enfrentar disputas teológicas, de modo que me aninhei no espaço que me fora concedido, embrulhei-me numa coberta e caí em sono profundo.

Quem ali entrasse poderia tomar-me por um embrulho. E assim o fez certamente o abade quando veio visitar Guilherme por volta da hora terça. Foi dessa forma que, sem ser observado, pude ouvir o primeiro colóquio dos dois. E sem malícia alguma, pois manifestar-me de repente ao visitante teria sido mais descortês do que me esconder como fiz, com humildade.

Chegou pois Abão. Desculpou-se pela intrusão, renovou os votos de boas-vindas e disse que precisava falar com Guilherme sobre assunto bastante grave.

Começou cumprimentando-o pela habilidade com que se conduzira na história do cavalo e perguntou como, afinal, ele soubera dar notícias tão seguras sobre um animal que nunca vira. Guilherme explicou-lhe sucintamente o caminho que havia seguido, e o abade alegrou-se muito com sua argúcia. Disse que não esperaria menos de um homem que fora precedido pela fama de grande sagacidade. Disse que recebera uma carta do abade de Farfa que não só lhe falava da missão confiada a Guilherme pelo imperador (sobre a qual discutiriam nos dias seguintes), mas também lhe dizia que na Inglaterra e na Itália meu mestre tinha sido inquisidor de alguns processos, nos quais se distinguira pela perspicácia, não isenta de grande humanidade.

— Gostei muito de saber — acrescentou o abade — que em numerosos casos decidistes pela inocência do acusado. Acredito, e nunca como nestes dias tristíssimos, na presença constante do maligno nas coisas humanas — e olhou ao redor de si, imperceptivelmente, como se o inimigo vagasse por entre aquelas paredes —, mas acredito também que muitas vezes o maligno age por causas segundas. E sei que pode impelir suas vítimas a fazer o mal de tal modo que a culpa recaia sobre um justo, sentindo prazer pelo fato de que um justo vá para a fogueira em lugar de quem lhe é submisso. Frequentemente os inquisidores, para provar que são diligentes, arrancam a qualquer custo uma confissão do acusado, achando que bom inquisidor é só aquele que conclui um processo encontrando um bode expiatório...

— Mesmo um inquisidor pode ser impelido pelo diabo — disse Guilherme.

— É possível, admitiu o abade com muita cautela —, porque os desígnios do Altíssimo são imperscrutáveis, mas não serei eu a lançar a sombra da suspeita sobre homens tão beneméritos. Aliás, é de vós, por serdes um deles, que eu preciso hoje. Aconteceu nesta abadia uma coisa que exige a atenção e o conselho de um homem arguto e prudente. Arguto para descobrir e prudente (se for o caso) para encobrir. Frequentemente, de fato, é indispensável provar a culpa de homens que deveriam primar pela santidade, mas de tal modo que se elimine a causa do mal sem que o culpado seja exposto ao desprezo público. Se um pastor falhar, deverá ser isolado dos outros pastores, mas ai se as ovelhas começassem a desconfiar dos pastores.

— Compreendo — disse Guilherme.

Eu já tivera meios de notar que, quando ele se exprimia daquele modo tão solícito e educado, em geral era porque calava, de maneira honesta, sua discordância ou sua perplexidade.

— Por isso — continuou o abade —, acho que todo caso que diga respeito ao erro de um pastor não pode ser confiado senão a homens como vós, que sabem distinguir não só o bem do mal, mas também o que é oportuno daquilo que não o é. Agrada-me pensar que tenhais condenado apenas quando...

— ... os acusados eram culpados de atos criminosos, de venefício, de corrupção de jovens inocentes e de outros atos nefandos que minha boca não ousa pronunciar...

— ... que tenhais condenado apenas quando — continuou o abade sem levar em conta a interrupção — a presença do demônio era tão evidente aos olhos de todos que não seria possível proceder de modo diferente, sem que a indulgência fosse mais escandalosa do que o próprio crime.

— Quando reconheci alguém culpado — precisou Guilherme —, ele tinha realmente cometido crimes de tal ordem que eu podia entregá-lo em sã consciência ao braço secular.

O abade teve um momento de incerteza e perguntou:

— Por que insistis em falar de ações criminosas sem vos pronunciardes sobre sua causa diabólica?

— Porque raciocinar sobre as causas e os efeitos é coisa bastante difícil, da qual acho que o único juiz possível é Deus. Já penamos tanto para estabelecer uma relação entre um efeito tão evidente como uma árvore queimada e o raio que a incendiou, que remontar cadeias por vezes longuíssimas de causas e efeitos me parece tão insensato quanto querer construir uma torre que chegue até o céu.

— O doutor de Aquino — sugeriu o abade — não temeu demonstrar, apenas com a força da razão, a existência do Altíssimo, remontando de causa em causa até a causa primeira não causada.

— Quem sou eu — disse Guilherme com humildade — para opor-me ao doutor de Aquino? Mesmo porque sua prova da existência de Deus é confirmada por tantos outros testemunhos, que seus caminhos assim se tornam fortalecidos. Deus nos fala no interior de nossa alma, como já sabia Agostinho, e vós, Abão, teríeis cantado loas do Senhor e a evidência de sua presença mesmo que Tomás não tivesse... — deteve-se e acrescentou: — Imagino.

— Oh, claro — apressou-se a assegurar o abade.

E meu mestre truncou desse modo belíssimo uma discussão de escola que evidentemente lhe agradava pouco. Depois recomeçou a falar.

— Voltemos aos processos. Um homem, suponhamos, foi morto por envenenamento. Esse é um dado de experiência. É possível que eu imagine, diante de certos sinais irrefutáveis, que o autor do venefício tenha sido outro homem. Em cadeias de causas tão simples minha mente pode intervir com alguma confiança em seu poder. Mas como posso complicar a cadeia imaginando que, como causa da pérfida ação, haja outra intervenção, dessa vez não humana, mas diabólica? Não digo que não seja possível, o diabo também denuncia sua passagem através de claros sinais, tal qual o vosso cavalo Brunello. Por que devo buscar essas provas? Já não é suficiente saber que o culpado é aquele homem e entregá-lo ao braço secular? Em todo caso sua pena será a morte, que Deus o perdoe.

— Mas estou sabendo que num processo ocorrido em Kilkenny, há três anos, no qual algumas pessoas foram acusadas de terem cometido delitos torpes, vós não negastes a intervenção do diabo, depois de identificados os culpados.

— Mas também nunca o afirmei abertamente. Nem mesmo o neguei, é verdade. Quem sou eu para emitir juízos sobre as tramas do maligno, especialmente — acrescentou, parecendo querer insistir nessa razão — em casos nos quais aqueles que tinham dado início à inquisição, o bispo, os magistrados civis e todo o povo e talvez até os próprios réus desejavam realmente ver a presença do demônio? Bem, talvez a única prova verdadeira da presença do diabo seja a intensidade com que todos, naquele momento, desejam sabê-lo em ação...

— Portanto — disse o abade em tom preocupado — estais dizendo que em muitos processos o diabo não age apenas sobre o culpado, mas talvez e acima de tudo sobre os juízes?

— Acaso eu poderia fazer uma afirmação desse tipo? — perguntou Guilherme, e notei que a pergunta era formulada de tal modo que o abade não pudesse afirmar que ele podia; assim, Guilherme aproveitou-se do silêncio dele para desviar o rumo do diálogo. — Mas no fundo trata-se de coisas distantes. Abandonei aquela nobre atividade e, se o fiz, foi porque o Senhor assim o quis...

— Sem dúvida — admitiu o abade.

— ... e agora — continuou Guilherme — ocupo-me de outras questões delicadas. E gostaria de ocupar-me da que vos aflige, se me falardes dela.

O abade pareceu-me satisfeito de poder mudar de assunto. Começou então a narrar, com muita prudência na escolha das palavras e longas perífrases, um fato singular que ocorrera poucos dias antes e provocara muita perturbação entre os monges. E disse que falava do assunto com Guilherme porque, sabendo que ele era grande conhecedor tanto da alma humana, quanto das tramas do maligno, esperava que pudesse dedicar parte do seu precioso tempo à elucidação de um dolorosíssimo enigma. Adelmo de Otranto, monge ainda jovem, mas já famoso como mestre miniaturista, fora encontrado uma manhã por um cabreiro no fundo da escarpa dominada pelo torreão oriental do Edifício. Como tinha sido visto pelos outros monges no coro durante as completas, mas não reaparecera nas matinas, provavelmente teria caído durante as horas mais escuras da noite. Noite de grande tempestade de neve, com flocos cortantes como lâminas, que mais pareciam granizo, impelidos por um vento impetuoso que soprava do ocidente. Imerso naquela neve que primeiro derretera e depois endurecera, formando lâminas de gelo, seu corpo fora encontrado aos pés da escarpa, dilacerado pelas rochas de encontro às quais se chocara. Pobre e frágil coisa mortal, que Deus tivesse misericórdia dele. Por causa dos muitos rebotes que o corpo tinha sofrido ao precipitar-se, não era fácil dizer de que ponto exato teria caído: certamente de uma das janelas que se abriam em três séries de andares nos três lados do torreão que davam para o abismo.

— Onde sepultastes o pobre corpo? — perguntou Guilherme.

— No cemitério, naturalmente — respondeu o abade. — Deveis tê-lo notado, estende-se entre o lado setentrional da igreja, o Edifício e o pomar.

— Estou vendo — disse Guilherme —, e estou vendo que o vosso problema é o seguinte. Se aquele infeliz tivesse, Deus nos livre, se suicidado (já que não se podia pensar numa queda acidental), no dia seguinte teríeis encontrado aberta uma das janelas, ao passo que as encontrastes todas fechadas, e sem que aos pés de alguma delas aparecessem vestígios de água.

O abade, como disse, era homem de grande diplomacia e compostura, mas dessa vez fez um movimento de surpresa que extinguiu nele qualquer resquício daquele decoro que condiz com a pessoa grave e magnânima, como quer Aristóteles:

— Quem vos disse isso?

— Vós o dissestes — respondeu Guilherme. — Se a janela estivesse aberta, teríeis logo pensado que ele se atirara. Pelo que pude julgar do exterior, trata-se de grandes janelas de vidraças opacas, e janelas desse tipo não costumam abrir-se na altura de um homem, em edifícios deste porte. Portanto, se estivesse aberta, sendo impossível que o infeliz tivesse se aproximado dela e perdido o equilíbrio, só restaria pensar em suicídio. Caso esse em que não teríeis permitido que o sepultassem em terra consagrada. Mas, visto que lhe destes sepultura cristã, as janelas deviam estar fechadas. Porque, estando fechadas, não tendo eu encontrado, sequer nos processos de bruxaria, nenhum morto impenitente a quem Deus ou o diabo tivessem concedido voltar do abismo para apagar os rastros de seu malfeito, é evidente que o suposto suicida foi empurrado, quer por mãos humanas, quer por força diabólica. E vós vos perguntais quem pode tê-lo, não digo empurrado para o abismo, mas erguido contra a sua vontade para o parapeito, e estais preocupado, porque uma força maléfica, natural ou sobrenatural que seja, circula agora pela abadia.

— É isso... — disse o abade, e não se sabia ao certo se estava confirmando as palavras de Guilherme ou atinando com as razões que Guilherme enunciara tão admiravelmente. — Mas como conseguistes saber que não havia água ao pé de alguma vidraça?

— Porque me dissestes que o vento soprava de ocidente, e a água não podia ser impelida contra janelas que se abrem para oriente.

— Não me haviam contado o bastante sobre vossas virtudes — disse o abade. — E tendes razão, não havia água, e agora sei por quê. As coisas se passaram como estais dizendo. E agora compreendeis a minha angústia. Seria grave se um dos meus monges se tivesse maculado com o abominável pecado do suicídio. Mas tenho razões para achar que outro deles se maculou com um pecado igualmente terrível. E se fosse só isso...

— Primeiro, por que um dos monges? Na abadia há várias outras pessoas, cavalariços, cabreiros, serviçais...

— Certo, é uma abadia pequena, mas rica — admitiu com ar de importância o abade. — Cento e cinquenta fâmulos para sessenta monges. Mas tudo aconteceu no Edifício. Ali, como talvez já saibais, embora no primeiro andar estejam as cozinhas e o refeitório, nos dois andares superiores ficam o scriptorium e a biblioteca. Após a ceia o Edifício é fechado e há uma regra rigorosíssima que proíbe o acesso a quem quer que seja.

Adivinhou a pergunta de Guilherme e acrescentou logo, claramente de má vontade:

— Inclusive os monges, claro, mas...

— Mas?

— Mas excluo absolutamente — absolutamente, compreendeis? — que um fâmulo tenha tido a coragem de lá penetrar à noite.

Por seus olhos passou como um sorriso de desafio, mas foi rápido como um raio ou uma estrela cadente.

— Digamos que teriam medo, sabeis... às vezes as ordens dadas aos simples devem ser reforçadas com alguma ameaça, como o presságio de que quem desobedecer sofrerá alguma coisa terrível, e por força sobrenatural. Um monge, ao contrário...

— Compreendo.

— Não só, mas um monge poderia ter outras razões para aventurar-se num lugar proibido, quero dizer razões... como dizer?... razoáveis, ainda que contrárias à regra.

Guilherme apercebeu-se do mal-estar do abade e fez uma pergunta que visava talvez mudar de assunto, mas que produziu um mal-estar ainda maior.

— Falando de um possível homicídio, dissestes "e se fosse só isso". O que queríeis dizer?

— Eu disse isso? Bem, não se mata sem razão, ainda que perversa. E tremo ao pensar na perversidade das razões que podem ter impelido um monge a matar um confrade. Pois bem. É isso.

— E não há mais nada?

— Não há mais nada que eu possa vos dizer.

— Estais querendo dizer que não há mais nada que tendes o poder de dizer?

— Suplico-vos, frei Guilherme, irmão Guilherme — e o abade acentuou tanto frei quanto irmão. Guilherme enrubesceu vivamente e comentou:

— Eris sacerdos in aeternum.

— Obrigado — disse o abade.

Oh, Senhor Deus, em que mistério terrível tocaram naquele momento meus imprudentes superiores, um impelido pela angústia, o outro, pela curiosidade. Porque até eu, noviço que se iniciava nos mistérios do santo sacerdócio de Deus, até eu, humilde jovenzinho, havia percebido que o abade estava a par de alguma coisa, mas coisa sabida sob o sigilo da confissão. Devia ter ouvido dos lábios de alguém algum detalhe pecaminoso que podia ter relação com o trágico fim de Adelmo. Talvez por isso pedisse a frei Guilherme que descobrisse um segredo do qual ele suspeitava, mas que não podia revelar a ninguém, e esperava que meu mestre elucidasse com as forças do intelecto o que ele precisava envolver em sombra, por força do sublime império da caridade.

— Bem — disse então Guilherme —, poderei fazer perguntas aos monges?
— Sim.
— Poderei circular livremente pela abadia?
— Dou-vos esse direito.
— Serei investido dessa missão coram monachis?
— Esta mesma noite.
— Mas começarei hoje, antes que os monges saibam do que me encarregastes. Além disso desejaria muito, não é a única razão de minha passagem por aqui, visitar a vossa biblioteca, da qual se fala com admiração em todas as abadias da cristandade.

O abade levantou-se quase num salto, com o rosto muito tenso:
— Podereis circular por toda a abadia, como eu disse. Mas com certeza não pelo último andar do Edifício, pela biblioteca.
— Por quê?
— Deveria ter-vos explicado antes, achava que soubésseis. Sabeis que nossa biblioteca não é como as outras...
— Sei que ela tem mais livros que qualquer outra biblioteca cristã. Sei que diante de vossas estantes as de Bobbio ou de Pomposa, de Cluny ou de Fleury parecem o quarto de um menino que mal se inicia no ábaco. Sei que os seis mil códices de que Novalesa se gabava há mais de cem anos são poucos diante dos vossos, e talvez muitos deles agora estejam aqui. Sei que vossa abadia é a única luz que a cristandade pode opor às trinta e seis bibliotecas de Bagdá e aos dez mil códices do vizir Ibn al-Alkami, que o número de vossas bíblias se iguala aos dois mil e quatrocentos corões de que o Cairo se vangloria, e que

a realidade de vossas estantes é luminosa evidência contra a soberba lenda dos infiéis que há anos queriam (íntimos que são do príncipe da mentira) a biblioteca de Trípoli, que contém seis milhões de volumes e é habitada por oitenta mil comentadores e duzentos escribas.

— Assim é, que o céu seja louvado.

— Sei que entre os monges que vivem convosco muitos vêm de outras abadias espalhadas pelo mundo inteiro: uns por pouco tempo, a fim de copiar textos inencontráveis alhures e levá-los em seguida a suas respectivas sedes, não sem terem trazido, em troca, algum outro manuscrito de insigne raridade que copiareis e incluireis em vosso tesouro; e outros por muito tempo, para ficarem aqui até a morte, porque somente aqui podem encontrar as obras que iluminam sua pesquisa. Portanto tendes entre vós germânicos, dácios, espanhóis, franceses e gregos. Sei que o imperador Frederico, há muitos e muitos anos, pediu que compilásseis um livro sobre as profecias de Merlin, que o traduzísseis para o árabe, a fim de enviá-lo de presente ao sultão do Egito. Sei por fim que uma abadia gloriosa como Murbach, nos tempos tristes que correm, não tem mais um só escriba, que em São Galo sobraram poucos monges que sabem escrever, que agora é nas cidades que surgem corporações e guildas compostas por seculares que trabalham para as universidades e que somente a vossa abadia renova dia a dia — o que estou dizendo? — eleva a alturas cada vez mais elevadas as glórias de vossa ordem...

— Monasterium sine libris — citou absorto o abade — est sicut civitas sine opibus, castrum sine numeris, coquina sine suppellectili, mensa sine cibis, hortus sine herbis, pratum sine floribus, arbor sine foliis... E nossa ordem, crescendo em torno dos mandamentos do trabalho e da prece, foi a luz de todo o mundo conhecido, reserva de saber, salvação duma doutrina antiga que ameaçava desaparecer em incêndios, saques e terremotos, forja da nova escrita e incremento da antiga... Mas vivemos agora em tempos muito obscuros, o povo de Deus está voltado para o comércio e para as guerras de facção, lá embaixo, nos grandes centros habitados, onde não pode encontrar abrigo o espírito da santidade e onde não só se fala em vulgar (pois dos leigos não se pode exigir mais) como também se escreve em vulgar; e que nenhum desses volumes jamais adentre nossos muros, pois torna-se fatalmente incentivo à heresia! Por causa dos pecados dos homens o mundo está suspenso à beira do abismo, penetrado pelo abismo que o abismo invoca. E amanhã, como queria Honório, os corpos humanos serão menores que os nossos, assim como os nossos são menores que os dos antigos. Mundus senescit. Agora, se Deus confiou alguma missão à nossa ordem, é justamente a de se opor a essa corrida rumo ao abismo, conservando, repetindo e defendendo o tesouro de sabedoria que nossos pais nos confiaram. A divina providência ordenou que o governo universal, que no início do mundo estava no Oriente, pouco a pouco, com o passar do tempo, se deslocasse para o Ocidente, para advertir-nos que o fim do mundo está próximo, porque o curso dos acontecimentos já atingiu o limite do universo. E enquanto não acabar definitivamente o milênio, enquanto não triunfar, por pouco que seja, a besta imunda que é o Anticristo, caberá a nós defender o tesouro do mundo cristão e a palavra de Deus, tal qual ele ditou aos profetas e aos apóstolos, tal qual os pais repetiram sem trocar uma palavra, tal qual as escolas tentaram glosar, ainda que hoje nas próprias escolas se aninhe a serpente da soberba, da inveja, da insensatez. Neste ocaso ainda somos os archotes e a luz alta no horizonte. E, enquanto estes muros resistirem, seremos os guardiães da Palavra divina.

— E assim seja — disse Guilherme em tom devoto. — Mas o que tem a ver isso com o fato de não se poder visitar a biblioteca?

— Vede, frei Guilherme — disse o abade —, para poder realizar a obra imensa e santa que enriquece aqueles muros — e apontou a mole do Edifício, que se entrevia pelas janelas da cela, dominando acima da própria igreja abacial —, homens devotos trabalharam durante séculos, seguindo férreas regras. A biblioteca nasceu segundo uma planta que ao longo dos séculos permaneceu obscura para todos, e que a nenhum dos monges é dado conhecer. Somente o bibliotecário, recebendo seu segredo do bibliotecário anterior, comunica-o ainda em vida ao ajudante de bibliotecário, de modo que a morte não o surpreenda, privando a comunidade desse saber. E os lábios de ambos estão selados pelo segredo. Só o bibliotecário, além de saber, tem o direito de mover-se no labirinto dos livros, só ele sabe o lugar onde os encontra e ao qual os restitui, só ele é responsável pela sua conservação. Os demais monges trabalham no scriptorium e podem conhecer o catálogo dos volumes que a biblioteca encerra. Mas um elenco de títulos sempre diz muito pouco, só o bibliotecário sabe da posição do volume, do grau de sua inacessibilidade, que tipo de segredo, de verdade ou de mentira o volume encerra. Só ele decide como e se deve fornecê-lo ao monge que o está solicitando, às vezes depois de se consultar comigo. Porque nem todas as verdades são para todos os ouvidos, nem todas as mentiras podem ser reconhecidas como tais por uma alma piedosa, e os monges, por fim, estão no scriptorium para levarem a cabo uma obra precisa, para a qual devem ler alguns volumes e não outros, e não para atenderem a qualquer insensata curiosidade que porventura os colha, quer por fraqueza da mente, quer por soberba, quer por sugestão diabólica.

— Há, portanto, na biblioteca, também livros que contêm mentiras...

— Os monstros existem porque fazem parte do desígnio divino, e mesmo nas horríveis feições dos monstros revela-se a potência do Criador. Assim, existem por desígnio divino também os livros dos magos, as cabalas dos judeus, as fábulas dos poetas pagãos, as mentiras dos infiéis. Foi firme e santa a convicção daqueles que quiseram e sustiveram esta abadia, durante os séculos, de que mesmo nos livros mentirosos pode transparecer aos olhos do leitor sagaz uma pálida luz da sapiência divina. Por isso, a biblioteca é escrínio também destes. Mas, justamente por isso, compreendei, nela não pode ingressar qualquer um. Ademais — acrescentou o abade como a desculpar-se pela baixeza do último argumento —, o livro é criatura frágil, sofre o desgaste do tempo, teme os roedores, as intempéries, as mãos inábeis. Se por séculos e séculos todos tivessem podido tocar livremente os nossos códices, a maior parte deles já não existiria. O bibliotecário, portanto, defende-os não só dos homens, mas também da natureza, e dedica a vida a essa guerra contra as forças do esquecimento, inimigo da verdade.

— Quer dizer que ninguém, salvo duas pessoas, entra no último andar do Edifício...

O abade sorriu:

— Ninguém deve. Ninguém pode. Ninguém, querendo, conseguiria. A biblioteca defende-se sozinha, insondável como a verdade que abriga, enganadora como a mentira que guarda. Labirinto espiritual, é também labirinto terreno. Poderíeis entrar e poderíeis não sair. E, dito isto, quisera que vos adequásseis às regras da abadia.

— Mas não excluístes a possibilidade de que Adelmo tenha sido jogado de uma das janelas da biblioteca. E como posso raciocinar sobre sua morte se não vejo o lugar em que poderia ter tido início a história de sua morte?

— Frei Guilherme — disse o abade em tom conciliador —, um homem que descreveu meu cavalo Brunello sem vê-lo e a morte de Adelmo sem saber quase nada sobre ela não terá dificuldade de raciocinar sobre lugares aos quais não tem acesso.

Frei Guilherme inclinou-se:

— Sois sábio mesmo quando sois severo. Como quiserdes.

— Se sábio eu fosse, assim o seria por saber ser severo — respondeu o abade.

— Uma última coisa — perguntou Guilherme. — Ubertino?

— Está aqui. Espera-vos. Vós o encontrareis na igreja.

— Quando?

— Sempre — sorriu o abade. — Sabeis que, embora muito douto, não é homem de prezar a biblioteca. Acha que é uma vaidade do século... Fica a maior parte do tempo na igreja a meditar, a rezar...

— Está velho? — perguntou Guilherme hesitando.

— Desde quando não o vedes?

— Há muitos anos.

— Está cansado. Muito desprendido das coisas deste mundo. Tem sessenta e oito anos. Mas acredito que tenha ainda o ânimo que tinha na juventude.

— Logo vou procurá-lo, agradeço.

O abade perguntou-lhe se não queria unir-se à comunidade para o jantar, após a hora sexta. Guilherme disse que acabara de comer, muito satisfatoriamente, e que preferiria ver logo Ubertino. O abade despediu-se.

Estava saindo da cela quando do pátio se ergueu um grito dilacerante, como de pessoa ferida de morte, ao qual se seguiram outros lamentos igualmente atrozes.

— O que é isso?! — perguntou Guilherme, desconcertado.

— Nada — respondeu o abade sorrindo. — Nesta época do ano estão matando porcos. Trabalho para os porqueiros. Não é desse sangue que devereis vos ocupar.

Saiu, e desmentiu sua fama de homem perspicaz. Porque na manhã seguinte... Mas freia tua impaciência, língua minha petulante. Pois no dia de que falo agora, antes do anoitecer, aconteceram ainda muitas coisas que será bom contar.

Primeiro dia

SEXTA

*Em que Adso admira o portal da igreja
e Guilherme reencontra Ubertino de Casale.*

A igreja não era majestosa como outras que vi depois em Estrasburgo, Chartres, Bamberg e Paris. Parecia-se mais com as que já vira na Itália, pouco dadas a elevar-se vertiginosamente ao céu e solidamente pousadas no chão, com frequência mais largas que altas; a diferença é que num primeiro nível ela era encimada, como uma fortaleza, por uma série de ameias quadradas e, sobre esse andar, elevava-se uma segunda construção, mais que torre, sólida segunda igreja arrematada por um telhado em ponta e vazada de janelas severas. Robusta igreja abacial como aquelas que os nossos antigos construíam em Provença e Languedoque, distante dos arrojos e do excesso de ornamentos próprios do estilo moderno, que somente em tempos mais recentes, penso, fora enriquecida, acima do coro, com uma agulha ousadamente apontada para a abóbada celeste.

Duas colunas retas e despojadas fronteavam a entrada, que à primeira vista aparecia como um único grande arco: e das colunas partiam dois capialços que, encimados por outros múltiplos arcos, conduziam o olhar, como no coração de um abismo, para o portal propriamente dito, que se entrevia na sombra, coroado por um imenso tímpano que nos lados era sustentado por dois pés-direitos e no centro por uma pilastra esculpida, a subdividir a entrada em duas aberturas, protegidas por portas de carvalho reforçadas de metal. Àquela hora do dia o sol pálido batia quase a pino sobre o telhado, e a luz caía de soslaio sobre a fachada sem iluminar o tímpano: de modo que, depois de transpormos as duas colunas, vimo-nos de repente sob a abóbada quase silvestre das arcadas que partiam da sequência de colunas menores que, proporcionalmente, reforçavam os contrafortes. Habituados finalmente os olhos à penumbra, de repente o mudo discurso da pedra historiada, acessível como era imediatamente à vista e à fantasia de qualquer um (porque pictura est laicorum literatura), deslumbrou-me o olhar e mergulhou-me numa visão da qual ainda hoje a custo a minha língua consegue falar.

Vi um trono posto no céu e Alguém sentado no trono. O rosto d'Aquele que estava sentado era severo e impassível, tinha os olhos arregalados e dardejantes por sobre uma humanidade terrena que chegara ao fim de suas vicissitudes, cabelos e barba majestosos a caírem sobre o peito como as águas de um rio, em riachos todos iguais e simetricamente bipartidos. A coroa que tinha na cabeça era repleta de esmaltes e gemas, a túnica imperial cor de púrpura dispunha-se em amplas volutas sobre seus joelhos, entretecida de recamos e rendilhas de fios de ouro e prata. A mão esquerda, firme sobre os joelhos, segurava um livro selado; a direita estava levantada em atitude não sei se bendizente ou ameaçadora. O rosto era iluminado pela tremenda beleza de um nimbo cruciforme e florido, e vi brilhar ao redor do trono e sobre a cabeça d'Aquele que estava sentado um arco-íris de esmeraldas. Diante do trono, sob os pés d'Aquele que estava sentado, escorria um mar de cristal e ao redor d'Ele, ao redor do trono e em cima do trono, quatro animais terríveis — eu vi — terríveis para mim que os olhava absorto, mas dóceis e doces para Aquele que estava sentado, de quem cantavam loas sem descanso.

Aliás, não se podia dizer que todos eram terríveis, porque o homem que, à minha esquerda (e à direita d'Aquele que estava sentado), estendia um livro pareceu-me belo e gentil. Mas horrenda mesmo me apareceu, do lado oposto, uma águia de bico descerrado, penas hirtas dispostas como uma loriga, garras possantes, grandes asas abertas. E aos pés d'Aquele que estava sentado, embaixo das duas primeiras figuras, mais duas, um touro e um leão, e cada um desses dois monstros apertava um livro entre as garras e os cascos, com o corpo voltado para fora do trono, mas a cabeça para o trono, como se torcessem o dorso e o colo num ímpeto feroz, com os flancos palpitantes, os membros de besta agonizante, as fauces escancaradas, as caudas enroladas e retorcidas como serpentes, terminando na ponta em línguas de fogo. Ambos alados, ambos coroados por uma auréola; malgrado a aparência formidável, não eram criaturas do inferno, mas do céu, e, se pareciam tremendas, era porque rugiam em adoração a um Vindouro que julgaria os vivos e os mortos.

Em volta do trono, ao lado dos quatro animais e sob os pés d'Aquele que estava sentado, como se vistos em transparência sob as águas do mar de cristal, quase a preencherem todo o espaço de visão, compostos de acordo com a estrutura triangular do tímpano, elevando-se de uma base de sete mais sete, depois de três mais três e em seguida de dois mais dois, ao lado do trono, estavam vinte e quatro anciãos, em vinte e quatro pequenos tronos, cobertos de vestes brancas e coroados de ouro. Um tinha na mão uma viela, outro uma taça de perfumes e apenas um tocava, enquanto todos os demais, extasiados, voltavam-se para Aquele que estava sentado, cantando-lhe louvores, com os membros também contorcidos como os dos animais, para que todos pudessem ver Aquele que estava sentado, mas não com ferocidade, ao contrário, com movimentos de dança extática — como decerto dançara Davi em volta da arca —, de modo que, onde quer que eles estivessem, suas pupilas, contrariando a lei que governava a estatura dos corpos, convergissem para o mesmo ponto fulgidíssimo. Oh, que consonância de rendição e arroubo, de posturas inaturais, no entanto graciosas, naquela linguagem mística de membros miraculosamente libertos do peso da matéria corporal, signata quantitas, infusa de nova forma substancial, como se a sagrada multidão fosse fustigada por um vento impetuoso, sopro de vida, frenesi de deleite, júbilo aleluiático que, prodigiosamente, passou de som a imagem.

Corpos e membros habitados pelo Espírito, iluminados pela revelação, rostos transtornados pelo estupor, olhares exaltados pelo entusiasmo, faces inflamadas pelo amor, pupilas dilatadas pela beatitude, este deslumbrado por deleitável consternação, aquele pungido por consternado deleite, um transfigurado pela admiração, outro rejuvenescido pelo gáudio, ei-los todos a cantar com a expressão dos rostos, com o panejamento das túnicas, com a preensão e a tensão dos membros, um cântico novo, de lábios semiabertos num sorriso de louvação perene. E sob os pés dos anciãos, arqueados por cima deles e por cima do trono e por cima do grupo tetramorfo, dispostos em faixas simétricas, a custo distinguíveis um do outro, a tal ponto a sabedoria da arte os tornara mutuamente proporcionados, iguais na variedade e variados na unidade, únicos na diversidade e diversos na apta coadunatio, em admirável congruência entre as partes e a deleitável suavidade das cores, milagre de consonância e concórdia de vozes dessemelhantes entre si, complexo disposto à imagem das cordas da lira, consentânea e conspirante cognação continuada por profunda e interna força apta a operar o unívoco no próprio jogo alternado dos equívocos, ornato e colação de criaturas irredutíveis entre si e entre si reduzidas, obra de amorosa conexão regida por uma regra celestial e mundana ao mesmo tempo (vínculo e estável nexo de paz, amor, virtude, regime, potestade, ordem, origem, vida, luz, esplendor, espécie e figura), igualdade numerosa resplendente pelo reluzir da forma sobre as partes harmoniosas da matéria: eis que se entrelaçavam todas as flores e as folhas e as gavinhas e os céspedes e os corimbos de todas as ervas de que são adornados os jardins da terra e do céu, violeta, cítiso, serpilho, lírio, ligustro, narciso, colocásia, acanto, malóbatro, mirra e opobalsameiras.

Porém, quando minh'alma, enlevada por aquele concerto de belezas terrenas e de majestosos sinais sobrenaturais, estava prestes a explodir num cântico de alegria, o olhar, acompanhando o ritmo harmonioso das rosáceas floridas aos pés dos anciãos, caiu sobre as figuras que, entrelaçadas, formavam um todo com a pilastra central que sustinha o tímpano. O que eram e que mensagem simbólica comunicavam os três casais de leões entrelaçados em cruz transversalmente disposta, rampantes como arcos, fincando as patas posteriores no chão e apoiando as anteriores no dorso do companheiro, juba emaranhada em volutas serpentinas, boca aberta num rosnado ameaçador, ligados ao corpo da pilastra por um amálgama, ou um ninho, de gavinhas? Para acalmar meu espírito, talvez postas para amestrar a natureza diabólica dos leões e transformá-los em simbólica alusão às coisas superiores, nas laterais da pilastra havia duas figuras humanas, tão inaturalmente longas quanto a coluna e gêmeas de outras duas que simetricamente, de ambos os lados, as fronteavam sobre os pés-direitos historiados nos lados externos, onde estavam os umbrais de cada uma das portas de carvalho: eram então quatro figuras de anciãos, por cuja parafernália reconheci Pedro e Paulo, Jeremias e Isaías, retorcidos eles também como num passo de dança, com as longas mãos ossudas elevadas e os dedos tesos como asas, e como asas as barbas e os cabelos movidos por um vento profético, as dobras das vestes longuíssimas agitadas por longuíssimas pernas, dando vida a ondas e volutas, opostos aos leões, mas da mesma matéria que eles. E, enquanto afastava o olhar fascinado daquela enigmática polifonia de membros santos e músculos infernais, vi ao lado do portal, sob as arcadas profundas, por vezes historiados sobre os contrafortes, no espaço entre as esguias colunas que os sustinham e adornavam, e ainda sobre a densa vegetação dos capitéis de cada uma das colunas, e dali ramificando-se para a abóbada silvestre das múltiplas arcadas, outras visões horríveis de ver, justificadas naquele lugar apenas por sua força parabólica e alegórica ou pelo ensinamento moral que transmitiam: e vi uma mulher luxuriosa nua e descarnada, roída por sapos imundos, sugada por serpentes, acasalada a um sátiro de ventre inchado e pernas de grifo cobertas de híspidos pelos, goela obscena a urrar sua própria danação, e vi um avaro, na rigidez da morte em seu leito guarnecido de colunas suntuosas, agora presa imbele de uma coorte de demônios, um dos quais lhe arrancava da boca estertorante a alma em forma de criancinha (ai, nunca mais nascituro para a vida eterna), e vi um orgulhoso sobre cujas costas estava um demônio a lhe fincar as garras nos olhos, enquanto outros dois gulosos se dilaceravam num corpo a corpo repugnante, e mais criaturas ainda, cabeça de bode, pelagem de leão, fauces de pantera, prisioneiras de uma selva de chamas cujo hálito ardente quase era possível sentir. E ao redor deles, entremeados com eles, acima deles e sob seus pés, outros rostos e outros membros, um homem e uma mulher agarrando-se pelos cabelos, duas áspides sugando os olhos de um danado, um homem escarninho arreganhando com as mãos aduncas as fauces de uma hidra, e todos os animais do bestiário de Satanás, reunidos em consistório e postos para guardar e coroar o trono que os fronteava, a cantar a glória dele com sua própria derrota, faunos, seres de duplo sexo, brutos com mãos de seis dedos, sereias, hipocentauros, górgonas, harpias, íncubos, dracontópodes, minotauros, linces, leopardos, quimeras, cenóperos de focinho de cão lançando fogo pelas ventas, odontotiranos, policaudados, serpentes peludas, salamandras, cerastas, quelídeos, cobras, bicípites com o dorso armado de dentes, hienas, lontras, gralhas, crocodilos, hidropos com chifres serreados, rãs, grifos, símios, cinocéfalos, leucrotos, manticoras, abutres, tarandros, doninhas, dragões, poupas, corujas, basiliscos, hipnales, présteros, spectafigos, escorpiões, sauros, cetáceos, citales, anfisbenas, jáculos, dipsades, sardões, rêmoras, polvos, moreias e tartarugas. A população inteira dos infernos parecia ter combinado encontro para servir de vestíbulo, selva escura, landa desesperada da exclusão, à aparição, no tímpano, d'Aquele que está sentado no trono, ao seu semblante promissor e ameaçador: estes, os vencidos do Armagedom, defronte a quem virá separar definitivamente os vivos dos mortos. E desfalecido (quase) ante aquela visão, incerto já agora se me achava num lugar amigo ou no vale do juízo final, fiquei atônito, a custo contive o pranto e pareceu-me ouvir (ou ouvi deveras?) a voz e vi aquelas visões que tinham acompanhado a minha meninice de noviço, as minhas primeiras leituras dos livros sagrados e as noites de meditação no coro de Melk; e, no delíquio dos meus sentidos fragílimos e debilitados, ouvi uma voz potente como uma trombeta a dizer: "o que estás vendo, escreve-o num livro" (e é o que estou fazendo agora), e vi sete lâmpadas de ouro e, no meio das lâmpadas, Alguém semelhante a um filho do homem, peito cingido por uma faixa de ouro, cabeça e cabelos cândidos qual cândida lã, olhos como labareda, pés como bronze ardente na fornalha, voz como o fragor de muitas águas, segurando na mão direita sete estrelas e saindo-lhe da boca uma espada de dois gumes. E vi uma porta aberta no Céu, e Aquele que estava sentado pareceu-me de jaspe e sardônio, e um arco-íris envolvia o trono e do trono saíam relâmpagos e trovões. E Aquele que estava sentado tomou nas mãos uma foice afiada e gritou: "Vibra tua foice e ceifa, é chegada a hora de ceifar porque está madura a messe da terra", e Aquele que estava sentado vibrou sua foice, e a terra foi ceifada.

Foi então que compreendi que de outra coisa não falava a visão, senão do que estava acontecendo na abadia, do que tínhamos colhido dos lábios reticentes do abade; e quantas vezes nos dias seguintes não tornei a contemplar o portal, certo de estar vivendo o mesmo acontecimento que ele narrava. E compreendi que subíramos ali para sermos testemunhas de uma grande e celestial carnificina.

Tremi, como que molhado pela chuva gélida do inverno. E ouvi outra voz, que desta vez vinha das minhas costas e era uma voz diferente, porque partia da terra, e não do centro fulgurante de minha visão; ao contrário, despedaçava a visão porque Guilherme (àquela altura voltei a advertir a presença dele), até então perdido também na contemplação, virava-se como eu.

O ser às nossas costas parecia um monge, embora a túnica suja e rota o fizesse mais parecer um vagabundo. Nunca me aconteceu na vida, como acontece a muitos confrades meus, ser visitado pelo diabo, mas acredito que, se ele tivesse de me aparecer um dia, não teria feições diferentes das de nosso interlocutor. Cabeça raspada, mas não por penitência, porém pela ação remota de algum eczema viscoso; testa baixa, e tanto que, se ele tivesse cabelos, estes se confundiriam com as sobrancelhas (que eram densas e desgrenhadas); olhos redondos, de pupilas pequenas e mobilíssimas; e olhar não sei se inocente ou maligno, quiçá entre ambas as coisas, de vez em quando e em momentos diferentes. O nariz só podia ser assim chamado por causa de um osso que partia de entre os olhos, mas, assim que se destacava da fronte, reentrava, transformando-se em nada mais que duas cavernas escuras, narinas larguíssimas e cheias de pelos. A boca, unida às narinas por uma cicatriz, era ampla e malfeita, mais esticada à direita do que à esquerda, e entre o lábio superior, inexistente, e o inferior, protuberante e carnudo, emergiam em ritmo irregular dentes negros e afiados como os de um cão.

O homem sorriu (ou pelo menos assim pensei) e, levantando o dedo como para advertir, disse:

— Penitenziagite! Vide quando draco venturus est a rodegarla a tua alma! La mortz est super nos! Implora que venha o santo papa liberar nos a malo de todas le peccata! Ah, ah, vos praz ista nigromancia de Domini Nostri Iesu Christi! Et anco jois m'es dols e plazer m'es dolors... Cave el diabolo! Semper m'aguaita num canto qualquer para adentarme os calcanhares. Mas Salvatore não est insipiens! Bonum monasterium, et aqui se manja e se reza dominum nostrum. Et el resto valet um figo seco. Et amém. Não?

Deverei, no prosseguimento desta história, falar ainda, e muito, dessa criatura e relatar suas conversas. Confesso que me é muito difícil fazê-lo, porque não saberia dizer agora, como não compreendi então, que espécie de língua ele falava. Não era latim, em que nos expressávamos, nós homens letrados, na abadia; não era o vulgar daquelas terras, nem outro vulgar que eu tivesse ouvido alguma vez. Creio ter dado uma pálida ideia de seu modo de falar relatando pouco acima (tanto quanto me lembro) as primeiras palavras que dele ouvi. Quando mais tarde soube de sua vida aventurosa e dos vários lugares em que vivera, sem encontrar raízes em nenhum, percebi que

Salvatore falava todas as línguas e nenhuma. Ou seja, inventara uma língua própria que usava retalhos das línguas com que entrara em contato; e uma vez cheguei a pensar que aquela não era a língua adâmica que a humanidade feliz usara, todos unidos por uma única fala, das origens do mundo até a torre de Babel, tampouco uma das línguas surgidas após o funesto evento de sua divisão, mas justamente a língua babélica do primeiro dia após o castigo divino, a língua da confusão primeva. Por outro lado, eu não poderia chamar de língua a fala de Salvatore, porque em todas as línguas humanas há regras e cada termo significa ad placitum uma coisa, segundo uma lei que não muda, porque o homem não pode chamar o cão uma vez de cão e outra de gato, nem pronunciar sons aos quais o consenso das gentes não tenha atribuído um sentido definido, como aconteceria a quem dissesse a palavra "blitiri". Todavia, bem ou mal, eu entendia o que Salvatore queria dizer, e os outros também. Sinal de que ele falava não uma, mas todas as línguas, nenhuma de modo correto, tomando as palavras ora de uma, ora de outra. Percebi também em seguida que ele podia nomear uma coisa ora em latim, ora em provençal, e me dei conta de que, mais que inventar suas frases, ele usava disiecta membra de outras frases, ouvidas um dia, de acordo com a situação e com as coisas que queria dizer, ou seja, como se só conseguisse falar de uma comida com as palavras das pessoas com quem comera aquela comida, e exprimir alegria somente com frases que ouvira de pessoas alegres, no dia em que também sentira alegria. Era como se a fala dele fosse igual à cara, composta de pedaços de caras alheias, ou como vi às vezes em relicários preciosos (si licet magnis componere parva, ou às coisas divinas as diabólicas) que nasciam dos resíduos de outros objetos sagrados. Naquele momento em que o encontrei pela primeira vez, Salvatore não me pareceu diferente dos cruzamentos peludos e ungulados que acabara de ver sob o portal. Mais tarde percebi que o homem tinha talvez bom coração e humor brincalhão. Mais tarde ainda... Mas vamos por ordem. Mesmo porque, mal ele acabara de falar, meu mestre o interrogou com muita curiosidade.

— Por que disseste penitenziagite? — perguntou.

— Domine frate magnificentisimo — respondeu Salvatore com uma espécie de inclinação —, Jesus venturus est et os homens debent facere penitentia. Não?

Guilherme fitou-o fixamente:

— Vieste para cá de um convento de menoritas?

— No entendo.

— Pergunto se viveste entre os frades de são Francisco, pergunto se conheceste os chamados apóstolos...

Salvatore empalideceu, ou melhor, sua fuça bronzeada e beluína acinzentou-se. Fez uma reverência profunda, pronunciou entre dentes um "vade retro", persignou-se devotamente e fugiu olhando para trás de vez em quando.

— O que lhe perguntastes? — quis eu saber de Guilherme.

Ele ficou um pouco pensativo.

— Não importa, depois te digo. Agora vamos entrar. Quero encontrar Ubertino.

Transcorrera havia pouco a sexta hora. O sol, pálido, penetrava do ocidente e, depois, pelas poucas janelas esguias, no interior da igreja. Uma nesga fina de luz ainda tocava o altar-mor, cuja frontaleira me pareceu reluzir com um fulgor áureo. As naves laterais estavam imersas na penumbra.

Perto da última capela antes do altar, na nave da esquerda, erguia-se uma coluna estreita sobre a qual ficava uma Virgem de pedra, esculpida no estilo dos modernos, de sorriso inefável, ventre proeminente, com o menino nos braços, vestida de roupagem graciosa, com um delicado corpete. Aos pés da Virgem, em prece, quase prostrado, estava um homem vestido com os hábitos da ordem cluniacense.

Aproximamo-nos. O homem, ouvindo o rumor de nossos passos, ergueu a cabeça. Era um ancião, glabro, crânio sem cabelos, grandes olhos celestes, boca fina e vermelha, pele cândida, esqueleto ossudo ao qual a pele aderia como se fosse uma múmia conservada no leite. As mãos eram brancas; os dedos, longos e finos. Parecia uma menina emurchecida por morte precoce. Pousou sobre nós primeiro um olhar perdido, como se o tivéssemos perturbado durante uma visão extática, depois seus olhos se iluminaram de alegria.

— Guilherme! — exclamou. — Meu irmão querido!

Levantou-se com esforço e veio ao encontro do meu mestre, abraçando-o e beijando-o na boca.

— Guilherme! — repetiu, e os olhos se lhe umedeceram. — Quanto tempo! Mas ainda te reconheço! Quanto tempo, quantas vicissitudes! Quantas provas o Senhor nos impôs!

Chorou. Guilherme retribuiu o abraço, evidentemente comovido. Estávamos diante de Ubertino de Casale.

Já ouvira falar dele e muito, mesmo antes de ir à Itália e ainda mais frequentando os franciscanos da corte imperial. Alguém até me dissera que o maior poeta daqueles tempos, Dante Alighieri de Florença, morto havia poucos anos, tinha composto um poema (que eu não pude ler porque estava escrito em vulgar toscano), para o qual contribuíram céu e terra, e no qual muitos versos não passavam de paráfrase de trechos escritos por Ubertino em seu *Arbor vitae crucifixae*. E esse não era o único título de mérito daquele homem famoso. Mas, para possibilitar que meu leitor compreenda melhor a importância daquele encontro, precisarei tentar reconstruir os acontecimentos daqueles anos, do modo como os compreendera durante minha breve estada na Itália central, pelas palavras esparsas de meu mestre, e ouvindo os muitos colóquios que Guilherme tivera com abades e monges no curso de nossa viagem.

Meus mestres de Melk haviam dito com frequência que é muito difícil para um nórdico entender claramente os acontecimentos religiosos e políticos da Itália.

A península, onde, mais que em qualquer outro país, o clero ostentava poder e riqueza, tinha gerado, pelo menos dois séculos antes, movimentos de homens inclinados a uma vida mais pobre, em polêmica com os padres corruptos, dos quais recusavam até os sacramentos, reunindo-se em comunidades autônomas, malvistas ao mesmo tempo pelos aristocratas, pelo império e pelas magistraturas citadinas.

Por fim aparecera são Francisco e difundira um amor à pobreza que não contradizia os preceitos da igreja, e, por obra dele, a igreja acolhera o apelo daqueles antigos movimentos em favor da severidade dos costumes e os purificara dos elementos de desordem que neles se aninhavam. Deveria seguir-se a isso uma época de brandura e santidade, porém a ordem franciscana, à medida que crescia e atraía para si homens mais insignes, ia se tornando poderosa demais e ligada a negócios terrenos, e muitos franciscanos quiseram reconduzi-la à pureza de outrora. Coisa bastante difícil para uma ordem que, no tempo em que eu estava na abadia, já contava com mais de trinta mil membros espalhados pelo mundo. Mas assim é, e muitos daqueles frades de são Francisco opunham-se à regra que a ordem adquirira, dizendo que ela estava assumindo os modos daquelas instituições eclesiásticas para cuja reforma tinha nascido. E que isso já acontecera nos tempos em que Francisco estava vivo, e que as palavras e os propósitos dele tinham sido traídos.

Muitos deles redescobriram, então, o livro de um monge cisterciense que escrevera em princípios do século XII de nossa era, chamado Joaquim, a quem era atribuído o dom da profecia... Ele previra o advento de uma nova era, na qual o espírito de Cristo, havia muito corrompido por obra de seus falsos apóstolos, realizar-se-ia de novo sobre a Terra. E a todos parecera claro que ele estava falando, sem saber, da ordem franciscana.

Com isso muitos franciscanos tinham-se alegrado bastante, parece que até demais, tanto que em meados do século, em Paris, os doutores da Sorbonne condenaram as proposições daquele abade Joaquim e o fizeram porque na universidade os franciscanos (e os dominicanos) estavam se tornando demasiado populares e por demais ouvidos, e pretendia-se eliminá-los como hereges. O que depois não se fez, e foi um grande bem para a Igreja, porque permitiu que fossem divulgadas as obras de Tomás de Aquino e de Boaventura de Bagnoregio, que sem dúvida não eram hereges. Por aí se vê que em Paris também as ideias estavam confusas, ou alguém queria confundi-las em seu interesse próprio. E este é o mal que a heresia faz ao povo cristão, tornando obscuras as ideias e levando todos a se tornarem inquisidores em benefício próprio. Depois, tudo o que vi na abadia me levou a pensar que frequentemente são os inquisidores que criam os hereges. E não apenas no sentido de que imaginam haver hereges quando não os há, mas no sentido de que reprimem com tanta veemência a degeneração herética que impelem muitos a participar da heresia por ódio a eles. Na verdade, um círculo imaginado pelo demônio, que Deus nos proteja.

Mas eu estava falando da heresia (se é que foi isso) joaquimita. E houve na Toscana um franciscano, Gerardo de Burgo San Donnino, que se fez porta-voz das predições de Joaquim e impressionou muito o ambiente dos menores. Surgiu desse modo entre estes uma ala de defensores da regra antiga, a tal ponto que, quando o concílio de Lyon, protegendo a ordem franciscana contra quem a queria abolir, concedeu-lhe a propriedade de todos os bens de que usufruía, alguns frades na região das Marcas se rebelaram, por acharem que um franciscano não deve possuir nada, nem como pessoa, nem como convento, nem como ordem. Não me parece que pregassem coisas contrárias ao evangelho, mas, quando entra em jogo a posse das coisas terrenas, é difícil aos homens raciocinar com justiça, e assim eles foram condenados à prisão perpétua. Disseram-me que, anos depois, o novo geral da ordem, Raimundo Gaufredo, encontrou esses prisioneiros em Ancona e, libertando-os, disse:

— Quisera Deus que todos nós e toda a ordem fôssemos maculados por tal culpa.

Entre esses prisioneiros libertados, estava Ângelo Clareno, que se encontrou depois com um frade de Provença, Pedro de João Olivi, que pregava as profecias de Joaquim, e depois com Ubertino de Casale, e daí nasceu o movimento dos espirituais. Naquele ano subia ao sólio pontifício um santo eremita, Pedro de Morrone, que reinou como Celestino V e foi acolhido com alívio pelos espirituais: "Aparecerá um santo" tinha sido dito, "e ele seguirá os ensinamentos de Cristo, levará vida angélica, tremei prelados corruptos". Ou Celestino levava vida angélica demais ou os prelados à sua volta eram por demais corruptos, ou ele não conseguia suportar a tensão de uma guerra demasiado longa com o imperador e com os outros reis da Europa, o fato é que Celestino renunciou à tiara pontifícia e retirou-se para um eremitério. Mas no breve período de seu reinado, menos de um ano, as esperanças dos espirituais foram todas satisfeitas, e Celestino fundou com eles a comunidade chamada fratres et pauperes heremitae domini Celestini. Por outro lado, ao mesmo tempo que o papa devia servir de mediador entre os mais poderosos cardeais de Roma, houve alguns, como Colonna e Orsini, que apoiavam secretamente as novas tendências de pobreza: escolha realmente curiosa para homens poderosíssimos que viviam entre comodidades e riquezas desmedidas, e nunca compreendi se simplesmente usavam os espirituais para seus fins de governo ou se de algum modo se sentiam justificados em sua vida carnal por defenderem as tendências espirituais; e talvez fossem verdadeiras ambas as coisas, pelo pouco que compreendo dos assuntos italianos. Mas, para dar um exemplo, Ubertino fora acolhido como capelão pelo cardeal Orsini quando, tendo se tornado o mais ouvido dos espirituais, corria risco de ser acusado de heresia. E o mesmo cardeal servira-lhe de escudo em Avinhão.

Mas, como acontece em tais casos, de um lado Ângelo e Ubertino pregavam segundo a doutrina e, de outro, grandes massas de pessoas simples aceitavam a pregação deles e espalhavam-se pelo país, para além de qualquer controle. Assim, a Itália foi invadida por esses fraticelos ou frades de vida pobre, que para muitos pareceram perigosos. Era difícil distinguir os mestres espirituais, que mantinham contato com as autoridades eclesiásticas, e seus sequazes mais simples, que agora viviam humildemente fora da ordem, pedindo esmola e mantendo-se no dia a dia do trabalho das próprias mãos, sem terem propriedade alguma. Eram esses que a voz pública chamava de fraticelos, pouco diferentes dos beguinos franceses, que se inspiravam em Pedro de João Olivi.

Celestino V foi substituído por Bonifácio VIII, e este papa apressou-se a demonstrar pouquíssima indulgência para com os espirituais e fraticelos em geral: justamente nos últimos anos do século que morria, assinou uma bula, *Firma cautela*, em que condenava com um único golpe frades de vida pobre e andarilhos mendicantes que circulavam nos limites extremos da ordem franciscana e os próprios espirituais, ou seja, os que se subtraíam à vida da ordem para se tornarem eremitas.

Os espirituais tentaram depois obter de outros pontífices, como Clemente V, o consentimento para se afastarem da ordem de modo não violento, mas o advento de João XXII tirou-lhes qualquer esperança. Assim que eleito em 1316, João XXII mandou para a prisão Ângelo Clareno e os espirituais de Provença, e, entre os que insistiam em levar vida livre, muitos foram queimados.

João, porém, compreendera que, para destruir a erva daninha dos fraticelos, era preciso condenar como herética a ideia de que Cristo e os apóstolos não tinham possuído nenhuma propriedade individual nem em comum; e, como exatamente um ano antes o capítulo geral dos franciscanos em Perúgia defendera essa opinião, o papa, condenando os fraticelos, condenava a ordem inteira. Pareceria estranho um papa achar perversa a ideia de Cristo ser pobre, mas estava claro que, entre defender a pobreza de Cristo e defender a pobreza de sua Igreja, o passo era curto, e uma Igreja pobre se tornaria fraca diante do imperador. Assim, desde então, muitos fraticelos, que nada sabiam nem de império nem de Perúgia, morreram na fogueira.

Eu pensava nessas coisas enquanto olhava uma personagem lendária como Ubertino. Meu mestre tinha me apresentado, e o velho acariciava-me uma das faces com a mão quente, quase ardente. Ao toque daquela mão compreendi muitas das coisas que ouvira sobre aquele santo homem, entendi o fogo místico que o devorara desde a juventude, quando imaginara ter-se transformado na penitente Madalena; e as relações intensas que tivera com santa Ângela de Foligno, por quem fora iniciado na adoração da cruz...

Eu perscrutava aqueles traços delicados como os da santa com quem ele estivera em fraterno comércio de espiritualíssimos sentidos. Intuía que ele devia ter sabido assumir semblante bem mais duro, quando, em 1311, o concílio de Vienne eliminara os superiores franciscanos hostis aos espirituais, mas impusera aos últimos viver em paz no seio da ordem, e aquele campeão da renúncia não aceitara o acordo e lutara pela constituição de uma ordem independente, inspirada no máximo do rigor. Ubertino havia perdido então a batalha, porque naqueles anos João XXII propugnava uma cruzada contra os sequazes de Pedro de João Olivi, mas Ubertino não hesitara em defender diante do papa a memória do amigo, e o papa, subjugado por sua santidade, não ousara condená-lo (ainda que depois condenasse os demais). Naquela ocasião, aliás, havia lhe oferecido um caminho de salvação, incentivando-o a entrar na ordem cluniacense. Ubertino, hábil na conquista de proteções e alianças na corte pontifícia (ele, aparentemente tão desarmado e frágil), aceitara, sim, entrar para o Mosteiro de Gemblach em Flandres, mas acredito que nem sequer foi lá e permaneceu em Avinhão, sob as insígnias do cardeal Orsini, defendendo a causa dos franciscanos.

Somente nos últimos tempos (e os murmúrios que eu ouvira eram imprecisos) sua sorte na corte declinara, ele precisou afastar-se de Avinhão enquanto o papa mandava persegui-lo como herege que per mundum discurrit vagabundus. Dele, dizia-se, não havia pistas. À tarde eu ficara sabendo, pelo diálogo entre Guilherme e o abade, que ele estava escondido naquela abadia. E agora o via diante de mim.

— Guilherme — dizia ele —, estavam a ponto de me matar, sabes, precisei fugir de madrugada.

— Quem te queria morto? João?

— Não. João nunca gostou de mim, mas sempre me respeitou. No fundo foi ele quem me ofereceu um modo de escapar ao processo, há dez anos, impondo-me entrar para os beneditinos.

— Então quem te queria mal?

— Todos. A cúria. Tentaram me assassinar duas vezes. Tentaram me calar. Tu sabes o que aconteceu há cinco anos. Dois anos antes tinham sido condenados os beguinos de Narbona, e Berengário Talloni, que era um dos juízes, recorrera ao papa. Eram momentos difíceis, João já emitira duas bulas contra os espirituais, e o próprio Miguel de Cesena acabara cedendo. A propósito, quando chega?

— Estará aqui em dois dias.

— Miguel... Tanto tempo que não o vejo. Agora voltou atrás, entende o que queríamos, o capítulo de Perúgia nos deu razão. Mas naquela época, ainda em 1318, cedeu ao papa e pôs nas mãos dele cinco espirituais de Provença que resistiam à submissão. Queimados, Guilherme... Oh, é horrível! — disse, escondendo a cabeça entre as mãos.

— Mas o que aconteceu exatamente depois do recurso de Talloni? — perguntou Guilherme.

— João precisava reabrir o debate, entendes? Precisava, porque mesmo na cúria havia quem estivesse em dúvida, inclusive os franciscanos da cúria, fariseus, sepulcros caiados, prontos a se venderem por uma prebenda, mas estavam em dúvida. Foi então que João me pediu que redigisse um estudo sobre a pobreza. Ficou uma coisa bonita, Guilherme, Deus me perdoe a soberba...

— Eu a li, Miguel me mostrou.

— Havia os que titubeavam, mesmo entre os nossos, o provincial de Aquitânia, o cardeal de São Vital, o bispo de Caffa...

— Um imbecil — disse Guilherme.

— Que descanse em paz, Deus o chamou há dois anos.

— Deus não foi tão misericordioso. Foi uma notícia falsa chegada de Constantinopla. Ainda está entre nós, dizem que fará parte da legação. Deus nos proteja!

— Mas é favorável ao capítulo de Perúgia — disse Ubertino.

— Exatamente. Pertence à raça de homens que são sempre os melhores paladinos de seu adversário.

— Para dizer a verdade — disse Ubertino —, mesmo naquela época ele não valeu muito para a causa. E depois tudo terminou em nada, de fato, mas ao menos não ficou estabelecido que a ideia era herética, o que foi importante. Por isso os outros nunca me perdoaram. Procuraram me prejudicar de todos os modos, disseram que estive em Sachsenhausen quando, há três anos, Ludovico proclamou João como herege. Entretanto, todos sabiam que em julho eu estava em Avinhão com Orsini... Acharam que partes da declaração do imperador refletiam as minhas ideias, que loucura.

— Nem tanto — disse Guilherme. — Aquelas ideias quem lhe deu fui eu, tirando-as da tua declaração de Avinhão e de algumas páginas de Olivi.

— Tu? — exclamou Ubertino, entre estupefato e alegre —, mas então me dás razão!...

Guilherme pareceu embaraçado:

— Eram boas ideias para o imperador, naquele momento — disse evasivamente.

Ubertino olhou-o com desconfiança.

— Ah, mas tu não acreditas nisso realmente, não é?

— Conta mais — disse Guilherme —, conta como escapaste daqueles cães.

— Oh, sim, cães, Guilherme. Cães raivosos. Acabei combatendo com o próprio Bonagrazia, sabes?

— Mas Bonagrazia de Bérgamo está conosco!

— Agora, depois de eu lhe ter falado longamente. Só àquela altura convenceu-se e protestou contra a *Ad conditorem canonum*. E o papa manteve-o preso por um ano.

— Ouvi dizer que agora está perto de um amigo meu que é da cúria, Guilherme de Ockham.

— Conheci-o pouco. Não me agrada. Um homem sem fervor, todo cabeça, nada coração.

— Mas é uma boa cabeça.

— Pode ser, mas o levará ao inferno.

— Então eu o encontrarei lá embaixo, e discutiremos lógica.

— Cala-te, Guilherme — disse Ubertino sorrindo com intenso afeto —, tu és melhor que os teus filósofos. Se pelo menos tivesses concordado...

— Com quê?

— Quando nos vimos a última vez na Úmbria? Lembras? Mal me recuperava de meus males pela intercessão daquela mulher maravilhosa... Clara de Montefalco...— murmurou com o rosto radiante —, Clara... Quando a natureza feminina, por natureza tão perversa, se sublima na santidade, então sabe tornar-se o mais alto veículo da graça. Sabes como minha vida foi inspirada pela castidade mais pura, Guilherme — (apertava-lhe um braço, convulsamente) —, sabes com que... feroz — sim, é a palavra exata —, com que feroz sede de penitência tentei mortificar em mim as palpitações da carne, para tornar-me totalmente transparente ao amor de Jesus crucificado... Entretanto, três mulheres na minha vida foram três mensageiras celestes. Ângela de Foligno, Margarida de Castello (que me antecipou o fim do meu livro quando eu ainda só escrevera um terço) e Clara de Montefalco. Foi um prêmio do céu que eu, justamente eu, houvesse de investigar seus milagres e proclamar sua santidade às multidões, antes que a Igreja se movesse. E tu estavas lá, Guilherme, e podias me ajudar naquela santa empresa, e não quiseste...

— Mas a santa empresa a que me convidavas era a de enviar à fogueira Bentivenga, Jacomo e Giovannuccio — disse baixo Guilherme.

— Andavam ofuscando a memória dela, com suas perversões. E tu eras inquisidor!

— E justamente naquela época pedi que eu fosse eximido daquele encargo. A história não me agradava. Também não me agradou, serei franco, o modo como induziste Bentivenga a confessar seus erros. Fingiste querer entrar para a seita dele, se é que era seita, arrancaste os segredos dele e mandaste prendê-lo.

— Mas é assim que se age contra os inimigos de Cristo! Eram hereges, eram falsos apóstolos, fediam ao enxofre de frei Dulcino!

— Eram amigos de Clara.

— Não, Guilherme, não toques sequer com uma sombra na memória de Clara!

— Mas frequentavam o grupo dela...

— Ela achava que eram espirituais, não suspeitava... Só na investigação ficou claro que Bentivenga de Gubbio se proclamava apóstolo e, com Giovannuccio de Bevagna, seduzia as monjas dizendo-lhes que o inferno não existe, que se pode satisfazer desejos carnais sem ofender a Deus, que se pode receber o corpo de Cristo (Senhor, perdoa-me!) após ter deitado com uma monja, que para o Senhor Madalena foi mais aceita que a virgem Agnes, que aquilo que o vulgo chama demônio é o próprio Deus, porque o demônio é a sapiência, e Deus nada mais é que sapiência! E foi a beata Clara, após ter ouvido essas conversas, quem teve aquela visão em que o próprio Deus lhe disse que eles eram sequazes malvados do Spiritus Libertatis!

— Eram menoritas com a mente inflamada pelas mesmas visões de Clara, e frequentemente a distância entre visão extática e frenesi de pecado é mínima — disse Guilherme.

Ubertino apertou-lhe as mãos, e mais uma vez seus olhos marejaram de lágrimas:

— Não digas uma coisa dessas, Guilherme. Como podes confundir o momento do amor extático, que te queima as vísceras com o perfume do incenso, e o desregramento dos sentidos, que sabe a enxofre? Bentivenga instigava a tocar os membros nus dos corpos, afirmava que só assim nos libertamos do império dos sentidos, homo nudus cum nuda iacebat...

— Et non commiscebantur ad invicem...

— Mentiras! Buscavam o prazer, se o estímulo carnal se fazia sentir, eles não achavam pecado que para aquietá-lo homem e mulher deitassem juntos, e um tocasse e beijasse o outro em todas as partes, e aquele conjugasse seu ventre nu com o ventre nu desta!

Confesso que o modo com que Ubertino estigmatizava o vício alheio não me induzia a pensamentos virtuosos. Meu mestre deve ter percebido que eu estava perturbado e interrompeu o santo homem.

— És um espírito ardente, Ubertino, tanto no amor a Deus como no ódio ao mal. O que eu queria dizer é que há pouca diferença entre o ardor dos Serafins e o ardor de Lúcifer, porque sempre nascem de uma incandescência extrema da vontade.

— Oh, diferença há, e eu a conheço! — disse Ubertino, inspirado. — Estás querendo dizer que, entre desejar o bem e desejar o mal, o passo é curto, porque se trata sempre de dirigir a vontade. Isso é verdade. Mas a diferença está no objeto, e o objeto é reconhecível claramente. Deste lado Deus, do lado de lá o diabo.

— Eu receio já não saber distinguir, Ubertino. Não foi a tua Ângela de Foligno que contou sobre o dia em que, transportada em espírito, esteve no sepulcro de Cristo? Não disse como de início lhe beijou o peito e o viu jazer de olhos fechados, depois lhe beijou a boca e sentiu subir daqueles lábios um indescritível perfume de doçuras, e, após curta pausa, pousou sua face sobre a face de Cristo, e o Cristo aproximou a mão da face dela e a apertou contra si e — ela assim o disse — seu júbilo tornou-se altíssimo?...

— O que tem a ver isso com o ímpeto dos sentidos? — perguntou Ubertino. — Foi uma experiência mística, e o corpo era o corpo de Nosso Senhor.

— Talvez eu tenha ficado habituado a Oxford — disse Guilherme —, onde mesmo a experiência mística era de outro gênero...

— Toda na cabeça — sorriu Ubertino.

— Ou nos olhos. Deus sentido como luz, nos raios do sol, nas imagens dos espelhos, na difusão das cores sobre as partes da matéria ordenada, nos reflexos do dia nas folhas molhadas... Acaso esse amor não está mais próximo do de Francisco, quando ele louva Deus através de suas criaturas, flores, ervas, água, ar? Não acredito que desse tipo de amor possa advir qualquer insídia. No entanto, não me agrada um amor que transfere para o colóquio com o Altíssimo os estremecimentos sentidos nos contatos da carne...

— Estás blasfemando, Guilherme! Não é a mesma coisa. Há um salto, imenso, para baixo, entre o êxtase do coração amante de Jesus Crucificado e o êxtase corrupto dos pseudoapóstolos de Montefalco...

— Não eram pseudoapóstolos, eram Irmãos do Livre Espírito, tu mesmo o disseste.

— E que diferença faz? Não ficaste sabendo de tudo sobre aquele processo, eu mesmo não tive coragem de pôr nos autos certas confissões, para que nem sequer por um momento a sombra do demônio roçasse a atmosfera de santidade que Clara criara naquele local. Mas fiquei sabendo de cada coisa, cada coisa, Guilherme! Reuniam-se à noite num porão, pegavam um menino recém-nascido, jogavam-no um para o outro até que ele morresse, das pancadas... ou de outra coisa... E aquele que o recebesse vivo pela última vez, e em cujas mãos ele morresse, tornava-se o chefe da seita... E o corpo do menino era dilacerado e misturado à farinha, para fabricar hóstias blasfemas!

— Ubertino — disse Guilherme com firmeza —, essas coisas foram ditas, há muitos séculos, pelos bispos armênios sobre a seita dos paulicianos. E dos bogomilos.

— E daí? O demônio é obtuso, segue um ritmo em suas insídias e seduções, repete seus ritos com milênios de distância, ele é sempre o mesmo, justamente por isso é reconhecido como inimigo! Juro-te, acendiam velas, na noite de Páscoa, e traziam meninas ao porão. Depois apagavam as velas e lançavam-se sobre elas, mesmo que lhes estivessem ligadas por laços de sangue... E, se desse amplexo nascesse uma criança, recomeçava o rito infernal, todos ao redor de um vaso cheio de vinho, que chamavam barrilete, e, embriagando-se, cortavam a criança em pedaços, derramavam seu sangue numa taça, atiravam crianças ainda vivas ao fogo, misturavam as cinzas da criança ao sangue e bebiam!

— Mas isso foi escrito por Miguel Pselo no livro sobre as práticas do demônio, há trezentos anos! Quem te contou essas coisas?

— Eles, Bentivenga e os outros, e sob tortura!

— Só uma coisa provoca maior excitação nos animais do que o prazer: é a dor. Sob tortura vive-se como sob o poder de ervas que provocam visões. Tudo o que ouviste contar, tudo o que leste, volta-te à cabeça, como se fosses transportado, não para o céu, mas para o inferno. Sob tortura dizes não só o que o inquisidor quer, mas também o que imaginas que possa agradá-lo, porque se estabelece um elo (este, sim, verdadeiramente diabólico) entre ambos... Essas coisas eu conheço, Ubertino, também fiz parte desses grupos que acreditam produzir a verdade com ferro incandescente. Pois bem, fica sabendo que a incandescência da verdade é de outra chama. Sob tortura Bentivenga pode ter dito as mentiras mais absurdas, porque já não era ele quem falava, era sua luxúria, os demônios de sua alma.

— Luxúria?

— Sim, há uma luxúria da dor, como há uma luxúria da adoração e até uma luxúria da humildade. Se bastou tão pouco para os anjos rebeldes transformarem seu ardor de adoração e humildade em ardor de soberba e revolta, o que dizer do ser humano? Bem, agora o sabes, foi esse pensamento que me colheu no curso de minhas inquisições. E foi por isso que renunciei a essa atividade. Faltou-me coragem de inquirir sobre as fraquezas dos maus, porque descobri que são as mesmas fraquezas dos santos.

Ubertino escutara as últimas palavras de Guilherme como se não compreendesse o que ele estava dizendo. Por sua expressão, cada vez mais inspirada por afetuosa comiseração, compreendi que ele considerava que Guilherme era presa de sentimentos muito culposos, que ele perdoava porque o amava muito. Interrompeu-o e disse em tom bastante amargo:

— Não importa. Se sentias assim, fizeste bem em parar. É preciso combater as tentações. Porém senti falta do teu apoio, e poderíamos ter desbaratado aquela súcia. No entanto, sabes o que aconteceu, eu mesmo fui acusado de ser fraco demais com eles e tornei-me suspeito de heresia. Tu também foste fraco demais no combate ao mal. O mal, Guilherme: não findará jamais essa sina, essa sombra, essa lama que nos impede de tocar a nascente?

Achegou-se ainda mais a Guilherme, como se temesse que alguém o ouvisse:

— Aqui também, mesmo entre estes muros consagrados à prece, estás sabendo?

— Estou, o abade me falou, pediu-me, aliás, que o ajudasse a desvendar.

— E então espia, escava, olha com olhos de lince para duas direções: a luxúria e a soberba...

— Luxúria?

— Sim, luxúria. Havia qualquer coisa de... de feminino, portanto de diabólico naquele jovem que morreu. Tinha olhos de menina à procura de comércio com um íncubo. E também te falei da soberba, a soberba da mente, neste mosteiro consagrado ao orgulho da palavra, à ilusão da sapiência...

— Se sabes alguma coisa, ajuda-me.

— Não sei de nada. Não há nada que eu *saiba*. Certas coisas se sentem com o coração... Ora, vamos, por que devemos falar dessas tristezas e amedrontar este nosso jovem amigo?

Fitou-me com seus olhos celestes, roçando minha face com seus dedos longos e brancos, e quase tive o instinto de me retrair; contive-me e fiz bem, porque o teria ofendido, e sua intenção era pura.

— Mas fala-me de ti — disse, virando-se de novo para Guilherme. — O que andaste fazendo desde então? Passaram-se...

— Dezoito anos. Voltei às minhas terras. Estudei de novo em Oxford. Estudei a natureza.

— A natureza é boa porque é filha de Deus — disse Ubertino.

— E Deus deve ser bom, se gerou a natureza — sorriu Guilherme. — Estudei, encontrei amigos muito sábios. Depois conheci Marsílio; atraíram-me suas ideias sobre o império, o povo, uma nova lei para os reinos da terra, e assim acabei naquele grupo dos nossos confrades que estão aconselhando o imperador. Mas essas coisas tu já sabes, eu te escrevi. Exultei quando me disseram em Bobbio que estavas aqui. Pensávamos que tivesses desaparecido. Mas agora que estás conosco poderás ser de grande ajuda dentro de alguns dias, quando Miguel também chegar. Será um embate difícil.

— Não terei muito que dizer além do que disse há cinco anos em Avinhão. Quem virá com Miguel?

— Alguns que estiveram no capítulo de Perúgia, Arnaldo de Aquitânia, Hugo de Newcastle...

— Quem? — perguntou Ubertino.

— Hugo de Novocastro, desculpa-me, uso minha língua mesmo quando falo em bom latim. E também Guilherme de Alnwick. E, da parte dos franciscanos de Avinhão, poderemos contar com Jerônimo, o bobo de Caffa, e talvez venham Berengário Talloni e Bonagrazia de Bérgamo.

— Esperemos em Deus — disse Ubertino — que estes últimos não queiram inimizar-nos com o papa. E quem estará aqui para sustentar as posições da cúria, digo, entre os duros de coração?

— Pelas cartas que me chegaram, imagino que estarão aqui Lourenço Decoalcone...

— Um homem maligno.

— João de Anneaux...

— Esse é sutil em teologia, cuidado com ele.

— Tomaremos cuidado. E finalmente João de Baune.

— Vai ter de se ver com Berengário Talloni.

— Sim, acho mesmo que vamos nos divertir — disse meu mestre com ótimo humor. Ubertino olhou para ele com um sorriso incerto.

— Nunca sei quando vós ingleses falais sério. Não há nada de divertido numa questão tão grave. Trata-se da sobrevivência da ordem, que é a tua e que no fundo do coração é minha ainda. Mas eu suplicarei a Miguel que não vá a Avinhão. João está perguntando por ele, procurando-o, convidando-o com demasiada insistência. É bom desconfiar daquele velho francês. Oh, Senhor, em que mãos caiu a tua Igreja!

Virou a cabeça para o altar:

— Transformada em meretriz, desvigorada no luxo, enrosca-se na luxúria como uma serpente no cio! Da pureza nua do estábulo de Belém, lenho como lenho foi o lignum vitae da cruz, aos bacanais de ouro e pedra, olha, nem aqui, viste o portal, nem aqui se escapa ao orgulho das imagens! Estão próximos finalmente os dias do Anticristo, e eu tenho medo, Guilherme!

Olhou à volta, fixando o olhar esbugalhado nas naves escuras, como se o Anticristo fosse aparecer de um momento para outro, e eu, de verdade, esperava avistá-lo.

— Os seus lugares-tenentes já estão aqui, enviados como Cristo enviou os apóstolos pelo mundo! Estão conculcando a cidade de Deus, seduzem com o engodo, a hipocrisia e a violência. Virá o momento em que Deus precisará enviar seus servos, Elias e Enoque, que Ele conservou em vida no paraíso terrestre para um dia vencerem o Anticristo, e virão profetizar vestidos de aniagem, e pregarão a penitência com o exemplo e com a palavra...

— Já vieram, Ubertino — disse Guilherme, mostrando seu hábito de franciscano.

— Mas não venceram ainda, é o momento em que o Anticristo, cheio de furor, ordenará a morte de Enoque e Elias e de seus corpos, para que todos possam vê-los e temam imitá-los. Assim como queriam matar a mim...

Naquele instante, aterrorizado, eu achava que Ubertino estava tomado por alguma espécie de mania divina e temi por sua razão. Agora, com a distância do tempo, sabendo o que sei, isto é, que alguns anos depois ele foi misteriosamente assassinado numa cidade alemã e nunca se soube por quem, estou mais aterrorizado ainda, porque, evidentemente, naquela tarde Ubertino estava profetizando.

— Tu sabes, o abade Joaquim disse a verdade. Chegamos à sexta era da história humana, em que aparecerão dois Anticristos, o Anticristo místico e o próprio Anticristo; isso acontece agora na sexta era, após o aparecimento de Francisco a configurar em sua própria carne as cinco chagas de Jesus Crucificado. Bonifácio foi o Anticristo místico, e a abdicação de Celestino não foi válida. Bonifácio foi a besta vinda do mar, cujas sete cabeças representam as ofensas aos pecados capitais, e os dez chifres, as ofensas aos mandamentos, e os cardeais que o rodeavam eram os gafanhotos, cujo corpo é Apoliom! Mas o número da besta, se leres o nome em letras gregas, é *Benedicti*!

Fitou-me para ver se eu tinha compreendido e levantou um dedo para advertir-me.

— Bento XI foi o próprio Anticristo, a besta que sobe da terra! Deus permitiu que tal monstro de vício e iniquidade governasse sua Igreja para que as virtudes de seu sucessor resplandecessem de glória!

— Mas, santo padre — objetei com um fio de voz, tomando coragem —, seu sucessor é João!

Ubertino pousou uma das mãos na testa como para apagar um sonho importuno. Respirava com esforço, estava cansado.

— É. Os cálculos estavam errados, ainda estamos esperando o papa angélico... Mas enquanto isso apareceram Francisco e Domingos.

Elevou os olhos ao céu e disse como que rezando (mas tive certeza de que estava recitando uma página de seu grande livro sobre a árvore da vida):

— Quorum primus seraphico calculo purgatus et ardore celico inflammatus totum incendere videbatur. Secundus vero verbo predicationis fecundus super mundi tenebras clarius radiavit... Sim, se foram essas as promessas, o papa angélico deverá vir.

— E assim seja, Ubertino — disse Guilherme. — Enquanto isso, estou aqui para impedir que o imperador humano seja expulso. Sobre o teu papa angélico frei Dulcino também falava...

— Não pronuncies mais o nome dessa víbora! — gritou Ubertino, e pela primeira vez o vi transformar-se de amargurado em irado. — Ele conspurcou a palavra de Joaquim da Calábria e fez dela incentivo de morte e imundície! Mensageiro do Anticristo, se acaso os houve. Mas tu, Guilherme, falas assim porque na verdade não acreditas na vinda do Anticristo, e os teus mestres de Oxford te ensinaram a idolatrar a razão, estancando as capacidades proféticas do teu coração!

— Estás enganado, Ubertino — respondeu Guilherme com muita seriedade. — Tu sabes que venero Roger Bacon mais que qualquer outro de meus mestres...

— Que delirava com máquinas voadoras — motejou amargamente Ubertino.

— Que falou clara e limpidamente sobre o Anticristo, advertiu seus sinais na corrupção do mundo e no enfraquecimento do saber. Mas ensinou que há um único modo de nos prepararmos para sua vinda: estudar os segredos da natureza, usar do saber para melhorar o gênero humano. Podes preparar-

-te para combater o Anticristo estudando as virtudes curativas das ervas, a natureza das pedras, e até mesmo projetando as máquinas voadoras das quais zombas.

— O Anticristo do teu Bacon era um pretexto para cultivar o orgulho da razão.

— Santo pretexto.

— Nada que seja pretexto é santo. Guilherme, sabes que te quero bem. Sabes que confio muito em ti. Castiga a tua inteligência, aprende a chorar sobre as chagas do Senhor, joga fora os teus livros.

— Guardarei apenas o teu — sorriu Guilherme.

Ubertino sorriu também e o ameaçou com o dedo:

— Inglês tonto. E não caçoes muito dos teus semelhantes. Ou melhor, os que não puderes amar, teme-os. E cuidado com a abadia. Não gosto deste lugar.

— Quero justamente conhecê-lo melhor — disse Guilherme, despedindo-se. — Vamos, Adso.

— Eu te digo que não é bom, e tu dizes que queres conhecê-lo. Ah! — disse Ubertino balançando a cabeça.

— A propósito — disse ainda Guilherme, já na metade da nave —, quem é aquele monge que parece um animal e fala a língua de Babel?

— Salvatore? — voltou-se Ubertino que já se tinha ajoelhado. — Creio que fui eu que o doei a esta abadia... Junto com o despenseiro. Quando abandonei o hábito franciscano, retornei por algum tempo ao meu velho convento de Casale e ali encontrei outros frades na penúria, porque a comunidade os acusava de serem espirituais da minha seita... assim se expressavam. Intercedi em favor deles, conseguindo permissão para que seguissem o meu exemplo. E dois deles, Salvatore e Remigio, encontrei aqui mesmo, ao chegar no ano passado. Salvatore... Parece um bicho, realmente. Mas é prestativo.

Guilherme hesitou um instante:

— Ouvi-o dizer "penitenziagite".

Ubertino calou-se. Moveu a mão como para espantar um pensamento desagradável. — Não, não acredito. Sabes como são esses irmãos leigos. Gente do campo, que talvez tenha ouvido algum pregador ambulante e não sabe o que está dizendo. Em Salvatore teria outras coisas para reprovar, é uma besta glutona e luxuriosa. Mas nada, nada contra a ortodoxia. Não, o mal da abadia é outro, busca-o em quem sabe demais, e não em quem não sabe nada. Não construas um castelo de suspeitas sobre uma palavra.

— Jamais faria isso — respondeu Guilherme. — Desisti de ser inquisidor para não fazer isso. Mas também gosto de ouvir as palavras e depois fico pensando nelas.

— Tu pensas demais. Rapaz — disse voltando-se para mim —, não copies muitos maus exemplos de teu mestre. A única coisa em que se deve pensar, e a percebo no fim da vida, é a morte. Mors est quies viatoris, finis est omnis laboris. Deixai-me rezar.

Primeiro dia

POR VOLTA DA NONA

*Em que Guilherme tem um doutíssimo diálogo
com Severino herborista.*

Percorremos de volta a nave central e saímos. Eu continuava perturbado pela conversa com Ubertino.

— É um homem... estranho — ousei dizer.

— É, ou foi, em muitos aspectos, um grande homem. Mas justamente por isso é estranho. Apenas os pequenos homens parecem normais. Ubertino poderia ter-se tornado um dos hereges que ele contribuiu para condenar à fogueira, ou um cardeal da Santa Igreja Romana. Esteve pertíssimo de ambas as perversões. Quando falo com Ubertino, tenho a impressão de que o inferno é o paraíso visto do outro lado.

Não entendi o que estava querendo dizer:

— De que lado? — perguntei.

— Pois é — admitiu Guilherme —, trata-se de saber se há lados e se há um todo. Mas não me dês ouvidos. E para de olhar aquele portal — disse, batendo levemente na minha nuca, enquanto eu me virava, atraído pelas esculturas que vira na entrada. — Por hoje já te assustaram o suficiente. Todos.

Enquanto me voltava de novo para a saída, vi diante de mim outro monge. Podia ter a mesma idade de Guilherme. Sorriu e cumprimentou-nos urbanamente. Disse que era Severino de Sant'Emmerano, e era o padre herborista, que cuidava dos banhos, do hospital e das hortas, e que se punha à nossa disposição se quiséssemos nos orientar melhor no recinto da abadia.

Guilherme agradeceu-lhe e disse que já notara, ao entrar, a bela horta, que lhe parecia conter não apenas ervas comestíveis, mas também plantas medicinais, pelo que se podia ver através da neve.

— No verão ou na primavera, com a variedade de suas ervas, cada uma adornada de suas flores, esta horta canta melhor as glórias do Criador — disse Severino à guisa de desculpa. — Mas mesmo nesta estação o olho do herborista vê através dos galhos secos as plantas que virão e pode dizer que esta horta é mais rica do que qualquer herbário já visto, que é mais variegada, por mais belas que sejam as miniaturas daquele. E, depois, mesmo no inverno crescem as boas ervas, e outras, que colhi, guardo prontas nos vasos que tenho no laboratório. Desse modo, com as raízes da azedinha curam-se os catarros, e com uma tisana de raízes de alteia fazem-se compressas para as doenças da pele; com a bardana cicatrizam-se os eczemas; triturando e moendo o rizoma da bistorta, curam-se as diarreias e alguns males das mulheres; a pimenta-do-reino é um bom digestivo, a fárfara é boa contra a tosse, e temos a boa genciana para a digestão, gricirriza e zimbro para uma boa infusão, e sabugo, com cujo súber se faz uma tisana para o fígado, além da saponária, cujas raízes maceradas em água fria curam o catarro, e da valeriana, cujas virtudes certamente conheceis.

— Tendes ervas diferentes e próprias para climas diferentes. Como é isso?

— Isso eu devo, por um lado, à misericórdia do Senhor, que pôs nosso altiplano entre uma cadeia que ao sul dá para o mar e dele recebe os ventos quentes, e ao norte dá para a montanha mais alta, da qual recebe os bálsamos silvestres; e, por outro lado, ao hábito da arte, que adquiri sem mérito por vontade de meus mestres. Algumas plantas crescem até em clima adverso quando se cuida do terreno circundante, da nutrição, do crescimento.

— E tendes também plantas boas só para comer? — perguntei.

— Meu jovem potro esfomeado, não há plantas boas para comer que não sejam boas também para a cura, desde que ingeridas na justa medida. Somente o excesso as torna causa de doença. Vê as cebolas. Quentes e úmidas, poucas dão força ao coito, naturalmente para os que não fizeram os nossos votos; em excesso, deixam a cabeça pesada e devem ser combatidas com leite e vinagre. Boa razão — acrescentou com malícia — para que um jovem monge as coma sempre com parcimônia. Dá preferência ao alho. Quente e seco, é bom contra venenos. Ainda que alguns digam que, se ingerido em demasia à noite, provoca sonhos ruins. Muito menos, porém, do que outras ervas, que provocam visões ruins.

— Quais? — perguntei.

— Eh, eh, o nosso noviço está querendo saber demais. Isso é coisa que só o herborista deve saber, senão qualquer desatinado poderia andar por aí a ministrar visões, ou seja, a mentir com as ervas.

— Mas basta um pouco de urtiga — disse Guilherme —, ou roybra ou olieribus, e se está protegido contra as visões. Espero que tenhais essas boas ervas.

Severino olhou o mestre de soslaio:

— Interessa-te o cultivo de ervas?

— Um pouquinho — disse modestamente Guilherme. — Uma vez tive em mãos o *Theatrum Sanitatis* de Ububchasym de Baldach...

— Abul Asan al Muchtar ibn Botlan.

— Ou Ellucasim Elimittar, como queiras. Pergunto-me se será possível encontrar uma cópia aqui.

— E das mais belas, com muitas imagens de fina fatura.

— O céu seja louvado. E o *De virtutibus herbarum* de Platearius?

— Esse também, e *De plantis* de Aristóteles. Ficarei contente se tiver contigo algumas conversas sérias sobre ervas.

— Eu mais que tu — disse Guilherme —, mas não estaremos violando a regra do silêncio, que me parece viger em vossa ordem?

— A regra tem-se adaptado ao longo dos séculos às exigências das diferentes comunidades — disse Severino. A regra previa a lectio divina, mas não o estudo: e bem sabes quanto a nossa ordem tem desenvolvido a pesquisa sobre as coisas divinas e sobre as coisas humanas. E mais, a regra prevê o dormitório comum, mas às vezes é justo, como em nosso caso, que os monges tenham possibilidade de reflexão também durante a noite, e assim cada um tem sua própria cela. A regra é muito severa com respeito ao silêncio, e mesmo entre nós não só o monge que executa trabalhos manuais, mas também o que escreve ou lê deve abster-se de conversar com seus confrades. Mas a abadia é antes de tudo uma comunidade de estudiosos e frequentemente é útil que os monges troquem entre si os tesouros de doutrina que acumulam. Toda conversa que diga respeito aos nossos estudos é considerada legítima e proveitosa, desde que não transcorra no refeitório ou durante as horas dos ofícios sagrados.

— Tiveste ocasião de conversar muito com Adelmo de Otranto? — perguntou bruscamente Guilherme.

Severino não pareceu surpreso:

— Estou vendo que o abade já te contou — disse. — Não. Não me entretinha com ele frequentemente. Ele passava o tempo fazendo iluminuras. Eu o ouvi por vezes discutir com outros monges, Venâncio de Salvemec, ou Jorge de Burgos, sobre a natureza de seu trabalho. E, depois, eu não passo o dia no scriptorium, mas no meu laboratório — e apontou para o edifício do hospital.

— Entendo — disse Guilherme. — Portanto não sabes se Adelmo teve visões.

— Visões?

— Como as que provocam as tuas ervas, por exemplo.

Severino ficou hirto:

— Eu disse que guardo com muito cuidado as ervas perigosas.

— Não estou dizendo isso — apressou-se a explicar Guilherme. — Falava de visões em geral.

— Não estou entendendo — insistiu Severino.

— Pensava que um monge que fica vagando à noite pelo Edifício, onde — conforme reconhece o abade — podem acontecer coisas... tremendas a quem ali entrar em horas proibidas, bem, estava dizendo, pensava que pudesse ter tido visões diabólicas que o tivessem empurrado para o precipício.

Eu disse que não frequento o scriptorium, salvo quando preciso de algum livro, mas sempre tenho os meus herbanários, que conservo no hospital. Já te disse, Adelmo era muito chegado a Jorge, a Venâncio e... naturalmente, a Berengário.

Percebi eu também uma leve hesitação na voz de Severino. Que não escapou a meu mestre:

— Berengário? E por que naturalmente?

— Berengário de Arundel, o ajudante de bibliotecário. Tinham a mesma idade, foram noviços juntos, era normal que tivessem coisas de que falar. Era isso o que eu queria dizer.

— Era isso então o que querias dizer — comentou Guilherme. E admirei-me que não insistisse naquele ponto. De fato mudou logo de assunto: — Mas talvez seja hora de entrarmos no Edifício. Serves-nos de guia?

— Com prazer — disse Severino com alívio até demasiado evidente. Fez-nos rodear a horta e conduziu-nos até a frente da fachada ocidental do Edifício.

— Do lado da horta fica o portal que dá acesso à cozinha — disse —, mas a cozinha ocupa apenas a metade ocidental do primeiro andar; na outra metade fica o refeitório. E pela porta meridional, à qual se chega passando atrás do coro da igreja, chega-se a mais dois portais que conduzem tanto à cozinha quanto ao refeitório. Mas vamos entrar por aqui, porque da cozinha poderemos depois passar de lá de dentro para o refeitório.

Quando entrei na cozinha, percebi que o Edifício gerava um pátio octogonal em sua parte central e em toda a sua altura; como compreendi depois, tratava-se de uma espécie de grande poço, sem acessos, para o qual se abriam, em cada andar, amplas janelas, como as que davam para fora. A cozinha era um imenso saguão cheio de fumaça, onde muitos fâmulos já se apressavam a dispor alimentos para a ceia. Em cima de uma grande mesa, dois deles preparavam um pastelão de verdura, cevada, aveia e centeio, picando nabos, agrião, rabanetes e cenouras. Ao lado, um dos outros cozinheiros acabara de cozinhar alguns peixes numa mistura de água e vinho, já os estava recobrindo com um molho composto de sálvia, salsa, tomilho, alho, pimenta e sal.

Correspondendo ao torreão ocidental, abria-se um enorme forno de assar pão, que já faiscava de chamas avermelhadas. No torreão meridional, um imenso fogão onde ferviam caldeirões e giravam espetos. Pela porta que dava para a ala situada atrás da igreja, entravam naquele momento os porqueiros trazendo as carnes dos porcos degolados. Saímos primeiro por aquela porta e nos achamos no terreiro, na extremidade oriental da esplanada, atrás dos muros, onde se erguiam muitas construções. Severino explicou-me que a primeira era o conjunto das pocilgas, depois vinham as estrebarias, depois os currais, os galinheiros e o recinto coberto das ovelhas. Diante das pocilgas os porqueiros remexiam dentro de uma imensa talha o sangue dos porcos recém-degolados, para que não se coagulasse. Se fosse bem remexido e depressa, resistiria nos próximos dias, graças ao clima severo e, por fim, fariam chouriços com ele.

Entramos de novo no Edifício e demos uma rápida olhada no refeitório, que atravessamos para nos dirigirmos ao torreão oriental. Dos dois torreões, formados pelo alargamento do refeitório, o setentrional alojava uma lareira, o outro, uma escada em caracol que levava ao scriptorium, isto é, ao segundo andar. Por ali os monges iam todos os dias para o trabalho, ou então por duas escadas, menos cômodas, mas bem aquecidas, que subiam em espiral por trás do fogão e do forno da cozinha.

Guilherme perguntou se encontraríamos alguém no scriptorium, mesmo sendo domingo. Severino sorriu e disse que, para o monge beneditino, trabalho é prece. Domingo os ofícios duravam mais, porém os monges dedicados aos livros passavam igualmente algumas horas lá em cima, empregadas habitualmente em frutíferas trocas de doutas observações, conselhos, reflexões sobre as sagradas escrituras.

Primeiro dia

APÓS A NONA

Em que se visita o scriptorium e de como se trava conhecimento com muitos estudiosos, copistas e rubricadores, além de um velho cego que está à espera do Anticristo.

Enquanto subíamos, reparei que meu mestre observava as janelas que iluminavam a escada. Eu, provavelmente, estava me tornando hábil como ele, porque logo percebi que, pela posição em que estavam, dificilmente alguém as alcançaria. Do outro lado, tampouco as janelas que se abriam no refeitório (as únicas que do primeiro andar davam para a escarpa) pareciam fáceis de atingir, visto que embaixo delas não havia móvel algum.

Chegados ao topo da escada, entramos no scriptorium pelo torreão setentrional, e lá não pude conter um grito de admiração. O segundo andar não era bipartido como o inferior e se oferecia portanto aos meus olhos em toda a sua espaçosa imensidão. As abóbadas, curvas e não muito altas (menos que numa igreja, mais todavia que em qualquer sala capitular que jamais vi), sustentadas por robustas pilastras, encerravam um espaço impregnado por uma luz belíssima, porque três enormes janelas se abriam em cada um dos lados maiores, enquanto cinco janelas menores vazavam cada um dos cinco lados externos de cada torreão; oito janelas altas e estreitas, enfim, permitiam que a luz entrasse inclusive do poço octogonal interno.

A abundância de janelas fazia com que a grande sala fosse alegrada por uma luz contínua e difusa, embora estivéssemos numa tarde de inverno. As vidraças não eram coloridas como as da igreja, e os encaixes de chumbo fixavam quadrados de vidro incolor, para que a luz entrasse do modo mais puro possível, não modulada por arte humana, e iluminasse o trabalho de leitura e escrita. Vi outras vezes, em outros lugares, muitos scriptoria, mas nenhum em que refulgisse tão luminosamente, nas efusões de luz física que faziam resplender o ambiente, o mesmo princípio espiritual que a luz encarna, a *claritas*, fonte de beleza e sabedoria, atributo incindível da harmonia que a sala manifestava. Pois três coisas concorrem para criar a beleza: primeiro, a integridade ou perfeição, e por isso achamos feias as coisas incompletas; depois, a devida proporção ou a consonância; e por fim a claridade e a luz, e de fato dizemos que são belas as coisas de cor nítida. E, uma vez que a visão do belo comporta paz e, para o nosso apetite, é a mesma coisa acalmar-se na paz, no bem e no belo, senti-me invadido por grande consolo e imaginei como devia ser agradável trabalhar naquele lugar.

Do modo como se mostrava aos meus olhos, naquela hora meridiana, ele me pareceu uma alegre oficina de sabedoria. Vi mais tarde em São Galo um scriptorium de proporções semelhantes, separado da biblioteca (em outros lugares, os monges trabalhavam no mesmo local onde estavam guardados os livros), mas não tão lindamente disposto como aquele. Antiquários, livreiros, rubricadores e estudiosos estavam sentados cada um à sua mesa, uma mesa abaixo de cada janela. E, visto que eram quarenta as janelas (número deveras perfeito, devido à decuplicação do tetrágono, como se os dez mandamentos tivessem sido magnificados pelas quatro virtudes cardeais), quarenta monges poderiam trabalhar juntos, embora naquele momento houvesse apenas uns trinta. Severino explicou que os monges que trabalhavam no scriptorium estavam dispensados dos ofícios da terça, da sexta e da nona para não precisarem interromper o trabalho nas horas de luz, e terminavam suas atividades somente ao pôr do sol, para as vésperas.

Os lugares mais iluminados eram reservados aos antiquários, aos miniaturistas mais experientes, aos rubricadores e aos copistas. Cada mesa tinha todo o necessário para miniaturar e copiar: chifres-tinteiro, penas finas que alguns monges estavam aparando com uma faca estreita, pedra-pome para alisar o pergaminho, réguas para traçar as linhas sobre as quais seriam traçadas as letras. Junto a cada escriba, ou no topo do plano inclinado de cada mesa, ficava uma estante, sobre a qual ele apoiava o códice por ser copiado, com a página coberta por máscaras que enquadravam a linha que estava sendo transcrita no momento. E alguns tinham tintas de ouro e de outras cores. Outros, porém, estavam apenas lendo livros, e transcreviam apontamentos em seus cadernos particulares ou em tábulas.

Mas não tive tempo de observar o trabalho deles, porque ao nosso encontro veio o bibliotecário, que já sabíamos ser Malaquias de Hildeshein. Seu semblante procurava ostentar uma expressão de boas-vindas, mas não pude conter um estremecimento diante de fisionomia tão singular. O rosto era pálido e, apesar de ele provavelmente estar apenas na metade de sua caminhada terrena, uma fina rede de rugas fazia-o semelhar não tanto ao de um velho, mas, conforme me pareceu ao primeiro olhar (e Deus me perdoe), ao de uma velha, por haver algo de femíneo em seus olhos profundos e melancólicos. Sua boca era quase incapaz de assumir a posição do sorriso e, no conjunto, aquele homem dava a impressão de enfrentar a pena de existir por alguma obrigação desagradável.

Seja como for, cumprimentou-nos com cortesia. Apresentou-nos a muitos dos monges que estavam trabalhando naquele momento. Disse também o trabalho que estava sendo realizado por cada um deles, e em todos admirei a profunda devoção ao saber e ao estudo da palavra divina. Conheci assim Venâncio de Salvemec, tradutor do grego e do árabe, devoto daquele Aristóteles que sem dúvida foi o mais sábio de todos os homens. Bêncio de Upsala, jovem monge escandinavo estudioso de retórica. Berengário de Arundel, ajudante de bibliotecário. Aymaro de Alessandria, que estava copiando obras emprestadas à biblioteca por poucos meses, e também um grupo de miniaturistas de vários países, Patrício de Clonmacnois, Rábano de Toledo, Magnus de Iona, Waldo de Hereford.

O elenco poderia por certo continuar, e não existe nada mais maravilhoso que o catálogo, instrumento de admiráveis hipotiposes. Mas preciso tratar do assunto de nossas discussões, do qual emergiram muitas indicações úteis para compreender a sutil inquietação que pairava entre os monges, e um não sei quê de não dito que pesava sobre todas as conversas.

Meu mestre começou a conversar com Malaquias, louvando a beleza e a operosidade do scriptorium e pedindo-lhe notícias sobre o andamento do trabalho que ali se executava, porque — disse com muita sagacidade — tinha ouvido falar por toda parte daquela biblioteca e gostaria de examinar muitos dos livros. Malaquias explicou-lhe o que o abade já dissera, que o monge pedia ao bibliotecário a obra para a consulta, e este iria buscá-la na biblioteca superior, se a requisição fosse justa e pia. Guilherme perguntou como podia conhecer os nomes dos livros guardados nas estantes de lá de cima, e Malaquias mostrou-lhe, preso por uma correntinha de ouro à sua mesa, um volumoso códice repleto de listas apinhadíssimas.

Guilherme enfiou as mãos no hábito, onde este se abria no peito formando uma espécie de sacola, e de lá tirou um objeto que eu já o vira segurar e pôr no rosto, no curso da viagem. Era uma forquilha, construída de tal modo que podia manter-se em cima do nariz de um homem (e melhor ainda no dele, tão proeminente e aquilino), da mesma maneira que um cavaleiro na garupa do cavalo ou como um pássaro num poleiro. E dos dois lados da forquilha, de tal modo que pudesse corresponder aos olhos, expandiam-se dois aros ovais de metal, que encerravam duas amêndoas de vidro, da grossura de um fundo de copo. Com aquilo nos olhos, Guilherme, de preferência, lia e dizia que enxergava melhor do que com o que a natureza o havia dotado, ou do que sua idade avançada lhe permitia, especialmente quando a luz do dia declinava. Não lhe serviam para ver de longe, que para isso tinha vista agudíssima, mas para ver de perto. Com aquilo ele podia ler manuscritos exarados em letras finíssimas, que até a mim custava decifrar. Explicara-me que, passando o homem da metade da vida, mesmo que sua vista tivesse sido sempre ótima, o olho se endurecia e relutava em adaptar a pupila, de modo que muitos sábios estavam mortos para a leitura e a escrita depois dos cinquenta anos. Grave prejuízo para homens que poderiam dar o melhor de sua inteligência por muitos anos ainda. Assim, devia-se louvar a Deus por alguém ter descoberto e fabricado aquele instrumento. E isso me dizia ele, para apoiar as ideias de seu Roger Bacon, quando dizia que o objetivo da sabedoria também era prolongar a vida humana.

Os demais monges olharam Guilherme com muita curiosidade, mas não ousaram fazer-lhe perguntas. E eu percebi que, mesmo num lugar tão ciosa e orgulhosamente dedicado à leitura e à escrita, aquele admirável instrumento ainda não penetrara. Senti-me orgulhoso de estar em companhia de um homem que tinha algo com que pasmar outros homens de renomada sabedoria no mundo todo.

Com aqueles objetos nos olhos, Guilherme inclinou-se para as listas inscritas no códice. Olhei eu também, e descobrimos títulos de livros jamais ouvidos e outros celebérrimos, que a biblioteca possuía.

— *De pentagono Salomonis, Ars loquendi et intelligendi in lingua hebraica, De rebus metallicis* de Rogério de Hereford, *Algebra* de Al Kuwarizmi, traduzida para o latim por Roberto Ânglico, as *Punicas* de Sílio Itálico, as *Gesta francorum, De laudibus sanctae crucis* de Rábano Mauro, e *Flavii Claudii Giordani de aetate mundi et hominis reservatis singulis litteris per singulos libros ab A usque ad Z* — leu o meu mestre. — Excelentes obras. Mas em que ordem estão registradas? — Citou um texto que eu não conhecia mas que por certo era familiar a Malaquias: "Habeat Librarius et registrum omnium librorum ordinatum secundum facultates et auctores, reponeatque eos separatim et ordinate cum signaturis per scripturam applicatis". O que fazeis para conhecer o lugar de cada livro?

Malaquias mostrou-lhe umas anotações ao lado de cada título. Li: iii, IV gradus, V in prima graecorum; ii, V gradus, VII in tertia anglorum, e assim por diante. Compreendi que o primeiro número indicava a posição do livro na estante ou gradus, que esta era indicada pelo segundo número, e o armário, pelo terceiro número; e entendi também que as outras expressões designavam uma sala ou corredor da biblioteca, e ousei pedir mais informações sobre essas últimas distinctiones. Malaquias fitou-me com severidade:

— Talvez não saibais ou tenhais esquecido que o acesso à biblioteca é consentido apenas ao bibliotecário. Portanto, é justo e suficiente que apenas o bibliotecário saiba decifrar essas coisas.

— Mas em que ordem são colocados os livros nessa lista? — perguntou Guilherme. — Não por assunto, parece.

Não se referiu a uma ordem por autores, que seguisse a mesma sequência das letras do alfabeto, porque esse é um expediente que vi em uso somente nos últimos anos e então era pouco usado.

— A origem da biblioteca mergulha na profundeza dos tempos — disse Malaquias —, e os livros são registrados segundo a ordem das aquisições, das doações, do ingresso em nossos muros.

— Difícil de encontrar — observou Guilherme.

— Basta que o bibliotecário os conheça de cor e saiba a época em que chegou cada livro. Quanto aos outros monges, podem confiar na memória dele — e parecia falar de outrem que não fosse ele próprio.

Entendi que ele falava da função humildemente exercida por ele naquele momento e outrora exercida por outros cem, já desaparecidos, que haviam transmitido seu saber em sucessão.

— Compreendi — disse Guilherme. — Se eu então procurasse algo, sem saber o quê, sobre o pentágono de Salomão, vós saberíeis indicar-me que existe o livro cujo título acabei de ler e poderíeis identificar a posição dele no andar superior.

— Se precisásseis realmente aprender alguma coisa sobre o pentágono de Salomão — disse Malaquias. — Mas esse é justamente um livro que, antes de entregar, eu preferiria pedir o conselho do abade.

— Fiquei sabendo que um dos vossos melhores miniaturistas — disse então Guilherme — desapareceu recentemente. O abade falou-me bastante de sua arte. Poderia ver os códices que ele iluminava?

— Adelmo de Otranto em vista da pouca idade, trabalhava somente nas marginalia — disse Malaquias olhando Guilherme com desconfiança. Tinha imaginação muito vivaz e com coisas conhecidas sabia compor coisas desconhecidas e surpreendentes, como quem unisse um corpo humano a uma cerviz equina. Mas lá estão os livros dele. Ninguém ainda tocou em sua mesa.

Aproximamo-nos daquele que fora o local de trabalho de Adelmo, onde estavam ainda as folhas de um saltério com ricas iluminuras. Eram fólios de finíssimo vellum — rei dos pergaminhos —, e o último ainda estava preso à mesa. Assim que esfregado com pedra-pome e amaciado com gesso, fora alisado com a plana e, a partir dos minúsculos furos produzidos nas laterais com um estilo fino, tinham sido traçadas todas as linhas que deviam guiar a mão do artista. A primeira metade já estava coberta pela escrita, e o monge tinha começado a esboçar as figuras nos lados do texto. As outras folhas, porém, já estavam prontas, e, olhando para elas, nem eu nem Guilherme conseguimos conter uma exclamação de admiração. Tratava-se de um saltério, às margens do qual se delineava um mundo invertido em relação àquele com que nossos sentidos se habituaram. Como se, no limiar de um discurso que por definição é o discurso da verdade, se desenvolvesse, profundamente ligado a ele e por admiráveis alusões enigmáticas, um discurso mentiroso sobre um universo virado de cabeça para baixo, em que os cães fogem das lebres e os cervos caçam o leão. Animais com mãos humanas nas costas, cabeças comadas das quais despontavam pés, dragões zebrados, quadrúpedes de pescoço serpentino enlaçado em mil nós inextrincáveis, macacos com chifres cervinos, sereias voadoras com asas membranosas no dorso, homens sem braço com outros corpos a lhes despontarem nas costas à guisa de corcunda, figuras com a boca dentada no ventre, humanos com cabeça equina e equinos com pernas humanas, peixes com asas de pássaro e pássaros com rabo de peixe, monstros de um só corpo com cabeça dupla, ou com uma única cabeça e corpo duplo, vacas com rabo de galo e asas de borboleta, mulheres de cabeça escamada como dorso de peixe, quimeras bicéfalas entrelaçadas com libélulas de focinho de lagartixa, centauros, dragões, elefantes, manticoras, esciápodos deitados em galhos de árvore, grifos de cuja cauda nascia um arqueiro em aparato de guerra, criaturas diabólicas de pescoço sem fim, sequências de animais antropomorfos e de anões zoomorfos associavam-se (às vezes na mesma página) a cenas de vida campestre, nas quais era representada, com vivacidade tão impressionante que levaria a crer que as figuras estavam vivas, toda a vida dos campos, lavradores, colhedores de frutos, ceifadores, fiandeiras, semeadores ao lado de raposas e fuinhas que, armadas de balestras, escalavam uma cidade torreada, defendida por macacos. Aqui, uma letra inicial se torcia em L e na parte inferior gerava um dragão; lá, um grande V que dava início à palavra "verba" produzia, como natural gavinha de seu tronco, uma serpente com mil volutas, que por sua vez gerava mais serpentes qual pâmpanos e corimbos.

Junto do saltério encontrava-se, evidentemente terminado havia pouco, um estranho livro de horas, de dimensões incrivelmente reduzidas, que caberia na palma da mão. Com escrita diminuta, as miniaturas marginais eram visíveis a custo à primeira vista e exigiam que os olhos as examinassem de perto para aparecerem em toda a sua beleza (e cabia perguntar com que instrumento sobre-humano o miniaturista as traçara para obter efeitos de tanta vivacidade em espaço tão reduzido). As margens inteiras do livro estavam invadidas por figuras minúsculas, geradas, como que por expansão natural, pelas volutas finais das letras esplendidamente traçadas: sereias marinhas, cervos em fuga, quimeras, torsos humanos sem braços, a emergirem como lombrigas pelo próprio corpo dos versículos. Num ponto, como a continuar os três "Sanctus, Sanctus, Sanctus", repetidos em três linhas diferentes, viam--se três figuras beluínas de cabeça humana, duas das quais se torciam: uma para baixo, outra para cima, a fim de se unirem num beijo que não hesitarias em definir como desavergonhado se não estivesses convencido de que um profundo significado espiritual, ainda que não perspícuo, devia certamente justificar aquela representação naquele ponto.

Eu seguia aquelas páginas dividido entre a admiração muda e o riso, porque as figuras inclinavam necessariamente à hilaridade, embora comentassem páginas santas. Frei Guilherme as examinava sorrindo e comentou:

— Babewyn, assim são chamados nas minhas ilhas.

— Babouins, como são chamados nas Gálias — disse Malaquias. E de fato Adelmo aprendeu sua arte em vosso país, embora depois tenha estudado na França, também. Babuínos, ou macacos da África. Figuras de um mundo invertido, em que as casas surgem da ponta de uma agulha, e a terra está sobre o céu.

Eu me lembrei de alguns versos que ouvira no vernáculo de minhas terras e não pude me abster de pronunciá-los:

> Aller Wunder si geswigen,
> das herde himel hât überstigen,
> daz sult ir vür ein Wunder wigen.

E Malaquias continuou, citando do mesmo texto:

> Erd ob un himel unter
> das sult ir hân besunder
> Vür aller Wunder ein Wunder.

— Muito bem, Adso — continuou o bibliotecário —, efetivamente essas imagens nos falam daquela região aonde se chega cavalgando um ganso azul, onde se encontram gaviões que pescam peixes num regato, ursos que perseguem falcões no céu, camarões que voam com as pombas e três gigantes presos numa armadilha e bicados por um galo.

E um pálido sorriso iluminou seus lábios. Então os outros monges, que tinham seguido a conversa com certa timidez, puseram-se a rir com vontade, como se tivessem esperado a permissão do bibliotecário. Que logo ficou sério, enquanto os demais continuavam a rir, louvando a habilidade do pobre Adelmo e indicando, uns aos outros, as figuras mais inverossímeis. E foi enquanto todos ainda riam que ouvimos às nossas costas uma voz, solene e severa.

— Verba vana aut risui apta non loqui.

Viramo-nos. Quem tinha falado era um monge curvado pelo peso dos anos, branco como a neve, não digo só o cabelo, mas também o rosto, as pupilas. Percebi que era cego. A voz ainda era majestosa, e os membros, fortes, embora o corpo estivesse engelhado pelo peso da idade. Fitava-nos como se nos visse, e sempre, mesmo mais tarde, vi-o mover-se e falar como se possuísse ainda o dom da visão. Mas o tom da voz, no entanto, era o de quem possui só o dom da profecia.

— O homem venerando em idade e sabedoria que estais vendo — disse Malaquias a Guilherme apontando-lhe o recém-chegado — é Jorge de Burgos. Mais velho que todos os que vivem aqui no mosteiro, salvo Alinardo de Grottaferrata, é a ele que muitos dos monges confiam a carga de seus pecados no segredo da confissão.

Depois, voltando-se para o ancião:

— Quem está diante de vós é frei Guilherme de Baskerville, nosso hóspede.

— Espero que não vos tenhais irritado com minhas palavras — disse o velho em tom brusco. — Ouvi pessoas que riam de coisas risíveis e lembrei-lhes um dos princípios de nossa regra. E, como disse o salmista, se o monge deve abster-se de boas conversações em virtude do voto de silêncio, por muito maior razão deve subtrair-se às más conversações. E, assim como existem más conversações, existem más imagens. São elas as que mentem acerca da forma da criação e mostram o mundo ao contrário daquilo que deve ser, sempre foi e sempre será nos séculos dos séculos, até a consumpção dos tempos. Mas vindes de outra ordem, na qual, segundo me dizem, é vista com indulgência até mesmo a alegria mais inoportuna.

Aludia àquilo que se comentava entre os beneditinos acerca das esquisitices de são Francisco de Assis e talvez também das esquisitices atribuídas a fraticelos e espirituais de toda espécie, que eram os rebentos mais recentes e embaraçosos da ordem franciscana. Mas frei Guilherme deu mostras de não entender a insinuação.

— As imagens marginais induzem frequentemente ao sorriso, mas para fins de edificação — respondeu. — Assim como nos sermões, para tocar a imaginação das multidões piedosas, é preciso introduzir exempla, não raro jocosos, também o discurso das imagens deve condescender com essas nugae. Para cada virtude e para cada pecado há um exemplo tirado dos bestiários, e os animais tornam-se figura do mundo humano.

— Oh, sim — motejou o velho, mas sem sorrir —, toda imagem é boa para induzir à virtude, para que a obra-prima da criação, posta de cabeça para baixo, se torne matéria de riso. E assim a palavra de Deus se manifesta através do asno que toca lira, do mocho que ara com o escudo, dos bois que se prendem sozinhos ao arado, dos rios que sobem de volta a corrente, do mar que se incendeia, do lobo que se torna eremita! Caçai lebres com bois, aprendei gramática com as corujas, que os cães mordam pulgas, os cegos olhem os mudos e os mudos peçam pão, que a formiga paira um bezerro, os frangos assados voem, os pães cresçam nos telhados, os papagaios tomem lições de retórica, as galinhas fecundem os galos; colocai a carroça na frente dos bois, ponde o cão a dormir no leito e caminhem todos de cabeça para baixo! O que querem todas essas nugae? Um mundo invertido e oposto ao estabelecido por Deus, a pretexto de ensinar preceitos divinos!

— Mas o Areopagita ensina — disse Guilherme humildemente — que Deus só pode ser nomeado através das coisas mais disformes. E Hugo de São Vítor nos recordava que, quanto mais a similitude se faz dissímile, tanto mais a verdade nos é revelada sob o véu de figuras horríveis e indecorosas, tanto menos a imaginação se aplaca no gozo carnal e é obrigada a colher os mistérios que se escondem sob a torpeza das imagens...

— Conheço o argumento! E admito com vergonha que foi o argumento principal de nossa ordem, quando os abades cluniacenses se batiam contra os cistercienses. Mas são Bernardo tinha razão: pouco a pouco, o homem que representa monstros e prodígios da natureza para revelar as coisas de Deus per speculum et in aenigmate, toma gosto pela natureza das monstruosidades que cria e deleita-se com elas e por elas, não enxergando senão através delas. Basta olhardes, vós que ainda tendes visão, para os capitéis do nosso claustro — e apontou para fora das janelas, em direção à igreja. — Debaixo dos olhos dos frades dedicados à meditação, o que significam aquelas ridículas monstruosidades, aquelas formosuras disformes e deformidades formosas? Aqueles macacos sórdidos? Aqueles leões, aqueles centauros, aqueles seres semi-humanos, com a boca na barriga, um pé só, as orelhas de abano? Aqueles tigres manchados, aqueles guerreiros em luta, aqueles caçadores soprando num chifre e aqueles muitos corpos numa única cabeça e muitas cabeças num único corpo? Quadrúpedes com rabo de serpente e peixes com cabeça de quadrúpede, aqui um animal que de frente parece um cavalo e de trás, um bode, acolá um equino com chifres e assim por diante; agora para o monge é mais agradável ler mármores que manuscritos e admirar as obras do homem em vez de meditar sobre a lei de Deus. Vergonha, pelo desejo de vossos olhos e pelos vossos sorrisos!

O velho deteve-se ofegante. E eu admirei a vívida memória com que, talvez cego havia muitos anos, ele ainda relembrava as imagens de cuja torpeza nos falava. Tanto que suspeitei que elas o tinham seduzido muito quando ele as vira, já que as sabia descrever ainda com tanta paixão. Mas me ocorreu com frequência encontrar as representações mais sedutoras do pecado justamente nas páginas daqueles homens de virtude incorruptível, que delas condenam o fascínio e os efeitos. Sinal de que esses homens são movidos por tal ardor de testemunho da verdade que, por amor a Deus, não hesitam em conferir ao mal todas as seduções de que ele se cobre, para informar melhor os homens sobre os modos como o maligno os encanta. E, de fato, as palavras de Jorge estimularam em mim grande vontade de ver os tigres e os macacos do claustro, que ainda não admirara. Mas Jorge interrompeu o curso de meus pensamentos, pois recomeçou a falar, em tom menos inflamado.

— Nosso Senhor não precisou de tantas estultices para nos indicar o caminho reto. Nada em suas parábolas leva ao riso ou ao temor. Adelmo, contudo, que pranteais agora que está morto, tinha tanto gosto pelas monstruosidades que iluminava, que perdera de vista as coisas últimas de que elas deviam ser figura material. E percorreu todos, todos digo — e sua voz se tornou solene e ameaçadora —, os atalhos da monstruosidade. De modo que Deus sabe punir.

Caiu um pesado silêncio sobre os presentes. Quem ousou rompê-lo foi Venâncio de Salvemec.

— Venerável Jorge — disse —, vossa virtude vos torna injusto. Dois dias antes de Adelmo morrer, presenciastes um douto debate ocorrido justamente aqui no scriptorium. A preocupação de Adelmo era que sua arte, apesar de condescender em representações bizarras e fantásticas, devia ser dedicada à glória de Deus, instrumento de conhecimento do mundo celeste. Frei Guilherme citava há pouco o Areopagita, sobre o conhecimento pela deformidade. E Adelmo citou àquele dia outra altíssima autoridade, a do doutor de Aquino, quando disse ser conveniente que as coisas divinas sejam expostas mais na figura de corpos vis que na figura de corpos nobres. Primeiro porque o espírito humano é liberto mais facilmente do erro; é claro que certas propriedades não podem ser atribuídas às coisas divinas, o que seria dúbio se estas fossem indicadas por figuras de nobres coisas corpóreas. Em segundo lugar, porque esse modo de representação ajusta-se melhor ao conhecimento que temos de Deus nesta terra: ele se nos manifesta de fato mais naquilo que não é do que naquilo que é, e por isso as similitudes das coisas que mais se distanciam de Deus nos conduzem a uma opinião mais exata sobre ele, porque assim sabemos que ele está acima daquilo que dizemos e pensamos. E, em terceiro lugar, porque assim as coisas de Deus ficam mais bem escondidas para as pessoas indignas. Em suma, tratava-se aquele dia de entender o modo como se pode descobrir a verdade através de expressões surpreendentes, argutas, enigmáticas. E eu recordei-lhe que na obra do grande Aristóteles tinha encontrado palavras bastante claras a esse respeito...

— Não me lembro — interrompeu Jorge secamente —, estou muito velho. Não me lembro. Posso ter-me excedido em severidade. Agora é tarde, preciso ir...

— É estranho que não vos lembreis — insistiu Venâncio —, foi uma douta e belíssima discussão, na qual intervieram também Bêncio e Berengário. Na verdade, tratava-se de saber se as metáforas, os jogos de palavras e os enigmas, que parecem imaginados pelos poetas para puro deleite, não induzem a especular sobre as coisas de modo novo e surpreendente, e eu dizia que essa é uma virtude que se requer igualmente de um sábio... E Malaquias também estava...

— Se o venerável Jorge não se lembra, respeitem-se sua idade e o cansaço de sua mente... aliás, sempre tão viva — interveio um dos monges que acompanhavam a discussão. A frase fora pronunciada de modo agitado, ao menos de início, porque quem falara, percebendo que, incentivando ao respeito pelo velho, realmente expunha à luz uma fraqueza dele, diminuíra depois o ímpeto da intervenção, terminando quase num sussurro de desculpa. Quem falou foi Berengário de Arundel, o ajudante de bibliotecário. Era um jovem pálido, e, observando-o, lembrei-me da definição que Ubertino dera de Adelmo: seus olhos pareciam os de uma mulher lasciva. Intimidado com os olhares que todos pousavam sobre ele, estava com os dedos entrelaçados como quem quisesse reprimir uma tensão interior.

Foi singular a reação de Venâncio. Fitou Berengário de tal modo que este abaixou os olhos:

— Está bem, irmão — disse —, se a memória é um dom de Deus, a capacidade de esquecer também pode ser muito boa e deve ser respeitada. Mas eu a respeito no confrade ancião a quem falava, de ti esperava uma lembrança mais viva em relação às coisas acontecidas quando estávamos aqui, junto com um caríssimo amigo teu...

Eu não poderia dizer se Venâncio acentuara o tom na palavra "caríssimo". O fato é que percebi uma atmosfera de embaraço entre os presentes. Cada um virava os olhos para um lugar diferente e ninguém os dirigia a Berengário, que corara violentamente. Malaquias logo interveio, com autoridade:

— Vamos, frei Guilherme — disse —, mostro-vos outros livros interessantes.

O grupo se dissolveu. Vi Berengário lançar a Venâncio um olhar carregado de rancor, e Venâncio retribuir de igual modo, num mudo desafio. Eu, vendo que o velho Jorge se afastava, inclinei-me para beijar-lhe a mão, movido por um sentimento de respeitosa reverência. O velho recebeu o beijo, pousou a mão na minha cabeça e perguntou quem eu era. Quando lhe disse meu nome, deu a impressão de sorrir.

— Tens um nome famoso e muito bonito — disse. — Sabes quem foi Adso de Montier-en-Der? perguntou.

Eu, confesso, não sabia. Então Jorge acrescentou:

— Foi o autor de um livro tremendo, o *Libellus de Antichristo*, em que ele viu coisas que aconteceriam, e não foi ouvido o suficiente.

— O livro foi escrito antes do milênio — disse Guilherme —, e aquelas coisas não se verificaram...

— Para quem não tem olhos de ver — disse o cego. — Os caminhos do Anticristo são lentos e tortuosos. Ele chega quando não prevemos, e não porque o cálculo sugerido pelo apóstolo estivesse errado, mas porque não aprendemos sua arte.

Depois gritou, com voz bem alta e o rosto voltado para a sala, pondo as abóbadas do scriptorium a ribombar:

— Ele vem chegando! Não percais os últimos dias rindo de monstrengos de pele manchada e rabo retorcido! Não dissipeis os últimos sete dias!

Primeiro dia

VÉSPERAS

Quando se visita o restante da abadia, Guilherme chega a algumas conclusões sobre a morte de Adelmo, fala-se com o irmão vidreiro sobre vidros para ler e sobre fantasmas para quem quer ler demais.

Naquele instante soou o toque de vésperas, e os monges se preparavam para deixar suas mesas. Malaquias deu-nos a entender que também deveríamos ir. Ele ficaria com o ajudante, Berengário, para arrumar as coisas e (assim se expressou) aprontar a biblioteca para a noite. Guilherme perguntou se fecharia as portas depois.

— Não há portas que impeçam o acesso ao scriptorium pela cozinha e pelo refeitório, nem à biblioteca pelo scriptorium. Mais forte que qualquer porta deve ser a proibição do abade. E os monges devem utilizar tanto a cozinha quanto o refeitório até as completas. Nessa altura, para impedir que estranhos ou animais, para os quais a proibição não vale, possam entrar no Edifício, eu mesmo fecho os portais de baixo, que conduzem para a cozinha e para o refeitório, e a partir dessa hora o Edifício fica isolado.

Descemos. Enquanto os monges se dirigiam ao coro, meu mestre decidiu que o Senhor nos perdoaria se não assistíssemos ao ofício divino (o Senhor teve muito que nos perdoar nos dias seguintes!) e me propôs caminhar um pouco com ele pela esplanada, para nos familiarizarmos com o lugar.

Saímos das cozinhas e atravessamos o cemitério: havia lápides mais recentes e outras que continham os sinais dos tempos, contando vidas de monges vividos nos séculos passados. Os túmulos não tinham nomes e eram encimados por cruzes de pedra.

O tempo estava virando. Começara a soprar um vento frio, e o céu se tornara caliginoso. Adivinhava-se um sol que caía atrás das hortas e já estava escuro a oriente, para onde nos dirigimos, flanqueando o coro da igreja e atingindo a parte posterior da esplanada. Lá, quase ao pé da muralha, onde esta se ligava ao torreão oriental do Edifício, estavam as pocilgas, e os porqueiros cobriam a talha que continha o sangue dos porcos. Notamos que atrás da pocilga a muralha era mais baixa, tanto que era possível debruçar-se nela. Para além do desaprumo dos muros, o terreno que, abaixo, declinava vertiginosamente era recoberto por uma argila que a neve não conseguia esconder de todo. Era evidente que se tratava do depósito dos resíduos da cama dos animais, que eram jogados daquele lugar e descia até a curva de onde se ramificava o caminho pelo qual se aventurara o fujão Brunello. Digo resíduos porque se tratava de um grande desmoronamento de matéria malcheirosa, cujo odor chegava ao parapeito no qual me debruçara; e vi os camponeses que vinham retirá-lo lá embaixo, para usá-lo nos campos. Mas aos dejetos dos animais e dos homens misturavam-se outros refugos sólidos, todo o refluir de matérias mortas que a abadia expelia de seu corpo, para manter-se límpida e pura em sua relação com o topo do monte e com o céu.

Nos estábulos ao lado os cavalariços estavam reconduzindo os animais ao cocho. Percorremos o caminho ao longo do qual se estendiam, do lado do muro, os vários estábulos e à esquerda, por trás do coro, o dormitório dos monges e depois as latrinas. Lá, onde o muro oriental se dobrava para o sul, no ângulo da muralha, ficava o edifício das forjas. Os últimos ferreiros estavam guardando os apetrechos e desativando os foles para dirigir-se ao ofício divino. Guilherme moveu-se com curiosidade para um dos lados das forjas, quase isolado do resto da oficina, onde um monge guardava suas coisas. Em cima de sua mesa havia uma belíssima coleção de vidros multicoloridos, de pequenas dimensões, porém encostadas à parede havia placas maiores. Diante dele estava um relicário ainda inacabado, do qual existia apenas a carcaça de prata, sobre a qual ele estava evidentemente engastando vidros e outras pedras, que, com seus instrumentos, ele reduzira às dimensões de uma gema.

Ficamos conhecendo assim Nicolau de Morimondo, mestre vidreiro da abadia. Explicou-nos que na parte posterior da forja também se soprava vidro, enquanto na anterior, onde ficavam os ferreiros, eram fixados os vidros aos caixilhos de chumbo para fazer vidraças. Mas, acrescentou, a grande obra de vidraria, que embelezava a igreja e o Edifício, já fora terminada pelo menos dois séculos antes. Agora eles se limitavam a trabalhos menores ou à reparação dos estragos do tempo.

— E com muito esforço — acrescentou —, porque já não se conseguem encontrar os corantes de antigamente, em especial o azul que podeis ainda admirar no coro, de tão pura qualidade, que com o sol a pino derrama uma luz de paraíso dentro da nave. Os vidros do lado esquerdo da nave, refeitos há não muito tempo, não são da mesma qualidade, e isso se vê nos dias estivais. Não adianta — acrescentou —, já não temos a sabedoria dos antigos, acabou-se a época dos gigantes!

— Somos anões — admitiu Guilherme —, mas anões que estão nos ombros daqueles gigantes, e em nossa pequenez conseguimos enxergar mais longe que eles no horizonte.

— Dize-me o que fazemos melhor que eles! — exclamou Nicolau. — Se desceres à cripta da igreja, onde está guardado o tesouro da abadia, encontrarás relicários de tão refinada fatura que o monstrengozinho que estou miseravelmente construindo agora — e apontou para sua obra em cima da mesa — irá parecer arremedo daqueles!

— Não está escrito que os mestres vidreiros devem continuar construindo janelas, e os ourives, relicários, se os mestres do passado souberam produzi--los tão bonitos e destinados a durar séculos. De outro modo, a terra ficaria cheia de relicários, numa época em que santo para extrair relíquias é algo tão raro — motejou Guilherme. — Nem se hão de soldar janelas infinitamente. Mas vi, em várias terras, obras novas feitas de vidro que nos levam a pensar num mundo de amanhã em que o vidro não só estará a serviço dos ofícios divinos, mas também servirá de auxílio à fraqueza do homem. Quero mostrar-te uma obra dos nossos dias, de que é uma honra para mim possuir utilíssimo exemplar.

Enfiou a mão no hábito e tirou suas lentes, que deixaram nosso interlocutor estupefato.

Nicolau pegou a forquilha que Guilherme lhe estendia com grande interesse:

— Oculi de vitro cum capsula! — exclamou. — Tinha ouvido falar disso por um certo frei Giordano que conheci em Pisa! Disse que não fazia vinte anos que tinham sido inventados. Mas falei com ele há mais de vinte anos.

— Creio que foram inventados muito antes — disse Guilherme —, mas são de difícil fabricação e demandam mestres vidreiros muito hábeis. Custam tempo e trabalho. Há dez anos um par desses vitrei ab oculis ad legendum foram vendidos em Bolonha por seis soldos. Eu ganhei um par deles de um grande mestre, Salvino dos Armati, há mais de dez anos e os conservei com zelo por todo esse tempo, como se fossem — e afinal são — parte de meu próprio corpo.

— Espero que me deixes examiná-los um dia desses, não me desagradaria produzir outros iguais — disse Nicola com emoção.

— Claro — consentiu Guilherme —, mas sabe que a espessura do vidro precisa mudar de acordo com o olho ao qual deve se adaptar, e é preciso tentar muitas dessas lentes para experimentá-las no paciente, até encontrar a espessura adequada.

— Que maravilha! — continuava Nicola. — Entretanto muitos falariam em bruxaria e manipulação diabólica...

— Sem dúvida podes falar de magia sobre essas coisas — concordou Guilherme. — Porém existem duas formas de magia. Há uma magia que é obra do diabo e visa à ruína do homem através de artifícios de que não é lícito falar. Mas há uma magia que é obra divina, sempre que a ciência de Deus se manifesta através da ciência do homem, que serve para transformar a natureza e tem como um de seus fins prolongar a vida humana. E essa é magia santa, a que os estudiosos deverão dedicar-se cada vez mais, não só para descobrir coisas novas, mas para redescobrir muitos segredos da natureza que a sapiência divina revelara aos hebreus, aos gregos, a outros povos antigos e hoje até aos infiéis (e nem te conto quantas coisas maravilhosas de ótica e ciência da visão há nos livros dos infiéis!). E uma ciência cristã deverá reapoderar-se de todos esses conhecimentos e retomá-los aos pagãos e aos infiéis tamquam ab iniustis possessoribus; como se somente nós tivéssemos direito a esses tesouros de verdade, e não eles.

— Mas por que aqueles que possuem tal ciência não a comunicam a todo o povo de Deus?

— Porque nem todo povo de Deus está pronto para aceitar tantos segredos, e muitas vezes os depositários dessa ciência foram tomados por magos ligados por pacto ao demônio, pagando com a própria vida o desejo que tiveram de tornar os outros partícipes da riqueza de seu conhecimento. Eu mesmo, durante processos em que alguém era suspeito de trato com o demônio, tive de me abster de usar estas lentes, recorrendo a secretários solícitos, que liam os textos de que eu precisava, porque de outro modo, num momento em que a presença do diabo era tão invasiva e todos respiravam o cheiro de enxofre, eu mesmo teria sido visto como amigo dos inquiridos. Afinal, como advertia o grande Roger Bacon, nem sempre os segredos da ciência devem cair nas mãos de todos, pois alguns poderiam usá-los para maus propósitos. Frequentemente o estudioso deve levar a crer que são mágicos livros que mágicos não são, para protegê-los de olhos indiscretos.

— Tu receias, portanto, que os simples possam fazer mau uso desses segredos? — perguntou Nicolau.

— No que respeita aos simples, receio apenas que possam ficar aterrorizados com eles, ao confundi-los com as obras do diabo de que os pregadores lhes falam com frequência demasiada. Tive oportunidade de conhecer médicos muito hábeis que haviam destilado medicamentos capazes de curar uma doença, mas ministravam seu unguento ou infusão aos simples salmodiando frases que pareciam rezas, e não porque as rezas tivessem o poder de curar, mas porque o espírito, incitado pela confiança na fórmula devota, dispunha-se mais a receber a ação corporal do medicamento. Entretanto, muitas vezes, os tesouros da ciência não devem ser salvaguardados dos simples, mas sim de outros eruditos. Constroem-se hoje máquinas prodigiosas com que se pode dirigir o curso da natureza, mas ai se caíssem nas mãos de homens que as usassem para estender seu poder terreno. Conta-se que em Catai um sábio misturou um pó que, em contato com o fogo, pode produzir um grande estrondo e uma grande chama, destruindo todas as coisas por braças e braças ao redor. Admirável artifício, se fosse usado para desviar o curso dos rios ou espedaçar a rocha onde fosse preciso alqueivar o terreno. E se alguém o usasse para causar dano aos inimigos?

— Quem sabe seria bom, se fossem inimigos do povo de Deus — disse Nicolau com devoção.

— Quem sabe — admitiu Guilherme. — Mas quem é hoje o inimigo do povo de Deus? Ludovico, o imperador, ou João, o papa?

— Oh, Senhor! — disse Nicolau todo assustado —, não gostaria de decidir sozinho uma coisa tão dolorosa!

— Estás vendo? — disse Guilherme. — Às vezes é bom que certos segredos continuem encobertos por discursos ocultos. Os segredos da natureza não circulam em peles de cabra ou de ovelha. Aristóteles diz no livro dos segredos que a comunicação de muitos arcanos da natureza e da arte rompe um sigilo celeste, e que daí poderiam advir muitos males. O que não significa que os segredos não devam ser revelados, mas que compete aos doutos decidir quando e como.

— Por isso é bom que em lugares como este — disse Nicolau — nem todos os livros estejam ao alcance de todos.

— Isso é outra história — disse Guilherme. — Pode-se pecar por excesso de loquacidade e por excesso de reticência. Eu não queria dizer que é necessário esconder as fontes da ciência. Isso me parece antes um grande mal. Queria dizer que, tratando-se de arcanos dos quais pode nascer tanto o bem como o mal, o douto tem o direito e o dever de usar linguagem obscura, compreensível somente a seus pares. O caminho da ciência é difícil, e é difícil distinguir nele o bem do mal. E frequentemente os sapientes dos novos tempos são apenas anões em cima dos ombros de anões.

A amável conversa com meu mestre devia ter predisposto Nicolau a confidências. Porque ele piscou para Guilherme (como a dizer: eu e tu nos entendemos porque falamos das mesmas coisas) e insinuou:

— Mas ali — e apontou para o Edifício — os segredos da ciência estão bem protegidos de obras de magia...

— Sim? — disse Guilherme ostentando indiferença. — Portas cerradas, proibições severas, ameaças, imagino.

— Oh, não, mais...

— O quê, por exemplo?

— Bem, eu não sei com certeza, eu me ocupo de vidros e não de livros, mas na abadia circulam histórias... estranhas...

— De que gênero?

— Estranhas. Digamos, de um monge que à noite quis se aventurar na biblioteca e viu, por magia, serpentes, homens sem cabeça e homens com duas cabeças. Por pouco não saía louco do labirinto...

— Por que falas de magia, e não de aparições diabólicas?

— Porque eu, embora seja um pobre mestre vidreiro, não sou tão tapado assim. O diabo (Deus nos livre!) não tenta um monge com serpentes e homens bicéfalos. Se tentar, é com visões lascivas, como com os padres do deserto. E depois, se é ruim ler certos livros, por que o diabo haveria de impedir um monge de ler?

— Parece-me um bom entimema — admitiu meu mestre.

— Enfim, quando eu estava ajustando vidraças no hospital, diverti-me folheando alguns livros de Severino. Havia um livro de segredos, escrito creio que por Alberto Magno; fui atraído por algumas miniaturas curiosas e li algumas páginas sobre o modo de se untar o pavio de uma lâmpada a óleo e de como a sufumigação resultante provoca visões. Terás notado, ou melhor, não terás notado porque não passaste ainda uma noite na abadia, que durante as horas escuras o andar superior do Edifício é iluminado. Pelas vidraças e em alguns pontos transparece uma luz flébil. Muitos se perguntaram o que seria e falou-se em fogos-fátuos, ou nas almas dos bibliotecários, monges finados que voltam para visitar o seu reino. Muitos aqui acreditam nisso. Eu acho que são lâmpadas preparadas para as visões. É assim: com cera de orelha de cão unta-se um pavio, e quem respirar a fumaça dessa lâmpada acreditará ter cabeça de cão, e, se houver alguém a seu lado, será visto com cabeça de cão. E há outro unguento que fará quem girar em torno da lâmpada sentir-se do tamanho de um elefante. E, com os olhos de um morcego e de dois peixes dos quais não lembro o nome, mais fel de lobo, fazes um pavio que, queimando, te fará ver os animais cuja gordura pegaste. E, com rabo de lagartixa, fazes ver as coisas ao redor como de prata, e, com gordura de serpente negra e um pedaço de mortalha, a sala parecerá cheia de serpentes. Eu sei disso. Alguém na biblioteca é muito astuto...

— Mas não poderiam ser as almas dos bibliotecários finados que fazem essas magias?

Nicolau deteve-se perplexo e preocupado:

— Nisso eu não tinha pensado. Pode ser. Deus nos proteja. É tarde, as vésperas já começaram. Adeus.

— E dirigiu-se à igreja.

Prosseguimos ao longo do lado sul: à direita, o albergue dos peregrinos e a sala capitular com o jardim; à esquerda, os lagares de azeite, o moinho, os celeiros, as adegas, a casa dos noviços. E todos que se apressavam em direção à igreja.

— O que pensais daquilo que Nicolau disse? — perguntei.

— Não sei. Na biblioteca acontece alguma coisa, e não acho que são almas de finados bibliotecários...

— Por quê?

— Porque imagino que foram tão virtuosos que hoje estão lá no reino dos céus, se essa resposta te satisfaz. Quanto às lâmpadas, se existem, nós as veremos. E, quanto aos unguentos de que nos falava o nosso vidreiro, há modos mais fáceis de provocar visões, e Severino os conhece muito bem, já percebeste isso hoje. É certo que na abadia não querem que se penetre na biblioteca à noite, e que muitos, porém, tentaram ou tentam fazê-lo.

— E o nosso crime tem a ver com essa história?

— Crime? Quanto mais penso nisso, mais me convenço de que Adelmo se matou.

— E por quê?

— Estás lembrado de quando descobri o depósito de resíduos de forragem pela manhã? Enquanto subíamos a curva dominada pelo torreão oriental, percebi naquele ponto os sinais deixados por um desmoronamento, ou seja, um pedaço de terreno desmoronara mais ou menos lá onde se amontoam os resíduos, rolando até debaixo do torreão. Por isso agora à tarde, quando olhamos do alto, os resíduos pareceram pouco cobertos de neve, ou seja, apenas cobertos pela última de ontem, não por toda a neve dos dias passados. Quanto ao cadáver de Adelmo, o abade nos disse que estava dilacerado pelas rochas, e, sob o torreão oriental, mal termina a construção em desaprumo, crescem pinheiros. As rochas estão justamente no ponto em que a parede da muralha termina, formando uma espécie de degrau, e depois começa a descida dos resíduos.

— E daí?

— E daí pensa se não é mais... como dizer?... menos dispendioso para nossa mente achar que Adelmo, por razões que ainda precisam ser apuradas, atirou-se do parapeito da muralha, bateu contra as rochas e, morto ou ferido que estivesse, despencou nos resíduos. Depois, o desmoronamento, devido ao vendaval daquela noite, arrastou os resíduos, uma parte do solo e o corpo do coitadinho para debaixo do torreão oriental.

— Por que dizeis que é uma solução menos dispendiosa para nossa mente?

— Caro Adso, não cabe multiplicar explicações e causas sem que se tenha estrita necessidade. Se Adelmo caiu do torreão oriental, só pode ter penetrado na biblioteca, lá alguém o agrediu antes, para que ele não opusesse resistência, encontrou o modo de subir com um corpo desfalecido nas costas até a janela, jogou o infeliz para baixo. Com a minha hipótese, porém, bastam Adelmo, sua vontade e um desmoronamento. Tudo se explica usando um número menor de causas.

— Mas por que teria se matado?

— E por que o teriam matado? Em todo caso, é preciso encontrar as razões. E que elas existem, não tenho dúvidas. No Edifício, respiram-se ares de reticência, todos nos escondem algo. Entretanto, já recolhemos algumas insinuações, bastante vagas na verdade, sobre alguma estranha relação que ligava Adelmo a Berengário. Quer dizer que ficaremos de olho no ajudante de bibliotecário.

Enquanto assim se falava, o ofício das vésperas tinha acabado. Os serviçais voltavam às suas ocupações antes de se recolherem para a ceia, os monges se dirigiam ao refeitório. O céu escurecera finalmente, e estava começando a nevar. Era uma neve ligeira, de pequenos flocos macios, que devia ter continuado, creio, durante grande parte da noite, porque na manhã seguinte toda a esplanada estava coberta por uma cândida manta, como direi.

Eu estava com fome e recebi com alívio a ideia de irmos à mesa.

Primeiro dia

COMPLETAS

Quando Guilherme e Adso gozam da alegre hospitalidade do abade e da conversa ressentida de Jorge.

O refeitório era iluminado por grandes tochas. Os monges sentavam-se ao longo de uma fila de mesas, dominada pela mesa do abade, posta perpendicularmente a estas sobre um vasto estrado. Do lado oposto, um púlpito, no qual já estava a postos o monge que faria a leitura durante a ceia. O abade nos esperava perto de uma bica com um pano branco para enxugar-nos as mãos após o lavabo, conforme os conselhos antiquíssimos de são Pacômio.

O abade convidou Guilherme para sua mesa e disse que por aquela noite eu gozaria do mesmo privilégio, por ser também hóspede recente, ainda que noviço beneditino. Nos dias seguintes, disse-me ele paternalmente, eu poderia sentar-me à mesa com os monges ou, se meu mestre me tivesse incumbido de alguma tarefa, passar antes ou depois das refeições pela cozinha, onde os cozinheiros cuidariam de mim.

Os monges estavam agora em pé junto às mesas, imóveis, com o capuz abaixado sobre o rosto e as mãos sob o escapulário. O abade aproximou-se de sua mesa e pronunciou o *Benedicite*. Do púlpito, o cantor entoou *Edent pauperes*. O abade deu a bênção, e todos se sentaram.

A regra do nosso fundador prevê uma refeição bastante frugal, mas deixa que o abade decida a quantidade de comida de que os monges necessitam realmente. Por outro lado, hoje em dia, em nossas abadias condescende-se mais nos prazeres da mesa. Não estou falando das que, infelizmente, se transformaram em covis de glutões; mas também das que, inspiradas em critérios de penitência e de virtude, fornecem aos monges, quase sempre dedicados a pesados trabalhos intelectuais, uma alimentação nada delicada, e sim robusta. Por outro lado, a mesa do abade é sempre privilegiada, mesmo porque não é raro que nela se sentem hóspedes de respeito, e as abadias têm orgulho dos produtos de sua terra e de seus estábulos, bem como da perícia de seus cozinheiros.

A refeição dos monges decorreu em silêncio, como de costume, uns comunicando-se com os outros através do nosso alfabeto usual dos dedos. Os noviços e os monges mais jovens eram servidos primeiro, logo depois que os pratos destinados a todos passavam pela mesa do abade.

À mesa do abade sentavam conosco Malaquias, o despenseiro e dois monges mais velhos, Jorge de Burgos, o ancião cego que eu já conhecera no scriptorium, e o venerando Alinardo de Grottaferrata, quase centenário, claudicante, de aspecto frágil e — pareceu-me — de espírito alheado. Contou-nos dele o abade que, já noviço naquela abadia, sempre vivera ali e dela recordava pelo menos oitenta anos de acontecimentos. O abade nos disse essas coisas em voz baixa a princípio, porque em seguida nos ativemos ao uso de nossa ordem e acompanhamos a leitura em silêncio. Mas, como disse, à mesa do abade tomávamos algumas liberdades e nos conveio elogiar os pratos que nos foram oferecidos, enquanto o abade celebrava as qualidades de seu azeite ou de seu vinho. Aliás, uma vez, servindo-nos vinho, lembrou-nos os trechos da regra em que o santo fundador observara que certamente o vinho não convém aos monges, mas, uma vez que não se pode convencer os monges de nossos tempos a não beber, que ao menos não bebam até a saciedade, porque o vinho impele até os sábios à apostasia, como recorda o Eclesiastes. Bento dizia "em nossos tempos" e estava se referindo aos seus, já bem distantes: imaginemos os tempos em que ceávamos na abadia, após tanta decadência de costumes (e não estou falando dos meus tempos, em que agora escrevo, pois aqui em Melk somos mais dados à cerveja!). Em suma, bebeu-se sem exagero, mas não sem gosto.

Comemos carnes no espeto, porcos recém-abatidos, e percebi que para outras comidas não se usavam gorduras de animais nem óleo de colza, mas o bom azeite de oliva que vinha de terrenos que a abadia possuía aos pés do monte em direção ao mar. O abade nos fez degustar (reservado à sua mesa) aquele frango que eu vira preparar na cozinha. Notei que, coisa bastante rara, ele dispunha de uma forquilha de metal, que na forma me lembrava as lentes de meu mestre: homem de nobre extração, o nosso anfitrião não queria sujar as mãos com a comida e, aliás, ofereceu-nos o seu instrumento para ao menos pegarmos as carnes da travessa e pô-las em nossas tigelas. Eu recusei, mas vi que Guilherme aceitou de bom grado e serviu-se com desenvoltura daquele apetrecho de nobres, talvez para não mostrar ao abade que os franciscanos eram pessoas de pouca educação e de extração muito humilde.

Entusiasmado que estava com toda aquela boa comida (depois de alguns dias de viagem em que tínhamos nos alimentado como podíamos), distraíra-me do curso da leitura que, no entanto, prosseguia devotamente. Fui chamado de volta por um vigoroso grunhido de confirmação de Jorge, e percebi que se estava no ponto em que sempre era lido um capítulo da Regra. Dei-me conta da razão por que Jorge estava tão satisfeito, após tê-lo escutado à tarde. Era porque o leitor dizia:

— Imitemos o exemplo do profeta que diz: eu decidi, vigiarei meu caminho para não pecar com minha língua, pus uma mordaça na boca, emudeci em humilhação, abstive-me de falar, mesmo de coisas honestas. E, se nessa passagem o profeta nos ensina que às vezes, por amor ao silêncio, deveríamos nos abster até dos discursos lícitos, tanto mais devemos nos abster dos discursos ilícitos, para evitarmos a pena por esse pecado!

E depois prosseguia:

— Mas as vulgaridades, as asneiras e as truanices nós condenamos à reclusão perpétua, em todo lugar, e não permitimos que o discípulo abra a boca para fazer discursos de tal feitio.

— E que isso valha para as marginalia de que se falava hoje — não pôde deixar de comentar Jorge em voz baixa. — João Crisóstomo disse que Cristo nunca riu.

— Nada em sua natureza humana o impedia — observou Guilherme, —, porque o riso, como dizem os teólogos, é próprio do homem.

— Forte potuit sed non legitur eo usus fuisse — disse Jorge cortante, citando Pedro Cantor.

— Mas — sussurrou Guilherme, com ar de santo — quando são Lourenço foi posto na grelha, em certo momento convidou seus algozes a virá-lo do outro lado, dizendo-lhes já estar cozido daquele, conforme também lembra Prudêncio, no *Peristephanon*. São Lourenço, portanto, sabia dizer coisas ridículas, ainda que para humilhar seus inimigos.

— O que demonstra que o riso é coisa muito próxima da morte e da corrupção do corpo — rebateu Jorge com um rosnado —, e devo admitir que se comportou como bom lógico.

Àquela altura o abade nos convidou afavelmente ao silêncio. A ceia, aliás, estava terminando. O abade levantou-se e apresentou Guilherme aos monges. Louvou-lhe a sabedoria, revelou sua fama e avisou de que lhe fora solicitada a investigação da morte de Adelmo, convidando os monges a responder às suas perguntas e a facilitar-lhe as buscas, contanto que, acrescentou, estas não contrariassem as regras do mosteiro. Caso em que deveriam recorrer à sua autorização.

Terminada a ceia, os monges dispuseram-se a encaminhar-se ao coro para o ofício das completas. Desceram novamente o capuz sobre o rosto e enfileiraram-se diante da porta, à espera. Depois moveram-se numa longa fila, atravessando o cemitério e entrando no coro pelo portal norte.

Saímos com o abade.

— É agora que se fecham as portas do Edifício? — perguntou Guilherme.

— Assim que os serviçais tiverem limpado o refeitório e as cozinhas, o próprio bibliotecário fechará todas as portas, trancando-as por dentro.

— Por dentro? E ele por onde sai?

O abade ficou sisudo:

— Certamente não dorme na cozinha — disse bruscamente. E apressou o passo.

— Bem, bem — sussurrou Guilherme para mim —, portanto existe outra entrada, mas nós não podemos conhecê-la.

Eu sorri, todo orgulhoso de sua dedução, e ele resmungou:

— E não rias. Viste que entre estes muros o riso não goza de boa reputação.

Entramos no coro. Somente uma lâmpada ardia, sobre um robusto tripé de bronze, da altura de dois homens. Os monges tomaram assento em silêncio, enquanto o leitor lia uma passagem de uma homilia de são Gregório.

Depois o abade fez um sinal, e o cantor entoou *Tu autem Domine miserere nobis*. O abade respondeu *Adjutorium nostrum in nomine Domini* e todos fizeram coro com *Qui fecit coelum et terram*. Em seguida começou o canto dos salmos: *Quando clamo responde-me, ó Deus, minha justiça; Darei graças ao Senhor, de todo coração; Bendizei ao Senhor, servos todos do Senhor*. Nós não tomáramos assento e tínhamos ficado separados, na nave principal. Foi dali que de repente avistamos Malaquias emergindo da escuridão de uma capela lateral.

— Fica de olho naquele ponto — disse-me Guilherme. — Pode haver ali uma passagem que leva ao Edifício.

— Por baixo do cemitério?

— E por que não? Aliás, pensando bem, nalgum lugar deverá haver um ossário, é impossível que há séculos sepultem todos os monges naquela nesga de terreno.

— Mas estais querendo realmente entrar de noite na biblioteca? — perguntei aterrorizado.

— Onde há monges defuntos, serpentes e luzes misteriosas, meu bom Adso? Não, rapaz. Pensava nisso hoje, e não por curiosidade, mas porque me propunha o problema de como morreu Adelmo. Agora, como te disse, estou propenso a uma explicação mais lógica e, no final das contas, gostaria de respeitar os costumes deste lugar.

— Então por que estais querendo saber?

— Porque a ciência não consiste só em saber aquilo que se deve ou se pode fazer, mas também em saber o que se poderia fazer e talvez não se deva fazer. Eis por que hoje eu dizia ao mestre vidreiro que o douto deve guardar de todos os modos os segredos que descobre, para que outros não façam mau uso deles, mas é preciso descobri-los, e esta biblioteca me parece mais um lugar onde os segredos permanecem encobertos.

Com essas palavras dirigiu-se para fora da igreja, pois o ofício terminara. Estávamos ambos muito cansados e fomos para nossa cela. Eu me aninhei naquilo que Guilherme chamou divertidamente de meu "lóculo" e adormeci logo.

SEGUNDO DIA

Segundo dia

MATINAS

*Quando umas poucas horas de felicidade mística são interrompidas
por um acontecimento muito sangrento.*

Símbolo às vezes do demônio, às vezes do Cristo ressurgido, nenhum animal é mais infiel que o galo. Nossa ordem conheceu alguns preguiçosos, que não cantavam ao nascer do sol. Por outro lado, especialmente nos dias de inverno, o ofício das matinas começa ainda alta madrugada, quando a natureza toda está adormecida, porque o monge deve levantar-se na escuridão e na escuridão rezar muito tempo, esperando o dia e iluminando as trevas com a chama da devoção. Por isso, o costume estabeleceu sabiamente que alguns vigilantes não repousassem com os demais, mas passassem a noite recitando ritmicamente o número exato de salmos que lhes desse a medida do tempo transcorrido, de modo que, cumpridas as horas dedicadas ao sono dos outros, aos outros eles dessem o sinal de despertar.

Por isso, naquela noite, fomos acordados por aqueles que percorriam o dormitório e a casa dos peregrinos tocando uma sineta, enquanto outro ia de cela em cela gritando o *Benedicamus Domino* a que todos respondiam *Deo gratias*.

Guilherme e eu nos ativemos ao costume beneditino: em menos de meia hora aprontamo-nos para enfrentar o novo dia, depois descemos ao coro, onde os monges esperavam prostrados no chão, recitando os primeiros quinze salmos, até que entrassem os noviços conduzidos por seu mestre. Em seguida, cada um se sentou em seu lugar, e o coro entoou *Domine labia mea aperies et os meum annuntiabit laudem tuam*. O grito elevou-se às abóbadas da igreja como uma súplica de criança. Dois monges subiram ao púlpito e iniciaram o salmo noventa e quatro, *Venite exultemus*, ao qual seguiram os outros prescritos. E eu senti o ardor de uma fé renovada.

Os monges estavam em seus assentos, sessenta figuras igualadas pelo hábito e pelo capuz, sessenta sombras mal iluminadas pelo fogo do grande tripé, sessenta vozes alçadas para louvar o Altíssimo. E, ouvindo aquela comovente harmonia, vestíbulo das delícias do paraíso, perguntei-me se deveras a abadia era lugar de mistérios ocultos, de ilícitas tentativas de desvelá-los e de soturnas ameaças. Porque ela, pelo contrário, agora me parecia um cenáculo de virtude, relicário de sapiência, arca de prudência, torre de sabedoria, recinto de mansuetude, bastião de fortaleza, turíbulo de santidade.

Depois de seis salmos começou a leitura da sagrada escritura. Alguns monges cabeceavam de sono, e um dos vigilantes da noite passava entre os assentos com uma pequena lamparina para acordar quem estivesse adormecido. Se alguém fosse surpreendido em estado de sopor, como penitência pegava a lamparina e continuava o giro de controle. Em seguida ecoou o canto de mais seis salmos. Depois o abade deu sua bênção, o hebdomadário disse as orações, todos se inclinaram na direção do altar, num instante de recolhimento, cuja doçura ninguém que não tenha vivido essas horas de místico ardor e de intensa paz interior pode compreender. Finalmente, com o capuz de novo no rosto, todos se sentaram e entoaram solenemente o *Te Deum*. Também eu louvei o Senhor porque me libertara de minhas dúvidas, desvencilhando-me da sensação de mal-estar em que o primeiro dia na abadia me lançara. Somos seres frágeis, disse a mim mesmo, e mesmo entre esses monges instruídos e devotos o maligno faz circular pequenas invejas, sutis inimizades, mas trata-se de fumaça que se dispersa ao vento impetuoso da fé, assim que todos se reúnem em nome do Pai, e Cristo ainda desce entre eles.

Entre matinas e laudes os monges não voltam para as celas, mesmo que a escuridão ainda esteja profunda. Os noviços seguiram o mestre até a sala capitular, para estudar os salmos, alguns dos monges ficaram na igreja a cuidar dos paramentos sagrados, a maioria passeava meditando em silêncio no claustro, e assim fizemos Guilherme e eu. Os serviçais ainda dormiam e continuavam dormindo quando, estando o céu ainda escuro, voltamos ao coro para as laudes.

Recomeçou o canto dos salmos, e um em particular, daqueles previstos para segunda-feira, fez-me recair em meus primitivos temores: "A culpa se apossou do ímpio, no íntimo de seu coração — não há temor a Deus em seus olhos — age enganosamente em sua presença — de modo que sua língua se torna odiosa". Pareceu-me mau presságio que a regra tivesse prescrito justamente para aquele dia uma admoestação tão terrível. Tampouco acalmou minhas palpitações de inquietude a habitual leitura do Apocalipse após os salmos de louvação, e voltaram-me à mente as figuras do portal que tanto me haviam subjugado o coração e os olhos no dia anterior. Porém, depois do responsório, do hino e do versículo, quando estava começando o cântico do evangelho, percebi atrás das janelas do coro, bem em cima do altar, um clarão pálido que já punha os vitrais a reluzir em suas diversas cores, até então mortificadas pelas trevas. Ainda não era a aurora, que triunfaria durante a prima, justamente quando cantávamos *Deus qui est sanctorum splendor mirabilis* e *Iam lucis orto sidere*. Era apenas o primeiro flébil anúncio da aurora invernal, mas foi suficiente e, para libertar meu coração, foi suficiente a leve penumbra que na nave substituía agora a escuridão noturna.

Cantávamos as palavras do livro divino e, enquanto testemunhávamos o Verbo vindo para iluminar as gentes, pareceu-me que o astro diurno, em todo o seu fulgor, estava invadindo o templo. A luz, ainda ausente, pareceu-me reluzir nas palavras do cântico, lírio místico que se abria oloroso entre os cruzeiros das abóbadas. "Graças, ó Senhor, por este momento de gáudio indescritível" — rezei silenciosamente e disse ao meu coração: "E tu, tolo, de que tens medo?".

De repente, elevaram-se alguns clamores pelas bandas do portal setentrional. Perguntei-me como é que os serviçais, preparando-se para o trabalho, podiam perturbar assim as sagradas funções. Naquele momento entraram três porqueiros, com terror estampado no rosto, aproximaram-se do abade, sussurrando-lhe algo. O abade primeiro os acalmou com um gesto, como se não quisesse interromper o ofício, mas outros serviçais entraram e os gritos tornaram-se mais fortes:

— É um homem, um homem morto! — dizia alguém, e outros: — Um monge, não viste o calçado?

Os que oravam calaram-se, o abade saiu precipitadamente, fazendo sinal ao despenseiro para que o seguisse. Guilherme foi atrás deles, mas já também os outros monges abandonavam seus assentos e corriam para fora.

O céu agora estava claro, e a neve caída deixava ainda mais luminosa a esplanada. Na parte de trás do coro, diante das pocilgas, onde no dia anterior imperava um grande recipiente com o sangue dos porcos, um estranho objeto, de forma quase cruciforme, despontava da borda do jarrão, como se fossem dois paus que, fincados no chão, seriam cobertos de trapos para assustar pássaros.

Eram porém duas pernas humanas, as pernas de um homem fincado de cabeça para baixo na vasilha do sangue.

O abade ordenou que tirassem do líquido infame o cadáver (pois que infelizmente nenhuma pessoa viva poderia ficar naquela posição obscena). Os porqueiros, hesitantes, aproximaram-se da beirada e, emporcalhando-se de sangue, tiraram dali a pobre coisa sanguinolenta. Como me fora dito, bem remexido logo após ter sido derramado e deixado ao relento, o sangue não coagulara, mas a camada que cobria o cadáver tendia agora a solidificar-se, ensopava-lhe as vestes, tornava irreconhecível o rosto. Um serviçal aproximou-se com um balde de água e jogou-a no rosto daqueles míseros despojos. Outro abaixou-se com um pano para limpar-lhe os traços. E surgiu diante de nossos olhos o rosto branco de Venâncio de Salvemec, o estudioso de coisas gregas com quem tínhamos conversado à tarde junto aos códices de Adelmo.

— Talvez Adelmo tenha se suicidado — disse Guilherme fitando aquele rosto —, mas não certamente este, nem se pode achar que se ergueu por acidente até a beirada da talha e caiu sem querer.

O abade aproximou-se dele:

— Frei Guilherme, como estais vendo, alguma coisa está acontecendo na abadia, alguma coisa que requer todo o vosso conhecimento. Mas suplico-vos, agi depressa!

— Estava presente no coro durante o ofício? — perguntou Guilherme apontando o cadáver.

— Não — disse o abade. — Reparei que seu assento estava vazio.

— Ninguém mais estava ausente?

— Não me parece. Não notei nada.

Guilherme hesitou antes de formular a nova pergunta, e a fez num sussurro, cuidando para que os outros não ouvissem:

— Berengário estava em seu lugar?

O abade olhou para ele com inquieta admiração, como que impressionado por ver que meu mestre nutria uma suspeita que ele mesmo tinha por um instante nutrido, mas por razões mais compreensíveis. Depois disse rápido:

— Estava, o lugar dele é na primeira fila, quase à minha direita.

— Naturalmente — disse Guilherme — isso não significa nada. Creio que ninguém, para entrar no coro, passou por trás da abside, portanto o cadáver podia já estar aqui há várias horas, pelo menos desde quando todos foram dormir.

— Certo, os primeiros serviçais levantam-se ao amanhecer e por isso o descobriram só agora.

Guilherme inclinou-se sobre o cadáver, como se estivesse acostumado a lidar com corpos mortos. Embebeu na água do balde o pano que estava ao lado e limpou melhor o rosto de Venâncio. Nesse ínterim, os outros monges se amontoavam assustados, formando um círculo nervoso ao qual o abade estava impondo silêncio. Dentre eles abriu caminho Severino, a quem era confiado o tratamento dos corpos da abadia, e agachou-se perto do meu mestre. Eu, para ouvir o diálogo e para ajudar Guilherme, que precisava de um novo pano limpo embebido em água, uni-me a eles, vencendo o terror e a repugnância.

— Já viste um afogado? — perguntou Guilherme.

— Muitas vezes — disse Severino. — E, se adivinho o que queres dizer, não têm esta cara, os traços ficam inchados.

— Então o homem já estava morto quando alguém o jogou na talha.

— Por que teria feito uma coisa dessas?

— Por que o teria matado? Estamos diante da obra de uma mente distorcida. Mas agora é preciso ver se há ferimentos ou contusões no corpo. Proponho levá-lo à casa de banhos, para que seja despido, lavado e examinado. Logo vou ter contigo.

E, enquanto Severino, com permissão do abade, mandava os porqueiros transportar o corpo, meu mestre pediu que os monges recebessem ordem de retornar ao coro seguindo o caminho pelo qual tinham vindo, e que os serviçais se retirassem do mesmo modo, de maneira que o espaço permanecesse deserto. O abade não perguntou o porquê desse desejo e satisfez seu pedido. Permanecemos assim sozinhos, junto à talha da qual o sangue se derramara durante a macabra operação de recuperação, a neve, ao redor, estava toda vermelha, derretida em muitos pontos pela água que se espalhara, com uma grande mancha escura onde o cadáver ficara estendido.

— Que embrulhada — disse Guilherme apontando o jogo complexo de rastros deixados ao redor pelos monges e pelos serviçais. — A neve, caro Adso, é um admirável pergaminho sobre o qual os corpos dos homens deixam escritas legíveis. Mas este é um palimpsesto nunca raspado e talvez nele não leiamos nada de interessante. Da igreja até aqui, houve uma grande afluência de monges; das pocilgas e dos estábulos os serviçais vieram em magote. O único espaço intacto é o que leva das pocilgas ao Edifício. Vamos ver se encontramos lá algo de interessante.

— Mas o que quereis encontrar? — perguntei.

— Se ele não se atirou sozinho no recipiente, alguém o carregou, já morto, imagino. E quem transporta o corpo de outrem deixa marcas profundas na neve. Então, vê se encontras aqui em volta marcas que te pareçam diferentes das deixadas por esses monges vociferadores que estragaram o nosso pergaminho.

Assim fizemos. E digo logo que fui eu, Deus me livre da vaidade, que descobri algo entre o recipiente e o Edifício. Eram marcas de pés humanos, bastante fundas, numa zona em que ninguém ainda passara e, como notou logo meu mestre, mais leves que as deixadas pelos monges e pelos serviçais, sinal de que outra nevada caíra ali, portanto tinham sido deixadas algum tempo antes. Mas o que nos pareceu mais digno de interesse era que, entre aquelas pegadas, mesclava-se um rastro mais contínuo, como de algo arrastado por quem deixara as pegadas. Em suma, uma trilha que ia da talha à porta do refeitório, no lado do Edifício que ficava entre a torre meridional e a oriental.

— Refeitório, scriptorium, biblioteca — disse Guilherme. — Mais uma vez a biblioteca. Venâncio foi morto no Edifício, mais provavelmente na biblioteca.

— E por que justamente na biblioteca?

— Procuro pôr-me no lugar do assassino. Se Venâncio tivesse morrido, assassinado, no refeitório, na cozinha ou no scriptorium, por que não o deixar lá?

Porém, se morreu na biblioteca, era preciso levá-lo para outro lugar, ou porque na biblioteca ele nunca teria sido descoberto (e talvez ao assassino interessava justamente que fosse descoberto), ou porque o assassino provavelmente não quer que a atenção se concentre na biblioteca.

— E por que podia interessar ao assassino que fosse descoberto?

— Não sei, estou levantando hipóteses. Quem te disse que o assassino matou Venâncio porque odiava Venâncio? Pode tê-lo matado, no lugar de outro qualquer, para deixar um sinal, para significar outra coisa.

— Omnis mundi creatura, quasi liber et pictura... — murmurei. — Mas que sinal seria esse?

— Isso é o que não sei. Mas não esqueçamos que também há signos que parecem signos e no entanto são isentos de sentido, como blitiri ou bu-ba-baff...

— Seria atroz — eu disse — matar um homem para dizer bubabaff!

— Seria atroz — comentou Guilherme — matar um homem mesmo para dizer *Credo in unum Deum*...

Naquele momento Severino veio ter conosco. O cadáver tinha sido lavado e examinado com cuidado. Nenhum ferimento, nenhuma contusão na cabeça. Morto como que por encanto.

— Como que por castigo divino? — perguntou Guilherme.

— Talvez — disse Severino.

— Ou por envenenamento?

Severino hesitou:

— Talvez, também.

— Tens venenos no laboratório? — perguntou Guilherme, enquanto nos dirigíamos ao hospital.

— Depende do que entendes por veneno. Há substâncias que, em pequenas doses, são salutares e em doses excessivas causam a morte. Como todo bom herborista, eu as tenho e as uso com discrição. Em minha horta cultivo, por exemplo, valeriana. Algumas gotas, numa infusão de outras ervas, acalmam o coração que bata desordenadamente. Uma dose exagerada provoca torpor e morte.

— E não notaste no cadáver sinal de algum veneno em particular?

— Nenhum. Mas muitos venenos não deixam traços.

Tínhamos chegado ao hospital. O corpo de Venâncio, lavado na casa de banhos, fora transportado para ali e jazia sobre a grande mesa no laboratório de Severino: alambiques e outros instrumentos de vidro e louça fizeram-me pensar (e sabia disso por vias indiretas) numa oficina de alquimista. Numa estante comprida, ao longo da parede externa, estendia-se uma grande série de ampolas, bilhas, vasos, cheios de substâncias de várias cores.

— Uma bela coleção de símplices — disse Guilherme. — Todos produtos do vosso jardim?

— Não — disse Severino —, muitas substâncias raras, que não crescem nestas regiões, foram-me trazidas no decorrer dos anos por monges provenientes de todas as partes do mundo. Tenho também coisas preciosas e inencontráveis, misturadas a substâncias que é fácil obter na vegetação destas paragens. Vê... aghalingho triturado, vem de Catai, e o obtive de um sábio árabe. Aloé socoltrino, vem das Índias, ótimo cicatrizante. Argento-vivo, ressuscita os mortos ou, para melhor dizer, reanima quem perdeu os sentidos. Arsenacho: perigosíssimo, veneno mortal para quem o ingere. Borragem, planta boa para os pulmões doentes. Betônica, boa para as fraturas da cabeça. Mástica: refreia os fluxos pulmonares e os catarros molestos. Mirra...

— A dos magos? — perguntei.

— A dos magos, mas também boa para prevenir abortos. E esta é múmia, raríssima, produzida pela decomposição dos cadáveres mumificados, serve para preparar muitos medicamentos quase miraculosos. Mandrágora, boa para o sono...

— E para suscitar o desejo da carne — comentou meu mestre.

— Dizem, mas aqui não é usada em tal sentido, como podeis imaginar — sorriu Severino. — E reparai nesta. — disse, pegando uma ampola — Tutia, milagrosa para os olhos.

— E esta o que é? — perguntou Guilherme com vivacidade, tocando uma pedra que estava numa prateleira.

— Esta? Foi-me dada há tempo. Acho que é lopris hamatiti ou lapis hematitis. Parece que tem várias virtudes terapêuticas, mas ainda não descobri quais. Tu a conheces?

— Sim — disse Guilherme —, mas não como remédio. — Tirou do hábito uma faquinha, aproximou-a lentamente da pedra. Quando a faquinha, movida por sua mão com extrema delicadeza, chegou a pouca distância da pedra, vi que a lâmina executava um movimento brusco, como se Guilherme tivesse movido o pulso, que ao contrário ele mantinha firme. E a lâmina aderiu à pedra com um leve ruído de metal.

— Vê — disse-me Guilherme. — É um ímã.

— E para que serve? — perguntei.

— Para várias coisas, que depois te direi. Mas por enquanto queria saber, Severino, se aqui não há nada que possa matar um homem.

Severino refletiu por um instante, demasiado diria, dada a limpidez de sua resposta:

— Muitas coisas, já te disse, o limite entre o veneno e o remédio é tênue, os gregos chamavam a ambos *pharmacon*.

— E não há nada aqui que tenha sido tirado recentemente?

Severino refletiu ainda, depois, como que pesando as palavras:

— Nada, recentemente.

— E no passado?

— Quem sabe. Não lembro. Estou nesta abadia há trinta anos e no hospital há vinte e cinco.

— Tempo demais para uma memória humana — admitiu Guilherme. Depois, de repente: — Falávamos ontem de plantas que podem dar visões. Quais são?

Com gestos e pela expressão do rosto, Severino manifestou o vivo desejo de evitar o assunto:

— Eu precisaria pensar nisso, tenho tantas substâncias miraculosas aqui. Mas falemos antes de Venâncio. O que dizes?

— Precisaria pensar — respondeu Guilherme.

Segundo dia

PRIMA

Em que Bêncio de Upsala confidencia algumas coisas, outras são confidenciadas por Berengário de Arundel e Adso aprende o que é a verdadeira penitência.

O funesto acontecimento tinha convulsionado a vida da comunidade. O alvoroço decorrente do achado do cadáver interrompera o ofício sagrado. O abade mandara logo os monges de volta ao coro, para rezarem pela alma do confrade.

As vozes dos monges estavam entrecortadas. Pusemo-nos numa posição adequada para estudar-lhes a fisionomia quando, segundo a liturgia, o capuz não estava baixado. Vimos logo o rosto de Berengário. Pálido, contraído, luzidio de suor. No dia anterior ouvíramos dois comentários a seu respeito, como de pessoa ligada de algum modo particular a Adelmo; e não era o fato de os dois, coetâneos, serem amigos, mas o tom dos que tinham aludido àquela amizade era elusivo.

Ao lado dele notamos Malaquias. Sombrio, carrancudo, impenetrável. Ao lado de Malaquias, igualmente impenetrável, o rosto do cego Jorge. Percebemos, porém, os movimentos nervosos de Bêncio de Upsala, o estudioso de retórica conhecido no dia anterior no scriptorium, e surpreendemos um rápido olhar que ele estava lançando em direção a Malaquias.

— Bêncio está nervoso, Berengário, assustado — observou Guilherme. — Será preciso interrogá-los logo.

— Por quê? — perguntei ingenuamente.

— Nosso mister é duro — disse Guilherme. — Duro mister o do inquisidor, é preciso bater nos mais fracos e no momento de sua maior fraqueza.

De fato, mal terminado o ofício, alcançamos Bêncio enquanto se dirigia à biblioteca. O jovem pareceu contrariado ao ser chamado e arranjou algum frágil pretexto. Parecia ter pressa de ir para o scriptorium. Mas meu mestre lembrou-lhe que estava fazendo uma investigação por ordem do abade, e conduziu-o ao claustro. Sentamo-nos no parapeito interno, entre duas colunas. Bêncio esperava que Guilherme falasse, olhando de vez em quando para o Edifício.

— Então — perguntou Guilherme —, o que foi dito naquele dia em que estiveram a discutir as marginalia de Adelmo, tu, Berengário, Venâncio, Malaquias e Jorge?

— Vós ouvistes ontem. Jorge observava que não é lícito ornar com imagens ridículas os livros que contêm a verdade. E Venâncio retrucou que o próprio Aristóteles tratara das argúcias e dos jogos de palavras como instrumentos para descobrir melhor a verdade, e que portanto o riso não devia ser má coisa se podia tornar-se veículo da verdade. Jorge observou que, pelo que recordava, Aristóteles tratara dessas coisas no livro da Poética e a propósito das metáforas. Que se tratava já de duas circunstâncias preocupantes, primeiro porque o livro da Poética, que por tanto tempo permanecera desconhecido ao mundo cristão e talvez por decreto divino, chegou-nos através dos mouros infiéis...

— Mas foi traduzido para o latim por um amigo do angélico doutor de Aquino — observou Guilherme.

— Foi o que eu lhe disse — respondeu Bêncio, reanimando-se. — Eu leio mal o grego e pude me aproximar do grande livro justamente através da tradução de Guilherme de Moerbeke. Bem, foi o que eu lhe disse. Mas Jorge acrescentou que o segundo motivo de preocupação é que nesse livro Aristóteles fala da poesia, que é ínfima doctrina e que vive de figmenta. E Venâncio disse que os salmos também são obra de poesia e usam metáforas, então Jorge zangou-se, dizendo que os salmos são obra de inspiração divina e usam metáforas para transmitir a verdade, enquanto as obras dos poetas pagãos usam metáforas para transmitir a mentira e para fins de mero divertimento, coisa que muito me ofendeu...

— Por quê?

— Porque eu me ocupo de retórica e leio muitos poetas e sei... ou melhor, creio que através da palavra deles são transmitidas também verdades naturaliter cristãs... Em suma, naquele ponto, se bem recordo, Venâncio falou de outros livros, e Jorge ficou muito enfurecido.

— Que livros?

Bêncio hesitou:

— Não recordo. O que importa de que livros se tenha falado?

— Importa muito, porque aqui estamos procurando compreender o que aconteceu entre homens que vivem entre livros, com livros, pelos livros, e por isso também as suas palavras sobre os livros são importantes.

— É verdade — disse Bêncio, sorrindo pela primeira vez com o rosto quase se iluminando. — Nós vivemos para os livros. Doce missão neste mundo dominado pela desordem e pela decadência. Talvez então compreendais o que aconteceu naquele dia. Venâncio, que conhece... que conhecia grego muito bem, disse que Aristóteles dedicara especialmente ao riso o segundo livro da Poética e que, se um filósofo de tal grandeza consagrara um livro inteiro ao riso, o riso devia ser coisa importante. Jorge disse que muitos padres tinham dedicado livros inteiros ao pecado, que é coisa importante, mas ruim, e Venâncio disse que, pelo que sabia, Aristóteles falara do riso como coisa boa e instrumento de verdade, então Jorge perguntou-lhe com escárnio se por acaso ele tinha lido esse livro de Aristóteles, e Venâncio respondeu que ninguém podia tê-lo lido, porque nunca mais fora encontrado e talvez se tivesse perdido. E de fato nunca ninguém pôde ler o segundo livro da Poética, Guilherme de Moerbeke nunca o teve em mãos. Então Jorge disse que, se não tinha sido encontrado, era porque nunca fora escrito, porque a providência não queria que as coisas fúteis fossem glorificadas. Eu, querendo acalmar os ânimos, porque Jorge cede facilmente à ira e Venâncio falava de um modo que o provocava, disse que na parte da Poética que conhecemos, e na Retórica, encontram-se muitas observações sábias sobre os enigmas argutos, e Venâncio concordou comigo. Acontece que estava conosco Pacífico de Tivoli, que conhece bastante bem os poetas pagãos, e disse que quanto a enigmas argutos ninguém supera os poetas africanos. Citou aliás o enigma do peixe, o de Sinfósio:

Est domus in terris, clara quae voce resultat.
Ipsa domus resonat, tacitus sed non sonat hospes.
Ambo tamen currunt, hospes simul et domus una.

Nesse ponto, Jorge disse que Jesus recomendara que nosso falar fosse sim ou não, e o mais vinha do maligno; e que bastava dizer peixe para nomear o peixe sem ocultar seu conceito por trás de sons mentirosos. E acrescentou que não lhe parecia sábio tomar os africanos por modelo... E então...

— Então?

— Então, aconteceu uma coisa que não entendi. Berengário se pôs a rir, Jorge o repreendeu, e ele disse que ria porque lhe acudira à mente que, procurando-se bem entre os africanos, seriam encontrados muitos outros enigmas, não tão fáceis como esse do peixe. Malaquias, que estava presente, ficou furibundo, quase agarrou Berengário pelo capuz, mandando-o cuidar de suas obrigações... Berengário, como sabeis, é o ajudante dele...

— E depois?

— Depois, Jorge pôs fim à discussão, afastando-se. Todos retomamos nossas ocupações, mas, enquanto trabalhava, vi que primeiro Venâncio e depois Adelmo se aproximaram de Berengário para perguntar-lhe algo. Vi de longe que ele se esquivava, mas, durante o dia, voltaram ambos a procurá-lo. E depois, naquela noite, vi Berengário e Adelmo confabulando no claustro, antes de ir ao refeitório. Bem, é tudo que sei.

— Isto é, sabes que duas pessoas recentemente mortas em circunstâncias misteriosas perguntaram alguma coisa a Berengário — disse Guilherme.

Bêncio respondeu pouco à vontade:

— Eu não disse isso! Disse o que aconteceu naquele dia e como vós me perguntastes...

Refletiu um pouco, depois acrescentou apressado:

— Mas se quiserdes saber a minha opinião, Berengário falou-lhes de algo que está na biblioteca, e é lá que deveríeis procurar.

— Por que pensas na biblioteca? O que Berengário queria dizer com as palavras "procurar entre os africanos"? Não estaria querendo dizer que era preciso ler melhor os poetas africanos?

— Talvez, assim parecia, mas então por que Malaquias teria ficado enfurecido? No fundo, depende dele decidir se deve permitir a leitura de um livro de poetas africanos ou não. Mas uma coisa eu sei: quem folhear o catálogo dos livros achará, entre as indicações que somente o bibliotecário conhece, uma que diz frequentemente "Africa", e até achei uma que dizia "finis Africae". Uma vez pedi um livro que tinha aquele sinal — não recordo qual, o título me deixara curioso —, e Malaquias me disse que aqueles livros tinham-se extraviado. É isso o que sei. Por isso vos digo: está certo, deveis controlar Berengário, e controlá-lo quando sobe à biblioteca. Nunca se sabe.

— Nunca se sabe — concluiu Guilherme como despedida.

Depois começou a andar comigo no claustro e observou que: primeiro, mais uma vez Berengário era objeto das murmurações dos confrades; em segundo lugar, Bêncio parecia ansioso para empurrar-nos em direção à biblioteca. Comentei que talvez quisesse que descobríssemos lá coisas que ele também queria saber, e Guilherme disse que provavelmente assim era, mas podia ser também que, empurrando-nos para a biblioteca, estivesse querendo nos afastar de algum outro lugar. Qual? — perguntei. E Guilherme disse que não sabia, talvez o scriptorium, talvez a cozinha, ou o coro, ou o dormitório, ou o hospital. Comentei que no dia anterior era ele, Guilherme, que se deixara fascinar pela biblioteca, e ele respondeu que queria deixar-se fascinar pelas coisas que bem lhe aprouvessem, e não pelas que os outros lhe aconselhavam. Que, no entanto, não se podia perder de vista a biblioteca e que, àquela altura, não seria nada mau procurar penetrar nela de algum modo. As circunstâncias agora o autorizavam a ser curioso, dentro dos limites da cortesia e do respeito pelos usos e pelas leis da abadia.

Estávamos nos afastando do claustro. Serviçais e noviços estavam saindo da igreja depois da missa. E, quando dobrávamos o lado ocidental do templo, avistamos Berengário, que saía do portal do transepto e atravessava o cemitério, em direção ao Edifício. Guilherme chamou-o, o outro se deteve e nós nos aproximamos dele. Estava ainda mais transtornado do que quando o víramos no coro e Guilherme, evidentemente, decidiu aproveitar-se de seu estado de espírito, como tinha feito com Bêncio.

— Então parece que foste tu o último que viu Adelmo vivo — disse-lhe.

Berengário vacilou como se estivesse a ponto de desmaiar:

— Eu? — perguntou com um fio de voz.

Guilherme lançara a pergunta quase a esmo, provavelmente porque Bêncio lhe dissera ter visto os dois confabulando no claustro depois das vésperas. Mas deve ter acertado o alvo, e ficou claro que Berengário estava pensando em outro encontro, este de fato o último, porque começou a falar com voz entrecortada:

— Como podeis dizer isso, eu o vi antes de ir deitar, como todos os demais!

Então Guilherme decidiu que valia a pena não lhe dar trégua:

— Não, tu o viste outra vez e sabes mais coisas do que queres fazer crer. Mas agora estão em jogo duas mortes e já não podes calar. Sabes muito bem que existem muitos modos de fazer uma pessoa falar!

Guilherme dissera-me muitas vezes que, mesmo como inquisidor, tinha sempre evitado a tortura, mas Berengário o entendeu mal (ou Guilherme queria fazer-se entender mal). Em todo caso, seu jogo mostrou-se eficaz.

— Sim, sim — disse Berengário, rompendo num pranto incontido. — Eu vi Adelmo naquela noite, mas o vi já morto!

— Como? — perguntou Guilherme — aos pés do precipício?

— Não, não, eu o vi aqui no cemitério, andando entre os túmulos, fantasma entre fantasmas. Encontrei-o e logo percebi que não era um ser vivo que estava à minha frente, o rosto dele era de cadáver, os olhos dele já se esbugalhavam para as penas eternas. Naturalmente só na manhã seguinte, ao saber de sua morte, compreendi que tinha encontrado o seu fantasma, mas já naquele momento tomei consciência de que estava tendo uma visão e que diante de mim havia uma alma penada, um lêmure... Oh, Senhor, com que voz de além-túmulo ele falou comigo!

— E o que disse?

— "Estou condenado!", assim falou ele. "Tal qual me vês, tens diante de ti alguém que veio do inferno, e ao inferno preciso regressar", assim me falou. E eu lhe gritei: "Adelmo, vens realmente do inferno? Como são as penas do inferno?". Eu tremia, porque tinha saído havia pouco do ofício das completas, onde escutara a leitura das páginas tremendas sobre a ira do Senhor. E ele me disse: "As penas do inferno são infinitamente maiores do que nossa língua pode dizer. Estás vendo", disse, "esta capa de sofismas de que tenho me vestido até hoje? Ela me oprime e pesa como se eu tivesse a maior torre de Paris ou a maior montanha do mundo em cima dos ombros e nunca mais poderei livrar-me dela. E esta pena me foi imposta pela divina justiça por causa de minha vanglória, por ter acreditado que meu corpo é um lugar de delícias, por ter suposto saber mais que os outros e por ter-me deleitado com coisas monstruosas, que, contempladas na minha imaginação, produziram coisas muito mais monstruosas no íntimo de minha alma, e agora deverei viver eternamente com elas. Estás vendo? O forro desta capa é como se fosse todo brasa e fogo ardente, é o fogo que faz meu corpo arder, e esta pena me é imposta pelo pecado desonesto da carne, na qual me viciei, e este fogo agora me incendeia e queima sem trégua! Estende-me a mão, meu belo mestre", disse-me ainda, "para que o meu encontro te sirva de ensinamento, em troca dos muitos ensinamentos que me deste, estende-me a mão, meu belo mestre!". E sacudiu o dedo de sua mão ardente, e caiu-me na mão uma pequena gota de seu suor, que pareceu perfurar minha mão, e por muitos dias seu sinal permaneceu, mas eu o escondi de todos. Depois ele desapareceu entre os túmulos, e na manhã seguinte eu soube que aquele corpo, que tanto me aterrorizara, já estava morto ao pé do penhasco.

Berengário ofegava e chorava. Guilherme perguntou-lhe:

— E por que ele te chamava de meu belo mestre? Éreis da mesma idade. Por acaso lhe tinhas ensinado algo?

Berengário escondeu a cabeça, puxando o capuz sobre o rosto, e caiu de joelhos abraçando as pernas de Guilherme:

— Não sei, não sei por que me chamava assim, eu não lhe ensinei nada! — e desatou em soluços. — Tenho medo, padre, quero confessar-me convosco, misericórdia, um diabo me devora as vísceras!

Guilherme afastou-o de si e estendeu a mão para levantá-lo.

— Não, Berengário — disse-lhe —, não me peças confissão. Não feches meus lábios, abrindo os teus. O que quero saber de ti me dirás de outro modo. E, se não me disseres, descobrirei por minha conta. Pede-me misericórdia, se quiseres, não me peças silêncio. Gente demais se cala nesta abadia. Dize-me, antes: como viste o seu rosto pálido se era noite alta, como ele pôde queimar tua mão se era noite de chuva com neve e granizo, e o que estavas fazendo no cemitério? Vamos — e o sacudiu com brutalidade pelos ombros —, dize-me ao menos isso!

Berengário tremia da cabeça aos pés:

— Não sei o que estava fazendo no cemitério, não lembro. Não sei por que vi o rosto dele, talvez eu tivesse uma luz, não... ele tinha uma luz, carregava um lume, talvez tenha visto seu rosto à luz da chama...

— Como podia carregar um lume se chovia e nevava?

— Foi depois das completas, logo depois das completas, ainda não nevava, começou depois... Lembro que começavam a cair as primeiras rajadas quando eu fugia para o dormitório. Fugia para o dormitório, em direção oposta àquela em que ia o fantasma... E depois não sei mais de nada, peço-vos, não me interrogueis mais, se não quereis me confessar.

— Está bem — disse Guilherme —, agora vai, vai ao coro, vai falar com o Senhor, visto que não queres falar com os homens, ou vai procurar um monge que queira escutar a tua confissão, porque, se desde então não confessas teus pecados, recebeste os sacramentos em sacrilégio. Vai. Ainda nos veremos.

Berengário desapareceu correndo. E Guilherme esfregou as mãos, como o vira fazer em muitos casos em que ficara satisfeito com alguma coisa.

— Bem — disse —, agora muitas coisas se tornam claras.

— Claras, mestre? — perguntei-lhe. — Claras, agora que temos também o fantasma de Adelmo?

— Caro Adso — disse Guilherme —, aquele fantasma parece-me bem pouco fantasma e, em todo caso, estava recitando uma página que já vi nalgum livro para uso dos pregadores. Esses monges talvez leiam demais e, quando estão exaltados, revivem as visões que tiveram nos livros. Não sei se Adelmo disse realmente aquelas coisas, ou se Berengário as ouviu porque precisava ouvi-las. O fato é que essa história confirma uma série de suposições minhas. Por exemplo: Adelmo morreu de suicídio, e a história de Berengário nos diz que, antes de morrer, ele vagava tomado por grande exaltação e atormentado por algo que cometera. Estava exaltado e assustado por tal pecado porque alguém o assustara e talvez lhe tenha contado justamente o episódio da aparição infernal que ele recitara a Berengário com tanta alucinação e maestria. E estava passando pelo cemitério porque vinha do coro, onde se confidenciara (ou confessara) a algum outro que lhe incutira terror e remorso. E do cemitério seguia, como Berengário nos deu a entender, na direção oposta ao dormitório. Rumo ao Edifício, portanto, mas também (é possível) rumo à muralha atrás dos estábulos, de onde, como deduzi, deve ter-se jogado no precipício.

E jogou-se antes da tempestade, morreu aos pés da muralha e somente depois o desmoronamento levou seu cadáver, que acabou entre a torre setentrional e a oriental.

— Mas e a gota de suor ardente?

— Já fazia parte da história que ele ouviu e repetiu, ou que Berengário imaginou em sua exaltação e remorso. Porque existe, em antístrofe ao remorso de Adelmo, um remorso de Berengário, como pudeste ouvir. E Adelmo, se vinha do coro, talvez trouxesse uma vela, e a gota na mão do amigo era apenas uma gota de cera. Porém, Berengário sentiu queimar muito mais porque Adelmo certamente o chamou de mestre. Sinal, portanto, de que Adelmo o reprovava por lhe ter ensinado alguma coisa com que agora ele se desesperava mortalmente. E Berengário sabe disso e sofre por saber que impeliu Adelmo à morte, levando-o a fazer algo que não devia. E não é difícil imaginar o quê, meu pobre Adso, depois daquilo que ouvimos sobre o nosso ajudante de bibliotecário.

— Creio ter entendido o que aconteceu entre os dois — eu disse, envergonhado de minha sagacidade —, mas não cremos todos num Deus de misericórdia? Conforme dizeis, Adelmo provavelmente tinha se confessado: por que procurou punir seu primeiro pecado com um pecado decerto maior ainda ou ao menos de gravidade semelhante?

— Porque alguém lhe disse palavras de desespero. Eu disse que algumas páginas de pregadores de nossos dias devem ter sugerido a alguém as palavras que assustaram Adelmo e com as quais Adelmo assustou Berengário. Nunca como nestes últimos anos os pregadores ofereceram ao povo palavras tão ameaçadoras, perturbadoras e macabras, para estimular nele a piedade e o terror (e o fervor, e o respeito à lei humana e divina). Nunca como em nossos dias, em meio a procissões de flagelantes, se ouviram tantas loas sagradas inspiradas nas dores de Cristo e da Virgem, nunca como hoje se insistiu tanto em estimular a fé dos simples através da evocação dos tormentos infernais.

— Talvez seja necessidade de penitência — falei.

— Adso, nunca ouvi tantos apelos à penitência como hoje, num período afinal em que pregadores, bispos e mesmo os meus confrades espirituais já não estão em condições de promover uma verdadeira penitência...

— Mas a terceira era, o papa angélico, o capítulo de Perúgia... — eu disse, confuso.

— Nostalgias. A grande época da penitência acabou-se, e por isso até o capítulo geral da ordem pode falar em penitência. Houve, há cem, duzentos anos, uma grande lufada de renovação. Era quando quem falava nisso acabava queimado, santo ou herege que fosse. Agora todos falam. Em certo sentido até o papa discute o assunto. Não te fies nas renovações do gênero humano quando delas falam as cúrias e as cortes.

— Mas frei Dulcino — ousei dizer, curioso por saber mais sobre aquele nome que ouvira pronunciar tantas vezes no dia anterior.

— Morreu, tão mal como viveu, porque até mesmo ele chegou muito tarde. Aliás, o que sabes tu a respeito?

— Nada, por isso estou perguntando...

— Preferia nunca falar disso. Tive de lidar com alguns dos assim chamados apóstolos e os observei de perto. Uma triste história. Ficarias chocado. Em todo caso me chocou, e ficarias chocado mais ainda com a minha própria incapacidade de julgar. É a história de um homem que fez coisas insensatas porque pusera em prática o que muitos santos lhe tinham pregado. Em certo momento não entendi mais de quem era a culpa, fiquei como que... obnubilado por um ar de família que emanava dos dois campos contrários, dos santos que pregavam a penitência e dos pecadores que a punham em prática, frequentemente a expensas dos outros... Mas eu estava falando de outra coisa. Ou talvez não, continuava falando disso: terminada a época da penitência, para os penitentes a necessidade de penitência tornou-se necessidade de morte. E os que mataram os penitentes enlouquecidos, restituindo morte à morte, para derrotar a verdadeira penitência, que produzia morte, substituíram a penitência da alma por uma penitência da imaginação, um apelo a visões sobrenaturais de sofrimento e de sangue, denominando-as "espelho" da verdadeira penitência. Um espelho que, na imaginação dos simples e às vezes também dos doutos, faz viver em vida os tormentos do inferno. A fim de que — como dizem — ninguém peque. Esperando afastar as almas do pecado por meio do medo e cuidando de substituir a rebelião pelo medo.

— Mas não pecarão mesmo, depois? — perguntei ansioso.

— Depende do que entendes por pecar, Adso — disse-me o mestre. — Eu não queria ser injusto com a gente desta terra onde vivo há alguns anos, mas parece-me ser típico da pouca virtude das populações italianas não pecar por medo de algum ídolo, mesmo que o chamem pelo nome de um santo. Têm mais medo de são Sebastião ou santo Antônio do que de Cristo. Aqui, quem quer conservar um lugar limpo, sem que ninguém mije nele, como fazem os italianos à maneira dos cães, pinta ali uma imagem de santo Antônio com a ponta de um pau, que afastará quem estiver para mijar. Assim os italianos, por obra de seus pregadores, arriscam-se a voltar às antigas superstições e já não acreditam na ressurreição da carne, têm apenas muito medo dos ferimentos corporais e das desgraças e por isso têm muito mais medo de santo Antônio do que de Cristo.

— Mas Berengário não é italiano — observei.

— Não importa, estou falando do clima que a Igreja e as ordens predicantes difundiram nesta península e que daqui se difunde para toda parte. E atinge até uma venerável abadia de monges doutos, como estes.

— Mas se ao menos não pecassem — insisti, porque estava disposto a me satisfazer até mesmo com isso.

— Se esta abadia fosse um speculum mundi, já terias a resposta.

— E não é? — perguntei.

— Para que ela seja espelho do mundo é preciso que o mundo tenha uma forma — concluiu Guilherme, que era demasiado filósofo para minha mente adolescente.

Segundo dia

TERÇA

Em que se assiste a uma rixa entre pessoas vulgares. Aymaro de Alessandria faz algumas alusões, e Adso medita sobre a santidade e sobre o esterco do demônio. Depois Guilherme e Adso voltam ao scriptorium. Guilherme vê algo interessante, tem uma terceira conversa sobre o caráter lícito do riso, mas, definitivamente, não pode olhar onde quer.

Antes de subirmos ao scriptorium passamos pela cozinha para nos revigorarmos, porque não tínhamos comido nada desde que nos levantáramos. Recuperei-me logo tomando uma escudela de leite quente. O grande fogão meridional já ardia como uma frágua, enquanto no forno estavam preparando o pão do dia. Dois cabreiros estavam entregando os despojos de uma ovelha recém-abatida. Vi Salvatore entre os cozinheiros, e ele me sorriu com sua boca de lobo. E vi que, de uma mesa, pegava uma sobra de frango da noite anterior e a passava às escondidas aos cabreiros, que o ocultavam em seus casacos de pele, com uma risota de satisfação. Mas o cozinheiro-chefe percebeu e repreendeu Salvatore:

— Deves administrar os bens da abadia, e não dissipá-los.

— Filii Dei, são — disse Salvatore. — Jesus disse que facite por ele aquilo que facite a um desses pueros!

— Fraticelo de meia-tigela, menorita peidorreiro! — gritou-lhe então o cozinheiro. — Já não estás entre os teus frades mendigos! É a misericórdia do abade que pensará em dar aos filhos de Deus!

Salvatore fechou a cara e virou-se iradíssimo:

— Não sou fraticelo menorita! Sou um monge sancti Benedicti! Merdre à toy, bogomilo de uma figa!

— Bogomila é a rameira que tu enrabas à noite, com a tua vara erética, porco! — gritou o cozinheiro.

Salvatore despediu depressa os cabreiros e, passando por nós, fitou-nos com preocupação:

— Frade — disse a Guilherme —, defende a tua ordem que não é a minha, dize-lhe que os filios Francisci non ereticos esse! — Depois sussurrou-me ao ouvido: — Ille menteur, puah — e cuspiu no chão.

O cozinheiro veio enxotá-lo com maus modos e bateu-lhe a porta às costas.

— Frade — disse a Guilherme com respeito —, não estava falando mal de vossa ordem e dos santíssimos homens que nela estão. Falava daquele falso menorita e falso beneditino que não é nem carne nem peixe.

— Sei de onde vem — disse Guilherme conciliador. — Mas agora é monge como tu e lhe deves respeito fraterno.

— Mas ele mete o nariz onde não deve só porque é protegido do despenseiro e acha-se o próprio despenseiro. Usa a abadia como coisa sua, de dia e de noite!

— Por que de noite? — perguntou Guilherme.

O cozinheiro fez um gesto como para dizer que não queria falar de coisas pouco virtuosas. Guilherme não lhe perguntou mais nada e terminou de beber seu leite.

Minha curiosidade se excitava cada vez mais. O encontro com Ubertino, os murmúrios sobre o passado de Salvatore e do despenseiro, as alusões cada vez mais frequentes aos fraticelos e aos menoritas hereges que ouvia naqueles dias, a reticência do mestre ao falar-me de frei Dulcino... Uma série de imagens começava a recompor-se em minha cabeça. Por exemplo, em viagem, encontráramos duas vezes pelo menos uma procissão de flagelantes. Numa das vezes, a população do lugar os olhava como santos, noutra começava a murmurar que eram hereges. Entretanto, tratava-se sempre da mesma gente. Iam em procissão de dois em dois, pelas ruas da cidade, cobertos só nas partes pudendas, tendo superado todo senso de vergonha. Cada um empunhava um flagelo de couro, e todos se golpeavam as costas, sangrando e, derramando lágrimas abundantes, como se estivessem vendo com os próprios olhos a paixão do Salvador, imploravam com um canto lamurioso a misericórdia do

Senhor e a ajuda da Mãe de Deus. Não só durante o dia, mas à noite também, com velas acesas, no rigor do inverno, circulavam em multidão pelas igrejas, prosternavam-se humildemente diante dos altares, precedidos por sacerdotes com círios e estandartes, e não eram somente homens e mulheres do povo, mas também nobres matronas e mercadores... E então se assistia a grandes atos de penitência, os que tinham roubado restituíam o que fora roubado, outros confessavam seus crimes...

Guilherme, porém, olhara para eles com frieza e me dissera que aquela não era a verdadeira penitência. Ou melhor, falara como pouco antes havia falado naquela mesma manhã: o tempo da grande purificação penitencial estava acabado, e aquele era o modo como os próprios pregadores organizavam a devoção das multidões, justamente para que elas não fossem tomadas por outro desejo de penitência que — esse sim — era herético e amedrontava a todos. Mas eu não conseguia perceber a diferença, se é que existia. Parecia-me que a diferença não vinha dos gestos de um e de outro, mas dos olhos com que a Igreja julgava um e outro gesto.

Lembrava-me da discussão com Ubertino. Guilherme tinha sido sem dúvida insinuante, tentara dizer-lhe que havia pouca diferença entre a sua fé mística (e ortodoxa) e a fé distorcida dos hereges. Ubertino ficara indignado, como quem vê bem a diferença. A impressão que eu tinha é que ele era diferente justamente porque era dos que sabiam ver a diferença. Guilherme subtraíra-se aos deveres da inquisição porque já não sabia vê-la. Por isso não conseguia falar-me daquele misterioso frei Dulcino. Mas então, evidentemente (eu me dizia), Guilherme perdeu a assistência do Senhor, que não só ensina a ver a diferença, mas também, por assim dizer, investe seus eleitos dessa capacidade de discernimento. Ubertino e Clara de Montefalco (que no entanto estava rodeada de pecadores) tinham permanecido santos justamente porque sabiam discriminar. Isso é santidade, nada mais.

E por que Guilherme não sabia discriminar? No entanto, era um homem tão arguto e, no que dizia respeito aos fatos da natureza, sabia distinguir a mínima desigualdade e o mínimo parentesco entre as coisas...

Estava mergulhado nesses pensamentos e Guilherme terminava de beber seu leite, quando ouvimos que nos cumprimentavam. Era Aymaro de Alessandria, que já conhecêramos no scriptorium; dele me impressionara a expressão do rosto, propensa a um perpétuo sorriso escarninho, como se nunca conseguisse se resignar à fatuidade de todos os seres humanos, mas, apesar disso, não atribuísse grande importância a essa tragédia cósmica.

— Então, frei Guilherme, já vos habituastes a esta espelunca de dementes?

— Parece-me um lugar de homens admiráveis pela santidade e doutrina — disse Guilherme com cautela.

— Era. Quando os abades eram abades e os bibliotecários, bibliotecários. Agora vistes, lá em cima — e apontava para o andar superior — aquele alemão meio morto com olhos de cego está a escutar devotamente os delírios daquele espanhol cego com olhos de morto, parece que o Anticristo vai chegar a cada manhã, raspam-se pergaminhos, mas livros novos são poucos os que entram... Nós estamos aqui, e lá embaixo, nas cidades, age-se... Outrora, de nossas abadias se governava o mundo. Hoje, estais vendo, o imperador nos usa, enviando aqui seus amigos para encontrar seus inimigos (sei alguma coisa de vossa missão, os monges falam, falam, não têm outra coisa para fazer), mas, quando quer controlar as coisas desta terra, ele fica nas cidades. Nós ficamos colhendo trigo e criando galinhas, e lá embaixo trocam varas de seda por peças de linho, e peças de linho por sacos de especiarias, e tudo junto por bom dinheiro. Nós guardamos o nosso tesouro, mas lá embaixo acumulam-se tesouros. E livros também. E mais bonitos que os nossos.

— No mundo acontecem certamente muitas coisas novas. Mas por que pensais que a culpa é do abade?

— Porque pôs a biblioteca em mãos de estrangeiros e dirige a abadia como uma cidadela erigida em defesa da biblioteca. Uma abadia beneditina nesta plaga italiana deveria ser um lugar onde italianos decidem os assuntos italianos. O que estão fazendo hoje os italianos, que não têm mais sequer um papa? Comerciam, fabricam e são mais ricos que o rei de França. E então, façamos o mesmo nós; se sabemos fazer belos livros, que os fabriquemos para as universidades e cuidemos do que acontece lá embaixo, no vale; não estou falando do imperador, com todo o respeito por vossa missão, frei Guilherme, mas do que os bolonheses ou os florentinos estão fazendo. Poderíamos controlar daqui a passagem dos peregrinos e dos mercadores, que vão da Itália à Provença e vice-versa. Abramos a biblioteca aos textos em vulgar, e subirão para cá também os que já não escrevem em latim. E, em vez disso, somos controlados por um grupo de estrangeiros que continuam a dirigir a biblioteca como se em Cluny o bom Odilon ainda fosse abade...

— Mas o abade é italiano — disse Guilherme.

— O abade aqui não conta — disse Aymaro, sempre escarninho. — No lugar da cabeça ele tem um armário da biblioteca. Está carunchado. Para fazer desaforo ao papa, deixa que a abadia seja invadida por fraticelos — estou falando dos hereges, frei, dos trânsfugas de vossa santíssima ordem... — e, para agradar ao imperador, chama para cá monges de todos os mosteiros do Norte, como se entre nós não tivéssemos bons copistas e homens que sabem grego e árabe, como se em Florença ou em Pisa não existissem filhos de mercadores, ricos e generosos, que entrariam de bom grado na ordem, se a ordem oferecesse a possibilidade de incrementar o poderio e o prestígio do pai. Mas, aqui, só se reconhece a indulgência para com as coisas do século quando se trata de permitir aos germânicos que... oh, bom Senhor, fulminai a minha língua, pois estou para dizer coisas pouco convenientes!

— Na abadia acontecem coisas pouco convenientes? — perguntou Guilherme distraidamente, servindo-se de mais um pouco de leite.

— Monge também é homem — sentenciou Aymaro. Depois acrescentou: — Mas aqui são menos homens que em outros lugares. E o que eu disse, fique claro que não o disse.

— Muito interessante — disse Guilherme. — E essas são opiniões vossas ou de muitos que pensam como vós?

— De muitos, de muitos. De muitos que agora se compadecem da desventura do pobre Adelmo, mas se no precipício tivesse caído outra pessoa, que circula pela biblioteca mais do que deveria, não teriam ficado descontentes.

— O que estais pretendendo dizer?

— Falei demais. Aqui falamos demais, vós já deveis ter percebido. Aqui ninguém mais respeita o silêncio, de um lado. De outro, respeita-se demais. Aqui, em vez de falar ou de calar, cumpriria agir. Nos tempos áureos de nossa ordem, se um abade não tivesse têmpera de abade, uma boa taça de vinho envenenado, e estava aberta a sucessão. Disse-vos essas coisas, que fique claro, frei Guilherme, não para falar mal do abade e dos outros confrades, Deus me guarde disso, por sorte não tenho o vício feio da intriga. Mas não queria que o abade vos tivesse pedido para investigar-me ou a outro qualquer, seja Pacífico de Tivoli ou Pedro de Sant'Albano. Com as histórias da biblioteca não nos metemos. Mas gostaríamos de nos meter um pouco mais. E então destapai esse ninho de serpentes, vós que queimastes tantos hereges.

— Eu nunca queimei ninguém — respondeu Guilherme secamente.

— Falava só por falar — admitiu Aymaro com um grande sorriso. — Boa caçada, frei Guilherme, mas ficai atento durante a noite.

— Por que não durante o dia?

— Porque durante o dia aqui se trata o corpo com boas ervas e à noite se adoece a mente com ervas más. Não acrediteis que Adelmo tenha sido empurrado para o abismo pelas mãos de alguém, ou que as mãos de alguém tenham posto Venâncio dentro do sangue. Aqui alguém não quer que os monges decidam por si aonde ir, o que fazer e o que ler. E usam-se as forças do inferno ou dos necromantes amigos do inferno, para confundir a mente dos curiosos.

— Estais falando do padre herborista?

— Severino de Sant'Emerano é uma ótima pessoa. Naturalmente, germânico ele, germânico Malaquias...

E, após ter demonstrado mais uma vez que não estava disposto a fazer intrigas, Aymaro subiu para trabalhar.

— O que será que ele quis nos dizer? — perguntei.

— Tudo e nada. Uma abadia é sempre um lugar onde os monges estão em luta entre si para apoderar-se do governo da comunidade. Em Melk também, mas talvez como noviço não tenhas tido jeito de perceber. Mas na tua terra conquistar o governo de uma abadia significa conquistar um lugar de onde se trata diretamente com o imperador. Nestas terras, a situação é diferente, o imperador está distante, mesmo quando desce até Roma. Não há uma corte, sequer a papal, agora. Há cidades, terás percebido isso.

— Claro, e fiquei impressionado. A cidade na Itália é coisa diferente da cidade de minha terra... Não é só um lugar para morar: é um lugar para decidir, todos estão sempre na praça, os magistrados cidadãos contam mais que o imperador ou o papa. É como se fossem... vários reinos...

— E os reis são os mercadores. E a arma deles é o dinheiro. O dinheiro, na Itália, tem função diferente da que tem no teu país ou no meu. Lá, o dinheiro circula por todo lugar, mas grande parte da vida ainda é dominada e regulada pela troca de bens, galinhas, gavelas de trigo, podadeiras, carroças, e o dinheiro serve para obter esses bens. Terás notado que na cidade italiana, ao contrário, os bens servem para obter dinheiro. E mesmo os padres, os bispos e até as ordens religiosas precisam lidar com o dinheiro. É por isso, naturalmente, que a rebelião contra o poder manifesta-se como chamamento à pobreza, e rebelam-se contra o poder os que são excluídos da relação com o dinheiro, e cada chamamento à pobreza suscita muita tensão e muitas controvérsias, e a cidade inteira, do bispo ao magistrado, sente como inimigo quem prega demais a pobreza. Os inquisidores sentem cheiro do demônio sempre que alguém reage contra o cheiro do esterco do demônio. E então compreenderás também o que Aymaro está pensando. Uma abadia beneditina, nos tempos áureos da ordem, era o lugar de onde os pastores controlavam o rebanho de fiéis. Aymaro quer que se volte à tradição. Ocorre que a vida do rebanho mudou, e a abadia só poderá voltar à tradição (à glória, ao poder de antigamente) se aceitar o novo costume do rebanho, tornando-se diferente. E, uma vez que hoje aqui não se domina o rebanho com armas ou com o esplendor dos ritos, mas com o controle do dinheiro, Aymaro quer que todo o estabelecimento da abadia e a própria biblioteca se tornem fábrica, e fábrica de dinheiro.

— E o que tem isso a ver com os crimes, ou o crime?

— Ainda não sei. Mas agora queria subir. Vem.

Os monges já estavam trabalhando. No scriptorium reinava o silêncio, mas não era aquele silêncio que segue à paz operosa dos corações. Berengário, que nos precedera de pouco, recebeu-nos embaraçado. Os outros monges ergueram a cabeça do trabalho. Sabiam que estávamos ali para descobrir algo acerca de Venâncio, e a própria direção de seus olhares fixou nossa atenção num lugar vazio, abaixo de uma janela que se abria para o interior no octógono central.

Ainda que o dia estivesse muito frio, a temperatura no scriptorium era bastante amena. Não por acaso tinha sido disposto em cima das cozinhas, de onde provinha muito calor, mesmo porque os condutos da chaminé dos dois fogos de baixo passavam por dentro das pilastras que sustinham as duas escadas em caracol, situadas nos torreões ocidental e meridional. Quanto ao torreão setentrional, no lado oposto da sala, não tinha escada, mas uma grande lareira que ardia, difundindo agradável tepidez. Além disso, o piso tinha sido coberto de palha, que tornava os nossos passos silenciosos. Em suma, o canto menos aquecido era o do torreão oriental, e de fato reparei que, como sobravam postos livres, em relação ao número de monges a trabalhar, todos tendiam a evitar as mesas situadas daquele lado. Quando mais tarde me dei conta de que a escada em caracol do torreão oriental era a única que conduzia tanto para baixo, ao refeitório, como para cima, à biblioteca, perguntei-me se um cálculo inteligente não regularia o aquecimento da sala de tal modo que os monges fossem dissuadidos de bisbilhotar daquele lado e ficasse mais fácil para o bibliotecário controlar o acesso à biblioteca. Mas talvez eu estivesse exagerando em minhas suspeitas e tornando-me um mísero arremedo de meu mestre, pois logo pensei que esse cálculo não daria grande resultado no verão — a menos (disse a mim mesmo) que no verão aquele fosse exatamente o lado mais ensolarado e, por isso, ainda uma vez o mais evitado.

A mesa do pobre Venâncio estava de costas para a grande lareira e era provavelmente uma das mais ambicionadas. Eu passara até então pequena parte de minha vida num scriptorium, mas depois passei muito tempo em um, e sei quanto sofrimento custa ao escriba, ao rubricador e ao estudioso transcorrer à mesa as longas horas do inverno, com os dedos enrijecidos sobre o estilo (se mesmo com temperatura normal, após seis horas de escrita, os dedos do monge são acometidos por terrível câimbra, e o polegar dói como se estivesse esmagado). E isso explica por que, frequentemente, encontramos à margem dos manuscritos frases deixadas pelo escriba como testemunhos do sofrimento (e de insofrimento), tais como "Graças a Deus logo escurece", ou "Oh, quem me dera um bom copo de vinho!", ou ainda "Hoje faz frio, a luz está fraca, este velo está cheio de pelos, alguma coisa está errada". Como diz um antigo provérbio, três dedos seguram a pena, mas o corpo inteiro trabalha. E dói.

Mas eu estava falando da mesa de Venâncio. Era menor que as outras, como de resto as que estavam dispostas em torno do pátio octogonal, destinadas a estudiosos, enquanto as maiores eram as que ficavam abaixo das janelas das paredes externas, destinadas a miniaturistas e copistas. Aliás, Venâncio também trabalhava com uma estante, porque provavelmente consultava manuscritos emprestados à abadia e os copiava. Embaixo da mesa havia uma estante baixa, onde eram amontoadas folhas não encadernadas, e, uma vez que estavam todas em latim, deduzi que deviam ser suas traduções mais recentes. Estavam escritas de modo apressado, não constituíam páginas de livro e deveriam depois ser confiadas a um copista e a um miniaturista. Por isso eram de difícil leitura. Entre as folhas, alguns livros, em grego. Outro livro grego estava aberto sobre a estante, obra sobre a qual Venâncio vinha realizando seu trabalho de tradutor nos últimos dias. Na época, eu ainda não sabia grego, mas meu mestre disse que era de certo Luciano e narrava a história de um homem transformado em asno. Recordei então uma fábula análoga de Apuleio, que sempre era severamente desaconselhada aos noviços.

— Por que raios Venâncio estava fazendo esta tradução? — perguntou Guilherme a Berengário, que estava ao nosso lado.

— Foi pedida à abadia pelo senhor de Milão, e em troca a abadia terá direito de precedência sobre a produção do vinho de algumas propriedades que ficam a oriente — Berengário apontou para longe; mas logo acrescentou: — Não é que a abadia se preste a trabalhos venais para os leigos, mas quem o encomendou esforçou-se para que este precioso manuscrito grego nos fosse emprestado pelo doge de Veneza, que o obteve do imperador de Bizâncio, e, quando Venâncio terminasse o trabalho, faríamos duas cópias, uma para quem o encomendou e outra para nossa biblioteca.

— Que, portanto, não desdenha acolher também fábulas pagãs — disse Guilherme.

— A biblioteca é testemunha da verdade e do erro — disse então uma voz às nossas costas. Era Jorge. Uma vez mais fiquei assombrado (mas muito ainda deveria me impressionar nos dias seguintes) com o modo inopinado com que o velho aparecia de improviso, como se nós não o víssemos e ele estivesse nos vendo. Perguntei-me também o que afinal fazia um cego no scriptorium, mas dei-me conta, em seguida, de que Jorge estava sempre onipresente em todos os lugares da abadia. E com frequência ficava no scriptorium, sentado numa cadeira perto da lareira, e parecia acompanhar tudo o que acontecia na sala. Uma vez o ouvi perguntar de seu posto em voz alta: "Quem está subindo?", virando-se para Malaquias que, com os passos abafados pela palha, se dirigia à biblioteca. Os monges todos o tinham em grande apreço e recorriam frequentemente a ele, lendo-lhe trechos de difícil compreensão, consultando-o sobre algum escólio ou pedindo-lhe esclarecimentos sobre como representar um animal ou um santo. E ele fixava o vazio com seus olhos apagados, como se fitasse páginas que tinha vívidas na memória e respondia que os falsos profetas são ataviados como bispos, com rãs a lhes saírem da boca, ou quais eram as pedras que deveriam adornar as muralhas da Jerusalém celeste, ou que, nos mapas, os arimaspos devem ser representados perto da terra do Preste João, recomendando que não exagerassem na sua monstruosidade, o que os tornaria sedutores, pois bastava representá-los como emblemas: reconhecíveis, mas não concupiscíveis, nem repelentes a ponto de provocar o riso.

Uma vez o ouvi aconselhando um escoliasta sobre como interpretar a recapitulatio nos textos de Ticônio conforme o pensamento de santo Agostinho, para que se evitasse a heresia donatista. Outra vez o ouvi dar conselhos sobre como, comentando, distinguir hereges de cismáticos. Ou ainda dizer a um estudioso perplexo qual livro precisaria procurar no catálogo da biblioteca e mais ou menos em que fólio encontraria menção dele, assegurando-lhe que o bibliotecário decerto o entregaria, pois se tratava de obra inspirada por Deus. Por fim, de outra vez, ouvi-o dizer que certo livro não devia ser procurado, que existia no catálogo, é verdade, mas fora estragado pelos ratos cinquenta anos antes e se pulverizaria sob os dedos de quem o tocasse agora. Ele era, em suma, a própria memória da biblioteca e a alma do scriptorium. Às vezes admoestava os monges que ouvia conversando: "Apressai-vos a deixar testemunho da verdade, pois os tempos estão próximos", e aludia à vinda do Anticristo.

— A biblioteca é testemunha da verdade e do erro — havia dito Jorge, então.

— É verdade, Apuleio e Luciano eram culpados de muitos erros — disse Guilherme, mas, sob o véu de suas ficções, esta fábula contém até que boa moral, porque ensina como se paga pelos próprios erros; além disso, acho que a história do homem transformado em asno alude à metamorfose da alma que cai em pecado.

— Pode ser — disse Jorge.

— Porém agora compreendo por que Venâncio, durante aquela conversa de que me falou ontem, estava tão interessado nos problemas da comédia; de fato, mesmo as fábulas desse tipo podem ser comparadas às comédias dos antigos. Ambas não falam de homens que existiram de verdade, como as tragédias, mas, conforme diz Isidoro, são ficções: "fabulae poetae a *fando* nominaverunt quia non sunt *res factae* sed tantum loquendo *fictae*"...

Logo de início não entendi por que Guilherme tinha entrado nessa douta discussão, justamente com um homem que parecia não gostar de tais assuntos, mas a resposta de Jorge me mostrou quanto meu mestre tinha sido sutil.

— Naquele dia não se discutiam comédias, mas apenas o caráter lícito ou não do riso — disse Jorge franzindo o cenho.

E eu me lembrava muito bem de que, quando Venâncio se referira àquela discussão, justamente no dia anterior, Jorge tinha afirmado não se lembrar dela.

— Ah — disse Guilherme com indiferença — achei que tínheis falado das mentiras dos poetas e dos enigmas argutos...

— Falava-se do riso — disse Jorge secamente. — As comédias eram escritas pelos pagãos para levar os espectadores ao riso, e nisso faziam mal. Jesus Nosso Senhor nunca contou comédias nem fábulas, mas apenas límpidas parábolas que nos instruem alegoricamente sobre como alcançar o paraíso, e assim seja.

— Pergunto-me — disse Guilherme — por que sois tão contrário a se pensar que Jesus alguma vez riu. Acho que o riso é bom remédio, como os banhos, para curar os humores e outras afecções do corpo, em especial a melancolia.

— Os banhos são boa coisa — disse Jorge —, e o próprio aquinate os aconselha para remover a tristeza, que pode ser má paixão, quando não está voltada para um mal que possa ser extinguido através da audácia. Os banhos restituem o equilíbrio dos humores. O riso sacode o corpo, deforma os traços fisionômicos, torna o homem semelhante ao macaco.

— Os macacos não riem, o riso é próprio do homem, é sinal de sua racionalidade — disse Guilherme.

— Também a palavra é sinal da racionalidade humana, e com a palavra se pode blasfemar contra Deus. Nem tudo que é próprio do homem é necessariamente bom. O riso é sinal de estultice. Quem ri não acredita naquilo de que está rindo, mas tampouco o odeia. Portanto, rir do mal significa não estar disposto a combatê-lo e rir do bem significa desconhecer a força com a qual o bem é difusivo de si. Por isso a Regra diz que o décimo grau da humildade é aquele em que o monge não está sempre pronto a rir, porque está escrito: "stultus in risu exaltat vocem suam".

— Quintiliano — interrompeu meu mestre — diz que o riso é para ser reprimido no panegírico, por dignidade, mas deve ser encorajado em muitos outros casos. Tácito louva a ironia de Calpúrnio Pisão; Plínio, o Jovem, escreveu: às vezes rio, brinco, jogo: sou homem.

— Eram pagãos — replicou Jorge. — A Regra diz: "havemos de excluir sempre e em todo lugar a trivialidade, as frivolidades e as truanices, e não permitamos absolutamente que o monge abra a boca para conversas desse gênero".

— Porém, quando o verbo de Cristo já tinha triunfado sobre a terra, Sinésio de Cirene diz que a divindade soube combinar harmoniosamente cômico e trágico, e Élio Esparciano diz que o imperador Adriano, homem de elevados princípios e de espírito naturaliter cristão, soube mesclar momentos de alegria com momentos de gravidade. E, por fim, Ausônio recomenda dosar com moderação o sério e o jocoso.

— Mas Paulino de Nola e Clemente de Alexandria nos puseram em guarda contra essas tolices, e Sulpício Severo diz que são Martinho nunca foi visto por ninguém sob o domínio da ira nem da hilaridade.

— Porém lembra do santo algumas respostas espiritualiter salsa — disse Guilherme.

— Eram prontas e doutas, não ridículas. Santo Efrém escreveu uma parênese contra o riso dos monges, e em *De habitu et conversatione monachorum* recomenda-se evitar obscenidades e gracejos como se fossem veneno de áspides!

— Mas Hildeberto disse: "admittenda tibi joca sunt post seria quaedam", sinal de que às vezes é necessário temperar o excesso de seriedade com algo mais leve. E João de Salisbury autorizou uma modesta hilaridade. E finalmente o Eclesiastes, do qual citastes o trecho a que se refere vossa Regra, onde se diz que o riso é próprio do estulto, admite ao menos um riso silencioso, do ânimo sereno.

— O ânimo é sereno somente quando contempla a verdade e se deleita com o bem realizado; e da verdade e do bem não se ri. Eis por que Cristo não ria. O riso é incentivo à dúvida.

— Mas às vezes é justo duvidar.

— Não vejo razão para isso. Quando se duvida deve-se recorrer a uma autoridade, às palavras de um padre ou de um doutor, e acaba a razão para a dúvida. A mim me pareceis embebido de doutrinas discutíveis, como as dos lógicos de Paris. Mas são Bernardo soube bem intervir contra o castrado Abelardo, que queria submeter todos os problemas ao crivo frio e sem vida de uma razão não iluminada pelas escrituras. Certamente quem aceita essas ideias perigosíssimas pode também apreciar o jogo do ignorante que ri daquilo cuja verdade única se deve saber, e nada mais, verdade que já foi dita de uma vez por todas. Assim, rindo, o ignorante diz implicitamente "Deus non est".

— Venerável Jorge, pareceis injusto quando tratais Abelardo por castrado, porque sabeis que incorreu nessa triste condição por perversidade alheia...

— Por seus pecados. Pela arrogância de sua confiança na razão do homem. Desse modo a fé dos simples foi escarnecida, os mistérios de Deus foram eviscerados (ou tentaram, tolos os que o tentaram), questões que diziam respeito às coisas altíssimas foram tratadas temerariamente, zombou-se dos padres porque tinham considerado preferível que tais questões fossem postas de lado, em vez de solucionadas.

— Não concordo, venerável Jorge. Deus quer que exercitemos nossa razão em muitas coisas obscuras sobre as quais a escritura nos deixou livres para decidir. E, quando alguém vos propõe acreditar numa proposição, deveis primeiro examinar se ela é aceitável, porque nossa razão foi criada por Deus, e aquilo que agrada à nossa razão não pode deixar de agradar à razão divina, da qual sabemos, contudo, apenas aquilo que, por analogia e frequentemente por negação, inferimos dos procedimentos de nossa razão. E então vedes que às vezes, para minar a falsa autoridade duma proposição absurda que repugna à razão, até o riso pode ser um instrumento justo. O riso serve amiúde também para confundir os maus e fazer refulgir sua estultice. Conta-se que são Mauro, posto pelos pagãos em água fervente, queixou-se de que o banho estava muito frio; o governador pagão pôs tolamente a mão na água para verificar e queimou-se. Bela ação a do santo mártir que ridicularizou os inimigos da fé.

Jorge soltou uma risota:

— Mesmo nos episódios narrados pelos pregadores encontram-se muitas invenções. Um santo imerso em água fervente sofre por Cristo e contém seus gritos, não fica pregando peças pueris aos pagãos!

— Estais vendo? — disse Guilherme. — Essa história vos parece repugnar à razão e vós a acusais de ridícula! Ainda que tacitamente e controlando os lábios, estais rindo de algo e quereis que eu também não o leve a sério. Rides do riso, mas rides.

Jorge fez um gesto de contrariedade:

— Brincando com o riso me arrastastes a discursos vãos. Mas vós sabeis que Cristo não ria.

— Não estou certo disso. Quando convidava os fariseus a jogar a primeira pedra, quando perguntava de quem era a efígie na moeda para pagar como tributo, quando brincava com as palavras e dizia "Tu es petrus", creio que dizia coisas argutas, para confundir os pecadores, para infundir coragem aos seus. Falava com argúcia também quando disse a Caifás: "Tu o disseste". E sabeis muito bem que, no momento mais aceso da luta entre cluniacenses e cistercienses, os primeiros acusaram os segundos, para torná-los ridículos, de não usarem bragas. E em *Speculum Stultorum* conta-se que o asno Brunello se pergunta o que aconteceria se à noite o vento levantasse os cobertores, e o monge visse suas partes pudendas...

Os monges ao redor riram, e Jorge enfureceu-se:

— Estais arrastando esses confrades a uma festa de loucos. Sei que entre os franciscanos é costume cativar as simpatias do povo com tolices desse gênero, mas sobre esses ludi vos direi o que diz um verso que ouvi de um de vossos pregadores: tum podex carmen extulit horridulum.

A reprimenda era um pouco forte demais, Guilherme fora impertinente, mas agora Jorge o acusava de soltar peidos pela boca. Perguntei-me se aquela resposta severa não significaria um convite, da parte do monge ancião, a sairmos do scriptorium. Mas vi Guilherme, tão combativo um pouco antes, usar agora de grande mansuetude.

— Peço-vos perdão, venerável Jorge — disse. — Minha boca traiu meus pensamentos, não queria faltar-vos com o respeito. Talvez o que dizeis seja certo, e eu estava errado.

Jorge, diante desse ato de requintada humildade, emitiu um grunhido que podia exprimir tanto satisfação como perdão e não pôde fazer outra coisa senão voltar ao seu lugar, enquanto os monges, que durante a discussão tinham-se aproximado aos poucos, refluíam às suas mesas de trabalho. Guilherme ajoelhou-se de novo diante da mesa de Venâncio e voltou a vasculhar entre os papéis. Com sua resposta humílima, Guilherme ganhara alguns segundos de tranquilidade. E o que ele viu naqueles poucos segundos inspirou suas buscas da noite que viria.

Foi, porém, um brevíssimo punctum temporis. Bêncio logo se aproximou, fingindo ter esquecido o estilo em cima da mesa quando viera para escutar a conversa com Jorge, e sussurrou a Guilherme que tinha urgência em falar-lhe, marcando encontro atrás da casa de banhos. Disse-lhe que se afastasse primeiro, e que ele iria encontrá-lo dentro em breve.

Guilherme hesitou alguns instantes, depois chamou Malaquias — que, de sua mesa de bibliotecário, perto do catálogo, seguira tudo o que havia acontecido — e pediu-lhe que, em virtude do mandato que recebera do abade (e acentuou bastante esse seu privilégio), pusesse alguém de guarda à mesa de Venâncio, porque considerava útil à sua investigação que ninguém se aproximasse dela durante todo o dia, até que ele pudesse voltar. Falou em voz alta, porque assim comprometia não só Malaquias a vigiar os monges, mas também os próprios monges a vigiar Malaquias. O bibliotecário só pôde consentir, e Guilherme afastou-se comigo.

Enquanto atravessávamos a horta e nos dirigíamos à casa de banhos, que ficava atrás da construção do hospital, Guilherme observou:

— Parece que muitos não gostam que eu ponha as mãos em alguma coisa que está em cima ou embaixo da mesa de Venâncio.

— E o que será?

— Tenho a impressão de que nem os que não gostam sabem o que é.

— Então Bêncio não tem nada a nos dizer e está apenas nos atraindo para longe do scriptorium?

— Disso logo saberemos — disse Guilherme. De fato, pouco depois Bêncio veio ter conosco.

Segundo dia

SEXTA

*Em que Bêncio faz estranho relato, pelo qual se tem conhecimento
de coisas pouco edificantes sobre a vida da abadia.*

O que Bêncio nos disse foi um tanto confuso. Parecia realmente que ele nos atraíra ali embaixo somente para nos afastar do scriptorium, mas também parecia que, incapaz de inventar um pretexto plausível, contava-nos fragmentos de uma verdade mais ampla que ele conhecia.

Disse-nos que de manhã fora reticente, mas agora, depois de madura reflexão, achava que Guilherme devia saber toda a verdade. Durante a famosa conversação sobre o riso, Berengário se referira ao "finis Africae". O que era? A biblioteca estava repleta de segredos, especialmente de livros que nunca tinham sido dados aos monges para leitura. Bêncio ficara tocado pelas palavras de Guilherme sobre o exame racional das proposições. Achava que um monge estudioso tinha o direito de conhecer tudo que a biblioteca guardava, disse palavras inflamadas contra o concílio de Soissons que condenara Abelardo, e, enquanto falava, percebemos que aquele monge ainda jovem, que se deleitava com retórica, era agitado por frêmitos de independência e lhe custava aceitar os vínculos que a disciplina da abadia impunha à curiosidade de seu intelecto. Eu sempre aprendi a desconfiar de tais curiosidades, mas bem sei que a meu mestre esse comportamento não desagradava e percebi que ele simpatizava com Bêncio e acreditava no que ele dizia. Em suma, Bêncio disse-nos não saber sobre que segredos Adelmo, Venâncio e Berengário tinham conversado, mas que não lhe desagradaria que daquela triste história adviesse um pouco de luz sobre o modo como a biblioteca era administrada, e que não deixava de ter esperanças de que meu mestre, fosse qual fosse o modo de desenredar a meada da investigação, extrairia dela elementos para estimular o abade a abrandar a disciplina intelectual que pesava sobre os monges, vindos de tão longe, como ele — acrescentou —, justamente para nutrir a mente com as maravilhas escondidas no amplo ventre da biblioteca.

Creio que Bêncio estava sendo sincero ao dizer de suas expectativas quanto à investigação. Provavelmente, porém, queria ao mesmo tempo — como Guilherme previra — reservar-se o direito de ser o primeiro a vascular a mesa de Venâncio, devorado que estava pela curiosidade; e, para manter-nos afastados dela, estava disposto a dar-nos mais informações em troca. Eis quais foram.

Berengário deixava-se consumir — agora muitos monges sabiam disso — por insana paixão por Adelmo, a mesma paixão cujos nefastos resultados a cólera divina castigara em Sodoma e Gomorra. Assim se exprimiu Bêncio, talvez por consideração à minha pouca idade. Mas quem passou a adolescência num mosteiro, mesmo mantendo-se casto, já ouviu falar de tais paixões e, às vezes, até precisou defender-se das insídias de quem era escravizado por elas. Mongezinho que era eu em Melk, acaso já não tinha recebido de um velho monge bilhetes com versos que de costume os leigos dedicam às mulheres? Os votos monacais nos mantêm afastados da cloaca de vícios que é o corpo da mulher, mas frequentemente nos conduzem para muito perto de outros erros. Enfim, acaso posso esconder de mim mesmo que minha velhice ainda hoje é agitada pelo demônio meridiano, quando, no coro, me ocorre demorar os olhos sobre o rosto imberbe de um noviço, puro e fresco como uma menina?

Digo essas coisas não para pôr em dúvida a escolha que fiz de dedicar-me à vida monástica, mas para justificar o erro de muitos para os quais esse santo fardo é pesado. Talvez para justificar o horrível crime de Berengário. Mas, segundo Bêncio, parece que aquele monge cultivava seu vício de modo ainda mais ignóbil, ou seja, usando as armas da chantagem para obter dos outros o que a virtude e o decoro lhes teriam desaconselhado dar.

Portanto, havia tempo, os monges ironizavam os olhares ternos que Berengário lançava para Adelmo, que, segundo parecia, era dotado de grande beleza. Enquanto isso, Adelmo, totalmente enamorado de seu trabalho, do qual parecia extrair seu único deleite, pouco se apercebia da paixão de Berengário. Mas talvez, quem sabe, ele ignorasse que seu espírito, no fundo, o inclinava à mesma ignomínia. O fato é que Bêncio disse ter surpreendido um diálogo entre Adelmo e Berengário, no qual Berengário, aludindo a um segredo que Adelmo lhe pedira que revelasse, propunha-lhe a torpe troca que mesmo o leitor mais inocente pode imaginar. E parece que Bêncio ouviu dos lábios de Adelmo palavras de consentimento, ditas quase com alívio. Como se — atrevia-se a dizer Bêncio — Adelmo, no fundo, não desejasse outra coisa e lhe tivesse bastado encontrar uma razão diferente do desejo carnal para consentir. Sinal — argumentava Bêncio — de que o segredo de Berengário devia dizer respeito aos arcanos da sapiência, de modo que Adelmo podia alimentar a ilusão de que se dobrava a um pecado da carne para satisfazer a um desejo do intelecto. E — acrescentou Bêncio com um sorriso — quantas vezes não fora ele próprio agitado por desejos tão violentos do intelecto que, para satisfazê--los, teria consentido em atender a desejos carnais alheios, mesmo contra seu próprio desejo carnal.

— Não há momentos — perguntou a Guilherme — em que faríeis até coisas reprováveis para ter nas mãos um livro que procurais há anos?

— O sábio e virtuosíssimo Silvestre II, séculos atrás, deu de presente uma esfera armilar preciosíssima em troca de um manuscrito, acho, de Estácio ou Lucano — disse Guilherme. Depois acrescentou com prudência: — Mas tratava-se de uma esfera armilar, não da própria virtude.

Bêncio admitiu que seu entusiasmo o arrastara longe demais e retomou o relato. Na noite anterior à morte de Adelmo, ele seguira os dois, movido pela curiosidade. E, após as completas, vira-os dirigir-se juntos para o dormitório. Esperara bastante tempo, com a porta entreaberta de sua cela, não distante da deles, e, quando o silêncio caía sobre o sono dos monges, vira claramente Adelmo esgueirar-se para a cela de Berengário. Ficara mais tempo acordado, sem poder conciliar o sono, até que ouvira a porta de Berengário abrir-se e Adelmo fugir quase correndo, enquanto o amigo tentava detê-lo. Berengário perseguira Adelmo, quando este descera para o andar inferior. Bêncio os seguira cautelosamente e, na entrada do corredor de baixo, vira que Berengário, como se tremesse, premido contra um canto, fitava a porta da cela de Jorge. Bêncio intuíra que Adelmo tinha se lançado aos pés do velho confrade para confessar-lhe seu pecado. E Berengário tremia, sabendo que seu segredo estava sendo revelado, ainda que sob o sigilo do sacramento.

Depois Adelmo saíra, palidíssimo, rechaçara Berengário que tentava falar com ele e precipitara-se para fora do dormitório, contornando a abside da igreja e entrando no coro pelo portal setentrional (que de noite fica sempre aberto). Provavelmente queria orar. Berengário o seguira, mas sem entrar na igreja, e vagava entre os túmulos do cemitério torcendo as mãos.

Bêncio não sabia o que fazer quando percebeu que uma quarta pessoa se movia nas proximidades. Ela também seguira os dois e certamente não tinha percebido a presença de Bêncio, que se mantinha em pé, encostado ao tronco de um carvalho plantado nos limites do cemitério. Era Venâncio. Quando o viu, Berengário se agachara entre os túmulos, e Venâncio entrara no coro. Nessa altura, Bêncio, temendo ser descoberto, retornara ao dormitório. Na manhã seguinte o cadáver de Adelmo tinha sido encontrado aos pés da escarpa. Mais que isso Bêncio não sabia.

Aproximava-se já a hora do almoço. Bêncio nos deixou, e meu mestre não lhe perguntou mais nada. Nós ficamos um pouco mais atrás da casa de banho, depois passeamos alguns minutos pela horta, meditando sobre as singulares revelações.

— Frângula — disse Guilherme de repente, abaixando-se para observar uma planta, que naquele dia de inverno ele reconheceu pelo arbusto. — Boa a infusão da casca para as hemorroidas. E aquela é bardana, que cicatriza os eczemas da pele.

— Sois melhor que Severino — disse-lhe eu —, mas agora dizei-me o que estais pensando sobre o que acabamos de ouvir!

— Caro Adso, precisas aprender a raciocinar com a tua cabeça. Bêncio nos disse a verdade, provavelmente. Seu relato coincide com o de Berengário, de hoje de manhã, que estava misturado a alucinações. Tenta reconstruir. Berengário e Adelmo juntos fazem uma coisa muito feia, já tínhamos intuído. E Berengário deve ter revelado a Adelmo o segredo que, infelizmente, continua sendo segredo. Adelmo, após ter cometido o crime contra a castidade e as regras da natureza, pensa apenas em se confessar com alguém que possa absolvê-lo e corre até Jorge. Este tem um temperamento muito austero — como pudemos comprovar — e certamente invectivou Adelmo com angustiantes reprimendas. Talvez não lhe dê a absolvição, talvez lhe imponha uma penitência impossível, não sabemos, nem Jorge o dirá jamais. O fato é que Adelmo vai correndo à igreja prosternar-se diante do altar, mas seu remorso não se aplaca. Nesse instante Venâncio se aproxima dele. Não sabemos o que dizem. Talvez Adelmo confidencie a Venâncio o segredo recebido de presente (ou em pagamento) de Berengário, que agora já não lhe importa, pois que ele tem um segredo seu bem mais terrível e candente. O que acontece a Venâncio? Talvez, tomado pela mesma curiosidade ardente que hoje também movia o nosso Bêncio, satisfeito com o que ficou sabendo, deixe Adelmo entregue aos remorsos. Adelmo vê-se abandonado, projeta matar-se, desce desesperado ao cemitério e ali encontra Berengário. Diz-lhe palavras tremendas, exprobra-lhe a responsabilidade, chama-o de seu mestre de torpezas. Acho até que o relato de Berengário, despojado das alucinações, foi exato. Adelmo repete-lhe as mesmas palavras de desesperança que deve ter ouvido de Jorge. E eis que Berengário se retira perturbado para um lado, e Adelmo vai para o outro, matar-se. Depois vem o resto, de que quase fomos testemunhas. Todos acreditam que Adelmo foi assassinado, Venâncio extrai daí a impressão de que o segredo da biblioteca era ainda mais importante do que ele podia acreditar, e continua a busca por conta própria. Até que alguém o detém, antes ou depois de ele ter descoberto o que queria.

— Quem o mata? Berengário?

— Pode ser. Ou Malaquias, incumbido de guardar o Edifício. Ou outro. Berengário é suspeito justamente porque está assustado e sabia que Venâncio já conhecia seu segredo. Malaquias é suspeito: responsável pela integridade da biblioteca, descobre que alguém a violou, e mata. Jorge sabe tudo de todos, conhece o segredo de Adelmo, não quer que eu descubra o que Venâncio poderia ter encontrado... Muitos fatos aconselhariam suspeitar dele. Mas dize-me como um homem cego pode matar outro que está na plenitude de suas forças, e como um velho, embora robusto, pode transportar o cadáver até a talha? Enfim, por que o assassino não poderia ser o próprio Bêncio? Poderia ter mentido, movido por fins inconfessáveis. E por que limitar as suspeitas unicamente aos que participaram da conversa sobre o riso? Talvez o crime tenha tido outros móbeis, sem nenhuma relação com a biblioteca. Em todo caso duas coisas são necessárias: saber como se entra na biblioteca à noite e ter um lume. O lume fica por tua conta. Circula pela cozinha na hora do almoço e pega um...

— Um furto?

— Um empréstimo, para maior glória do Senhor. Quanto a entrar no Edifício, vimos de onde Malaquias apareceu ontem à noite. Hoje farei uma visita à igreja e àquela capela em particular. Dentro de uma hora estaremos à mesa. Depois teremos uma reunião com o abade. Lá serás admitido, porque pedi que tivesse um secretário que tome nota do que dissermos.

Segundo dia

NONA

Em que o abade se mostra orgulhoso das riquezas de sua abadia e temeroso dos hereges, e por fim Adso desconfia que fez mal em sair pelo mundo.

Encontramos o abade na igreja, diante do altar-mor. Estava acompanhando o trabalho de alguns noviços que tinham tirado de algum recesso uma série de vasos sagrados, cálices, pátenas, ostensórios e um crucifixo que eu não vira durante o ofício matinal. Não consegui conter uma exclamação de admiração diante da fulgurante beleza daquelas alfaias sagradas. Estávamos em pleno meio--dia, e a luz entrava aos borbotões pelas janelas do coro e mais ainda pelas das fachadas, formando brancas cascatas que, qual místicas torrentes de substância divina, iam cruzar-se em vários pontos da igreja, inundando o próprio altar.

Vasos, cálices, tudo revelava sua matéria preciosa: entre o amarelo do ouro, a brancura imaculada dos marfins e a transparência do cristal, vi reluzir gemas de todas as cores e tamanhos e reconheci o jacinto, o topázio, o rubi, a safira, a esmeralda, a crisólita, o ônix, o carbúnculo, o jaspe e a ágata. E ao mesmo tempo percebi o que de manhã, absorto que estava na prece e, depois, transtornado pelo terror, eu não havia notado: o frontal do altar e mais três painéis que o coroavam eram inteiramente de ouro, enfim todo o altar parecia de ouro, de qualquer ângulo que se olhasse.

O abade sorriu ante minha admiração:

— Estas riquezas que estais vendo — disse, voltado para mim e para meu mestre — e outras que ainda vereis são herança de séculos de piedade e devoção, bem como testemunho do poder e da santidade desta abadia.

Príncipes e poderosos da terra, arcebispos e bispos sacrificaram a esta sacra mesa os anéis de suas investiduras, os ouros e as pedras que eram sinal de sua grandeza, e quiseram que aqui fossem fundidos para maior glória do Senhor e desta Sua casa. Embora hoje a abadia tenha sido afligida por outro acontecimento lutuoso, não podemos esquecer a força e o poder do Altíssimo diante de nossa fragilidade. Aproximam-se as festividades do santo Natal, e estamos começando a polir as sacras alfaias, para que o nascimento do Salvador seja festejado com todo o fausto e a magnificência que deseja e merece. Tudo deverá mostrar-se no ápice do fulgor... — acrescentou, olhando fixamente para Guilherme, e compreendi depois por que insistia tão orgulhosamente em justificar sua obra —, pois consideramos que é útil e conveniente não esconder, mas, ao contrário, proclamar as dádivas divinas.

— Claro — disse Guilherme com cortesia — se Vossa Paternidade acha que o Senhor deve ser assim glorificado, vossa abadia alcançou maior excelência nessa contribuição de louvor.

— E assim é preciso — disse o abade. — Se, por vontade de Deus ou por ordem dos profetas, usavam-se ânforas e ampolas de ouro e pequenos pilões de ouro para recolher o sangue de cabras ou bezerros ou da novilha no templo de Salomão, mais ainda se devem usar, em contínua reverência e plena devoção, vasos de ouro e pedras preciosas e tudo o que tenha maior valor dentre as coisas criadas, para acolher o sangue de Cristo! Se, numa segunda criação, nossa substância viesse a ser a mesma dos querubins e serafins, seria ainda indigno o serviço que ela poderia prestar a uma vítima tão inefável...

— Assim seja — eu disse.

— Muitos objetam que para esse sacro ofício deveriam bastar a mente santamente inspirada, o coração puro, a intenção cheia de fé. Somos os primeiros a afirmar de modo explícito e resoluto que isso é o essencial; mas estamos convencidos de que se deve prestar a homenagem também através do ornamento exterior das alfaias sagradas, porque é sumamente justo e conveniente que sirvamos ao nosso Salvador em todas as coisas, integralmente, pois Ele não se recusou a nos prover integralmente de todas as coisas e sem exceções.

— Essa sempre foi a opinião dos grandes de vossa ordem — concordou Guilherme — e lembro-me de coisas belíssimas escritas sobre os ornamentos das igrejas pelo grande e venerável abade Suger.

— Assim é — disse o abade. — Vede este crucifixo. Não está completo ainda...

Tomou-o nas mãos com infinito amor e examinou-o com o rosto iluminado de beatitude.

— Estão faltando ainda algumas pérolas aqui, não as encontrei no tamanho exato. Uma vez santo André referiu-se à cruz do Gólgota dizendo que estava adornada pelos membros de Cristo como se fossem pérolas. E de pérolas deve ser adornado este humilde simulacro daquele grande prodígio. Ainda que eu tenha achado oportuno mandar engastar, bem aqui, sobre a própria cabeça do Salvador, o mais belo diamante que já pudestes ver.

Acariciou com mãos devotas, com seus longos dedos brancos, as partes mais preciosas do lenho sagrado, ou seja, do sagrado marfim, pois desse esplêndido material eram feitos os braços da cruz.

— Quando, em meio ao deleite com todas as belezas desta casa de Deus, o encanto das pedras multicores me arrebata das lides externas e a digna meditação me induz a refletir — transferindo o que é material para o que é imaterial — sobre a diversidade das sagradas virtudes, parece-me que me encontro, por assim dizer, numa estranha região do universo que já não está de todo encerrada no barro da terra nem de todo livre na pureza do céu. E parece-me que, pela graça de Deus, posso ser transportado deste mundo inferior ao superior por via anagógica...

Falava, e tinha virado o rosto para a nave. Um jorro de luz que penetrava do alto, por especial benevolência do astro diurno, iluminava-lhe o rosto e as mãos, abertas em forma de cruz, arrebatado que estava pelo fervor.

— Toda criatura — disse —, seja ela visível ou invisível, é uma luz à qual deu ser o pai das luzes. Este marfim, este ônix e também a pedra que nos circunda são uma luz, porque percebo que são bons e belos, que existem segundo suas próprias regras de proporção, que diferem no gênero e na espécie de todos os outros gêneros e espécies, que são definidos pelo seu próprio número, que não se subtraem à sua ordem, que buscam seu lugar específico de acordo com sua gravidade. E mais se me revelam essas coisas quanto mais preciosa por sua própria natureza é a matéria que vejo, e tanto mais se torna patente o poder criador divino, porquanto, se devo elevar-me à sublimidade da causa (inacessível em sua plenitude) a partir da sublimidade do efeito, como não haveria um efeito admirável como o ouro ou o diamante de falar-me melhor da divina causalidade, se dela já conseguem falar-me até mesmo o esterco e o inseto! E, então, quando nestas pedras percebo tais coisas superiores, a alma chora, comovida de alegria, e não por vaidade terrena ou amor às riquezas, mas por amor puríssimo à causa primeira não causada.

— Realmente essa é a mais doce das teologias — disse Guilherme com perfeita humildade, e achei que estivesse usando aquela insidiosa figura de pensamento a que os retóricos chamam ironia; figura que sempre deve ser precedida da pronunciatio, que dela constitui sinal e justificação, coisa que Guilherme nunca fazia. Por essa razão, o abade, mais inclinado ao uso das figuras de palavra, tomou Guilherme ao pé da letra e acrescentou, ainda envolto no arrebatamento místico:

— É o caminho mais imediato a nos pôr em contato com o Altíssimo, teofania material.

Guilherme pigarreou educadamente. "Eh... oh...", disse. Assim fazia quando queria introduzir outro assunto. E conseguiu fazê-lo com bons modos porque era seu costume — acho que típico dos homens de sua terra — começar suas alocuções com longos gemidos preliminares, como se dar início à exposição de um pensamento completo lhe custasse grande esforço mental. No entanto, eu me convencera de que, quanto mais gemidos ele antepunha à sua asserção, mais estava seguro da boa qualidade da proposição que esta exprimia.

— Eh... oh... — disse Guilherme então. — Precisamos falar do encontro e do debate sobre a pobreza...

— A pobreza... — disse o abade ainda absorto, como se lhe custasse descer da bela região do universo para a qual suas belas gemas o tinham arrebatado. — É verdade, o encontro...

E começaram uma discussão cerrada sobre assuntos que em parte eu já conhecia e em parte consegui entender escutando o colóquio dos dois. Tratava-se, como já disse no início desta minha crônica fiel, da dupla querela que opunha, de um lado, o imperador ao papa e, de outro, o papa aos franciscanos que, no capítulo de Perúgia, ainda que com muitos anos de atraso, tinham adotado as teses dos espirituais sobre a pobreza de Cristo; e da maranha que se formara unindo os franciscanos ao império, maranha que, começando como triângulo de oposições e alianças, já se transformara num quadrado pela intervenção, para mim ainda muito obscura, dos abades da ordem de são Bento.

Nunca percebi com clareza a razão pela qual os abades beneditinos tinham dado proteção e abrigo aos franciscanos espirituais, antes mesmo que a própria ordem compartilhasse de algum modo suas opiniões. Porque, se os espirituais pregavam a renúncia a todo bem terreno, os abades de minha ordem seguiam um caminho não menos virtuoso, mas de todo oposto, e naquele mesmo dia eu tivera a luminosa confirmação disso. Mas creio que os abades achavam que um poder excessivo do papa significava um poder excessivo das cidades, ao passo que minha ordem tinha conservado intacto o seu poder durante os séculos justamente em luta contra o clero secular e os mercadores citadinos, pondo-se como mediadora direta entre o céu e a terra e conselheira dos soberanos.

Eu ouvira muitas vezes a frase segundo a qual o povo de Deus se divide em pastores (ou seja, clérigos), cães (ou seja, guerreiros) e ovelhas, o povo. Mas aprendi em seguida que essa frase pode ser dita de vários modos. Os beneditinos frequentemente não falavam de três ordens, mas de duas grandes divisões, uma que dizia respeito à administração das coisas terrenas e outra que dizia respeito à administração das coisas celestiais. No que se refere às coisas terrenas, valia a divisão entre clero, governantes leigos e povo, mas sobre esta tripartição dominava a presença do ordo monachorum, elo direto entre o povo de Deus e o céu, e os monges não tinham nada a ver com os pastores seculares, que eram os padres e os bispos, ignorantes e corruptos, agora complacentes com os interesses das cidades, onde as ovelhas já não eram tanto os bons e fiéis camponeses, mas mercadores e artesãos. À ordem beneditina não desagradava que o governo dos simples fosse confiado ao clero secular, contanto que o estabelecimento da regra definitiva dessa relação competisse aos monges, em contato direto com a fonte de todo poder terrestre, o império, assim como estavam em contato direto com a fonte de todo poder celestial. Eis por que, acredito, muitos abades beneditinos, para restabelecer a dignidade do império contra o governo das cidades (bispos e mercadores unidos), aceitaram também proteger os franciscanos espirituais, com cujas ideias não comungavam, mas cuja presença lhes era oportuna, por oferecer ao império bons silogismos contra o poder excessivo do papa.

Essas eram as razões, deduzi, pelas quais Abão estava então se dispondo a colaborar com Guilherme, enviado do imperador, para servir de mediador entre a ordem franciscana e a sede pontifícia. De fato, apesar da violência da disputa que tanto fazia periclitar a unidade da Igreja, Miguel de Cesena, tantas vezes chamado a Avinhão pelo papa João, finalmente se dispusera a aceitar o convite, porque não queria que sua ordem se colocasse em choque definitivo com o pontífice. Como geral dos franciscanos, ele queria, a um só tempo, fazer triunfar suas posições e obter a aquiescência papal, mesmo porque intuía que, sem a aquiescência do papa, não poderia permanecer muito tempo à testa da ordem.

Mas muitos lhe mostraram que o papa o esperaria na França para armar-lhe uma cilada, acusá-lo de heresia e processá-lo. E por isso aconselhavam que a ida de Miguel a Avinhão fosse precedida por algumas conversações. Marsílio tivera uma ideia melhor: enviar com Miguel um legado imperial que apresentasse ao papa o ponto de vista dos partidários do imperador. Não tanto para convencer o velho Cahors, mas para reforçar a posição de Miguel que, fazendo parte de uma legação imperial, não poderia cair presa da vingança pontifícia com tanta facilidade.

Esse projeto, no entanto, também apresentava numerosos inconvenientes e não era imediatamente realizável. Daí viera a ideia de um encontro preliminar entre os membros da legação imperial e alguns enviados do papa, para avaliar as respectivas posições e redigir os acordos para um encontro em que a segurança dos visitantes italianos fosse garantida. Da organização desse primeiro encontro o encarregado foi justamente Guilherme de Baskerville. Que deveria depois representar o ponto de vista dos teólogos imperiais em Avinhão, caso achasse que era possível empreender a viagem sem perigo. Difícil empresa, porque se supunha que o papa, que queria Miguel sozinho para poder compeli-lo mais facilmente à obediência, teria enviado à Itália uma legação instruída para levar ao malogro, dentro do possível, a viagem dos enviados imperiais à sua corte. Guilherme movera-se até então com grande habilidade. Após longas consultas a vários abades beneditinos (eis a razão das muitas etapas de nossa viagem), tinha escolhido a abadia onde estávamos justamente porque se sabia que o abade era devotadíssimo ao império e, apesar disso, graças à sua grande habilidade diplomática, não era malvisto na corte pontifícia. Território neutro a abadia, portanto, onde os dois grupos poderiam se encontrar.

Mas as resistências do pontífice não tinham terminado. Ele sabia que, instalada no território da abadia, sua legação estaria sob a jurisdição do abade, e, como dela fariam parte também membros do clero secular, ele não aceitava essa cláusula, alimentando temores de uma cilada imperial. Impusera por isso a condição de que a incolumidade de seus enviados fosse confiada a uma companhia de arqueiros do rei de França sob as ordens de pessoa de sua confiança. Sobre isso eu tinha ouvido vagamente Guilherme conversar com um embaixador do papa em Bobbio: tratara-se de definir a fórmula para estabelecer as atribuições dessa companhia, ou seja, o que se entendia por salvaguarda da incolumidade dos legados pontifícios. Fora aceita finalmente uma fórmula proposta pelos avinhoneses, que parecera razoável: os homens armados e quem os comandava teriam jurisdição "sobre todos os que de algum modo procurassem atentar contra a vida dos membros da legação pontifícia e influenciar com atos violentos seu comportamento e juízo". Então o pacto parecera inspirado em meras preocupações formais. Agora, após os fatos recentes ocorridos na abadia, o abade estava preocupado e manifestou suas dúvidas a Guilherme. Se a legação chegasse à abadia enquanto ainda era ignorado o autor dos dois crimes (no dia seguinte as preocupações do abade deveriam aumentar, porque os crimes seriam três), seria preciso admitir que estava circulando entre aqueles muros alguém capaz de influenciar, com atos violentos, o julgamento e o comportamento dos legados pontifícios.

De nada valia tentar ocultar os crimes que tinham sido cometidos, porque, se mais alguma coisa acontecesse, os legados pontifícios pensariam num complô contra eles. Portanto, as soluções eram apenas duas. Ou Guilherme descobria o assassino antes da chegada da legação (e nesse ponto o abade olhou para ele fixamente, como a repreendê-lo por não ter ainda descoberto), ou era preciso advertir com lealdade o representante do papa sobre o que estava acontecendo e pedir sua colaboração, para que a abadia fosse posta sob atenta vigilância durante o curso dos trabalhos. Coisa que desagradava ao abade, porque significava renunciar a parte de sua soberania e submeter seus monges ao controle dos franceses. Mas não convinha arriscar. Guilherme e o abade estavam ambos contrariados com o rumo que as coisas tomavam, mas tinham poucas alternativas. Combinaram, portanto, tomar uma decisão definitiva até o dia seguinte. Por enquanto não restava senão confiar na misericórdia divina e na sagacidade de Guilherme.

— Farei o possível, Vossa Paternidade — disse Guilherme. — Mas, por outro lado, não vejo como a coisa pode comprometer o encontro de verdade. Mesmo um representante papal compreenderá que há diferença entre a obra de um louco, ou de um sanguinário, ou apenas talvez de uma alma desgarrada, e os graves problemas que homens probos virão aqui discutir!

— Essa é vossa opinião? — perguntou o abade, olhando fixamente Guilherme. — Não esqueçais que os avinhoneses sabem que vão encontrar-se com menoritas, portanto com pessoas perigosamente próximas aos fraticelos e a outros mais desatinados que os fraticelos, a hereges perigosos que se macularam com crimes — e aqui o abade abaixou a voz —, perto dos quais os fatos, horríveis por sinal, que aqui ocorreram, empalidecem como névoa ao sol!

— Não é a mesma coisa! — exclamou Guilherme com vivacidade. — Não podeis pôr no mesmo nível os menoritas do capítulo de Perúgia e alguns bandos de hereges que distorceram a mensagem do evangelho, transformando a luta contra as riquezas numa série de vinganças pessoais ou de desvarios sanguinários...

— Não faz muitos anos que, a poucas milhas daqui, um desses bandos, como vós os chamais, atacou a ferro e fogo as terras do bispo de Vercelli e as montanhas de Novara — disse o abade secamente.

— Estais vos referindo a frei Dulcino e aos apostólicos...

— Aos pseudoapóstolos — corrigiu o abade. E uma vez mais eu ouvia citar frei Dulcino e os pseudoapóstolos, e uma vez mais em tom de prevenção, com um matiz de terror.

— Aos pseudoapóstolos — admitiu Guilherme de bom grado. — Mas esses não tinham nada a ver com os menoritas...

— Mas professavam a mesma reverência por Joaquim da Calábria — insistiu o abade —, e podeis perguntá-lo a vosso confrade Ubertino.

— Permito-me notar a Vossa Paternidade que agora ele é vosso confrade — disse Guilherme, com um sorriso e com uma espécie de inclinação, como para cumprimentar o abade pela aquisição que sua ordem fizera, ao acolher um homem de tamanha reputação.

— Eu sei, eu sei — sorriu o abade. — E vós sabeis com que fraterna solicitude nossa ordem acolheu os espirituais quando incorreram na ira do papa. Não estou falando somente de Ubertino, mas também de muitos outros frades mais humildes, dos quais pouco se sabe e dos quais talvez se devesse saber mais. Porque nos aconteceu de acolher trânsfugas que se apresentaram vestidos com o hábito dos menoritas, e depois fiquei sabendo que várias circunstâncias da vida deles os haviam levado, por certo tempo, para bastante perto dos dulcinistas...

— Aqui também? — perguntou Guilherme.

— Aqui também. Estou revelando algo de que, na verdade, sei muito pouco, em todo caso não o suficiente para formular acusações. Mas, visto que estais indagando sobre a vida desta abadia, é bom que também conheçais essas coisas. Então vos direi que suspeito, atenção, suspeito com base naquilo que ouvi ou adivinhei, que existiu um momento muito obscuro na vida de nosso despenseiro, que justamente chegou aqui anos atrás, seguindo o êxodo dos menoritas.

— O despenseiro? Remigio de Varagine um dulcinista? De todos os que já vi, parece-me o ser mais manso e, em todo caso, o menos preocupado com a irmã pobreza... — disse Guilherme.

— E, de fato, não posso dizer nada contra ele, valho-me de seus bons serviços, pelos quais toda a comunidade lhe é reconhecida. Mas estou dizendo isso para que entendais como é fácil encontrar conexões entre um frade e um fraticelo.

— Mais uma vez Vossa Paternidade comete uma injustiça, se assim posso dizer — interveio Guilherme. — Estávamos falando dos dulcinistas, não dos fraticelos. Dos quais muito se poderá falar, sem sequer saber de quem se está falando, porque os há de muitas espécies, mas isso não significa que sejam sanguinários. Poderão no máximo ser reprovados por colocarem em prática, sem muito tino, coisas que os espirituais pregaram com maior comedimento, animados pelo verdadeiro amor divino, e nisso admito que existem limites bastante tênues entre uns e outros...

— Mas os fraticelos são hereges! — interrompeu o abade secamente. — Não se limitam a afirmar a pobreza de Cristo e dos apóstolos, doutrina que, apesar de não ser por mim comungada, pode ser utilmente oposta à soberba avinhonesa. Os fraticelos extraem dessa doutrina um silogismo prático, inferem dela o direito à revolta, ao saque, à perversão dos costumes.

— Mas quais fraticelos?

— Todos, em geral. Sabeis que se macularam com crimes inomináveis, que não reconhecem o matrimônio, que negam o inferno, que praticam a sodomia, que abraçam a heresia bogomila do ordo Bulgarie e do ordo Drygonthie...

— Peço-vos — disse Guilherme — que não confundais coisas diferentes! Falais como se fraticelos, paterinos, valdenses, cátaros e mais os bogomilos da Bulgária e os hereges de Dragovitsa fossem todos a mesma coisa!

— E são — disse o abade secamente —, porque são hereges e porque põem em risco a ordem do mundo civil, inclusive a ordem do império que pareceis auspiciar. Cento e tantos anos atrás, os sequazes de Arnaldo de Brescia incendiaram as casas dos nobres e dos cardeais; esses foram os frutos da heresia lombarda dos paterinos. Sei de histórias terríveis sobre esses hereges, e as li em Cesário de Eisterbach. Em Verona, o cônego de são Gideão, Everardo, reparou uma vez que quem o hospedava saía todas as noites de casa com a mulher e a filha. Interrogou não sei qual dos três para saber aonde iam e o que faziam. Vem e verás, foi a resposta, e ele os seguiu a uma casa subterrânea, muito ampla, onde estavam reunidas pessoas de ambos os sexos. Um heresiarca, enquanto todos guardavam silêncio, fez um discurso repleto de blasfêmias, com o propósito de corromper a vida e os costumes dos presentes. Depois, apagada a vela, cada um deles se lançou sobre sua vizinha, sem fazer diferença entre esposa legítima e donzela, viúva e virgem, patroa e serviçal, nem (o que era pior, que Deus me perdoe por estar dizendo essas coisas horríveis) entre filha e irmã. Everardo, vendo tudo aquilo, jovem leviano e luxurioso que era, fingindo-se um discípulo, aproximou-se não sei se da filha de seu anfitrião ou de outra donzela e, apagada a vela, pecou com ela. Procedeu assim por mais de um ano, infelizmente, e por fim o mestre disse-lhe que o jovem frequentava com tanto proveito aquelas sessões, que logo estaria em condições de instruir os neófitos. Àquela altura Everardo percebeu o abismo em que tinha caído e conseguiu escapar à sedução deles, dizendo que frequentava a casa não porque fosse atraído pela heresia, mas porque se sentia atraído pelas donzelas. Foi expulso. Assim, estais vendo, é a lei e a vida dos hereges, paterinos, cátaros, joaquimitas, espirituais de todo feitio. E não há de que se admirar: não creem na ressurreição da carne e no inferno como castigo dos maus e acham que podem fazer qualquer coisa impunemente. Com efeito, dizem-se *catharoi*, isto é, puros.

— Abão — disse Guilherme —, viveis isolado nesta esplêndida e santa abadia, afastada das maldades do mundo. A vida nas cidades é muito mais complexa do que acreditais, e existem gradações, como sabeis, também no erro e no mal. Ló foi muito menos pecador que seus concidadãos que conceberam pensamentos imundos até sobre os anjos enviados por Deus, e a traição de Pedro não foi nada perto da traição de Judas, de fato um foi perdoado e o outro não. Não podeis considerar paterinos e cátaros a mesma coisa. Os paterinos são um movimento de reforma dos costumes dentro das leis da Santa Madre Igreja. Eles sempre quiseram melhorar o modo de vida dos eclesiásticos.

— Afirmando que não deviam receber os sacramentos de sacerdotes impuros...

— E erraram, mas foi seu único erro doutrinário. Nunca propuseram alterar a lei de Deus...

— Mas a pregação paterina de Arnaldo de Brescia, em Roma, há mais de duzentos anos, impeliu a turba dos rústicos a incendiar as casas dos nobres e dos cardeais.

— Arnaldo tentou arrastar em seu movimento de reforma os magistrados da cidade. Eles não o seguiram, e ele encontrou apoio entre as turbas dos pobres e dos deserdados. Não foi responsável pela energia e pela raiva com que eles responderam aos seus apelos por uma cidade menos corrupta.

— A cidade é sempre corrupta.

— A cidade é o lugar onde hoje vive o povo de Deus, do qual sois, do qual somos os pastores. É o lugar do escândalo em que o prelado rico prega a virtude ao povo pobre e faminto. As desordens dos paterinos nascem dessa situação. São tristes, não incompreensíveis. Os cátaros são outra coisa. É uma heresia oriental fora da doutrina da Igreja. Eu não sei se cometem realmente ou cometeram os crimes que lhes são imputados. Sei que recusam o casamento, que negam o inferno. Pergunto-me se não lhes foram atribuídos muitos atos que não cometeram apenas em virtude das ideias (nefandas certamente) que sustentaram.

— E estais me dizendo que os cátaros não se misturaram aos paterinos, e que ambos não são outra coisa senão duas das faces, inumeráveis, da mesma manifestação demoníaca?

— Estou dizendo que muitas dessas heresias, independentemente das doutrinas que sustentam, encontram sucesso junto aos simples, porque lhes sugerem a possibilidade de uma vida diferente. Estou dizendo que, com muita frequência, os simples não conhecem muito de doutrina. Estou dizendo que com frequência a turba dos simples confundiu a pregação cátara com a dos paterinos, e esta, em geral, com a dos espirituais. A vida dos simples, Abão, não é iluminada pela sapiência e pelo vigilante senso de distinções que nos torna sábios. E é assombrada pela doença e pela pobreza, tolhida pela ignorância. Com frequência, para muitos deles, a adesão a um grupo herege é apenas um modo como outro qualquer de gritar seu desespero. Pode-se queimar a casa de um cardeal ou por se querer aperfeiçoar a vida do clero, ou por se achar que o inferno, que ele prega, não existe. Sempre é feito porque existe o inferno terreno, onde vive o rebanho de que somos os pastores. Mas sabeis muito bem que, assim como eles não distinguem entre Igreja búlgara e sequazes do padre Liprando, muitas vezes também as autoridades imperiais e seus sustentadores não distinguiram entre espirituais e hereges. Não raro, grupos guibelinos, para derrotar seu adversário, alimentaram tendências cátaras entre o povo. A meu ver fizeram mal. Mas o que sei agora é que os mesmos grupos, muitas vezes, para se livrarem desses inquietos e perigosos adversários "simples" demais, atribuíram a uns as heresias de outros e mandaram todos para a fogueira. Eu vi, juro, Abão, vi com meus próprios olhos, homens de vida virtuosa, seguidores sinceros da pobreza e da castidade, mas inimigos dos bispos, sendo empurrados pelos bispos para as mãos do braço secular a serviço do império ou das cidades livres, acusados de promiscuidade sexual, sodomia, práticas nefandas, das quais talvez outros, mas não eles, eram os culpados. Os simples são carne de matadouro, usada para pôr em crise o poder rival e para sacrificar quando não prestam mais.

— Portanto — disse o abade com evidente malícia — frei Dulcino e seus desvairados, Gerardo Segalelli e os torpes assassinos o que foram: cátaros malvados ou fraticelos virtuosos, bogomilos sodomitas ou paterinos reformadores? Dizei-me então, Guilherme, vós que dos hereges sabeis tudo, a ponto de parecerdes um deles, onde está a verdade?

— Em nenhum lugar, às vezes — disse Guilherme com tristeza.

— Estais vendo que mesmo vós não sabeis distinguir hereges e hereges? Eu, ao menos, tenho uma regra. Sei que hereges são os que põem em risco a ordem pela qual se rege o povo de Deus. E defendo o império porque ele garante essa ordem. Combato o papa por estar entregando o poder espiritual aos bispos das cidades, que se aliam aos mercadores e às corporações e não saberão manter essa ordem. Nós a mantivemos por séculos. E, quanto aos hereges, também tenho uma regra, que se resume na resposta que Arnaldo Amalric, abade de Cister, deu a quem lhe perguntava o que fazer dos cidadãos de Béziers, cidade suspeita de heresia: matai-os todos, Deus reconhecerá os seus.

Guilherme abaixou os olhos e permaneceu um tempo em silêncio. Depois disse:

— A cidade de Béziers foi tomada, e os nossos não respeitaram nem dignidade, nem sexo, nem idade, e quase vinte mil homens morreram a fio de espada. Feito o massacre, a cidade foi saqueada e queimada.

— Mesmo uma guerra santa é guerra.

— Mesmo uma guerra santa é guerra. Por isso talvez não devesse haver guerras santas. Mas o que estou dizendo? Estou aqui para defender os direitos de Ludovico, que no entanto está incendiando a Itália. Eu também me encontro preso num jogo de estranhas alianças. Estranha aliança a dos espirituais com o império, estranha a do império com Marsílio, que pede soberania para o povo. E estranha a de nós dois, que somos tão diferentes nos propósitos e na tradição. Mas temos duas tarefas em comum. O sucesso do encontro e a descoberta de um assassino. Tentemos proceder em paz.

O abade abriu os braços.

— Dai-me o beijo da paz, frei Guilherme. Com um homem do vosso saber poderíamos discutir longamente sobre sutis questões de teologia e de moral. Mas não devemos ceder ao gosto da disputa como fazem os mestres de Paris. É verdade, temos uma tarefa importante a nos aguardar e devemos proceder de comum acordo. Mas falei sobre essas coisas porque acredito que há uma relação entre elas, uma relação possível, ou seja, que outros podem estabelecer uma relação entre os crimes que aqui ocorreram e as teses de vossos confrades. Por isso vos avisei, por isso devemos prevenir qualquer suspeita ou insinuação de parte dos avinhoneses.

— Não deveria supor que Vossa Paternidade também me sugeriu uma pista de investigação? Considerais que na origem dos recentes acontecimentos pode haver alguma história obscura que remonta ao passado herético de algum monge?

O abade calou-se por alguns instantes, olhando Guilherme sem que nenhuma expressão transparecesse em seu rosto. Depois disse:

— Nestas tristes circunstâncias, o inquisidor sois vós. A vós compete suspeitar e até arriscar uma suspeita injusta. Eu aqui sou apenas o pai de todos. E, digo mais, se tivesse sabido que o passado de um dos meus monges se prestava a suspeitas fundadas, já teria arrancado a erva daninha... O que sei, sabeis. O que não sei, é justo que venha à luz graças à vossa sagacidade. Mas em todo caso informai-vos sempre e especialmente a mim.

Cumprimentou e saiu da igreja.

— A história está ficando mais complicada, caro Adso — disse Guilherme com o rosto sombrio. — Corremos atrás de um manuscrito, interessamo-nos pelas diatribes de alguns monges muito curiosos e pelas histórias de outros monges muito luxuriosos, e eis que se delineia com crescente insistência mais uma pista, completamente diferente. O despenseiro, então... E com o despenseiro chegou aqui aquele estranho animal, Salvatore... Mas agora precisamos ir descansar, porque combinamos passar a noite acordados.

— Mas ainda pretendeis entrar na biblioteca, à noite? Não abandonastes essa primeira pista?

— De jeito nenhum. E quem disse que se trata de duas pistas diferentes? E, por fim, a história do despenseiro poderia ser só uma suspeita do abade.

Rumou para o albergue dos peregrinos. Chegando à soleira, parou e falou como se continuasse a conversa de antes:

— No fundo, o abade pediu-me que investigasse a morte de Adelmo quando pensava que estava acontecendo algo escuso entre seus jovens monges. Mas agora a morte de Venâncio faz brotar outras suspeitas, talvez o abade tenha intuído que a chave do mistério está na biblioteca, e sobre isso não quer que eu indague. E então me ofereceu a pista do despenseiro para desviar minha atenção do Edifício...

— Mas por que não iria querer que...

— Não faças perguntas demais. O abade disse-me desde o início que na biblioteca não se toca. Terá suas boas razões. Pode ser que ele também esteja envolvido em algum fato que achava não ter relação com a morte de Adelmo, e agora perceba que o escândalo está se ampliando e pode envolvê-lo também. E não quer que se descubra a verdade, ou pelo menos não quer que eu a descubra...

— Mas então vivemos num lugar esquecido por Deus — eu disse, desanimado.

— E encontraste porventura algum em que Deus se sentiria à vontade? — perguntou Guilherme, olhando-me do alto de sua estatura.

Depois me mandou ir descansar. Enquanto me deitava, cheguei à conclusão de que meu pai não deveria ter-me mandado sair pelo mundo, que era mais complicado do que pensava. Estava aprendendo coisas demais.

— Salva me ab ore leonis — rezei, adormecendo.

Segundo dia

DEPOIS DAS VÉSPERAS

De como, malgrado a brevidade do capítulo, o ancião Alinardo conta coisas bastante interessantes sobre o labirinto e o modo de nele penetrar.

Acordei quando quase soava a hora da refeição vespertina. Sentia-me entorpecido pelo sono, porque o sono diurno é como o pecado da carne: quanto mais se teve, mais se gostaria de ter, contudo nos deixa infelizes, satisfeitos e insatisfeitos ao mesmo tempo. Guilherme não estava em sua cela, evidentemente se levantara bem antes. Depois de vagar um pouco, encontrei-o a sair do Edifício. Disse-me que estivera no scriptorium, folheando o catálogo e observando o trabalho dos monges, na tentativa de aproximar-se da mesa de Venâncio para retomar a inspeção. Mas que, por um motivo ou por outro, cada um parecia ter a intenção de não o deixar bisbilhotar nos papéis. Primeiro Malaquias se aproximara, para mostrar-lhe algumas miniaturas de valor. Depois Bêncio o mantivera ocupado com pretextos insignificantes. Depois ainda, quando tinha se abaixado para retomar suas inspeções, Berengário se pôs a rodeá-lo, oferecendo colaboração.

Finalmente Malaquias, vendo que meu mestre parecia seriamente disposto a ocupar-se das coisas de Venâncio, tinha lhe dito claramente que, antes de remexer entre os papéis do morto, era melhor obter a autorização do abade; que ele próprio, não obstante fosse o bibliotecário, se abstivera disso, por respeito e disciplina; e que, em todo caso, ninguém se aproximara daquela mesa, como Guilherme pedira, e ninguém se aproximaria dali enquanto o abade não interviesse. Guilherme ponderou que o abade lhe dera licença de investigar por toda a abadia, Malaquias perguntara, não sem malícia, se o abade também lhe tinha dado licença para circular livremente pelo scriptorium ou, Deus não o permitisse, pela biblioteca. Guilherme entendera que não era o caso de insistir em medir forças com Malaquias, ainda que toda a movimentação e os temores em torno dos papéis de Venâncio tivessem naturalmente intensificado seu desejo de tomar conhecimento deles. Mas tal era sua determinação de retornar lá à noite, não sabia ainda como, que decidira não criar incidentes. Alimentava, porém, claros pensamentos de desforra que, se não fossem inspirados, como eram, pela sede de verdade, teriam parecido muito obstinados e talvez reprováveis.

Antes de entrarmos no refeitório, fizemos um pequeno passeio pelo claustro, para dissolvermos os vapores do sono no ar frio da tardinha. Por ali ainda andavam alguns monges em meditação. No jardim diante do claustro avistamos o velho Alinardo de Grotaferrata que, já imbecilizado, transcorria grande parte do dia entre as plantas, quando não estava rezando na igreja. Parecia não sentir frio e estava sentado na parte externa da alpendrada.

Guilherme dirigiu-lhe algumas palavras de saudação, e o velho pareceu contente que alguém conversasse com ele.

— Belo dia — disse Guilherme.

— Graças a Deus — respondeu o velho.

— Belo no céu, mas escuro na terra. O senhor conhecia bem Venâncio?

— Que Venâncio? — disse o velho. Depois uma luz se acendeu em seus olhos. — Ah, o rapaz morto. A besta está solta na abadia...

— Que besta?

— A grande besta que vem do mar... Sete cabeças e dez cornos e sobre os cornos dez diademas e sobre as cabeças três nomes de blasfêmia. A besta que parece um leopardo, com pés semelhantes aos do urso e a boca do leão... Eu a vi.

— Onde a viu? Na biblioteca?

— Biblioteca? Por quê? Há anos que não vou ao scriptorium e nunca vi a biblioteca. Ninguém entra na biblioteca. Eu conheci os que subiam à biblioteca...

— Quem, Malaquias, Berengário?

— Oh, não... — O velho riu com voz roufenha. — Antes. O bibliotecário que veio antes de Malaquias, faz muito tempo...

— Quem era?

— Não me lembro, morreu quando Malaquias ainda era jovem. E o que veio antes do mestre de Malaquias e era ajudante de bibliotecário jovem quando eu era jovem... Mas na biblioteca eu nunca pus os pés. Labirinto...

— A biblioteca é um labirinto?

— Hunc mundum tipice laberinthus denotat ille — recitou absorto o ancião. — Intranti largus, redeunti sed nimis artus. A biblioteca é um grande labirinto, signo do labirinto do mundo. Entras e não sabes se sairás. Não se deve violar as colunas de Hércules...

— Então não sabeis como se entra na biblioteca quando as portas do edifício estão fechadas?

— Oh, sim — riu o velho —, muita gente sabe. Vai pelo ossário. Podes passar pelo ossário, mas não queres passar pelo ossário. Os monges mortos vigiam.

— São esses os monges mortos que vigiam, e não os que vagam de noite com um lume pela biblioteca?

— Com um lume? — O velho pareceu surpreso. — Nunca ouvi essa história. Os monges mortos estão no ossário, os ossos descem aos poucos do cemitério e se ajuntam ali para guardar a passagem. Nunca viste o altar da capela que leva ao ossário?

— É a terceira à esquerda depois do transepto, não é?

— A terceira? Talvez. É aquela que tem a pedra do altar esculpida com mil esqueletos. O quarto crânio à direita, aperta nos olhos... E estás no ossário. Mas ninguém vai lá, eu nunca fui. O abade não quer.

— E a besta, onde vistes a besta?

— A besta? Ah, o Anticristo... Ele está para vir, o milênio terminou, estamos à espera...

— Mas o milênio terminou há trezentos anos, e então não veio...

— O Anticristo não vem depois que terminam os mil anos. Terminados os mil anos, tem início o reino dos justos, depois vem o Anticristo para vencer os justos, e depois será a batalha final...

— Mas os justos reinarão por mil anos — disse Guilherme. — Ou então reinaram da morte de Cristo até o fim do primeiro milênio, e daí então é que devia vir o Anticristo, ou não reinaram ainda, e o Anticristo está distante.

— Não se computa o milênio a partir da morte de Cristo, mas da doação de Constantino. São agora os mil anos...

— E então acaba o reino dos justos?

— Não sei, não sei mais... Estou cansado. O cálculo é difícil. Beato de Liébana fez esse cálculo, pergunta a Jorge, ele é jovem, lembra bem... Mas os tempos estão maduros. Não escutaste as sete trombetas?

— Por que as sete trombetas?

— Não ouviste como morreu o outro moço, o miniaturista? O primeiro anjo soprou a primeira trombeta e dela saiu granizo e fogo misturado a sangue. E o segundo anjo soprou a segunda trombeta e a terceira parte do mar virou sangue... Não morreu num mar de sangue o segundo moço? Cuidado com a terceira trombeta! Morrerá a terça parte das criaturas que vivem no mar. Deus está nos punindo. O mundo em torno da abadia está infestado pela heresia, contaram-me que no trono de Roma está um papa perverso que usa as hóstias para práticas de necromancia e com elas alimenta as suas moreias... E aqui alguém violou a proibição, rompeu os selos do labirinto...

— Quem disse?

— Eu ouvi, todos sussurram que o pecado entrou na abadia. Tens grãos-de-bico?

A pergunta, dirigida a mim, deixou-me surpreso.

— Não, não tenho grãos-de-bico — eu disse, confuso.

— Da próxima vez, traze-me uns grãos-de-bico. Fico com eles na boca, olha a minha pobre boca sem dentes, até que amoleçam todos. Estimulam a saliva, aqua fons vitae. Amanhã me trarás grãos-de-bico?

— Amanhã vos trarei grãos-de-bico — disse-lhe eu.

Mas ele estava cochilando. Nós o deixamos para ir ao refeitório.

— O que pensais do que foi dito? — perguntei a meu mestre.

— Ele goza da divina loucura dos centenários. Difícil distinguir o verdadeiro do falso em suas palavras. Mas creio que ele nos disse alguma coisa sobre o modo de entrar no Edifício. Vi a capela de que Malaquias saiu ontem à noite. Ali existe de fato um altar de pedra, e na base há crânios esculpidos. À noite experimentaremos.

Segundo dia

COMPLETAS

De como se entra no Edifício, descobre-se um visitante misterioso, encontra-se uma mensagem secreta com signos de necromante, e de como desaparece, tão logo encontrado, um livro que será depois procurado em muitos outros capítulos, e não será a última vicissitude o furto das preciosas lentes de Guilherme.

A ceia foi triste e silenciosa. Passara-se pouco mais de doze horas desde que se descobrira o cadáver de Venâncio. Todos olhavam de soslaio para seu lugar vazio à mesa. Quando chegou a hora das completas, o cortejo que se dirigiu ao coro parecia um desfile fúnebre. Participamos do ofício na nave e de olho na terceira capela. A luz era pouca, e, quando vimos Malaquias emergir do escuro e dirigir-se ao seu assento, não pudemos distinguir de onde exatamente estava saindo. Assim mesmo, nos metemos na sombra, escondendo-nos na nave lateral, para que ninguém visse que ficávamos ali, terminado o ofício. Eu tinha no escapulário o lume que subtraíra à cozinha durante a ceia. Depois o acenderíamos no tripé de bronze que ficava aceso a noite inteira. Eu tinha um pavio novo e muito azeite. Teríamos luz por bastante tempo.

Eu estava inquieto demais com o que pretendíamos fazer para prestar atenção à cerimônia, que terminou sem que eu quase percebesse. Os monges baixaram os capuzes sobre o rosto e saíram em fila para suas celas. A igreja ficou deserta, iluminada pelo clarão do tripé.

— Vamos — disse Guilherme. — Mãos à obra.

Dirigimo-nos à terceira capela. A base do altar era realmente semelhante a um ossário, uma série de caveiras de órbitas vazias e profundas incutiam temor em quem as olhasse, pousadas que estavam em relevo admirável sobre um amontoado de tíbias. Guilherme repetiu em voz baixa as palavras que ouvira de Alinardo (quarta caveira à direita, apertar os olhos). Introduziu os dedos nas órbitas daquele rosto descarnado, e logo ouvimos um rangido rouco. O altar moveu-se girando sobre um eixo oculto, deixando entrever uma abertura escura. Ao iluminá-la com o lume surrupiado, avistamos alguns degraus úmidos. Decidimos descê-los, após discutirmos se devíamos fechar a passagem depois de entrarmos. Melhor não, disse Guilherme, não sabíamos se poderíamos reabri-la depois. E, quanto ao risco de sermos descobertos, se alguém chegasse àquela hora para manobrar o mesmo mecanismo, era porque sabia como entrar e não seria detido por uma passagem fechada.

Descemos mais de uma dezena de degraus e penetramos num corredor em cujas laterais se abriam nichos horizontais, como mais tarde me ocorreu ver em muitas catacumbas. Mas era a primeira vez que eu penetrava num ossário e senti muito medo. Os ossos dos monges, desenterrados, tinham sido recolhidos ali ao longo dos séculos e amontoados nos nichos, sem que se tentasse recompor a figura dos corpos. Alguns nichos, porém, tinham apenas ossos miúdos; outros, apenas caveiras, bem empilhadas em forma de pirâmide, para não caírem umas sobre as outras, e aquele era um espetáculo aterrorizante de verdade, especialmente com o jogo de luz e sombra que o lume criava ao longo de nosso caminho. Num dos nichos vi apenas mãos, muitas mãos, já irremediavelmente entrelaçadas, num entrançamento de dedos mortos. Soltei um grito, naquele lugar de mortos, quando por um instante tive a impressão de que havia algo vivo, um chiado, e um rápido movimento na sombra.

— Ratos — tranquilizou-me Guilherme.

— O que os ratos estão fazendo aqui?

— Passando, como nós, porque o ossário conduz ao Edifício, portanto à cozinha. E aos bons livros da biblioteca. E agora entendes por que Malaquias tem o rosto tão austero. Seu ofício o obriga a passar por aqui duas vezes por dia, à tarde e de manhã. Ele sim é que não tem do que rir.

— Mas por que o evangelho nunca diz que Cristo ria? — perguntei, sem nenhuma boa razão. — O que Jorge diz é verdade?

— Legiões já se perguntaram se Cristo riu ou não. A coisa não me interessa muito. Acho que nunca riu porque, onisciente como devia ser o filho de Deus, sabia o que faríamos nós, cristãos. Mas eis que chegamos.

E de fato, graças a Deus, o corredor tinha acabado, começava uma nova série de degraus; percorridos estes, apenas tivemos de empurrar uma porta de madeira dura, reforçada de ferro, e nos achamos atrás da chaminé da cozinha, bem debaixo da escada em caracol que subia ao scriptorium. Enquanto subíamos pareceu-nos ouvir um ruído lá em cima.

Estacamos por um instante, em silêncio, depois eu disse:

— É impossível. Ninguém entrou antes de nós...

— Admitindo-se que esta seja a única via de acesso ao Edifício. Nos séculos passados isto era uma fortaleza e deve ter mais passagens secretas do que sabemos. Vamos subir devagar. Mas temos pouca escolha. Se apagarmos o lume, não vamos saber aonde estamos indo, se o mantivermos aceso, vamos chamar a atenção de quem está em cima. A única esperança é que, se houver alguém, ele tenha mais medo do que nós.

Chegamos ao scriptorium, emergindo do torreão meridional. A mesa de Venâncio ficava exatamente do lado oposto. Andando, não iluminávamos mais do que algumas braças de parede em volta, porque a sala era muito ampla. Esperávamos que não houvesse ninguém no pátio que pudesse enxergar a luz através das janelas. A mesa parecia em ordem, mas Guilherme se abaixou logo para examinar as folhas na estante inferior e teve uma exclamação de desapontamento.

— Falta alguma coisa? — perguntei.

— Hoje vi aqui dois livros, e um era em grego. E é esse que está faltando. Alguém o tirou, e com muita pressa, porque um pergaminho caiu ao chão.

— Mas se a mesa estava sendo vigiada...

— Claro. Talvez alguém o tenha surrupiado há pouco. Talvez ainda esteja por aqui. — Virou para as sombras e sua voz ressoou entre as colunas: — Se há alguém aqui, que se cuide!

Pareceu-me uma boa ideia: como Guilherme já dissera, é sempre melhor que quem nos dá medo tenha mais medo que nós.

Guilherme pousou a folha que encontrara aos pés da mesa e aproximou o rosto. Pediu-me que a iluminasse. Avizinhei o lume e vi uma página em branco na primeira metade; na metade de baixo, estava coberta de caracteres extremamente miúdos, cuja origem reconheci a custo.

— É grego? — perguntei.

— Sim, mas não estou entendendo direito. — Tirou do hábito as suas lentes e encavalou-as firmemente no nariz, depois aproximou ainda mais o rosto.

— É grego, escrito com letra muito pequena e ainda por cima desordenadamente. Mesmo com as lentes é difícil ler, precisaria de mais luz. Aproxima-te...

Tinha pegado a folha e a segurava diante do rosto, e eu, estouvado, em vez de ficar atrás dele, elevando o lume acima de sua cabeça, fui me pôr bem à sua frente. Ele me pediu que fosse para o lado e, ao fazê-lo, encostei a chama na parte de trás da folha. Guilherme deu-me um empurrão, perguntando se eu queria queimar o manuscrito, depois soltou uma exclamação. Vi claramente que na parte superior da página tinham aparecido alguns signos imprecisos de uma cor amarelo-acastanhada. Guilherme pediu-me o lume e o moveu para trás da folha, mantendo a chama bastante próxima da superfície do pergaminho, de modo que a aquecesse sem tocar nela. Lentamente, como se uma mão invisível estivesse traçando, vi que no verso branco da folha se desenhavam, uma a uma, as palavras "Mane, Tekel, Fares", à medida que Guilherme movia o lume, e, enquanto a fumaça que brotava do ápice da chama enegrecia o anverso, surgiam traços que não se pareciam com os de nenhum alfabeto, a não ser com o dos necromantes.

— Fantástico! — disse Guilherme. — Cada vez mais interessante! — Olhou à sua volta: — Mas será melhor não expor esta descoberta às insídias de nosso anfitrião misterioso, se ainda está aqui...

Tirou as lentes e as pôs na mesa, depois enrolou com cuidado o pergaminho e o escondeu no hábito. Ainda pasmo com aquela sequência de acontecimentos por assim dizer milagrosos, estava para pedir-lhe mais explicações quando um barulho repentino e seco nos distraiu. Vinha dos pés da escada oriental que conduzia à biblioteca.

— O nosso homem está lá, pega-o! — gritou Guilherme e saímos correndo para aquela direção, ele mais depressa, eu mais devagar porque portava o lume. Ouvi um estrondo de pessoa que tropeça e cai, corri, encontrei Guilherme aos pés da escada a observar um pesado volume de capa reforçada por tachas de metal. No mesmo instante ouvimos outro ruído na direção de onde tínhamos vindo.

— Como eu sou idiota! — gritou Guilherme —, rápido, à mesa de Venâncio!

Entendi, alguém que estava na sombra atrás de nós jogara o volume com o objetivo de nos atrair para longe.

Mais uma vez Guilherme foi mais rápido que eu e voltou à mesa. Ao segui-lo, vi entre as colunas uma sombra que fugia pela escada do torreão ocidental. Tomado de ardor guerreiro, pus o lume na mão de Guilherme e atirei-me às cegas para a escada por onde descera o fugitivo. Naquele momento sentia-me como um soldado de Cristo em luta com todas as legiões infernais e ardia de desejo de pôr as mãos sobre o desconhecido e entregá-lo a meu mestre. Quase rolei escada abaixo, tropeçando na barra de meu hábito (aquele foi o único momento de minha vida, juro, em que lamentei ter entrado numa ordem monástica!), mas naquele mesmo instante — e o pensamento passou como um raio — consolei-me com a ideia de que o meu adversário também devia estar passando pelo mesmo embaraço. E, de mais a mais, se tinha pegado o livro, devia ter as mãos ocupadas. Cheguei quase correndo à cozinha, atrás do forno do pão e, à luz da noite estrelada que iluminava palidamente o vasto saguão, vi a sombra que eu perseguia meter-se pela porta do refeitório e fechá-la atrás de si. Corri até ela, pelejei alguns segundos para abri-la, entrei, olhei em volta e não vi mais ninguém. A porta que dava para fora ainda estava com tranca. Virei-me. Sombra e silêncio. Avistei um clarão vindo da cozinha e encostei-me na parede. Na soleira de passagem entre os dois ambientes surgiu um vulto iluminado por um lume. Gritei. Era Guilherme.

— Não há mais ninguém? Já previa. Ele não saiu por nenhuma porta. Não enveredou pela passagem do ossário?

— Não, saiu por aqui, mas não sei por onde.

— Eu te disse, há outras passagens, e é inútil procurá-las. Talvez o nosso homem esteja reemergindo nalgum lugar distante. E com ele as minhas lentes.

— As vossas lentes?

— Isso mesmo. O nosso amigo não pôde tirar-me a folha, mas, com grande presença de espírito, ao passar, agarrou as minhas lentes que estavam sobre a mesa.

— E por quê?

— Porque não é bobo. Ouviu-me falando destes apontamentos, compreendeu que eram importantes, concluiu que sem as lentes eu não estaria em condições de decifrá-los e sabe, por certo, que eu não teria a confiança de mostrá-los a ninguém. De fato, agora é como se eu não os tivesse.

— Mas como é que ele ficou sabendo das vossas lentes?

— Ora, à parte o fato de termos falado delas ontem com o mestre vidreiro, pela manhã no scriptorium eu as usei para vasculhar os papéis de Venâncio. Portanto, há muitas pessoas que poderiam saber como aqueles objetos eram preciosos. E realmente eu poderia até ler um manuscrito normal, mas não este — e começou a desenrolar novamente o misterioso pergaminho —, em que o trecho em grego é muito pequeno, e a parte superior é muito incerta...

Mostrou-me os signos misteriosos que tinham aparecido como por encanto sob o calor da chama:

— Venâncio queria esconder um segredo importante e usou uma dessas tintas que escrevem sem deixar traço e reaparecem com o calor. Ou então usou suco de limão. Mas, como não sei que substância usou e se os signos poderiam reaparecer, depressa, tu que tens a vista boa, copia logo do modo mais fiel que puderes e, por favor, um pouco maiores.

E assim fiz, sem saber o que estava copiando. Tratava-se de uma série de quatro ou cinco linhas que realmente pareciam bruxaria, e transcrevo agora apenas os primeiros signos, para dar ao leitor uma ideia do enigma que tínhamos diante dos olhos:

♐︎ ☉ ♏︎ ☿ ♒︎ ♓︎   ♂︎ ♋︎ ♈︎ ♃︎   ♀︎ ♀︎ ♏︎ ♃︎ ♌︎ ♀︎ ☉

Quando acabei de copiar, Guilherme olhou, sem as lentes infelizmente, segurando a minha tabuinha a boa distância do nariz.

— É certamente um alfabeto secreto que será preciso decifrar — disse. — Os signos estão mal traçados, e talvez tu os tenhas piorado ao copiar, mas trata-se certamente de um alfabeto zodiacal. Estás vendo? Na primeira linha temos... — afastou mais a folha, apertou os olhos e com um esforço de concentração: — Sagitário, Sol, Mercúrio, Escorpião...

— E o que significam?

— Se Venâncio fosse ingênuo, teria usado o alfabeto zodiacal mais comum: A igual a Sol, B igual a Júpiter... A primeira linha então seria lida... tenta transcrever: RAIQASVL...

Interrompeu-se. Depois:

— Não, não quer dizer nada, e Venâncio não era ingênuo. Reformulou o alfabeto de acordo com outra chave. Terei de descobri-la.

— É possível? — perguntei, admirado.

— Sim, caso se conheça um pouco da sabedoria dos árabes. Os melhores tratados de criptografia são obra de sábios infiéis, e em Oxford consegui que me lessem alguns deles. Bacon tinha razão ao dizer que a conquista do saber passa pelo conhecimento das línguas. Abu Bakr Alimad ben Ali ben Washiyya an-Nabati escreveu séculos atrás um *Livro do frenético desejo do devoto de aprender os enigmas das antigas escritas* e expôs muitas regras para compor e decifrar alfabetos misteriosos, bons para a prática de magia, mas também para a correspondência entre os exércitos, ou entre reis e seus embaixadores. Vi outros livros árabes que enumeram uma série de artifícios bastante engenhosos. Podes, por exemplo, substituir uma letra por outra, podes escrever uma palavra ao contrário, podes colocar as letras em ordem inversa, mas pegando uma sim e uma não, e depois recomeçando tudo; podes, como neste caso, substituir as letras por signos zodiacais, mas atribuindo às letras ocultas o seu valor numérico e depois, de acordo com outro alfabeto, converter os números em novas letras...

— E qual desses sistemas terá usado Venâncio?

— Seria preciso experimentar todos, e outros ainda. Mas a primeira regra para decifrar uma mensagem é adivinhar o que ela quer dizer.

— Mas então não há mais necessidade de decifrá-la! — eu disse, rindo.

— Não nesse sentido. É possível formular hipóteses sobre quais poderiam ser as primeiras palavras da mensagem e depois ver se a regra inferida vale para todo o resto do escrito. Por exemplo, aqui Venâncio certamente anotou a chave para penetrar no finis Africae. Se eu tentar pensar que a mensagem fala disso, eis que sou iluminado de repente por um ritmo... Experimenta olhar as primeiras três palavras, não consideres as letras, considera apenas o número dos signos... IIIIIIII IIII IIIIIII... Agora experimenta dividir em sílabas de pelo menos dois signos cada uma, e recita em voz alta: ta-ta-ta, ta-ta, ta-ta-ta... Não te vem nada à cabeça?

— A mim não.

— A mim sim. *Secretum finis Africae*... Mas, se assim fosse, a última palavra deveria ter a primeira e a sexta letras iguais, e assim é de fato, eis duas vezes o símbolo da Terra. E a primeira letra da primeira palavra, o S, deveria ser igual à última da segunda: e de fato, eis repetido o signo de Virgem. Talvez seja o caminho correto. Porém poderia tratar-se de uma série de coincidências. É preciso encontrar uma regra de correspondência...

— Encontrá-la onde?

— Na cabeça. Inventá-la. E depois ver se é a verdadeira. Mas, entre uma prova e outra, o jogo poderia consumir um dia inteiro. Não mais que isso, porque — lembra-te — não há escrita secreta que não possa ser decifrada com um pouco de paciência. Mas agora estamos arriscados a nos atrasar e pretendemos visitar a biblioteca. Tanto mais que, sem lentes, não conseguirei nunca ler a segunda parte da mensagem, e tu não podes me ajudar porque esses signos, aos teus olhos...

— Graecum est, non legitur — completei humilhado.

— Justamente, e vês que Bacon tinha razão. Estuda! Mas não desanimemos. Vamos guardar o pergaminho e os teus apontamentos e subir à biblioteca. Porque esta noite nem mesmo dez legiões infernais conseguirão nos segurar.

Persignei-me.

— Mas quem pode ter chegado antes de nós aqui? Bêncio?

— Bêncio ardia de vontade de saber o que havia entre os papéis de Venâncio, mas não me pareceu ter jeito de quem nos pregaria peças tão maliciosas. No fundo, havia nos proposto uma aliança e, além disso, não me pareceu ter coragem de entrar à noite no Edifício.

— Berengário, então? Ou Malaquias?

— Berengário parece ter índole para fazer coisas desse gênero. No fundo, é corresponsável pela biblioteca, está roído de remorso por ter traído algum segredo dela, achava que Venâncio tinha subtraído aquele livro e talvez quisesse recolocá-lo na estante. Não conseguiu subir, agora está escondendo o volume nalgum lugar e poderemos pegá-lo em flagrante, se Deus nos ajudar, quando tentar devolvê-lo.

— Mas poderia ser Malaquias também, movido pelas mesmas intenções.

— Eu diria que não. Malaquias teve todo o tempo de que precisava para vasculhar a mesa de Venâncio quando ficou sozinho para fechar o Edifício. Eu sabia disso muito bem e não tinha como evitar. Agora sabemos que não o fez. E, se pensares bem, não temos motivos para suspeitar que Malaquias soubesse que Venâncio entrara na biblioteca para surrupiar algo. Berengário e Bêncio sabem disso; e sabemos tu e eu. Após a confissão de Adelmo, Jorge poderia sabê-lo, mas decerto não era ele o homem que se arrojava com tanto furor escada abaixo...

— Berengário ou Bêncio então...

— E por que não Pacífico de Tivoli ou outro monge que vimos hoje aqui? Ou Nicolau, o vidreiro, que sabe de meus óculos? Ou aquele sujeito esquisito, Salvatore, que nos disseram ficar vagando durante a noite quem sabe para quê? Precisamos ficar atentos e não restringir o campo dos suspeitos só porque as revelações de Bêncio nos orientaram numa única direção. Bêncio talvez estivesse querendo nos confundir.

— Mas pareceu-vos sincero.

— Certo. Mas lembra-te de que o primeiro dever de um bom inquisidor é o de suspeitar antes daqueles que parecem sinceros.

— Duro trabalho o do inquisidor — eu disse.

— Por isso o abandonei. E como estás vendo, cabe-me retomá-lo. Mas vamos à biblioteca.

Segundo dia

MADRUGADA

*Quando finalmente se penetra no labirinto, têm-se estranhas visões e,
tal como acontece nos labirintos, fica-se perdido.*

Subimos de novo ao scriptorium, desta vez pela escada do lado oriental, que também dava para o andar proibido, com o lume alto diante de nós. Eu pensava nas palavras de Alinardo sobre o labirinto e esperava coisas assustadoras.

Fiquei surpreso, quando emergimos no lugar onde não devêramos ter entrado, por encontrar-me numa sala de sete lados, não muito ampla, sem janelas, em que reinava, como de resto no andar inteiro, um forte odor de ranço ou de mofo. Nada de aterrador.

A sala, como disse, tinha sete paredes, mas em apenas quatro delas, entre duas colunazinhas adossadas à parede, havia uma abertura, uma passagem bastante ampla encimada por um arco pleno. Ao longo das paredes fechadas encostavam-se enormes armários, carregados de livros dispostos com regularidade. Os armários traziam uma cártula numerada, assim como cada uma de suas estantes; evidentemente, os mesmos números que tínhamos visto no catálogo. No meio da sala, uma mesa, esta também repleta de livros. Sobre todos os volumes, um véu bem leve de poeira, sinal de que os livros eram limpos com certa frequência. E mesmo no chão não havia sujeira de nenhuma espécie. Sobre o arco de uma das portas uma grande cártula, pintada na parede, continha as palavras: *Apocalypsis Iesu Christi*. Não parecia desbotada, ainda que os caracteres fossem antigos. Percebemos depois, também nas outras salas, que as cártulas, na verdade, estavam gravadas profundamente na pedra e depois os sulcos tinham sido preenchidos com tinta.

Atravessamos uma das aberturas. Encontramo-nos em outra sala, na qual se abria uma janela que, em vez de vidros, tinha lâminas de alabastro, com duas paredes fechadas e uma passagem do mesmo tipo daquela que acabáramos de atravessar, que dava para outra sala que, por sua vez, tinha também duas paredes fechadas, uma parede com janela e outra porta que se abria diante de nós. Nas duas salas, duas cártulas de forma semelhante à primeira que tínhamos visto, mas com outras palavras. A cártula da primeira dizia: *Super thronos viginti quatuor*, e a da segunda: *Nomen illi mors*. De resto, ainda que as duas salas fossem menores que aquela por onde tínhamos entrado na biblioteca (de fato aquela era heptagonal, e estas duas eram retangulares), a mobília era a mesma: armários com livros e mesa central.

Penetramos na terceira sala. Estava vazia de livros e não tinha cártula. Sob a janela, um altar de pedra. Havia três portas: uma pela qual entráramos, outra que dava para a sala heptagonal já visitada, uma terceira que nos levou para nova sala, não diferente das outras, salvo pela cártula, que dizia: *Obscuratus est sol et aer*. Dali se passava a uma sala nova, cuja cártula dizia *Facta est grando et ignis*; não havia outras portas, ou seja, chegando-se àquela sala não se podia prosseguir e era preciso retroceder.

— Raciocinemos — disse Guilherme. — Cinco salas quadrangulares ou vagamente trapezoidais, com uma janela cada, que giram em torno de uma sala heptagonal sem janelas, aonde vem dar a escada. Parece-me elementar. Estamos no torreão oriental, cada torreão de fora apresenta cinco janelas e cinco lados. A conta dá certo. A sala vazia é justamente a que dá para oriente, na mesma direção do coro da igreja, a luz do sol na aurora ilumina o altar, o que me parece pio e justo. A única ideia astuta parece-me a das lâminas de alabastro. De dia filtram uma boa luz, à noite não deixam transparecer sequer os raios lunares. Não é, afinal, um grande labirinto. Agora vejamos aonde levam as outras duas portas da sala heptagonal. Acho que nos guiaremos com facilidade.

Meu mestre estava enganado, e os construtores da biblioteca tinham sido mais hábeis do que acreditávamos. Não sei bem explicar o que aconteceu, mas, quando abandonamos o torreão, a ordem das salas tornou-se mais confusa. Algumas tinham duas portas, outras tinham três. Todas tinham uma janela, mesmo aquelas em que embocávamos partindo de uma sala com janela e acreditando estar indo rumo ao interior do Edifício. Cada uma tinha sempre o mesmo tipo de armário e de mesa; os volumes, amontoados em boa ordem, pareciam todos iguais e sem dúvida não nos ajudavam a reconhecer o lugar num golpe de vista. Tentamos nos orientar pelas cártulas. Uma vez atravessáramos uma sala em que estava escrito *In diebus illis* e depois de umas voltas pareceu-nos ter retornado lá. Mas lembrávamos que a porta diante da janela dava para uma sala em que estava escrito *Primogenitus mortuorum*, ao passo que agora encontrávamos outra que dizia novamente *Apocalypsis Iesu Christi* e não era a sala heptagonal de onde partíramos. Esse fato convenceu-nos de que, às vezes, as cártulas se repetiam iguais em salas diferentes. Encontramos duas salas com *Apocalypsis* uma perto da outra, e logo depois uma com *Cecidit de coelo stella magna*.

A proveniência das frases das cártulas era evidente: tratava-se de versículos do Apocalipse de João, mas não ficava nem um pouco claro por que estavam pintados nas paredes nem de acordo com que lógica estavam dispostos. Para aumentar nossa confusão, descobrimos que algumas cártulas, não muitas, eram vermelhas, e não pretas.

Em certo momento nos reencontramos na sala heptagonal de partida (essa era reconhecível porque era lá que a escada desembocava), e recomeçamos dirigir-nos para a direita, tentando andar em linha reta, de sala em sala. Passamos por três salas e depois nos achamos diante de uma parede fechada. A única passagem levava a uma nova sala que tinha somente uma outra porta: saindo por ela, percorremos outras quatro salas e nos encontramos, de novo, diante de uma parede. Voltamos à sala anterior que tinha duas saídas, entramos por aquela que não havíamos tentado ainda, passamos para uma nova sala e nos vimos outra vez na sala heptagonal de partida.

— Como se chamava a última sala a partir da qual retrocedemos? — perguntou Guilherme.

Fiz um esforço de memória:

— *Equus albus*.

— Bem, vamos encontrá-la novamente.

E foi fácil. Dali, quem não quisesse voltar sobre os próprios passos só precisava passar à sala chamada *Gratia vobis et pax*, e, dali para a direita, pareceu-nos possível encontrar nova passagem que não nos faria retroceder. Com efeito, encontramos de novo *In diebus illis* e *Primogenitus mortuorum* (eram as mesmas salas de pouco antes?), mas no fim chegamos a uma sala que não nos parecia ter visitado ainda: *Tertia pars terrae combusta est*. Mas àquela altura já não sabíamos onde estávamos em relação ao torreão oriental.

Segurando o lume com o braço esticado, avancei para as salas seguintes. Um gigante de proporções ameaçadoras, de corpo ondulado e flutuante como o de um fantasma, veio ao meu encontro.

— Um diabo! — gritei e pouco faltou para o lume cair, enquanto me virava de repente e me refugiava nos braços de Guilherme. Este tirou o lume de minhas mãos e, afastando-me, adiantou-se com uma decisão que me pareceu sublime. Também ele viu algo, porque parou bruscamente. Depois seguiu novamente adiante e levantou a luz. Desatou a rir.

— Realmente engenhoso. Um espelho!
— Um espelho?
— Sim, meu bravo guerreiro. Há pouco, no scriptorium, te atiraste com tanta coragem sobre um inimigo verdadeiro e agora te assustas diante de tua imagem. Um espelho, que devolve a tua imagem aumentada e distorcida.

Tomou-me pela mão e conduziu-me para diante da parede que dava de frente para a entrada da sala. Numa lâmina de vidro ondulada, agora que o lume a iluminava mais de perto, vi nossas duas imagens, grotescamente deformadas, que mudavam de forma e altura à medida que nos aproximávamos ou nos afastávamos.

— Precisas ler alguns tratados de óptica — disse Guilherme divertido —, tal como devem ter lido os fundadores da biblioteca. Os melhores são os dos árabes. Alhazen compôs um tratado, *De aspectibus*, em que falou da força dos espelhos com precisas demonstrações geométricas. Alguns deles, conforme a modulação da superfície, podem aumentar coisas pequeníssimas (e que outra coisa são as minhas lentes?), outros fazem as imagens aparecer invertidas, ou oblíquas, ou mostram dois objetos em lugar de um, e quatro em lugar de dois. Outros ainda, como este, transformam anões em gigantes ou gigantes em anões.

— Jesus do céu! — eu disse. — São essas então as visões que alguns dizem ter tido na biblioteca?

— Talvez. Uma ideia deveras engenhosa. — Leu a cártula na parede, acima do espelho: *Super thronos viginti quatuor.* — Já encontramos essa, mas era uma sala sem espelho. E esta sala, entre outras coisas, não tem janelas e também não é heptagonal. Onde estamos? — olhou à sua volta e aproximou-se de um armário:

— Adso, sem aqueles benditos oculi ad legendum não consigo entender o que está escrito nestes livros. Lê para mim algum título.

Peguei um livro ao acaso:

— Mestre, não está escrito!

— Como? Estou vendo que está escrito, o que lês?

— Não leio. Não são letras do alfabeto e não é grego, que eu reconheceria. Parecem minhocas, cobrinhas, cocô de moscas...

— Ah, é árabe. Há outros assim?

— Sim, alguns. Mas eis um em latim, graças a Deus. Al... Al Kuwarizmi, *Tabulae.*

— As tábuas astronômicas de Al Kuwarizmi, traduzidas por Adelardo de Bath! Obra raríssima! Continua.

— Isa ibn Ali, *De oculis*, Alkindi, *De radiis stellatis*...

— Olha agora em cima da mesa.

Abri um grande volume que jazia sobre a mesa, um *De bestiis*, por acaso numa página que continha a representação de um belíssimo unicórnio em refinada iluminura.

— Belo trabalho — comentou Guilherme, que conseguia enxergar bem imagens. — E aquele?

Li: *Liber monstrorum de diversis generibus.* Também com belas imagens, porém me pareceram mais antigas.

Guilherme abaixou o rosto para o texto:

— Iluminado por monges irlandeses, há pelo menos cinco séculos. O livro do unicórnio é, ao contrário, muito mais recente, parece-me feito ao modo dos franceses.

Mais uma vez admirei a cultura de meu mestre. Entramos na outra sala e percorremos as quatro salas seguintes, todas com janelas, todas repletas de volumes em línguas desconhecidas, e chegamos a uma parede que nos obrigou a voltar atrás, porque as cinco últimas salas penetravam umas nas outras sem permitirem outras saídas.

— Pela inclinação das paredes, devemos estar no pentágono de outro torreão — disse Guilherme —, mas não há a sala heptagonal central, talvez tenhamos nos enganado.

— E as janelas? — falei. — Como pode haver tantas janelas? Impossível que todas as salas deem para fora.

— Esqueces o poço central, muitas das que vimos são janelas que dão para o octógono do poço. Se fosse dia, a diferença de luz nos diria quais são as janelas externas e quais as internas e talvez até nos revelasse a posição da sala em relação ao sol. Mas à noite não se percebe nenhuma diferença. Voltemos.

Retornamos à sala do espelho e dirigimo-nos para a terceira porta, pela qual nos parecia ainda não termos passado. Vimos diante de nós uma sucessão de três ou quatro salas e na última entrevimos um clarão.

— Há alguém! — exclamei com voz sufocada.

— Se houver, já percebeu o nosso lume — disse Guilherme, cobrindo, em todo caso, a chama com a mão. Ficamos parados por um minuto ou dois. O clarão continuava a oscilar levemente, mas sem aumentar nem diminuir.

— Talvez seja só uma lâmpada — disse Guilherme —, daquelas postas para convencer os monges de que a biblioteca é habitada pelas almas dos finados. Mas é preciso saber. Tu ficas aqui cobrindo o lume, eu sigo adiante com cautela.

Ainda envergonhado pela má figura que fizera diante do espelho, quis redimir-me aos olhos de Guilherme:

— Não, vou eu — disse —, vós ficais aqui. Irei com cuidado, sou menor e mais ligeiro. Tão logo perceba que não há risco, vos chamo.

E assim fiz. Atravessei três salas caminhando rente às paredes, ligeiro como um gato (ou como um noviço que desce à cozinha para roubar queijo na despensa, empresa na qual eu era o melhor em Melk). Cheguei à soleira da sala de onde vinha o clarão, bastante fraco, deslizando ao longo da parede traseira da coluna que formava o umbral direito e espiei a sala. Não havia ninguém. Em cima da mesa encontrava-se uma espécie de lâmpada acesa, a soltar uma fumaça mirrada. Não era uma lanterna como a nossa, parecia antes um turíbulo descoberto, não havia chama, mas uma porção de cinza leve tremeluzia queimando alguma coisa. Tomei coragem e entrei. Sobre a mesa, ao lado do turíbulo, estava aberto um livro de cores vivazes. Aproximei-me e percebi na página quatro tiras de cores diferentes, amarelo, cinabre, turquesa e terra queimada. Ali campeava uma besta horrível de ver, um imenso dragão de dez cabeças que, com a cauda, arrastava as estrelas do céu e as derrubava sobre a terra. De repente vi que o dragão se multiplicava, e as escamas de sua pele tornavam-se uma espécie de selva de lâminas rutilantes que se destacaram da folha e vieram girar em volta de minha cabeça. Atirei-me para trás e vi o teto da sala inclinar-se e descer sobre mim, depois ouvi como um silvo de mil serpentes, porém não assustador, quase sedutor, e apareceu uma mulher envolta em luz, que aproximou seu rosto do meu e senti seu hálito. Afastei-a com as mãos estendidas e pareceu-me que minhas mãos estavam tocando os livros do armário de frente, ou que eles tinham crescido desmesuradamente. Não me dava mais conta de onde estava e de onde ficava a terra e onde o céu. Vi no centro da sala Berengário a fitar-me com um sorriso odioso, transbordando luxúria. Cobri o rosto com as mãos, e minhas mãos pareceram os membros de um sapo, viscosas e palmadas. Gritei, acho, senti um sabor ácido na boca, depois afundei num escuro infinito, que parecia estar se abrindo cada vez mais sob meus pés, e perdi a consciência.

Acordei sentindo golpes retumbando em minha cabeça. Estava estirado no chão, e Guilherme dava-me tapas no rosto. Já não me encontrava naquela sala, e meus olhos deram com uma cártula que dizia *Requiescant a laboribus suis*.

— Força, força, Adso — sussurrava-me Guilherme. — Não foi nada...

— As coisas... — eu disse, ainda delirando. — Lá, a besta...

— Besta nenhuma. Encontrei-te delirando aos pés de uma mesa que tinha em cima um belo apocalipse moçarábico, aberto na página da *mulier amicta sole* que enfrenta o dragão. Mas, pelo cheiro, percebi que havias respirado alguma coisa ruim e logo te levei embora. A minha cabeça também está doendo.

— Mas o que foi que eu vi?

— Não viste nada. É que ardiam substâncias capazes de provocar visões, reconheci o cheiro, é coisa dos árabes, talvez a mesma que o Velho da Montanha dava para os assassinos aspirar antes de mandá-los aos seus cometimentos. E assim explicamos o mistério das visões. Alguém põe ervas mágicas durante a noite para convencer os visitantes inoportunos de que a biblioteca é defendida por presenças diabólicas. O que sentiste, afinal?

Confusamente, pelo que recordava, contei-lhe minha visão, e Guilherme riu:

— Metade era ampliação do que tinhas visto no livro e a outra metade eram os teus desejos e os teus medos que falavam. Essa é a operação que tais ervas ativam. Amanhã será preciso falar com Severino, acho que ele sabe mais do que quer fazer-nos acreditar. São ervas, apenas ervas, sem necessidade das preparações necromânticas das quais nos falava o vidreiro. Ervas, espelhos... Este lugar de sapiência proibida é protegido por muitos e sapientíssimos estratagemas. A ciência usada para ocultar, em vez de iluminar. Não me agrada. Uma mente perversa preside a santa defesa da biblioteca. Mas foi uma noitada cansativa, será preciso sair, por ora. Estás perturbado e precisas de água e ar fresco. Inútil tentar abrir as janelas, altas demais e talvez fechadas há decênios. Como podem ter pensado que Adelmo se atirou daqui?

Sair, dizia Guilherme. Como se fosse fácil. Sabíamos que a biblioteca era acessível somente por um torreão, o oriental. Mas onde estávamos naquele momento? Tínhamos perdido completamente a orientação. O tempo que passamos vagando, com medo de nunca mais sair dali, eu sempre vacilante e sentindo ânsia de vômito, Guilherme bastante preocupado comigo, deu-nos, ou melhor, deu a ele uma ideia para o dia seguinte. Deveríamos voltar à biblioteca, desde que saíssemos dela, com um tição de lenha queimado ou outra substância capaz de deixar sinais nas paredes.

— Para encontrar a saída de um labirinto — recitou Guilherme — só existe um meio. Para cada nó novo, ou seja, ainda não visitado, o percurso de chegada será assinalado com três sinais. Se, por causa dos sinais anteriores em algum dos caminhos do nó, se vir que aquele nó já foi visitado, será posto um único sinal no percurso de chegada. Se todas as passagens já estiverem assinaladas, então será preciso refazer o caminho, voltando atrás. Mas, se uma ou duas passagens do nó estiverem ainda sem sinais, será escolhida uma qualquer, apondo-se dois sinais. Quando se enveredar por uma passagem que contenha só um sinal, serão postos mais dois, de modo que a passagem venha a ter três sinais. Todas as partes do labirinto deverão ter sido percorridas se, ao se chegar a um nó, nunca se enveredar pela passagem com três sinais a não ser que nenhuma das outras passagens esteja sem sinais.

— Como sabeis? Sois especialista em labirintos?

— Não, estou recitando um texto antigo que li uma vez.

— E de acordo com essa regra se consegue sair?

Quase nunca, que eu saiba. Mas tentaremos assim mesmo. Além disso nos próximos dias, terei lentes e terei tempo para deter-me mais nos livros. Pode ser que lá onde o percurso das cártulas nos confunde, o percurso dos livros nos dê uma regra.

— Tereis as lentes? Como conseguireis reencontrá-las?

— Eu disse que terei lentes. Farei outras. Acho que o vidreiro só está esperando uma oportunidade do gênero para fazer nova experiência. Se tiver os instrumentos adequados para esmerilar cacos. Quanto aos cacos, naquela oficina há muitos.

Enquanto vagávamos procurando o caminho, de repente, no centro de uma sala, senti uma mão invisível acariciar-me o rosto, enquanto um gemido, que não era humano e não era animal, ecoava naquele cômodo e no vizinho, como se um espectro vagasse de sala em sala. Eu deveria estar preparado para as surpresas da biblioteca, mas ainda uma vez me aterrorizei e dei um pulo para trás. Guilherme também devia ter tido experiência semelhante à minha, porque se tocava a face, erguendo o lume e olhando à sua volta.

Ele levantou a mão, examinou a chama, que agora parecia mais viva, umedeceu um dedo e o manteve erguido diante de si.

— É claro — disse, e mostrou-me dois pontos em duas paredes opostas, na altura de um homem. Abriam-se ali duas fendas estreitas, e, ao aproximarmos a mão, era possível sentir o ar frio que vinha de fora. Aproximando o ouvido, sentia-se um ciciar, como se do lado de fora o vento estivesse soprando.

— A biblioteca haveria de ter um sistema de ventilação — disse Guilherme —, de outro modo a atmosfera seria irrespirável, especialmente no verão. Além disso, essas fendas também propiciam uma dose justa de umidade, para que os pergaminhos não ressequem. Mas o engenho dos fundadores não parou por aí. Ao dispor as fendas de acordo com certos ângulos, garantiram que, nas noites de vento, os sopros que penetram pelos meatos cruzem com outros sopros e se engolfem na sequência de salas, produzindo os sons que ouvimos. Esses sons, unidos aos espelhos e às ervas, aumentam o medo dos incautos que aqui penetrem, como nós, sem conhecer direito o lugar. E nós mesmos chegamos a pensar por um instante que nosso rosto estava sendo bafejado por fantasmas. Percebemos esse fato só agora, porque só agora começou a ventar. E também esse mistério está resolvido, mas, apesar de tudo isso, não sabemos ainda como sair!

Assim falando, vagamos a esmo, já perdidos, tentando ler as cártulas que pareciam todas iguais. Deparamos com uma nova sala heptagonal, giramos pelas salas vizinhas, não encontramos nenhuma saída. Voltamos sobre nossos passos, caminhamos por quase uma hora, desistindo de saber onde estávamos. A certa altura Guilherme decidiu que tínhamos sido vencidos, só nos restava dormir numa sala qualquer e esperar que no dia seguinte Malaquias nos achasse. Enquanto nos lamentávamos pelo miserável fim de nossa bela empresa, encontramos inopinadamente a sala de onde partia a escada. Agradecemos com fervor ao céu e descemos com grande alegria.

Chegados à cozinha, dirigimo-nos para o fogão, entramos no corredor do ossário e juro que o riso mortífero daquelas cabeças nuas pareceu-me o sorriso de pessoas queridas. Entramos novamente na igreja e saímos pelo portal setentrional, sentando-nos finalmente felizes nas lápides dos túmulos. O ótimo ar da noite pareceu-me um bálsamo divino. As estrelas brilhavam ao nosso redor, e as visões da biblioteca pareceram-me bastante distantes.

— Como é belo o mundo e como são horríveis os labirintos! — eu disse, aliviado.

— Como seria belo o mundo se houvesse uma regra para andar pelos labirintos — respondeu o meu mestre.

— Que horas serão? — perguntei.

— Perdi a noção do tempo. Mas será bom estarmos em nossas celas antes que soem as matinas.

Costeamos o lado esquerdo da igreja, passamos diante do portal (fui pelo outro lado para não ver os anciãos do Apocalipse, super thronos viginti quatuor!) e atravessamos o claustro para atingir o albergue dos peregrinos.

Na soleira da construção estava o abade, que nos olhou com severidade.

— Estive à vossa procura a noite inteira — disse ele a Guilherme. — Não vos encontrei na cela, não vos encontrei na igreja...

— Estávamos seguindo uma pista... — disse vagamente Guilherme, com visível embaraço. O abade fitou-o demoradamente, depois disse com voz lenta e severa:

— Procurei-vos logo depois das completas. Berengário não estava no coro.

— O que estais me dizendo! — disse Guilherme com ar hílare. De fato ficava agora claro quem tinha se abrigado no scriptorium.

— Não estava no coro durante as completas — repetiu o abade — e não retornou à sua cela. Estão para soar as matinas, e veremos agora se reaparece. Se não, receio alguma nova desgraça.

Nas matinas Berengário não apareceu.

TERCEIRO DIA

TERCEIRO DIA

Terceiro dia

DE LAUDES A PRIMA

Quando se encontra um pano sujo de sangue na cela de Berengário desaparecido, e é tudo.

Enquanto escrevo sinto-me cansado como me sentia naquela noite, ou melhor, naquela manhã. O que dizer? Após o ofício, o abade pôs em ação a maioria dos monges, já alarmados, para procurar por todos os lugares, sem resultados.

Quase na hora das laudes, procurando na cela de Berengário, um monge encontrou sob o enxergão um pano branco sujo de sangue. Mostraram-no ao abade, que daquilo extraiu negros presságios. Estava presente Jorge que, ao ser informado, disse:

— Sangue? — como se a coisa lhe parecesse inverossímil.

Contaram a Alinardo, que balançou a cabeça e disse:

— Não, não, na terceira trombeta a morte vem por água...

Guilherme observou o pano e depois disse:

— Agora está tudo claro.

— Onde está Berengário então? — perguntaram-lhe.

— Não sei — respondeu.

Foi ouvido por Aymaro, que elevou os olhos ao céu e sussurrou a Pedro de Santo Albano:

— Os ingleses são assim.

Por volta da prima, quando já tinha saído o sol, foram enviados alguns serviçais para explorar os pés da escarpa, ao redor da muralha. Voltaram na hora da terça, sem terem encontrado nada.

Guilherme disse-me que não teríamos feito melhor. Era preciso aguardar os acontecimentos. E dirigiu-se às forjas, ficando ali em conversa cerrada com Nicolau, o mestre vidreiro.

Eu fiquei sentado na igreja, perto do portal central, enquanto eram celebradas as missas. Assim devotamente adormeci, e por muito tempo, porque parece que os jovens têm mais necessidade de sono que os velhos, que muito já dormiram e se preparam para dormir durante a eternidade.

Terceiro dia

TERÇA

*Em que Adso, no scriptorium, reflete sobre a história de
sua ordem e sobre o destino dos livros.*

Saí da igreja menos cansado, mas com a mente confusa, porque o corpo só goza de repouso tranquilo nas horas noturnas. Subi ao scriptorium, pedi licença a Malaquias e comecei a folhear o catálogo. E, enquanto lançava olhares distraídos às folhas que me passavam sob os olhos, estava na realidade observando os monges.

Impressionaram-me a calma e a serenidade com que eles se aplicavam ao trabalho, como se um confrade não estivesse sendo procurado com afã por toda a área murada, e outros dois não tivessem já desaparecido em circunstâncias assustadoras. Essa é a grandeza de nossa ordem, pensei: durante séculos e séculos homens como esses viram a irrupção de hordas de bárbaros, os saques de suas abadias, a queda de reinos em vórtices de fogo e, no entanto, continuaram a amar os pergaminhos e as tintas e continuaram a ler sussurrando palavras que eram transmitidas há séculos e que eles, por sua vez, transmitiam aos séculos vindouros. Continuaram a ler e a copiar enquanto se aproximava o milênio, por que não deveriam continuar a fazê-lo agora?

No dia anterior, Bêncio dissera que estaria disposto a cometer pecado desde que obtivesse um livro raro. Não mentia nem brincava. Sem dúvida, o monge deveria amar seus livros com humildade, querendo o bem deles, e não a glória da sua própria curiosidade: mas aquilo que para os leigos é a tentação do adultério e para os eclesiásticos seculares é a avidez de riquezas, para os monges é a sedução do conhecimento.

Folheei o catálogo e diante de meus olhos dançou uma festa de títulos misteriosos: *Quinti Sereni de medicamentis, Phaenomena, Liber Aesopi de natura animalium, Liber Aethici peronymi de cosmographia, Libri tres quos Arculphus episcopus Adamnano escipiente de locis sanctis ultramarinis designavit conscribendos, Libellus Q. Iulii Hilarionis de origine mundi, Solini Polyshistor de situ orbis terrarum et mirabilibus, Almagesthus...* Não me surpreendia que o mistério dos crimes girasse em torno da biblioteca. Para aqueles homens devotados à escrita, a biblioteca era ao mesmo tempo a Jerusalém celeste e um mundo subterrâneo no limite entre a terra desconhecida e os infernos. Eles eram dominados pela biblioteca, por suas promessas e por suas proibições. Viviam com ela, para ela e talvez contra ela, aguardando culposamente o dia de violar todos os seus segredos. Por que não deveriam arriscar a vida para satisfazer uma curiosidade de sua mente, ou matar para impedir que alguém se apropriasse de um segredo guardado com zelo?

Tentações, claro, soberba da mente. Bem diferente era o monge escriba imaginado por nosso santo fundador, capaz de copiar sem entender, entregue à vontade de Deus, a escrever porque orava e a orar enquanto escrevia. Por que já não era assim? Oh, não eram apenas essas, decerto, as degenerações de nossa ordem! Tornara-se muito poderosa, seus abades rivalizavam com os reis, não tinha eu acaso em Abão o exemplo de um monarca que com atitude de monarca tentava dirimir controvérsias entre monarcas? O mesmo saber que as abadias tinham acumulado era agora usado como mercadoria de troca, razão de soberba, motivo de vanglória e prestígio; assim como os cavaleiros ostentavam armaduras e estandartes, os nossos abades ostentavam códices iluminados... E mais ostentavam agora (que loucura!) que nossos mosteiros tinham perdido também o louro da sabedoria: agora as escolas catedrais, as corporações urbanas, as universidades copiavam livros, talvez mais e melhor que nós, e produziam livros novos — e talvez essa fosse a causa de tantas desventuras.

A abadia em que me achava era talvez a última ainda a gabar-se de excelência na produção e na reprodução da sapiência. Mas talvez justamente por essa razão seus monges já não se satisfizessem na obra santa da cópia, queriam também produzir novos complementos da natureza, impelidos pela cupidez de coisas novas. E não se apercebiam, intuí confusamente naquele momento (e sei bem hoje, já entrado em anos e experiência), que assim procedendo eles decretavam a ruína de sua excelência. Porque, se o novo saber que eles queriam produzir tivesse refluído livremente para fora daquelas muralhas, nada mais distinguiria aquele lugar sagrado de uma escola catedral ou de uma universidade citadina. Permanecendo escondido, pelo contrário, ele mantinha intactos seu prestígio e sua força, não era corrompido pela disputa, pela arrogância dos *quodlibet*, que quer sobrepor ao crivo do *sic et non* todo mistério e toda grandeza. Eis aí, pensei, as razões do silêncio e da escuridão que circundam a biblioteca, ela é reserva de saber, mas só poderá manter esse saber intacto se impedir que ele chegue a qualquer um, até aos próprios monges. O saber não é como a moeda, que permanece fisicamente íntegra mesmo através das mais infames barganhas: ele é como uma linda roupa, que se consome através do uso e da ostentação. Acaso não é assim o próprio livro que, se tocados por muitas mãos, terão suas páginas esfareladas, suas tintas e seu ouro opacificados? Eu via, a pouca distância, Pacífico de Tivoli folhear um volume antigo, cujas folhas estavam como que grudadas por causa da umidade. Ele molhava o indicador e o polegar na língua para folhear o livro, e a cada toque de sua saliva aquelas páginas iam perdendo vigor; abri-las queria dizer dobrá-las, oferecê-las à severa ação do ar e da poeira, que roeriam os veios sutis com que o pergaminho se enrugava no esforço, produziria novo mofo onde a saliva tinha amolecido e enfraquecido o canto da folha. Tal como o excesso de brandura torna guerreiro o indolente e inábil, aquele excesso de amor possessivo e curioso predisporia o livro à doença destinada a matá-lo.

O que se deveria fazer? Parar de ler, apenas conservar? Eram fundados os meus temores? O que teria dito meu mestre?

A pouca distância vi um rubricador, Magnus de Iona, que terminara de esfregar seu velo com a pedra-pome e o amaciava com gesso, para depois alisar sua superfície com a plana. Um outro ao lado dele, Rábano de Toledo, fixara o pergaminho à mesa, assinalando as margens com pequenos furos laterais de ambos os lados, entre os quais traçava com um estilo metálico linhas horizontais finíssimas. Dentro em pouco as duas folhas estariam repletas de cores e formas, a página se tornaria uma espécie de relicário, fúlgida de gemas encastoadas naquele que depois seria o tecido devoto da escrita. Esses dois confrades, pensei, estão vivendo suas horas de paraíso na terra. Estavam produzindo novos livros, iguais àqueles que o tempo depois destruiria inexoravelmente... Portanto, a biblioteca não podia ser ameaçada por nenhuma força terrena, pois era uma coisa viva... Mas, se era viva, por que não devia abrir-se ao risco do conhecimento? Era isso o que queria Bêncio e que talvez tivesse querido Venâncio?

Senti-me confuso e temeroso de meus pensamentos. Talvez eles não conviessem a um noviço que apenas devia seguir a regra com zelo e humildade por todos os anos vindouros, o que fiz depois, sem me propor outras perguntas, enquanto ao meu redor, cada vez mais, o mundo afundava numa tempestade de sangue e loucura.

Era a hora da refeição matutina, e fui à cozinha, onde já me tornara amigo dos cozinheiros, e eles me deram alguns dos melhores bocados.

Terceiro dia

SEXTA

*De como Adso ouve as confidências de Salvatore, que não podem
ser resumidas em poucas palavras, mas que lhe inspiram
muitas meditações preocupadas.*

Enquanto estava comendo, vi Salvatore num canto — evidentemente já em paz com o cozinheiro —, a devorar com alegria uma torta de carne de ovelha. Comia como se nunca tivesse comido na vida, não deixando cair sequer uma migalha, e parecia dar graças a Deus por aquele acontecimento extraordinário.

Piscou para mim e me disse, naquela sua linguagem bizarra, que estava comendo por todos os anos em que jejuara. Fiz-lhe perguntas. Contou-me sobre uma infância dolorosíssima num vilarejo onde o ar era ruim, as chuvas muito frequentes, e os campos apodreciam enquanto tudo era corrompido por miasmas mortíferos. Houve, conforme entendi, enchentes por estações e estações, de modo que os campos não tinham mais sulcos, e com um módio de sementes conseguia-se um sextário, e depois o sextário reduzia-se a nada. Mesmo os senhores tinham rostos brancos como os pobres, se bem que, completou Salvatore, os pobres morressem mais que os senhores, talvez (observou com um sorriso) porque eram em maior número... Um sextário custava quinze soldos, um módio, sessenta soldos; os pregadores anunciavam o fim dos tempos, mas os pais e os avós de Salvatore lembravam que tinha sido do mesmo jeito de outras vezes também, e disso concluíram que os tempos estavam sempre para acabar. E assim, depois de terem comido toda a carniça dos pássaros e todos os animais imundos que pudessem achar, correu o boato de que alguém na aldeia começava a desenterrar os mortos. Salvatore explicava com muito talento, como se fosse um histrião, como costumavam agir aqueles "homeni malíssimos" que escavavam com os dedos a terra dos cemitérios no dia seguinte às exéquias de alguém.

"Nham!" dizia, e mordia sua torta de ovelha, mas eu via em seu rosto o esgar do desesperado a comer cadáver. Depois, não contentes em escavar terra consagrada, uns piores que os outros, como ladrões de estrada, ficavam de tocaia na floresta e surpreendiam os viajantes. "Zac!", dizia Salvatore, com a faca na garganta, e "Nham!". E os piores dentre os piores atraíam as crianças, com um ovo ou uma maçã, e acabavam com elas, mas, como precisou Salvatore com muita seriedade, cozinhando-as primeiro.

Contou de um homem que apareceu na aldeia vendendo carne cozida por poucos soldos, e as pessoas não conseguiam acreditar em tamanha sorte, depois o padre disse que se tratava de carne humana, e o homem foi despedaçado pela multidão enfurecida. Mas na mesma noite um sujeito da aldeia foi escavar a cova do assassinado e comeu carnes do canibal, de modo que, quando foi descoberto, a aldeia condenou-o também à morte.

E Salvatore não me contou somente essa história. Palavra sim, palavra não, fazendo esforço para me lembrar do pouco que sabia de provençal e dos dialetos italianos, ouvi dele a história de sua fuga da aldeia natal e de sua perambulação pelo mundo. E em sua narrativa reconheci muitos que já conhecera ou encontrara pelo caminho; e muitos outros que vim a conhecer depois reconheço agora nessa mesma narrativa, de tal modo que não posso afirmar com certeza que não estou lhe atribuindo, pela distância do tempo, feitos e crimes que foram de outros, antes dele e depois dele, e que agora na minha mente cansada se achatam, desenhando uma única imagem, por força justamente da imaginação que, unindo a lembrança do ouro à do monte, sabe compor a ideia de uma montanha de ouro.

Frequentemente durante a viagem eu ouvira Guilherme mencionar os simples, termo com que alguns de seus confrades designavam não apenas o povo, mas ao mesmo tempo os incultos. Expressão que sempre me pareceu genérica, porque nas cidades italianas tinha encontrado homens de comércio e artesãos que não eram clérigos, mas não eram incultos, ainda que seus conhecimentos se manifestassem pelo uso da língua vulgar. E, por assim dizer, alguns dos tiranos que naquele tempo governavam a península eram ignorantes de ciência teológica, ciência médica, lógica e latim, mas não eram certamente simples nem ignorantes. Por isso até acho que meu mestre, quando falava dos simples, usava um conceito bastante simples. Mas indubitavelmente Salvatore era um simples, vinha de um campo devastado, durante séculos, pela carestia e pela prepotência dos senhores feudais. Era um simples, mas não era um bobo. Aspirava a um mundo diferente, que, nos tempos em que fugiu da casa dos seus, pelo que me disse, assumia o aspecto da Terra da Cocanha, em cujas árvores, que exsudam mel, crescem formas de queijo e salsichões cheirosos.

Impulsionado por essa esperança, como se se recusasse a reconhecer o mundo como um vale de lágrimas, no qual (conforme me ensinaram) até a injustiça foi disposta pela providência para manter o equilíbrio das coisas, cujo desígnio frequentemente nos escapa, Salvatore viajou por várias terras, desde seu Monferrato natal até a Ligúria, e depois subindo da Provença até as terras do rei de França.

Salvatore vagou pelo mundo mendigando, furtando, fingindo-se doente, prestando serviços transitórios a algum senhor, tomando novamente o caminho da floresta, da estrada principal. Pela narrativa que me fez pude vê-lo associado àqueles bandos de errantes que depois, nos anos que se seguiram, vi cada vez mais circular pela Europa: falsos monges, charlatães, embusteiros, larápios, pedintes, maltrapilhos, leprosos e estropiados, ambulantes, andarilhos, jograis, clérigos sem pátria, estudantes itinerantes, pícaros, malabaristas, mercenários inválidos, judeus errantes, sobreviventes dos infiéis com o espírito destruído, sandeus, fugitivos punidos com o degredo, malfeitores de orelhas cortadas, sodomitas e, entre eles, artesãos ambulantes, tecelões, caldeireiros, cadeireiros, amoladores, empalhadores, pedreiros e mais biltres de todo feitio, pícaros, espertalhões, patifes, marotos, ribaldos, vagabundos, receptadores, gatunos, tratantes, sacomanos e cônegos e padres simoníacos e prevaricadores, gente que vivia da credulidade alheia, falsários de bulas e selos papais, vendedores de indulgências, falsos paralíticos que se deitavam junto às portas das igrejas, vagantes fugidos dos conventos, vendedores de relíquias, adivinhos e quiromantes, necromantes, curandeiros, falsos mendigos e fornicadores de toda laia, corruptores de monjas e de donzelas com enganos e violências, simuladores de hidropisia, epilepsia, hemorroidas, gota e chagas, quando não de loucura melancólica. Havia os que aplicavam emplastros no corpo para fingir úlceras incuráveis, outros que enchiam a boca de uma substância cor de sangue para simular os frouxos da tísica, velhacos que fingiam fraqueza num dos membros, usando muletas sem necessidade e simulando mal-caduco, sarna, bubões, inchaços, aplicando ataduras, tinturas de açafrão, trazendo grilhões nas mãos, faixas na cabeça, insinuando-se fedorentos nas igrejas e deixando-se cair de repente nas praças, babando e revirando os olhos, lançando pelo nariz sangue feito de suco de amoras e vermelhão, para arrancar comida ou dinheiro de gente timorata, lembrada dos convites dos santos padres à esmola: divide com o esfaimado o teu pão, leva para casa quem não tem teto, visitemos Cristo, acolhamos Cristo, vistamos Cristo, porque, assim como a água purga o fogo, a esmola purga os nossos pecados.

Mesmo depois dos fatos que estou narrando, ao longo do curso do Danúbio, vi muitos e ainda vejo desses charlatães que tinham nomes e subdivisões em legiões, como os demônios: chagados, lavadores, protomédicos, envergonhados, campanulários, afamiliados, açafranistas, acreditados, relicareiros, enfarinhados, mestres de artes, rebatizados, recitadores, tiritantes, sem-pão, tarantulados, iconistas, admirantes, emprestadores, tremelicantes, trocadores, falsos bordões, caideiros, lacrimosos e miraculados.

Era como um lodo que escorria pelas veredas do nosso mundo, e entre eles se insinuavam pregadores de boa-fé, hereges em busca de novas presas, provocadores de discórdia. O próprio papa João, sempre temeroso dos movimentos dos simples que pregassem e praticassem a pobreza, lançara-se contra os pregadores mendicantes que, conforme dizia, atraíam os curiosos desfraldando estandartes pintados com figuras, pregavam e extorquiam dinheiro. Estava com a verdade o papa simoníaco e corrupto ao equiparar frades mendicantes, que pregavam a pobreza, a esses bandos de deserdados e rapinadores? Eu, naqueles dias, após ter viajado um pouco pela península itálica, já não tinha ideias claras: ouvira frades de Altopascio que, pregando, ameaçavam excomunhões e prometiam indulgências, absolviam de assaltos e fratricídios, homicídios e perjúrios em troca de dinheiro, davam a entender que em seu albergue eram celebradas todos os dias até cem missas, para as quais recolhiam donativos, e que com seus bens sustentavam duzentas donzelas pobres. E ouvira falar que frei Paulo Coxo vivia numa ermida na floresta de Rieti e vangloriava-se de ter recebido diretamente do Espírito Santo a revelação de que o ato carnal não é pecado: desse modo seduzia suas vítimas, que chamava irmãs, obrigava-as a submeter-se ao açoite sobre a carne nua fazendo cinco genuflexões no chão em forma de cruz, antes que ele as apresentasse a Deus e pretendesse delas o que chamava de beijo da paz. Mas era verdade? E o que ligava esses eremitas que se diziam iluminados aos frades de vida pobre que percorriam as estradas da península fazendo realmente penitência, malvistos pelo clero e pelos bispos cujos vícios e roubos castigavam?

Pelo relato de Salvatore, que se misturava às coisas que eu já sabia por conta própria, essas distinções não se mostravam à luz do dia: tudo parecia igual a tudo. Às vezes ele me parecia um daqueles aleijados de Turena, de que fala a fábula, que, ao se aproximarem dos despojos milagrosos de são Martinho, fugiram correndo, com medo de que o santo lhes restituísse por milagre o uso dos membros, secando assim a fonte de seus ganhos, e o santo os agraciou impiedosamente antes que eles atingissem a fronteira. Às vezes, ao contrário, o rosto ferino do monge era iluminado por dulcíssima luz quando me contava como, vivendo entre aqueles bandos, escutara a palavra de pregadores franciscanos, proscritos como ele, e compreendera que a vida pobre e errante que levava não devia ser tomada como triste necessidade, mas como um gesto de alegre dedicação, e começara a fazer parte de seitas e grupos penitenciais cujos nomes ele estropiava e cuja doutrina definia de modo bastante impróprio. Deduzi daí que tinha encontrado paterinos, valdenses e talvez cátaros, arnaldistas e humilhados, e que, vagando pelo mundo, passara de grupo em grupo, assumindo gradualmente como missão a sua condição de andarilho e fazendo pelo Senhor o que antes fazia por seu ventre.

Mas como e até quando? Pelo que entendi, uns trinta anos antes, ele tinha se agregado a um convento de menoritas na Toscana e lá vestira o hábito de são Francisco, sem se ordenar. Ali, acho, aprendera o pouco de latim que falava, misturando-o com os falares de todos os lugares em que, pobre e sem pátria, tinha estado e de todos os companheiros de vagueação que encontrara, desde os mercenários da minha terra até os bogomilos dálmatas. Ali adotara a vida de penitência, conforme dizia (penitenziagite, citava-me com olhos inspirados, e novamente ouvi a fórmula que deixara Guilherme curioso), mas, ao que parece, também os menoritas com quem estava tinham ideias confusas, porque, escandalizados com o cônego da igreja vizinha, acusado de roubos e outras abominações, saquearam-lhe igreja e casa e o fizeram rolar escada abaixo, de modo que o pecador morreu. Por isso, o bispo enviou soldados, os frades se dispersaram, e Salvatore vagou muito tempo pela alta Itália com um bando de fraticelos, ou melhor, de menoritas mendicantes sem nenhuma lei nem disciplina.

Dali foi parar na região de Tolosa, onde viveu uma estranha história, enquanto se inflamava com a narrativa que ouvia dos grandes cometimentos dos cruzados. Uma massa de pastores e humildes, em grande multidão, reuniu-se um dia para atravessar o mar e combater contra os inimigos da fé. Foram chamados de pastorinhos. Na verdade, queriam fugir daquela sua terra maldita. Havia dois chefes, que lhes inspiraram falsas teorias: um sacerdote que fora privado de sua igreja por motivo de conduta e um monge apóstata da ordem de são Bento. Estes tinham levado aqueles simplórios a perder a tal ponto o juízo que atrás deles corriam, em bandos, até mesmo rapazes de dezesseis anos que, contrariando a vontade dos pais, tinham abandonado os campos e, levando consigo apenas um bornal e um bastão, sem dinheiro, seguiam-nos como um rebanho e formavam grande massa. Já não seguiam a razão nem a justiça, mas apenas a força e sua vontade. O fato de estarem juntos, livres finalmente e com uma obscura esperança de terras prometidas deu-lhes uma espécie de embriaguez. Percorriam as aldeias e as cidades agarrando tudo, e, se um deles fosse detido, os outros assaltavam as prisões e o libertavam. Quando entraram na fortaleza de Paris para soltar alguns companheiros que os senhores tinham mandado prender, como o preboste de Paris tentasse opor resistência, jogaram-no pelos degraus daquela prisão. Depois formaram uma tropa no prado de Saint-Germain, mas ninguém teve coragem de enfrentá-los. Então se dirigiram para a Aquitânia e depredavam e matavam todos os judeus dos guetos por onde passavam...

— Por que os judeus? — perguntei a Salvatore. E ele me respondeu:
— E por que não?

E explicou-me que a vida inteira tinha aprendido com os pregadores que os judeus eram inimigos da cristandade e acumulavam os bens que lhes eram negados. Perguntei-lhe se não era verdade, porém, que os bens eram acumulados pelos senhores e pelos bispos, através dos dízimos, e que portanto os pastorinhos não estavam combatendo seus verdadeiros inimigos. Respondeu-me que, quando os verdadeiros inimigos são fortes demais, é preciso escolher inimigos mais fracos. Está explicado — pensei — por que os simples são assim chamados. Somente os poderosos sabem sempre com muita clareza quem são seus verdadeiros inimigos. Os senhores não queriam ver seus bens postos em risco pelos pastorinhos, e foi grande sorte a sorte deles quando os chefes dos pastorinhos insinuaram a ideia de que muitas das riquezas estavam com os judeus.

Perguntei quem tinha enfiado na cabeça da multidão que era preciso atacar os judeus. Salvatore não lembrava. Acho que, quando se reúne gente demais seguindo uma promessa e pedindo algo depressa, nunca se sabe quem está falando lá no meio. Imaginei que os chefes deles tinham sido educados nos conventos e nas escolas episcopais e falavam a linguagem dos senhores, ainda que a traduzissem em termos compreensíveis a pastores. E os pastores não sabiam onde estaria o papa, mas sabiam onde estavam os judeus. Em suma, tomaram de assalto uma torre alta e maciça do rei de França, aonde os judeus assustados tinham corrido em massa para se refugiarem. E os judeus que tinham saído para os muros da torre defendiam-se corajosamente, lançando lenha e pedras. Mas os pastorinhos atearam fogo na porta da torre, e os judeus assediados pela fumaça e pelo fogo, preferindo matar-se a morrer nas mãos dos não circuncisos, pediram ao mais audaz dos seus que os passassem a fio de espada. E esse matou quase quinhentos. Depois, saindo da torre com os filhos dos judeus, pediu aos pastorinhos para ser batizado. Mas os pastorinhos lhe disseram: tu fizeste morticínio de tua gente e agora pretendes escapar à morte? E fizeram-no em pedaços, poupando as crianças, que mandaram batizar.

Depois se dirigiram para Carcassona, perpetrando muitas rapinas sanguinárias em caminho. Então o rei de França concluiu que eles tinham saído dos limites e ordenou que se lhes opusesse resistência em todas as cidades por onde passassem e que até os judeus fossem defendidos como se fossem homens do rei...

Por que o rei se tornou tão solícito com os judeus naquele momento? Talvez por ter desconfiado do que os pastorinhos seriam capazes de fazer no reino todo, e não queria que o número deles aumentasse muito. Então sentiu afeição até pelos judeus, fosse porque os judeus eram úteis ao comércio do reino, fosse porque àquela altura era necessário destruir os pastorinhos, e todos os bons cristãos precisavam encontrar motivo para chorar os crimes deles. Mas muitos cristãos não obedeceram ao rei, achando que não era justo defender os judeus, que sempre tinham sido inimigos de Cristo Senhor. E em muitas cidades a gente do povo, que devia pagar usura aos judeus, ficava feliz quando os pastorinhos os puniam por sua riqueza. Então o rei ordenou, sob pena de morte, que não se desse ajuda aos pastorinhos. Reuniu numeroso exército e os atacou, e muitos deles foram mortos, outros fugiram e se refugiaram nas florestas, onde pereceram por privações. Em breve todos foram aniquilados. E o encarregado do rei os capturou e enforcou vinte ou trinta por vez nas árvores mais altas, para que a visão de seus cadáveres servisse de exemplo eterno e ninguém mais ousasse perturbar a paz do reino.

O fato singular é que Salvatore me contou essa história como se se tratasse de virtuosíssimo feito. E de fato estava convencido de que a turba dos pastorinhos se sublevara para conquistar o sepulcro de Cristo e libertá-lo dos infiéis.

Seja como for, Salvatore não foi para a terra dos infiéis, mas dirigiu-se para a região de Novara, segundo me disse, sendo porém muito vago quanto ao que aconteceu àquela altura. E por fim chegou a Casale, onde conseguiu ser acolhido no convento dos menoritas (e aí acho que encontrou Remigio), justamente nos tempos em que muitos deles, para não terminarem na fogueira, trocavam de hábito e buscavam refúgio em mosteiros de outra ordem. Como nos contara Ubertino. Por causa de suas longas experiências em muitos trabalhos manuais (que fizera para fins desonestos quando vagava livre e para santos fins quando vagava por amor a Cristo), Salvatore foi logo aceito pelo despenseiro como ajudante. E eis por que havia muitos anos vivia na abadia, com interesse pequeno pelos faustos da ordem e grande pela administração da adega e da despensa, livre para comer sem roubar e para louvar o Senhor sem ser queimado.

Essa foi a história que ouvi dele, entre uma bocada e outra, e me perguntei o que ele teria inventado e o que teria calado.

Fitei-o com curiosidade, não pela singularidade de sua experiência, mas porque tudo o que lhe acontecera parecia-me esplêndida síntese de tantos acontecimentos e movimentos que tornavam fascinante e incompreensível a Itália daquele tempo.

O que emergira daquelas conversas? A imagem de um homem de vida aventureira, capaz de matar sem achar que era crime. Mas, embora matar sempre seja um mal, eu compreendia que uma coisa é o massacre cometido por uma multidão que, tomada por arrebatamento quase extático, confunde as leis do Senhor com as do diabo, e outra coisa é o crime perpetrado a sangue--frio, no silêncio e na astúcia. E não me parecia que Salvatore pudesse ter-se maculado com um pecado desse feitio.

Por outro lado, eu queria descobrir algo sobre as insinuações do abade e estava obcecado pela ideia de frei Dulcino, de quem não sabia quase nada. No entanto, seu fantasma parecia pairar sobre muitas conversas que tinha ouvido naqueles dois dias.

Assim perguntei-lhe à queima-roupa:

— Em tuas andanças nunca ficaste conhecendo frei Dulcino?

A reação de Salvatore foi singular. Arregalou os olhos, como se pudesse arregalá-los ainda mais, persignou-se repetidamente, resmungou algumas frases cortadas, numa linguagem que dessa vez realmente não entendi. Mas me pareceram frases de negação. Até aquele momento tinha me olhado com simpatia e confiança, diria até que com amizade. Naquele instante olhou-me quase com hostilidade. Depois, com um pretexto, foi embora.

Eu já não conseguia resistir. Quem era aquele frade que incutia terror em quem ouvisse seu nome? Decidi que não podia continuar mais avassalado pelo desejo de saber. Uma ideia me atravessou a mente. Ubertino! Ele mesmo mencionara aquele nome, na primeira tarde em que o encontráramos, ele conhecia todos os feitos claros e obscuros de frades, fraticelos e outras súcias daqueles últimos anos. Onde podia encontrá-lo àquela hora? Certamente na igreja, imerso na prece. E, visto que gozava de um momento de liberdade, para lá me dirigi.

Não estava, e até o fim da tarde não o encontrei. Assim, continuei com a minha curiosidade, enquanto ocorriam os outros fatos que agora devo narrar.

Terceiro dia

NONA

De como Guilherme conversa com Adso sobre a grande corrente herética, a função dos simples na igreja, suas dúvidas sobre a cognoscibilidade das leis gerais e, quase num parêntese, conta como decifrou os signos necromânticos deixados por Venâncio.

Encontrei Guilherme na forja, trabalhando com Nicolau, ambos bastante absortos no trabalho. Tinham disposto em cima da bancada muitos discos minúsculos de vidro, talvez já prontos para serem inseridos nos encaixes de vidraças, e haviam reduzido alguns à espessura desejada, com o uso de instrumentos adequados. Guilherme experimentava-os, colocando-os diante dos olhos. Nicolau, por sua vez, estava dando instruções aos ferreiros para a construção da forquilha em que os vidros corretos deveriam depois ser engastados.

Guilherme resmungava irritado porque até aquela altura a lente que mais o satisfazia era cor de esmeralda e ele, dizia, não queria ver os pergaminhos como se fossem prados. Nicolau afastou-se para vigiar os ferreiros. Enquanto ele lidava com seus disquinhos, contei-lhe meu diálogo com Salvatore.

— O homem passou por várias experiências — disse ele —, talvez tenha mesmo estado entre os dulcinistas. Esta abadia é de fato um microcosmo, e, quando estiverem aqui os legados do papa João e frei Miguel, a coisa estará completa.

— Mestre — disse-lhe —, não estou entendendo mais nada.

— A propósito de quê, Adso?

— Primeiro, acerca das diferenças entre grupos heréticos. Mas sobre isso depois lhe perguntarei. Agora estou aflito com o próprio problema da diferença. Tive a impressão de que, falando com Ubertino, tentastes demonstrar-lhe que são todos iguais, santos e hereges. E, ao contrário, falando com o abade, vos esforçáveis para explicar-lhe a diferença entre um herege e outro, e entre herege e ortodoxo. Isto é, reprováveis Ubertino por achar diferentes os que no fundo eram iguais, e o abade por achar iguais os que no fundo eram diferentes.

Guilherme pousou por um instante as lentes na mesa.

— Meu bom Adso — disse —, tentemos estabelecer as distinções, e vamos fazê-lo nos termos das escolas de Paris, se quiseres. Então, como dizem lá, todos os homens têm uma mesma forma substancial, ou me engano?

— Certo — falei, orgulhoso do meu saber —, são animais, porém racionais, e é próprio deles ter a capacidade de rir.

— Muito bem. Porém Tomás é diferente de Boaventura, e Tomás é gordo, enquanto Boaventura é magro, e até pode acontecer de Uguccione ser ruim enquanto Francisco é bom, e Aldemaro é fleugmático, enquanto Agilulfo é bilioso. Ou não?

— É assim, indubitavelmente.

— Então isso significa que há identidade em homens diferentes, quanto à forma substancial, e diversidade quanto aos acidentes, ou seja, quanto aos seus arremates superficiais.

— É assim mesmo.

— Então, quando digo a Ubertino que a própria natureza humana, na complexidade de suas operações, preside tanto o amor ao bem quanto o amor ao mal, procuro convencer Ubertino da identidade da natureza humana. Quando digo ao abade que existe diferença entre um cátaro e um valdense, insisto na variedade dos acidentes. E insisto nisso porque acontece de se queimar um valdense atribuindo-lhe os acidentes de um cátaro e vice-versa. E, quando se queima um homem, queima-se sua substância indivídua e reduz-se a puro nada o que era um ato concreto de existir, por isso mesmo bom, ao menos aos olhos de Deus que o mantinha sendo. Parece-te uma boa razão para insistir nas diferenças?

— Sim, mestre — respondi com entusiasmo. — Entendi por que falais desse modo, e aprecio vossa boa filosofia!

— Não é minha — disse Guilherme —, e não sei sequer se essa é a boa. Mas o importante é que tenhas compreendido. Vamos agora à tua segunda questão.

— É que — falei — acho que não sirvo para nada. Já não consigo distinguir a diferença acidental entre valdenses, cátaros, pobres de Lyon, humilhados, beguinos, beatos, lombardos, joaquimitas, paterinos, apostólicos, pobres lombardos, arnaldistas, guilhermistas, sequazes do livre espírito e luciferinos. Que devo fazer?

— Ah, pobre Adso — riu Guilherme, dando-me um afetuoso tabefe na nuca —, não estás de todo errado! Vê, é como se nos dois últimos séculos e antes ainda este nosso mundo tivesse sido percorrido por sopros de intolerância, esperança e desespero, todos juntos... Ou melhor, não, não é uma boa analogia. Pensa num rio, caudaloso e majestoso, que corre por milhas e milhas entre robustas margens, tu sabes onde está o rio, onde a margem, onde a terra firme. Em certo ponto o rio, por cansaço, porque correu por muito tempo e muito espaço, porque se aproxima do mar, que anula em si todos os rios, já não sabe o que é. Torna-se o próprio delta. Subsiste talvez um braço maior, mas muitos outros se ramificam em todas as direções, e alguns confluem novamente uns para os outros, e às vezes não sabes o que é origem de quê, o que é rio ainda e o que já é mar...

— Se entendo vossa alegoria, o rio é a cidade de Deus, ou o reino dos justos, que está se aproximando do milênio, e nessa incerteza ele não se contém mais nas margens, nascem verdadeiros e falsos profetas e tudo conflui para a grande planície onde ocorrerá o Armagedom...

— Não pensava nisso exatamente. Mas também é verdade que entre nós, franciscanos, está sempre viva a ideia de uma terceira era e do advento do reino do Espírito Santo. Não, procurava antes fazer-te entender como o corpo da Igreja, que foi por séculos o corpo da sociedade inteira, o povo de Deus, tornou-se muito rico e caudaloso, arrastando consigo a escória de todos os países que atravessou e perdendo a pureza. Os braços do delta são, se quiseres, outras tantas tentativas do rio de correr o mais depressa possível para o mar, ou para o momento da purificação. Mas a minha alegoria era imperfeita, servia só para dizer-te como os ramos da heresia e dos movimentos de renovação são muitos e se confundem, quando o rio já não se contém nas margens. Podes também acrescentar à minha péssima alegoria a imagem de alguém que tente reconstruir a toda força as margens do rio, mas sem conseguir. E alguns braços do delta são aterrados, outros reconduzidos por canais artificiais ao rio, outros ainda são deixados a correr, porque não se pode conter tudo, e é bom que o rio perca parte de sua água se quiser manter-se íntegro em seu leito, se quiser ter um leito reconhecível.

— Entendo cada vez menos.

— Eu também. Não sou bom para falar por parábolas. Esquece essa história do rio. Tenta entender como muitos dos movimentos que nomeaste nasceram há pelo menos duzentos anos e já estão mortos, e outros são recentes...

— Mas quando se fala de hereges, eles são nomeados todos juntos.

— É verdade, mas esse é um dos modos como a heresia se difunde e um dos modos como é destruída.

— Não estou entendendo de novo.

— Meu Deus, como é difícil. Bem. Imagina que sejas um reformador dos costumes e reúnas alguns companheiros no topo de um monte, para viver na pobreza. E logo depois vês que muitos vão ter contigo, mesmo de terras longínquas, e te consideram um profeta, ou um novo apóstolo, e te seguem. Na realidade vão lá por tua causa ou por aquilo que dizes?

— Não sei, espero que sim. Por que seria de outro modo?

— Porque ouviram dos pais histórias de outros reformadores e lendas de comunidades menos ou mais perfeitas, e acham que esta é aquela e aquela é esta.

— Assim todo movimento herda os filhos dos outros.

— Certo, porque a maioria dos que acorrem para eles é constituída de gente simples, que não tem sutileza doutrinal. Entretanto, os movimentos de reforma dos costumes nascem em lugares e de modos diferentes e com diferentes doutrinas. Por exemplo, é frequente confundirem cátaros e valdenses. Mas entre eles existe grande diferença. Os valdenses pregavam uma reforma dos costumes no interior da Igreja, os cátaros pregavam uma Igreja diferente, uma visão diferente de Deus e da moral. Os cátaros achavam que o mundo estava dividido entre as forças opostas do bem e do mal e tinham constituído uma Igreja em que os perfeitos se distinguiam dos simples crentes e tinham seus sacramentos e seus ritos; tinham constituído uma hierarquia muito rígida, quase tão rígida quanto a da nossa Santa Madre Igreja, e não pensavam absolutamente em destruir nenhuma forma de poder. Isso explica por que até mesmo homens de comando, proprietários e feudatários aderiram aos cátaros. Nem pensavam em reformar o mundo porque a oposição entre bem e mal para eles nunca poderá ser resolvida. Os valdenses, ao contrário (e com eles os arnaldistas ou os pobres lombardos), queriam construir um mundo diferente com base num ideal de pobreza, por isso acolhiam os deserdados e viviam em comunidade, do trabalho das próprias mãos. Os cátaros recusavam os sacramentos da Igreja; os valdenses, não, recusavam somente a confissão auricular.

— Mas por que são confundidos agora e se fala deles como da mesma erva daninha?

— Eu te disse, o que lhes dá vida é também o que lhes dá morte. Crescem com a adesão de gente simples que foi estimulada por outros movimentos e acreditam tratar-se do mesmo ato de revolta e esperança; e são destruídos pelos inquisidores que atribuem a uns os erros dos outros, e, se os seguidores de um movimento tiverem cometido um crime, esse crime será atribuído a cada seguidor de cada movimento. Os inquisidores erram buscando o acerto, porque põem juntas doutrinas contrastantes; e acertam em virtude do erro alheio, porque, quando nasce um movimento, por exemplo, de arnaldistas numa cidade, para lá convergem também os que teriam sido ou tinham sido cátaros ou valdenses alhures. Os apóstolos de frei Dulcino pregavam a destruição física dos clérigos e dos senhores e cometeram muitas violências; os valdenses são contrários à violência, e os fraticelos também. Mas estou certo de que nos tempos de frei Dulcino entraram em seu grupo muitos que já tinham seguido as pregações dos fraticelos ou dos valdenses. Os simples não podem escolher heresia, Adso, agarram-se a quem prega na terra deles, a quem passa pela aldeia ou pela praça. É com isso que seus inimigos jogam. Apresentar aos olhos do povo uma única heresia, que talvez aconselhe ao mesmo tempo a recusa do prazer sexual e a comunhão dos corpos, é boa arte predicatória: porque mostra os hereges num só emaranhado de contradições diabólicas que ofendem o senso comum.

— Portanto, não há relação entre eles, e é por embuste do demônio que um simples, que queria ser joaquimita ou espiritual, cai nas mãos dos cátaros ou vice-versa?

— Ao contrário, não é assim. Tentemos recomeçar, Adso, e asseguro-te que estou tentando explicar-te uma coisa sobre a qual nem mesmo eu acredito dominar a verdade. Penso que o erro está em acreditar que primeiro vem a heresia, depois vêm os simples que a ela se dão (e nela se danam). Na verdade primeiro vem a condição dos simples, depois a heresia.

— E como?

— Para ti é clara a visão da constituição do povo de Deus. Um grande rebanho, ovelhas boas e ovelhas más, refreadas por cães mastins, os guerreiros, ou seja, o poder temporal, o imperador e os senhores, sob a direção dos pastores, os clérigos, os intérpretes da palavra divina. A imagem é singela.

— Mas não é verdadeira. Os pastores combatem contra os cães porque cada um deles quer os direitos dos outros.

— É verdade, e é justamente isso que torna imprecisa a natureza do rebanho. Perdidos que estão em se estraçalhar mutuamente, cães e pastores já não cuidam do rebanho. Uma parte dele fica fora.

— Como fora?

— Nas margens. Se são camponeses, deixam de sê-lo porque não têm terra ou a que têm não os sustenta. Se citadinos, deixam de sê-lo porque não pertencem a nenhuma corporação de ofício, são povo miúdo, presa de qualquer um. Não viste às vezes nos campos grupos de leprosos?

— Sim, uma vez vi uns cem juntos. Deformados, com as carnes esbranquiçadas a se desfazerem, de muletas, com as pálpebras inchadas, os olhos sanguinolentos, não falavam nem gritavam: guinchavam, como ratos.

— Para o povo cristão esses são os outros, os que estão às margens da grei. A grei os odeia, eles odeiam a grei. Queriam nos ver mortos, todos leprosos como eles.

— Sim, lembro-me de uma história do rei Marcos, que precisava condenar a bela Isolda e a estava mandando para a fogueira, quando apareceram os leprosos e disseram ao rei que a fogueira era pena leve, que existia uma pior. E gritaram-lhe: dá-nos Isolda, que ela pertença a todos nós, o mal acende nossos desejos, dá Isolda a teus leprosos, olha, os nossos trapos estão grudados às chagas purulentas, ela, que ao teu lado se comprazia nos ricos tecidos forrados de marta e nas joias, quando vir a corte dos leprosos, quando precisar entrar em nossos tugúrios e deitar-se conosco, então reconhecerá realmente o seu pecado e lamentará ter perdido essa bela fogueira de sarça.

— Vejo que, para seres um noviço de são Bento, tens leituras curiosas — motejou Guilherme, e eu corei, porque sabia que um noviço não deveria ler romances de amor, mas entre nós, jovens, eles circulavam no mosteiro de Melk e os líamos à noite, à luz de vela. — Mas não importa — retomou Guilherme —, compreendeste o que eu queria dizer. Os leprosos excluídos gostariam de arrastar todos para sua ruína. E se tornarão mais malvados quanto mais os excluíres; e, quanto mais os representares como uma corte de lêmures que querem a tua ruína, mais eles serão excluídos. São Francisco entendeu isso, e sua primeira escolha foi ir viver com os leprosos. Não se mudará o povo de Deus se os marginalizados não se reintegrarem em seu corpo.

— Mas faláveis de outros excluídos; não são os leprosos que compõem os movimentos heréticos.

— O rebanho é como uma série de círculos com um único centro, desde a mais ampla distância da grei até sua periferia imediata. Os leprosos são signo da exclusão em geral. São Francisco tinha entendido. Não queria apenas ajudar os leprosos, pois sua ação se reduziria a um ato impotente de caridade. Queria dizer outra coisa. Contaram-te a pregação aos pássaros?

— Oh, sim, ouvi essa belíssima história e admirei o santo que gozava da companhia daquelas ternas criaturas de Deus — eu disse, com grande fervor.

— Pois bem, contaram-te a história errada, ou seja, a história que a ordem está hoje reconstruindo. Quando Francisco falou ao povo e aos magistrados da cidade e percebeu que eles não o entendiam, saiu em direção ao cemitério e pôs-se a pregar para corvos, pegas, gaviões, aves de rapina que se alimentavam de cadáveres.

— Que coisa horrenda — falei —, então não eram pássaros bons!

— Eram aves de rapina, pássaros excluídos, como os leprosos. Francisco decerto estava pensando naquele versículo do Apocalipse que diz: vi um anjo de pé, no sol, gritar com voz forte, a todos os pássaros que voam no firmamento, vinde e reuni-vos para o grande banquete de Deus, para comer a carne dos reis, a carne dos tribunos e dos soberbos, a carne dos cavalos e dos cavaleiros, a carne dos libertos e dos escravos, dos pequenos e dos grandes!

— Então Francisco queria incitar os excluídos à revolta?

— Não, isso, quando muito, foram Dulcino e os seus. Francisco queria chamar os excluídos, prestes à revolta, a fazer parte do povo de Deus. Para recompor o rebanho era necessário reencontrar os excluídos. Francisco não conseguiu, e eu te digo isso com muita amargura. Para reintegrar os excluídos, precisava agir dentro da Igreja; para agir dentro da Igreja, precisava obter o reconhecimento de sua regra, da qual teria saído uma ordem; e uma ordem, como de fato saiu, recomporia a imagem de um círculo em cujas margens estão os excluídos. Compreendes então por que há, mais uma vez, os bandos de fraticelos e de joaquimitas que juntam os excluídos ao seu redor?

— Mas não estávamos falando de Francisco, e sim de como a heresia é produto dos simples e dos excluídos.

— É verdade. Falávamos dos excluídos do rebanho das ovelhas. Durante séculos, enquanto o papa e o imperador se dilaceravam em suas diatribes pelo poder, eles continuaram a viver à margem, eles, os verdadeiros leprosos, de quem os leprosos são apenas a figura posta por Deus para compreendermos essa admirável parábola, e, com a palavra "leprosos", entendermos "excluídos, pobres, simples, deserdados, erradicados dos campos, humilhados nas cidades". Não compreendemos, e o mistério da lepra ficou a nos obcecar porque não reconhecemos sua natureza de signo. Excluídos que eram do rebanho, todos eles estavam prontos a dar ouvidos a toda e qualquer pregação que, remetendo-se à palavra de Cristo, fizesse acusações ao comportamento dos cães e dos pastores e prometesse que um dia eles seriam punidos. Isso os poderosos sempre souberam. Reconhecer os excluídos, para estes, queria dizer reduzir seus próprios privilégios, por isso os excluídos que tomavam consciência de sua exclusão deviam ser tachados de hereges, qualquer que fosse sua doutrina. E estes, enraivecidos pela exclusão, não estavam interessados em doutrina alguma. A ilusão da heresia é essa. O que conta não é a fé que um movimento propõe, é a esperança que ele oferece. Raspa a heresia, encontrarás o leproso. Toda batalha contra a heresia pretende apenas que o leproso continue leproso. Quanto aos leprosos, o que queres exigir deles? Que distingam entre duas definições da Trindade ou da eucaristia? Ora, Adso, esses são jogos para homens de doutrina. Os simples têm outros problemas. E repara: resolvem-nos todos de modo errado. Por isso se tornam hereges.

— E por que alguns os apoiam?

— Porque servem ao seu jogo, que raramente diz respeito à fé e, no mais das vezes, à conquista do poder.

— É por isso que a Igreja de Roma acusa de heresia todos os seus adversários?

— É por isso, e é por isso que reconhece como ortodoxia a heresia que ela pode submeter a seu controle ou precisa aceitar por ter-se tornado muito forte. Mas não há uma regra precisa. E isso vale também para os reis ou leigos comuns. Há algum tempo, em Cremona, os fiéis do império ajudaram os cátaros, só para criar embaraços à Igreja de Roma. Às vezes as magistraturas citadinas encorajam os hereges somente porque eles traduzem o evangelho para a língua vulgar, que é afinal a língua das cidades, enquanto o latim é a língua de Roma e dos mosteiros. Ou apoiam os valdenses porque estes afirmam que todos, homens e mulheres, pequenos e grandes, podem ensinar e fazer pregação, e assim eliminam a diferença que torna os clérigos insubstituíveis!

— Mas então por que as mesmas magistraturas da cidade se voltam contra os hereges e dão mão forte à Igreja para queimá-los?

— Porque percebem que os hereges põem em crise também os privilégios dos leigos que falam em vulgar. Há duzentos anos num concílio já se dissera que não se deveria dar crédito aos idiotas e iletrados que eram os valdenses. Foi dito, se bem me lembro, que eles não têm morada fixa, andam descalços sem possuir nada, têm tudo em comum, seguem nus o Cristo nu, mas, se lhes for dado espaço demais, expulsarão todos. Para evitar esse flagelo, depois as cidades favoreceram as ordens mendicantes e a nós, franciscanos, em particular; isto porque permitíamos estabelecer uma relação harmônica entre necessidade de penitência e vida citadina, entre a Igreja e os burgueses que se interessavam por seus mercados...

— Atingiu-se, então, a harmonia entre amor a Deus e amor ao comércio?

— Não, os movimentos de renovação espiritual foram bloqueados, foram canalizados nos limites de uma ordem reconhecida pelo papa. Mas aquilo que rastejava por baixo não foi canalizado. Acabou nos movimentos dos flagelantes, que não fazem mal a ninguém, nos bandos armados como os de frei Dulcino, e nos rituais fetichistas como aqueles dos frades de Montefalco de que falava Ubertino...

— Mas quem tinha razão, quem tem razão, quem errou? — perguntei aturdido.

— Todos tinham sua razão, todos erraram.

— E vós — gritei num ímpeto de rebelião —, por que não tomais posição, por que não me dizeis onde está a verdade?

Guilherme permaneceu um tempo em silêncio, levantando em direção à luz a lente na qual estava trabalhando. Depois abaixou-a para a mesa e me mostrou uma ferramenta através dela:

— Olha — disse-me — O que estás vendo?

— A ferramenta, um pouco maior.

— É isso, o máximo que se pode fazer é olhar melhor.

— Mas é sempre a mesma ferramenta!

— Assim como o manuscrito de Venâncio será sempre o mesmo manuscrito quando eu puder lê-lo com esta lente. E depois que eu tiver lido o manuscrito talvez fique conhecendo melhor uma parte da verdade. E quem sabe poderemos melhorar a vida da abadia.

— Mas não é suficiente!

— Estou dizendo mais do que parece, Adso. Não é a primeira vez que te falo de Roger Bacon. Talvez não tenha sido o homem mais sábio de todos os tempos, mas sempre fui fascinado pela esperança que animava seu amor pela sabedoria. Bacon acreditava na força, nas necessidades, nas invenções espirituais dos simples. Não teria sido um bom franciscano se não achasse que os pobres, os deserdados, os idiotas e os iletrados falam frequentemente com a boca de Nosso Senhor. Se pudesse tê-los conhecido mais de perto, teria dado mais atenção aos fraticelos do que aos provinciais da ordem. Os simples têm uma coisa a mais que os doutores, que com frequência se perdem na busca de leis generalíssimas. Eles têm a intuição do individual. Mas essa intuição, sozinha, não basta. Os simples percebem uma verdade própria, talvez mais verdadeira que a dos doutores da Igreja, mas depois a destroem em atos sobre os quais não refletem. O que é preciso fazer? Dar ciência aos simples? Fácil demais, ou difícil demais. Ademais, qual ciência? A da biblioteca de Abão? Os mestres franciscanos propuseram-se esse problema. O grande Boaventura dizia que os sábios devem conduzir à clareza conceitual a verdade implícita nos gestos dos simples...

— Como o capítulo de Perúgia e as doutas dissertações de Ubertino, que transformam em decisões teológicas o apelo dos simples à pobreza — eu disse.

— Sim, mas como viste, chega tarde e, quando chega, a verdade dos simples já está transformada na verdade dos poderosos, melhor para o imperador Ludovico que para um frade de vida pobre. Como ficar perto da experiência dos simples mantendo, por assim dizer, sua virtude operativa, a capacidade de operar para a transformação e o melhoramento de seu mundo? Este era o problema de Bacon: *Quod enim laicali ruditate turgescit non habet effectum nisi fortuito*, a experiência dos simples tem resultados selvagens e incontroláveis. *Sed opera sapientiae certa lege vallantur et in finem debitum efficaciter diriguntur*: ele achava que a nova ciência da natureza devia ser a nova grande empreitada dos doutos para coordenar as necessidades elementares que constituíam também o acúmulo desordenado, mas a seu modo verdadeiro e justo, das expectativas dos simples. Mas para Bacon essa empreitada devia ser dirigida pela Igreja, e acho que dizia isso porque, em seu tempo, ser clérigo e ser sapiente era a mesma coisa. Hoje já não é assim, surgem sapientes fora dos mosteiros, das catedrais e até das universidades. Neste país, o maior filósofo de nosso século não foi um monge, mas um herborista. Refiro-me àquele florentino de cujo poema deves ter ouvido falar, que nunca li porque não entendo o seu vulgar e, pelo que sei, me agradaria muito pouco, porque devaneia sobre coisas muito distantes de nossa experiência. Mas escreveu, acho, as coisas mais sábias que nos foi dado compreender sobre a natureza dos elementos e do cosmo inteiro, bem como sobre o governo dos Estados. Assim como ele, meus amigos e eu achamos que, para a condução das coisas humanas, não cabe à Igreja legislar, mas à assembleia do povo; e do mesmo modo no futuro caberá à comunidade dos doutos propor essa novíssima e humana teologia que é filosofia natural e magia positiva.

— Uma belíssima empreitada — eu disse —, mas é possível?
— Bacon acreditava nisso.
— E vós?
— Também eu acreditava. Mas, para acreditar nisso, será necessário ter a certeza de que os simples têm razão porque possuem a intuição do individual, que é o único conhecimento seguro. Porém, se a intuição do individual é a única certa, como poderá a ciência chegar a recompor as leis universais através das quais a boa magia se torna operativa?
— Pois é — falei — como poderá?
— Já não sei. Tive muitas discussões em Oxford com meu amigo Guilherme de Ockham, que agora está em Avinhão. Semeou dúvidas em meu espírito. Porque, se apenas a intuição do individual é justa, o fato de que causas do mesmo gênero produzem efeitos do mesmo gênero é proposição difícil de

provar. Um mesmo corpo pode ser frio ou quente, doce ou amargo, úmido ou seco num lugar e em outro, não. Como posso descobrir o nexo universal que torna ordenadas as coisas, se não posso mover um dedo sem criar uma infinidade de novos entes, uma vez que com tal movimento mudam todas as relações de posição entre o meu dedo e todos os demais objetos? As relações são os modos pelos quais minha mente percebe a relação entre entes singulares, mas qual é a garantia de que esse modo é universal e estável?

— Mas sabeis que a certa espessura de um vidro corresponde certa potência de visão, e é porque o sabeis que podeis construir agora lentes iguais àquelas que perdestes, de outro modo como poderíeis?

— Resposta perspicaz, Adso. Com efeito, elaborei essa proposição, de que a espessura igual deve corresponder igual potência de visão. Pude fazê-lo porque de outras vezes tive intuições individuais do mesmo tipo. Sem dúvida, quem experimenta a propriedade curativa das ervas sabe que todos os indivíduos herbáceos da mesma natureza exercem sobre o paciente, igualmente disposto, efeitos da mesma natureza, por isso o experimentador formula a proposição de que toda erva de tal tipo serve a quem tem febre, ou que toda lente de tal tipo amplia em igual medida a visão do olho. A ciência de que falava Bacon versa indubitavelmente em torno dessas proposições. Repara, estou falando de proposições sobre as coisas, não de coisas. A ciência lida com as proposições e seus termos, e os termos indicam coisas singulares. Entende, Adso, eu preciso acreditar que minha proposição funciona, porque aprendi com base na experiência, mas para acreditar deveria supor que existem leis universais, contudo não posso falar delas, porque o próprio conceito de que existem leis universais e uma ordem dada das coisas implicaria que Deus seria prisioneiro delas, ao passo que Deus é coisa tão absolutamente livre que, se quisesse e por um só ato de sua vontade, o mundo seria diferente.

— Então, se estou entendendo direito, vós fazeis e sabeis por que fazeis, mas não sabeis por que sabeis que sabeis aquilo que fazeis?

Devo dizer com orgulho que Guilherme me olhou com admiração:

— Talvez seja assim. De todo modo isso te diz por que me sinto tão incerto de minha verdade, mesmo acreditando nela.

— Sois mais místico que Ubertino! — eu disse, maliciosamente.

— Quem sabe. Mas, como podes ver, trabalho sobre as coisas da natureza. E, mesmo na investigação que estamos desenvolvendo, não quero saber quem é bom ou quem é mau, mas quem esteve no scriptorium ontem à noite, quem pegou os óculos, quem deixou na neve os vestígios de um corpo que arrasta outro corpo e onde está Berengário. Esses são fatos, depois tentarei interligá-los, se é que isso é possível, porque é difícil dizer que efeito é produzido por qual causa; bastaria a intervenção de um anjo para mudar tudo, por isso não é de admirar se não se pode demonstrar que uma coisa é causa de outra. Ainda que seja preciso experimentar sempre, como estou fazendo.

— É uma vida difícil a vossa — eu disse.

— Mas encontrei Brunello — exclamou Guilherme, aludindo ao cavalo de dois dias antes.

— Então há uma ordem do mundo! — gritei triunfante.

— Então há um pouco de ordem nesta minha pobre cabeça — respondeu Guilherme.

Nesse momento Nicolau retornou trazendo uma forquilha quase terminada e mostrando-a triunfalmente.

— E, quando esta forquilha estiver em cima do meu pobre nariz — disse Guilherme —, talvez minha pobre cabeça esteja ainda mais organizada.

Veio um noviço nos informar que o abade queria falar com Guilherme e o esperava no jardim. Meu mestre foi obrigado a deixar seus experimentos para mais tarde e nos apressamos para o lugar do encontro. Enquanto para lá nos dirigíamos, Guilherme deu-se um tapa na testa, como se lembrasse somente então algo que tinha esquecido.

— A propósito — disse —, decifrei os signos cabalísticos de Venâncio.

— Todos? Quando?

— Quando estavas dormindo. E depende do que entendes por todos. Decifrei os signos que apareceram com a chama, os que tu copiaste. As anotações em grego precisam esperar até eu ter lentes novas.

— E então? Tratava-se do segredo do finis Africae?

— Sim, e a chave era bastante fácil. Venâncio dispunha dos doze signos zodiacais e de oito signos para os cinco planetas, os dois luminares e a Terra. Vinte signos ao todo. O suficiente para associar-lhes as letras do alfabeto latino, dado que podes usar a mesma letra para exprimir o som das duas iniciais de *unum* e de *velut*. A ordem das letras conhecemos. Qual podia ser a ordem dos signos? Pensei na ordem dos céus, pondo o quadrante zodiacal na extrema periferia. Daí, Terra, Lua, Mercúrio, Vênus, Sol et cetera, e depois, sucessivamente, os signos zodiacais em sua sequência tradicional, do modo como são classificados também por Isidoro de Sevilha, a começar de Áries e do solstício da primavera, para terminar em Peixes. Ora, se tentares aplicar essa chave, a mensagem de Venâncio adquirirá sentido.

Mostrou-me o pergaminho, sobre o qual tinha transcrito a mensagem em grandes letras latinas: *Secretum finis Africae manus supra idolum age primum et septimum de quatuor.*

— Está claro? — perguntou.

— A mão sobre o ídolo atua sobre o primeiro e sobre o sétimo dos quatro... — repeti balançando a cabeça. — Não está claro nem um pouco!

— Eu sei. Seria preciso saber antes o que Venâncio entendia por *idolum*. Uma imagem, um fantasma, uma figura? E, depois, o que serão esses quatro que têm um primeiro e um sétimo? E o que se deve fazer com eles? Movê-los, apertá-los, puxá-los?

— Então não sabemos nada e estamos no mesmo ponto — eu disse, com grande desapontamento.

Guilherme deteve-se e olhou-me com um ar não de todo benévolo.

— Meu rapaz — disse —, tens diante de ti um pobre franciscano que, com seus modestos conhecimentos e aquele pouco de habilidade que deve ao infinito poder do Senhor, conseguiu em poucas horas decifrar uma escrita secreta que seu autor tinha certeza de que permaneceria hermética para todos, exceto para ele mesmo... e tu, miserável biltre iletrado, te permites dizer que estamos no mesmo ponto?

Desculpei-me muito sem jeito. Tinha ferido a vaidade de meu mestre, embora soubesse quanto ele andava orgulhoso da rapidez e da segurança de suas deduções. Guilherme realizara realmente uma obra digna de admiração, e não era culpa dele se o astutíssimo Venâncio não só escondera o que tinha descoberto sob a roupagem de um obscuro alfabeto zodiacal, como também elaborara um enigma indecifrável.

— Não importa, não importa, não te desculpes — interrompeu-me Guilherme. — No fundo, tens razão, sabemos ainda muito pouco. Vamos.

Terceiro dia

VÉSPERAS

Quando se fala de novo com o abade, Guilherme tem algumas ideias mirabolantes para decifrar o enigma do labirinto e tem nisso um sucesso razoável. Depois se come queijo empastelado.

O abade nos esperava com ar sombrio e preocupado. Tinha um papel em mãos.

— Recebi agora uma carta do abade de Conques — disse. — Comunica-me o nome daquele a quem João confiou o comando dos soldados franceses e a guarda da incolumidade da legação. Não é um homem de armas, não é um homem da corte e será ao mesmo tempo um membro da legação.

— Raro conúbio de variadas virtudes — disse Guilherme inquieto. — Quem será?

— Bernardo Gui, ou Bernardus Guidonis, como quiserdes chamá-lo.

Guilherme soltou uma exclamação em sua língua, que não entendi, nem a entendeu o abade, e talvez tenha sido melhor para todos, porque a palavra que Guilherme disse sibilava de modo obsceno.

— A coisa não me agrada — acrescentou logo. — Bernardo foi durante anos o martelo dos hereges de Tolosa e escreveu uma *Practica officii inquisitionis heretice pravitatis* para uso de todos os que deverão perseguir e destruir valdenses, beguinos, beatos, fraticelos e dulcinistas.

— Eu sei. Conheço o livro, admirável pela doutrina.

— Admirável pela doutrina — admitiu Guilherme. — Ele é devotado a João, que nos anos passados lhe confiou muitas missões em Flandres e aqui na alta Itália. E, mesmo quando foi nomeado bispo na Galícia, nunca deu o ar da graça em sua diocese e continuou com a atividade inquisitorial. Agora eu achava que tinha se retirado para o bispado de Lodève, mas ao que parece João o põe de novo em ação, justamente aqui na Itália setentrional. Por que Bernardo e por que com responsabilidade sobre os soldados...?

— Há resposta para isso — disse o abade — e confirma todos os receios que vos expressava ontem. Bem sabeis — ainda que não queirais concordar comigo — que as posições sobre a pobreza de Cristo e da Igreja sustentadas pelo capítulo de Perúgia, embora com abundância de argumentos teológicos, são as mesmas defendidas de modo muito menos prudente e com comportamento menos ortodoxo por muitos movimentos heréticos. Não é difícil demonstrar que as posições de Miguel de Cesena, abraçadas pelo imperador, são as mesmas de Ubertino e de Ângelo Clareno. E até aqui as duas legações estarão de acordo. Mas Gui poderia fazer mais e tem habilidade para isso: tentará sustentar que as teses de Perúgia são as mesmas dos fraticelos ou dos pseudoapóstolos.

— Sabia-se que se chegaria a isso, mesmo sem a presença de Bernardo. No máximo Bernardo o fará com mais habilidade do que muitos daqueles curiais ineptos, e a questão será discutir contra ele com maior sutileza.

— Sim — disse o abade —, mas, se não encontrarmos até amanhã o culpado de dois ou talvez três crimes, precisarei conceder a Bernardo o exercício da vigilância sobre as coisas da abadia.

— É verdade — murmurou Guilherme, preocupado. — Será preciso vigiar Bernardo, que vigiará o misterioso assassino. Talvez seja bom: Bernardo ocupado a cuidar do assassino estará menos disponível para intervir na discussão.

— Bernardo ocupado a descobrir o assassino será uma espinha no flanco de minha autoridade, lembrai-vos disso. Esse torpe acontecimento me impõe pela primeira vez a cessão de parte do meu poder dentro destes muros, e é um fato novo não apenas na história da abadia, como também da própria ordem cluniacense. Eu faria qualquer coisa para evitá-lo. E a primeira coisa por fazer seria negar hospitalidade às legações.

— Peço que Vossa Paternidade reflita sobre essa grave decisão — disse Guilherme. — Tendes em mãos uma carta do imperador que vos convida calorosamente a...

— Sei o que me liga ao imperador — disse bruscamente o abade — e vós também sabeis. Portanto, sabeis que infelizmente não posso voltar atrás. Mas tudo isso é muito ruim. Onde está Berengário, o que lhe aconteceu, o que estais fazendo?

— Sou apenas um frade que há muito tempo conduziu investigações inquisitoriais. Não se encontra a verdade em dois dias. E afinal que poder me concedestes? Posso entrar na biblioteca? Posso fazer todas as perguntas que quero?

— Não vejo relação entre os crimes e a biblioteca — disse seco o abade.

— Adelmo era miniaturista; Venâncio, tradutor; Berengário, ajudante de bibliotecário... — explicou Guilherme, pacientemente.

— Nesse sentido todos os sessenta monges têm a ver com a biblioteca, assim como têm a ver com a igreja. Por que então não procurais na igreja? Frei Guilherme, estais conduzindo uma investigação por ordem minha e nos limites em que vos pedi que a conduzísseis. De resto, dentro destas muralhas, sou eu o único senhor depois de Deus, e por Sua graça. E isso valerá também para Bernardo. Por outro lado — acrescentou em tom mais manso —, nem é assim tão certo que Bernardo estará aqui para o encontro. O abade de Conques me escreve que ele vai passar pela Itália em direção ao Sul. Diz-me também que o papa pediu ao cardeal Bertrando de Pouget que subisse de Bolonha para cá, a fim de assumir o comando da legação pontifícia. Talvez Bernardo venha aqui para se encontrar com o cardeal.

— O que, numa perspectiva mais ampla, seria pior. Bertrando é o martelo dos hereges na Itália central. Esse encontro entre dois campeões da luta anti-herética pode prenunciar uma ofensiva mais vasta no país, para envolver, no fim, todo o movimento franciscano...

— Sobre isso informaremos logo o imperador — disse o abade —, e neste caso o perigo não seria imediato. Estaremos alerta. Adeus.

Guilherme permaneceu um pouco em silêncio enquanto o abade se afastava. Depois me disse:

— Sobretudo, Adso, tentemos não nos deixar levar pela pressa. As coisas não se resolvem rapidamente quando é preciso acumular tantas experiências individuais minuciosas. Volto à oficina, porque sem as lentes não só não poderei ler o manuscrito, como também não será conveniente retornar esta noite à biblioteca. Tu vais te informar se sabem alguma coisa de Berengário.

Naquele momento veio correndo ao nosso encontro Nicolau de Morimondo, portador de péssimas notícias. Enquanto tentava esmerilar melhor a lente, aquela na qual Guilherme depositava tantas esperanças, ela se quebrara. E uma outra, que talvez pudesse substituí-la, trincara enquanto ele tentava inseri-la na forquilha. Nicolau apontou desconsolado para o céu. Já era hora das vésperas e a escuridão estava descendo. Por aquele dia não se poderia mais trabalhar. Outro dia perdido, conveio amargamente Guilherme, reprimindo (como depois me confessou) a tentação de esganar o vidreiro desajeitado, que por sua vez se sentia bastante humilhado.

Deixamo-lo entregue à sua humilhação e fomos nos informar sobre Berengário. Naturalmente ninguém o encontrara.

Sentíamos que marcávamos passo. Passeamos um pouco no claustro, incertos do que fazer. Mas logo depois vi que Guilherme estava absorto com o olhar perdido no ar, como se não estivesse vendo nada. Havia pouco tirara do hábito um raminho daquelas ervas que o vira recolher semanas antes, e pusera-se a mastigá-lo como se dele extraísse uma espécie de calma excitação. De fato parecia ausente, mas de vez em quando seus olhos se iluminavam, como se no vazio de sua mente tivesse se acendido uma ideia nova; depois recaía naquela sua singular e ativa hebetude. De repente disse:

— Claro, seria possível...

— O quê? — perguntei.

— Pensava num modo de nos orientarmos no labirinto. Não é fácil de realizar, mas seria eficaz... No fundo, a saída é no torreão oriental, e isso nós sabemos. Agora supõe que tivéssemos uma máquina que nos dissesse de que lado fica o setentrião. O que aconteceria?

— Que naturalmente bastaria virar à nossa direita e estaríamos voltados para o oriente. Ou então bastaria andar em sentido contrário, e saberíamos estar indo para o torreão meridional. Mas, mesmo admitindo que existisse uma tal magia, o labirinto é justamente um labirinto, e, assim que nos dirigíssemos para o oriente, encontraríamos uma parede que nos impediria de seguir adiante e perderíamos novamente o caminho... — observei.

— Sim, mas a máquina de que estou falando apontaria *sempre* a direção do setentrião, ainda que tivéssemos mudado de caminho, e em todo lugar nos diria para que lado virar.

— Seria maravilhoso. Mas precisaríamos ter essa máquina, e ela deveria ser capaz de reconhecer o setentrião de noite e em lugar fechado, sem poder enxergar nem sol nem as estrelas... E acho que nem mesmo o seu Bacon possuía uma máquina igual! — ri.

— No entanto estás enganado — disse Guilherme —, porque foi construída uma máquina do gênero e alguns navegadores a usaram. Ela não precisa de sol nem de estrelas, porque se vale da força de uma pedra maravilhosa, igual àquela que vimos no hospital de Severino, a que atrai o ferro. E foi estudada por Bacon e por um mago da Picardia, Pedro de Maricourt, que descreveu seus múltiplos usos.

— E vós sabeis construí-la?

— De per si não seria difícil. A pedra pode ser usada para produzir muitas maravilhas, entre as quais uma máquina que se move perpetuamente sem nenhuma força externa, mas o achado mais simples foi também descrito por um árabe, Baylek al Qabayaki. Pegas um vaso cheio de água e pões nele para flutuar uma rolha em que enfiaste uma agulha de ferro. Depois passas a pedra sobre a superfície da água, com um movimento circular, até que a agulha adquira as mesmas propriedades da pedra. Nessa altura a agulha — e o mesmo aconteceria com a pedra, se ela tivesse a possibilidade de mover-se em torno de um eixo — dispõe-se com a ponta dirigida para setentrião, e, se moveres o vaso, ela sempre se voltará para o norte. Nem preciso dizer-te que, se na borda do vaso tiveres assinalado também as posições de austro, aquilão e assim por diante, em relação ao norte, saberás sempre para que lado deves mover-te na biblioteca para atingir o torreão oriental.

— Que coisa maravilhosa! — exclamei. — Mas por que a agulha aponta sempre para setentrião? A pedra atrai o ferro, eu vi, e imagino que uma imensa quantidade de ferro atraia a pedra. Mas então... então em direção da estrela polar, nos limites extremos do globo, existem grandes jazidas de ferro!

— Alguém sugeriu de fato que é assim. Salvo que a agulha não aponta exatamente na direção da estrela náutica, mas para o ponto de encontro dos meridianos celestes. Sinal de que, como foi dito, "hic lapis gerit in se similitudinem coeli", e os polos do ímã recebem sua inclinação dos polos do céu, e não dos da terra. O que é um belo exemplo de movimento impresso a distância, e não por causalidade material direta: um problema com o qual se ocupa o meu amigo João de Jandun, quando o imperador não lhe pede que afunde Avinhão nas vísceras da terra...

— Então vamos pegar a pedra de Severino e um vaso e água e uma rolha... — eu disse, excitado.

— Devagar, devagar — disse Guilherme. — Não sei por quê, mas nunca vi máquina perfeita na descrição dos filósofos que seja depois perfeita no funcionamento mecânico. Ao passo que o podão de um camponês, que nenhum filósofo jamais descreveu, funciona como deve... Meu medo é que, girando pelo labirinto com um lume numa das mãos e um vaso cheio de água na outra... Espera, tive outra ideia. A máquina indicaria setentrião mesmo que estivéssemos fora do labirinto, não é verdade?

— Sim, mas aí não nos serviria porque teríamos o sol e as estrelas... — eu disse.

— Eu sei, eu sei. Mas se a máquina funciona tanto dentro quanto fora, por que não deveria acontecer o mesmo com nossa cabeça?

— Nossa cabeça? Claro que ela funciona fora também, e de fato de fora sabemos muito bem qual é a orientação do Edifício! Mas é quando estamos dentro que não compreendemos mais nada!

— Justamente. Mas esquece a máquina agora. Pensar na máquina induziu-me a pensar nas leis naturais e nas leis de nosso pensamento. Eis a questão: precisamos encontrar por fora um modo de descrever o Edifício como ele é por dentro...

— E como?

— Deixa-me pensar, não deve ser tão difícil assim...

— E o método de que faláveis ontem? Não queríeis percorrer o labirinto fazendo sinais com carvão?

— Não — disse ele —, quanto mais penso nisso, menos me convence. Talvez não consiga lembrar direito a regra, ou talvez para andar por um labirinto seja necessário ter uma boa Ariadne que te espere à porta segurando a ponta de um fio. Mas não existem fios tão longos. E, mesmo que existissem, isso significaria (frequentemente as fábulas dizem a verdade) que só se sai de um labirinto com ajuda externa. Desde que as leis do externo sejam iguais às leis do interno. É isso, Adso, usaremos as ciências matemáticas. Apenas nas ciências matemáticas, como diz Averróis, são identificadas as coisas conhecidas para nós e as conhecidas de modo absoluto.

— Então estais vendo que admitis os conhecimentos universais.

— Os conhecimentos matemáticos são proposições construídas pelo nosso intelecto de tal modo que funcionem sempre como verdadeiras, ou porque são inatas ou porque a matemática foi inventada antes das outras ciências. E a biblioteca foi construída por uma mente humana que pensava de modo matemático, porque sem a matemática não constróis labirintos. Portanto, trata-se de confrontar nossas proposições matemáticas com as proposições do construtor, e desse confronto pode dar-se ciência, porque é a ciência de termos sobre termos. Em todo caso, para de me arrastar para discussões metafísicas. Que diabo te mordeu hoje? Em vez disso, tu, que tens vista boa, pega um pergaminho, uma tábula, algo sobre o que possamos fazer signos, e um estilo... bem, tu os tens, muito bem, Adso. Vamos dar uma volta pelo Edifício, enquanto temos um pouco de luz.

Contornamos então todo o Edifício. Isto é, examinamos de longe os torreões oriental, meridional e ocidental com as paredes que os ligavam. Porque, quanto ao resto, dava para o precipício, mas, por razões de simetria, não devia ser diferente do que estávamos vendo.

E o que estávamos vendo — observou Guilherme enquanto me fazia tomar apontamentos precisos em minha tábula — era que cada muro tinha duas janelas, e cada torreão, cinco.

— Agora raciocina — disse-me o mestre. — Cada sala que vimos tinha uma janela...

— Menos aquelas de sete lados — eu disse.

— E é natural, são as do centro de cada torre.

— E fora algumas que achamos sem janelas e não eram heptagonais.

— Esquece-as. Primeiro encontramos a regra, depois tentaremos justificar as exceções. Então teremos no exterior cinco salas para cada torre e duas salas para cada parede, cada uma com uma janela. Mas, se de uma sala com janela prosseguirmos para o interior do Edifício, encontraremos outra sala com janela. Sinal de que se trata de janelas internas. Agora, que forma tem o poço interno, quando visto da cozinha e do scriptorium?

— Octogonal — respondi.

— Ótimo. E em cada lado do octógono podem perfeitamente abrir-se duas janelas. Isso quer dizer que, para cada lado do octógono, há duas salas internas? Certo?

— Sim, e as salas sem janelas?

— São oito ao todo. De fato, a sala interna de cada torreão, de sete lados, tem cinco paredes que dão para cada uma das cinco salas de cada torreão. Com o que confinam as outras duas paredes? Não com uma sala situada ao longo dos muros externos, pois aí haveria janelas, nem com uma situada ao longo do octógono, pelas mesmas razões, e porque seriam salas exageradamente compridas. Experimenta traçar um desenho de como pode ser a aparência da biblioteca vista do alto. Vê que em correspondência com cada torre deve haver duas salas que confinam com a sala heptagonal e dão para duas salas que confinam com o poço octogonal interno.

Experimentei traçar o desenho que meu mestre sugeria e dei um grito de triunfo.

— Mas então sabemos tudo! Deixai-me contar... A biblioteca tem cinquenta e seis salas, das quais quatro heptagonais e cinquenta e duas mais ou menos quadradas, e, destas, oito são sem janelas, enquanto vinte e oito dão para fora e dezesseis para dentro!

— E cada um dos quatro torreões tem cinco salas de quatro lados e uma de sete... A biblioteca está construída segundo uma harmonia celeste à qual podem ser atribuídos vários e miríficos significados...

— Esplêndida descoberta — eu disse —, mas então por que é tão difícil se orientar nela?

— Porque o que não corresponde a nenhuma lei matemática é a disposição das passagens. Algumas salas dão passagem para muitas outras, algumas para uma só, e cabe perguntar se não há salas que não dão passagem para nenhuma. Se considerares esse elemento, mais a falta de luz e a total ausência de indícios dados pela posição do sol (e acrescenta aí as visões e os espelhos), entenderás como o labirinto é capaz de confundir quem quer que o percorra, já agitado pelo sentimento de culpa. Por outro lado, pensa em como estávamos desesperados ontem à noite quando não conseguíamos encontrar o caminho. O máximo de confusão somado ao máximo de ordem: parece-me um cálculo sublime. Os construtores da biblioteca eram grandes mestres.

— Como faremos então para nos orientar?

— Agora não é difícil. Com o mapa que traçaste, que bem ou mal deve corresponder ao traçado da biblioteca, assim que estivermos na primeira sala heptagonal, trataremos de encontrar logo uma das salas cegas. Depois, virando sempre à direita, após três ou quatro salas, deveremos estar de novo num torreão, que só poderá ser o torreão setentrional, até voltar a outra sala cega, que à esquerda confinará com a sala heptagonal e à direita deverá nos permitir encontrar um trajeto análogo àquele que te disse ainda agorinha, até chegarmos ao torreão ocidental.

— Sim, se todas as salas dessem para todas as salas...

— De fato. E por isso precisaremos do teu mapa, para assinalarmos as paredes fechadas e sabermos quais desvios estamos tomando. Mas não será difícil.

— Mas é certeza que vai funcionar? — perguntei perplexo, porque me parecia tudo simples demais.

— Funcionará — respondeu Guilherme. — Omnes enim causae effectuum naturalium dantur per lineas, angulos et figuras. Aliter enim impossibile est scire propter quid in illis — citou. — São palavras de um dos grandes mestres de Oxford. Mas infelizmente ainda não sabemos tudo. Aprendemos como não nos perder. Agora é preciso saber se há uma regra que governa a distribuição dos livros nas salas. E os versículos do Apocalipse nos dizem muito pouco, mesmo porque muitos se repetem em salas diferentes...

— Contudo, o livro do apóstolo teria permitido encontrar bem mais de cinquenta e seis versículos!

— Sem dúvida. Portanto, somente alguns versículos são válidos. Estranho. Como se houvesse menos de cinquenta, trinta, vinte... Oh, pelas barbas de Merlin!

— De quem?

— Não é nada, um mago da minha terra... Usaram tantos versículos quantas são as letras do alfabeto! Lógico que é assim! O texto dos versículos não importa, o que importa são as letras iniciais. Cada sala é marcada por uma letra do alfabeto, e todas juntas compõem um texto que precisamos descobrir!

— Como um poema figurado, em forma de cruz ou peixe!

— Mais ou menos, e provavelmente nos tempos em que a biblioteca foi constituída esse tipo de poema andava muito em voga.

— E por onde começa o texto?

— Por uma cártula maior que as outras, pela sala heptagonal do torreão de entrada... ou... Mas claro, pelas frases em vermelho!

— Mas são tantas!

— Por isso haverá muitos textos, ou muitas palavras. Agora fazes uma cópia melhor e maior do teu mapa, depois, visitando a biblioteca, não só marcarás com teu estilo, de leve, as salas pelas quais passarmos e a posição das portas e das paredes (sem esquecer das janelas), como também a letra inicial do versículo que ali aparece, e, de algum modo, como bom miniaturista, traçarás as letras vermelhas em tamanho maior.

— Mas como foi — eu disse, admirado — que conseguistes resolver o mistério da biblioteca olhando-a de fora e não o resolvestes quando estáveis lá dentro?

— Assim Deus conhece o mundo, porque o concebeu em Sua mente, como se estivesse fora, antes que ele fosse criado, enquanto nós não conhecemos a regra, porque vivemos dentro dele, encontrando-o já pronto.

— Assim é possível conhecer as coisas olhando-as de fora!

— As coisas da arte, porque percorremos mentalmente as operações do artífice. Não as coisas da natureza, porque não são obra de nossa mente.

— Mas para a biblioteca é o suficiente, não é?

— Sim — disse Guilherme —, mas só para a biblioteca. Agora vamos descansar. Não posso fazer nada até amanhã de manhã, quando terei — espero — minhas lentes. Enquanto isso, vamos dormir para levantar na hora. Procurarei refletir.

— E a ceia?

— Ah, pois é, a ceia. Já passou da hora. Os monges já estão nas completas. Mas talvez a cozinha ainda esteja aberta. Vai buscar alguma coisa.

— Roubar?

— Pedir. A Salvatore, que agora já é teu amigo.

— Mas então é ele que vai roubar!

— És por acaso o guarda de teu irmão? — perguntou Guilherme com as palavras de Caim. Mas percebi que estava brincando e queria dizer que Deus é grande e misericordioso. Por isso me pus à procura de Salvatore e o encontrei perto das estrebarias.

— Que bonito — eu disse, apontando para Brunello, mais para puxar conversa. — Gostaria de montá-lo.

— No se puede. Abbonis est. Mas não precisa de um bom cavalo para correr forte... — indicou-me um cavalo robusto e desajeitado: — Também aquele sufficit... Vide illuc, tertius equi...

Queria me indicar o terceiro cavalo. Ri de seu latim engraçadíssimo.

— E o que farás com aquele? — perguntei-lhe.

E contou-me uma história estranha. Disse que qualquer cavalo, mesmo a montaria mais velha e fraca, poderia se tornar tão veloz quanto Brunello. É preciso misturar à sua aveia uma erva chamada satirion, bem triturada, e depois untar as coxas com gordura de cervo. Depois a gente monta no cavalo e, antes de dar às esporas, deve-se virar o focinho dele para o levante e pronunciar perto das orelhas dele, três vezes em voz baixa, as palavras "Gaspar, Melquior, Merquisardo". O cavalo parte em desabalada e faz em uma hora o caminho que Brunello faria em oito. E, se no pescoço dele a gente pendurar os dentes de um lobo que o próprio cavalo, correndo, tenha matado, a besta nem canseira vai sentir.

Perguntei-lhe se já tinha experimentado. E ele, aproximando-se circunspecto e sussurrando-me ao ouvido, com seu hálito realmente desagradável, disse que era muito difícil, porque o satirion agora é cultivado só pelos bispos e pelos cavaleiros amigos deles, que usam a erva para aumentar seu poder. Pus fim à conversa e disse-lhe que naquela noite meu mestre queria ler certos livros na cela e desejava comer lá mesmo.

— Faço mim — disse —, faço queso empastelado.

— Como é isso?

— Facilis. Pegas el queso que não seja mui velho, nem mui salgado e cortado em fatiinhas de pedaços quadrados ou sicut preferir. Et postea põe um pouco de manteiga ou então de banha fresca para rechauffer na brásia. E dentro vamos a poner duas fatias de queso e, quando parecer macio, zucharum et canella supra positurum du bis. E leva depressa para a mensa, porque deve comer quente quente.

— Então que venha o queijo empastelado — disse-lhe. E ele desapareceu em direção às cozinhas, dizendo-me que o esperasse. Voltou meia hora depois com um prato coberto com um pano. O cheiro era bom.

— Segura — disse-me, estendendo também uma lamparina grande e cheia de azeite.

— Para que isso? — perguntei.

— Sais pas, moi — disse com ar sonso. — Fileisch teu magister queira ire in loco escuro esta noche.

Salvatore sabia evidentemente mais coisas do que eu suspeitava. Não investiguei mais, levei a comida a Guilherme. Comemos e retirei-me para minha cela. Ou, pelo menos, fingi. Ainda queria encontrar Ubertino e entrei sorrateiro na igreja.

Terceiro dia

DEPOIS DAS COMPLETAS

De como Ubertino conta a Adso a história de frei Dulcino, Adso relembra ou lê outras histórias na biblioteca, por conta própria, e depois topa com uma moça bela e terrível como um exército em formação de batalha.

Encontrei de fato Ubertino junto à estátua da Virgem. Uni-me silenciosamente a ele e por algum tempo fingi (confesso) orar. Depois ousei falar-lhe.

— Padre santo — disse-lhe —, posso pedir-vos luz e conselho?

Ubertino olhou-me, segurou-me a mão e levantou-se, conduzindo-me até um banco, onde nos sentamos. Abraçou-me apertado, e pude sentir seu hálito em meu rosto.

— Filho caríssimo — disse —, tudo o que este pobre velho pecador puder fazer por tua alma será feito com alegria. O que te preocupa? Anseios, não é verdade? — perguntou quase com anseios ele também —, os anseios da carne?

— Não — respondi enrubescendo —, talvez anseios da mente, que quer conhecer coisas demais...

— E isso é mau. O Senhor é que conhece as coisas, a nós cabe somente adorar a Sua sapiência.

— Mas a nós cabe também distinguir o bem do mal e compreender as paixões humanas. Sou noviço, mas serei monge e sacerdote, e preciso aprender onde está o mal e que aspecto ele tem, para reconhecê-lo um dia e ensinar aos outros como o reconhecer.

— Isso é justo, rapaz. E então o que queres conhecer?

— A erva daninha da heresia, padre — falei com convicção. E depois, de um só fôlego: — Ouvi falar de um homem malvado que seduziu outros, frei Dulcino.

Ubertino ficou em silêncio. Depois disse:

— É justo, no outro dia ouviste que frei Guilherme e eu fazíamos menção a ele. Mas é uma história muito feia, que me dói contar, porque ensina, dizia eu, como do amor à penitência e do desejo de purificar o mundo pode nascer sangue e extermínio.

Acomodou-se melhor, relaxando o aperto em torno de meus ombros, mas continuando com a mão no meu pescoço, como que para me comunicar não sei se sua sapiência ou seu ardor.

— A história começa antes de frei Dulcino — disse ele —, há mais de sessenta anos, e eu era menino. Foi em Parma. Ali começou a pregar certo Gerardo Segalelli, que convidava todos para uma vida de penitência e percorria as estradas gritando "penitenziagite!", que, a seu modo de homem ignorante, queria dizer: "Penitentiam agite, appropinquabit enim regnum coelorum". Convidava os discípulos a se tornarem iguais aos apóstolos e quis que sua seita fosse chamada de ordem dos apóstolos, e que os seus percorressem o mundo como pobres mendicantes, vivendo apenas de esmolas...

— Como os fraticelos — eu disse. — Não era esse o ditame de Nosso Senhor e de vosso Francisco?

— Sim — admitiu Ubertino com leve hesitação na voz e um suspiro. — Mas talvez Gerardo tenha exagerado. Ele e os seus foram acusados de não reconhecer mais a autoridade dos sacerdotes, a celebração da missa, a confissão, e de vagabundar no ócio.

— Mas disso foram acusados também os franciscanos espirituais. E os menoritas não estão dizendo hoje que não é preciso reconhecer a autoridade do papa?

— Sim, mas não a dos sacerdotes. Nós mesmos somos sacerdotes. Rapaz, é difícil distinguir essas coisas. A linha que divide o bem do mal é tão sutil... De qualquer modo Gerardo errou e manchou-se de heresia... Pediu que fosse admitido na ordem dos menoritas, mas nossos confrades não o aceitaram. Passava os dias na igreja de nossos frades e viu ali pintados os apóstolos de sandálias nos pés e mantos a lhes envolver os ombros, e assim deixou crescer os cabelos e a barba, calçou sandálias e cingiu o cordão dos frades menores, porque quem quer fundar uma nova congregação sempre toma algo da ordem do beato Francisco.

— Mas então ele estava certo...

— Mas errou nalguma coisa... Vestido com um manto branco sobre uma túnica branca e de cabelos compridos, ele adquiriu fama de santidade entre os simples. Vendeu uma casinha que possuía e, depois de receber o dinheiro, subiu numa pedra que em tempos antigos os podestades costumavam usar para discursar; tinha na mão o saquinho com o dinheiro, mas não o dispersou ao vento nem o deu aos pobres, porém chamou uns malfeitores que jogavam ali perto e o distribuiu entre eles, dizendo: "Pegue quem quiser", e aqueles malfeitores pegaram o dinheiro e com este foram jogar dados, blasfemando contra o Deus vivo, enquanto Gerardo, que o dera, ouvia sem enrubescer.

— Mas Francisco também se despojou de tudo, e ouvi hoje de Guilherme que ele foi pregar para gralhas e gaviões, assim como para os leprosos, isto é, para escória que era mantida à margem por aqueles que se diziam virtuosos...

— Sim, mas Gerardo errou nalguma coisa, Francisco nunca se pôs em conflito com a santa Igreja, e o evangelho diz que se deve dar aos pobres, não aos malfeitores. Gerardo deu e não recebeu nada em troca porque dera a gente ruim, e teve mau início, má sequência e mau fim porque sua congregação foi desaprovada pelo papa Gregório X.

— Talvez fosse um papa menos clarividente que aquele que aprovou a regra de Francisco... — eu disse.

— Sim, mas nalguma coisa Gerardo errou. E por fim, rapaz, aqueles guardadores de porcos e de vacas que de repente se tornavam pseudoapóstolos queriam viver placidamente e sem suor das esmolas daqueles que os frades menores tinham educado a muito custo e com tanto exemplo heroico de pobreza! Mas não se trata disso — acrescentou de repente; é que, para assemelhar-se aos apóstolos, que ainda eram judeus, Gerardo Segalelli fez-se circuncidar, o que vai contra as palavras de Paulo na epístola aos gálatas. E, como sabes, muitas santas pessoas anunciam que o futuro Anticristo virá do povo dos circuncisos... Mas Gerardo fez pior, ia reunindo os simples e dizia: "Vinde comigo à vinha", e aqueles que não o conheciam entravam na vinha alheia, acreditando que era dele, e comiam as uvas dos outros...

— Não seriam os menores que iriam defender a propriedade alheia — eu disse, impudentemente.

Ubertino fitou-me com o olhar severo:

— Os menores pedem a pobreza para si, mas nunca pediram aos outros que fossem pobres. Não podes atentar impunemente contra a propriedade dos bons cristãos, pois os bons cristãos te apontarão como bandido. E foi o que aconteceu a Gerardo. E finalmente disseram que ele (repara, não sei se é verdade, estou me fiando nas palavras de frei Salimbene, que conhece aquela gente), para pôr à prova a sua força de vontade e seu controle, dormiu com algumas mulheres sem manter relações sexuais; mas, quando seus discípulos tentaram imitá-lo, os resultados foram bem diferentes... Oh, não são coisas que um rapaz deva saber, a mulher é o vaso do demônio... Gerardo continuava a gritar "penitenziagite", mas um discípulo seu, certo Guido Putagio, vivia com grande pompa, tinha muitas cavalgaduras, gastava muito dinheiro e oferecia banquetes como os cardeais da Igreja de Roma. Depois eles entraram em conflito pelo comando da seita, e ocorreram coisas muito torpes. Todavia, muitos iam ter com Gerardo, não só camponeses, mas também gente da cidade, e Gerardo mandava-os desnudar-se, para que nus seguissem Cristo nu, e os enviava pelo mundo em pregação, mas para si mesmo mandou fazer uma veste sem mangas, branca, de fio forte, e assim vestido parecia mais um bufão que um religioso! Viviam ao relento, mas às vezes subiam aos púlpitos das igrejas, interrompendo a assembleia do povo devoto e enxotando dali os pregadores, e certa vez puseram uma criança no trono episcopal da igreja de Sant'Orso em Ravenna. E diziam-se herdeiros da doutrina de Joaquim de Fiore...

— Mas os franciscanos também — eu disse —, Gerardo de Burgo San Donnino também, vós também! — exclamei.

— Acalma-te, rapaz. Joaquim de Fiore foi um grande profeta e o primeiro a compreender que Francisco marcaria a renovação da igreja. Mas os pseudoapóstolos usaram a doutrina dele para justificar suas próprias loucuras; Segalelli levava consigo uma apóstola, certa Trípia ou Prípia, que afirmava ter o dom da profecia. Uma mulher, entendes?

— Mas padre — tentei objetar —, vós mesmo faláveis o outro dia da santidade de Clara de Montefalco e de Ângela de Foligno...

— Elas eram santas! Viviam na humildade, reconhecendo o poder da Igreja, nunca arrogaram a si o dom da profecia! E os pseudoapóstolos, ao contrário, afirmavam que as mulheres também podiam andar de cidade em cidade a pregar, como fizeram muitos outros hereges. E não reconheciam diferença alguma entre solteiros e casados, e nenhum voto foi considerado perpétuo. Em resumo, o bispo Obizzo de Parma decidiu finalmente mandar prender Gerardo. Mas então aconteceu uma coisa estranha, que te revela como é fraca a natureza humana e como é insidiosa a planta da heresia. Porque no fim o bispo libertou Gerardo, acolheu-o à sua mesa, ria de seus chistes e o mantinha como seu bufão.

— Mas por quê?

— Não sei, ou temo saber. O bispo era nobre e não lhe agradavam os mercadores e os artesãos da cidade. Talvez não lhe fosse desagradável que Gerardo, com suas pregações de pobreza, falasse contra eles e passasse do pedido de esmola ao roubo. Mas por fim o papa interveio, o bispo voltou à sua justa severidade, e Gerardo terminou na fogueira como herege impenitente.

— E o que tem a ver com isso frei Dulcino?

— Tem a ver, e isso te diz como a heresia sobrevive à própria destruição dos hereges. Esse Dulcino era filho bastardo de um sacerdote e vivia nesta região da Itália, um pouco mais ao norte. Era um jovem de engenho agudíssimo e foi educado nas letras, mas roubou o sacerdote que cuidava dele e fugiu para o leste, para a cidade de Trento. Ali retomou as pregações de Gerardo, afirmando que era o único verdadeiro apóstolo de Deus, que todas as coisas deviam ser comuns no amor, e que era lícito andar indiferentemente com todas as mulheres, motivo pelo qual ninguém podia ser acusado de concubinato, ainda que andasse com a mulher e com a filha...

— Pregava realmente essas coisas ou foi acusado disso? Porque ouvi dizer que os espirituais também foram acusados de crimes como aqueles frades de Montefalco...

— De hoc satis — interrompeu bruscamente Ubertino. — Aqueles já não eram frades. Eram hereges. E justamente conspurcados por Dulcino. Por outro lado, presta atenção, basta saber o que Dulcino fez depois, para defini--lo como malvado. Não sei como ele tomou conhecimento das doutrinas dos pseudoapóstolos. Talvez tenha passado por Parma quando jovem e ouvido

Gerardo. Mas sabe-se com certeza que iniciou sua pregação em Trento. Ali seduziu uma belíssima donzela de nobre família, Margarida, ou foi por ela seduzido, tal como Heloísa seduziu Abelardo, porque — lembra-te — é através da mulher que o diabo penetra no coração dos homens! Nessa altura, o bispo de Trento expulsou-o de sua diocese, mas então Dulcino já reunira mais de mil sequazes e começou uma longa marcha que o reconduziu às regiões onde nascera. E, ao longo do caminho, uniram-se a ele outros iludidos, seduzidos por suas palavras, e talvez muitos hereges valdenses que habitavam as montanhas por onde ele passava. Chegando próximo a Novara, Dulcino encontrou ambiente favorável à sua revolta, porque os vassalos que governavam a região de Gattinara em nome do bispo de Vercelli tinham sido expulsos pela população, que acolheu por isso os bandidos de Dulcino como bons aliados.

— O que tinham feito os vassalos do bispo?

— Não sei e não me cabe julgá-lo. Havia uma luta entre famílias na cidade de Vercelli, os pseudoapóstolos se aproveitaram disso e as famílias se valeram da desordem trazida pelos pseudoapóstolos. Os senhores feudais arrolavam aventureiros para assaltar os cidadãos, e os cidadãos pediam a proteção do bispo de Novara.

— Que história complicada. Mas Dulcino estava com quem?

— Não sei, agia por conta própria, inserira-se em todas essas disputas e tirava partido delas para pregar a luta contra a propriedade alheia em nome da pobreza. Dulcino acampou com os seus, que já eram três mil, no topo de um monte perto de Novara, chamado Parede Calva, e ali construíram pequenas fortificações e casebres; Dulcino dominava toda a multidão de homens e mulheres que viviam na promiscuidade mais vergonhosa. Dali enviava cartas a seus fiéis, em que dizia e escrevia que o ideal deles era a pobreza, que não estavam ligados por nenhum vínculo de obediência exterior, e que ele, Dulcino, fora mandado por Deus para desvendar as profecias e entender as escrituras do Antigo e do Novo Testamento. Chamava os clérigos seculares, os pregadores e os frades menores de ministros do diabo e dispensava todos os seguidores do dever de obedecer-lhes. Distinguia quatro eras da vida do povo de Deus: a primeira, do Antigo Testamento, dos patriarcas e dos profetas, antes da vinda de Cristo, em que o casamento era bom porque as pessoas precisavam multiplicar-se; a segunda, a era de Cristo e dos apóstolos, época da santidade e da castidade. Depois veio a terceira, na qual os pontífices precisavam, de início, aceitar as riquezas terrenas para poder governar o povo, mas, quando os homens começaram a afastar-se do amor a Deus, veio Bento, que falou contra todas as posses temporais. Quando, depois, os monges de Bento também passaram a acumular riquezas, vieram os frades de são Francisco e de são Domingos, ainda mais severos que Bento na pregação contra o domínio e a riqueza terrena. Mas finalmente, então, quando a vida de tantos prelados contradizia de novo todos aqueles preceitos, chegara-se ao fim da terceira era, e cumpria converter-se aos ensinamentos dos apóstolos.

— Mas então frei Dulcino pregava aquilo que os franciscanos tinham pregado e, dentre os franciscanos, os espirituais e mesmo vós, padre!

— Oh, sim, mas extraía um silogismo pérfido! Dizia que, para pôr fim a essa terceira era da corrupção, era preciso que todos os prelados da igreja, clérigos, religiosos e religiosas, dominicanos, franciscanos, eremitas e o próprio papa Bonifácio, fossem exterminados pelo imperador escolhido por ele, Dulcino, e esse imperador seria Frederico da Sicília.

— Mas não foi justamente Frederico que acolheu com favor na Sicília os espirituais expulsos da Úmbria, e não são os menoritas justamente que pedem ao imperador que destrua o poder temporal do papa?

— É próprio da heresia transformar os pensamentos mais justos e voltá-los para consequências contrárias à lei de Deus. Os menoritas nunca pediram ao imperador que matasse os outros sacerdotes.

Enganava-se, agora eu sei. Porque alguns meses depois, quando o Bávaro instaurou sua ordem em Roma, Marsílio e outros menoritas fizeram com os religiosos fiéis ao papa justamente o que Dulcino pedia que se fizesse. Com isso não estou querendo dizer que Dulcino estivesse com a razão, se é que Marsílio também estava errado. Mas eu começava a me perguntar, especialmente após a conversa da tarde com Guilherme, como teria sido possível aos humildes que seguiam Dulcino distinguir entre as promessas dos espirituais e as de Dulcino. Acaso este não estava pondo em prática o que outros homens tinham pregado por via puramente mística? Ou quem sabe nisso estivesse a diferença: a santidade consistia em esperar que Deus nos desse o que seus santos tinham prometido, sem tentar obtê-lo por meios terrenos? Agora sei que é assim e sei por que Dulcino estava errado: não se deve transformar a ordem das coisas, ainda que se deva ter fervorosa esperança em sua transformação. Mas àquela noite eu estava imerso em pensamentos contraditórios.

— Enfim — dizia-me Ubertino —, a marca da heresia está sempre na soberba. Em certo momento, Dulcino arvorou-se de chefe supremo da congregação apostólica, elegera entre seus lugares-tenentes até uma mulher, a pérfida Margarida. E anunciava o papa angélico de que falara o abade Joaquim, que seria eleito por Deus, e então Dulcino e todos os seus (que àquela altura já eram quatro mil) receberiam juntos a graça do Espírito Santo. Mas, nos três anos que precediam sua vinda, deveria ser consumado todo o mal. E foi o que Dulcino tentou fazer, levando a guerra a toda parte. E o papa que veio depois — e aí se vê como o demônio brinca com seus súcubos — foi Clemente V, que apregoou a cruzada contra Dulcino. E foi justo, porque nas cartas Dulcino já afirmava que a Igreja Romana era uma meretriz, que não era devida a obediência aos sacerdotes, que somente os apóstolos compunham a nova Igreja e podiam anular o matrimônio, que nenhum papa podia absolver do pecado, que não se deviam pagar os dízimos, que era mais perfeita a vida sem votos do que com votos, que uma igreja consagrada vale menos que um estábulo, e que se pode adorar Cristo nos bosques e nas igrejas.

— Disse realmente essas coisas?

— Fez pior. Quando se estabeleceu na Parede Calva, para obter provisões começou a realizar incursões nas aldeias do vale e a saqueá-las. Além disso, aquele fora um dos invernos mais rigorosos dos últimos decênios, em todo o entorno houvera grande carestia; por isso, a vida na Parede Calva se tornara impossível, e a fome chegou a tanto, que eles comiam a carne dos cavalos e de outras bestas e o feno cozido. E muitos morreram.

— Mas contra quem se batiam, agora?

— O bispo de Vercelli apelara a Clemente V e fora ordenada uma cruzada contra os hereges. Foi anunciado que receberia indulgência plena quem participasse dessa cruzada, recorreu-se a Ludovico de Saboia, aos inquisidores da Lombardia, ao arcebispo de Milão. Muitos vestiram a cruz para ir auxiliar em Vercelli e Novara, vindos de Saboia, Provença e França, e o bispo de Vercelli recebeu o comando supremo. Eram contínuos os embates entre as vanguardas dos dois exércitos, mas as fortificações de Dulcino eram inexpugnáveis, e de algum modo os ímpios recebiam socorros.

— De quem?

— De outros ímpios, creio, que tiravam proveito daquele incentivo à desordem. No entanto, em fins do ano de 1305, o heresiarca foi obrigado a abandonar a Parede Calva, deixando os feridos e os doentes, e foi para o território de Trivero, onde se entrincheirou no topo de um monte, que então era chamado Zubello e a partir daí foi chamado Rubello ou Rebello, porque se tornara a fortaleza dos rebeldes da Igreja. Em suma, foram carnificinas terríveis. Mas no fim os rebeldes foram obrigados a render-se, Dulcino e os seus foram capturados e terminaram, como era justo, na fogueira.

— Até a bela Margarida?

Ubertino fitou-me:

— Lembraste que era bela, não é? Era bela, dizem, e muitos senhores do lugar tentaram desposá-la para salvá-la da fogueira. Mas ela não quis, morreu impenitente com o impenitente do seu amante. E que isso te sirva de lição, guarda-te das meretrizes da Babilônia, mesmo quando assumem a forma da criatura mais estupenda.

— Mas agora dizei-me, padre. Fiquei sabendo que o despenseiro do convento e talvez Salvatore também encontraram Dulcino e estiveram com ele de algum modo...

— Cala-te, não profiras juízos temerários. Conheci o despenseiro num convento de menoritas, é verdade que após os fatos que dizem respeito à história de Dulcino. Naqueles anos, antes de decidirmos buscar refúgio na ordem de são Bento, muitos espirituais levaram vida agitada e precisaram abandonar seus conventos. Não sei por onde Remigio andou antes de encontrá-lo. Sei que foi sempre um bom frade, fiel aos ensinamentos da Igreja. Quanto ao resto, infelizmente, a carne é fraca...

— O que pretendeis dizer?

— Não são coisas que devas saber. Pois bem, em suma, já que falamos nisso e deves poder distinguir o bem do mal... — hesitou mais uma vez — direi que ouvi dizer aqui, na abadia, que o despenseiro não sabe resistir a certas tentações... Mas são murmúrios. Deves aprender a nem sequer pensar nessas coisas.

Puxou-me novamente para si, num abraço apertado, e apontou para a estátua da Virgem:

— Deves iniciar-te no amor sem mácula. Eis aquela em quem a feminilidade é sublimada. Podes dizer que ela, sim, é bela, como a amada do Cântico dos Cânticos. Nela — disse com o rosto embevecido por um gáudio íntimo, justamente como o abade no dia anterior, quando falava das gemas e do ouro de suas alfaias —, nela até a graça do corpo torna-se signo das belezas celestiais, por isso o escultor a representou com todas as graças de que a mulher deve ser adornada.

Apontou o busto delgado da Virgem, sustido no alto e apertado por um corpete amarrado no centro por cadarços, com os quais brincavam as mãozinhas do Menino Jesus.

— Estás vendo a graça de seus seios, castos e pequeninos? Pulchra enim sunt ubera quae paululum supereminent et tument modice, nec fluitantia licenter, sed leniter restricta, repressa sed non depressa... O que sentes diante dessa dulcíssima visão?

Enrubesci violentamente, sentindo-me agitado como que por um fogo interior. Ubertino deve ter percebido ou talvez tenha notado o rubor de minhas faces, porque logo acrescentou:

— Mas deves aprender a distinguir o fogo do amor sobrenatural do delíquio dos sentidos. É difícil até para os santos.

— Mas como se reconhece o bom amor? — perguntei tremendo.

— O que é o amor? Não existe nada no mundo, nem homem, nem diabo, nem coisa alguma, que eu considere tão suspeito como o amor, pois este penetra a alma mais que outra coisa qualquer. Não há nada que ocupe e amarre tanto o coração como o amor. Por isso, se não tiver armas que a governem, a alma precipita-se em imensa ruína por causa do amor. Acredito que, sem as seduções de Margarida, Dulcino não teria se danado, e, sem a vida insolente e promíscua da Parede Calva, muitos não teriam sentido fascínio por sua rebelião. Repara, eu não te digo essas coisas somente sobre o mau amor, de que naturalmente todos devem fugir como de algo diabólico, digo isso com muito medo até do bom amor que há entre Deus e o homem e entre próximos. Com frequência ocorre de duas ou três pessoas, homens ou mulheres, amarem-se cordialmente e nutrirem grande afeição mútua, desejando viver sempre próximos, e, quando uma pessoa deseja, a outra aceita. E confesso-te que tive sentimento desse tipo por mulheres virtuosas como Ângela e Clara.

Pois bem, mesmo isso é reprovável, ainda que tudo seja feito espiritualmente e em nome de Deus... Porque mesmo o amor sentido pela alma, se não for armado, mas for acatado com ardor, acabará caindo depois, ou seja, atua desordenadamente. Oh, o amor possui diversas propriedades, de início a alma se enternece, depois adoece... Mas em seguida percebe o calor verdadeiro do amor divino e grita e lamenta-se e transforma-se em pedra posta na fornalha para desfazer-se em cal, e crepita, lambida pela chama...

— E esse é o amor bom?

Ubertino acariciou minha cabeça e, quando o fitei, vi que ele tinha os olhos marejados de lágrimas:

— Sim, esse enfim é o bom amor.

Tirou a mão de meus ombros e acrescentou:

— Mas como é difícil, como é difícil distingui-lo do outro. E, às vezes, quando tua alma é tentada pelos demônios, te sentes como o homem pendurado pela garganta que, com as mãos atadas às costas e de olhos vendados, continua pendente da forca e, sem nenhum auxílio, sem nenhum apoio, sem nenhum remédio, ainda assim vive, a girar no vazio...

Seu rosto já não estava apenas banhado de pranto, mas de um véu de suor.

— Vai embora agora — disse-me apressado —, já te falei aquilo que querias saber. Aqui o coro dos anjos, ali a garganta do inferno. Vai, e o Senhor seja louvado.

Prosternou-se novamente diante da Virgem e o ouvi soluçar baixinho. Estava rezando.

Não saí da igreja. O colóquio com Ubertino insinuara em meu espírito e em minhas vísceras um estranho fogo e uma indizível inquietação. Senti-me inclinado à desobediência e decidi voltar sozinho à biblioteca. Nem eu mesmo sabia o que procurava. Queria explorar sozinho um lugar desconhecido, estava fascinado pela ideia de poder orientar-me sem a ajuda de meu mestre. Subi para lá como Dulcino subira o monte Rubello.

Tinha comigo o lume (por que o trouxera? talvez já nutrisse esse plano secreto?) e penetrei no ossário quase de olhos fechados. Logo estava no scriptorium.

Era uma noite fatal, creio, porque, enquanto bisbilhotava entre as mesas, descobri uma sobre a qual estava aberto um manuscrito que um monge copiava naqueles dias. O título logo me atraiu: *Historia fratris Dulcini Heresiarche*. Acho que era a mesa de Pedro de Santo Albano, que, tinham-me dito, estava escrevendo uma monumental história da heresia. Não era, portanto, anormal que ali estivesse aquele texto, e havia outros de temas afins, sobre paterinos e sobre flagelantes. Mas interpretei a circunstância como um sinal sobrenatural, não sei ainda se celeste ou diabólico, e pus-me a ler avidamente o escrito. Não era muito longo, e a primeira parte contava, com detalhes muito maiores, que já esqueci, o que Ubertino me dissera. Nele se falava também dos muitos delitos cometidos pelos dulcinistas durante a guerra e o assédio. E da batalha final, que foi muito cruenta. Mas ali encontrei também o que Ubertino não me contara, dito por quem evidentemente vira tudo e tinha ainda acesa a imaginação.

Fiquei sabendo então que em março de 1307, no sábado de aleluia, Dulcino, Margarida e seus outros lugares-tenentes foram presos finalmente, conduzidos à cidade de Biella e entregues ao bispo, que esperava a decisão do papa. O papa, quando soube da notícia, transmitiu-a ao rei de França, Felipe, escrevendo: "Chegaram gratas notícias, fecundas de alegria e exultação, porque aquele demônio pestífero, filho de Belial e horrendo heresiarca Dulcino, após prolongados perigos, trabalhos, carnificinas e frequentes intervenções, finalmente se encontra, com seus sequazes, prisioneiro de nossos cárceres, por obra de nosso venerável irmão Raniero, bispo de Vercelli, tendo sido capturado no dia da santa ceia do Senhor, e a numerosa gente que estava com ele, infectada pelo contágio, foi morta naquele mesmo dia.

O papa foi desapiedado para com os prisioneiros e ordenou ao bispo que os enviasse à morte. Então, em julho do mesmo ano, no primeiro dia do mês, os hereges foram entregues ao braço secular. Enquanto os sinos da cidade batiam a rebate, foram enfiados numa carroça, circundados pelos algozes, seguidos pela milícia, que percorreu toda a cidade, enquanto, em cada esquina, tenazes em brasa laceravam as carnes dos réus. Margarida foi a primeira a ser queimada na fogueira, diante de Dulcino, que não moveu um músculo do rosto, assim como não emitira nenhum lamento quando as tenazes lhe mordiam os membros. Depois a carroça continuou seu caminho, enquanto os algozes enfiavam seus ferros em vasos cheios de tochas ardentes. Dulcino sofreu outros tormentos, sempre mudo, salvo quando lhe amputaram o nariz, porque apertou um pouco os ombros, e quando lhe arrancaram o membro viril, pois àquela altura ele lançou um longo suspiro, como um ganido. As últimas coisas que disse soaram como impenitência e avisou que ressuscitaria no terceiro dia. Suas cinzas foram dispersas ao vento.

Fechei o manuscrito com as mãos trêmulas. Dulcino cometera muitos crimes, mas tinha sido queimado de maneira horrível. E se comportara na fogueira... como? Com a firmeza dos mártires ou com a soberba dos danados? Enquanto subia vacilante as escadas que conduziam à biblioteca, entendi por que estava tão preocupado. Lembrei de repente uma cena que vira não muitos meses antes, pouco depois de chegar à Toscana. Perguntava-me como é que quase a esquecera até então, como se minha alma doente tivesse desejado apagar uma recordação que lhe pesava como um pesadelo. Ou melhor, eu não tinha esquecido, porque toda vez que ouvia falar nos fraticelos revia as imagens daquele acontecimento, mas logo as rechaçava para os recessos de meu espírito, como se fora um pecado ter sido testemunha daquele horror.

Ouvira falar nos fraticelos pela primeira vez no dia em que vira um sendo queimado na fogueira em Florença. Fora pouco antes de me encontrar com frei Guilherme em Pisa. Ele estava atrasando sua chegada àquela cidade, e meu pai dera-me permissão de visitar Florença, a cujas belíssimas igrejas tínhamos ouvido muitos elogios. Eu havia vagado pela Toscana, para aprender melhor o vulgar italiano, e acabara por passar uma semana em Florença, porque, de tanto ouvir falar daquela cidade, desejava conhecê-la.

Foi assim que, tão logo cheguei lá, falaram-me de um grande caso que estava agitando toda a cidade. Um fraticelo, acusado de crimes contra a religião e levado perante o bispo e outros eclesiásticos, naqueles dias estava sendo submetido a severa inquisição. E, seguindo os que dele me falaram, fui dar no lugar do acontecimento, enquanto ouvia as pessoas dizer que esse fraticelo, por nome Miguel, era na verdade homem muito devoto, que pregava penitência e pobreza, repetindo as palavras de são Francisco, e tinha sido arrastado perante os juízes pela malícia de certas mulheres que, fingindo confessar-se com ele, atribuíram-lhe depois afirmações sacrílegas; aliás, fora preso pelos homens do bispo justamente na casa daquelas mulheres, fato este que me pasmava, porque um homem da Igreja não deveria ir administrar os sacramentos em lugares tão pouco apropriados, mas essa parecia ser a fraqueza dos fraticelos, ou seja, não dar a devida consideração às conveniências, e quem sabe havia algo de verdadeiro na voz pública que lhes atribuía costumes duvidosos (assim como sempre se dizia que os cátaros eram búlgaros e sodomitas).

Cheguei à igreja de San Salvatore, onde se realizava o processo, mas não pude entrar, por causa da imensa multidão que estava à sua frente. Porém alguns que estavam suspensos e agarrados às grades das janelas viam e ouviam o que lá acontecia e contavam aos de baixo. Estavam então relendo a frei Miguel a confissão que ele fizera no dia anterior, em que dizia que Cristo e seus apóstolos "não tiveram coisa alguma nem a título pessoal nem em comum por motivo de propriedade", mas Miguel protestava, dizendo que o notário acrescentara "muitas falsas consequências" e gritara (isso eu ouvi de fora): "haveis de prestar contas disso no dia do juízo!". Mas os inquisidores leram a confissão tal como a haviam redigido e no final perguntaram-lhe se queria ater-se humildemente às opiniões da Igreja e de todo o povo da cidade. E ouvi Miguel gritar que queria ater-se àquilo em que acreditava, isto é, que "queria considerar Cristo pobre crucificado e o papa João XXII herege, já que ele dizia o contrário".

Seguiu-se intensa discussão, em que os inquisidores, entre os quais muitos franciscanos, queriam fazê-lo entender que as escrituras não tinham dito o que ele dizia, e ele os acusava de negar a própria regra de sua ordem, e estes o hostilizavam, perguntando se ele acreditava mesmo que entendia as escrituras melhor do que eles, que eram mestres nelas. E frei Miguel, muito pertinaz deveras, contestava-os, até que eles começaram a atacá-lo com provocações como: "e então queremos que consideres Cristo proprietário e o papa João católico e santo". Contudo, Miguel não vergava, e os outros diziam que nunca tinham visto ninguém tão empedernido na iniquidade. Mas cá fora, no meio da multidão, ouvi muitos dizerem que ele era como Cristo entre os fariseus e percebi que entre o povo muitos acreditavam em sua santidade.

Por fim os homens do bispo reconduziram-no à prisão, agrilhoado. E à noite disseram-me que muitos dos frades amigos do bispo tinham ido insultá-lo e pedir-lhe que se retratasse, mas ele respondia como alguém que estivesse seguro de sua verdade. E repetia a cada um que Cristo era pobre e que o mesmo haviam dito são Francisco e são Domingos, e que, se para professar essa justa opinião, ele tivesse de ser condenado ao suplício, tanto melhor, porque em breve poderia ver o que dizem as escrituras, os vinte e quatro anciãos do Apocalipse, Jesus Cristo, são Francisco e os gloriosos mártires. E contaram-me que disse: "Se lemos com tanto fervor a doutrina de certos santos abades, com muito maior fervor e alegria devemos desejar estar em meio a eles". E, ante palavras do gênero, os inquisidores saíam carrancudos do cárcere, gritando despeitados (e eu os ouvi): "Tem o diabo no corpo!".

No dia seguinte, soubemos que a sentença fora pronunciada e fiquei sabendo que, entre os delitos de que era acusado, estava o de ter afirmado que santo Tomás de Aquino não era nem santo nem gozava da salvação eterna, mas estava danado e em estado de perdição — fato que me pareceu inacreditável. E a sentença terminava concluindo que, visto que o acusado não quisera emendar-se, que fosse conduzido ao lugar habitual de suplício, et ibidem igne et flammis igneis accensis concremetur et comburatur, ita quod penitus moriatur et anima a corpore separetur.

Depois, alguns eclesiásticos foram visitar Miguel de novo e adverti-lo do que aconteceria, dizendo: "Frei Miguel, já foram feitas as mitras com as capas, e nelas foram pintados fraticelos acompanhados de diabos", para assustá-lo e obrigá-lo enfim a se retratar. Mas frei Miguel se ajoelhou e disse: "Acho que ao redor da fogueira estarão nosso pai Francisco e Jesus e os apóstolos e os gloriosos mártires Bartolomeu e Antônio".

Na manhã seguinte fui eu também para a ponte do bispado, onde estavam reunidos os inquisidores, diante dos quais foi arrastado, sempre agrilhoado, frei Miguel. Um dos fiéis ajoelhou-se diante dele para receber a bênção, foi preso pelos soldados e logo conduzido à prisão. Depois, os inquisidores releram a sentença para o condenado e perguntaram de novo se ele queria arrepender-se. A cada trecho em que a sentença dizia que ele era herege, Miguel respondia "herege não sou, pecador, sim, mas católico", e, quando o texto mencionava "o venerabilíssimo e santíssimo papa João XXII", Miguel respondia "não, é herege". Então o bispo ordenou que Miguel viesse ajoelhar-se diante dele, e Miguel disse que não se ajoelhava diante de hereges. Fizeram-no ajoelhar-se à força, e ele murmurou: "estou desculpado perante Deus". E, como fora ali levado com todos os seus paramentos sacerdotais, teve início um ritual em que os paramentos lhe eram retirados peça por peça, até que ele ficou com aquela roupinha que em Florença chamam de *cioppa*. E, tal como requer o uso para o padre que é desconsagrado, com um ferro afiado cortaram-lhe as polpas dos dedos e rasparam-lhe os cabelos. Depois ele foi entregue ao capitão e a seus homens, que o trataram muito duramente e o reconduziram ao cárcere, enquanto ele dizia à multidão: "per Dominum moriemur". Devia ser queimado, como soube, somente no dia seguinte.

E também naquele dia foram lhe perguntar se queria confessar-se e comungar. Ele se recusou a pecar por aceitar os sacramentos de quem estava em pecado. Nisso, creio, fez mal e mostrou estar corrompido pela heresia dos paterinos.

Finalmente chegou a manhã do suplício, e o gonfaloneiro que foi buscá-lo perguntou-lhe por que se obstinava, se bastava afirmar aquilo que todo o povo afirmava e aceitar a opinião da Santa Madre Igreja. Mas Miguel, duríssimo: "Creio em Cristo pobre crucificado". E o gonfaloneiro saiu, abrindo os braços. Chegaram então o capitão e seus homens e conduziram Miguel ao pátio onde estava o vigário do bispo que releu para ele a confissão e a condenação.

Eu então não entendia por que os homens da Igreja e do braço secular se encarniçavam daquele modo contra pessoas que queriam viver em pobreza e me dizia que, se fosse o caso, deveriam temer homens que quisessem viver na riqueza, tirar dinheiro dos outros e introduzir na Igreja práticas de simonia. E falei disso a alguém que estava perto de mim, porque não conseguia ficar calado. Ele sorriu zombeteiro e disse-me que o frade que pratica a pobreza dá mau exemplo ao povo, que depois não se acostuma mais aos frades que não a praticam. E — acrescentou — aquela pregação de pobreza punha más ideias na cabeça do povo, que teria motivos de orgulho de sua própria pobreza, e o orgulho pode levar a muitos atos orgulhosos. E disse finalmente que eu deveria saber que quem prega a pobreza para os frades está do lado do imperador, e disso o papa não gostava. Salvo que, àquela altura, eu não compreendia por que frei Miguel quereria morrer de modo tão horrendo para comprazer ao imperador.

E, de fato, alguém dentre os presentes dizia: "Não é santo, foi enviado por Ludovico para semear discórdia entre os cidadãos, os fraticelos são toscanos, mas por trás deles estão os enviados do império". E outros: "É um louco possuído pelo demônio, que goza com o martírio por soberba diabólica, ah, esses frades leem muitas vidas de santos, melhor seria que tomassem mulher!". E outros ainda: "Não, precisaríamos que todos os cristãos fossem assim". E, já não sabendo o que pensar, consegui rever o rosto do condenado, que de vez em quando a multidão à minha frente ocultava. E vi o semblante de alguém que contempla algo que não é deste mundo, como por vezes vi nas estátuas dos santos arrebatados por alguma visão. E compreendi que, louco ou vidente que fosse, ele queria lucidamente morrer porque acreditava que morrendo derrotaria o inimigo. E compreendi que seu exemplo levaria outros à morte. E só me causou espanto tanta firmeza porque ainda hoje não sei se neles prevalece um amor orgulhoso pela verdade em que acreditam, que os leva à morte, ou um orgulhoso desejo de morte, que os leva a testemunhar sua própria verdade, qualquer que seja ela. E com isso sou arrebatado pela admiração e pelo temor.

Mas voltemos ao suplício, pois que agora estavam todos se dirigindo ao local onde ia ser executada a sentença.

O capitão e seus homens arrastaram-no porta afora, vestindo aquele saiotinho com parte dos botões desatados, e ele andava a passos largos e de cabeça baixa, recitando o seu ofício. Havia tanta gente, de não se acreditar, e muitos gritavam: "Não morras!", e ele respondia: "Quero morrer por Cristo"; "Mas não estás morrendo por Cristo", diziam-lhe, e ele: "Mas pela verdade". Chegados a um lugar chamado Canto del Proconsolo alguém lhe pediu que orasse a Deus por todos eles, e ele abençoou a multidão. Junto às fundações de Santa Liperata alguém lhe disse: "Tolo que és, crê no papa!". E ele respondeu: "Fizestes desse vosso papa um deus". E acrescentou: "Esses vossos *paperi* vos sovaram muito bem" (que era um jogo de palavras, ou argúcia, que transformava os papas em marrecos, no dialeto toscano, conforme me explicaram): e todos se admiraram que caminhasse para a morte fazendo brincadeiras.

Em San Giovanni gritaram-lhe: "Salva tua vida!", e ele respondeu: "Salvai-vos dos pecados!"; no Mercato Vecchio gritaram-lhe: "Vive, vive!", e ele respondeu: "Salvai-vos do inferno"; no Mercato Nuovo berraram-lhe: "Arrepende-te, arrepende-te", e ele respondeu: "Arrependei-vos das usuras". E, chegado à Santa Croce, viu os frades de sua ordem na escadaria e reprovou-os porque não seguiam a regra de são Francisco. E, dentre eles, alguns davam de ombros, mas outros cobriam de vergonha o rosto com o capuz.

E, a caminho da Porta della Giustizia, muitos lhe diziam: "Renega, renega, não queiras morrer", e ele: "Cristo morreu por nós". E eles: "Mas tu não és Cristo, não deves morrer por nós!", e ele: "Mas eu quero morrer por ele". No Prato della Giustizia alguém lhe perguntou se não podia fazer como certo frade seu superior que tinha renegado, mas Miguel respondeu que ele não renegara, e vi muitos concordarem dentre a multidão e incitar Miguel a ser forte; desse modo eu e muitos outros compreendemos que aqueles eram gente sua e nos afastamos.

Chegou-se, por fim, ao lado de fora da porta, e à nossa frente apareceu a pira, ou cabaninha como lá chamavam, porque a lenha era arrumada em forma de cabana, e ali se formou um círculo de cavaleiros armados para que as pessoas não se aproximassem demais. E naquele lugar ataram frei Miguel à coluna. E ouvi ainda alguém gritar-lhe: "Mas pelo que afinal queres morrer?". E ele respondeu: "É por uma verdade que habita dentro de mim, da qual não se pode dar testemunho a não ser morrendo".

Atearam fogo. E frei Miguel, que já tinha entoado o *Credo*, entoou depois o *Te Deum*. Cantou talvez uns oito versos, depois se dobrou como se precisasse espirrar e caiu no chão, porque as cordas tinham-se queimado. E já estava morto, porque antes que o corpo se queime todo já se morre devido ao grande calor que faz o coração estourar e à fumaça que invade o peito.

Depois a cabana inflamou-se completamente como uma tocha, houve um grande clarão e, não fosse pelo pobre corpo carbonizado de Miguel, que ainda se avistava no meio da lenha incandescente, eu diria estar diante da sarça ardente. E estive tão perto de ter uma visão que (lembrei-me disso enquanto subia as escadas da biblioteca) vieram-me espontâneas aos lábios algumas palavras sobre o arrebatamento extático que lera nos livros de Santa Hildegarda: "A chama consiste em esplêndida claridade, ínsito vigor e ígneo ardor, mas ela possui esplêndida claridade para reluzir e ígneo ardor para queimar".

Lembrei-me de algumas frases de Ubertino sobre o amor. A imagem de Miguel na fogueira confundiu-se com a de Dulcino, e a de Dulcino com a de Margarida, a bela. Senti de novo aquela inquietação que me tinha tomado na igreja.

Tentei não pensar nisso e prossegui decididamente em direção ao labirinto.

Estava penetrando ali sozinho pela primeira vez, as longas sombras projetadas pela lanterna sobre o pavimento me aterrorizavam tanto quanto as visões das noites anteriores. Temia a cada instante defrontar-me com outro espelho, porque é tal a magia dos espelhos, que, mesmo que saibas que são espelhos, eles não deixam de inquietar-te.

Não tentava, por outro lado, orientar-me nem evitar a sala dos perfumes que provocam visões. Prosseguia como que avassalado pela febre e não sabia aonde queria ir. Na verdade, não me afastei muito do ponto de partida, porque, logo depois, me encontrei na sala heptagonal pela qual tinha entrado. Ali, em cima de uma mesa, estavam dispostos alguns livros que não me parecia ter visto na noite anterior. Adivinhei serem obras que Malaquias retirara do scriptorium e não recolocara no lugar a elas destinado. Não sabia se estava muito longe da sala dos perfumes, porque me sentia como que aturdido, talvez por algum eflúvio que chegasse até aquele ponto, ou então pelas coisas sobre as quais lucubrara até aquele instante. Abri um volume ricamente iluminado que, pelo estilo, me parecia proveniente dos mosteiros da última Tule.

Impressionou-me, numa página em que começava o santo evangelho do apóstolo Marcos, a imagem de um leão. Era certamente um leão, ainda que nunca o tivesse visto em carne e osso, e o miniaturista reproduzira suas feições com fidelidade, talvez inspirado pela imagem dos leões de Hibérnia, terra de criaturas monstruosas, e convenci-me de que esse animal, como aliás diz o *Fisiólogo*, concentra em si, juntos, todos os caracteres das coisas mais horrendas e majestosas. Assim, aquela imagem evocava ao mesmo tempo a imagem do inimigo e a de Cristo Nosso Senhor, e eu não sabia segundo qual chave simbólica devia lê-la e tremia muito, tanto pelo medo, quanto pelo vento que penetrava das fendas das paredes.

O leão que vi tinha boca eriçada de dentes, cabeça finamente loricada como a das serpentes, corpo imane, sustentado por quatro patas de unhas pontiagudas e ferozes, pelagem assemelhada a um daqueles tapetes que mais tarde vi trazerem do Oriente, com escamas vermelhas e esmeraldinas, sobre as quais se desenhavam, amarelas como a peste, horríveis e robustos entablamentos de ossos. Amarela também era a cauda, que se retorcia subindo do dorso até a cabeça, terminando numa última voluta de tufos brancos e pretos.

Já estava muito impressionado com o leão (e mais de uma vez me voltara para trás como se esperasse vê-lo aparecer às minhas costas), quando decidi examinar outros fólios, e meu olhar incidiu na imagem de um homem, no início do evangelho de Mateus. Não sei por quê, ele me assustou mais que o leão: o rosto era de homem, mas esse homem estava encouraçado numa espécie de casula rígida que o cobria até os pés, e a casula ou couraça era incrustada de pedras duras, vermelhas e amarelas. A cabeça, que emergia enigmática de um castelo de rubis e topázios, pareceu-me (até que ponto o terror me tornou blasfemo!) o assassino misterioso cujos rastros impalpáveis perseguíamos. Depois compreendi por que eu ligava tão estreitamente a fera e o encouraçado ao labirinto: porque ambos, como todas as figuras daquele livro, emergiam de um tecido figurado de labirintos entrelaçados, que pareciam aludir ao emaranhado de salas e corredores em que me achava. Meu olhar perdia-se, na página, por atalhos resplendentes, assim como os meus pés estavam se perdendo na teoria inquietante das salas da biblioteca, e ver minha vagueação representada naqueles pergaminhos encheu-me de inquietação e convenceu-me de que cada um daqueles livros, com misteriosas gargalhadas, narrava minha história daquele momento. E perguntei-me se aquelas páginas não conteriam já a história dos instantes futuros que me aguardavam.

Abri outro livro, e esse me pareceu de escola hispânica. As cores eram gritantes, os vermelhos pareciam sangue ou fogo. Era o livro da revelação do apóstolo, e mais uma vez, como a noite anterior, caí na página da mulier amicta sole. Mas não era o mesmo livro, a iluminura era diferente, aqui o artista havia insistido mais demoradamente nas feições da mulher. Comparei o rosto, os seios, os flancos sinuosos daquela mulher à estátua da Virgem que vira com Ubertino. O signo era diferente, mas essa mulier também me pareceu belíssima. Refleti que não devia insistir naqueles pensamentos e virei algumas páginas. Encontrei outra mulher, mas dessa vez tratava-se da meretriz da Babilônia. Não me impressionei tanto com suas feições, mas com o pensamento de que ela também era mulher como a outra, no entanto esta era repositório de vícios, e a outra, receptáculo de virtudes. Mas as feições eram muliebres em ambos os casos, e a certa altura não fui mais capaz de compreender o que as distinguia. De novo senti uma agitação interior, a imagem da Virgem da igreja se sobrepôs à da bela Margarida. "Estou perdido!" disse a mim mesmo. Ou: "Estou louco". E decidi que não podia mais ficar na biblioteca.

Por sorte estava perto da escada. Precipitei-me para baixo, arriscando-me a tropeçar e apagar o lume. Encontrei-me de novo sob as amplas abóbadas do scriptorium, mas nem mesmo naquele ponto me detive e lancei-me pela escada que levava ao refeitório.

Ali fiquei, ofegante. Pelas vidraças penetrava a luz da lua, luminosíssima naquela noite, e quase já não precisava do lume, indispensável, ao contrário, para as celas e os cunículos da biblioteca. Mesmo assim, mantive-o aceso, como que a procurar conforto. Mas ainda ofegava e pensei que deveria beber água para acalmar a tensão. Como a cozinha estava próxima, atravessei o refeitório e abri lentamente uma das portas que dava para a segunda metade do andar térreo do Edifício.

E nesse momento meu terror, em vez de diminuir, aumentou. Porque logo percebi que havia alguém na cozinha, junto ao forno do pão: ou pelo menos percebi que naquele canto brilhava um lume e, cheio de medo, apaguei o meu. Assustado como estava, incuti susto, e de fato a outra pessoa (ou outras) apagou rapidamente o seu. Mas em vão, porque a luz da noite iluminava suficientemente a cozinha para desenhar à minha frente, no pavimento, uma ou mais sombras confusas.

Eu, paralisado, não ousava retroceder nem avançar. Ouvi um burburinho e pareceu-me ouvir uma voz baixa de mulher. Depois, do grupo informe que se desenhava obscuramente junto ao forno, destacou-se uma sombra escura e atarracada, que fugiu em direção à porta de fora, evidentemente entreaberta, fechando-a atrás de si.

Fiquei eu, no limite entre o refeitório e a cozinha, e algo de impreciso junto ao forno. Algo de impreciso e — como dizer? — gemebundo. Provinha de fato da sombra um gemido, quase um choro baixinho, um soluçar rítmico, de medo.

Nada infunde mais coragem ao medroso que o medo alheio: mas não me movi em direção à sombra impelido por coragem. Diria antes impelido por uma embriaguez não diferente daquela coisa que se apoderara de mim quando tivera as visões. Havia na cozinha algo afim aos sufumígios que tinham me surpreendido na biblioteca, no dia anterior. Talvez não se tratasse das mesmas substâncias, mas sobre meus sentidos superexcitados elas tiveram o mesmo efeito. Sentia uma emanação acre de adraganta, alume e tártaro, que os cozinheiros usavam para aromatizar o vinho. Ou quem sabe, como soube depois, naqueles dias preparava-se cerveja, que era produzida ao modo de minha terra, com urze, alecrim-do-norte e alecrim-dos-pântanos. Aromas esses que, mais do que minhas narinas, inebriaram minha mente.

Enquanto o meu instinto racional era o de gritar "vade retro!" e afastar-me da coisa gemebunda que certamente era um súcubo evocado pelo maligno, algo em minha vis apetitiva impeliu-me adiante, como se quisesse ser partícipe de um portento.

Assim, aproximei-me da sombra, até que, à luz da noite que caía pelos janelões, percebi uma mulher, trêmula, que com uma das mãos apertava um embrulho contra o peito, enquanto se retraía, chorando, em direção à boca do forno.

Que Deus, a Virgem Bem-Aventurada e todos os santos do Paraíso me assistam agora, que vou contar o que me aconteceu. O pudor e a dignidade de meu estado (agora velho monge neste belo mosteiro de Melk, lugar de paz e serena meditação) me aconselhariam a assumir piedosíssima cautela. Deveria dizer simplesmente que algo de mau aconteceu, mas que não é honesto repetir o que foi, e não me perturbaria nem ao meu leitor.

Mas prometi a mim mesmo contar toda a verdade sobre aqueles fatos distantes, e a verdade é indivisa, brilha por sua própria perspicuidade, e não admite ser cortada ao meio por nossos interesses e por nossa vergonha. O maior problema não é dizer o que aconteceu tal como vejo e recordo agora (mesmo que ainda recorde tudo com impiedosa vivacidade, e também não sei se foi o arrependimento que se seguiu que fixou de modo tão vívido casos e pensamentos na minha memória, ou se a insuficiência desse mesmo arrependimento é o que ainda me atormenta, dando vida em minha mente dorida a cada mínimo matiz de minha vergonha), e sim dizer o que aconteceu tal como vi e senti outrora. E posso fazê-lo com fidelidade de cronista porque, se fecho os olhos, consigo repetir tudo o que não só fiz, mas também pensei, naqueles instantes, como se copiasse um pergaminho então escrito. Devo, portanto, proceder desse modo, e são Miguel Arcanjo me proteja: porque, para a edificação dos leitores vindouros e para castigo de minha culpa, quero agora contar como um jovem pode tropeçar nas tramas do demônio, para que elas venham a ser conhecidas e evidentes, e para que quem ainda nelas tropeçar possa derrotá-las.

Tratava-se, então, de uma mulher — que digo? — de uma menina. Sendo até aquele momento (e daí em diante, graças a Deus) pouca a minha familiaridade com os seres daquele sexo, não sei dizer que idade podia ter. Sei que era jovem, quase adolescente, talvez tivesse dezesseis ou dezoito primaveras. Tremia como um passarinho no inverno, chorava e tinha medo de mim.

Assim, pensando que o dever de todo bom cristão é o de socorrer o próximo, aproximei-me dela com muita doçura e disse-lhe em bom latim que não devia ter medo porque eu era amigo, em todo caso não inimigo, certamente não o inimigo que ela talvez temesse.

Quiçá pela mansuetude que se irradiava de meu olhar, a criatura se acalmou e se aproximou de mim. Percebi que não compreendia o meu latim e, por instinto, dirigi-me a ela no meu vulgar alemão, o que a deixou muito assustada, não sei se por causa dos sons ásperos, inusitados para a gente daquelas plagas, ou se porque tais sons lhe recordassem alguma outra experiência com soldados de minha terra. Então sorri, achando que a linguagem dos gestos e do rosto é mais universal que a das palavras, e ela se aquietou. Sorriu para mim também e disse-me algumas palavras.

Eu conhecia pouquíssimo o seu vulgar, que de todo modo era diferente daquele que aprendera um pouco em Pisa, contudo percebi, pelo tom, que ela me dizia palavras ternas, e pareceu-me ouvi-la dizer qualquer coisa como: "Tu és jovem, tu és belo"... Acontece raramente a um noviço, que tenha passado toda a infância num mosteiro, ouvir afirmações acerca de sua beleza; aliás, ele costuma ouvir a advertência de que a beleza física é fugaz e deve ser pouco estimada: mas as tramas do inimigo são infinitas, e confesso que aquela menção à minha formosura, embora inverídica, penetrou docemente em meus ouvidos e provocou em mim irrefreável emoção. Tanto mais porque a menina, ao dizer aquilo, estendera a mão e, com as pontas dos dedos, roçara minha face, então totalmente imberbe. Senti uma espécie de sensação de desfalecimento, mas naquele momento não consegui perceber sombra de pecado em meu coração. Assim tão grande é o poder do demônio quando quer nos pôr à prova e apagar de nosso espírito os sinais da graça.

O que senti? O que vi? Só lembro que as emoções do primeiro instante foram desprovidas de expressão, porque minha língua e minha mente não tinham sido educadas para nomear sensações daquele feitio. Isso até que me sobreviessem outras palavras interiores, ouvidas em outros tempos e em outros lugares, certamente ditas para outros fins, mas que pareceram harmonizar-se admiravelmente com meu gáudio daquele momento, como se tivessem nascido exatamente para exprimi-lo. Palavras que se tinham apinhado nas cavernas da minha memória subiram à superfície (muda) de meus lábios, e esqueci que elas haviam servido nas escrituras ou nas páginas dos santos para exprimir uma realidade bem mais fúlgida. Mas existia realmente diferença entre as delícias de que falaram os santos e aquelas que minha alma exagitada experimentava naquele instante? Naquele instante anulou-se em mim o senso vigilante da diferença. O que é justamente, parece-me, o signo do arrebatamento nos abismos da identidade.

De repente, a menina mostrou-se-me tal como a virgem negra mas bela de que fala o Cântico. Usava um vestidinho liso de tecido cru, que se abria de modo bastante impudente no peito, e tinha no pescoço um colar feito de pedrinhas coloridas e, acho, vulgaríssimas. Mas a cabeça erguia-se soberba sobre um colo branco como torre de marfim, seus olhos eram claros como as piscinas de Hesebon, seu nariz era uma torre do Líbano, suas mechas eram como púrpura. Sim, sua cabeleira pareceu-me como um rebanho de cabras, seus dentes como rebanhos de ovelhas a saírem do banho, todas emparelhadas, de modo que nenhuma delas estava à frente da companheira. E: "Como és bela, amada minha, como és bela", ocorreu-me murmurar, "teus cabelos são como um rebanho de cabras descendo das montanhas de Galaad, como fita escarlate são teus lábios, metades de romã são tuas faces, teu pescoço é como a torre de David da qual pendem mil escudos". E perguntava-me espantado e arrebatado quem era aquela que se erguia diante de mim como a aurora, bela como a lua, fúlgida como o sol, terribilis ut castrorum acies ordinata.

Então a criatura achegou-se mais a mim, jogando a um canto o embrulho escuro que até então segurara apertado contra o peito, ergueu mais a mão para acariciar meu rosto e repetiu mais uma vez as palavras que eu já tinha ouvido. E, enquanto eu não sabia se me afastava ou me encostava mais a ela, enquanto minha cabeça pulsava como se as trombetas de Josué estivessem para derrubar as muralhas de Jericó, ao mesmo tempo que eu desejava e temia tocá-la, ela deu uma risada alegre, gemeu baixinho como cabra enternecida, desatou os laços que fechavam o vestido sobre o peito, tirou o vestido do corpo como uma túnica e ficou diante de mim como Eva devia ter aparecido a Adão no jardim do Éden. "Pulchra sunt ubera quae paululum supereminent et tument modice", murmurei repetindo a frase que ouvira de Ubertino, porque seus seios se me mostraram como dois enhos, duas gazelas gêmeas a pastarem entre lírios, seu umbigo era uma taça redonda a que nunca falta licor, seu ventre um monte de trigo contornado de flores dos vales.

"O sidus clarum puellarum" gritei-lhe, "o porta clausa, fons hortorum, cella custos unguentorum, cella pigmentaria!", e encontrei-me sem querer junto a seu corpo, descobrindo o calor e o perfume acre de unguentos jamais conhecidos. Lembrei-me: "Filhos, quando chega o louco amor, nada pode o homem!", e compreendi que, fosse o que fosse aquele sentimento, trama do inimigo ou dádiva celeste, eu já nada podia fazer para resistir ao impulso que me movia, e "Oh, langueo", gritei, e "Causam languoris video nec caveo!", mesmo porque seus lábios exalavam um odor róseo e eram belos os seus pés nas sandálias, e as pernas eram como colunas e como colunas eram as sinuosidades dos seus flancos, obra de mãos de artista. Oh, amor, filha de delícias, um rei ficou preso em tuas tranças, murmurava para mim mesmo, e acabei entre seus braços e caímos juntos sobre o piso nu da cozinha e, não sei se por iniciativa minha ou por artes dela, vi-me livre do meu hábito de noviço e não sentimos vergonha de nossos corpos et cuncta erant bona.

E ela me beijou com os beijos de sua boca, e o seu amor foi mais delicioso que o vinho e ao olfato eram deliciosos os seus perfumes, e era belo o seu pescoço entre as pérolas e as faces entre os brincos, como és bela amada minha, como és bela, os teus olhos são pombas (eu dizia), e deixa-me ver tua face, deixa-me ouvir tua voz, pois tua voz é harmoniosa e tua face encantadora, deixaste-me louco de amor, irmã minha, deixaste-me louco com um olhar teu, com um único adereço de teu pescoço, favo gotejante são teus lábios, leite e mel sob tua língua, o perfume do teu hálito é de maçãs, teus seios em cachos, teus seios são cachos de uva, teu paladar um vinho precioso que corre diretamente para meu amor e flui nos lábios e nos dentes... Fonte de jardim, nardo e açafrão, canela e cinamomo, mirra e aloé, eu comia meu favo e meu mel, bebia meu vinho e meu leite, quem era, quem era afinal aquela que se erguia como a aurora, bela como a lua, fúlgida como o sol, terrível como colunas vexilárias?

Oh, Senhor, quando a alma é arrebatada, a única virtude está em amar o que se vê (não é verdade?), a suma felicidade, em ter o que se tem, então a vida bem-aventurada é sorvida em sua própria fonte (não foi dito?), degusta-se a verdadeira vida que, depois desta vida mortal, se haverá de viver ao lado dos anjos na eternidade... Assim pensava eu e parecia-me que as profecias se realizavam, enfim, enquanto a menina me cumulava de carinhos indescritíveis e era como se o meu corpo todo fosse um olho na frente e atrás e visse as coisas circundantes de uma vez. E compreendia que disso, que é o amor, se produzem a um tempo unidade, suavidade, bem, beijo, abraço, como já tinha ouvido dizer, acreditando que me falavam de outra coisa. E somente por um instante, quando minha alegria estava prestes a atingir o zênite, acudiu-me a ideia de que talvez estivesse experimentando, e à noite, a possessão do demônio meridiano, condenado enfim a mostrar-se em sua própria natureza de demônio à alma que em êxtase pergunta "quem és?", ele que sabe arrebatar a alma e iludir o corpo. Mas logo me convenci de que diabólicas eram certamente minhas hesitações, porque nada podia ser mais justo, melhor, mais santo do que aquilo que estava sentindo e cuja doçura crescia de momento a momento.

Assim como uma gotinha de água derramada numa quantidade de vinho se dispersa por inteiro para ganhar cor e sabor de vinho, assim como o ferro incandescente e afogueado se torna igualzinho ao fogo, perdendo sua forma primitiva, assim como o ar, quando inundado pela luz do sol, é transformado em máximo esplendor e em igual claridade, a ponto de já não parecer iluminado, mas ser a própria luz, assim eu me sentia morrer de terna liquefação, tanto que me restaram forças apenas para murmurar as palavras do salmo: "Meu peito é como vinho novo, sem frincha de luz, que rompe odres novos", e de repente vi uma luz resplandecente e, nela, uma forma de cor safira que se inflamava toda de um fogo rutilante e suavíssimo, e aquela luz esplêndida se difundiu por todo o fogo rutilante, e este fogo rutilante, por aquela forma resplendente.

Enquanto, quase desmaiado, caía sobre o corpo ao qual me unira, compreendi num último sopro de vitalidade que a chama consiste em esplêndida claridade, ínsito vigor e ígneo ardor, mas ela possui esplêndida claridade para reluzir e ígneo ardor para queimar. Depois compreendi o abismo, e os abismos ulteriores que ele invocava.

Agora que, com mão trêmula (e não sei se pelo horror do pecado de que falo ou pela saudade culpada do fato que rememoro), escrevo estas linhas, percebo que, para descrever o meu torpe êxtase daquele instante, usei as mesmas palavras que usei, não muitas páginas atrás, para descrever o fogo que queimava o corpo mártir do fraticelo Miguel. Não por acaso minha mão, dócil executora da alma, traçou as mesmas expressões para duas experiências tão discrepantes, porque provavelmente as vivi do mesmo modo então, quando as percebi, e há pouco, quando tentava fazer ambas reviver sobre o pergaminho.

Há uma misteriosa sabedoria graças à qual fenômenos díspares entre si podem ser nomeados com palavras análogas, a mesma graças à qual as coisas divinas podem ser designadas com nomes terrenos e, por símbolos equívocos, Deus pode ser denominado leão ou leopardo; a morte, ferida; a alegria, chama, e a chama, morte; a morte, abismo, e o abismo, perdição; a perdição, delíquio, e o delíquio, paixão.

Por que eu, rapaz, nomeava o êxtase de morte que me impressionara no mártir Miguel com as palavras com que a santa nomeara o êxtase de vida (divina), mas com as mesmas palavras não podia deixar de nomear o êxtase (culpado e passageiro) do gozo terreno, que por sua vez logo depois me parecera sensação de morte e anulação? Tento agora raciocinar sobre o modo como percebi duas experiências exaltantes e dolorosas com poucos meses de distância e sobre o modo como naquela noite, na abadia, ao rememorar uma percebi sensivelmente a outra com poucas horas de distância, e também sobre o modo como, ao mesmo tempo, eu as revivi agora, traçando estas linhas, e sobre como, nos três casos, as recitei para mim mesmo com as palavras da experiência diferente de uma alma santa que se anulava na visão da divindade. Terei blasfemado (outrora, agora)? O que havia de semelhante no desejo de morte de Miguel, no arrebatamento que senti ao ver a chama que o consumia, no desejo de conjunção carnal que experimentei com a moça, no místico pudor com que o traduzia alegoricamente e no mesmo desejo de anulação jubilosa que levava a santa a morrer de amor para viver mais prolongada e eternamente? Será possível que coisas tão equívocas possam ser ditas de modo tão unívoco? No entanto é esse, parece, o ensinamento que nos deixaram os maiores dentre os doutores: omnis ergo figura tanto evidentius veritatem demonstrat quanto apertius per dissimilem similitudinem figuram se esse et non veritatem probat.

Mas o amor à chama e ao abismo, se são figura do amor a Deus, poderão ser figura do amor à morte e do amor ao pecado? Sim, assim como o leão e a serpente são ao mesmo tempo figura de Cristo e do demônio. É que a correção da interpretação só pode ser fixada pela autoridade dos padres, e no caso em que me torturo não tenho auctoritas à qual minha mente obediente possa remeter-se, e ardo na dúvida (e outra vez a figura do fogo intervém para definir o vazio de verdade e a plenitude de erro que me anulam!). O que ocorre, ó senhor, em meu espírito, agora que me deixo tomar pelo vórtice das recordações e ao mesmo tempo conflagro tempos diferentes, como se estivesse para violar a ordem dos astros e a sequência de seus movimentos celestes?

Certamente, estou transpondo os limites de minha inteligência pecadora e doente. Ora, voltemos à tarefa que humildemente me propusera. Estava contando daquele dia e da total vertigem dos sentidos em que abismei. Aí está, disse o que lembrei naquela ocasião, e limite-se a tanto minha frágil pena de fiel e veraz cronista.

Fiquei deitado, não sei por quanto tempo, estando a moça a meu lado. Com um movimento leve, somente sua mão continuava a tocar meu corpo, agora molhado de suor. Eu sentia uma exultação interior, que não era paz, mas como que o último e débil arder de um fogo que tardasse a extinguir-se por baixo das cinzas, quando a chama já está morta. Eu não hesitaria em chamar de bem-aventurado aquele a quem fosse dado sentir algo semelhante (murmurava como no sono) nesta vida, ainda que raramente (e de fato só o senti daquela vez) e em tempo muito breve, pelo espaço de um único instante. Como se se deixasse de existir, não sentir a si mesmo de modo algum, rebaixar-se, quase se anular, e, se algum dos mortais (dizia-me) pudesse, por um único e rapidíssimo instante, saborear o que saboreei, logo olharia com maus olhos este mundo perverso, ficaria perturbado com a malícia da vida quotidiana, sentiria o peso do corpo de morte... Não era assim que me fora ensinado? Aquele convite de todo o meu espírito para esquecer-se de si na beatitude era decerto (agora entendia) a irradiação do sol eterno, e a alegria que ele produz, abre, distende, engrandece o homem, e a garganta escancarada que o homem traz em si já não se fecha com tanta felicidade, é a ferida aberta pela espadada do amor, e não há neste mundo outra coisa que seja mais doce e terrível. Mas tal é o direito do sol, ele dardeja o ferido com seus raios, e todas as chagas se alargam, o homem se abre e dilata, suas veias são escancaradas, suas forças já não têm como executar as ordens que recebem, mas são movidas unicamente pelo desejo, o espírito arde abismado no abismo do que agora toca, vendo o próprio desejo e a própria verdade superados pela realidade que viveu e que vive. E ele assiste estupefato ao seu próprio delíquio.

Foi imerso em tais sensações de indescritível gáudio interior que adormeci.

Reabri os olhos um pouco depois, e a luz da noite, quiçá por causa de uma nuvem, estava muito apagada. Estendi a mão para o lado e não senti mais o corpo da mocinha. Virei a cabeça: já não estava ali.

A ausência do objeto que tinha desencadeado meu desejo e saciado minha sede fez-me perceber de uma vez a vanidade daquele desejo e a perversidade daquela sede. Omne animal triste post coitum. Tomei consciência do fato de que eu havia pecado. Agora, após anos e anos de distância, enquanto ainda choro amargamente minha falta, não posso esquecer que naquela noite senti imenso júbilo, e seria injusto com o Altíssimo, que criou todas as coisas em bondade e beleza, se não admitisse que, mesmo naquele caso de dois pecadores, ocorreu algo que em si, naturaliter, era bom e belo. Mas talvez minha velhice atual me faça sentir culposamente como belo e bom tudo aquilo que foi de minha juventude. Ao passo que deveria volver meu pensamento para a morte, que se aproxima. Então, jovem, não pensei na morte, mas chorei, vivaz e sinceramente, por meu pecado.

Levantei-me tremendo, mesmo porque estivera por muito tempo sobre as pedras gélidas da cozinha, e meu corpo se enregelara. Vesti-me, quase febricitante. Descobri então, num canto, o embrulho que a moça tinha abandonado ao fugir. Abaixei-me para examinar o objeto: era uma espécie de pacote feito de pano enrolado, que parecia vir das cozinhas. Desembrulhei e, na hora, não entendi o que havia dentro, fosse por causa da pouca luz, fosse pela informidade do conteúdo. Depois compreendi: entre grumos de sangue e retalhos de carne mais flácida e esbranquiçada, estava diante dos meus olhos, morto, mas ainda palpitante da vida gelatinosa das vísceras mortas, sulcado de nervuras lívidas, um coração de grandes dimensões.

Um véu escuro desceu-me sobre os olhos, uma saliva ácida subiu-me à boca. Dei um grito e caí como cai um corpo morto.

Terceiro dia

NOITE

Quando Adso, transtornado, se confessa a Guilherme e medita sobre a função da mulher no plano da criação, mas depois descobre o cadáver de um homem.

Recobrei-me com alguém a me molhar o rosto. Era frei Guilherme, que trazia um lume e colocara algo sob minha cabeça.

— O que aconteceu, Adso — perguntou-me —, agora rondas à noite, a roubar miúdos na cozinha?

Resumindo, Guilherme, ao acordar, fora me procurar não sei mais por qual razão e, não me encontrando, suspeitou que eu tivesse ido fazer alguma bravata na biblioteca. Ao se aproximar do Edifício pelos lados da cozinha, tinha visto uma sombra a sair pela porta em direção à horta (era a moça que estava se afastando, talvez por ter ouvido alguém se aproximar). Tentara saber quem era e segui-la, mas ela (ou seja, aquela que para ele era uma sombra) se afastara em direção às muralhas e desaparecera. Então Guilherme — após uma exploração nos arredores — entrara na cozinha e lá me encontrara desfalecido.

Quando lhe mostrei, ainda aterrorizado, o embrulho com o coração, balbuciando frases sobre um novo crime, ele se pôs a rir:

— Adso, mas que homem teria um coração tão grande? É um coração de vaca, ou de boi, mataram um animal justamente hoje! Aliás, o que está ele fazendo em tuas mãos?

Naquele momento, oprimido pelos remorsos, além de aturdido pelo pavor, desatei em pranto incontido e pedi que me administrasse o sacramento da confissão. O que foi feito, e lhe contei tudo, sem ocultar nada.

Frei Guilherme escutou-me com grande seriedade, mas com uma sombra de indulgência. Quando terminei, disse-me muito sério:

— Adso, pecaste, é verdade, contra o mandamento que te impõe não fornicar e contra teus deveres de noviço. Para tua desculpa, há o fato de que te achaste numa daquelas situações em que teria se perdido mesmo um padre do deserto. E sobre a mulher como estímulo de tentações já falaram o suficiente as escrituras. Da mulher diz o Eclesiastes que sua conversa é como fogo ardente, e os Provérbios dizem que ela se apodera da alma preciosa do homem e que os mais fortes foram arruinados por ela. E diz também o Eclesiastes: descobri que mais amarga que a morte é a mulher, e que é como uma armadilha, seu coração é como uma rede, suas mãos são cordas. E outros disseram que ela é vaso do demônio. Todavia, caro Adso, não consigo convencer-me de que Deus tenha desejado introduzir na criação um ser tão imundo sem o dotar de alguma virtude. E não posso deixar de refletir sobre o fato de que Ele lhe concedeu muitos privilégios e motivos de apreço, dos quais três pelo menos grandíssimos. De fato, criou o homem do barro, neste mundo vil, e a mulher Ele criou depois, no paraíso terrestre, de nobre matéria humana. E não a formou dos pés ou das entranhas do corpo de Adão, mas da costela. Em segundo lugar, o Senhor, que tudo pode, poderia ter-se feito homem diretamente, de modo miraculoso, mas escolheu encarnar-se no ventre de uma mulher, sinal de que não era tão imunda assim. E, quando apareceu após a ressurreição, apareceu para uma mulher. E, por fim, na glória celeste, nenhum homem será rei naquela pátria, mas será rainha uma mulher que nunca pecou. Se, portanto, o Senhor teve tantas atenções para com a própria Eva e para com suas filhas, será tão anormal que nós também nos sintamos atraídos pelas graças e pela nobreza desse sexo? O que quero te dizer, Adso, é que por certo não deves repeti-lo, mas que não é tão monstruoso o fato de teres sido tentado a fazê-lo. Por outro lado, o monge que, pelo menos uma vez na vida, tenha experimentado a paixão carnal poderá ser algum dia indulgente e compreensivo para com os pecadores a quem der conselho e conforto... pois bem, caro Adso, é coisa para não se desejar antes que aconteça, mas tampouco para se vituperar demais depois de acontecida. Portanto, vai com Deus e não falemos mais no assunto. Mas, para não ficares meditando demasiado sobre algo que será melhor esquecer, se o conseguires — e pareceu-me que nesse momento sua voz era enfraquecida como que por alguma comoção interna —, é melhor refletirmos sobre o sentido do que aconteceu esta noite. Quem era aquela moça e com quem tinha encontro?

— Isso não sei e não vi o homem que estava com ela — disse.

— Bem, mas podemos deduzir quem era por muitos indícios claríssimos. Acima de tudo, era um homem feio e velho, com quem uma mocinha não anda de boa vontade, especialmente se for bonita como dizes, ainda que minha impressão, meu caro lobinho, é que estavas propenso a achar deliciosa qualquer comida.

— Por que feio e velho?

— Porque a moça não vinha ter com ele por amor, mas por um pacote de vísceras. Certamente era uma moça da aldeia que se entregava, não pela primeira vez, a algum monge luxurioso a fim de ter algo para pôr na boca, na sua e de sua família.

— Uma meretriz! — eu disse horrorizado.

— Uma camponesa pobre, Adso. Quem sabe com irmãozinhos para alimentar. E que, podendo, se entregaria por amor e não por lucro. Como fez esta noite. De fato, dizes que te achou jovem e belo e te deu gratuitamente e por amor o que para os outros teria dado em troca de um coração de boi e um pedaço de bofe. E sentiu-se tão virtuosa pela oferta gratuita que fez de si mesma, e aliviada, que fugiu sem levar nada em troca. Eis por que penso que o outro, ao qual te comparou, não era nem jovem nem belo.

Confesso que, embora meu arrependimento fosse vivíssimo, aquela explicação encheu-me de dulcíssimo orgulho, mas calei e deixei meu mestre continuar.

— Esse velhusco feio devia ter a possibilidade de descer à aldeia e entrar em contato com os camponeses, por algum motivo ligado ao seu ofício. Devia conhecer o modo de permitir que as pessoas entrem nas muralhas e delas saiam, e saber que na cozinha haveria esses miúdos (e talvez amanhã se diga que, como a porta ficou aberta, um cão entrou e os comeu). E, por fim, devia ter certo senso de economia e certo interesse em que a cozinha não fosse privada de víveres mais preciosos, de outro modo lhe teria dado uma fatia de carne ou uma outra parte mais saborosa. E então vês que a imagem de nosso desconhecido se esboça com muita clareza, e que todas essas propriedades, ou acidentes, combinam bastante com uma substância que eu não recearia definir como o nosso despenseiro, Remigio de Varagine. Ou, caso esteja errado, como o nosso misterioso Salvatore. Que, entre outras coisas, sendo destas bandas, sabe falar muito bem com a gente do lugar e convencer uma mocinha a fazer o que pretendia que ela fizesse, caso não tivesses chegado.

— É isso mesmo — eu disse convencido —, mas de que nos serve sabê-lo agora?

— De nada. E de tudo — disse Guilherme. — A história pode ter ou não ter relação com os crimes de que nos ocupamos. Por outro lado, se o despenseiro foi dulcinista, isso explica aquilo e vice-versa. E sabemos agora, por fim, que à noite a abadia é lugar de incontáveis vagueações e histórias. E quem sabe se o nosso despenseiro ou Salvatore, que a percorrem no escuro com tanta desenvoltura, não conhecem, em todo caso, mais coisas do que dizem.

— Mas dirão a nós?

— Não, se nos comportarmos de modo compassivo, ignorando o pecado deles. Mas, se precisarmos saber alguma coisa, teremos nas mãos um modo de convencê-los a falar. Em outras palavras, se houver necessidade, o despenseiro ou Salvatore serão nossos, e Deus nos perdoará essa prevaricação, visto que perdoa tantas outras coisas — disse e fitou-me com malícia, e eu não tive ânimo de fazer observações sobre a licitude daqueles seus propósitos.

— E agora precisaríamos ir para a cama, porque dentro de uma hora são as matinas. Mas vejo-te ainda agitado, meu pobre Adso, ainda temeroso do teu pecado... Não há nada como uma boa pausa na igreja para sossegar-te o espírito. Eu te absolvi, mas nunca se sabe. Vai pedir confirmação ao Senhor.

E deu-me um tapa até que enérgico na cabeça, talvez como prova de paterno e viril afeto ou, quem sabe, como indulgente penitência. Ou pode ser (como pensei com culpa naquele momento) que por alguma espécie de inveja bonachona, de homem sedento de experiências novas e vivazes que era.

Dirigimo-nos à igreja, saindo pelo nosso caminho habitual, que percorri depressa e de olhos fechados, porque naquela noite todos aqueles ossos me lembravam com demasiada evidência que eu também era pó e quão desvairado tinha sido o orgulho de minha carne.

Chegados à nave, enxergamos uma sombra diante do altar-mor. Pensei que fosse ainda Ubertino. Mas era Alinardo, que à primeira vista não nos reconheceu. Disse que não estava conseguindo dormir e tinha decidido passar a noite rezando pelo jovem monge desaparecido (não se lembrava sequer seu nome). Orava por sua alma, se estivesse morto, por seu corpo, se estivesse enfermo e sozinho, nalgum canto.

— Muitos mortos — disse — mortos demais... Mas estava escrito no livro do apóstolo. Com a primeira trombeta veio o granizo, com a segunda, um terço do mar virou sangue, e um foi encontrado no granizo, o outro no sangue... A terceira trombeta adverte que uma estrela ardente cairá em um terço dos rios e das fontes. Assim, digo-vos, desapareceu o nosso terceiro irmão. E temei pelo quarto, porque será atingida a terça parte do sol, e da lua e das estrelas, de modo que as trevas serão quase completas...

Enquanto saíamos pelo transepto, Guilherme perguntou-se se nas palavras do ancião não haveria algo de verdadeiro.

— Mas — observei — isso pressuporia que uma única mente diabólica, usando o Apocalipse como guia, teria arranjado os três desaparecimentos, admitindo que Berengário também esteja morto. No entanto, sabemos que o de Adelmo deveu-se à sua própria vontade...

— É verdade — disse Guilherme —, mas a mesma mente diabólica, ou doente, poderia ter-se inspirado na morte de Adelmo para organizar as outras duas de modo simbólico. E, se assim fosse, Berengário deveria estar num rio ou numa fonte. E não há rios e fontes na abadia, pelo menos não de feição que alguém possa se afogar ou ser afogado...

— Há somente a casa de banhos — observei como por acaso.

— Adso! — disse Guilherme. — Sabes que essa pode ser uma ideia? A casa de banhos!

— Mas já examinaram lá...

— Vi os serviçais de manhã fazendo buscas; abriram a porta da casa de banhos e deram uma olhada em torno, sem esquadrinhar, ainda não achavam que precisariam procurar algo bem escondido, esperavam um cadáver a jazer teatralmente nalgum lugar, como o cadáver de Venâncio na talha... Vamos dar uma olhada, ainda está escuro e parece-me que nossa lanterna ainda está ardendo com gosto.

Assim fizemos, e abrimos sem dificuldade a porta da casa de banhos, atrás do hospital.

Separadas umas das outras por amplas cortinas, ficavam as banheiras, não lembro quantas. Os monges as usavam para sua higiene, quando a regra lhes fixava o dia, e Severino as usava por razões terapêuticas, porque nada como um banho para acalmar o corpo e a mente. Um fogão num canto permitia escaldar a água facilmente. Encontramo-lo sujo de cinza recente, e diante dele jazia um grande caldeirão emborcado. A água podia ser tirada de uma fonte, num canto.

Olhamos nas primeiras banheiras, que estavam vazias. Somente a última, escondida pela cortina puxada, estava cheia e, ao lado, havia roupas amontoadas. À primeira vista, à luz de nossa lâmpada, a superfície do líquido nos pareceu calma, mas, quando o lume incidiu sobre ela entrevimos no fundo, exânime, um corpo humano, nu. Puxamo-lo lentamente para fora; era Berengário. E ele, conforme disse Guilherme, tinha realmente cara de afogado. Os traços fisionômicos estavam inchados. O corpo, branco e mole, sem pelos, parecia de mulher, exceto pelo espetáculo obsceno das flácidas partes pudendas. Corei, depois tive um arrepio. Persignei-me, enquanto Guilherme abençoava o cadáver.

QUARTO DIA

Quarto dia

LAUDES

Em que Guilherme e Severino examinam o cadáver de Berengário, descobrem que está com a língua preta, coisa singular para um afogado. Depois discutem sobre venenos dolorosíssimos e um furto remoto.

Não me demorarei a contar como informamos o abade, como a abadia inteira acordou antes da hora canônica, os gritos de horror, o susto e a dor que se viam no rosto de cada um, como a notícia se propagou para todo o povo da esplanada, com serviçais a se persignarem e proferirem esconjuros. Não sei se naquela manhã o primeiro ofício ocorreu de acordo com as regras e quem tomou parte dele. Acompanhei Guilherme e Severino, que mandaram envolver o corpo de Berengário e estendê-lo sobre uma mesa do hospital.

Depois que o abade e os outros monges se afastaram, o herborista e meu mestre examinaram demoradamente o cadáver, com a frieza dos homens da medicina.

— Morreu afogado — disse Severino —, não há dúvida. O rosto está inchado, o ventre está rijo...

— Mas não foi afogado por outro — observou Guilherme —, pois nesse caso teria se rebelado contra a violência do homicida e teríamos encontrado vestígios de água espalhada ao redor da banheira. Ao contrário, tudo estava arrumado e limpo, como se Berengário tivesse esquentado a água, enchido a banheira e se acomodado por vontade própria.

— Isso não me admira — disse Severino. — Berengário sofria de convulsões, e eu mesmo lhe disse várias vezes que os banhos tépidos servem para acalmar a excitação do corpo e do espírito. Diversas vezes pedira-me licença para ir à casa de banhos. Poderia ter feito o mesmo esta noite...

— À noite passada — corrigiu Guilherme —, porque este corpo, como estás vendo, ficou na água pelo menos um dia...

— É possível que tenha sido à noite passada — conveio Severino.

Guilherme o pôs parcialmente a par dos acontecimentos da noite anterior. Não lhe disse que estivéramos furtivamente no scriptorium, mas, ocultando-lhe algumas circunstâncias, disse-lhe que tínhamos perseguido uma figura misteriosa que nos roubara um livro. Severino entendeu que Guilherme lhe contava apenas uma parte da verdade, mas não fez outras perguntas. Observou que a agitação de Berengário, se era ele o ladrão misterioso, podia tê-lo induzido a buscar a tranquilidade de um banho restaurador.

— Berengário — observou Severino — era de natureza muito sensível, às vezes uma contrariedade ou uma emoção provocava-lhe tremores, suores frios, revirava os olhos e caía no chão cuspindo baba esbranquiçada.

— Em todo caso — disse Guilherme —, antes de vir aqui esteve nalgum outro lugar, porque na casa de banhos não vi o livro que ele roubou.

— Sim — confirmei com certo orgulho —, ergui a roupa dele, que estava ao lado da banheira, e não encontrei vestígio de nenhum objeto volumoso.

— Muito bem — sorriu-me Guilherme. — Portanto, esteve nalgum outro lugar. Depois, admitamos que, para acalmar a agitação e, quem sabe, escapar às nossas buscas, tenha entrado na casa de banhos e imergido na água. Severino, achas que o mal de que sofria era suficiente para fazê-lo perder os sentidos e afogar-se?

— Poderia ser — observou Severino com certa dúvida. — Por outro lado, se tudo aconteceu há duas noites, poderia ter havido água ao redor da banheira, que depois secou. Desse modo não podemos excluir que tenha sido afogado à força.

— No entanto — objetou Guilherme —, acaso já viste algum assassinado que, antes de se deixar afogar, tire roupa?

Severino não respondeu, pois fazia alguns instantes que estava examinando as mãos do cadáver:

— Eis uma coisa interessante... — disse. — No outro dia observei as mãos de Venâncio, depois que o corpo foi limpo do sangue, e notei um pormenor a que não dei muita importância. As pontas de dois dedos da mão direita de Venâncio estavam escuras, como enegrecidas por uma substância parda. Exatamente — estás vendo? — como agora as pontas de dois dedos de Berengário. Aliás, aqui temos também algumas marcas no dedo médio. Naquele dia achei que Venâncio tinha tocado em tintas no scriptorium...

— Muito interessante — observou Guilherme pensativo, aproximando os olhos dos dedos de Berengário. A aurora estava surgindo, a luz lá dentro estava fraca ainda, meu mestre sofria evidentemente com a falta das lentes. — Muito interessante — repetiu. — O indicador e o polegar estão escuros nas pontas, o médio apenas na parte interna, e levemente. Mas há traços mais fracos também na mão esquerda, pelo menos no indicador e no polegar.

— Se fosse somente a mão direita, seriam os dedos de quem segura algo pequeno, ou fino e comprido...

— Como um estilo. Ou um alimento. Ou um inseto. Ou uma cobra. Ou um ostensório. Ou um bastão. Muita coisa. Mas se há sinais também na outra mão poderia ser uma taça: a direita a segura com firmeza, e a esquerda colabora com menor força...

Severino agora esfregava levemente os dedos do morto, mas a cor escura não desaparecia. Notei que calçara um par de luvas, que provavelmente usava quando manuseava substâncias venenosas. Cheirava, mas sem obter nenhuma sensação.

— Poderia citar muitas substâncias que deixam marcas desse tipo. Algumas letais, outras não. Os miniaturistas têm às vezes os dedos sujos de pó de ouro...

— Adelmo era miniaturista — disse Guilherme. — Imagino que diante de seu corpo dilacerado não tenhas pensado em examinar-lhe os dedos. Mas os outros poderiam ter tocado em alguma coisa que pertencera a Adelmo.

— Realmente não sei — disse Severino. — Dois mortos, ambos com os dedos pretos. O que deduzes daí?

— Não deduzo nada: pelas regras do silogismo, nihil sequitur geminis ex particularibus unquam, ou seja, de dois fatos isolados não se extrai nenhuma lei. Seria preciso conhecer antes a lei: por exemplo, que existe uma substância que preteja os dedos de quem a toca...

Terminei triunfante o silogismo:

— ... Venâncio e Berengário têm os dedos enegrecidos, ergo tocaram nessa substância!

— Muito bem, Adso — disse Guilherme —, pena que teu silogismo também não seja válido, porque aut semel aut iterum medium generaliter esto, e nesse silogismo o termo médio nunca aparece como geral. Sinal de que escolhemos mal a premissa maior. Eu não deveria dizer: todos os que tocam certa substância têm os dedos pretos, porque poderia haver pessoas com dedos pretos que não tivessem tocado a substância. Deveria dizer: todos e somente todos que têm os dedos pretos tocaram certamente dada substância. Venâncio e Berengário etc. Com o que teríamos um Darii, um excelente terceiro silogismo de primeira figura.

— Então temos a resposta! — falei, todo contente.

— Arre, Adso, como te fias nos silogismos! Temos só e novamente a questão. Isto é, aventamos a hipótese de que Venâncio e Berengário tenham tocado na mesma coisa, hipótese sem dúvida razoável. Mas depois de imaginarmos a existência de uma substância, a única entre todas, que provoque esse resultado (o que ainda está para ser apurado), não saberemos qual é, onde eles a encontraram e por que a tocaram. E repara bem: não sabemos sequer se é exatamente essa a substância que os levou à morte. Imagina que um louco quisesse matar todos os que tocam em ouro em pó. Diríamos que é o ouro em pó que mata?

Fiquei confuso. Sempre acreditara que a lógica era uma arma universal e percebia então que sua validade dependia do modo como era usada. Por outro lado, convivendo com meu mestre, eu já tinha percebido — e percebi cada vez mais nos dias que seguiram — que a lógica podia ser muito útil desde que fosse possível entrar nela e depois sair dela.

Severino, que certamente não era um bom lógico, enquanto isso refletia de acordo com sua própria experiência:

— O universo dos venenos é variado como variados são os mistérios da natureza — disse.

Apontou para uma série de vasos e ampolas que já admiráramos uma vez, dispostos em boa ordem nas estantes ao longo das paredes, junto de muitos volumes:

— Como já te disse, muitas dessas ervas, devidamente compostas e dosadas, poderiam ter como resultado beberagens e unguentos mortais. Eis ali, estramônio, beladona, cicuta: podem causar sonolência, excitação ou ambas; administradas com cuidado, são ótimos medicamentos; em doses excessivas levam à morte.

— Mas nenhuma dessas substâncias deixaria sinais nos dedos?

— Nenhuma, creio. Além disso, há substâncias que se tornam perigosas apenas se ingeridas e outras que, ao contrário, agem sobre a pele. O heléboro--branco pode provocar vômitos em quem o agarra para arrancá-lo da terra. O dictamno e a fraxinela, quando estão em flor, provocam embriaguez nos jardineiros que os tocam, como se estes tivessem bebido vinho. O simples toque no heléboro-negro provoca diarreia. Outras plantas causam palpitações no coração, algumas, latejamento na cabeça, outras ainda cortam a voz. No entanto, o veneno da víbora, aplicado na pele sem penetrar no sangue, produz apenas ligeira irritação... Mas uma vez me mostraram um composto que, aplicado na parte interna das coxas de um cão, perto da genitália, leva o animal à morte em pouco tempo, em meio a convulsões atrozes, enquanto os membros se enrijecem devagarinho...

— Sabes muitas coisas sobre venenos — observou Guilherme com um tom de voz que parecia admirado.

Severino fitou-o e sustentou seu olhar por alguns instantes:

— Sei aquilo que um médico, um herborista, um cultor de ciências da saúde humana, deve saber.

Guilherme ficou pensativo por um tempo. Depois pediu a Severino que abrisse a boca do cadáver, para examinar-lhe a língua. Severino, curioso, usou uma espátula fina, um dos instrumentos de sua arte médica, e obedeceu. Deu um grito de estupor:

— A língua está preta!

— Então é isso — murmurou Guilherme. — Pegou algo com os dedos e ingeriu... Isso elimina os venenos que citaste antes, os que matam penetrando através da pele. Mas não torna mais fáceis nossas induções. Porque agora, no que se refere a ele e a Venâncio, precisamos pensar num gesto voluntário, não casual, não devido a distração ou imprudência, nem induzido com violência. Pegaram alguma coisa e a introduziram na boca, sabendo o que faziam...

— Um alimento? Uma bebida?

— Talvez. Ou talvez... que sei eu? Um instrumento musical como uma flauta...

— Absurdo — disse Severino.

— Claro que é absurdo. Mas não devemos descuidar de nenhuma hipótese, por extraordinária que seja. Agora tentemos remontar à matéria venenosa. Se alguém que conheça venenos como tu tivesse se introduzido aqui e usado algumas dessas tuas ervas, poderia ter composto um unguento mortal capaz de produzir aqueles sinais nos dedos e na língua? Passível de ser posto num alimento, numa bebida, numa colher, nalguma coisa que se leva à boca?

— Sim — acedeu Severino — mas quem? Depois, ainda que admitida essa hipótese, como teria sido ministrado o veneno aos nossos dois pobres confrades?

Francamente, tampouco eu conseguia imaginar Venâncio ou Berengário deixando-se abordar por alguém que lhes estendesse uma substância misteriosa e os convencesse a ingeri-la. Mas Guilherme não pareceu incomodado por essa estranheza.

— Nisso pensaremos depois — disse —, porque agora queria que tentasses lembrar de algum fato que talvez não tenha retornado ainda à tua mente, não sei, alguém que tenha feito perguntas sobre tuas ervas, alguém que entre com facilidade no hospital...

— Um momento — disse Severino —, há muito tempo, falo de anos, guardava numa daquelas estantes uma substância muito poderosa, que me fora dada por um confrade que viajara por países distantes. Ele não sabia me dizer do que era feita, sem dúvida de ervas, não todas conhecidas. Era, na aparência, viscosa e amarelada, mas fui aconselhado a não a tocar, pois, se ela entrasse apenas em contato com meus lábios, me mataria em pouco tempo. O confrade disse-me que, ingerida mesmo em doses mínimas, em meia hora causava sensação de esgotamento, depois lenta paralisia de todos os membros e por fim a morte. Não queria ficar com ela e deu-me de presente. Guardei-a por bastante tempo, porque tinha a intenção de examiná-la de algum modo. Depois, um dia, caiu forte vendaval sobre o altiplano. Um de meus ajudantes, um noviço, deixara aberta a porta do hospital, e a ventania revirou toda a sala em que estamos agora. Ampolas quebradas, líquidos espalhados pelo chão, ervas e pós esparramados. Trabalhei um dia para reorganizar minhas coisas, e só pedi ajuda para varrer os cacos e as ervas já então irrecuperáveis. No fim percebi que estava faltando justamente a ampola de que te falava. De início fiquei preocupado, depois me convenci de que se quebrara e se confundira com outros detritos. Mandei lavar bem o piso do hospital e as estantes...

— E tinhas visto a ampola poucas horas antes da ventania?

— Sim... Ou melhor, não, agora que estou pensando. Estava atrás de uma fileira de recipientes, bem escondida, eu não verificava todos os dias...

— Portanto, pelo que sabes, poderia ter sido roubada muito tempo antes da ventania, sem que soubesses?

— Agora que me levas a pensar nisso, indubitavelmente, sim.

— E aquele teu noviço poderia tê-la roubado e depois ter aproveitado o ensejo da ventania para deixar de propósito a porta aberta e criar confusão em tuas coisas.

Severino pareceu muito excitado:

— Claro, sim. Não só isso, mas, lembrando o que aconteceu, o que me admirou muito foi que a ventania, apesar de violenta, tivesse derrubado tantas coisas. Poderia muito bem dizer que alguém se aproveitou da ventania para revirar a sala e produzir mais estragos do que o vento poderia ter feito!

— Quem era o noviço?

— Chamava-se Agostino. Mas morreu o ano passado, caindo de um andaime quando limpava as esculturas da fachada da igreja com outros monges e fâmulos. Se bem que, pensando bem, ele tinha jurado e rejurado que não deixara a porta aberta antes da ventania. Fui eu, enfurecido, que o considerei responsável pelo acidente. Talvez fosse mesmo inocente.

— E assim temos uma terceira pessoa, talvez, bem mais sabida que um noviço, que tinha conhecimento do teu veneno. A quem falaste sobre ele?

— Disso não me lembro. Ao abade, certamente, pedindo-lhe permissão para conservar uma substância tão perigosa. E a alguém mais, quem sabe na biblioteca, porque estava à procura de herbários que me pudessem revelar alguma coisa.

— Mas não me disseste que guardas contigo os livros mais úteis à tua arte?

— Sim, muitos — disse, apontando num canto da sala algumas estantes cheias de dezenas de livros. — Mas na época estava procurando certos livros que não poderia ter comigo e que, aliás, Malaquias relutava em deixar-me ver, tanto que precisei pedir autorização ao abade.

Abaixou a voz como se receasse ser ouvido por mim:

— Num lugar desconhecido da biblioteca são conservadas até obras de necromancia. Consegui consultar algumas dessas obras, por dever de conhecimento, e esperava encontrar uma descrição daquele veneno e de suas funções. Em vão.

— Portanto, falaste do assunto com Malaquias.

— Claro, com ele sem dúvida, e quem sabe também com o próprio Berengário, que o assistia. Mas não tires conclusões apressadas: não estou lembrado, mas enquanto falava talvez estivessem presentes outros monges, tu sabes, às vezes o scriptorium fica cheio de gente...

— Não estou suspeitando de ninguém. Tento apenas compreender o que pode ter acontecido. Em todo caso, dizes que o fato aconteceu há alguns anos, e é curioso que alguém tenha roubado com tanta antecipação um veneno que usaria muito tempo depois. Seria indício de uma vontade maligna que incubou um propósito homicida demoradamente, na sombra.

Severino persignou-se com expressão de horror no rosto.

— Deus nos perdoe a todos! — disse.

Não havia mais comentários por fazer. Tornamos a cobrir o corpo de Berengário, que deveria ser preparado para as exéquias.

Quarto dia

PRIMA

Em que Guilherme induz primeiro Salvatore e depois o despenseiro a confessarem seu passado, Severino encontra as lentes roubadas, Nicolau traz as lentes novas, e Guilherme, com seis olhos, vai decifrar o manuscrito de Venâncio.

Estávamos saindo quando entrou Malaquias. Pareceu contrariado com nossa presença e fez menção de retirar-se. De dentro Severino o viu e disse:

— Estavas à minha procura? É para... — interrompeu-se, olhando para nós.

Malaquias fez-lhe um sinal, imperceptível, como para dizer: "Falamos nisso depois."

Estávamos saindo, ele estava entrando, encontramo-nos os três na soleira. Malaquias disse que estava procurando o confrade herborista porque estava com dor de cabeça.

— Deve ser o ar abafado da biblioteca — disse-lhe Guilherme, em tom de solícita compreensão. — Deverias fazer fumigações.

Malaquias moveu os lábios como se ainda quisesse falar, depois desistiu, abaixou a cabeça e entrou, enquanto nos afastávamos.

— O que ele quer de Severino? — perguntei.

— Adso — disse-me o mestre com impaciência —, aprende a raciocinar com tua cabeça. — Depois mudou de assunto: — Precisamos interrogar algumas pessoas, agora. Pelo menos — acrescentou, enquanto explorava a esplanada com o olhar — enquanto ainda estão vivas. A propósito: de agora em diante prestemos atenção ao que comemos e bebemos. Pega sempre tua comida do prato comum e tuas bebidas da bilha de que outros já tenham se servido. Depois de Berengário somos os que sabem mais coisas. Além, naturalmente, do assassino.

— Mas quem estais querendo interrogar agora?

— Adso — disse Guilherme —, terás observado que aqui as coisas mais interessantes acontecem à noite. À noite se morre, à noite se vaga pelo scriptorium, à noite se introduzem mulheres nos recintos da muralha... Temos uma abadia diurna e uma abadia noturna, e a noturna parece desgraçadamente mais interessante que a diurna. Portanto, qualquer pessoa que fique vagueando à noite nos interessa, inclusive, por exemplo, o homem que viste ontem à noite com a moça. Talvez a história da moça não tenha relação nenhuma com a dos venenos, talvez sim. Em todo caso, está passando acolá justamente alguém que ou era o homem de ontem à noite ou é alguém que sabe quem era.

Apontou para Salvatore, que, por sua vez, nos vira. Notei leve hesitação em seu passo como se, desejando evitar-nos, tivesse parado para mudar de caminho. Foi um átimo. Evidentemente, dera-se conta de que não podia fugir ao encontro e retomou a marcha. Voltou-se para nós com um sorriso largo e um "benedicite" um tanto untuoso. Meu mestre quase não o deixou terminar e falou-lhe em tom brusco.

— Sabes que amanhã chega aqui a inquisição? — perguntou-lhe.

Salvatore não pareceu contente. Com um fio de voz perguntou:

— E mi?

— E tu farias bem em dizeres a verdade a mim, que sou teu amigo, e sou frade menor como tu foste, em vez de dizê-la amanhã àqueles que conheces muito bem.

Tomado de assalto assim subitamente, Salvatore pareceu desistir de opor resistência. Fitou Guilherme com ar submisso, como que para dar-lhe a entender que estava pronto a dizer-lhe o que ele pedisse.

— Esta noite havia uma mulher na cozinha. Quem estava com ela?

— Oh, fêmena que vendese como mercancia, não pode unca bon ser, nì haver cortesia — recitou Salvatore.

— Não quero saber se era boa moça. Quero saber quem estava com ela!

— Dios, como as fêmene são de malvaci esperteze! Pensam dia e noite como escarnece o homo...

Guilherme agarrou-o bruscamente pelo peito:
— Quem estava com ela, tu ou o despenseiro?

Salvatore compreendeu que não podia continuar mentindo. Começou a contar uma história estranha, pela qual, com muito custo, ficamos sabendo que ele, para agradar o despenseiro, arranjava-lhe moças na aldeia, introduzindo-as à noite nas muralhas por caminhos que não nos quis revelar. Mas jurou que agia por pura bondade, deixando transparecer a cômica queixa de que não havia encontrado um jeito de também lograr prazer, de a moça, após satisfazer o despenseiro, dar algo também a ele. Disse tudo isso com sorrisos untuosos e lúbricos, com piscadelas, como dando a entender que falava a homens feitos de carne, habituados às mesmas práticas. E olhava-me de soslaio.

Guilherme decidiu àquela altura tentar o tudo ou nada. Perguntou-lhe de chofre:

— Conheceste Remigio antes ou depois de teres estado com Dulcino?

Salvatore ajoelhou-se a seus pés, suplicando-lhe entre lágrimas que não causasse sua perdição e o salvasse da inquisição. Guilherme jurou-lhe solenemente não dizer a ninguém o que ficasse sabendo, e Salvatore não hesitou em entregar o despenseiro a nosso arbítrio. Tinham-se conhecido na Parede Calva, eram ambos do bando de Dulcino; fugira com o despenseiro e com ele entrara no convento de Casale e transferira-se para os cluniacenses. Engrolava pedidos de perdão, e estava claro que dele não se poderia saber mais nada. Guilherme decidiu que valia a pena pegar Remigio de surpresa e deixou Salvatore, que correu a refugiar-se na igreja.

O despenseiro estava no lado oposto da abadia, diante dos celeiros, contratando com alguns abegões do vale. Fitou-nos apreensivo e procurou mostrar-se muito atarefado, mas Guilherme insistiu em falar com ele. Até então tivéramos com ele poucos contatos; tinha sido cortês conosco, e nós com ele. Naquela manhã Guilherme dirigiu-se a ele como teria feito com um confrade de sua ordem. O despenseiro pareceu embaraçado com aquela familiaridade e a princípio respondeu com muita prudência.

— Por razões de ofício, evidentemente és obrigado a andar pela abadia mesmo quando os outros estão dormindo, imagino — disse Guilherme.

— Depende — respondeu Remigio —, às vezes há pequenas coisas para resolver e preciso dedicar-lhes algumas horas do sono.

— Não te aconteceu nada, nessas ocasiões, que possa nos indicar quem, sem as tuas justificações, esteve circulando entre a cozinha e a biblioteca?

— Se tivesse visto alguma coisa, teria dito ao abade.

— Justo — concordou Guilherme, e mudou bruscamente de assunto: — A aldeia do vale não é muito rica, não é?

— Sim e não — respondeu Remigio. — Nele moram prebendados que dependem da abadia e compartem nossa riqueza, nos anos bons. No dia de São João, por exemplo, receberam doze módios de malte, um cavalo, sete bois, um touro, quatro novilhas, cinco bezerros, vinte ovelhas, quinze porcos, cinquenta frangos e dezessete colmeias. E mais vinte porcos defumados, vinte e sete formas de banha, meia medida de mel, três medidas de sabão, uma rede de pesca...

— Está bem, está bem — interrompeu Guilherme —, mas hás de admitir que isso ainda não me diz qual é a situação da aldeia, quais dentre os habitantes são prebendados da abadia e quanta terra os não prebendados têm para cultivar ...

— Oh, se é por isso — disse Remigio —, uma família normal possui até cinquenta *tavole* de terreno.

— Quanto é uma *tavola*?

— Quatro *trabucchi* quadrados, naturalmente.

— *Trabucchi* quadrados? Quanto dá isso?

— Trinta e seis pés quadrados por *trabucco*. Ou, se quiseres, oitocentos *trabucchi* lineares dão uma milha piemontesa. E calcula que uma família — nas terras mais ao norte — pode cultivar oliveiras para, pelo menos, meio saco de azeite.

— Meio saco?

— Sim, um saco perfaz cinco *eminae*, e uma *emina* perfaz oito *coppe*.

— Entendi — disse meu mestre desanimado. — Cada terra tem suas medidas. Vós, por exemplo, medis o vinho em quartilhos?

— Ou em arrobas. Seis arrobas, uma *brenta*, e oito *brente*, um barril. Se quiseres, uma arroba é de seis pintas de dois quartilhos.

— Acho que ficou esclarecido — disse Guilherme, resignado.

— Desejas saber mais alguma coisa? — perguntou Remigio, com um tom que me pareceu de desafio.

— Sim! Perguntava-te sobre como vivem no vale, porque estava meditando hoje na biblioteca sobre os sermões às mulheres de Humberto de Romans, em particular sobre aquele capítulo *Ad mulieres pauperes in villulis*. Nele afirma que elas, mais que as outras, são tentadas aos pecados da carne, por causa da miséria, e ele, sabiamente, diz que elas peccant enim mortaliter, cum peccant cum quocumque laico, mortalius vero quando cum Clerigo in sacris ordinibus constituto, maxime vero quando cum Religioso mundo mortuo. Sabes melhor que eu que, mesmo em lugares santos, como as abadias, nunca faltam as tentações do demônio meridiano. Perguntava-me se em teus contatos com a gente da aldeia terias ficado sabendo se alguns monges, Deus não permita, induziram algumas moças à fornicação.

Ainda que meu mestre dissesse essas coisas em tom quase distraído, meu leitor terá compreendido como aquelas palavras perturbaram o pobre despenseiro. Não sei dizer se empalideceu, mas direi que esperava tanto que empalidecesse que o vi empalidecer.

— Perguntas coisas que eu, se as soubesse, já teria dito ao abade — respondeu com humildade. — Em todo caso, se, como imagino, essas notícias servem à tua investigação, não te esconderei nada do que ficar sabendo. Aliás, agora que me fazes pensar, a propósito da tua primeira pergunta... Na noite em que morreu o pobre Adelmo, eu circulava pelo pátio...uma história de galinhas... boatos que ouvira sobre um ferrador qualquer que à noite andava roubando no galinheiro... Bem· naquela noite ocorreu-me ver — de longe, não poderia jurar — Berengário voltando ao dormitório; flanqueava o coro, como se viesse do Edifício... Não me admirei, porque entre os monges, há tempo, murmurava--se sobre Berengário, talvez tenhas sabido...

— Não, dize-me.

— Bem, como dizer? Berengário era suspeito de nutrir paixões que... não são convenientes para um monge...

— Estás querendo talvez sugerir que ele tinha relações com moças da aldeia, como te perguntava?

O despenseiro tossiu, embaraçado, e deu um sorriso, digamos, sórdido:

— Oh, não... paixões mais inconvenientes...

— Porque o monge que se deleite carnalmente com moças da aldeia pratica, ao contrário, paixões de algum modo convenientes?

— Eu não disse isso, mas tu me ensinas que há uma hierarquia na depravação, assim como há na virtude. A carne pode ser tentada de acordo com a natureza e... contra a natureza.

— Estás dizendo que Berengário sentia desejos carnais por pessoas do mesmo sexo?

— Estou dizendo que é o que murmuravam sobre ele... Estava a te comunicar essas coisas como prova de minha sinceridade e de minha boa vontade...

— E eu te agradeço. E concordo contigo que o pecado de sodomia é bem pior que outras formas de luxúria, sobre as quais francamente não sou levado a investigar...

— Misérias, misérias, desde que se confirmassem — disse com filosofia o despenseiro.

— Misérias, Remigio. Somos todos pecadores. Eu nunca procuraria o cisco no olho do irmão, a tal ponto receio ter uma trave no meu. Mas ficarei agradecido por todas as traves de que quiseres me falar no futuro. Desse modo conversaremos sobre troncos grandes e robustos e deixaremos que os ciscos volteiem no ar. Quanto disseste que é um *trabucco*?

— Trinta e seis pés quadrados. Mas não te preocupes. Quando quiseres saber algo de preciso, vem procurar-me. Podes estar certo de que tens em mim um amigo fiel.

— Assim te considero — disse Guilherme calorosamente. — Ubertino me disse que no passado pertenceste à minha ordem. Não trairei jamais um antigo confrade, especialmente nestes dias em que se está aguardando a chegada de uma legação pontifícia encabeçada por um grande inquisidor, famoso por ter queimado muitos dulcinistas. Dizias que um *trabucco* perfaz trinta e seis pés quadrados?

O despenseiro não era tolo. Decidiu que não valia mais a pena brincar de gato e rato, tanto mais que percebia ser ele o rato.

— Frei Guilherme — disse —, vejo que sabes muito mais coisas do que eu podia imaginar. É verdade, sou um pobre homem carnal que cede às blandícias da carne. Viajaste bastante, Guilherme, sabes que nem mesmo os cardeais de Avinhão são modelos de virtude. Sei que não é por esses pequenos e míseros pecados que estás me interrogando. Mas entendo também que ficaste sabendo algo sobre minha história passada. Tive uma vida bizarra, como aconteceu a muitos de nós, menoritas. Anos atrás acreditei no ideal de pobreza, abandonei a comunidade para dedicar-me à vida errante. Acreditei nas pregações de Dulcino, como muitos outros iguais a mim. Não sou um homem culto, nasci numa família de artesãos e conheço pouco de teologia. Não sei nem mesmo por que fiz o que fiz então. Quanto a Salvatore, era compreensível, ele vinha de servos da gleba, de uma infância de privações e doenças... Dulcino representava a rebelião contra quem o deixara passar fome. Quanto a mim, foi diferente, eu era de família citadina, não estava fugindo da fome. Foi... não sei como dizer, uma festa de loucos, um grande carnaval... Nos montes com Dulcino, antes de ficarmos reduzidos a comer a carne de nossos companheiros mortos em batalha, antes de morrerem tantos à míngua, que não era possível comê-los todos, e eles eram jogados para pasto dos pássaros e das feras nas encostas do Rebello... ou quem sabe nesses momentos também... respirávamos um ar... posso dizer de liberdade? Não sabia antes o que era a liberdade, os pregadores nos diziam: "A verdade vos libertará". Sentíamo-nos livres, pensávamos que era a verdade. Achávamos que tudo o que fazíamos era justo...

— E lá aprendestes... a unir-vos livremente a uma mulher? —, perguntei, nem eu mesmo sei por quê, mas desde a noite anterior obcecavam-me as palavras de Ubertino, o que lera no scriptorium e tudo o que me acontecera. Guilherme olhou-me com curiosidade, provavelmente não esperava que eu fosse tão ousado e impudente. O despenseiro fitou-me como se eu fosse um animal estranho.

— No Rebello — disse — havia gente que durante toda a infância tinha dormido em poucos côvados de quarto onde se aglomeravam dez ou mais pessoas, irmãos, irmãs, pais e filhas. O que achas que para eles significava aceitar essa nova situação? Faziam por opção o que antes tinham feito por necessidade. E à noite, quando temes a chegada das esquadras inimigas e te encostas ao companheiro, no chão, para não sentires frio... Hereges: vós, mongezinhos, que vindes de um castelo e terminais numa abadia, achais que é um modo de pensar, inspirado pelo demônio... Ao contrário, é um modo de viver, e é... e foi... uma experiência nova... Já não havia senhores, e Deus, diziam-nos, estava conosco. Não digo que tivéssemos razão, Guilherme, e de fato me vês aqui porque os abandonei bem depressa. Mas é que nunca compreendi as vossas doutas disputas sobre a pobreza de Cristo e o uso e o fato e o direito... Eu te disse, foi um grande carnaval, e no carnaval as coisas são feitas ao contrário. Depois ficas velho, não te tornas sábio, mas glutão. E aqui sou glutão... Podes condenar um herege, mas queres condenar um glutão?

— Já chega, Remigio — disse Guilherme. — Não estou te interrogando por aquilo que aconteceu outrora, mas por aquilo que sucedeu recentemente. Ajuda-me, e te asseguro que não provocarei tua ruína. Não posso e não quero julgar-te. Porém deves dizer-me o que sabes sobre os fatos da abadia. Andas demasiado, de noite e de dia, para não saberes alguma coisa. Quem matou Venâncio?

— Não sei, te juro. Sei quando morreu e onde.

— Quando? Onde?

— Deixa-me contar. Aquela noite, uma hora após as completas, entrei na cozinha...

— Por onde e por que motivos?

— Pela entrada da horta. Tenho uma chave que há tempos pedi aos ferreiros que me fizessem. A porta da cozinha é a única que não é trancada por dentro. E os motivos... não contam, tu mesmo disseste que não queres acusar-me pelas fraquezas da minha carne... — sorriu embaraçado. — Mas também não queria que acreditasses que passo os dias na fornicação... Aquela noite estava procurando comida para presentear à moça que Salvatore devia introduzir nas muralhas...

— Por onde?

— Oh, o recinto da muralha tem outras entradas, além do portal. Mas naquela noite a moça não veio, mandei-a de volta justamente por causa do que descobri e estou para te contar. Eis por que tentei trazê-la de volta ontem à noite.

— Voltemos à noite entre domingo e segunda-feira.

— Bem, entrei na cozinha e vi Venâncio no chão, morto.

— Na cozinha?

— Sim, perto da pia. Devia ter acabado de descer do scriptorium.

— Nenhum sinal de luta?

— Nenhum. Ou melhor, perto do corpo havia uma chávena partida e sinais de água pelo chão.

— Como sabes que era água?

— Não sei. Achei que era água. O que podia ser?

Como Guilherme comentou depois, aquela chávena podia significar duas coisas diferentes. Ou ali mesmo na cozinha alguém dera de beber a Venâncio uma poção venenosa, ou o pobrezinho já ingerira o veneno (mas onde? e quando?) e tinha descido para beber e acalmar uma ardência repentina, um espasmo, uma dor que lhe queimava as entranhas ou a língua (pois certamente a sua devia estar preta como a de Berengário).

Em todo caso, no momento, não se podia saber mais. Descoberto o cadáver, aterrorizado, Remigio perguntara-se o que fazer e resolvera não fazer nada. Se pedisse socorro, precisaria admitir ter vagado durante a noite pelo Edifício, e isso não teria ajudado o confrade, agora já perdido. Por isso resolvera deixar as coisas como estavam, esperando que alguém descobrisse o corpo na manhã seguinte, na abertura das portas. Tinha corrido para deter Salvatore, que já estava fazendo a moça entrar na abadia, depois ele e o cúmplice haviam voltado para dormir, se é que sono podia chamar-se a vigília agitada que tiveram até as matinas. E nas matinas, quando os porqueiros vieram avisar o abade, Remigio acreditava que o cadáver tinha sido descoberto onde ele o deixara e ficara estupefato ao vê-lo na grande talha. Quem fizera o cadáver desaparecer da cozinha? Sobre isso Remigio não tinha a mínima ideia.

— O único que pode mover-se livremente pelo Edifício é Malaquias — disse Guilherme.

O despenseiro reagiu com energia:

— Não, Malaquias não. Isto é, não creio... Em todo caso, não fui eu que te disse coisa alguma contra Malaquias...

— Fica tranquilo, qualquer que seja o débito que te liga a Malaquias. Sabe algo de ti?

— Sim — corou o despenseiro — e comportou-se como homem discreto. No teu lugar eu vigiaria Bêncio. Tinha estranhas ligações com Berengário e Venâncio... Mas te juro, não vi mais nada. Se souber de algo te direi.

— Por ora pode ser suficiente. Voltarei a falar contigo se tiver necessidade.

O despenseiro, visivelmente aliviado, voltou aos seus negócios, repreendendo asperamente os abegões que entrementes haviam deslocado não sei que sacos de sementes.

Naquele ínterim Severino veio ao nosso encontro. Trazia nas mãos as lentes de Guilherme, as que tinham sido roubadas duas noites antes. — Encontrei-

-as no hábito de Berengário — disse. — Eu as vi no teu nariz, outro dia na biblioteca. São tuas, não?

— Deus seja louvado — exclamou alegremente Guilherme. — Resolvemos dois problemas! Tenho minhas lentes e sei finalmente com certeza que era Berengário o homem que nos roubou no scriptorium a outra noite!

Mal termináramos de falar, chegou correndo Nicolau de Morimondo, mais triunfante ainda que Guilherme. Tinha nas mãos um par de lentes acabadas, montadas em sua forquilha:

— Guilherme — gritava — eu as fiz sozinho, terminei-as, acho que funcionam!

Depois viu que Guilherme tinha outras lentes no rosto e ficou petrificado. Guilherme não quis humilhá-lo, tirou as velhas lentes e experimentou as novas:

— São melhores que as outras — disse. — Quer dizer que guardarei as velhas de reserva e usarei sempre as tuas. — Depois virou-se para mim: — Adso, agora vou para minha cela ler aqueles papéis que sabes. Finalmente! Espera-me em algum lugar. E obrigado, obrigado a vós todos, irmãos caríssimos.

Soava a hora terça e dirigi-me ao coro, para recitar com os outros o hino, os salmos, os versículos e o *Kyrie*. Os outros rezavam pela alma do finado Berengário. Eu agradecia a Deus por nos ter feito reencontrar não um, mas dois pares de lentes.

Era grande a serenidade, e eu, esquecido de todos os horrores que tinha visto e ouvido, adormeci e só acordei quando o ofício já tinha terminado. Dei-me conta de que não dormira aquela noite e perturbei-me pensando que também usara muito de minhas forças. E naquele momento, saindo ao ar livre, meu pensamento começou a ser obcecado pela lembrança da moça.

Tentei distrair-me, e pus-me a percorrer depressa a esplanada. Experimentava uma sensação de leve vertigem. Batia as mãos endurecidas uma contra a outra. Pisava com força o chão. Tinha sono ainda, porém sentia-me desperto e cheio de vida. Não entendia o que estava me acontecendo.

Quarto dia

TERÇA

Em que Adso se debate nos padecimentos de amor, depois chega Guilherme com o texto de Venâncio, que continua indecifrável mesmo depois de decifrado.

Na verdade, após meu encontro pecaminoso com a moça, os outros acontecimentos terríveis quase me tinham feito esquecer aquele fato; por outro lado, logo depois de me confessar com frei Guilherme, meu espírito se desafogara do remorso que eu sentira ao despertar, após minha culposa fraqueza, a ponto de me parecer ter entregado ao frade, com as palavras, o fardo de que estas eram voz significativa. Com efeito, para que mais serve o benéfico lavacro da confissão, senão para descarregar o peso do pecado e do remorso que ele comporta no seio de Nosso Senhor, obtendo com o perdão uma nova leveza aérea da alma e assim esquecer o corpo torturado pela iniquidade? Mas não me libertara completamente. Agora que passeava sob o sol pálido e frio daquela manhã invernal, circundado pelo fervor de homens e animais, começava a recordar os acontecimentos passados de modo diferente. Era como se de tudo o que acontecera já não restassem o arrependimento e as palavras consoladoras do lavacro penitencial, mas apenas imagens de corpos e membros humanos. Vinha-me à mente superexcitada o fantasma de Berengário inchado de água e acometia-me um calafrio de repugnância e piedade. Depois, como que para afastar aquele espectro, minha mente voltava-se para outras imagens de que a memória era recente receptáculo, e eu não podia evitar ver, patente para meus olhos (para os olhos da alma, mas quase como se aparecesse diante dos olhos carnais), a imagem da moça, bela e terrível como um exército em formação de batalha.

Prometi a mim mesmo (velho copista de um texto nunca escrito até agora, mas que durante longos decênios falou em minha mente) ser cronista fiel, não só por amor à verdade nem pelo desejo — aliás digníssimo — de instruir meus leitores futuros, mas também para libertar minha memória já estiolada e cansada de visões que a afligiram durante a vida inteira. Portanto, devo dizer tudo, com decência, mas sem pejo. E devo dizer, agora, em letras redondas, o que pensei então e quase tentei esconder de mim mesmo, enquanto passeava pela esplanada, pondo-me às vezes a correr para poder atribuir ao movimento do corpo as palpitações repentinas de meu coração, detendo-me para admirar o trabalho dos aldeões e iludindo-me ao achar que me distraía na sua contemplação, aspirando o ar frio a plenos pulmões, como faz quem bebe vinho para esquecer o temor ou a dor.

Em vão. Eu pensava na moça. Minha carne esquecera o prazer, intenso, pecaminoso e passageiro (coisa vil) que a conjunção com ela me propiciara; mas minha alma não esquecera seu rosto e não conseguia ver perversidade nessa recordação, ao contrário, palpitava como se naquele rosto resplandecessem todas as doçuras da criação.

Percebia, de modo confuso e quase negando a mim mesmo a verdade do que sentia, que a pobre, imoral, impudente criatura que se vendia (quiçá com que descarada constância) a outros pecadores, aquela filha de Eva que, fragílima como todas as suas irmãs, fizera tantas vezes comércio de sua carne, era, apesar disso, algo de esplêndido e mirífico. Meu intelecto a reconhecia fonte de pecado, meu apetite sensitivo a percebia como receptáculo de todas as graças. É difícil dizer o que eu estava sentindo. Poderia tentar escrever que, ainda preso nas tramas do pecado, desejava, culpadamente, vê-la aparecer a todo instante e era como se espiasse o trabalho dos operários para perscrutar se, do canto de uma cabana, do escuro de um curral, não apareceria aquela figura que me seduzira. Mas não estaria escrevendo a verdade, ou seja, estaria tentando pôr um véu na verdade para atenuar-lhe a força e a evidência. Porque a verdade é que eu "via" a moça, eu a via nos ramos da árvore desfolhada que palpitavam ligeiramente quando um pássaro transido de frio voava até lá à procura de abrigo; eu a via nos olhos das novilhas que saíam do curral e a ouvia nos balidos dos cordeiros que cruzavam meu caminho. Era como se toda a criação me falasse dela, e eu desejava, sim, muito, revê-la, mas estava pronto a aceitar a ideia de nunca mais a rever e de nunca mais me conjungir a ela, contanto que pudesse gozar o gáudio que me invadia naquela manhã e tê-la sempre perto, mesmo que ela houvesse de estar distante para toda a eternidade. Era, tento agora entender, como se todo o universo — que é claramente como que um livro escrito pelo dedo de Deus, em que cada coisa nos fala da imensa bondade de seu criador, em que cada criatura é como que escrita e espelho da vida e da morte, em que a mais humilde rosa se faz glosa de nosso caminho terreno —, como se tudo em suma, de outra coisa não falasse senão do rosto que a custo eu entrevira nas sombras odorosas da cozinha. Entregava-me a essas fantasias porque dizia a mim mesmo (ou melhor, não dizia, porque naquele momento não formulava pensamentos em palavras) que, se o mundo inteiro está destinado a falar-me do poder, da bondade e da sabedoria do criador, se naquela manhã o mundo inteiro me falava da moça que (pecadora que fosse) era um capítulo do grande livro da criação, um versículo do grande salmo cantado pelo cosmo, dizia-me (agora digo) que, se isso acontecia, não podia não fazer parte do grande desígnio que rege o universo, disposto em modo de cítara, milagre de consonância e harmonia. Quase inebriado, gozava então da presença dela nas coisas que via, desejando-a nelas, satisfazendo-me com as ver. E, no entanto, sentia uma espécie de dor, porque ao mesmo tempo sofria por uma ausência, mesmo sendo feliz com tantos fantasmas de uma presença. É difícil, para mim, explicar esse mistério de contradição, sinal de que o espírito humano é demasiado frágil e nunca segue retamente pelas veredas da razão divina que construiu o mundo como um perfeito silogismo, mas sempre percebe desse silogismo apenas proposições isoladas e frequentemente desconexas, donde nossa facilidade em cair vítimas das ilusões do maligno. Era ilusão do maligno o que naquela manhã me deixava tão comovido? Penso hoje que sim, porque era noviço, porém penso que o sentimento humano que me agitava não era mau em si, mas apenas em relação ao meu estado. Porque de per si era o sentimento que move o homem em direção à mulher para que aquele se conjunja com esta, como quer o apóstolo das gentes, e ambos sejam carne de uma só carne e juntos procriem novos seres humanos e se assistam mutuamente da juventude à velhice. Ocorre que o apóstolo assim falou aos que buscam remédio para a concupiscência e a quem não queira queimar no inferno, lembrando, porém, que preferível é o estado de castidade, ao qual eu me consagrara como monge. E por isso eu padecia naquela manhã do que para mim era mal, mas que para outros talvez fosse bem, e bem dulcíssimo, pelo que compreendo agora que minha perturbação não se devia à maldade de meus pensamentos, dignos e suaves em si, mas à perversidade da relação entre meus pensamentos e os votos que pronunciara. Portanto, eu fazia mal em gozar de uma coisa boa sob certa razão e má sob outra, e meu defeito estava em tentar conciliar com o apetite natural os ditames da alma racional. Agora sei que estava sofrendo do contraste entre o apetite elícito intelectivo, no qual deveria ter-se manifestado o império da vontade, e o apetite elícito sensitivo, sujeito das paixões humanas. De fato, actus appetitus sensitivi in quantum habent transmutationem corporalem annexam, passiones dicuntur, non autem actus voluntatis. E o meu ato apetitivo era justamente acompanhado de um tremor do corpo inteiro, de um impulso físico para gritar e me agitar. O doutor angélico diz que as paixões em si não são más, porém devem ser moderadas pela vontade guiada pela alma racional. Mas minha alma racional naquela manhã estava entorpecida pelo cansaço, que refreava o apetite irascível, que se volta para o bem e para o mal como termos de conquista, mas não refreava o apetite concupiscível, que se volta para o bem e para o mal conhecidos. Para justificar minha irresponsável leviandade de então direi, hoje, com palavras do doutor angélico, que estava indubitavelmente tomado de amor, que é paixão e lei cósmica, porque até a gravidade dos corpos é amor natural. E por tal paixão eu fora naturalmente seduzido, porque nessa paixão appetitus tendit in appetibile realiter consequendum ut sit ibi finis motus. Pelo que naturalmente amor facit quod ipsae res quae amantur, amanti aliquo modo uniantur et amor est magis cognitivus quam cognitio. De fato, agora eu via a moça melhor do que tinha visto na noite anterior, e a entendia intus et in cute, porque nela entendia a mim e em mim a ela mesma. Pergunto-me agora se aquilo que estava sentindo era amor de amizade, em que o semelhante ama o semelhante e quer apenas o bem do outro, ou amor de concupiscência, em que se quer o próprio bem e o carente quer apenas aquilo que o completa. E creio que de concupiscência tinha sido o amor da noite, no qual eu queria da moça algo que nunca tivera, enquanto naquela manhã eu não queria nada da moça, só queria seu bem e desejava que ela fosse subtraída à cruel necessidade que a obrigava a dar-se por um pouco de comida e que fosse feliz; não queria pedir-lhe mais nada, queria apenas continuar a pensá-la e a vê-la nas ovelhas, nos bois, nas árvores, na luz serena que envolvia de gáudio o recinto amuralhado da abadia.

Agora sei que a causa do amor é o bem, e aquilo que é bem se define por conhecimento, e só se pode amar aquilo que se aprendeu como bem, enquanto eu aprendera a moça, sim, como bem do apetite irascível, mas como mal da vontade. Contudo, naquele momento eu era vítima de tantos e tão contrastantes movimentos da alma porque o que eu sentia era semelhante ao amor santíssimo, justamente como o descrito pelos doutores: ele produzia em mim o êxtase no qual amante e amado querem a mesma coisa (e, por misteriosa iluminação, naquele momento eu sabia que a moça, onde quer que estivesse, queria as mesmas coisas que eu queria), e por ela eu sentia ciúme, mas não o ciúme ruim, condenado por Paulo na primeira epístola aos coríntios, que é principium contentionis e não admite consortium in amato, mas o ciúme de que fala Dionísio em *Dos nomes divinos*, pelo qual se diz que mesmo Deus é ciumento propter multum amorem quem habet ad existentia (e eu amava a moça justamente porque ela existia e, por ela existir, eu me sentia contente, e não com inveja). Eu era ciumento do modo como, para o doutor angélico, o ciúme é motus in amatum, ciúme de amizade que induz a mover-se contra tudo o que prejudica o ser amado (e eu outra coisa não fantasiava naquele instante, senão libertar a moça do poder de quem lhe estava comprando as carnes, conspurcando-a com suas paixões nefastas).

Agora sei, como diz o doutor, que o amor, quando excessivo, pode prejudicar o amante. O meu era excessivo. Tentei explicar o que sentia então, não tento por nada justificar o que sentia. Falo daqueles que foram meus culpáveis ardores da juventude. Eram maus, mas a verdade me obriga a dizer que então os percebi como extremamente bons. E que isso sirva para instruir quem, como eu, cair nas malhas da tentação. Hoje, ancião, eu conheceria mil modos de escapar a tais seduções (e me pergunto até que ponto devo sentir-me orgulhoso disso, uma vez que estou, sim, livre das tentações do demônio meridiano, mas não livre de outras, de modo que me pergunto se o que estou fazendo agora não é culpável aquiescência à paixão terrena da rememoração, tola tentativa de escapar ao fluxo do tempo e à morte).

Naquele momento, salvei-me como por milagroso instinto. A moça me aparecia na natureza e nas obras humanas que me circundavam. Assim, por feliz intuição da alma, busquei mergulhar na ampla contemplação dessas obras. Observei o trabalho dos vaqueiros que estavam conduzindo os bois para fora do estábulo, dos porqueiros que levavam comida aos porcos, dos pastores que instigavam os cães a reunirem as ovelhas, dos camponeses que traziam espelta e painço aos moinhos e dali saíam com sacos de bom alimento. Mergulhei na contemplação da natureza, tentando esquecer meus pensamentos, apenas enxergar os seres como eles nos aparecem e esquecer de mim mesmo na visão deles, alegremente.

Como era belo o espetáculo da natureza ainda não tocada pela sapiência, frequentemente perversa, do homem!

Vi o anho, a quem foi dado esse nome como em reconhecimento de sua pureza e bondade. Na verdade, seu nome latino *agnus* deriva do fato de que esse animal *agnoscit*, reconhece a própria mãe e sua voz em meio ao rebanho, enquanto a mãe, no meio de tantos cordeiros de forma idêntica e idêntico balido, reconhece sempre e somente seu filho e o alimenta. Vi a ovelha, que de *ovis* é chamada *ab oblatione*, porque servia desde os primeiros tempos aos rituais de sacrifício; a ovelha que, como é seu costume, na iminência do inverno, procura a relva com avidez e enche-se de forragem antes que os pastos sejam queimados pelo gelo. E os rebanhos eram vigiados pelos cães, assim chamados de *canor*, por causa de seu latido. Animal perfeito entre os demais, com dotes superiores de argúcia, o cão reconhece o próprio dono e é adestrado para a caça às feras no bosque, para a guarda dos rebanhos contra os lobos, protege a casa e os filhos de seu dono e, às vezes, em tal função de defesa, perde a vida. O rei Garamas, aprisionado pelos inimigos, fora reconduzido à pátria por uma matilha de duzentos cães que atravessaram as fileiras adversárias; o cão de Jasão Lício, após a morte do dono, continuou a recusar comida até morrer de inanição; o do rei Lisímaco jogou-se na fogueira do dono para morrer com ele. O cão tem o poder de curar feridas lambendo-as, e a língua de seus filhotes pode curar lesões intestinais. Por natureza, costuma utilizar a mesma comida duas vezes, após tê-la vomitado. Sobriedade, que é símbolo de perfeição de espírito, assim como o poder taumatúrgico de sua língua é símbolo da purificação dos pecados, obtida através da confissão e da penitência. Mas o fato de o cão voltar ao que vomitou é também sinal de que, após a confissão, retorna-se aos mesmos pecados de antes, e essa moralidade foi-me bastante útil naquela manhã, para advertir meu coração, enquanto eu admirava as maravilhas da natureza.

Entrementes, meus passos levaram-me aos estábulos dos bois, que estavam saindo em grande quantidade, guiados por seus vaqueiros. Pareceram-me logo tal qual eram e são, símbolos de amizade e bondade, porque todo boi no trabalho vira-se para procurar o companheiro de arado que, por acaso, esteja ausente no momento e para ele se dirige com afetuosos mugidos. Os bois aprendem, obedientes, a retornar sozinhos ao estábulo quando chove e, abrigados no curral, esticam continuamente a cabeça para olhar se lá fora o mau tempo passou, porque ambicionam voltar ao trabalho. Com os bois estavam saindo naquele momento os vitelos que, machos e fêmeas, derivam seu nome da palavra *viridas* ou mesmo de *virgo*, porque nessa idade estão ainda frescos, jovens e castos, e fiz e fazia mal, disse a mim mesmo, em ver em seus movimentos graciosos uma imagem da moça não casta. Pensei nessas coisas, em paz novamente comigo e com o mundo, observando o alegre trabalho da hora matutina. E não pensei mais na moça, ou melhor, esforcei-me por transformar o ardor que sentia por ela numa sensação de alegria interior e de paz devota.

Disse a mim mesmo que o mundo era bom e admirável. Que a bondade de Deus é manifestada até pelas bestas mais horrendas, como explica Honório Augustodunense. É verdade, há serpentes tão grandes que devoram cervos e atravessam o oceano, existe a besta cenocroca de corpo de asno, chifres de cabrito montês, peito e goela de leão, pata de cavalo, mas bipartida como a do boi, um talho da boca que chega até as orelhas, voz quase humana e, no lugar dos dentes, um único osso sólido. E existe a besta manticora, de cara de gente, fileira tríplice de dentes, corpo de leão, rabo de escorpião, olhos glaucos, cor de sangue e voz semelhante ao sibilo da serpente, ávida de carne humana. E existem monstros com oito dedos em cada pé, focinho de lobo, unhas aduncas, pele de ovelha e latido de cão, que, quando envelhecem, tornam-se pretos, em vez de brancos, e excedem em muito nossa idade. E existem criaturas com olhos nos ombros e dois furos no peito em lugar das narinas, porque lhes falta a cabeça, e outras mais, que moram no rio Ganges, que vivem somente do cheiro de certo fruto e, quando dele se afastam, morrem. Porém mesmo essas bestas imundas, em sua variedade, cantam loas ao criador e à sua sabedoria, como o cão, o boi, a ovelha, o cordeiro e o lince. Como é grande, pensei então, repetindo as palavras de Vicente Belovacense, a mais humilde beleza deste mundo e como é agradável para os olhos da razão considerar com atenção não só os modos e os números e as ordens das coisas, tão decorosamente estabelecidas por todo o universo, mas também o desenrolar dos tempos que se deslindam incessantemente através de sucessões e quedas, marcados pela morte daquilo que nasceu. Confesso, pecador que sou, com alma por pouco tempo ainda prisioneira da carne, que fui movido então por espiritual ternura para com o criador e a regra deste mundo, e admirei com alegre veneração a grandeza e a estabilidade da criação.

Foi nessa boa disposição de espírito que meu mestre me encontrou quando, arrastado por meus pés e sem me dar conta, quase completado o circuito da abadia, achei-me de novo onde nos havíamos separado duas horas antes. Ali estava Guilherme, e o que me disse distraiu-me de meus pensamentos e trouxe minha mente de volta aos tenebrosos mistérios da abadia.

Guilherme parecia muito contente. Trazia na mão o fólio de Venâncio, finalmente decifrado. Fomos à sua cela, longe de ouvidos indiscretos, e ele traduziu-me o que lera. Depois da frase em alfabeto zodiacal (secretum finis Africae manus supra idolum age primum et septimum de quatuor), eis o que dizia o texto grego:

O veneno tremendo que dá purificação...
A melhor arma para destruir o inimigo...
Usa as pessoas humildes, vis e feias, tem prazer com o defeito delas...
Não devem morrer... Não nas casas dos nobres e dos poderosos, mas nas
    aldeias dos camponeses, após abundante pasto e libações... Corpos atar-
    racados, rostos disformes.
Estupram virgens e deitam-se com meretrizes, não malvados, sem temor.
Uma verdade diferente, uma diferente imagem da verdade...
Os venerandos figos.
A pedra desavergonhada rola pela planície... Debaixo dos olhos.
É preciso lograr e surpreender logrando, dizer as coisas ao contrário do que se
    acreditava, dizer uma coisa e entender outra.
Para eles as cigarras cantarão da terra.

Mais nada. A meu ver, muito pouco, quase nada. Pareciam delírios de demente, e disse-o a Guilherme.

— Pode ser. E parece sem dúvida mais demente do que é por causa de minha tradução. Sei grego de maneira bem aproximativa. E mesmo assim, supondo-se que Venâncio fosse louco ou que louco fosse o autor do livro, isso não nos diria por que tantas pessoas, e nem todas loucas, se deram o trabalho de primeiro esconder o livro e depois o recuperar...

— Mas o que está escrito aqui vem do livro misterioso?

— Trata-se sem dúvida de coisas escritas por Venâncio. Como tu mesmo estás vendo, não se trata de um pergaminho antigo. E devem ser apontamentos tomados na leitura do livro, de outro modo Venâncio não teria escrito em grego. Ele certamente copiou, abreviando, as frases que encontrou no volume roubado do finis Africae. Trouxe-o para o scriptorium e começou a lê-lo, anotando o que lhe parecia digno de nota. Depois aconteceu alguma coisa. Ou se sentiu mal, ou ouviu alguém subindo. Então guardou o livro, com os apontamentos, embaixo de sua mesa, provavelmente pensando em retomá-lo na noite seguinte. Em todo caso, só partindo deste fólio é que podemos reconstruir a natureza do livro misterioso, e é só da natureza daquele livro que será possível inferir a natureza do homicida. Porque em todo crime cometido para possuir um objeto, a natureza do objeto deveria fornecer uma ideia, ainda que pálida, da natureza do assassino. Caso mate por um punhado de ouro, o assassino será pessoa ávida; se por um livro, estará ansioso por guardar para si os segredos daquele livro. É preciso portanto saber o que diz o livro que não temos.

— E tereis condições, com essas poucas linhas, de saber de que livro se trata?

— Caro Adso, estas parecem palavras de um texto sagrado, cujo significado vai além da letra. Lendo-o de manhã, após termos falado com o despenseiro, tocou-me o fato de que também aqui se faz menção aos humildes e aos camponeses, como portadores de uma verdade diferente daquela dos sábios. O despenseiro deu a entender que alguma estranha cumplicidade o ligava a Malaquias. Seria possível que Malaquias tivesse escondido algum perigoso texto herético que Remigio lhe entregara? Então Venâncio teria lido e anotado alguma instrução misteriosa referente a uma comunidade de homens grosseiros e vis em revolta contra tudo e contra todos. Mas...

— Mas?

— Mas dois fatos contrariam essa minha hipótese. O primeiro é que Venâncio não parecia interessado em tais questões: era um tradutor de textos gregos, não um pregador de heresias... O outro é que frases como a dos figos, da pedra ou das cigarras não seriam explicadas por essa primeira hipótese...

— Quem sabe são enigmas com outro significado — sugeri. — Ou tendes outra hipótese?

— Tenho, mas ainda é confusa. Ao ler esta página, minha impressão é de já ter lido algumas dessas palavras, e vêm-me à mente frases quase iguais que vi algures. Parece-me, aliás, que este fólio fala de alguma coisa da qual já se falou nos últimos dias... Mas não lembro o quê. Preciso pensar sobre isso. Talvez precise ler outros livros.

— Como assim? Para saber o que diz um livro deveis ler outros?

— Às vezes se pode proceder assim. Muitas vezes os livros falam de outros livros. Muitas vezes um livro inócuo é como uma semente, que florescerá num livro perigoso, ou, ao contrário, é o fruto doce de uma raiz amarga. Lendo Alberto, não poderias saber o que Tomás teria dito? Ou, lendo Tomás, saber o que Averróis disse?

— É verdade — eu disse, admirado.

Até então eu pensara que todo livro falasse das coisas humanas ou divinas que estão fora dos livros. Percebia agora que não raro os livros falam de livros, ou seja, é como se falassem entre si. À luz dessa reflexão, a biblioteca pareceu-me ainda mais inquietante. Ela era então o lugar de um longo e secular sussurro, de um diálogo imperceptível entre pergaminho e pergaminho, uma coisa viva, um receptáculo de forças não domáveis por uma mente humana, tesouro de segredos emanados de muitas mentes, que sobreviviam à morte daqueles que os produziram ou lhes serviram de intermediários.

— Mas então — eu disse — de que adianta esconder os livros, se dos livros acessíveis se pode chegar aos ocultos?

— Em termos de séculos não adianta nada. Em termos de anos e dias adianta alguma coisa. Como vês, estamos de fato perdidos.

— E então uma biblioteca não é um instrumento para divulgar a verdade, mas para retardar sua aparição? — perguntei estupefato.

— Nem sempre e não necessariamente. Neste caso é.

Quarto dia

SEXTA

Em que Adso vai procurar trufas e encontra os menoritas chegando; estes conversam demoradamente com Guilherme e Ubertino e fica-se sabendo de coisas muito tristes sobre João XXII.

Após essas considerações, meu mestre decidiu não fazer mais nada. Já disse que às vezes ele tinha momentos de total falta de atividade, como se o ciclo incessante dos astros tivesse parado, e ele com eles. Assim fez aquela manhã. Estendeu-se sobre o enxergão com os olhos abertos no vazio e as mãos cruzadas no peito, movendo apenas os lábios como se recitasse uma prece, mas de modo irregular e sem devoção.

Achei que estivesse pensando, e resolvi respeitar sua meditação. Voltei ao pátio e vi que o sol enfraquecera. De bela e límpida que era, a manhã (enquanto o dia se preparava para consumar sua primeira metade) estava ficando úmida e brumosa. Grossas nuvens moviam-se do norte e estavam invadindo o topo da esplanada, cobrindo-a de leve caligem. Parecia névoa, e talvez estivesse subindo névoa também da terra, mas naquela altitude era difícil distinguir as brumas que vinham de baixo das que desciam do alto. Começava-se a distinguir a custo a massa dos edifícios mais distantes.

Vi Severino reunindo com alegria os porqueiros e alguns de seus animais. Disse-me que iam percorrer o sopé do monte e o vale em busca de trufas. Eu ainda não conhecia aquele fruto excelente do sobosque que crescia naquela península e parecia típico das terras beneditinas, quer em Norcia — preto —, quer naquelas terras — mais claro e perfumado. Severino explicou-me o que era a trufa e como era gostosa, quando preparada nos modos mais variados. E disse-me que era dificílimo achá-la, porque se escondia debaixo da terra, mais escondida que um cogumelo, e os únicos animais capazes de desenterrá-la seguindo o olfato eram os porcos. Exceto que, quando a achavam, queriam devorá-la, e era preciso afastá-los e intervir para desenterrá-la. Soube mais adiante que muitos fidalgos não desdenhavam dedicar-se àquela caça, seguindo os porcos como se fossem sabujos nobilíssimos e sendo seguidos, por sua vez, pelos serviçais com enxadas. Lembro, aliás, que anos mais tarde um senhor da minha terra, sabendo que eu conhecia a Itália, perguntou-me se nunca lá tinha visto nobres a pastorear porcos, e eu ri, compreendendo que, na verdade, estavam procurando trufas. Mas quando eu lhe disse que eles iam em busca de "trufa" embaixo da terra, para depois comê-la, ele entendeu que eu estava dizendo que procuravam "Teufel", ou seja, o diabo, e persignou-se devotamente, fitando-me assustado. Depois o equívoco se desfez, e ambos rimos. Tal é a magia dos falares humanos, que por humano acordo frequentemente significam, com sons iguais, coisas diferentes.

Curioso com os preparativos de Severino, resolvi segui-lo, mesmo porque entendi que ele se prestava àquela busca para esquecer as tristes vicissitudes que oprimiam a todos; e achei que, ajudando-o a esquecer seus pensamentos, eu talvez teria, se não esquecido, pelo menos freado os meus. E não escondo — visto que decidi escrever sempre e somente a verdade — que secretamente me seduzia a ideia de que, descendo ao vale, quem sabe poderia entrever alguém que não digo quem é. Mas a mim mesmo e quase em voz alta afirmei que, como naquele dia era esperada a chegada das duas legações, eu talvez pudesse avistar uma delas.

Pouco a pouco, à medida que se descia pelas curvas do monte, o ar clareava; não que o sol voltasse, pois a parte superior do céu estava pesada de nuvens, mas as coisas distinguiam-se nitidamente, porque a névoa ficava por cima de nossa cabeça. Aliás, depois de descermos muito, voltei-me para olhar o topo do monte e não vi mais nada: da metade da subida em diante, o cume da colina, o altiplano, o Edifício, tudo, desaparecia entre as nuvens.

Na manhã de nossa chegada, quando já estávamos entre os montes, em certas curvas era possível enxergar o mar a não mais de dez milhas, ou talvez menos. Nossa viagem fora cheia de surpresas porque de repente nos víamos como que num terraço da montanha que dava a pique sobre golfos belíssimos, e logo adiante penetrávamos em gargantas profundas, onde montanhas se elevavam entre montanhas, e uma toldava para a outra a vista da costa longínqua, enquanto o sol penetrava a custo no fundo dos vales. Nunca como naquele lugar da Itália eu tinha visto interpenetrações tão estreitas e repentinas de mares e montes, de litorais e paisagens alpinas, e no vento que sibilava entre as gargantas podia-se sentir a luta alternada dos bálsamos marinhos e dos gélidos sopros rupestres.

Naquela manhã, ao contrário, estava tudo cinzento, quase branco como o leite, e não havia horizontes, mesmo quando as gargantas se abriam para costas longínquas. Mas me demoro em lembranças de pouco interesse para os acontecimentos que ainda me afligem. Assim, não falarei sobre as diversas ocorrências de nossa busca dos *Teufel*. Mais convém falar da legação de frades menores, que fui o primeiro a avistar, correndo logo em direção ao mosteiro para avisar Guilherme.

Meu mestre deixou que os recém-chegados entrassem e fossem saudados pelo abade segundo o ritual. Depois foi em direção ao grupo, e seguiu-se uma sequência de abraços e fraternas saudações.

Já passara da hora da refeição, mas uma mesa tinha sido preparada para os hóspedes, e o abade teve a fineza de deixá-los sozinhos e a sós com Guilherme, subtraídos aos deveres da regra, livres para se alimentarem e ao mesmo tempo trocarem impressões, visto que, afinal, se tratava — Deus me perdoe a desagradável comparação — como que de um conselho de guerra, por ser realizado o mais depressa possível, antes que chegasse a hoste inimiga, ou seja, a legação avinhonesa.

É ocioso dizer que os recém-chegados logo se encontraram também com Ubertino, saudado por todos com a surpresa, a alegria e a veneração devidas tanto à sua longa ausência e aos temores que tinham envolvido seu desaparecimento, quanto à qualidade daquele corajoso guerreiro, que decênios atrás já combatera a mesma batalha que eles.

Dos frades que compunham o grupo falarei depois, quando tratar da reunião do dia seguinte. Mesmo porque falei pouquíssimo com eles, preso que estava pelo conselho que se estabeleceu imediatamente entre Guilherme, Ubertino e Miguel de Cesena.

Miguel era ardentíssimo em sua paixão franciscana (tinha por vezes os gestos e as inflexões de Ubertino em seus momentos de transporte místico), mas muito jovial em sua natureza terrena de homem das Romanhas, capaz de apreciar a boa mesa e feliz por se reencontrar com os amigos; sutil e evasivo, tornava-se de repente perspicaz e hábil como uma raposa, matreiro como uma toupeira, quando se tocava em problemas das relações entre os poderosos, capaz de grandes risadas, de férvidas tensões, de eloquentes silêncios, hábil em desviar o olhar do interlocutor quando a pergunta deste exigia mascarar, com a distração, a recusa da resposta.

Dele já disse alguma coisa, e eram coisas de que tinha ouvido falar, mas agora entendia melhor muitos de seus comportamentos contraditórios e das repentinas mudanças de desígnios políticos com que nos últimos anos deixara admirados seus próprios amigos e sequazes. Ministro geral da ordem dos frades menores, era, por princípio, o herdeiro de são Francisco, de fato herdeiro de seus intérpretes: precisava competir com a santidade e a sabedoria de um predecessor como Boaventura de Bagnoregio; garantir o respeito pela regra mas, ao mesmo tempo, as fortunas da ordem, tão vasta e poderosa; dar ouvidos às cortes e às magistraturas citadinas das quais a ordem obtinha, ainda que em forma de esmolas, doações e heranças, motivo de prosperidade e riqueza; e, ao mesmo tempo, cuidar para que a necessidade de penitência não arrastasse para fora da ordem os espirituais mais acesos, dissolvendo aquela esplêndida comunidade, de que era chefe, numa constelação de bandos de hereges. Precisava agradar ao papa, ao império, aos frades de vida pobre, a são Francisco, que decerto o vigiava do céu, ao povo cristão que o vigiava da terra. Quando João condenara todos os espirituais como hereges, Miguel não hesitara em entregar-lhe cinco dos frades mais insubmissos de Provença, deixando que o pontífice os mandasse à fogueira. Mas, percebendo que muitos na ordem simpatizavam com os sequazes da simplicidade evangélica (e não devia ser estranha a isso a ação de Ubertino), tinha providenciado para que o capítulo de Perúgia, quatro anos depois, adotasse as instâncias daqueles que tinham sido condenados. Naturalmente o fez procurando absorver nos moldes e nas instituições da ordem uma necessidade, que podia ser herética, e desejando que aquilo que a ordem desejava no momento fosse desejado também pelo papa. Mas, enquanto esperava convencer o papa, sem cujo consentimento não desejaria prosseguir, não desdenhara de aceitar os favores do imperador e dos teólogos imperiais. Ainda dois anos antes do dia em que o vi, ele ordenara a seus frades, no capítulo geral de Lyon, que só falassem da pessoa do papa com moderação e respeito (e isso poucos meses depois de o papa falar dos menoritas protestando contra "seus latidos, erros e insânias"). Mas agora estava à mesa, amicíssimo, com pessoas que falavam do papa com respeito menos que nulo.

O resto eu já disse. João o queria em Avinhão, ele queria e não queria ir, e o encontro do dia seguinte deveria decidir sobre os modos e as garantias de uma viagem que não deveria parecer um ato de submissão, mas também não um ato de desafio. Não creio que Miguel já tivesse encontrado João pessoalmente, pelo menos desde que era papa. Em todo caso, não o via desde muito, e seus amigos se apressavam a pintar com tintas muito escuras a figura daquele simoníaco.

— Uma coisa terás de aprender — dizia-lhe Guilherme —, não confiar nos juramentos dele, que ele sempre cumpre na letra, mas descumpre na substância.

— Todos sabem — dizia Ubertino — o que aconteceu nos tempos de sua eleição...

— Eu não chamaria eleição, e sim imposição! — interveio um comensal, que depois ouvi ser chamado de Hugo de Novocastro e que tinha sotaque semelhante ao de meu mestre. — Já a morte de Clemente V nunca ficou muito clara. O rei nunca mais o perdoara por ter prometido arguir a memória de Bonifácio VIII e depois ter feito de tudo para não renegar seu predecessor. Como ele morreu em Carpentras é algo que ninguém sabe direito. O fato é que, quando os cardeais se reúnem em Carpentras para o conclave, o novo papa não é escolhido, porque (compreensivelmente) a disputa se desloca para a escolha entre Avinhão e Roma. Não sei bem o que aconteceu naqueles dias, um massacre é o que dizem, com os cardeais ameaçados pelo sobrinho do papa morto, seus serviçais trucidados, o palácio entregue às chamas, os cardeais recorrendo ao rei, este dizendo que nunca quisera que o papa saísse de Roma, que tivessem paciência e fizessem uma boa escolha... Depois Filipe, o Belo, morre, ele também, sabe Deus como...

— Ou sabe o diabo como — disse Ubertino persignando-se, no que foi imitado por todos.

— Ou sabe o diabo como — concordou Hugo com um riso de mofa. — Em suma, sucede-lhe outro rei, sobrevive dezoito meses, morre; morre também em poucos dias seu herdeiro recém-nascido, e seu irmão, o regente, toma o trono...

— E é justamente esse Filipe V que, quando ainda era conde de Poitiers, havia tornado a juntar os cardeais que fugiam de Carpentras — disse Miguel.

— De fato — continuou Hugo —, reúne-os de novo em conclave em Lyon, no convento dos dominicanos, jurando defender sua incolumidade e não os manter prisioneiros. Porém, assim que eles estão à sua mercê, não só manda trancá-los à chave (que seria afinal o costume justo), como também vai diminuindo sua alimentação dia a dia, até que tenham tomado uma decisão. E promete apoio a cada um na pretensão ao sólio. Quando, depois, sobe ao trono, os cardeais, cansados de ser prisioneiros durante dois anos, com medo de permanecerem ali a vida inteira, comendo pessimamente, aqueles glutões aceitam tudo, pondo na cátedra de Pedro aquele gnomo mais que septuagenário...

— Gnomo mesmo — riu Ubertino — e com jeito de tísico, porém mais robusto e mais astuto do que se pode acreditar!

— Filho de sapateiro — resmungou um dos legados.

— Cristo era filho de carpinteiro! — repreendeu-o Ubertino. — Não é esse o fato. É um homem culto, estudou leis em Montpellier e medicina em Paris, soube cultivar suas amizades nos modos mais convenientes para ter as cadeiras episcopais e o chapéu cardinalício quando lhe parecia oportuno, e, quando foi conselheiro de Roberto, o Sábio, em Nápoles, deixou muita gente admirada com sua argúcia. E, como bispo de Avinhão, deu todos os conselhos acertados (acertados, digo, para os fins daquela ignóbil empresa) a Filipe, o Belo, para arruinar os Templários. E após a eleição conseguiu escapar a uma conspiração de cardeais que queriam matá-lo... Mas não é disso que eu queria tratar, estava falando de sua habilidade para trair juramentos, sem poder ser acusado de perjúrio. Quando foi eleito e para ser eleito, prometeu ao cardeal Orsini que levaria de volta o sólio pontifício a Roma, e jurou sobre a hóstia sagrada que, se não cumprisse a promessa, nunca mais montaria num cavalo ou num jumento. Pois sabeis o que fez aquela raposa? Quando se fez coroar em Lyon (contra a vontade do rei, que queria que a cerimônia ocorre em Avinhão), viajou depois de Lyon a Avinhão de barco!

Os frades todos riram. O papa era um perjuro, mas não se lhe podia negar certo engenho.

— É um despudorado — comentou Guilherme. — Hugo, por acaso, não disse que ele nem sequer tentou esconder a má-fé? Não me contaste tu, Ubertino, o que ele disse a Orsini no dia de sua chegada a Avinhão?

— Claro — disse Ubertino —, ele lhe disse que o céu de França era tão bonito que não via por que haveria de fincar pé numa cidade cheia de ruínas como Roma. E que, uma vez que o papa, tal como Pedro, tem o poder de atar e desatar, ele estava exercendo esse poder, e decidia ficar ali onde estava e onde se sentia tão bem. E, quando Orsini tentou lembrar-lhe que seu dever era viver nas colinas vaticanas, ele o exortou secamente à obediência e cortou a discussão. Mas não acabou aí a história do juramento. Quando desceu do barco, precisaria montar uma égua branca, seguido dos cardeais em cavalos negros, como quer a tradição. Em vez disso, foi a pé para o palácio episcopal. Não fiquei sabendo se nunca mais montou a cavalo. E esse homem, Miguel, esperas que se mantenha fiel às garantias que te dará?

Miguel ficou em silêncio um tempo. Depois disse:

— Posso entender o desejo do papa de permanecer em Avinhão e não o discuto. Mas ele não poderá discutir nosso desejo de pobreza e nossa interpretação do exemplo de Cristo.

— Não sejas ingênuo, Miguel — interveio Guilherme —, o vosso, o nosso desejo, faz o dele mostrar-se sob uma luz sinistra. Deves ter em conta que há séculos não subia ao trono pontifício um homem tão ávido. As meretrizes da Babilônia, contra quem nosso Ubertino antigamente bradava, os papas corruptos de que falavam os poetas de tua terra, como aquele Alighieri, eram cordeiros mansos comparados a João. É um corvo ladrão, e em Avinhão fazem-se mais transações que em Florença!

— Precisas saber bem com que raça de mercador vais te meter. É um rei Midas, o que toca vira ouro que aflui para as caixas de Avinhão. Toda vez que entrei em seus apartamentos encontrei banqueiros, cambistas de moeda e clérigos contando e empilhando florins... E verás que palácio ele mandou construir para si, com riquezas que antigamente eram atribuídas somente ao imperador de Bizâncio ou ao grande cã dos tártaros. E entendes agora por que lançou todas aquelas bulas contra a ideia da pobreza. Mas acaso sabes que, por ódio à nossa ordem, instigou os dominicanos a esculpir estátuas de Cristo com coroa real, túnica de púrpura e ouro e calçados suntuosos? Em Avinhão foram expostos crucifixos com Jesus pregado por uma só mão, enquanto a outra toca uma bolsa pendurada à cintura, para indicar que Ele autoriza o uso do dinheiro para fins religiosos...

— Oh, que despudorado! — exclamou Miguel. — Mas isso é pura blasfêmia!

— Acrescentou — continuou Guilherme — uma terceira coroa à tiara papal, não é verdade, Ubertino?

— Certo. No início do milênio o papa Hildebrando assumira uma, com a inscrição *Corona regni de manu Dei*; o infame Bonifácio acrescentara-lhe logo depois uma segunda, inscrevendo *Diadema imperii de manu Petri*, e João não fez senão aperfeiçoar o símbolo, três coroas: o poder espiritual, o temporal e o eclesiástico. Um símbolo dos reis persas, um símbolo pagão...

Havia um frade que até então ficara em silêncio, ocupado com muita devoção a devorar as boas iguarias que o abade mandara trazer à mesa. Ouvia distraidamente as várias conversas, emitindo de vez em quando um riso sarcástico endereçado ao pontífice ou um grunhido de aprovação às interjeições de desdém dos comensais. Mas de resto cuidava de limpar o queixo dos molhos e dos pedaços de carne que deixava cair da boca desdentada, mas voraz, e as únicas vezes em que dirigira a palavra a um de seus vizinhos tinha sido para louvar o sabor de algum petisco. Soube depois que era *messer* Jerônimo, aquele bispo de Caffa que Ubertino dias antes achava já ter falecido. E devo dizer que a ideia de que ele estava morto havia dois anos circulou como notícia verdadeira por toda a cristandade durante muito tempo, porque ouvi isso mesmo depois; e, com efeito, ele morreu poucos meses após aquele nosso encontro, e continuo achando que faleceu devido à grande raiva que a reunião do dia seguinte lhe causaria, a ponto de eu achar que ele ia finar-se de uma hora para outra, tão frágil de corpo e bilioso de humor ele era.

Intrometeu-se àquela altura na conversa, falando com a boca cheia:

— E ficai sabendo que o infame elaborou uma constituição sobre as *taxae sacrae poenitentiariae*, em que especula com os pecados dos religiosos para arrancar mais dinheiro. Se um eclesiástico cometer pecado carnal com uma freira, com uma parenta ou mesmo com uma mulher qualquer só poderá ser absolvido se pagar setenta e sete liras de ouro e doze soldos. E, se cometer bestialismo, serão mais de duzentas liras, mas se a tiver cometido somente com crianças ou animais, e não com mulheres, a multa será reduzida em cem liras. E a monja que tenha se dado a muitos homens, ou ao mesmo tempo ou em momentos diferentes, fora ou dentro do convento, e depois queira se tornar abadessa, deverá pagar cento e trinta e uma liras de ouro e quinze soldos...

— O que é isso, *messer* Jerônimo — protestou Ubertino —, sabeis que pouco amo o papa, mas quanto a isso devo defendê-lo! É uma calúnia lançada em Avinhão, nunca vi essa constituição!

— Ela existe — afirmou Jerônimo com veemência. — Também não vi, mas existe.

Ubertino balançou a cabeça, e os demais se calaram. Percebi que estavam habituados a não levar muito a sério *messer* Jerônimo, que uns dias antes Guilherme definira como tolo. Guilherme tentou reatar a conversação:

— Verdade ou mentira, esse murmúrio nos diz qual é o clima moral em Avinhão. Quando João subiu à cadeira pontifícia, falava-se de um tesouro de setenta mil florins em ouro, e agora há quem diga que ele juntou mais de dez milhões.

— É verdade — disse Ubertino. — Miguel, Miguel, não sabes que vergonhas tive de ver em Avinhão!

— Procuremos ser honestos — disse Miguel. — Sabemos que mesmo os nossos cometeram excessos. Recebi notícias de franciscanos que atacavam armados os conventos dominicanos e desnudavam os frades inimigos para impor-lhes a pobreza... É por isso que não ousei opor-me a João quando dos casos de Provença... Quero chegar a um acordo com ele, não humilharei seu orgulho, só lhe pedirei que não humilhe nossa humildade. Não lhe falarei de dinheiro, só lhe pedirei que consinta numa sã interpretação das escrituras. E isso deveremos fazer amanhã com seus legados. No fim somos homens de teologia, e nem todos serão vorazes como João. Quando homens sábios tiverem deliberado sobre uma interpretação das escrituras, ele não poderá...

— Ele? — interrompeu Ubertino. — Mas não conheces ainda suas loucuras no campo teológico. Ele quer atar tudo com as próprias mãos, no céu e na terra. Na terra vimos o que faz. Quanto ao céu... Pois bem, ele ainda não expressou as ideias de que te falo, não publicamente, pelo menos, mas sei, com certeza, que murmurou sobre elas com seus fiéis. Ele está elaborando algumas proposições loucas, se não perversas, que mudariam a própria substância da doutrina e anulariam a força de nossa pregação!

— Quais? — perguntaram muitos.

— Perguntai a Berengário, ele sabe, foi ele quem me disse. — Ubertino tinha-se virado para Berengário Talloni, que nos anos passados fora um dos mais decididos adversários do pontífice em sua própria corte. Vindo de Avinhão, havia dois dias se reunira ao grupo dos demais franciscanos e com eles chegara à abadia.

— É uma história obscura e quase inacreditável — disse Berengário. — Parece que João tem em mente sustentar que os justos só gozarão da visão beatífica depois do Juízo. Faz tempo que está refletindo sobre o versículo nove do capítulo sexto do Apocalipse, no qual se fala da abertura do quinto selo, em que aparecem sob o altar os que foram mortos por testemunhar a palavra de Deus e pedem justiça. A cada um é dada uma veste branca e lhes é dito que tenham mais um pouco de paciência... Sinal, argumenta João, de que eles não poderão ver Deus em sua essência, senão após o advento do juízo final.

— Mas a quem disse essas coisas? — perguntou Miguel, estarrecido.

— Até agora a uns poucos íntimos, mas a voz correu, dizem que ele está preparando uma manifestação pública, não logo, quem sabe dentro de alguns anos, está consultando seus teólogos...

— Ah, ah! — riu Jerônimo, mastigando.

— Não só isso. Parece querer ir além e sustentar que nem mesmo o inferno será aberto antes daquele dia... Sequer para os demônios.

— Jesus do céu, ajuda-nos! — exclamou Jerônimo. — E o que contaremos então aos pecadores se não podemos ameaçá-los com um inferno que já esteja aberto assim que eles morrerem!?".

— Estamos nas mãos de um louco — disse Ubertino. — Mas não entendo por que quer sustentar essas coisas...

— Cai por terra toda a doutrina das indulgências — lamentou Jerônimo — e nem mesmo ele poderá vendê-las. Por que um padre que pecou por bestialismo haverá de pagar tantas liras de ouro para evitar um castigo tão remoto?

— Nem tão remoto — disse Ubertino com força —, os tempos estão próximos!

— Tu sabes disso, caro irmão, mas os fiéis não sabem. Eis como estão as coisas! — gritou Jerônimo, que já não tinha ares de estar se deliciando com a comida.

— Mas por que ele age assim? — perguntava Miguel de Cesena.

— Não creio que haja explicação — disse Guilherme. — É um ato de orgulho. Ele quer ser aquele que de fato decide pelo céu e pela terra. Sabia desses boatos, Guilherme de Ockham me escreveu. Veremos por fim quem ganhará a parada, se o papa ou os teólogos, a voz toda da igreja, os próprios desejos do povo de Deus, os bispos...

— Oh, sobre assuntos doutrinários ele poderá dobrar **até os** teólogos — disse, triste, Miguel.

— Não necessariamente — respondeu Guilherme. — Vivemos em tempos em que os conhecedores de assuntos divinos não têm medo de proclamar que o papa é herege. Os conhecedores de assuntos divinos são, a seu modo, a voz do povo cristão. A quem nem sequer o papa poderá se opor. E tu também deverás concordar com aqueles teólogos.

Meu mestre era realmente muito sagaz. Como podia prever que o próprio Miguel decidiria depois apoiar-se nos teólogos do império e no povo para condenar o papa? Como podia prever que quatro anos depois, quando João enunciasse pela primeira vez sua incrível doutrina, haveria uma sublevação de toda a cristandade? Se a visão beatífica estava tão retardada, como poderiam os mortos interceder pelos vivos? E onde iria parar o culto dos santos? Justamente os menoritas iniciariam as hostilidades, condenando o papa, e Guilherme de Ockham estaria na primeira fila, severo e implacável em suas argumentações. A luta duraria três anos, até que João, próximo da morte, se retrataria em parte.

Ouvi uma descrição que fizeram dele quando, anos mais tarde, apareceu no consistório de dezembro de 1334, menor do que parecera até então, ressequido pela idade, nonagenário e moribundo, pálido; teria dito (a raposa, tão hábil em jogar com as palavras não só para descumprir os juramentos, mas também para renegar suas obstinações): "Nós professamos e acreditamos que as almas separadas do corpo e completamente purificadas estejam no céu, no paraíso com os anjos e com Jesus Cristo, e que elas veem Deus em sua divina essência, claramente face a face...". E depois, com uma pausa, nunca ninguém soube se pela dificuldade de respirar ou pela vontade perversa de sublinhar a última frase como adversativa: "na medida em que o estado e a condição da alma separada o permitam".

Na manhã seguinte, era domingo, fez-se reclinar numa cadeira alongada e, de encosto inclinado, recebeu o beija-mão de seus cardeais e morreu.

Mas estou divagando novamente e contando mais coisas do que as que deveria contar. Até porque, no fundo, o resto daquela conversação à mesa não acrescenta muito à compreensão dos acontecimentos que estou narrando. Os menoritas combinaram a conduta que teriam no dia seguinte. Avaliaram um por um os adversários. Comentaram com preocupação a notícia, dada por Guilherme, da chegada de Bernardo Gui. E mais ainda o fato de que quem presidiria a legação avinhonesa seria um martelo dos hereges como o cardeal Bertrando de Pouget. Dois inquisidores era demais: sinal de que se queria usar contra os menoritas o argumento da heresia.

— Tanto pior — disse Guilherme —, seremos nós a tratá-los de hereges.

— Não, não — disse Miguel —, procedamos com cautela, não devemos comprometer nenhum possível acordo.

— Pelo que consigo pensar — disse Guilherme —, mesmo tendo trabalhado para a realização desse encontro, e tu o sabes, Miguel, não creio que os avinhoneses venham aqui atrás de algum resultado positivo. João quer-te em Avinhão sozinho e sem garantias. Mas o encontro servirá ao menos para fazer-te saber disso. Seria pior se fosses antes de teres essa experiência.

— Desse modo tiveste tanto trabalho, por muitos meses, para realizar uma coisa que acreditas ser inútil — disse Miguel amargamente.

— Isso me foi pedido por ti e pelo imperador — disse Guilherme. — E, afinal, nunca é inútil conhecer melhor os inimigos.

Naquele momento vieram nos avisar que estava adentrando as muralhas a segunda legação. Os menoritas se levantaram e foram ao encontro dos homens do papa.

Quarto dia

NONA

Em que chegam o cardeal de Pouget, Bernardo Gui e os demais homens de Avinhão, e depois cada um faz coisas diferentes.

Homens que já se conheciam havia tempo, homens que não se conheciam, mas tinham ouvido falar um do outro, saudavam-se no pátio com aparente mansidão. Ao lado do abade, o cardeal Bertrando do Pouget movia-se como quem tem familiaridade com o poder, como se fosse ele próprio um segundo pontífice, e a todos, especialmente aos menoritas, distribuía sorrisos cordiais, augurando maravilhosos entendimentos no encontro do dia seguinte e trazendo explicitamente os votos de paz e bem (usou intencionalmente essa expressão cara aos franciscanos) da parte de João XXII.

— Bravo, bravo — disse-me, quando Guilherme teve a bondade de me apresentar como seu escriba e discípulo. Depois me perguntou se conhecia Bolonha e louvou-lhe a beleza, a boa comida e a esplêndida universidade, convidando-me a visitá-la, em vez de retornar um dia, disse-me, para o meio daquela minha gente alemã que estava causando tanto sofrimento a nosso senhor papa. Depois, estendeu-me o anel para beijar enquanto já volvia o sorriso para outra pessoa.

Por outro lado, minha atenção voltou-se logo para a personagem de que mais tinha ouvido falar naqueles dias: Bernardo Gui, como o chamavam os franceses, ou Bernardo Guidoni ou Bernardo Guido, como o chamavam alhures.

Era um dominicano de cerca de setenta anos, magro, mas bem aprumado. Chamaram-me a atenção seus olhos cinzentos, frios, capazes de fitar sem expressão, nos quais muitas vezes, porém, eu veria cintilar lampejos equívocos, hábil que era Bernardo tanto em ocultar pensamentos e paixões quanto em exprimi-los na ocasião propícia.

Na troca geral de cumprimentos, não foi afetuoso nem cordial como os outros; mal e mal foi cortês. Quando viu Ubertino, que já conhecia, foi muito deferente para com ele, mas fitou-o de um modo que provocou em mim um arrepio de inquietação. Quando cumprimentou Miguel de Cesena, deu um sorriso difícil de decifrar e murmurou sem calor: "Acolá vos esperam há muito tempo", frase em que não consegui perceber nem um sinal de ansiedade, nem uma sombra de ironia, nem uma injunção, nem sequer um matiz de interesse. Encontrou-se com Guilherme e fitou-o com educada hostilidade: não porque o rosto traísse seus sentimentos secretos, disso eu estava certo (mesmo me parecendo incerto que ele nutrisse algum sentimento), mas porque decerto queria que Guilherme o sentisse hostil. Guilherme devolveu-lhe a hostilidade sorrindo-lhe de modo exageradamente cordial e dizendo-lhe: "Há muito tempo desejava conhecer um homem cuja fama me serviu de lição e advertência para muitas decisões importantes que inspiraram minha vida". Frase sem dúvida elogiosa e quase aduladora para quem não soubesse, como ao contrário Bernardo sabia bem, que uma das decisões mais importantes da vida de Guilherme fora a de abandonar o mister de inquisidor. Aquilo me deu a impressão de que, enquanto Guilherme teria gosto em ver Bernardo nalguma masmorra imperial, Bernardo certamente teria prazer em ver Guilherme colhido por morte acidental e súbita; e, uma vez que naqueles dias Bernardo tinha o comando de homens armados, temi pela vida de meu bom mestre.

Bernardo já devia ter sido informado pelo abade dos crimes cometidos na abadia. De fato, fingindo não perceber o veneno contido na frase de Guilherme, disse-lhe:

— Parece que nestes dias, a pedido do abade e para cumprir a tarefa que me foi confiada nos termos do acordo que nos reúne aqui, deverei ocupar-me de fatos tristíssimos em que se sente o pestífero cheiro do demônio. Falo-vos disso porque sei que em tempos longínquos, em que teríeis estado mais perto de mim, vós também ao meu lado — e ao lado daqueles como eu —, vos batestes no campo em que se travava a batalha das falanges do bem contra as falanges do mal.

— De fato — disse Guilherme tranquilamente —, mas depois eu passei para o outro lado.

Bernardo aparou bravamente o golpe:

— Podeis dizer-me algo de útil sobre esses fatos criminosos?

— Infelizmente não — respondeu Guilherme com educação. — Não tenho vossa experiência em fatos criminosos.

Daquele momento em diante perdi os rastros de todos. Guilherme, após outra conversa com Miguel e Ubertino, retirou-se para o scriptorium. Pediu a Malaquias licença para examinar certos livros e não cheguei a ouvir os títulos. Malaquias fitou-o de modo estranho, mas não os pôde negar. O mais curioso é que não precisou ir buscá-los na biblioteca. Já estavam todos em cima da mesa de Venâncio. Meu mestre mergulhou na leitura e decidi não o perturbar.

Desci à cozinha. Lá vi Bernardo Gui. Talvez quisesse tomar conhecimento da disposição da abadia e andava por toda parte. Ouvi-o interrogar os cozinheiros e outros serviçais, falando bem ou mal o vulgar da terra (lembrei-me de que fora inquisidor na Itália setentrional). Pareceu-me que estava pedindo informações sobre as colheitas, sobre a organização do trabalho no mosteiro. Porém, mesmo fazendo as perguntas mais inocentes, fitava o interlocutor com olhos penetrantes, depois fazia de repente uma nova pergunta, e a essa altura sua vítima empalidecia e balbuciava. Concluí daí que, de algum modo singular, ele estava inquirindo e valia-se de uma arma formidável que todo inquisidor no exercício de sua função possui e manobra: o medo do inquirido, que habitualmente, por medo de ser suspeito de algo, diz ao inquisidor aquilo que pode servir para lançar suspeitas sobre outra pessoa.

Durante todo o resto da tarde, à medida que me movia pelo mosteiro, vi Bernardo Gui proceder assim, quer junto aos moinhos, quer no claustro. Mas quase nunca abordou monges, sempre irmãos leigos ou camponeses. O contrário de tudo o que fizera Guilherme até então.

Quarto dia

VÉSPERAS

Quando Alinardo parece fornecer informações preciosas e Guilherme revela seu método para chegar a uma verdade provável por meio de uma série de indubitáveis erros.

Mais tarde Guilherme desceu do scriptorium de bom humor. Enquanto aguardávamos a hora da ceia, encontramos Alinardo no claustro. Lembrado de seu pedido, desde o dia anterior eu tinha uns grãos-de-bico conseguidos na cozinha e lhos ofereci. Agradeceu-me enfiando-os na boca desdentada e cheia de baba.

— Rapaz — disse me —, viste que o outro cadáver jazia lá onde o livro anunciava... Espera agora a quarta trombeta!

Perguntei-lhe por que pensava que a chave para a sequência dos crimes estaria no livro da revelação. Fitou-me admirado:

— O livro de João oferece a chave de tudo!

E acrescentou, com um esgar de rancor:

— Eu sabia, eu dizia há muito tempo... Fui eu que propus ao abade... àquele de então, que recolhesse o máximo possível de comentários ao Apocalipse... Eu devia tornar-me bibliotecário... Mas depois o outro conseguiu ser enviado a Silos, onde encontrou belíssimos manuscritos e voltou com um butim esplêndido. Oh, ele sabia onde procurar, falava até a língua dos infiéis... E assim quem recebeu a custódia da biblioteca foi ele, e não eu. Mas Deus o puniu e o fez entrar antes do tempo no reino das trevas. Ah, ah... — riu com maldade aquele velho que, imerso na serenidade de suas cãs, até então me parecera semelhante a um menino inocente.

— Quem era aquele de quem falais? — perguntou Guilherme.

Fitou-nos atônito.

— De quem falava? Não lembro... faz tanto tempo. Mas Deus castiga, Deus apaga, Deus obscurece até as lembranças. Muitos atos de soberba foram cometidos na biblioteca. Especialmente desde que caiu em mãos dos estrangeiros. Deus ainda está castigando...

Não conseguimos arrancar-lhe outras palavras e o deixamos entregue ao seu quieto e rancoroso delírio. Guilherme disse que aquela conversa o interessara muito:

— Alinardo é um homem para se escutar, toda vez que fala, diz coisas interessantes.

— O que disse desta vez?

— Adso — disse Guilherme —, resolver um mistério não é a mesma coisa que deduzir a partir de princípios primeiros. E tampouco equivale a recolher muitos dados particulares para depois deles inferir uma lei geral. Significa achar-se diante de um, dois ou três dados particulares, que aparentemente não têm nada em comum, e tentar imaginar se eles podem ser casos de uma lei geral que não conheces ainda e talvez nunca tenha sido enunciada. Claro, se souberes, como diz o filósofo, que o homem, o cavalo e o jumento são todos sem fel e todos vivem bastante, podes tentar enunciar o princípio pelo qual os animais sem fel vivem bastante. Mas imagina o caso dos animais de chifres. Por que têm chifres? De repente, percebes que todos os animais que têm chifres não têm dentes na mandíbula superior. Seria uma bela descoberta, se não tivesses conhecimento de que, infelizmente, há animais sem dentes na mandíbula superior que, todavia, não têm chifres, como o camelo. Finalmente percebes que todos os animais sem dentes na mandíbula superior têm dois estômagos. Bem, podes imaginar que quem não tem dentes suficientes mastiga mal e, portanto, necessita de dois estômagos para poder digerir melhor a comida. Mas e os chifres? Então tentas imaginar uma causa material dos chifres, em virtude da qual a falta de dentes provê o animal com um excedente de matéria óssea que deve despontar em algum lugar. Mas é uma explicação suficiente? Não, porque o camelo não tem dentes superiores, tem dois estômagos, mas não tem chifres. E então precisas imaginar também uma causa final. A matéria óssea desponta em chifres somente nos animais que não têm outros meios de defesa. Ao contrário, o camelo tem pele duríssima e não precisa de chifres. Então a lei poderia ser...

— Mas o que têm a ver os chifres com isso? — perguntei com impaciência.

— E por que estais vos ocupando de animais com chifres?

— Nunca me ocupei deles, mas o bispo de Lincoln se ocupou muito, seguindo uma ideia de Aristóteles. Honestamente, não sei se as razões que encontrou são as apropriadas, nem nunca verifiquei onde o camelo tem dentes e quantos estômagos tem: mas era para te dizer que a busca das leis explicativas, nos fatos naturais, avança de modo tortuoso. Diante de alguns fatos inexplicáveis deves tentar imaginar muitas leis gerais, em que não vês ainda a conexão com os fatos de que estás te ocupando: e de repente, na conexão inesperada de um resultado, um caso e uma lei, esboça-se um raciocínio que te parece mais convincente que os outros. Experimentas aplicá-lo a todos os casos semelhantes, usá-lo para extrair previsões, e descobres que adivinhaste. Mas até o fim nunca saberás quais predicados deves introduzir no teu raciocínio e quais deixar de fora. E assim faço eu agora. Alinho muitos elementos desconexos e imagino hipóteses. Mas preciso imaginar muitas, e, entre elas, numerosas são tão absurdas que me envergonharia contá-las. Vê, no caso do cavalo Brunello, quando vi as pegadas, imaginei muitas hipóteses complementares e contraditórias: podia ser um cavalo em fuga, podia ser que o abade, montado naquele belo cavalo, tivesse descido pela encosta, podia ser que um cavalo Brunello tivesse deixado os sinais sobre a neve e outro cavalo Favello, no dia anterior, as crinas na moita, e que os ramos tivessem sido partidos por gente. Eu não sabia qual era a hipótese correta até que vi o despenseiro e os serviçais procurando ansiosamente. Então compreendi que a hipótese de Brunello era a única cabível e tentei verificar se era verdadeira, apostrofando os monges como fiz. Venci, mas também poderia ter perdido. Os outros me consideraram sábio porque venci, mas não conheciam os muitos casos em que fui tolo porque perdi, e não sabiam que, poucos segundos antes de vencer, eu não estava certo de que não perdera. Agora, nos casos da abadia, tenho muitas belas hipóteses, mas não há nenhum fato evidente que me permita dizer qual é a melhor. E então, para não parecer tolo mais tarde, renuncio a parecer astuto agora. Deixa-me pensar mais, até amanhã, pelo menos.

Entendi naquele momento qual era o modo de raciocinar de meu mestre e pareceu-me demasiado diferente daquele do filósofo que raciocina com base nos princípios primeiros, de tal modo que seu intelecto assume quase os modos do intelecto divino. Compreendi que, quando não tinha resposta, Guilherme se propunha muitas delas, e diferentes entre si. Fiquei perplexo.

— Mas então — ousei comentar — estais ainda longe da solução...

— Estou pertíssimo — disse Guilherme —, mas não sei de qual.

— Então não tendes uma única resposta para vossas perguntas?

— Adso, se a tivesse ensinaria teologia em Paris.

— Em Paris eles têm sempre a resposta verdadeira?

— Nunca — disse Guilherme —, mas são muito seguros de seus erros.

— E vós — falei com impertinência infantil —, nunca cometeis erros?

— Frequentemente — respondeu. — Mas em vez de conceber um único erro, imagino muitos, assim não me torno escravo de nenhum.

Tive a impressão de que Guilherme não estava realmente interessado na verdade, que outra coisa não é senão a adequação entre a coisa e o intelecto. Em vez disso, ele se divertia imaginando a maior quantidade possível de possíveis.

Naquele momento, confesso, perdi as esperanças em meu mestre e surpreendi-me pensando:

— Ainda bem que chegou a inquisição.

Tomei o partido da sede de verdade que animava Bernardo Gui.

E com essas culpáveis disposições de espírito, mais perturbado que Judas na noite da quinta-feira santa, entrei com Guilherme no refeitório para cear.

Quarto dia

COMPLETAS

Em que Salvatore fala de uma magia portentosa.

A ceia para a legação foi soberba. O abade devia conhecer muito bem as fraquezas dos homens e os usos da corte papal (que não desagradaram, devo dizer, nem mesmo aos menoritas de frei Miguel). Com os porcos mortos pouco antes deveria haver chouriços à moda de Monte Cassino, disse-nos o cozinheiro. Mas o triste fim de Venâncio obrigara a jogar fora todo o sangue dos porcos, até que se procedesse à matança de outros. Mas tivemos filhotes de pombos no molho salmi macerado no vinho daquelas terras, coelho assado sem ossos, pãezinhos de Santa Clara, arroz com as amêndoas daqueles montes, ou seja, o manjar-branco das vigílias, torradas de borragem, azeitonas recheadas, queijo frito, carne de ovelha, favas brancas e doces deliciosos, bolo de são Bernardo, doces de são Nicolau, olhinhos de santa Luzia, e vinhos e licores de ervas que deixaram de bom humor até Bernardo Gui, em geral tão austero: licor de citronela, de nozes, vinho contra a gota e vinho de genciana. Pareceria uma reunião de glutões, se cada gole ou cada bocado não tivesse sido acompanhado de leituras devotas.

No fim todos se levantaram muito contentes, alguns alegando vagos mal-estares para não assistirem às completas. Mas o abade não se ofendeu com isso. Nem todos têm o privilégio e as obrigações decorrentes da consagração à nossa ordem.

Enquanto os monges se retiravam, demorei-me curioso na cozinha, onde estavam aprontando tudo para o fechamento noturno. Vi Salvatore esgueirar-

-se para a horta com um embrulho embaixo do braço. Intrigado, fui atrás dele e o chamei. Ele tentou esquivar-se, depois respondeu às minhas perguntas dizendo que no embrulho (que se mexia como habitado por coisa viva) levava um basilisco.

— Cave basilischium! Est lo reys das serpentes, tant cheio de veneno que reluz todo por fora! Que dicam, o veneno, o fedor sai que te mata! Intoxica... Et tem maculas brancas no dorso, et caput de galo, et metade anda direita sobre a terra et metade anda na terra como as outras serpentes. E a bélula o mata...

— Bélula?

— Oc! Bestiola parvissima est, um pouco mais comprida que el rato, et é odiada mucho por el rato. E também pela serpe e pelo sapo. Et quando eles a mordem, a bélula corre à fenicula ou à circebita et finca los dentes nela, et redet ad bellum. Et dicunt que gera pelos oculi, mas a maioria diz que isso é falso.

Perguntei-lhe o que estava fazendo com um basilisco, e ele disse que eram assuntos dele. Eu lhe disse, já agora mordido pela curiosidade, que naqueles dias, com todos aqueles mortos, já não havia assuntos secretos e que iria contar o fato a Guilherme. E então Salvatore suplicou-me ardentemente que me calasse, abriu o pacote e mostrou-me um gato preto. Puxou-me para perto de si e disse-me com um sorriso obsceno que não queria que o despenseiro ou eu, um porque era poderoso, e o outro, jovem e belo, pudéssemos ter o amor das moças da aldeia, e ele não o tinha porque era feio e pobre. Que conhecia uma magia poderosíssima para fazer qualquer mulher apaixonar-se. Era preciso matar um gato preto e arrancar-lhe os olhos, depois colocá-los dentro de dois ovos de galinha preta, um olho num ovo, um olho no outro (e mostrou-me dois ovos que assegurou ter obtido das galinhas apropriadas). Depois era preciso pôr os ovos para apodrecer dentro de um monte de esterco de cavalo (e tinha preparado um justamente num cantinho da horta por onde nunca passava ninguém), e de cada um dos ovos nasceria um diabinho que se poria a seu serviço, propiciando-lhe todas as delícias deste mundo. Mas, infelizmente —disse-me—, para que a magia desse certo era necessário que a mulher cujo amor se pretendia cuspisse nos ovos antes que fossem enterrados no esterco, e aquele problema o angustiava, porque naquela noite ele precisava ter por perto a mulher em questão e levá-la a prestar-lhe aquele serviço sem que ela soubesse para quê.

Fui tomado por súbita labareda, no rosto, ou nas vísceras, ou no corpo inteiro, e perguntei com um fio de voz se naquela noite ele traria para dentro das muralhas a moça da noite anterior. Ele riu, escarnecendo de mim, e disse que eu estava sem dúvida tomado por grande lascívia (eu disse que não, que perguntava por mera curiosidade) e depois me disse que na aldeia havia muitas mulheres, e ele traria para cima uma outra, mais bonita ainda que aquela que me agradava. Imaginei que estaria mentindo para me afastar. Por outro lado, o que eu poderia fazer? Segui-lo durante toda a noite, quando Guilherme estava à minha espera para atividades bem diferentes? E voltar a ver aquela (se é que dela se tratava) a quem meus apetites me impeliam e de quem minha razão me afastava, aquela que eu não deveria ver nunca mais, ainda que continuasse desejando vê-la outra vez? Claro que não. E por isso convenci a mim mesmo que Salvatore dizia a verdade, no que se referia à mulher. Ou que talvez mentisse em tudo, que a magia de que falava era uma fantasia de sua mente supersticiosa, e que tudo aquilo não daria em nada.

Fiquei irritado com ele, tratei-o rudemente, disse-lhe que naquela noite seria melhor ele ir dormir, porque havia arqueiros circulando dentro das muralhas. Ele respondeu que conhecia a abadia melhor do que os arqueiros, e que com aquela névoa ninguém veria ninguém. Por sinal, disse-me, agora vou sumir e nem mesmo tu me verás mais, mesmo que eu estivesse ali a dois passos divertindo-me com a moça que desejas. Ele se exprimiu com outras palavras, bem mais ignóbeis, mas esse era o sentido do que dizia. Afastei-me indignado, porque não era próprio de mim, nobre e noviço, entrar em competição com aquele canalha.

Fui ter com Guilherme e fizemos o que era devido. Isto é, dispusemo-nos a assistir às completas na parte de trás da nave, de modo que, quando o ofício acabou, estávamos prontos para empreender nossa segunda viagem (terceira para mim) às vísceras do labirinto.

Quarto dia

DEPOIS DAS COMPLETAS

Em que se visita de novo o labirinto, chega-se ao umbral do finis Africae, mas não se pode entrar porque não se sabe o que são o primeiro e o sétimo dos quatro, e por fim Adso tem uma recaída, de resto bastante douta, em seu mal de amor.

A visita à biblioteca consumiu longas horas de trabalho. Em palavras, a verificação que devíamos fazer era fácil, mas agir à luz de uma candeia, ler os escritos, marcar no mapa as passagens e as paredes fechadas, registrar as iniciais, percorrer os vários trajetos que o jogo de aberturas e fechamentos nos permitia, foi coisa demasiado demorada. E enfadonha.

Fazia muito frio. A noite não era de vento e não se ouviam os sibilos agudos que nos tinham impressionado da primeira vez, mas pelas frestas penetrava um ar úmido e gélido. Tínhamos calçado luvas de lã para poder tocar os volumes sem que as mãos endurecessem. Mas eram justamente daquelas que se usavam para escrever no inverno, com as pontas dos dedos descobertas, e às vezes precisávamos aproximar as mãos da chama, ou colocá-las junto ao peito, ou bater palmas, saltitando transidos.

Por isso não completamos a obra sem interrupção. Detínhamo-nos para bisbilhotar nos armários, Guilherme, agora que — com seus novos vidros em cima do nariz — podia demorar-se lendo os livros, a cada título descoberto prorrompia em exclamações de alegria, ou porque conhecesse a obra ou porque a procurasse desde muito tempo, ou porque nunca tivesse ouvido menção a ela e ficava sobremaneira excitado e curioso. Em suma, para ele cada livro era como um animal fabuloso encontrado numa terra desconhecida. E, enquanto folheava um manuscrito, ele me incumbia de procurar outros.

— Olha o que há naquele armário!

E eu, soletrando e deslocando volumes:

— *Historia anglorum* de Beda... E também de Beda *De aedificatione templi, De tabernaculo, De temporibus et computo et chronica et circuli Dionysi, Ortographia, De ratione metrorum, Vita Sancti Cuthberti, Ars metrica*...

— É natural, todas as obras do venerável... E olha estes! *De rhetorica cognatione, Locorum rhetoricum distinctio*, e aqui muitos gramáticos, Prisciano, Honorato, Donato, Máximo, Victorino, Eutiques, Foca, Asper... Estranho, pensava de início que aqui houvesse autores da Ânglia... Olhemos mais embaixo...

— *Hisperica... famina*. O que é?

— Um poema hibérnico. Escuta:

> Hoc spumans mundanas obvallat Pelagus oras
> terrestres amniosis fluctibus cudit margines.
> Saxeas undosis molibus irruit avionias.
> Infima bomboso vertice miscet glareas
> asprifero spergit spumas sulco,
> sonoreis frequenter quatitur flabris...

Eu não compreendia o sentido, mas Guilherme lia fazendo rolar as palavras na boca de tal modo que me parecia ouvir o som das ondas e da espuma marinha.

— E este? É Adhelm de Malmesbury, ouvi este trecho! *Primitus pantorum procerum poematorum pio potissimum paternoque presertim privilegio panegiricum poemataque passim prosatori sub polo promulgatas*... Todas as palavras começam com a mesma letra!

— Os homens das minhas ilhas são todos um pouco loucos — dizia Guilherme com orgulho. — Olhemos no outro armário.

— Virgílio.

— Por que aqui? O que de Virgílio? *Geórgicas*?

— Não. *Epítomes*. Nunca tinha ouvido falar.

— Mas não é o Marão! É Virgílio de Tolosa, o retórico, seis séculos após o nascimento de Nosso Senhor. Tinha reputação de grande sábio...

— Aqui diz que as artes são poema, rethoria, grama, leporia, dialecta, geometria... Mas que língua ele fala?

— Latim, mas um latim de sua invenção, que ele considerava muito mais bonito. Lê aqui: diz que a astronomia estuda os signos do zodíaco que são mon, man, tonte, piron, dameth, perfellea, belgalic, margaleth, lutamiron, taminon e raphalut.

— Era louco?

— Não sei, não era das minhas ilhas. Escuta mais, diz que há doze modos de designar o fogo, ignis, coquihabin (quia incocta coquendi habet dictionem), ardo, calax ex calore, fragon ex fragore flammae, rusin de rubore, fumaton, ustrax de urendo, vitius quia pene mortua membra suo vivificat, siluleus, quod de silice siliat, unde et silex non recte dicitur, nisi ex qua scintilla silit. E aeneon, de Aenea deo, qui in eo habitat, sive a quo elementis flatus fertur.

— Mas não existe ninguém que fale assim!

— Ainda bem. Mas eram tempos em que, para esquecer um mundo ruim, os gramáticos se deleitavam com questões abstrusas. Disseram-me que naquela época, durante quinze dias e quinze noites, os retores Gabundo e Terêncio discutiram sobre o vocativo de *ego*, e finalmente chegaram às vias de fato.

— Mas este também, escutai...

Eu pegara um livro admiravelmente ilustrado com labirintos vegetais de cujas gavinhas assomavam macacos e serpentes.

— ...ouvi que palavras: cantamen, collamen, gongelamen, stemiamen, plasmamen, sonerus, alboreus, gaudifluus, glaucicomus...

— As minhas ilhas — disse de novo Guilherme com ternura. — Não sejas severo com aqueles monges da longínqua Hibérnia. Se esta abadia existe e se ainda falamos do Sacro Império Romano, talvez o devamos a eles. Naquele tempo o resto da Europa estava reduzido a um amontoado de ruínas. Um dia foram declarados inválidos os batismos ministrados por alguns padres nas Gálias porque lá se batizava *in nomine patris et filiae*, não porque praticassem uma nova heresia e considerassem que Jesus era mulher, mas porque já não sabiam latim.

— Como Salvatore?

— Mais ou menos. Os piratas do Norte extremo chegavam através dos rios para saquear Roma. Os templos pagãos caíam em ruínas e os templos cristãos ainda não existiam. E foram somente os monges da Hibérnia que em seus mosteiros escreveram e leram, leram e escreveram, e ilustraram, e depois meteram-se em barquinhos feitos de couro e navegaram para estas terras e as evangelizaram como se fossem infiéis, compreendes? Estiveste em Bobbio, foi fundado por são Columbano, um deles. E por isso deixa estar se inventavam um latim novo, visto que na Europa já não se sabia o velho. Foram grandes homens. São Brandão chegou até as ilhas Afortunadas e navegou ao longo das costas do inferno, onde viu Judas acorrentado num penhasco, e um dia atracou e desceu numa ilha, e era um monstro marinho. Naturalmente, eram loucos — repetiu com satisfação.

— Suas imagens são... de não se acreditar no que meus olhos veem! E quantas cores! — eu disse, encantado.

— Numa terra de tão poucas cores, um pouco de azul e muito verde. Mas não fiquemos discutindo sobre monges hibérnicos. O que quero saber é por que estão aqui com os anglos e com gramáticos de outros países. Olha no teu mapa, onde deveríamos estar?

— Nas salas do torreão ocidental. Transcrevi as cártulas também. Portanto, saindo da sala cega, entra-se na sala heptagonal e há uma única passagem para uma única sala do torreão, a letra em vermelho é H. Depois se passa de sala em sala fazendo a volta do torreão e se retorna à sala cega. A sequência das letras dá... tendes razão! HIBERNI!

— HIBERNIA, se da sala cega voltas à heptagonal, que, como todas as outras três, tem o A de Apocalypsis. Por isso ali estão as obras dos autores da última Tule e também os gramáticos e os retores, porque os organizadores da biblioteca acharam que um gramático deve estar com os gramáticos hibérnicos, mesmo que seja de Tolosa. É um critério. Estás vendo que começamos a entender alguma coisa?

— Mas nas salas do torreão oriental por onde entramos lemos FONS... O que significa?

— Lê direito o teu mapa, continua lendo as letras das salas que seguem por ordem de acesso.

— FONS ADAEU...

— Não, FONS ADAE, o U é a segunda sala cega oriental, lembro dela, talvez se insira numa outra sequência. E o que encontramos no FONS ADAE, ou seja, no paraíso terrestre (lembra-te que lá está a sala com o altar que dá para o sol levante)?

— Havia muitas bíblias e comentários à bíblia, são livros de escrituras sagradas.

— E por isso estás vendo, a palavra de Deus em correspondência com o paraíso terrestre, que, como todos dizem, é distante em direção ao oriente. E aqui a ocidente, a Hibérnia.

— Quer dizer que o traçado da biblioteca reproduz o mapa do mundo?

— É provável. E os livros estão dispostos segundo os países de proveniência, ou o lugar onde nasceram seus autores, ou, como neste caso, o lugar onde deveriam ter nascido. Os bibliotecários acharam que Virgílio, o gramático, nasceu por engano em Tolosa e deveria ter nascido nas ilhas ocidentais. Repararam os erros da natureza.

Prosseguimos nosso caminho. Passamos por uma sequência de salas ricas de esplêndidos Apocalipses, e uma delas era a sala onde eu tivera as visões. Aliás, de longe avistamos de novo o lume, Guilherme apertou o nariz e foi correndo apagá-lo, cuspindo sobre as cinzas. De qualquer maneira, atravessamos depressa a sala, mas eu lembrava que ali tinha visto o belíssimo Apocalipse multicolorido com a mulier amicta sole e o dragão. Reconstituímos a sequência dessas salas a partir da última a que tivemos acesso e que tinha como inicial em vermelho um Y. A leitura ao contrário deu a palavra YSPANIA, mas o último A era o mesmo com que terminava HIBERNIA. Sinal, disse Guilherme, de que restavam salas em que se guardavam obras de caráter misto.

Em todo caso a zona denominada YSPANIA pareceu-nos povoada de muitos códices do Apocalipse, todos de belíssima fatura, que Guilherme reconheceu como arte hispânica. Notamos que a biblioteca talvez tivesse a mais ampla coleção de cópias do livro do apóstolo da cristandade e uma quantidade imensa de comentários do texto. Volumes enormes eram dedicados ao comentário do Apocalipse do Beato de Liébana, e o texto era mais ou menos sempre o mesmo, mas encontramos uma fantástica quantidade de variações nas imagens, e Guilherme reconheceu a menção de alguns entre os que ele considerava os melhores miniaturistas do reino das Astúrias, Magius, Facundus e outros.

Fazendo essas e outras observações, chegamos ao torreão meridional, em cujos arredores já tínhamos passado na noite anterior. A sala S de YSPANIA

— sem janelas — dava para uma sala E, e, girando as cinco salas do torreão, chegamos à última, sem outras aberturas, que ostentava um L vermelho. Relemos ao contrário e encontramos LEONES.

— Leones, meridião, em nosso mapa estamos na África, hic sunt leones. E isso explica por que aí encontramos tantos textos de autores infiéis.

— E há outros ainda — eu disse, rebuscando nos armários. — *Cânone*, de Avicena, e este belíssimo códice em caligrafia que não conheço...

— Poderia ser um alcorão, mas infelizmente não sei árabe.

— O alcorão, a bíblia dos infiéis, um livro perverso...

— Um livro que contém uma sabedoria diferente da nossa. Mas entendes por que o puseram aqui, onde estão os leões, os monstros. Eis por que ali vimos aquele livro sobre as bestas monstruosas onde encontraste também o unicórnio. Esta zona chamada LEONES contém os livros que, para os construtores da biblioteca, eram os livros da mentira. O que há lá embaixo?

— Estão em latim, mas a partir do árabe. Ayyub al Ruhawi, um tratado sobre a hidrofobia canina. E este é um livro de tesouros. E este o *De aspectibus* de Alhazen...

— Observa, puseram entre os monstros e as mentiras também obras de ciência de que os cristãos têm muito que aprender. Assim se pensava nos tempos em que a biblioteca foi construída...

— Mas por que puseram entre as falsidades também um livro com o unicórnio? — perguntei.

— Evidentemente, os fundadores da biblioteca tinham estranhas ideias. Terão achado que esse livro que fala de bestas fantásticas que vivem em países distantes fazia parte do repertório de mentiras difundido pelos infiéis...

— Mas o unicórnio é uma mentira? É um animal dulcíssimo e altamente simbólico. Figura de Cristo e da castidade, ele só pode ser capturado pondo-se uma virgem no bosque, de modo que o animal, ao sentir seu cheiro castíssimo, vá pousar a cabeça em seu regaço, tornando-se presa dos laços dos caçadores.

— Assim é dito, Adso. Mas muitos se inclinam a achar que é uma invenção fabulística dos pagãos.

— Que decepção — eu disse. — Gostaria de encontrar um deles atravessando um bosque. De outro modo, que graça tem atravessar um bosque?

— Não quer dizer que não existe. Talvez seja diferente do modo como é representado nesses livros. Um viajante veneziano andou por terras muito distantes, bastante próximas do Fons Paradisi de que os mapas falam, e viu unicórnios. Mas achou-os grosseiros, desengonçados, feiíssimos e negros. Creio que viu bestas verdadeiras com um chifre na testa. Foram provavelmente as mesmas que os mestres da sapiência antiga, nunca de todo errônea, que receberam de Deus a oportunidade de ver coisas que não vimos, nos transmitiram com uma primeira descrição fiel. Depois, essa descrição, viajando de auctoritas a auctoritas, foi transformada por sucessivas composições da fantasia, e os unicórnios tornaram-se animais graciosos, brancos e mansos. Por isso, se souberes que num bosque vive um unicórnio, não vás ao bosque com uma virgem, porque o animal poderia ser mais semelhante ao do testemunho do veneziano do que ao deste livro.

— Mas como foi que os mestres da sapiência antiga receberam de Deus a revelação sobre a natureza verdadeira do unicórnio?

— Não a revelação, mas a experiência. Tiveram a sorte de nascer em terras em que viviam unicórnios ou em tempos em que os unicórnios viviam nessas mesmas terras.

— Mas então como podemos confiar na sapiência antiga, cujos vestígios sempre buscais, se ela é transmitida por livros mendazes que a interpretaram com tanta liberdade?

— Os livros não são feitos para acreditarmos neles, mas para serem submetidos a investigações. Diante de um livro não devemos nos perguntar o que diz, mas o que quer dizer, ideia que para os velhos comentadores dos livros sagrados foi claríssima. O unicórnio, do modo como dele falam esses livros, encerra uma verdade moral, ou alegórica, ou anagógica, que permanece verdadeira, como verdadeira permanece a ideia de que a castidade é uma nobre virtude. Mas, quanto à verdade literal que sustenta as outras três, resta saber de que dado de experiência originária nasceu a letra. A letra deve ser discutida, mesmo que o suprassentido permaneça bom. Num livro está escrito que só se corta diamante com sangue de bode. Meu grande mestre Roger Bacon disse que não é verdade, simplesmente porque ele experimentou e não deu certo. Mas, se o nexo entre diamante e sangue caprino tivesse um sentido superior, este permaneceria intacto.

— Então é possível dizer verdades superiores mentindo quanto à letra — eu disse. — No entanto, lamento que o unicórnio, assim como é, não exista, não tenha existido ou não possa existir um dia.

— Não nos é lícito pôr limites à onipotência divina, e, se Deus quisesse, poderiam existir até unicórnios. Mas consola-te, eles existem nesses livros que, se não falam do ser real, falam do ser possível.

— Mas então é necessário ler os livros sem recorrer à fé, que é virtude teologal?

— Sobram mais duas virtudes teologais. A esperança de que o possível exista. E a caridade, para com quem acreditou de boa-fé que o possível existe.

— Mas para que vos serve o unicórnio se vosso intelecto não acredita nele?

— Serve como me serviu a pegada dos pés de Venâncio na neve, arrastado até a tina dos porcos. O unicórnio dos livros é como uma marca estampada. Se a marca está estampada, deve ter havido algo a que pertence a marca.

— Mas diferente dela, estais me dizendo.

— Claro. Nem sempre uma marca tem a mesma forma do corpo que a imprimiu e nem sempre nasce da pressão de um corpo. Às vezes reproduz a impressão que um corpo deixou em nossa mente, é a marca impressa de uma ideia. A ideia é signo das coisas, e a imagem é signo da ideia, signo de um signo. Mas da imagem, se não reconstruo o corpo, reconstruo a ideia que outrem tinha dela.

— E isso vos basta?

— Não, porque a verdadeira ciência não deve contentar-se com ideias, que são justamente signos, mas deve encontrar as coisas em sua verdade singular. Portanto, eu gostaria de remontar dessa marca de uma marca ao unicórnio individual que está no início da cadeia. Assim como gostaria de remontar dos signos vagos deixados pelo assassino de Venâncio (signos que poderiam remeter a muitas pessoas) a um indivíduo único, o próprio assassino. Mas isso nem sempre é possível em pouco tempo e sem a mediação de outros signos.

— Mas então posso sempre e somente falar de algo que me fala de outro algo, e assim por diante, mas o algo final, o verdadeiro, nunca existe?

— Talvez exista, é o unicórnio indivíduo. E não fiques preocupado, um dia ou outro qualquer o encontrarás, por mais preto e feio que seja.

— Unicórnios, leões, autores árabes e mouros em geral — eu disse, àquela altura —, sem dúvida esta é a África de que falavam os monges.

— Sem dúvida é esta. E, se é esta, precisamos encontrar os poetas africanos a que se referia Pacífico de Tivoli.

E de fato, refazendo o caminho ao contrário e voltando à sala L, encontrei num armário uma coletânea de livros de Floro, Frontão, Apuleio, Marciano Capela e Fulgêncio.

— Então é aqui que Berengário dizia que deveria haver a explicação para certo segredo — eu disse.

— Quase aqui. Ele usou a expressão "finis Africae", e foi com essa expressão que Malaquias se zangou tanto. O "finis" poderia ser esta última sala, ou então... — soltou uma exclamação: — Pelas sete igrejas de Clonmacnois! Não notaste nada?

— O quê?

— Voltemos atrás, à sala S da qual partimos!

Voltamos à primeira sala cega onde o versículo dizia: *Super thronos viginti quatuor*. Ela tinha quatro aberturas. Uma dava para a sala Y, com janela para o octógono. A outra dava para a sala P que continuava, ao longo da fachada externa, a sequência YSPANIA. A sala junto ao torreão levava à sala E, que acabávamos de percorrer. Depois havia uma parede fechada e finalmente uma abertura que levava a uma segunda sala cega com a inicial U. A sala S era a do espelho, e sorte que ele se achava na parede imediatamente à minha direita, de outro modo eu novamente teria sentido medo.

Olhando bem o mapa, dei-me conta da singularidade daquela sala. Como todas as outras salas cegas dos outros três torreões, ela deveria levar à sala heptagonal central. Se não o fazia, a entrada no heptágono deveria abrir-se na sala cega adjacente, a U. Esta, no entanto, que por uma abertura levava à sala T com janela para o octógono interno e pela outra abertura ligava-se à sala S, tinha as outras três paredes fechadas e ocupadas por armários. Olhando ao nosso redor, percebemos o que já era evidente também pelo mapa: por razões de lógica, além das de rigorosa simetria, aquele torreão devia ter sua sala heptagonal, mas ela não existia.

— Não existe — eu disse.

— Não é que não exista. Se não existisse, as outras salas seriam maiores, mas são mais ou menos do formato daquelas dos outros lados. Existe, mas não se chega lá.

— Está murada?

— Provavelmente. Esse é o finis Africae, esse o lugar em torno do qual rondavam os curiosos que morreram. Está murada, mas isso não quer dizer que não haja uma passagem. Ao contrário, seguramente há, e Venâncio a encontrara, ou obtivera sua descrição de Adelmo, e este de Berengário. Vamos reler seus apontamentos.

Tirou do hábito o papel de Venâncio e releu: "A mão por cima do ídolo opera sobre o primeiro e o sétimo dos quatro!" Olhou ao seu redor:

— Mas claro! O idolum é a imagem do espelho! Venâncio pensava em grego, e nessa língua, mais ainda que na nossa, *eidolon* é tanto imagem como espectro, e o espelho nos devolve nossa imagem deformada que nós mesmos, a noite passada, confundimos com um espectro! Mas o que serão então os quatro *supra speculum*? Algo sobre a superfície refletora? Mas então deveríamos nos pôr de certo ângulo de visão, de tal modo que possamos perceber algo que se reflete no espelho e que corresponde à descrição dada por Venâncio.

Movemo-nos em todas as direções, mas sem resultados. Para além de nossas imagens, o espelho devolvia contornos confusos do resto da sala, mal e mal iluminada pela lâmpada.

— Então — meditava Guilherme —, por *supra speculum* poderia querer dizer além do espelho... O que exigiria que primeiro fôssemos além, porque certamente este espelho é uma porta...

O espelho era mais alto que um homem normal, encaixado na parede por uma robusta moldura de carvalho. Tocamo-lo de todos os modos, tentamos enfiar os dedos, as unhas, entre a moldura e a parede, mas o espelho estava firme como se fizesse parte da parede, pedra na pedra.

— E se não está além, poderia estar *super speculum* — murmurou Guilherme, e ao mesmo tempo erguia o braço e se levantava nas pontas dos pés, deslizando a mão sobre a borda superior da moldura, sem encontrar nada além de poeira.

— Por outro lado — refletia melancolicamente Guilherme —, mesmo que ali atrás houvesse uma sala, o livro que procuramos e que outros procuraram já não está nessa sala, porque foi levado embora, primeiro por Venâncio e depois, sabe-se lá para onde, por Berengário.

— Mas Berengário talvez o tenha trazido aqui novamente.

— Não, naquela noite nós estávamos na biblioteca, e tudo nos leva a crer que ele morreu não muito tempo depois do furto, aquela mesma noite na casa de banhos. De outro modo nós o teríamos visto novamente na manhã seguinte. Não importa... por enquanto apuramos onde está o finis Africae e temos quase todos os elementos para aperfeiçoar o mapa da biblioteca. Deves admitir que muitos dos mistérios do labirinto já estão agora esclarecidos. Todos, diria, menos um. Creio que tirarei mais partido de uma releitura atenta do manuscrito de Venâncio do que de outras inspeções. Viste que descobrimos o mistério do labirinto melhor a partir de fora que de dentro. Esta noite, diante de nossas imagens distorcidas, não resolveremos o problema. Por fim, o lume está enfraquecendo. Vem, coloquemos em ordem as outras indicações que nos servem para definir o mapa.

Percorremos outras salas, sempre registrando nossas descobertas em meu mapa. Encontramos salas dedicadas apenas a escritos de matemática e astronomia, outras com obras em caracteres aramaicos que nenhum de nós dois conhecia, outras em caracteres mais desconhecidos ainda, quiçá textos da Índia. Movíamo-nos por entre duas sequências imbricadas que diziam IUDAEA e AEGYPTUS. Em suma, para não entediar o leitor com a crônica de nossa decifração, quando mais tarde acabamos definitivamente de completar o mapa, convencemo-nos de que a biblioteca era realmente constituída e distribuída segundo a imagem do orbe terráqueo. A setentrião encontramos ANGLIA e GERMANI, que ao longo da parede ocidental se ligavam a GALLIA, para depois gerar, no extremo ocidente, HIBERNIA e, na parede meridional, ROMA (paraíso dos clássicos latinos!) e YSPANIA. Vinham a seguir, a meridião, leones, aegyptus, que para oriente se tornavam IUDAEA e FONS ADAE. Entre oriente e setentrião, ao longo da parede, ACAIA, uma boa sinédoque, como se expressou Guilherme, para indicar a Grécia, e de fato naquelas quatro salas havia uma grande profusão de poetas e filósofos da antiguidade pagã.

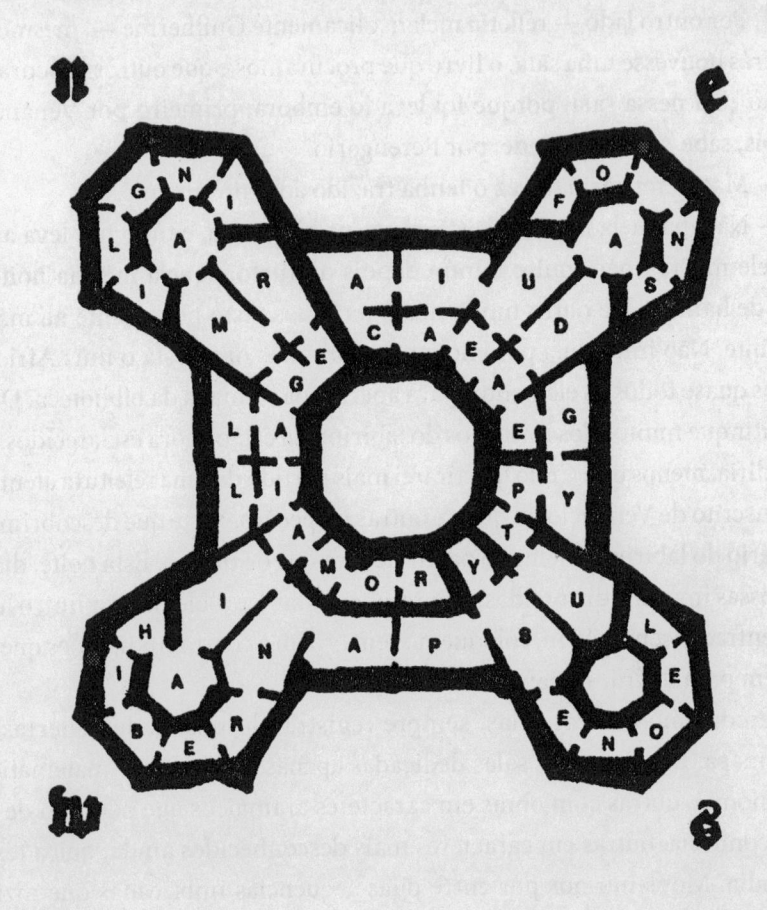

O modo de leitura era esquisito, às vezes se avançava numa única direção, às vezes se andava para trás, às vezes em círculo, com frequência, como disse, uma letra servia para compor duas palavras diferentes (e nesses casos a sala tinha um armário dedicado a um assunto e outro a outro assunto). Mas, evidentemente, não se devia procurar uma regra áurea naquela disposição. Tratava-se de mero artifício mnemônico para possibilitar ao bibliotecário encontrar uma obra. Dizer que um livro se achava na *quarta Acaiae* significava que estava na quarta sala a contar daquela em que aparecia o A inicial, e, quanto ao modo de identificá-la, supunha-se que o bibliotecário soubesse de cor o percurso, reto ou circular, que deveria ser feito. Acaia, por exemplo, estava distribuído em quatro salas dispostas em quadrado, o que significa que o primeiro A era também o último, coisa que, de resto, mesmo nós tínhamos aprendido em pouco tempo. Assim como tínhamos logo aprendido o jogo dos fechamentos. Por exemplo, vindo de oriente, nenhuma das salas de ACAIA levava às salas seguintes: o labirinto naquele ponto terminava e, para se atingir o torreão setentrional, era necessário atravessar as outras três. Mas naturalmente os bibliotecários, entrando por FONS, sabiam bem que para irem, suponhamos, a ANGLIA, deviam atravessar AEGYPTUS, YSPANIA, GALLIA e GERMANI.

Com essas e outras belas descobertas terminou nossa frutífera exploração na biblioteca. Mas, antes de dizer que, satisfeitos, nos preparamos para sair (para nos tornarmos partícipes de outros acontecimentos que dentro em pouco contarei), devo confessar que, justamente enquanto circulávamos pelas chamadas salas LEONES do torreão meridional, meu mestre deteve-se numa sala rica em obras árabes com curiosos desenhos de óptica, e, visto que naquela noite dispúnhamos de dois lumes, em vez de um, eu me desloquei por curiosidade para a sala ao lado, percebendo que a sagacidade e a prudência dos legisladores da biblioteca tinham reunido, numa de suas paredes, livros cuja leitura certamente não podia ser concedida a qualquer um, porque tratavam de modos diferentes de variadas doenças do corpo e do espírito, quase sempre de autoria de sapientes infiéis. E meu olhar caiu sobre um livro não grande, adornado de miniaturas muito diferentes do tema (por sorte!): flores, gavinhas, animais aos pares, algumas ervas medicinais; seu título era *Speculum amoris*, de frei Máximo de Bolonha, e continha citações de muitas outras obras, todas sobre o mal de amor.

Como o leitor entenderá, não era necessário mais nada para despertar minha curiosidade doentia. Aliás, justamente aquele título bastou para reacender minha mente, que desde a manhã tinha sossegado, excitando-a de novo com a imagem da moça.

Uma vez que durante o dia inteiro eu rechaçara os pensamentos matinais, dizendo a mim mesmo que não eram pensamentos de noviço são e equilibrado, e que, por outro lado, os acontecimentos do dia tinham sido suficientemente ricos e intensos para me distrair, meus apetites tinham-se tranquilizado, de modo que já acreditava estar liberto daquilo que nada mais teria sido que uma inquietação passageira. No entanto, bastou ver aquele livro para descobrir que estava mais doente de amor do que acreditava. Aprendi depois que, ao lermos livros de medicina, convencemo-nos de estar sentindo as dores de que eles falam. Foi assim que a leitura daquelas páginas, espiadas com rapidez por medo de que Guilherme entrasse na sala e me perguntasse com o que eu estava me entretendo tão doutamente, convenceu-me de que eu sofria mesmo daquela doença cujos sintomas eram descritos tão esplendidamente que, se por um lado eu me preocupava por achar-me doente, por outro me alegrava ao ver minha situação descrita com tanta vivacidade, convencendo-me de que, se é que estava doente, minha doença era por assim dizer normal, visto que tantos outros tinham sofrido do mesmo modo.

Fiquei bastante comovido com as páginas de Ibn Hazm, que define o amor como doença rebelde cuja cura está em si mesma, de modo que quem está doente não quer curar-se e quem está enfermo não deseja recobrar-se (e Deus sabe se não era verdade!). Dei-me conta do porquê de ter estado tão excitado de manhã com tudo o que via, porque parece que o amor entra pelos olhos, como diz também Basílio de Ancira, e — sintoma inconfundível — quem é tomado por tal mal manifesta excessiva alegria enquanto deseja ao mesmo tempo estar à parte e prefere a solidão (como eu fizera naquela manhã), enquanto outros fenômenos que o acompanham são a inquietação violenta e o atordoamento que tolhe as palavras...

Assustei-me lendo que ao amante sincero, quando privado da visão do objeto amado, só pode sobrevir um estado de consumpção que frequentemente chega a acamá-lo, e que às vezes o mal subjuga o cérebro, perde-se o juízo e delira-se (era evidente que eu não tinha chegado ainda àquele estado, já que trabalhara bastante bem na exploração da biblioteca). Mas li com apreensão que, se o mal piora, pode sobrevir a morte, e perguntei-me se a alegria que a moça me dava quando eu pensava nela valia esse sacrifício supremo do corpo, afora qualquer justa consideração sobre a saúde da alma.

Aprendi outrossim, de uma frase de santa Hildegarda, que aquele humor melancólico que eu experimentara durante o dia, e que atribuía ao doce sentimento de pesar pela ausência da moça, assemelha-se perigosamente ao sentimento de quem se afasta do estado harmônico e perfeito que o homem experimenta no paraíso, e que essa melancolia "nigra et amara" é produzida pelo bafejo da serpente e pela sugestão do diabo. Ideia compartilhada também pelos infiéis de igual sabedoria, porque me caíram sob os olhos as linhas atribuídas a Abu Bakr-Muhammad Ibn Zaka-riyya ar-Razi, que num *Liber continens* identifica a melancolia amorosa com a licantropia, que impele quem é afetado por ela a comportar-se como lobo: de início os amantes aparecem mudados no aspecto exterior, a visão enfraquece, os olhos ficam fundos e sem lágrimas, a língua seca lentamente e sobre ela aparecem pústulas, todo o corpo resseca, e é contínuo o sofrimento pela sede; chegados a esse ponto, os amantes passam o dia deitados de bruços, e no rosto e nas pernas aparecem-lhe sinais semelhantes a mordidas de cão, e eles, por fim, vagam à noite pelos cemitérios.

Finalmente, não tive mais dúvidas sobre a gravidade de meu estado quando li citações do grandíssimo Avicena, em que o amor é definido como um pensamento assíduo de natureza melancólica, que nasce por causa do pensar e repensar as feições, os gestos ou os costumes de uma pessoa de sexo oposto (tal como Avicena representara com fiel vivacidade meu próprio caso!): ele não nasce como doença, mas doença se torna quando, não sendo satisfeito, passa a ser pensamento obsessivo (e por que então me sentia obsedado, eu que — Deus me perdoe — estava bem satisfeito? Ou será que o ocorrido na noite anterior não era satisfação de amor? Mas como então se satisfaz esse mal?), e, como consequência, tem-se um movimento contínuo das pálpebras, respiração irregular, ora se ri e ora se chora, forte pulsação (e de fato meu pulso batia, e a respiração se entrecortava enquanto eu lia aquelas linhas!). Avicena aconselhava um método infalível já proposto por Galeno para descobrir de quem alguém está enamorado: segurar o pulso do doente e pronunciar muitos nomes de pessoas do outro sexo, até se perceber que nome tem o efeito de acelerar o ritmo do pulso; e eu temia que de repente meu mestre entrasse, me tomasse o braço e na pulsação das minhas veias espionasse meu segredo, o que muito me envergonharia...

Infelizmente Avicena sugeria, como remédio, unir os dois amantes em matrimônio, e o mal estaria curado. Só podia mesmo ser um infiel, ainda que atilado, porque não levava em conta a condição de um noviço beneditino, condenado portanto a não sarar nunca; ou melhor, destinado — por escolha sua ou por sensata escolha de seus pais — a nunca ficar doente. Por sorte Avicena, ainda que não tivesse pensado na ordem cluniacense, considerava o caso de amantes fadados a ficarem separados e aconselhava banhos quentes como cura radical (será que Berengário queria curar seu mal de amor pelo desaparecido Adelmo? mas podia-se sofrer de mal de amor por um ser do mesmo sexo ou isso não passava de bestial luxúria? e por acaso não era bestial a luxúria de minha noite passada? claro que não, dizia-me logo, era dulcíssima — e logo depois: enganas-te, Adso, foi ilusão do diabo, era bestialíssima, e, se pecaste ao agires bestialmente, pecas ainda mais agora ao não quereres tomar conhecimento disso!). Mas depois li também que, sempre segundo Avicena, havia outros meios, como, por exemplo, recorrer à assistência de mulheres velhas e experimentadas, que passem o tempo a denegrir a amada — e parece que as mulheres velhas são mais experimentadas que os homens nesse serviço.

Talvez essa fosse a solução, mas mulheres velhas na abadia eu não podia encontrar (nem jovens, na verdade), portanto eu precisaria pedir a algum monge que me falasse mal da moça, mas a quem? Além disso, um monge acaso podia conhecer as mulheres tão bem quanto uma mulher velha e maldizente?

A última solução sugerida pelo sarraceno chegava a ser indecente porque postulava que o amante infeliz se conjungisse com muitas escravas, coisa demasiado inconveniente para um monge. Enfim, dizia-me eu, como um jovem monge pode sarar do mal de amor, não há mesmo solução para ele? Talvez devesse recorrer a Severino e às suas ervas? De fato encontrei um trecho de Arnaldo de Villanova, autor que já ouvira Guilherme citar com muita consideração, segundo quem o mal de amor nasceria da abundância de humores e de pneuma, isto é, quando o organismo humano se encontra com excesso de umidade e calor, dado que o sangue (que produz o sêmen gerador), aumentando em excesso, provoca excesso de sêmen, uma "complexio venerea" e um desejo intenso de união entre homem e mulher. Há uma virtude estimativa situada na parte dorsal do ventrículo médio do encéfalo (o que é isso? — perguntei-me), cujo objetivo é perceber as intentiones não sensíveis que estão nos objetos sensíveis captados pelos sentidos, e, quando o desejo pelo objeto percebido pelos sentidos se torna muito forte, a faculdade estimativa é transtornada e alimenta-se apenas do fantasma da pessoa amada; então se verifica uma inflamação de toda a alma e do corpo, com tristeza alternada a alegria, porque o calor (que, nos momentos de desespero, desce às partes mais profundas do corpo e regela a cútis) nos momentos de alegria sobe à superfície, inflamando o rosto. A cura sugerida por Arnaldo consistia em tentar perder a confiança e a esperança de atingir o objeto amado, de modo que o pensamento se afastasse dele.

Mas então estou curado ou em vias de curar-me, pensei, porque tenho pouca ou nenhuma esperança de rever o objeto de meus pensamentos e, se o visse, de aproximar-me e, se me aproximasse, de possuí-lo de novo e, se o possuísse de novo, de mantê-lo junto a mim, tanto por causa de meu estado monacal, como pelos deveres que me são impostos pela posição de minha família... Estou salvo, disse a mim mesmo, fechei o opúsculo e me recompus, justamente quando Guilherme entrava na sala. Retomei com ele a viagem através do labirinto, agora revelado (como contei), e por um momento esqueci minha obsessão.

Como se verá, eu a reencontraria dentro em breve, mas em circunstâncias (infelizmente) bem diferentes.

Quarto dia

MADRUGADA

Em que Salvatore se deixa miseramente descobrir por Bernardo Gui, a moça amada por Adso acaba presa como bruxa, e todos vão para a cama mais infelizes e preocupados que antes.

Estávamos descendo para o refeitório quando ouvimos clamores, e luzes fracas luziram dos lados da cozinha. Guilherme apagou bruscamente o lume. Seguindo as paredes, aproximamo-nos da porta que dava para a cozinha e ouvimos que o som vinha de fora, mas a porta estava aberta. Depois as vozes e as luzes se afastaram, e alguém fechou a porta com violência. Era um tumulto grande, prelúdio de algo desagradável. Passamos velozmente de volta pelo ossário, reaparecemos na igreja deserta, saímos pelo portal meridional e percebemos o tremeluzir de tochas no claustro.

Aproximamo-nos e, na confusão, parecia que tínhamos acorrido junto com os muitos que já estavam no lugar, saídos do dormitório ou da casa dos peregrinos. Vimos os arqueiros segurando Salvatore com força, branco como o branco de seus olhos, e uma mulher chorando. Senti um aperto no coração: era ela, a moça de meus pensamentos. Quando me viu reconheceu-me e lançou-me um olhar súplice e desesperado. Tive o impulso de atirar-me para libertá-la, mas Guilherme puxou-me, sussurrando alguns impropérios nada afetuosos. Os monges e os hóspedes agora acorriam de todos os lados.

Chegou o abade, chegou Bernardo Gui, a quem o capitão dos arqueiros fez um breve relato. Eis o que acontecera.

Por ordem do inquisidor, eles patrulhavam, à noite, a esplanada toda, com especial atenção para o caminho que ia do portal de entrada à igreja, a zona das hortas e a fachada do Edifício (por quê? — perguntei-me e compreendi: evidentemente porque Bernardo ouvira dos fâmulos ou dos cozinheiros rumores sobre movimentações noturnas, sem que se soubesse, talvez, quem eram os responsáveis, movimentações que ocorriam entre o exterior das muralhas e as cozinhas; ou quem sabe se o estulto Salvatore, assim como me contara seus propósitos, não os tinha já contado na cozinha ou nos estábulos a algum infame que, amedrontado pelo interrogatório da tarde, tinha soprado no ouvido de Bernardo aquela murmuração). Rondando discretos, no escuro em meio à névoa, os arqueiros tinham finalmente surpreendido Salvatore em companhia da mulher, em suas maquinações diante da porta da cozinha.

— Uma mulher neste lugar santo! E com um monge! — disse Bernardo com severidade, dirigindo-se ao abade. — Magnificentíssimo senhor — prosseguiu —, se se tratasse apenas da violação do voto de castidade, a punição deste homem seria coisa de vossa alçada. Mas, como ainda não sabemos se as tramoias desses dois miseráveis têm algo a ver com a segurança de todos os hóspedes, precisamos primeiro lançar luz sobre esse mistério. Vamos, estou falando contigo, miserável — e arrancava do peito de Salvatore o visível embrulho que o outro acreditava estar escondendo — o que tens aí dentro?

Eu já sabia: uma faca, um gato preto — que, aberto o embrulho, fugiu miando enfurecido — e dois ovos, já agora quebrados e viscosos, que para todos pareceram sangue ou bile amarela ou outra substância imunda. Salvatore estava prestes a entrar na cozinha, matar o gato e arrancar-lhe os olhos, e sabe-se lá com que promessas tinha induzido a moça a segui-lo. Com que promessas, eu logo fiquei sabendo. Os arqueiros revistaram a moça, em meio a risadas maliciosas e meias palavras lascivas, e encontraram com ela um frango morto, ainda por ser depenado. Quis o azar que, durante a noite, quando todos os gatos são pardos, o galo parecesse também preto como o gato. Eu pensei, ao contrário, que não era necessário muito para atrair aquela pobre esfomeada que já na noite anterior tinha abandonado (por amor a mim!) seu precioso coração de boi...

— Ah, ah! — exclamou Bernardo em tom de grande preocupação —, gato e galo preto... Mas eu conheço essa parafernália...

E, notando Guilherme entre os presentes:

— Vós também não a conheceis, frei Guilherme? Não fostes inquisidor em Kilkenny, há três anos, onde aquela moça mantinha conúbio com um demônio que lhe aparecia na forma de gato preto?

Pareceu-me que meu mestre se calava por covardia. Puxei-o pela manga, sacudi-o, sussurrei-lhe desesperado:

— Mas dizei-lhe que era para comer...

Ele se libertou de meu puxão e dirigiu-se educadamente a Bernardo:

— Creio que não necessitais de minhas antigas experiências para chegar às vossas conclusões — disse.

— Oh, não, há testemunhos bem mais autorizados — sorriu Bernardo. — Estêvão de Bourbon conta em seu tratado sobre os sete dons do espírito santo que são Domingos, após ter pregado em Fanjeaux contra os hereges, anunciou a algumas mulheres que elas veriam aquele a quem tinham servido até então. E de repente saltou do meio delas um gato assustador do tamanho de um grande cão, com olhos grandes e afogueados, língua sanguinolenta a lhe chegar até o umbigo, rabo curto e em pé, de modo que, para onde quer que se virasse, o animal mostrava a indecência de seu traseiro, fétido a mais não poder, conforme convém àquele ânus, que muitos devotos de Satanás, inclusive os cavaleiros templários, sempre tiveram o costume de beijar durante suas reuniões. E, após ter rodeado as mulheres por uma hora, o gato pulou na corda do sino e lá trepou, deixando para trás seus restos fedorentos. E acaso não é o gato o animal amado pelos cátaros, que, segundo Alanus ab Insulis assim são chamados justamente por derivar de *catus*, porque beijam o traseiro dessa besta considerando-o encarnação de Lúcifer? E essa prática repugnante não é também confirmada por Guilherme de Alvérnia em seu *De legibus*? E acaso Alberto Magno não diz que os gatos são demônios em potencial? E meu venerável confrade Jacques Fournier porventura não relata que no leito de morte do inquisidor Gaufrido de Carcassona apareceram dois gatos pretos, que outra coisa não eram senão demônios que queriam escarnecer dos despojos?

Um murmúrio de horror percorreu o grupo de monges, muitos dos quais fizeram o sinal da santa cruz.

— Senhor abade, senhor abade — dizia entrementes Bernardo, com ar virtuoso —, talvez Vossa Magnificência não saiba o que os pecadores costumam fazer com esses instrumentos! Mas eu sei muito bem, Deus me livre! Vi mulheres celeradas, nas horas mais escuras da noite, juntamente com outras da mesma laia, usando gatos pretos para obterem prodígios que nunca puderam negar, como cavalgar certos animais e percorrer com o favor noturno espaços imensos, arrastando seus escravos transformados em íncubos cheios de desejos... E o próprio diabo se mostra a elas, ou pelo menos elas o creem convictamente, em forma de galo ou de outro animal pretíssimo, e com ele até se deitam, não me pergunteis como. E sei seguramente que com necromancias do gênero, não faz muito tempo, em Avinhão mesmo, prepararam-se filtros e unguentos para atentar contra a vida do próprio papa, envenenando-lhe os alimentos. O papa pôde defender-se e identificar o tóxico apenas porque estava munido de prodigiosas joias em forma de língua de serpente, reforçadas por admiráveis esmeraldas e rubis que, por virtude divina, serviam para revelar a presença de veneno nos alimentos! Onze dessas línguas preciosíssimas lhe foram presenteadas pelo rei de França, graças ao céu, e só assim nosso senhor papa pôde escapar à morte! É verdade que os inimigos do pontífice fizeram muito mais, e todos sabem o que se descobriu do herege Bernard Délicieux, detido dez anos atrás: foram encontrados em sua casa livros de magia negra anotados justamente nas páginas mais celeradas, com todas as instruções para construir figuras de cera e com elas prejudicar os inimigos. E, acreditai, em sua casa foram também encontradas figuras que reproduziam, com arte certamente admirável, a imagem do próprio papa, com círculos vermelhos nas partes vitais do corpo: e todos sabem que tais figuras, suspensas por uma corda, são postas diante de um espelho e depois são espetados os círculos vitais com alfinetes e... Oh, mas por que me demoro com essas misérias repugnantes? O próprio papa falou delas e as descreveu, condenando-as, justamente no ano passado, em sua constituição *Super illius specula*! E quero crer que tenhais uma cópia nessa vossa rica biblioteca, para meditardes como se deve...

— Temos, temos — confirmou fervorosamente o abade, preocupadíssimo.

— Está bem — concluiu Bernardo. — Agora o fato já me parece claro. Um monge seduzido, uma bruxa e algum ritual que por sorte não aconteceu. Com que finalidade? É o que saberemos e pretendo perder algumas horas de sono para sabê-lo. Vossa Magnificência queira pôr à minha disposição um lugar onde este homem possa ser guardado...

— Temos celas no subsolo da oficina dos ferreiros — disse o abade —, que por sorte são muito pouco usadas e estão vazias há anos...

— Por sorte ou por falta de sorte — observou Bernardo. E ordenou aos arqueiros que se informassem sobre o caminho e conduzissem para duas celas diferentes os dois capturados; e que amarrassem bem o homem nalguma argola fixa ao muro, para que ele pudesse, dentro em breve, descer para interrogá-lo e olhá-lo bem no rosto. Quanto à moça, acrescentou, estava claro quem era, e não valia a pena interrogá-la naquela noite. Outras provações a esperavam, antes que fosse queimada como bruxa. E, se era bruxa, não falaria facilmente. Mas o monge talvez ainda pudesse arrepender-se (e fitava o trêmulo Salvatore, como para fazê-lo entender que lhe oferecia ainda uma possibilidade), contando a verdade e denunciando seus cúmplices.

Os dois foram arrastados dali, um silencioso e aniquilado, quase febricitante, a outra chorando, esperneando e gritando como um animal no matadouro. Mas nem Bernardo, nem os arqueiros, nem mesmo eu, entendíamos o que ela dizia em sua língua de camponesa. Embora falasse, era como se fosse muda. Há palavras que dão poder, outras que deixam mais desamparado, e dessa espécie são as palavras vulgares dos simples, a quem o Senhor não concedeu o dom de saber exprimir-se na língua universal da sapiência e do poder.

Mais uma vez fui tentado a segui-la, mais uma vez Guilherme, com expressão extremamente sombria, deteve-me.

— Fica quieto, bobo — disse —, a moça está perdida, é carne queimada.

Enquanto observava estarrecido a cena, num turbilhão de pensamentos contraditórios, fitando a moça, senti que me tocavam no ombro. Não sei por quê, mas antes mesmo de me voltar, reconheci Ubertino pelo toque.

— Estás olhando a bruxa, não é? — perguntou-me.

Eu sabia que ele não podia saber de minha aventura, portanto falava daquele modo só porque percebera, com sua terrível acuidade para as paixões humanas, a intensidade de meu olhar.

— Não... — defendi-me — não estou olhando para ela... isto é, talvez esteja, mas não é bruxa... não o sabemos, talvez seja inocente...

— Tu a olhas porque é bonita. É bonita, não é? — perguntou-me com extraordinário calor, apertando-me o braço. — Se olhas para ela porque é bonita e ficas perturbado (mas sei que estás perturbado, porque o pecado de que ela é suspeita a torna ainda mais fascinante para ti), se olhas para ela e sentes desejos, por isso mesmo ela é uma bruxa. Toma cuidado, meu filho... A beleza do corpo limita-se à pele. Se os homens vissem o que está sob a pele, assim como ocorre com o lince da Beócia, sentiriam calafrios ante a visão de uma mulher. Toda aquela graça consiste em mucosidades e sangue, humores e bile. Se pensarmos naquilo que se oculta nas narinas, na garganta e no ventre, só acharemos imundície. E se te repugna tocar o muco ou o excremento com as pontas dos dedos, como poderíamos desejar abraçar o saco que contém o excremento?

Tive ânsia de vômito. Não queria mais escutar aquelas palavras. Meu mestre, que ouvira, veio em meu socorro. Aproximou-se bruscamente de Ubertino, segurou-lhe o braço e o separou do meu.

— Chega já, Ubertino — disse. — Aquela moça logo estará sob tortura e depois na fogueira. Ficará exatamente como dizes, muco, sangue, humores e bile. Mas serão os nossos semelhantes que arrancarão de sob sua pele aquilo que o Senhor quis que fosse protegido e adornado por aquela pele. E do ponto de vista da matéria-prima, não és melhor que ela. Deixa o rapaz sossegado.

Ubertino perturbou-se:

— Talvez eu tenha pecado — murmurou. — Sem dúvida pequei. Que mais pode fazer um pecador?

Todos já estavam regressando, comentando o acontecido. Guilherme conversou um pouco com Miguel e com os outros menoritas, que lhe pediam suas impressões.

— Bernardo agora tem em mãos um argumento, ainda que equivocado. Pela abadia circulam necromantes que fazem as mesmas coisas que foram feitas contra o papa em Avinhão. Certamente não constitui uma prova e em primeira instância não pode ser usado para perturbar o encontro de amanhã. Esta noite tentará arrancar daquele infeliz alguma outra indicação de que, estou certo disso, não fará uso logo amanhã cedo. Vai deixá-la de reserva, e ela lhe servirá mais tarde, para perturbar o andamento das discussões, caso estas tomem um rumo que lhe desagrade.

— Poderia fazê-lo dizer algo para usar contra nós? — perguntou Miguel de Cesena.

Guilherme ficou em dúvida:

— Esperemos que não — disse.

Dei-me conta de que, se Salvatore dissesse a Bernardo o que nos dissera sobre seu passado e o do despenseiro e se mencionasse algo sobre a relação de ambos com Ubertino, por fugaz que fosse, estaria criada uma situação bastante embaraçosa.

— Em todo caso, aguardemos os acontecimentos — disse Guilherme com serenidade. — Por outro lado, Miguel, tudo já foi decidido de antemão. Mas tu queres experimentar.

— Quero — disse Miguel —, e o Senhor me ajudará. Que são Francisco interceda por todos nós.

— Amém — responderam todos.

— Mas não é tão certo assim — foi o irreverente comentário de Guilherme. — Se o papa estiver com a razão, são Francisco poderá estar em algum lugar à espera do Juízo, sem ver o Senhor face a face.

— Maldito seja o herege João! — ouvi *messer* Jerônimo de Caffa resmungar. — Se agora nos tira até a assistência dos santos, onde iremos acabar nós, pobres pecadores?

QUINTO DIA

Quinto dia

PRIMA

Em que se dá uma fraterna discussão sobre a pobreza de Jesus.

Com o coração agitado por mil angústias, após a ceia da noite, levantei-me na manhã do quinto dia quando já soava a prima e Guilherme sacudia-me rudemente para avisar que dentro em pouco as duas legações se reuniriam. Olhei para fora e não enxerguei nada. A névoa do dia anterior tornara-se uma mortalha leitosa que dominava soberana a esplanada.

Mal acabara de sair, vi a abadia como não a vira ainda até então; somente algumas construções maiores, a igreja, o Edifício, a sala capitular destacavam-se mesmo de longe, ainda que imprecisas, sombras entre sombras, mas o restante do casario só se tornava visível a poucos passos de distância. Parecia que os contornos das coisas e dos animais surgiam de repente do nada; as pessoas pareciam primeiramente emergir da bruma cinzentas como fantasmas e depois a custo eram reconhecíveis.

Nascido nos países nórdicos, não era novo para mim aquele fenômeno, que em outros momentos me teria recordado com alguma ternura a planície e o castelo de meu nascimento. Mas naquela manhã as condições do tempo pareceram-me dolorosamente afins às condições de minha alma, e a impressão de tristeza com que tinha acordado cresceu à medida que eu me aproximava da sala capitular.

A poucos passos da construção, avistei Bernardo Gui a despedir-se de outra pessoa que logo de início não reconheci. Quando depois passou a meu lado, vi que era Malaquias. Olhava à sua volta como quem não quer ser apanhado em flagrante delito.

Não me reconheceu e afastou-se. Eu, movido pela curiosidade, segui Bernardo e vi que ele estava dando uma olhada em alguns papéis, que talvez Malaquias tivesse lhe entregado. Na soleira do capítulo chamou com um gesto o chefe dos arqueiros, que estava nas proximidades, e sussurrou-lhe algumas palavras. Depois entrou. Fui atrás dele.

Pela primeira vez eu punha os pés naquele lugar que, por fora, era de dimensões modestas e aspecto sóbrio; percebi que fora reconstruído em tempos recentes sobre os restos de uma primitiva igreja abacial, talvez destruída em parte por um incêndio.

Entrando de fora, passava-se por baixo de um portal à moda nova, com arco ogival, sem ornamentos e encimado por uma rosácea. Mas dentro, encontrávamo-nos num átrio, refeito sobre os vestígios de um antigo nártex. À frente postava-se outro portal, com arco à moda antiga, tímpano em meia-lua admiravelmente esculpido. Devia ser o portal da igreja desaparecida.

As esculturas eram igualmente belas, porém menos inquietantes que as da igreja atual. Também aqui o tímpano era dominado por um Cristo no trono; mas a seu lado, em várias poses e com vários objetos nas mãos, estavam os doze apóstolos que dele tinham recebido ordem de andar pelo mundo a evangelizar as gentes. Sobre a cabeça do Cristo, num arco dividido em doze painéis, e sob os pés do Cristo, numa procissão ininterrupta de figuras, estavam representados os povos do mundo, destinados a receber a boa-nova. Pelos trajes, reconheci hebreus, capadócios, árabes, indianos, frígios, bizantinos, armênios, citas, romanos. Mas, misturados a eles, em trinta medalhões dispostos em arco sobre o arco dos doze painéis, estavam os habitantes dos mundos desconhecidos, dos quais apenas nos falam o *Fisiólogo* e os discursos incertos dos viajantes. Muitos deles eram desconhecidos para mim, outros eu reconheci: por exemplo, os brutos com seis dedos em cada mão; os faunos que nascem dos vermes que se formam entre a casca e a polpa das árvores; as sereias de cauda escamosa que seduzem os marinheiros; os etíopes de corpo todo negro, que se protegem do calor do sol escavando cavernas subterrâneas; os onocentauros, homens até o umbigo e asnos no resto; os ciclopes com um olho só do tamanho de um escudo; Cila com cabeça e peito de moça, ventre de loba e cauda de golfinho; os homens peludos da Índia que vivem nos pântanos e às margens do rio Epigmáris; cinocéfalos, que não conseguem dizer uma palavra sem se interromper e latir; os ciápodes, que correm velozmente sobre uma única perna e, quando querem abrigar-se do sol, deitam-se e levantam o imenso pé como um guarda-sol; os astômatos da Grécia que não têm boca, respiram pelo nariz e vivem somente de ar; as mulheres barbadas da Armênia; os pigmeus; os epistiges, também chamados blêmias, que nascem sem cabeça, têm boca na barriga e olhos nos ombros; as mulheres monstruosas do Mar Vermelho, de doze pés de altura, com cabelos compridos até o calcanhar, rabo de boi no fim da espinha e cascos de camelo; aqueles que têm as plantas dos pés viradas para trás, de modo que quem segue suas pegadas chega sempre ao lugar de onde eles vêm e nunca aonde vão; homens com três cabeças; homens com olhos cintilantes como lâmpadas; e os monstros da ilha de Circe, corpos humanos e cervizes dos mais variados animais...

Estes e outros prodígios estavam esculpidos naquele portal. Mas nenhum deles provocava inquietação, porque não significavam os males da terra ou os tormentos do inferno, porém eram testemunhos do fato de que a boa-nova atingira toda a terra conhecida e estava se estendendo à desconhecida, motivo pelo qual o portal era jubilosa promessa de esplêndida ecumenicidade.

Bom auspício, pensei, para o encontro que se desenvolverá para além deste umbral, em que homens transformados em inimigos por interpretações opostas do evangelho quiçá hoje se reencontrem para conciliar suas divergências. E disse a mim mesmo que eu era um frágil pecador a condoer-me de meus casos pessoais, enquanto estavam por realizar-se eventos de tanta importância para a história da cristandade. Comparei a pequenez de minhas penas à grandiosa promessa de paz selada na pedra do tímpano. Pedi perdão a Deus por minha fragilidade e atravessei mais sereno o umbral.

Assim que entrei, vi o ambiente tomado pelos membros de ambas as legações, que se defrontavam numa série de bancos dispostos em semicírculos; as duas frentes eram separadas por uma mesa, nas quais se sentavam o abade e o cardeal Bertrando.

Guilherme, que eu acompanhara para tomar apontamentos, colocou-me do lado dos menoritas, onde estavam Miguel com os seus e outros franciscanos da corte de Avinhão: porque o encontro não podia parecer um duelo entre italianos e franceses, mas sim uma disputa entre defensores da regra franciscana e seus críticos, todos unidos por uma sã e católica fidelidade à corte pontifícia.

Estavam com Miguel de Cesena frei Arnaldo de Aquitânia, frei Hugo de Novocastro e frei Guilherme Alnwick, que tinham participado do capítulo de Perúgia, e depois o bispo de Caffa e Berengário Talloni, Bonagratia de Bérgamo e outros menoritas da corte avinhonesa. Do outro lado estavam sentados Lourenço Decoalcone, bacharel de Avinhão, o bispo de Pádua e João de Anneaux, doutor em teologia em Paris. Junto de Bernardo Gui, silencioso e absorto, estava o dominicano João de Baune, que na Itália era chamado Giovanni Dalbena.

A sessão foi aberta por Abão que achou oportuno resumir os fatos mais recentes. Recordou que no ano do Senhor de 1322 o capítulo geral dos frades menores, reunidos em Perúgia sob a direção de Miguel de Cesena, estabelecera com madura e diligente deliberação que Cristo, para dar exemplo de vida perfeita, e os apóstolos, para se adequarem ao seu ensinamento, nunca tinham possuído coisa alguma em comum, tanto por razões de propriedade quanto de senhoria, e que essa verdade era matéria de fé sã e católica. Que a essa verdade ativera-se o concílio de Vienne em 1312, e que o próprio papa João, em 1317, na constituição sobre o estado dos frades menores que começa por *Quorundam exigit*, tinha considerado que as deliberações daquele concílio tinham sido santamente compostas, lúcidas, sólidas e maduras. Porém, no ano seguinte o papa promulgava a decretal *Ad conditorem canonum*, contra a qual se erguia frei Bonagratia de Bérgamo, considerando-a contrária aos interesses de sua ordem. O papa então despregara a decretal das portas da igreja principal de Avinhão, onde tinha sido afixada, e a emendara em vários pontos. Mas na realidade a tornara ainda mais áspera, e prova disso era que, como consequência imediata, frei Bonagratia ficara preso por um ano. E não cabiam dúvidas sobre a severidade do pontífice, porque no mesmo ano ele promulgava a já conhecidíssima *Cum inter nonnullos*, em que eram condenadas definitivamente as teses do capítulo de Perúgia.

Nessa altura, interrompendo gentilmente Abão, quem falou foi o cardeal Bertrando, dizendo ser preciso lembrar que, para complicar as coisas e irritar o pontífice, em 1324 Ludovico, o Bávaro, interviera com a declaração de

Sachsenhausen, na qual eram assumidas, sem nenhuma boa razão, as teses de Perúgia (e não se compreendia — notou Bertrando com um sorriso finório — por que afinal o imperador aclamava tão entusiasticamente uma pobreza que ele não praticava em absoluto), pondo-se contra o senhor o papa, chamando-o de inimicus pacis e dizendo que a intenção dele era suscitar escândalos e discórdias e tratando-o finalmente de herege, aliás, de heresiarca.

— Não exatamente — tentou mediar Abão.

— Em substância sim — disse Bertrando, seco. E acrescentou que fora justamente para rebater a inoportuna intervenção do imperador que o senhor papa tinha sido obrigado a emitir a decretal *Quia quorundam*, e que por fim convidara severamente Miguel de Cesena a comparecer à sua presença. Miguel enviara cartas de escusas, dizendo-se doente, coisa de que ninguém duvidara, mandando em seu lugar frei João Fidanza e frei Umile Custodio de Perúgia. Mas ocorria que, disse o cardeal, os guelfos de Perúgia tinham informado ao papa que frei Miguel, que não estava doente em absoluto, vinha mantendo contatos com Ludovico da Baviera. Em todo caso, o que passou passou, e agora frei Miguel parecia estar com aspecto bom e sereno, sendo portanto esperado em Avinhão. De resto, era melhor, admitia o cardeal, ponderar primeiro, como se estava fazendo agora, na presença de homens prudentes de ambas as partes, o que Miguel diria depois ao papa, visto que o objetivo de todos era sempre o de não exacerbar as coisas e compor fraternalmente uma disputa que não tinha razão de ser entre um pai amoroso e seus filhos devotos, disputa que até então se inflamara somente em decorrência das intervenções de seculares, imperadores e prepostos que fossem, que nada tinham a ver com as questões da Santa Madre Igreja.

Abão interveio então e disse que, apesar de ser homem da Igreja e abade de uma ordem a quem a Igreja tanto devia (um murmúrio de respeito e deferência percorreu ambos os lados do semicírculo), achava que o imperador não deveria ficar alheio a tais questões, pelas muitas razões que frei Guilherme de Baskerville exporia a seguir. Mas, dizia ainda Abão, era justo que a primeira parte do debate se desenvolvesse entre os enviados pontifícios e os representantes daqueles filhos de são Francisco que, pelo próprio fato de terem intervindo nesse encontro, demonstravam ser filhos devotíssimos do pontífice. E por isso convidava frei Miguel ou um substituto para dizer o que ele pretendia sustentar em Avinhão.

Miguel disse que, para sua grande alegria e comoção, achava-se entre eles naquela manhã Ubertino de Casale, a quem o próprio pontífice, em 1322, pedira um relatório fundamentado sobre a questão da pobreza. E o próprio Ubertino poderia resumir, com a lucidez, a erudição e a fé apaixonada que todos reconheciam, os pontos capitais das ideias agora indefectivelmente assumidas pela ordem franciscana.

Ubertino levantou-se e, mal começou a falar, compreendi por que suscitara tanto entusiasmo, quer como pregador, quer como homem da corte. Apaixonado no gesto, persuasivo na voz, fascinante no sorriso, claro e consequente no raciocínio, ele prendeu a atenção dos ouvintes durante todo o tempo em que teve a palavra. Iniciou uma reflexão muito douta sobre as razões que fundamentavam as teses de Perúgia. Disse que, antes de mais nada, cumpria reconhecer que Cristo e seus apóstolos tiveram duplo estado, porque foram prelados da Igreja do novo testamento e desse modo possuíram para dar aos pobres e aos ministros da Igreja, como está escrito no quarto capítulo dos Atos dos apóstolos, mas, em segundo lugar, Cristo e os apóstolos devem ser considerados pessoas singulares, perfeitos desprezadores do mundo. E a tal respeito são propostos dois modos de ter. Um deles é civil e mundano e, segundo este, uma coisa é defender civil e mundanamente as posses contra aqueles que as querem tirar, apelando ao juiz imperial: mas dizer que Cristo e os apóstolos tiveram coisas desse modo é afirmação herética, porque, como diz Mateus, àquele que quer contender contigo em juízo e tirar-te a túnica, deixa também o manto, e Lucas outra coisa não diz, pois, segundo suas palavras, Cristo se abstém de qualquer domínio e senhoria, impondo o mesmo a seus apóstolos; veja-se ademais Mateus, em que Pedro diz ao Senhor que, para segui-lo, abandonaram tudo; mas de outro modo é possível ter coisas temporais, em razão da caridade fraterna comum, e foi desse modo que Cristo e os seus tiveram bens por razão natural, para sustento da natureza. E assim tiveram vestimentas, pães e peixes, e, como diz Paulo na primeira epístola a Timóteo, temos alimentos e com que nos cobrir, e estamos contentes. Por isso Cristo e os seus tiveram essas coisas não em termos de posse, mas de uso, permanecendo salvaguardada sua absoluta pobreza. Coisa que já fora reconhecida pelo papa Nicolau II na decretal *Exiit qui seminat*.

Porém João de Anneaux levantou-se do lado oposto e disse que as posições de Ubertino pareciam-lhe contrárias à justa razão e à justa interpretação das escrituras. Isto porque, quanto aos bens perecíveis com o uso, como o pão e os peixes, não se pode falar em simples direito de uso, nem se pode ter uso de fato, mas apenas abuso; tudo aquilo que os crentes tinham em comum na Igreja primitiva, como se deduz dos Atos segundo e terceiro, tinham-no segundo o mesmo tipo de domínio que detinham antes da conversão; os apóstolos, após a descida do Espírito Santo, possuíram propriedades na Judeia; o voto de viver sem propriedade não se estende àquilo de que o homem tem absoluta necessidade para viver, e, quando Pedro disse que tinha abandonado tudo, não pretendia dizer que tinha renunciado à propriedade; Adão teve domínio e propriedade das coisas; o servo que toma dinheiro de seu senhor certamente não está fazendo uso nem abuso; as palavras da *Exiit qui seminat* a que os menoritas sempre se remetem e que estabelece que os frades menores têm somente o uso daquilo de que se servem, sem ter dele o domínio e a propriedade, devem referir-se apenas aos bens que não se exaurem com o uso, e, de fato a *Exiit*, se compreendesse os bens exauríveis, sustentaria uma coisa impossível; o uso de fato não pode distinguir-se do domínio jurídico; todo direito humano, na base do qual se possuem bens materiais, está contido nas leis dos reis; Cristo como homem mortal, desde o instante de sua concepção, foi proprietário de todos os bens terrenos e, como Deus, teve do pai o domínio universal de tudo; foi proprietário de roupas, alimentos, dinheiro para contribuições e ofertas dos fiéis e, se foi pobre, não o foi porque não teve propriedade, mas porque não recebia os frutos dela, pois o simples domínio jurídico, separado da arrecadação das vantagens, não torna rico quem o detém; e, por fim, mesmo que a *Exiit* tivesse dito coisas diferentes, o pontífice romano pode revogar as determinações de seus predecessores.

Foi naquele momento que frei Jerônimo, bispo de Caffa, se levantou veementemente, com a barba a tremer-lhe de raiva, ainda que suas palavras tentassem parecer conciliadoras. E iniciou uma argumentação que pareceu um tanto confusa.

— O que vou querer dizer ao santo padre, e por mim mesmo vou dizer, submeto desde já à correção dele, porque acredito mesmo que João é vigário de Cristo e por essa confissão fui preso pelos sarracenos. E vou começar citando um fato relatado por um grande doutor, sobre a disputa que surgiu um dia entre monges, a respeito de quem seria o pai de Melquisedeque. Então o abade Copes, interrogado sobre isso, bateu na cabeça e disse: ai de ti, Copes, porque procuras somente aquelas coisas que Deus não te ordena procurar e és negligente naquelas que ele te ordena. Pois bem, como se deduz limpidamente pelo meu exemplo, é tão claro que Cristo e a santa Virgem e os apóstolos não tiveram nada nem em particular nem em comum, que menos claro seria reconhecer que Jesus foi homem e Deus ao mesmo tempo, e no entanto me parece claro que quem negasse a primeira evidência deveria depois negar a segunda.

Disse triunfalmente, e vi Guilherme levantar os olhos para o céu. Desconfio que considerava o silogismo de Jerônimo um tanto defeituoso, e não posso contradizê-lo, porém mais defeituosa ainda pareceu-me a irritadíssima argumentação oposta por João de Baune; segundo ele, quem afirma algo sobre a pobreza de Cristo afirma aquilo que se vê (ou não se vê) com os olhos, enquanto para definir sua humanidade e sua divindade intervém a fé, motivo pelo qual as duas proposições não podem ser postas no mesmo nível.

Na resposta, Jerônimo foi mais arguto que o adversário:

— Oh, não, caro irmão — disse —, parece-me verdadeiro justamente o contrário, pois todos os evangelhos declaram que Cristo era homem e comia e bebia e, por meio de seus evidentíssimos milagres, era Deus também, e tudo isso salta justamente aos olhos!

— Até magos e adivinhos fizeram milagres — disse João de Baune com pedantismo.

— Sim — rebateu Jerônimo —, mas por obra de arte mágica. E tu queres igualar os milagres de Cristo à arte mágica?

O interpelado murmurou indignado que não queria dizer isso.

— E, por fim — continuou Jerônimo, que já se sentia próximo da vitória —, o senhor cardeal de Pouget pretenderia considerar herética a crença na pobreza de Cristo, se por tal proposição se rege a regra de uma ordem como a franciscana, e não há reino aonde seus filhos não tenham ido pregar e espargir seu sangue, do Marrocos até a Índia?

— Alma santa de Pedro Hispano — murmurou Guilherme, — protege-nos tu.

— Irmão diletíssimo — vociferou então João de Baune, dando um passo à frente —, podes falar do sangue de teus frades, mas não te esqueças de que esse tributo foi pago também pelos religiosos de outras ordens...

— Com todo respeito ao senhor cardeal — gritou Jerônimo —, nenhum dominicano jamais morreu entre os infiéis, enquanto só no meu tempo nove menores foram martirizados.

Com o rosto rubro, ergueu-se então o dominicano bispo de Alborea:

— Pois eu posso demonstrar que, antes de os menores irem à Tartária, o papa Inocêncio para lá mandou três dominicanos!

— Ah, é? — zombou Jerônimo. — No entanto, sei eu que há oitenta anos os menores estão na Tartária e têm quarenta igrejas por toda a região, enquanto os dominicanos têm apenas cinco postos na costa e ao todo serão uns quinze frades! E isso resolve a questão!

— Não resolve questão nenhuma — gritou Alborea —, porque esses menoritas, que parem laicos santarrões como as cadelas parem filhotes, atribuem tudo a si, gabam-se de ter mártires e depois têm belas igrejas, paramentos suntuosos e compram e vendem como todos os demais religiosos!

— Não, meu senhor, não — interveio Jerônimo —, eles não compram nem vendem pessoalmente, mas através dos procuradores da sé apostólica, e os procuradores detêm a posse, enquanto os menores têm apenas o uso!

— Verdade? — escarneceu Alborea, — E quantas vezes então tu vendeste sem procuradores? Conheço a história de algumas propriedades que...

— Se o fiz, errei — interrompeu precipitadamente Jerônimo —, não atribuas à ordem o que pode ter sido uma fraqueza minha!

— Mas veneráveis irmãos — interveio então Abão —, nosso problema não é se os menoritas são pobres, mas se era pobre Nosso Senhor...

— Pois bem — fez-se ainda ouvir nesse instante Jerônimo —, sobre essa questão tenho um argumento que corta como espada...

— São Francisco, protege os teus filhos... — disse desanimadamente Guilherme.

— O argumento é — continuou Jerônimo — que os orientais e os gregos, bem mais próximo que nós da doutrina dos santos padres, têm por certa a pobreza de Cristo. E, se aqueles hereges e cismáticos sustentam tão limpidamente uma verdade tão límpida, haveríamos nós de ser mais hereges e cismáticos que eles e negá-la? Esses orientais, se ouvissem algum de nós pregar contra essa verdade, os apedrejariam!

— Mas o que estás dizendo? — motejou Alborea. — Por que então não apedrejam os dominicanos que pregam justamente contra isso?

— Os dominicanos? Mas nunca os vi lá!

Alborea, com o rosto violáceo, observou que o tal frei Jerônimo ficara na Grécia quando muito quinze anos, enquanto ele lá estivera desde a meninice. Jerônimo replicou que o outro, o dominicano Alborea, talvez tivesse estado também na Grécia, mas levando vida folgada em belos palácios episcopais, enquanto ele, franciscano, não permanecera ali quinze anos, e sim vinte e dois anos, e pregara diante do imperador em Constantinopla. Então Alborea, sem mais argumentos, tentou transpor o espaço que o separava dos menoritas, manifestando em voz alta e com palavras que não ouso repetir sua firme intenção de arrancar a barba do bispo de Caffa, cuja virilidade ele punha em dúvida, querendo puni-lo, segundo a lógica de talião, usando aquela barba como flagelo.

Os demais menoritas correram para formar uma barreira de defesa ao confrade, os avinhoneses acharam útil dar mão forte ao dominicano e seguiu-se (Senhor, tem piedade dos melhores dentre os teus filhos!) uma briga que o abade e o cardeal tentaram acalmar em vão. No tumulto que se seguiu, menoritas e dominicanos disseram coisas muito graves uns aos outros, como se cada um fosse um cristão em luta contra os sarracenos. Os únicos que permaneceram em seus lugares foram por um lado Guilherme e, por outro, Bernardo Gui. Guilherme parecia triste e Bernardo alegre, se alegria se podia chamar o pálido sorriso que lhe crispava o lábio.

— Não há argumentos melhores — perguntei a meu mestre, enquanto Alborea se encarniçava contra a barba do bispo de Caffa — para demonstrar ou negar a pobreza de Cristo?

— Podes afirmar ambas as coisas, meu bom Adso — disse Guilherme —, e não poderás jamais estabelecer com base nos evangelhos se Cristo considerava de sua propriedade, e em que medida, a túnica que vestia e que depois devia jogar fora quando estivesse gasta. E, se quiseres, a doutrina de Tomás de Aquino sobre a propriedade é mais ousada que a nossa, menoritas. Nós dizemos: não possuímos nada e temos tudo em uso. Ele dizia: podeis considerar-vos possuidores, contanto que, se a alguém faltar o que possuís, vós lhe concedais o uso, e por obrigação, não por caridade. Mas a questão não é se Cristo era pobre, é se a Igreja deve ser pobre. E pobre não significa tanto possuir ou não um palácio, mas manter ou abandonar o direito de legislar sobre as coisas terrenas.

— Então é por isso — eu disse — que o imperador aprecia tanto os discursos dos menoritas sobre a pobreza.

— De fato. Os menoritas fazem o jogo imperial contra o papa. Mas, para Marsílio e para mim, o jogo é duplo e gostaríamos que o jogo do império fizesse o nosso jogo e servisse à nossa ideia de governo humano.

— E vós ireis dizer isso quando falardes?

— Se disser, cumprirei minha missão, que era a de manifestar as opiniões dos teólogos imperiais. Mas se disser, minha missão falhará, porque eu deveria facilitar um segundo encontro em Avinhão, e não creio que João aceite que eu vá lá para dizer essas coisas.

— E daí?

— E daí estou preso entre duas forças contrastantes, como um asno que não sabe em qual dos dois sacos de feno comer. É que os tempos não estão maduros. Marsílio sonha com uma transformação impossível, agora, e Ludovico não é melhor que seus predecessores, ainda que por enquanto seja o único baluarte contra um miserável como João. Talvez eu venha a falar, a menos que esses aí acabem antes por se matar. Em todo caso, escreve, Adso, para que permaneçam ao menos traços do que está acontecendo hoje.

— E Miguel?

— Temo que perca seu tempo. O cardeal sabe que o papa não busca mediação, Bernardo Gui sabe que deverá fazer o encontro gorar; e Miguel sabe que irá a Avinhão de qualquer jeito, porque não quer que a ordem rompa relações com o papa. E arriscará a vida.

Enquanto assim falávamos — e na verdade não sei como podíamos ouvir um ao outro — a disputa tinha atingido o auge. Obedecendo a um sinal de Bernardo Gui, os arqueiros intervieram para impedir que as duas fileiras se engalfinhassem de verdade. Mas, tal qual assediantes e assediados de ambos os lados dos muros de uma cidadela, eles lançavam uns aos outros contestações e impropérios que aqui refiro a esmo, sem conseguir atribuir-lhes a paternidade, deixando claro que as frases não foram pronunciadas uma por vez, como teria ocorrido numa disputa em minha terra, mas à moda mediterrânea, uma acavalada à outra, como as ondas de um mar revolto.

— O evangelho diz que Cristo tinha uma bolsa!

— Chega dessa bolsa que pintais até nos crucifixos! O que dizes então do fato de que Nosso Senhor, quando estava em Jerusalém, voltava toda noite a Betânia?

— E se Nosso Senhor queria ir dormir em Betânia, quem és tu para julgar sua decisão?

— Não, bode velho, Nosso Senhor voltava a Betânia porque não tinha dinheiro para pagar uma hospedaria em Jerusalém!

— Bonagratia, bode és tu! E o que comia Nosso Senhor em Jerusalém?

— E dirias então que o cavalo que recebe aveia do patrão para sobreviver tem a propriedade da aveia?

— Olha que estás comparando Cristo a um cavalo...

— Não, és tu que comparas Cristo a um prelado simoníaco da tua corte, receptáculo de excremento!

— É? E quantas vezes a Santa Sé precisou assumir processos para defender os vossos bens?

— Bens da igreja, não nossos! Nós os tínhamos como uso!

— Como uso para devorá-los, para construir belas igrejas com estátuas de ouro, hipócritas, vasos de iniquidade, sepulcros caiados, latrinas de vícios! Sabeis bem que é a caridade, e não a pobreza, o princípio da vida perfeita!

— Isso quem disse foi aquele glutão do vosso Tomás!

— Cuidado com o que dizes, ímpio! Aquele que chamas de glutão é um santo da sagrada Igreja romana!

— Santo uma ova, canonizado por João para fazer despeito aos franciscanos! Vosso papa não pode fazer santos porque é um herege. Ou melhor, é um heresiarca!

— Esta bela afirmação nós já conhecemos! É a declaração do fantoche da Baviera em Sachsenhausen, preparada por vosso Ubertino!

— Olha como falas, porco, filho da prostituta da Babilônia e de outras meretrizes mais! Tu sabes que naquele ano Ubertino não estava com o imperador, mas estava justamente em Avinhão, a serviço do cardeal Orsini, e o papa o estava enviando como mensageiro a Aragão!

— Eu sei, eu sei que fazia voto de pobreza à mesa do cardeal, como faz agora na abadia mais rica da península! Ubertino, se não estavas lá, quem sugeriu a Ludovico o uso de teus escritos?

— É culpa minha se Ludovico lê meus escritos? Certamente não pode ler os teus, pois és um iletrado!

— Eu, um iletrado? Era letrado o vosso Francisco, que falava com os gansos?

— Blasfemo!

— Blasfemo és tu, que praticas o ritual da criança no barril!

— Eu nunca fiz isso, e tu sabes disso!!!

— Claro que sim, tu e teus fraticelos, quando te enfiavas na cama de Clara de Montefalco!

— Que Deus te fulmine! Eu era inquisidor naquela época, e Clara já expirara em odor de santidade!

— Clara expirara em odor de santidade, mas tu aspiravas outro odor quando cantavas as matinas para as monjas!

— Continua, continua, a ira de Deus te atingirá como atingirá o teu patrão, que deu abrigo a dois hereges como aquele ostrogodo de Eckhart e aquele necromante inglês que chamais Branucerton!

— Veneráveis irmãos, veneráveis irmãos! — gritavam o cardeal Bertrando e o abade.

Quinto dia

TERÇA

Em que Severino fala a Guilherme de um estranho livro, e Guilherme fala aos legados de uma estranha concepção de governo temporal.

A contenda ainda estava pegando fogo quando um dos noviços que ficava de guarda à porta entrou, passando por aquela confusão como quem atravessa um campo batido pelo granizo, e veio cochichar ao ouvido de Guilherme que Severino queria lhe falar com urgência. Saímos para o nártex apinhado de monges curiosos que tentavam entender dos gritos e da barulheira algo daquilo que estava acontecendo lá dentro. Na primeira fila vimos Aymaro de Alessandria que nos acolheu com sua costumeira risota de comiseração pela estupidez do mundo:

— Claro que desde que surgiram as ordens mendicantes a cristandade tornou-se mais virtuosa — disse.

Guilherme afastou-o, não sem indelicadeza, e dirigiu-se para Severino, que nos esperava num canto. Estava ansioso, queria nos falar em particular, mas não se podia encontrar um lugar tranquilo naquela confusão. Queríamos sair ao ar livre, mas na soleira da sala capitular assomava Miguel de Cesena que incitava Guilherme a retornar porque, dizia, a altercação estava se acalmando, e era preciso continuar a série de intervenções.

Guilherme, dividido entre outros dois sacos de feno, incitou Severino a falar, e o herborista tentou não se deixar ouvir pelos presentes.

— Berengário esteve no hospital com certeza, antes de ir à casa de banhos — disse.

— Como sabes?

Alguns monges se aproximavam, atraídos por nossa confabulação. Severino falou em voz mais baixa ainda, olhando ao redor.

— Tu me disseste que aquele homem... devia ter algo consigo... Bem, encontrei algo em meu laboratório, confundido entre os outros livros... um livro não meu, um livro estranho...

— Deve ser aquele — disse Guilherme triunfante —, traze-o depressa.

— Não posso — disse Severino. — Depois te explico, descobri... creio ter descoberto algo interessante... Tu precisas vir, devo mostrar-te o livro... com cuidado...

Não continuou. Percebemos que, silencioso como de hábito, Jorge aparecera quase de repente ao nosso lado. Estendia as mãos para a frente como se, não acostumado a mover-se naquele lugar, procurasse entender por onde andava. Uma pessoa normal não conseguiria entender os sussurros de Severino, mas tínhamos aprendido havia tempo que o ouvido de Jorge, como o de todos os cegos, era muitíssimo aguçado.

O ancião pareceu entretanto não ter ouvido nada. Moveu-se para uma direção oposta à nossa, tocou num dos monges e perguntou alguma coisa. Esse tomou-o com delicadeza pelo braço e o conduziu para fora. Naquele momento Miguel reapareceu e novamente solicitou Guilherme, e meu mestre tomou uma resolução:

— Por favor — disse a Severino —, volta logo para o lugar onde estavas. Tranca-te lá dentro e espera-me. Tu — disse-me — segue Jorge. Mesmo que tenha ouvido algo, não creio que se faça conduzir ao hospital. Em todo caso fica sabendo aonde ele vai.

Voltou-se para entrar na sala e percebeu (como eu também percebi) Aymaro abrindo passagem entre a aglomeração dos presentes para seguir Jorge, que estava saindo. Nesse momento Guilherme cometeu uma imprudência, porque dessa vez, em voz alta, duma ponta a outra do nártex, disse a Severino já na soleira externa:

— Recomendo-te. Não permitas a ninguém que... aqueles papéis... voltem para o lugar de onde saíram!

Eu, que estava me preparando para seguir Jorge, vi naquele instante, encostado ao batente da porta externa, o despenseiro, que ouvira as palavras de

Guilherme e fitava alternadamente meu mestre e o herborista, com o rosto contraído pelo medo. Ele viu Severino sair e seguiu-o. Eu, na soleira, temia perder de vista Jorge, que já estava para ser engolido pela névoa; mas os dois também, na direção oposta, estavam prestes a sumir na caligem. Calculei rapidamente o que devia fazer. Fora-me ordenado seguir o cego, mas isso porque se temia que ele fosse para o hospital. Em vez disso, a direção que estava tomando com seu acompanhante era outra, pois estava atravessando o claustro, em direção à igreja, ou ao Edifício. Ao contrário, o despenseiro certamente estava seguindo o herborista, e Guilherme estava preocupado com o que poderia acontecer no laboratório. Por isso, pus-me a seguir esses dois, perguntando-me entre outras coisas aonde tinha ido Aymaro, se é que não tinha saído por razões bastante diferentes das nossas.

Não perdia de vista o despenseiro, que estava diminuindo o passo, porque percebera que eu o seguia. Ele não podia entender se a sombra que estava em seu encalço era eu, assim como eu não podia entender se a sombra em cujo encalço eu ia era ele, mas, tal como eu não tinha dúvidas sobre ele, ele não tinha dúvidas sobre mim.

Obrigando-o a controlar-me, eu o impedi de chegar muito perto de Severino. Assim, quando a porta do hospital surgiu na névoa, já estava fechada. Severino já entrara, sejam dadas graças aos céus. O despenseiro virou-se mais uma vez para me olhar, eu estava parado como uma árvore do pomar, e ele depois pareceu tomar uma decisão e tomou o rumo da cozinha. Achei que tinha cumprido minha missão, Severino era um homem sensato, cuidar-se-ia sozinho, sem abrir para ninguém. Eu não tinha mais o que fazer e, sobretudo, estava ardendo de curiosidade de ver o que acontecia na sala capitular. Por isso, decidi voltar para relatar. Talvez tenha feito mal, deveria ter ficado ainda de guarda, e teríamos evitado muitas outras desventuras. Mas sei disso agora, não o sabia então.

Quando estava entrando, quase esbarrei em Bêncio, que sorria com ar de cumplicidade:

— Severino encontrou algo deixado por Berengário, não é verdade?

— O que sabes disso? — respondi-lhe indelicadamente, tratando-o como a um coetâneo, em parte pela ira e em parte por causa de seu rosto jovem, agora com expressão maliciosa como o de uma criança.

— Não sou idiota — respondeu Bêncio —, Severino vem correndo dizer alguma coisa a Guilherme, tu cuidas para que ninguém o siga...

— E tu nos observas demais, e a Severino — eu disse, irritado.

— Eu? Claro que observo. Desde anteontem não perco de vista a casa de banhos nem o hospital. Se pudesse, já teria entrado lá. Daria um olho da cara para saber o que Berengário encontrou na biblioteca.

— Queres saber coisas demais sem teres esse direito!

— Sou um estudioso e tenho direito de saber, vim dos confins do mundo para conhecer a biblioteca, e a biblioteca permanece fechada como se contivesse coisas ruins e eu...

— Deixa-me ir — eu disse, brusco.

— Eu te deixo ir, já que me disseste o que eu queria.

— Eu?

— Diz coisas mesmo quem cala.

— Aconselho-te a não entrares no hospital — disse-lhe.

— Não entro, não entro, fica sossegado. Mas ninguém me proíbe de olhar de fora.

Não lhe dei mais ouvidos e entrei. Aquele curioso, pareceu-me, não representava perigo maior. Aproximei-me de Guilherme e o pus rapidamente a par dos fatos. Ele anuiu em sinal de aprovação, depois fez-me sinal para calar. A confusão já estava arrefecendo. Os legados de ambos os lados já estavam trocando o beijo da paz. Alborea louvava a fé dos menoritas, Jerônimo exaltava a caridade dos pregadores, todos glorificavam a esperança de uma Igreja não mais agitada por lutas intestinas. Uns de um lado celebravam a fortaleza, outros de outro lado, a temperança, todos invocavam a justiça e exortavam à prudência. Nunca vi tantos homens tão sinceramente interessados no triunfo das virtudes teologais e cardeais.

Mas Bertrando de Pouget já estava convidando Guilherme a expressar as teses dos teólogos imperiais. Guilherme ergueu-se de má vontade: por um lado estava percebendo que o encontro não tinha nenhuma utilidade, por outro tinha pressa em sair dali, e o livro misterioso importava-lhe, no momento, mais que os destinos do encontro. Mas estava claro que não podia se furtar ao dever.

Começou então a falar entre muitos "eh" e "oh", talvez mais que de costume e mais que o devido, como para dar a entender que estava absolutamente incerto sobre o que ia falar, e começou afirmando que compreendia muito bem o ponto de vista dos que tinham falado antes dele e que, por outro lado, aquilo que outros chamavam "doutrina" dos teólogos imperiais nada mais era que observações esparsas que não pretendiam impor-se como verdade de fé.

Disse então que, dada a imensa bondade que Deus manifestara ao criar o povo de seus filhos, amando a todos sem distinções, desde aquelas páginas do Gênesis, em que ainda não se fazia menção a sacerdotes e a reis, considerando também que o Senhor tinha dado a Adão e a seus descendentes o poder sobre as coisas deste mundo, contanto que obedecessem às leis divinas, era de se imaginar que ao próprio Senhor não seria estranha a ideia de que nas coisas terrenas o povo seria legislador e causa primeira e efetiva da lei. Por povo, disse, seria bom entender a universalidade dos cidadãos, mas, uma vez que entre os cidadãos é necessário considerar também as crianças, os obtusos, os delinquentes e as mulheres, talvez se pudesse chegar de modo razoável a uma definição de povo como a parte melhor dos cidadãos, embora ele, no momento, não achasse oportuno pronunciar-se sobre quem efetivamente pertencia a tal parte.

Pigarreou, desculpou-se com os presentes sugerindo que, indubitavelmente, naquele dia a atmosfera estava muito úmida, e levantou a hipótese de que o modo como o povo poderia exprimir a sua vontade podia coincidir com uma assembleia geral eletiva. Disse parecer-lhe sensato que tal assembleia pudesse interpretar, mudar ou suspender a lei, porque se a lei for feita por um só, este poderia fazê-la mal por ignorância ou por maldade, e acrescentou que não era necessário lembrar aos presentes quantos desses casos tinham ocorrido recentemente. Notei que os presentes, antes perplexos com suas palavras anteriores, só podiam concordar com estas últimas, porque cada um estava evidentemente pensando numa pessoa diferente, e cada um achava péssima a pessoa em quem pensava.

Bem, continuou Guilherme, se alguém, sozinho, pode fazer mal as leis, não seria melhor que fossem muitos? Naturalmente, sublinhou, estava-se falando de leis terrenas, concernentes ao bom andamento das coisas civis. Deus dissera a Adão que não comesse da árvore do bem e do mal, e essa era a lei divina; mas depois o autorizara — o que estou dizendo? — encorajara a dar nomes às coisas, e quanto a isso tinha deixado livre seu súdito terreno. De fato, embora alguns, nos nossos tempos, digam que nomina sunt consequentia rerum, o livro do Gênesis é bastante claro sobre esse ponto: Deus levou ao homem todos os animais para ver como os chamaria, e qualquer que fosse o modo como o homem chamasse cada ser vivente, esse deveria ser seu nome. E, embora certamente o primeiro homem tivesse sido suficientemente cuidadoso para chamar, em sua língua edênica, cada coisa e animal segundo sua natureza, isso não impede que ele exercitasse uma espécie de direito soberano ao imaginar o nome que, a seu ver, melhor correspondia àquela natureza. Porque, de fato, sabe-se agora que diferentes são os nomes que os homens impõem para designar os conceitos, e iguais para todos são apenas os conceitos, signo das coisas. De modo que certamente a palavra *nomen* vem de *nomos*, ou seja, lei, visto que justamente os *nomina* são dados pelos homens *ad placitum*, isto é, por convenção livre e coletiva.

Os presentes não ousaram contestar essa douta demonstração. De modo que, concluiu Guilherme, vê-se bem como a legislação sobre as coisas deste mundo e, portanto, sobre as coisas das cidades e dos reinos não tem nada a ver com a custódia e a administração da palavra divina, privilégio inalienável da hierarquia eclesiástica. Infelizes, por sinal, disse Guilherme, são os infiéis, que não têm semelhante autoridade que interprete para eles a palavra divina (e todos se compadeceram dos infiéis). Mas acaso podemos por isso dizer que os infiéis não têm tendência a fazer leis e administrar suas coisas mediante governos, reis, imperadores, sultões, califas ou o que quer que seja? E seria possível negar que muitos imperadores romanos exerceram o poder temporal com sabedoria? Pensemos em Trajano. E quem deu a pagãos e a infiéis essa capacidade natural de legislar e de viver em comunidades políticas? Terão sido suas divindades mentirosas que necessariamente não existem (ou não existem necessariamente, conforme se queira entender a negação dessa modalidade)? Claro que não. Só poderia ter sido conferido pelo Deus dos exércitos, o Deus de Israel, pai de Nosso Senhor Jesus Cristo... Admirável prova da bondade divina que conferiu capacidade de julgar as coisas políticas mesmo a quem desconhece a autoridade do pontífice romano e não professa os mesmos sagrados, doces e terríveis mistérios do povo cristão! Mas haverá demonstração mais bela do fato de que o domínio temporal e a jurisdição secular não têm nada a ver com a Igreja e com a lei de Jesus Cristo e foram ordenados por

Deus independentemente de qualquer aprovação eclesiástica e antes mesmo que surgisse nossa santa religião?

Tossiu de novo, mas dessa vez não sozinho. Muitos dos presentes se agitavam em seus assentos e limpavam a garganta. Vi o cardeal passar a língua nos lábios e fazer um gesto, ansioso mas cortês, para convidar Guilherme a concluir. E Guilherme enfrentou as conclusões que já agora pareciam a todos, mesmo a quem não as comungasse, consequência talvez desagradável daquele incontestável discurso. Disse então Guilherme que suas deduções lhe pareciam sustentadas pelo próprio exemplo de Cristo, que não veio a este mundo para comandar, mas para submeter-se às condições que no mundo encontrava, pelo menos no que dizia respeito às leis de César. Ele não quis que os apóstolos tivessem comando e domínio, e por isso parecia sábio que os sucessores dos apóstolos fossem eximidos de qualquer poder mundano e coativo. Se o pontífice, os bispos e os padres não fossem submetidos ao poder mundano e coativo do príncipe, a autoridade do príncipe seria invalidada, e com isso seria invalidada uma ordem que, como se demonstrara antes, fora disposta por Deus. Sem dúvida devem ser considerados casos muito delicados — disse Guilherme —, como o dos hereges, sobre cuja heresia só a Igreja, guardiã da verdade, pode pronunciar-se, e todavia só o braço secular pode agir. A Igreja, quando identificar hereges, deverá certamente apontá-los ao príncipe, que precisa ser informado das condições de seus cidadãos. Mas o que deverá fazer o príncipe com um herege? Condená-lo em nome daquela verdade divina da qual ele não é guardião? O príncipe poderá e deverá condenar o herege, se a ação deste prejudicar a convivência de todos, isto é, se o herege afirmar sua heresia matando ou impedindo os que não comungam dela. Mas nesse ponto detém-se o poder do príncipe, porque ninguém neste mundo pode ser obrigado com suplícios a seguir os preceitos do evangelho, caso contrário onde iria parar o livre-arbítrio de cujo exercício cada um será julgado depois no outro mundo? A Igreja pode e deve advertir o herege de que ele está saindo da comunidade dos fiéis, mas não pode julgá-lo na terra e obrigá-lo contra sua vontade. Se Cristo tivesse desejado que seus sacerdotes obtivessem poder coativo, teria estabelecido preceitos precisos, como fez Moisés com a lei antiga. Não o fez. Portanto não o quis. Ou acaso se pretende sugerir a ideia de que ele o queria, mas lhe faltou tempo ou capacidade de dizê-lo em três anos de pregação? Porém era justo que não quisesse, porque, se o tivesse querido, então o papa poderia ter imposto sua vontade ao rei, e o cristianismo já não seria lei de liberdade, mas intolerável escravidão.

— Tudo isso — acrescentou Guilherme, sorridente — não é para limitação dos poderes do sumo pontífice, mas sim para exaltação de sua missão: porque o servo dos servos de Deus está neste mundo para servir, e não para ser servido. E, por fim, seria no mínimo estranho que o papa tivesse jurisdição sobre as coisas do império, mas não sobre outros reinos da terra. Como é sabido, aquilo que o papa diz sobre as coisas divinas vale para os súditos do rei de França assim como para os do rei da Inglaterra, mas deve valer também para os súditos do grande cã ou do sultão dos infiéis, que são chamados infiéis justamente porque não são fiéis a essa bela verdade. Portanto, se o papa admitisse ter jurisdição temporal — enquanto papa — sobre todas as coisas do império, poderia dar margem à suspeita de que, por se identificar a jurisdição temporal com a espiritual, ele não só não teria jurisdição espiritual sobre os sarracenos ou sobre os tártaros, como tampouco sobre os franceses e os ingleses, o que seria uma criminosa blasfêmia. Eis a razão — concluía meu mestre — pela qual parecia justo sugerir que a igreja de Avinhão injuriava a humanidade inteira ao asseverar que lhe cabia aprovar ou suspender aquele que fora eleito imperador dos romanos. O papa não tem sobre o império direitos maiores do que sobre outros reinos, e, uma vez que o rei de França e o sultão não estão sujeitos à aprovação do papa, não há nenhuma boa razão para o imperador dos germânicos e dos italianos estar sujeito a ele. Tal sujeição não é de direito divino, porque as escrituras não falam dela. Não é sancionada pelo direito das gentes, em virtude das razões já aduzidas. Quanto às relações com a disputa sobre a pobreza — disse Guilherme finalmente —, suas modestas opiniões, elaboradas em forma de sugestões por ele e por alguns como Marsílio de Pádua e João de Jandun, levavam às seguintes conclusões: se os franciscanos queriam permanecer pobres, o papa não podia nem devia opor-se a desejo tão virtuoso. É claro que, se comprovada, a hipótese da pobreza de Cristo não só ajudaria os menoritas, mas reforçaria a ideia de que Jesus não tinha desejado para si nenhuma jurisdição terrena. Mas, como naquela manhã ele ouvira de pessoas bastante sábias que não se podia provar que Jesus foi pobre, parecia-lhe mais conveniente inverter a demonstração. Uma vez que ninguém afirmara nem poderia afirmar que Jesus exigira para si e para os seus qualquer jurisdição terrena, esse despojamento de Jesus das coisas temporais parecia-lhe um indício suficiente para levar a considerar, sem cair em pecado, que Jesus tinha dado preferência à pobreza.

O tom que Guilherme usara para falar tinha sido tão humilde, ele expressara suas certezas de modo tão dubitativo, que nenhum dos presentes pudera erguer-se para replicar. Isso não quer dizer que todos estivessem convencidos daquilo que ele dissera. Não só os avinhoneses se agitavam com rostos amuados e cochichando entre si, como o próprio abade parecia desfavoravelmente impressionado por aquelas palavras, como se achasse que não era aquele o modo que imaginara para as relações entre sua ordem e o império. Quanto aos menoritas, Miguel de Cesena estava perplexo, Jerônimo, estarrecido, Ubertino, pensativo.

O silêncio foi rompido pelo cardeal de Pouget que, sempre sorridente e displicente, perguntou com toda a fineza a Guilherme se ele iria a Avinhão dizer essas coisas ao senhor papa. Guilherme perguntou o parecer do cardeal, este disse que o senhor papa tinha ouvido muitas opiniões discutíveis na vida e era homem amabilíssimo para com todos os seus filhos, mas que seguramente aquelas proposições o teriam magoado muito.

Interveio Bernardo Gui, que até então não tinha aberto a boca:

— Eu ficaria muito contente se frei Guilherme, tão hábil e eloquente na exposição de suas ideias, fosse submetê-las ao juízo do pontífice...

— O senhor Bernardo convenceu-me — disse Guilherme. — Não irei.

Depois, dirigindo-se ao cardeal, em tom de desculpa:

— A fluxão que me acomete o peito desaconselha-me uma viagem tão longa nesta estação...

— Mas então por que falastes tão demoradamente? — perguntou o cardeal.

— Para testemunhar a verdade — disse Guilherme com humildade. — A verdade nos libertará.

— Ah não! — explodiu João de Baune nesse momento. — Aqui não se trata da verdade que nos liberta, mas da excessiva liberdade que quer se tornar verdade!

— Isso também é possível — admitiu Guilherme com suavidade.

Percebi por súbita intuição que estava para desabar uma tempestade de corações e línguas bem mais furiosa que a primeira. Mas não aconteceu nada.

Enquanto Baune ainda falava, o capitão dos arqueiros tinha entrado e fora sussurrar algo ao ouvido de Bernardo Gui. Este ergueu-se de repente e com um gesto da mão pediu atenção.

— Irmãos — disse —, pode ser que esta proveitosa discussão venha a ser retomada, mas agora um evento de imensa gravidade nos obriga a suspender nossos trabalhos, com a permissão do abade. Talvez eu tenha atendido, sem querer, às expectativas do próprio abade, que esperava descobrir o culpado dos muitos crimes dos dias passados. O homem está agora em minhas mãos. Mas, infelizmente, foi preso demasiado tarde, mais uma vez... Algo aconteceu lá fora... — e indicava vagamente o exterior.

Atravessou rapidamente a sala e saiu, seguido por muitos, Guilherme entre os primeiros, e eu com ele.

Meu mestre fitou-me e disse:

— Temo que tenha acontecido algo a Severino.

Quinto dia

SEXTA

*Quando se encontra Severino assassinado e já não se encontra
o livro que ele encontrara.*

Atravessamos a esplanada a passos rápidos e angustiados. O capitão dos arqueiros conduzia-nos ao hospital e quando lá chegamos entrevimos no denso cinzento uma agitação de sombras: eram monges e fâmulos que acorriam, eram arqueiros que estavam diante da porta e impediam o acesso.

— Esses arqueiros tinham sido enviados por mim para procurar um homem que podia lançar luz sobre tantos mistérios — disse Bernardo.

— O irmão herborista? — perguntou o abade estupefato.

— Não, agora vereis — disse Bernardo, abrindo passagem para dentro.

Penetramos no laboratório de Severino, e o que se ofereceu a nossos olhos foi penoso. O desventurado herborista jazia numa poça de sangue, com a cabeça rachada. Ao redor, as estantes pareciam ter sido devastadas por uma tempestade: ampolas, garrafas, livros, documentos jaziam aqui e ali em grande desordem e estrago. Junto ao corpo estava uma esfera armilar: pelo menos duas vezes maior que a cabeça de um homem, era feita de metal finamente trabalhado, encimada por uma cruz de ouro e encaixada num pequeno tripé decorado. Outras vezes eu a vira sobre a mesa à esquerda da entrada.

Na outra ponta da sala dois arqueiros seguravam com força o despenseiro, que se debatia protestando inocência e aumentou seus clamores quando viu o abade entrar.

— Senhor — gritava —, as aparências estão contra mim! Entrei quando Severino já estava morto e me encontraram enquanto eu estava observando boquiaberto esta carnificina!

O chefe dos arqueiros aproximou-se de Bernardo e, com sua permissão, fez-lhe um relatório diante de todos. Os arqueiros tinham recebido ordem de encontrar o despenseiro e detê-lo, e havia mais de duas horas procuravam-no pela abadia. Devia tratar-se, pensei, de determinação dada por Bernardo antes de entrar no capítulo, e os soldados, estrangeiros naquele lugar, provavelmente tinham feito buscas nos lugares errados, sem perceberem que o despenseiro, ignorando ainda seu destino, estava com os outros no nártex; por outro lado, a névoa tornara mais árdua a caçada. Em todo caso, pelas palavras do capitão, depreendia-se que Remigio, depois que o deixei, fora até as cozinhas, alguém o vira lá e avisara os arqueiros, que, por sua vez, tinham chegado ao Edifício quando Remigio dele se afastara novamente pouco antes, porque na cozinha estava Jorge, que afirmava ter acabado de falar com ele. Os arqueiros exploraram então a esplanada na direção das hortas e ali, saindo da névoa como um fantasma, encontraram o velho Alinardo, que quase se tinha perdido. Justamente Alinardo dissera ter visto o despenseiro, pouco antes, entrar no hospital. Os arqueiros dirigiram-se para lá e encontraram a porta aberta. Entrando, deram com Severino exânime e o despenseiro revolvendo desvairadamente as estantes, jogando tudo ao chão, como se estivesse procurando algo. Era fácil compreender o que acontecera, concluía o capitão. Remigio tinha entrado, lançara-se sobre o herborista, matara-o e depois estava procurando aquilo por que tinha matado.

Um arqueiro ergueu do chão a esfera armilar e a entregou a Bernardo. A elegante arquitetura de círculos de prata e cobre, unidos por forte urdidura de anéis de bronze, empunhada pela haste do tripé, fora vibrada com força no crânio da vítima, de modo que no impacto muitos dos círculos mais finos tinham se quebrado e estavam desviados para um lado. E a prova de que aquele era o lado que se abatera sobre a cabeça de Severino estava nos vestígios de sangue e até nas mechas de cabelos e na baba imunda de matéria cerebral.

Guilherme inclinou-se sobre Severino para constatar sua morte. Os olhos do infeliz, velados pelo sangue que escorrera aos borbotões da cabeça, estavam arregalados, e perguntei-me se era possível ler na pupila enrijecida, como se conta ter ocorrido em outros casos, a imagem do assassino, último vestígio das percepções da vítima. Vi que Guilherme procurava as mãos do morto, para examinar se tinham manchas pretas nos dedos, ainda que naquele caso a causa da morte fosse, evidentemente, bem diferente: mas Severino estava com as mesmas luvas de couro com que algumas vezes eu o tinha visto manusear ervas perigosas, sardões, insetos desconhecidos.

Entrementes Bernardo Gui voltava-se para o despenseiro:

— Remigio de Varagine, é este o teu nome, não? Mandei meus homens te procurar com base em outras acusações e para confirmar outras suspeitas. Agora vejo que agi corretamente, embora — reprovo-me por isso — com muito atraso. Senhor — disse ao abade —, acho-me quase responsável por este último crime, porque desde esta manhã sabia que era preciso deter este homem, após ter ouvido as revelações daquele outro infame, detido durante a noite. Mas, como vistes, durante a manhã estive preso a outros deveres, e meus homens fizeram o melhor que puderam...

Enquanto falava, em voz alta para que todos os presentes ouvissem (e a sala nesse ínterim tinha ficado apinhada, com gente que se introduzia por todos os cantos, olhando as coisas espalhadas e destruídas, apontando o cadáver e comentando a meia-voz o grande crime), vi em meio à pequena multidão Malaquias, observando sombriamente a cena. Quem o viu também foi o despenseiro, que naquele momento estava para ser arrastado para fora. Desvencilhou-se dos arqueiros e lançou-se sobre o confrade, agarrando-o pelo hábito e falando-lhe rápida e desesperadamente, rosto contra rosto, antes que os arqueiros o pegassem novamente. Mas, enquanto era levado embora com brutalidade, virou-se ainda para Malaquias, gritando-lhe:

— Jura, e eu juro!

Malaquias não respondeu logo, como se procurasse as palavras apropriadas. Depois, quando o despenseiro já estava ultrapassando à força a soleira, disse-lhe:

— Nada farei contra ti.

Guilherme e eu nos fitamos, perguntando-nos o que significava aquela cena. Bernardo também a observara, mas não pareceu preocupado, ao contrário, sorriu para Malaquias como que a aprovar suas palavras e selar com ele uma sinistra cumplicidade. Depois anunciou que logo após a refeição seria reunido no capítulo um primeiro tribunal para instruir publicamente aquela investigação. E saiu ordenando que conduzissem o despenseiro às forjas, sem deixá-lo falar com Salvatore.

Naquele momento ouvimos Bêncio chamar-nos, às nossas costas:

— Eu entrei logo depois de vós — disse num sussurro —, quando a sala ainda estava quase vazia, e Malaquias não estava.

— Terá entrado depois — disse Guilherme.

— Não — assegurou Bêncio —, eu estava perto da porta, vi quem entrava. Estou vos dizendo, Malaquias já estava dentro... antes.

— Antes de quê?

— Antes de o despenseiro entrar. Não posso jurar, mas creio que saiu daquela cortina, quando aqui já éramos muitos — e apontou para um amplo cortinado que protegia uma cama na qual Severino costumava pôr para repousar quem acabara de receber algum curativo.

— Queres insinuar que foi ele quem matou Severino e se retirou lá para trás quando o despenseiro entrou? — perguntou Guilherme.

— Ou então que de lá de trás assistiu a tudo o que aconteceu aqui. Se não fosse assim, por que o despenseiro lhe imploraria que não o prejudicasse, prometendo em troca não o prejudicar?

— É possível — disse Guilherme. — Em todo caso, aqui havia um livro e deveria haver ainda, porque tanto o despenseiro como Malaquias saíram de mãos vazias.

Guilherme sabia pelo meu relato que Bêncio sabia, e naquele momento precisava de ajuda. Aproximou-se do abade, que observava tristemente o cadáver de Severino, e pediu-lhe que mandasse todos sair, pois queria examinar melhor o lugar. O abade consentiu e saiu também, não sem lançar a Guilherme um olhar de ceticismo, como se o reprovasse por chegar sempre atrasado. Malaquias tentou ficar, aduzindo várias razões, totalmente vagas, mas Guilherme o fez notar que ali não era a biblioteca e naquele lugar ele não podia invocar direitos. Foi cortês, mas inflexível, e vingou-se de quando Malaquias não lhe permitira examinar a mesa de Venâncio.

Quando ficamos apenas nós três, Guilherme liberou uma das mesas dos cacos e dos papéis que a ocupavam e disse-me que fosse lhe passando, um após o outro, os livros da coleção de Severino. Coleção pequena, comparada àquela imensa do labirinto, mas, de qualquer modo, tratava-se de dezenas e dezenas de volumes de vários tamanhos, que antes estavam em ordem nas estantes e agora jaziam em desordem no chão, entre vários objetos, já remexidos pelas mãos apressadas do despenseiro, alguns aliás rasgados, como se ele não estivesse procurando um livro, mas algo que devia estar entre as páginas de um livro. Alguns tinham sido rasgados com violência, separados da encadernação. Recolhê-los, examinar rapidamente sua natureza e empilhá-los sobre a mesa não foi operação fácil, e fizemos tudo com pressa, porque o abade nos tinha concedido pouco tempo, visto que depois deviam entrar alguns monges para recompor o corpo dilacerado de Severino e prepará-lo para a sepultura. E tratava-se também de fazer uma busca no ambiente, embaixo das mesas, atrás das estantes e dos armários, para ver se algo tinha escapado à primeira inspeção. Guilherme não quis que Bêncio me ajudasse e permitiu-lhe apenas ficar de guarda junto à porta. Apesar das ordens do abade, muitos pressionavam para entrar, fâmulos aterrorizados com a notícia, monges chorando seu confrade, noviços que chegavam com panos alvos e bacias de água para lavar e envolver o cadáver...

Devia-se, portanto, proceder com rapidez. Eu pegava os livros, entregava-os a Guilherme que os examinava e os punha em cima da mesa. Depois nos demos conta de que o trabalho era demorado e trabalhamos juntos, isto é, eu apanhava um livro, recompunha-o se estava desfeito, lia o título e o empilhava. Em muitos casos tratava-se de folhas esparsas.

— *De plantis libri tres*, maldição não é esse — dizia Guilherme e punha o livro em cima da mesa.

— *Thesaurus herbarum* — dizia eu, e Guilherme:

— Deixa estar, procuramos um livro grego!

— Este? — perguntava eu mostrando-lhe uma obra com as páginas cobertas de caracteres estranhos.

E Guilherme:

— Não, esse é árabe, bobo! Tinha razão Bacon quando dizia que o primeiro dever do sapiente é estudar línguas!

— Mas árabe nem mesmo vós sabeis! — rebatia eu, melindrado, ao que Guilherme respondia:

— Mas pelo menos percebo quando é árabe!

E eu corava porque ouvia Bêncio rir às minhas costas.

Eram muitos os livros e muitos mais os apontamentos, os rolos com desenhos da abóbada celeste, os catálogos de plantas estranhas. Trabalhamos muito tempo, exploramos todos os cantos do laboratório, Guilherme chegou até, com grande frieza, a remover o cadáver para ver se não havia nada embaixo. Nada.

— No entanto, em algum lugar deve estar — disse Guilherme. — Severino trancou-se aqui dentro com um livro. Com o despenseiro o livro não estava...

— Não o terá escondido no hábito? — indaguei.

— Não, o livro que vi aquela manhã na mesa de Venâncio era grande, nós teríamos percebido.

— Como estava encadernado? — perguntei.

— Não sei. Estava aberto e o vi por pouco tempo, mal e mal para perceber que era em grego. Continuemos: o despenseiro não o pegou, e Malaquias tampouco, creio.

— De jeito nenhum — confirmou Bêncio —, quando o despenseiro o agarrou pelo peito pôde-se ver que não estava sob o escapulário.

— Bem. Quer dizer, mal. Se o livro não está nesta sala é evidente que outro, além de Malaquias e do despenseiro, tinha entrado antes.

— Ou seja, uma terceira pessoa que matou Severino?

— Gente demais — disse Guilherme.

— Por outro lado — falei —, quem podia saber que o livro estava aqui?

— Jorge, por exemplo, se nos ouviu.

— Sim — eu disse —, mas Jorge não poderia ter matado um homem tão robusto como Severino, e com tanta violência.

— Certamente não. Além disso, tu o viste dirigir-se para o Edifício, e os arqueiros encontraram-no na cozinha pouco antes de encontrarem o despenseiro. Portanto, não teria tempo de vir aqui e depois voltar à cozinha. Calcula que, mesmo que ele se movesse com desenvoltura, precisaria avançar costeando os muros e não poderia ter atravessado as hortas e correr...

— Deixai-me pensar com minha cabeça — eu disse, que ambicionava impressionar meu mestre. — Portanto, não pode ter sido Jorge. Alinardo vagava pelas redondezas, mas ele também se mantém a custo sobre as pernas e não pode ter dominado Severino. O despenseiro esteve aqui, mas o tempo transcorrido entre sua saída das cozinhas e a chegada dos arqueiros foi tão curto que me parece difícil que ele pudesse fazer Severino abrir, enfrentá-lo, matá-lo e depois armar todo esse pandemônio. Malaquias poderia ter precedido a todos: Jorge nos ouviu no nártex e foi até o scriptorium para informar Malaquias que um livro da biblioteca estava com Severino. Malaquias vem aqui, convence Severino a abrir, mata-o, Deus sabe por quê. Mas, se procurava o livro, deveria tê-lo reconhecido sem remexer tanto, porque é ele o bibliotecário! Então quem sobra?

— Bêncio — disse Guilherme.

Bêncio negou vigorosamente balançando a cabeça:

— Não, frei Guilherme, vós sabeis que eu ardia de curiosidade. Mas se tivesse entrado aqui e conseguido sair com o livro, agora não estaria a fazer-vos companhia, mas em outro lugar qualquer examinando o meu tesouro...

— Prova quase convincente — sorriu Guilherme. — Porém nem tu sabes como é o livro. Poderias ter matado e agora estarias aqui tentando identificá-lo.

Bêncio corou violentamente.

— Eu não sou um assassino! — protestou.

— Ninguém é, antes de cometer o primeiro crime — disse filosoficamente Guilherme. — Em todo caso, o livro não está, e essa é uma prova suficiente do fato de que tu não o deixaste aqui. E parece-me razoável que, se o tivesses pegado antes, terias escapado para fora durante a confusão.

Depois se virou para contemplar o cadáver. Parece que só então se deu conta da morte do amigo.

— Pobre Severino — disse —, eu tinha suspeitado também de ti e de teus venenos. E tu esperavas a insídia de um veneno, caso contrário não terias calçado as luvas. Temias um perigo da terra e ao contrário ele te chegou da abóbada celeste...

Retomou na mão a esfera, observando-a com atenção.

— Quem sabe por que usaram justamente esta arma...

— Estava ao alcance da mão.

— Pode ser. Havia outras coisas também, vasos, instrumentos de jardineiro... É um belo exemplo de arte em metais e de ciência astronômica. Está toda estragada e... Santo Deus! — exclamou.

— O que é?

— E foi atingida a terça parte do sol e a terça parte da lua e a terça parte das estrelas...— recitou.

Eu conhecia demasiado bem o texto de João apóstolo:

— A quarta trombeta! — exclamei.

— De fato. Primeiro o granizo, depois o sangue, depois a água e agora as estrelas... Se é assim tudo deve ser revisto, o assassino não golpeou ao acaso, seguiu um plano... Mas é possível imaginar uma mente tão perversa que mate somente quando pode fazê-lo seguindo os ditames do livro do Apocalipse?

— O que acontecerá com a quinta trombeta? — perguntei aterrorizado. Procurei lembrar-me: — E vi uma estrela que do céu caiu na terra; e foi-lhe dada a chave do poço do abismo... Alguém irá morrer afogado num poço?

— A quinta trombeta promete muitas outras coisas — disse Guilherme. — Do poço sairá a fumaça de uma fornalha, depois sairão gafanhotos que atormentarão os homens com um ferrão semelhante ao dos escorpiões. E a forma dos gafanhotos será semelhante à dos cavalos com coroas de ouro na cabeça e dentes de leão... O nosso homem teria à disposição vários meios para realizar as palavras do livro... Mas não vamos atrás de fantasias. Tentemos antes lembrar o que Severino disse quando nos anunciou ter encontrado o livro...

— Vós lhe dissestes que o levasse, e ele disse que não podia...

— De fato, depois fomos interrompidos. Por que não podia? Um livro pode ser transportado. E por que calçou as luvas? Há algo na encadernação do livro relacionado ao veneno que matou Berengário e Venâncio? Uma insídia misteriosa, uma ponta infectada...

— Uma serpente! — eu disse.

— Por que não o peixe que engoliu Jonas? Não, estamos fantasiando ainda. O veneno, pelo que vimos, deveria passar pela boca. Além disso, Severino não disse exatamente que não podia transportar o livro. Disse que preferia mostrá-lo aqui. E calçou as luvas... Pelo menos sabemos que o livro deve ser tocado com luvas. E isso vale também para ti, Bêncio, se o encontrares como esperas. E visto que és tão prestativo, podes me ajudar. Sobe ao scriptorium e fica de olho em Malaquias. Não o percas de vista.

— Será feito! — disse Bêncio e saiu contente, pareceu-nos, com a missão.

Não pudemos conter por mais tempo os outros monges, e a sala foi invadida pela multidão. Já passara da hora do almoço e provavelmente Bernardo estava reunindo sua corte no capítulo.

— Aqui não há mais nada que fazer — disse Guilherme.

Uma ideia atravessou minha mente e eu disse:

— O assassino não podia ter jogado o livro pela janela para depois ir buscá-lo atrás do hospital?

Guilherme olhou com ceticismo os janelões do laboratório, que pareciam hermeticamente fechados.

— Vamos ver — disse.

Saímos e inspecionamos o lado posterior da construção, que estava quase encostada à muralha, não sem deixar estreita passagem. Guilherme avançou com cautela porque naquele espaço a neve dos dias anteriores conservara-se intacta. Na crosta gelada, mas frágil, nossos passos imprimiam sinais evidentes, portanto, se alguém tivesse passado antes de nós, a neve teria ficado marcada. Não vimos nada.

Abandonamos com o hospital minha pobre hipótese e, enquanto atravessávamos a horta, perguntei a Guilherme se confiava de fato em Bêncio.

— Não completamente — disse Guilherme —, mas em todo caso não lhe dissemos nada que ele já não soubesse e o deixamos temeroso em relação ao livro. Finalmente, fazendo-o vigiar Malaquias, nós também o fazemos ser vigiado por Malaquias, que evidentemente está procurando o livro por conta própria.

— E o despenseiro o que queria?

— Logo saberemos. Decerto queria algo e o queria logo para evitar um perigo que o aterrorizava. Esse algo deve ser conhecido por Malaquias, de outro modo não explicaríamos a invocação desesperada que Remigio lhe fez...

— Em todo caso o livro desapareceu...

— Essa é a coisa mais inverossímil — disse Guilherme quando já estávamos chegando ao capítulo. — Se estava lá, e Severino disse que estava, ou foi levado embora ou ainda está lá.

— E uma vez que não está, alguém o levou embora — conclui

— Ninguém disse que o raciocínio não pode ser feito a partir de outra premissa menor. Visto que tudo confirma que ninguém pode tê-lo levado embora...

— Então ainda deveria estar lá. Mas não está.

— Um momento. Dizemos que não está porque não o encontramos. Mas talvez não o tenhamos encontrado porque não o vimos lá onde estava.

— Mas olhamos por toda parte!

— Olhamos mas não vimos. Ou seja, vimos mas não reconhecemos... Adso, como foi que Severino nos descreveu o livro, que palavras usou?

— Disse ter encontrado um livro que não era dos seus, em grego...

— Não! Agora me lembro. Disse um livro *estranho*. Severino era um douto, e para um douto um livro em grego não é estranho, mesmo que o douto não saiba grego, porque ao menos teria reconhecido o alfabeto. E um douto não definiria como estranho nem mesmo um livro em árabe, mesmo que não soubesse árabe... — Interrompeu-se. — E o que estava fazendo um livro em árabe no laboratório de Severino?

— Mas por que haveria de definir como estranho um livro em árabe?

— Esse é o problema. Se o definiu como estranho é porque tinha um aspecto inusitado, inusitado ao menos para ele, que era herborista, e não bibliotecário... E nas bibliotecas acontece de muitos manuscritos antigos virem às vezes encadernados juntos, reunindo num volume textos diferentes e curiosos, um em grego, um em aramaico...

— ... E um árabe! — gritei, fulminado por aquele lampejo.

Guilherme puxou-me com rudeza para fora do nártex fazendo-me correr ao hospital:

— Besta de um teutão, palerma, ignorante, olhaste apenas as primeiras páginas, e o resto não!

— Mas mestre — eu ofegava —, fostes vós que olhastes as páginas que vos mostrei e dissestes que era árabe e não grego!

— É verdade, Adso, é verdade, sou eu a besta, corre, depressa!

Retornamos ao laboratório, e custou-nos entrar porque os noviços já estavam transportando o cadáver para fora. Outros curiosos circulavam pela sala. Guilherme precipitou-se para a mesa, ergueu os volumes procurando o fatídico livro, jogou-os um por um ao chão sob os olhares estarrecidos dos presentes, depois os abriu e reabriu todos duas vezes. Infelizmente o manuscrito árabe já não estava lá. Lembrava-me vagamente da velha capa, não forte, bastante gasta, com leves faixas metálicas.

— Quem entrou aqui depois que saí? — perguntou Guilherme a um monge. Este deu de ombros, era claro que tinham entrado todos e ninguém.

Tentamos considerar as possibilidades. Malaquias? Era verossímil, sabia o que queria, talvez nos tivesse vigiado, vira-nos sair sem nada nas mãos, voltara com a certeza de conseguir o que queria. Bêncio? Lembrei que, quando discutíramos por causa do texto em árabe, ele tinha rido. Então eu achara que ele tinha rido de minha ignorância, mas talvez risse da ingenuidade de

Guilherme, ele sabia bem de quantos modos pode apresentar-se um velho manuscrito, talvez tivesse pensado aquilo que nós não pensáramos de imediato, e que deveríamos ter pensado, ou seja, que Severino não sabia árabe, portanto era estranho que conservasse entre os seus livros um que ele não podia ler. Ou então havia uma terceira personagem?

Guilherme estava profundamente humilhado. Eu tentava consolá-lo, dizia-lhe que ele estava procurando havia três dias um texto em grego, e era natural que, durante aquele exame, tivesse descartado todos os livros que não pareciam estar escritos em grego. Ele respondia que realmente errar é humano, mas há seres humanos que erram mais que os outros e são chamados de estultos, e ele era um desses, e perguntava-se se valera a pena estudar em Paris e em Oxford para depois ser incapaz de pensar que os manuscritos são encadernados também em grupos, coisa que até os noviços sabem, menos os estúpidos como eu, e uma dupla de estúpidos como nós dois faria grande sucesso nas feiras, e era isso que deveríamos fazer, e não tentar resolver mistérios, especialmente quando tínhamos à nossa frente gente muito mais astuta do que nós.

— Mas não adianta chorar — concluiu depois. — Se Malaquias o pegou, já o repôs na biblioteca. E o reencontraríamos apenas se soubéssemos entrar no finis Africae. Se foi Bêncio quem pegou, terá imaginado que mais cedo ou mais tarde eu desconfiaria o que desconfiei e voltaria ao laboratório, de outro modo não teria agido com tanta pressa. Portanto deve ter-se escondido, e o único lugar em que com certeza não está escondido é aquele em que nós o procuraríamos de imediato, ou seja, em sua cela. Portanto, voltemos ao capítulo e vejamos se durante a instrução o despenseiro dirá alguma coisa de útil. Porque depois de tudo ainda não tenho claro o plano de Bernardo, que procurava seu homem antes da morte de Severino e com outros objetivos.

Voltamos ao capítulo. Teríamos feito bem em ir à cela de Bêncio, pois, como soubemos depois, nosso jovem amigo não tinha Guilherme em tão alto apreço e não achara que ele voltaria tão depressa ao laboratório; por isso, acreditando que não seria procurado por aqueles lados, tinha justamente ido esconder o livro em sua cela.

Mas isso contarei depois. Nesse ínterim aconteceram fatos tão dramáticos e inquietantes que quase nos fizeram esquecer do livro misterioso. E, mesmo não o tendo esquecido, fomos surpreendidos por outras necessidades urgentes, relacionadas à missão de que Guilherme continuava encarregado.

Quinto dia

NONA

Em que se aplica a justiça e tem-se a embaraçosa impressão de que estão todos errados.

Bernardo Gui postou-se no centro da grande mesa de nogueira na sala do capítulo. Junto dele um dominicano desempenhava as funções de notário e dois prelados da legação pontifícia estavam a seu lado como juízes. O despenseiro estava de pé diante da mesa, entre dois arqueiros.

O abade voltou-se para Guilherme sussurrando-lhe:

— Não sei se o procedimento é legítimo. O concílio de Latrão de 1215 estabeleceu em seu cânone XXXVII que não se pode intimar uma pessoa a comparecer diante de juízes que exerçam a mais de dois dias de marcha de seu domicílio. Aqui a situação talvez seja diferente, é o juiz que vem de longe, mas...

— O inquisidor está isento de qualquer jurisdição regular — disse Guilherme — e não deve seguir as normas do direito comum. Goza de privilégio especial e não é sequer obrigado a escutar os advogados.

Olhei o despenseiro. Remigio estava reduzido a um estado miserável. Olhava ao redor como um animal assustado, como se reconhecesse os movimentos e os gestos de uma temida liturgia. Agora sei que temia por duas razões, igualmente assustadoras: uma porque fora apanhado, segundo todas as aparências, em flagrante delito, a outra porque desde o dia anterior, quando Bernardo tinha iniciado sua investigação, recolhendo rumores e insinuações, ele temia que seus erros viessem à tona; e começara a se agitar mais ainda quando viu que Salvatore fora preso.

Se o desventurado Remigio estava tomado pelo terror, Bernardo Gui, por sua vez, conhecia os modos de transformar em pânico o medo de suas vítimas. Não falava: enquanto todos esperavam que desse início ao interrogatório, ele mantinha as mãos sobre os papéis que tinha à frente, fingindo organizá-los, mas distraidamente. O olhar na verdade dirigia-se ao acusado, e era um olhar misto de hipócrita indulgência (como a dizer: "Não temas, estás nas mãos de uma assembleia fraterna, que só pode querer teu bem"), gélida ironia (como a dizer: "Não sabes ainda qual é teu bem, e dentro em breve to direi"), impiedosa severidade (como a dizer: "Mas em todo caso sou aqui teu único juiz, e tu és coisa minha"). Todas essas coisas o despenseiro já sabia, mas o silêncio e a demora do juiz serviam para que ele as recordasse, como que as saboreasse melhor, para que, impedido de esquecê-las, ele cada vez mais extraísse delas motivo de humilhação, sua inquietação se transformasse em desespero e ele se tornasse coisa exclusiva do juiz, cera mole em suas mãos.

Finalmente Bernardo rompeu o silêncio. Pronunciou algumas fórmulas do rito, disse aos juízes que se passava ao interrogatório daquele que era acusado de dois crimes igualmente odiosos, dos quais um era evidente para todos, porém menos desprezível que o outro, porque efetivamente o réu fora surpreendido a cometer um homicídio, quando era procurado por crime de heresia.

Tinha dito. O despenseiro escondeu o rosto entre as mãos, que ele movia com esforço porque elas estavam acorrentadas. Bernardo deu início ao interrogatório.

— Quem és tu? — perguntou.

— Remigio de Varagine. Creio ter nascido há cinquenta e dois anos e entrei ainda menino para o convento dos menores de Varagine.

— E como é que te encontras hoje na ordem de são Bento?

— Anos atrás, quando o pontífice promulgou a bula *Sancta Romana*, como eu temia ser contagiado pela heresia dos fraticelos... mesmo não tendo nunca aderido às suas proposições... pensei ser mais útil à minha alma pecadora subtrair-me de um ambiente prenhe de seduções e obtive admissão entre os monges desta abadia, onde há mais de oito anos sirvo como despenseiro.

— Tu te subtraíste às seduções da heresia — motejou Bernardo —, ou seja, te subtraíste à investigação de quem estava incumbido de descobrir a heresia e erradicar a erva daninha, e os bons monges cluniacenses acreditaram estar cumprindo um ato de caridade acolhendo-te e aos demais como tu. Mas não basta trocar de hábito para apagar da alma a torpeza da depravação herética, e por isso estamos aqui agora para investigar o que vai pelos recessos de tua alma impenitente e o que fizeste antes de chegares a este santo lugar.

— Minha alma é inocente e não sei o que quereis dizer quando falais em depravação herética — disse o despenseiro com cautela.

— Estais vendo? — exclamou Bernardo voltando-se para os outros juízes. — Todos iguais! Quando um deles é detido, apresenta-se em juízo como se sua consciência estivesse tranquila e sem remorsos. E não sabem que esse é o sinal mais evidente de culpa, porque o justo, no processo, apresenta-se preocupado! Perguntai-lhe se conhece a causa pela qual ordenei a sua detenção. Tu a conheces, Remigio?

— Senhor — respondeu o despenseiro —, ficaria contente de sabê-la por vossa boca.

Fiquei surpreso, porque me pareceu que o despenseiro respondia às perguntas do rito com palavras igualmente rituais, como se conhecesse bem as regras da instrução e suas armadilhas e há tempo tivesse sido instruído para enfrentar semelhante circunstância.

— Pronto! — exclamava Bernardo entrementes. — Essa é a típica resposta do herege impenitente! Percorrem trilhas de raposas, e é muito difícil pegá-los em falta porque a comunidade deles admite o direito a mentir para evitar a devida punição. Eles recorrem a respostas tortuosas tentando enganar o inquisidor, que já precisa suportar o contato com gente tão desprezível. Então, frei Remigio, nunca tiveste nada a ver com os ditos fraticelos ou frades da vida pobre, ou beguinos?

— Vivi o episódio dos menores, quando por muito tempo se discutiu sobre a pobreza, mas nunca pertenci à seita dos beguinos.

— Estais vendo? — disse Bernardo. — Nega ter sido beguino porque os beguinos, participando também da mesma heresia dos fraticelos, consideram estes últimos um ramo seco da ordem franciscana e acham-se mais puros e perfeitos que eles. Mas muitos dos comportamentos de uns são comuns aos outros. Acaso podes negar, Remigio, que foste visto na igreja encolhido, com o rosto voltado para a parede, ou prosternado com a cabeça coberta pelo capuz, em vez de ajoelhado e de mãos postas como os outros homens?

— Mesmo na ordem de são Bento os monges se prosternam no chão, nos momentos devidos...

— Eu não estou te perguntando o que fizeste nos momentos devidos, mas sim nos indevidos! Portanto não negas ter assumido uma ou outra postura, típicas dos beguinos! Mas não és beguino, disseste... Então dize-me: em que acreditas?

— Senhor, acredito em tudo aquilo em que acredita um bom cristão...

— Que santa resposta! E em que acredita um bom cristão?

— Naquilo que a santa Igreja ensina.

— E qual santa Igreja? Aquela que é considerada como tal pelos crentes que se dizem perfeitos, os pseudoapóstolos, os fraticelos heréticos, ou a Igreja que eles comparam à meretriz da Babilônia e em que todos nós, ao contrário, acreditamos firmemente?

— Senhor — disse o despenseiro perdido —, dizei-me vós qual acreditais que seja a verdadeira Igreja...

— Eu creio que seja a Igreja romana, una, santa e apostólica, dirigida pelo papa e por seus bispos.

— Assim acredito eu — disse o despenseiro.

— Admirável astúcia! — gritou o inquisidor. — Admirável argúcia de dicto! Vós ouvistes: ele quer dizer que crê que eu creio nessa Igreja, e esquiva-se do dever de dizer no que ele mesmo acredita! Mas conhecemos bem essas artimanhas de fuinha! Vamos ao que importa. Acreditas que os sacramentos foram instituídos por Nosso Senhor, que, para fazer justa penitência, é necessário confessar-se aos servos de Deus, que a Igreja romana tem o poder de desatar e atar nesta terra aquilo que será atado e desatado no céu?

— Por acaso não deveria acreditar?

— Não te pergunto no que deverias acreditar, mas no que acreditas!

— Acredito em tudo aquilo que vós e os demais bons doutores me ordenais acreditar — disse o despenseiro assustado.

— Ah! Porém os bons doutores a que fazes alusão não são por acaso os que comandam a tua seita? É isso o que querias dizer quando falavas em bons doutores? É a esses perversos mentirosos que se acham os únicos sucessores dos apóstolos que recorres para reconheceres teus artigos de fé? Insinuas que, se eu acreditar naquilo que eles creem, então acreditarás em mim, de outro modo acreditarás somente neles!

— Eu não disse isso, senhor — gaguejou o despenseiro —, sois vós que dizeis que digo. Eu creio em vós, se vós ensinardes o que é certo.

— Oh, que insolência! — gritou Bernardo dando um soco na mesa. — Repetes de cor com torva determinação o formulário que se ensina na tua seita. Dizes que acreditarás em mim somente se eu pregar aquilo que tua seita acha que seja o bem. Assim sempre responderam os pseudoapóstolos e assim agora respondes tu, talvez sem perceberes, porque afloram aos teus lábios as frases que outrora te foram ensinadas para enganar os inquisidores. E é assim que te acusas com tuas próprias palavras, e eu só cairia em tua armadilha se não tivesse longa experiência de inquisição... Mas vamos à verdadeira questão, homem perverso. Nunca ouviste falar de Gerardo Segalelli de Parma?

— Ouvi falar — disse o despenseiro empalidecendo, se por acaso se pudesse ainda falar de palidez para aquele rosto abatido.

— Nunca ouviste falar em frei Dulcino de Novara?

— Ouvi falar.

— Nunca o viste pessoalmente, conversaste com ele?

O despenseiro permaneceu alguns instantes em silêncio, como para avaliar até que ponto lhe convinha dizer uma parte da verdade. Depois se decidiu e disse com um fio de voz:

— Eu o vi e falei com ele.

— Mais alto! — gritou Bernardo —, para que finalmente se possa ouvir uma palavra verdadeira sair de teus lábios! Quando falaste com ele?

— Senhor — disse o despenseiro —, eu era frade num convento da região de Novara quando a gente de Dulcino se reuniu por aqueles lados e passaram também perto de meu convento, e no começo ninguém sabia bem quem eram...

— Mentes! Como podia um franciscano de Varagine estar num convento de Novara? Tu não estavas no convento, tu já fazias parte de um bando de fraticelos que percorria aquelas terras vivendo de esmolas e te uniste aos dulcinistas!

— Como podeis afirmar isso, senhor? — disse o despenseiro tremendo.

— Eu te direi como posso, aliás, como devo afirmá-lo — disse Bernardo, e ordenou que trouxessem Salvatore.

A visão do infeliz, que certamente passara a noite num interrogatório não público e mais severo, causou-me piedade. O rosto de Salvatore, já disse, era de hábito horrível. Mas naquela manhã parecia ainda mais semelhante ao de um animal. Não apresentava sinais de violência, mas o modo como o corpo se movia acorrentado, com os membros destroncados, quase incapaz de se mover, arrastado pelos arqueiros como um macaco amarrado numa corda, mostrava muito bem o modo como devia ter-se desenvolvido o seu atroz responsório.

— Bernardo o torturou... — sussurrei a Guilherme.

— Que nada — respondeu Guilherme. — Um inquisidor não tortura jamais. Os cuidados com o corpo do acusado são sempre confiados ao braço secular.

— Mas é a mesma coisa! — eu disse.

— De jeito nenhum! Não é a mesma coisa para o inquisidor, que tem as mãos limpas, como também não é para o inquirido, que, quando chega ao inquisidor, encontra nele um súbito apoio, um lenitivo para suas penas e lhe abre o coração.

Fitei meu mestre:

— Estais brincando — falei espantado.

— Achas que se brinca com essas coisas? — respondeu Guilherme.

Bernardo estava agora interrogando Salvatore, e minha pena não é capaz de transcrever as palavras rotas e, se ainda fosse possível, muito mais babélicas com que aquele já meio homem, reduzido agora à condição de babuíno, respondia, sendo a custo compreendido por todos, ajudado por Bernardo, que formulava as perguntas de tal modo que ele só pudesse responder sim ou não, tornando-se incapaz de mentir. E o que Salvatore disse meu leitor pode bem imaginar. Contou ou admitiu ter contado durante a noite uma parte daquela história que eu já reconstituí: suas andanças como fraticelo, pastorinho e pseudoapóstolo; como, nos tempos de frei Dulcino, tinha encontrado Remigio entre os dulcinianos; como tinha fugido com ele após a batalha de monte Rebello, abrigando-se, após várias vicissitudes, no convento de Casale. No mais, acrescentou que o heresiarca Dulcino, próximo da derrota e da captura, tinha confiado algumas cartas a Remigio, para serem entregues ele não sabia onde nem a quem. E Remigio tinha sempre carregado as cartas consigo, sem ousar remetê-las, e, chegando à abadia, temendo continuar de posse delas, mas não querendo destruí-las, entregara-as ao bibliotecário, sim, justamente a Malaquias, para que as escondesse em qualquer parte nos recessos do Edifício.

Enquanto Salvatore falava, o despenseiro fitava-o com ódio, e a certa altura não pôde se conter e gritou-lhe:

— Cobra, macaco lascivo, fui para ti pai, amigo, escudo, e assim me pagas!

Salvatore fitou seu protetor agora necessitado de proteção e respondeu a custo:

— Senhor Remigio, fosse quando pudesse eu era teu. E eras dilectissimo para mim. Mas tu conheces a família do esbirro. Qui non habet caballum vadat cum pede...

— Louco! — gritou-lhe ainda Remigio. — Esperas salvar-te? Não sabes que morrerás também? Dize que falaste sob tortura, dize que inventaste tudo!

— Que sei eu senhor como se chamam todas essas resias... Paterinos, gazaros, leonistas, arnaldistas, speroristas, circuncisos... Eu não sou homo literatus, pecava sine malitia, e o senhor Bernardo magnificentíssimo el sabe, et ispero em a indulgentia sua in nomine patre et filio et spiritis sanctis...

— Seremos tão indulgentes quanto nos for permitido por nosso ofício — disse o inquisidor — e consideraremos com paterna benevolência a boa vontade com que abriste tua alma. Vai, vai, volta a meditar em tua cela e espera na misericórdia do Senhor. Agora temos de debater uma questão de alcance bem diferente. Então, Remigio, trazias contigo cartas de Dulcino e as entregaste ao teu confrade que cuida da biblioteca...

— Não é verdade, não é verdade! — gritou o despenseiro, como se aquela defesa tivesse ainda alguma eficácia.

E justamente Bernardo o interrompeu:

— Mas não é de ti que esperamos uma confirmação, porém de Malaquias de Hildesheim.

Mandou chamar o bibliotecário, ele não estava entre os presentes. Eu sabia que estava no scriptorium ou nos arredores do hospital, procurando Bêncio e o livro. Foram buscá-lo, e, quando apareceu, sombrio e tentando não olhar ninguém no rosto, Guilherme murmurou desapontado:

— E agora Bêncio poderá fazer o que quiser!

Mas enganava-se, porque vi o rosto de Bêncio despontar por sobre os ombros de outros monges que se aglomeravam às portas da sala para acompanhar o interrogatório. Mostrei-o a Guilherme. Pensamos então que a curiosidade por aquele acontecimento era mais forte que a curiosidade pelo livro. Soubemos depois que, naquele instante, ele já concluíra uma ignóbil transação.

Malaquias apareceu então diante dos juízes, sem nunca cruzar seu olhar com o do despenseiro.

— Malaquias — disse Bernardo —, esta manhã, após a confissão de Salvatore, obtida à noite, perguntei-vos se tínheis recebido algumas cartas do acusado aqui presente...

— Malaquias — berrou o despenseiro —, há pouco me juraste que não farias nada contra mim!

Malaquias mal se voltou para o acusado, a quem dava as costas, e disse em voz tão baixa que eu quase não ouvia:

— Não perjurei. Se podia fazer algo contra ti, já o tinha feito. As cartas tinham sido entregues ao senhor Bernardo de manhã, antes que matasses Severino...

— Mas tu sabes, tu deves saber que eu não matei Severino! Tu sabes porque já estavas lá!

— Eu? — perguntou Malaquias. — Eu entrei lá depois que te descobriram.

— E ainda que assim fosse — interrompeu Bernardo —, o que procuravas lá com Severino, Remigio?

O despenseiro virou-se para olhar Guilherme com olhos perdidos, depois olhou Malaquias, depois de novo Bernardo:

— Mas eu... eu ouvi de manhã frei Guilherme aqui presente dizer a Severino para guardar certos papéis... eu desde ontem à noite, após a captura de Salvatore, temia que se falasse daquelas cartas...

— Então tu sabes algo sobre as cartas! — exclamou triunfalmente Bernardo. O despenseiro tinha caído na armadilha. Encontrava-se apertado entre duas urgências, inocentar-se da acusação de heresia e afastar de si a suspeita de homicídio. Resolveu provavelmente enfrentar a segunda acusação, por instinto, porque agora agia sem regra e sem prudência:

— Falarei das cartas depois... justificarei... direi como chegaram às minhas mãos... Mas deixai-me explicar o que aconteceu esta manhã. Eu achava que se falaria daquelas cartas, quando vi Salvatore cair nas mãos do senhor Bernardo, faz anos que a lembrança das cartas me atormenta o coração... Então, quando ouvi Guilherme e Severino falar de alguns papéis... não sei, apavorado, pensei que Malaquias tivesse se livrado delas e as tivesse dado a Severino... queria destruí-las e assim fui até Severino... a porta estava aberta, e Severino já estava morto, pus-me a remexer entre as coisas dele procurando as cartas... tinha medo somente...

Guilherme sussurrou-me ao ouvido:

— Pobre estúpido, amedrontado por um perigo, atirou-se de cabeça em outro...

— Admitamos que estejas dizendo quase, digo quase, a verdade — interveio Bernardo. — Achavas que Severino tivesse as cartas e as procuraste com ele. E por que achaste que estavam com ele? E por que mataste antes também os outros confrades? Talvez achasses que as cartas circulavam havia tempo pelas mãos de muitos? Talvez seja uso desta abadia andar à caça das relíquias dos hereges queimados?

Vi o abade estremecer. Não havia nada mais insidioso que a acusação de colecionar relíquias de hereges, e Bernardo era muito hábil em misturar os crimes à heresia, e tudo isso à vida da abadia. Fui interrompido em minhas reflexões pelo despenseiro que gritava não ter nada a ver com os outros crimes. Bernardo o tranquilizou indulgentemente: não era aquela no momento a questão que se discutia, ele estava sendo interrogado por crime de heresia, e que não tentasse (e sua voz tornou-se severa) desviar a atenção de suas transgressões heréticas falando de Severino ou tentando tornar Malaquias suspeito. Que se voltasse então às cartas.

— Malaquias de Hildesheim — disse, dirigindo-se à testemunha —, não estais aqui como réu. De manhã respondestes às minhas perguntas e ao meu pedido sem tentar esconder nada. Agora repetireis aqui aquilo que me dissestes de manhã e não tereis nada que temer.

— Repito o que disse de manhã — disse Malaquias. — Logo depois que chegou aqui, Remigio começou a se ocupar das cozinhas, e tivemos frequentes contatos por razões de trabalho... eu como bibliotecário sou encarregado do fechamento noturno de todo o Edifício, portanto das cozinhas também... não tenho motivo para esconder que nos tornamos amigos fraternos, e eu não tinha motivo para alimentar suspeitas contra ele. E ele me contou que tinha consigo alguns documentos de natureza secreta, confiados a ele em confissão, que não deviam cair em mãos profanas, e que ele não ousava manter consigo. Visto que eu tomava conta do único lugar do mosteiro proibido a todos os demais, pediu-me que guardasse aqueles papéis longe de olhares curiosos, e eu concordei, sem presumir que os documentos eram de natureza herética, e sequer os li, colocando-os... colocando-os no mais inatingível dos recessos da biblioteca, e desde então me esquecera desse fato, até que esta manhã o senhor inquisidor mencionou-as, então fui buscá-las e entreguei-lhas...

O abade tomou a palavra, agastado:

— Por que não me informaste desse teu pacto com o despenseiro? A biblioteca não é reservada às coisas de propriedade dos monges!

O abade tinha deixado claro que a abadia não tinha nada a ver com aquele assunto.

— Senhor — respondeu confuso Malaquias —, tinha-me parecido coisa de pouca importância. Pequei sem maldade.

— Claro, claro — disse Bernardo em tom cordial —, estamos todos convencidos de que o bibliotecário agiu de boa-fé, e a franqueza com que colaborou com este tribunal é prova disso. Peço fraternalmente a Vossa Magnificência que não o incrimine por essa antiga imprudência. Acreditamos em Malaquias. E pedimos-lhe apenas que confirme, agora sob juramento, que os papéis que neste momento lhe exibo são os que me deu de manhã e são os mesmos que Remigio de Varagine lhe entregou anos atrás, após sua chegada à abadia.

Mostrava dois pergaminhos que tirara das folhas postas na mesa. Malaquias olhou-os e disse com voz firme:

— Juro por Deus pai onipotente, pela santíssima Virgem e por todos os santos que assim é e foi.

— É o que basta — disse Bernardo. — Podes ir.

Enquanto Malaquias saía cabisbaixo, pouco antes de chegar à porta, ouviu-se uma voz elevar-se do grupo dos curiosos aglomerados no fundo da sala:

— Tu escondias as cartas dele, e ele te mostrava o cu dos noviços na cozinha!

Explodiram algumas risadas, Malaquias saiu rápido dando empurrões à direita e à esquerda, eu juraria que a voz era de Aymaro, mas a frase fora gritada em falsete. O abade, com o rosto violáceo, berrou que fizessem silêncio e ameaçou tremendas punições para todos, intimando os monges a desocuparem a sala. Bernardo sorria lubricamente, o cardeal Bertrando, de um lado da sala, inclinava-se para o ouvido de João de Anneaux e dizia-lhe alguma coisa, ao que o outro reagia cobrindo a boca com a mão e abaixando a cabeça como se tossisse. Guilherme disse-me:

— O despenseiro não era apenas um pecador carnal em proveito próprio, mas também bancava o rufião. Mas nada disso interessa a Bernardo, a não ser aquele tanto que cria embaraços para o abade, mediador imperial...

Foi interrompido justamente por Bernardo que agora se voltava para ele:

— Seria de meu interesse depois saber de vós, frei Guilherme, de que papéis estáveis falando de manhã com Severino, quando o despenseiro vos ouviu e entendeu errado.

Guilherme susteve seu olhar:

— Entendeu errado, justamente. Falávamos de uma cópia do tratado sobre a hidrofobia canina de Ayyub al Ruhawi, livro admirável de doutrina cuja fama por certo conheceis e que vos terá sido frequentemente de muita utilidade... A hidrofobia, diz Ayyub, é reconhecível por vinte e cinco sinais evidentes...

Bernardo, que pertencia à ordem dos dominicanos, não julgou oportuno enfrentar uma nova batalha.

— Tratava-se, portanto, de coisas estranhas ao caso em questão — disse rapidamente.

E deu prosseguimento à instrução.

— Voltemos a ti, frei Remigio menorita, bem mais perigoso que um cão hidrófobo. Se frei Guilherme nesses dias tivesse dado mais atenção à baba dos hereges que à dos cães, talvez tivesse descoberto ele também a cobra que se aninhava na abadia. Voltemos às cartas. Agora sabemos com certeza que estiveram em tuas mãos e que cuidaste de escondê-las como se fossem algo venenosíssimo, e que justamente mataste...

Deteve com um gesto uma tentativa de negação e continuou:

— ... do assassinato falaremos depois... que mataste, dizia eu, para que ela nunca caísse em minhas mãos. Então reconheces estes papéis como coisa tua?

O despenseiro não respondeu, mas seu silêncio era demasiado eloquente. Por isso Bernardo pressionou:

— E o que são esses papéis? São duas páginas redigidas de próprio punho pelo heresiarca Dulcino, poucos dias antes de ser preso, que ele confiava a um de seus acólitos para que as levasse aos seus outros seguidores ainda espalhados pela Itália. Poderia ler-vos tudo o que nelas se diz e como Dulcino, prevendo seu fim iminente, confia uma mensagem de esperança — diz ele a seus confrades — no demônio! Ele os consola avisando que, embora as datas que ele anuncia aqui não concordem com as de suas cartas anteriores, nas quais prometera para o ano de 1305 a destruição completa de todos os padres por obra do imperador Frederico, essa destruição não estaria longe. Mais uma vez o heresiarca mentia, porque vinte e tantos anos se passaram desde aquele dia e nenhuma de suas nefastas previsões se realizou. Mas não é sobre a risível presunção dessas profecias que devemos discutir, porém sobre o fato de que Remigio era seu portador. Podes ainda negar, frade herege e impenitente, teres tido relações e contubérnio com a seita dos pseudoapóstolos?

O despenseiro agora já não podia negar.

— Senhor — disse —, minha juventude foi povoada de erros funestos. Quando fiquei sabendo da pregação de frei Dulcino, já seduzido que estava pelos erros dos frades de vida pobre, acreditei em suas palavras e me uni a seu bando. Sim, é verdade, estive com eles em Brescia e em Bérgamo, estive com eles em Como e em Valsesia, com eles me refugiei na Parede Calva, no vale de Rassa e finalmente no monte Rebello. Mas não tomei parte em nenhum malfeito, e, quando eles cometiam saques e violências, eu trazia ainda em mim o espírito de mansidão que foi próprio dos filhos de Francisco, e justamente no monte Rebello disse a Dulcino que não me sentia mais à vontade para participar da luta deles, e ele me deu permissão para ir embora, porque, disse, não queria medrosos consigo, e me pediu apenas que levasse essas cartas a Bolonha...

— Para quem? — perguntou o cardeal Bertrando.

— Para alguns seguidores, dos quais me parece recordar o nome, e como me lembro vô-los digo, senhor — apressou-se a dizer Remigio. E pronunciou os nomes de alguns que o cardeal Bertrando demonstrou conhecer, porque sorriu com ar de satisfação, fazendo um sinal de entendimento a Bernardo.

— Muito bem — disse Bernardo, e tomou nota daqueles nomes. Depois perguntou a Remigio: — E como é que agora nos entregas teus amigos?

— Não são meus amigos, senhor, prova disso é que nunca entreguei as cartas. Aliás, fiz mais, e o digo agora depois de ter tentado esquecê-lo por muitos anos: para poder abandonar aquele lugar sem ser apanhado pelo exército do bispo de Vercelli, que nos esperava na planície, consegui entrar em contato com alguns dos seus homens e, em troca de um salvo-conduto, indiquei-lhes boas passagens para poderem assaltar as fortificações de Dulcino, de modo que parte do sucesso das forças da Igreja foi devida à minha colaboração...

— Muito interessante. Isso nos diz que não só foste herege, mas também que foste vil e traidor. O que não muda a tua situação. Assim como hoje, para te salvares, tentaste acusar Malaquias, que no entanto tinha te prestado um serviço, também então, para te salvares, entregaste teus companheiros de pecado às mãos da justiça. Mas traíste os corpos deles, nunca traíste os ensinamentos deles, e conservaste essas cartas como relíquia, esperando um dia teres a coragem e a possibilidade, sem correr riscos, de entregá-las, para te tornares de novo bem-visto junto aos pseudoapóstolos.

— Não, senhor, não — dizia o despenseiro, coberto de suor, com as mãos trêmulas. — Não, juro-vos que...

— Um juramento! — disse Bernardo. — Eis uma nova prova de tua maldade! Queres jurar porque sabes que eu sei que os hereges valdenses estão preparados para qualquer astúcia, até para morrer, mas que não juram! E quando, movidos pelo medo, fingem jurar, soltam falsos juramentos. Mas eu sei bem que não és da seita dos pobres de Lyon, raposa maldita, e tentas me convencer de que não és aquilo que não és para que eu não diga que és aquilo que és! Então juras? Juras para seres absolvido, mas fica sabendo que um simples juramento não me basta. Posso exigir um, dois, três, cem, quantos quiser. Sei muito bem que vós, pseudoapóstolos, concedeis dispensas a quem jura em falso para não trair a seita. E desse modo cada juramento será uma nova prova da tua culpabilidade!

— Mas então o que devo fazer? — berrou o despenseiro, caindo de joelhos.

— Não te prosternes como um beguino! Não deves fazer nada. Agora só eu sei o que deverá ser feito — disse Bernardo com um sorriso tremendo. — Tu deves apenas confessar. E estarás danado e condenado se confessares, e estarás danado e condenado se não confessares, porque serás punido como perjuro! Então confessa, ao menos para abreviar este dolorosíssimo interrogatório, que perturba nossas consciências e o nosso senso de brandura e de compaixão!

— Mas o que devo confessar?

— Dois tipos de pecados. Que foste da seita de Dulcino, que comungaste com ele proposições heréticas, costumes e ofensas à dignidade dos bispos e dos magistrados citadinos, que, impenitente, continuas a comungar as mentiras e as ilusões do heresiarca, mesmo após a morte dele e a dispersão da seita, ainda que esta não tenha sido de todo debelada e destruída. E que, corrompido no íntimo de tua alma pelas práticas que aprendeste na seita imunda, és culpado das desordens contra Deus e os homens perpetradas nesta abadia, por razões que ainda me escapam, mas que não precisarão sequer ser esclarecidas de todo, desde que se tenha demonstrado luminosamente (como estamos fazendo) que a heresia daqueles que pregaram e pregam a pobreza, contra os ensinamentos do senhor papa e de suas bulas, só pode levar a obras criminosas. Isso é o que os fiéis deverão aprender e isso me bastará. Confessa.

Ficou claro naquele momento o que Bernardo pretendia. Nada interessado em saber quem tinha matado os outros monges, queria apenas demonstrar que Remigio, de algum modo, comungava as ideias propugnadas pelos teólogos do imperador. E, mostrando a ligação entre tais ideias, que também eram as do capítulo de Perúgia, dos fraticelos e dos dulcinistas, mostrando que um único homem, naquela abadia, participava de todas essas heresias e tinha sido autor de muitos crimes, ele daria um golpe realmente mortal nos adversários. Fitei Guilherme e compreendi que ele tinha compreendido, mas não podia fazer nada, ainda que o tivesse previsto. Fitei o abade e o vi de rosto fechado: dava-se conta, com atraso, de também ter sido arrastado a uma armadilha, e que sua própria autoridade de mediador ia desmoronando, agora que estava para aparecer como o senhor de um lugar em que todas as infâmias do século tinham ocorrido. Quanto ao despenseiro, já não sabia qual era o crime do qual ainda podia inocentar-se. Mas naquele momento ele talvez não tenha sido capaz de nenhum cálculo, o grito que lhe saiu da boca era o grito de sua alma, e nele e com ele descarregava anos de longos e secretos remorsos. Ou seja, após uma vida de incertezas, entusiasmos e desilusões, covardias e traições, posto diante da inelutabilidade de sua ruína, ele decidia professar a fé da juventude, sem mais se perguntar se era certa ou errada, mas como que para mostrar a si mesmo que era capaz de alguma fé.

— Sim, é verdade — gritou —, estive com Dulcino e comunguei dos crimes, da licenciosidade, talvez estivesse louco, confundia o amor de nosso senhor Jesus Cristo com a necessidade de liberdade e com o ódio aos bispos, é verdade, pequei, mas estou inocente do que aconteceu na abadia, juro!

— Obtivemos entretanto alguma coisa — disse Bernardo. — Portanto, admites ter praticado a heresia de Dulcino, da bruxa Margarida e de seus pares. Admites ter estado com eles perto de Trivero enquanto enforcavam muitos fiéis de Cristo, entre os quais um menino inocente de dez anos; e quando enforcaram outros homens na presença de esposas e pais, porque não queriam entregar-se ao arbítrio daqueles cães, porque vós, cegos de fúria e soberba, consideráveis que ninguém podia ser salvo se não pertencesse à vossa comunidade? Fala!

— Sim, sim, acreditei nisso e fiz essas coisas!

— E estavas presente quando capturaram fiéis do bispo e deixaram alguns morrer de fome no cárcere, e cortaram um braço e uma mão de uma mulher grávida, deixando-a depois parir uma criança que logo depois morreu sem batismo? E estavas com eles quando arrasaram e incendiaram as aldeias de Mosso, Trivero, Cossila e Flecchia, e muitas outras localidades da zona de Crepacorio e muitas casas em Mortiliano e em Quorino, e atearam fogo à igreja de Trivero, sujando antes as imagens sagradas, arrancando as lápides dos altares, quebrando um braço da estátua da Virgem, saqueando os cálices, as alfaias e os livros, destruindo o campanário, quebrando os sinos, apropriando-se de todos os vasos da confraria e dos bens do sacerdote?

— Sim, sim, eu estava lá, e ninguém sabia mais o que estava fazendo, queríamos antecipar o momento do castigo, éramos as vanguardas do imperador enviado pelo céu e pelo santo papa, precisávamos apressar o momento da descida do anjo da Filadélfia, e então todos receberiam a graça do Espírito Santo e a Igreja seria renovada, e após a destruição de todos os perversos somente os perfeitos reinariam!

O despenseiro parecia endemoninhado e iluminado a um só tempo, parecia que agora o dique do silêncio e da simulação tinha se rompido, que seu passado voltava não só em palavras, mas por imagens, e que ele tornava a sentir as emoções que o tinham exaltado antigamente.

— Então — pressionava Bernardo — confessas que homenageaste Gerardo Segalelli como mártir, negaste a autoridade da igreja romana, afirmando que desde os tempos de são Silvestre todos os prelados da Igreja tinham sido prevaricadores e sedutores, exceto Pedro de Morrone, que os dízimos deviam ser pagos apenas a vós, os únicos apóstolos e pobres de Cristo, confessas que percorríeis as aldeias e seduzíeis as pessoas gritando "penitenziagite", que vos fazíeis passar por penitentes e depois vos entregáveis à licenciosidade, à luxúria e à ofensa a vosso corpo e ao corpo dos outros? Fala!

— Sim, sim, confesso a verdadeira fé em que acreditei outrora com toda a alma, confesso que renunciamos a todos os nossos bens, enquanto vós, raça de cães, não renunciaríeis jamais, que desde então não aceitamos mais dinheiro de ninguém nem o portamos conosco e vivemos de esmola e não reservamos nada para o futuro, e, quando nos acolhiam e nos convidavam à mesa, comíamos e partíamos deixando em cima dela o que tinha sobrado...

— E incendiastes e saqueastes para vos apoderardes dos bens dos bons cristãos!

— E incendiamos e saqueamos porque tínhamos elegido a pobreza como lei universal e tínhamos o direito de nos apoderarmos das riquezas ilegítimas dos outros, e queríamos atingir no coração a trama de avidez que se alastrava de paróquia a paróquia, mas nunca saqueamos para possuir, nem matamos para saquear, matávamos para punir, para purificar os impuros através do sangue, e Gerardo Segalelli fora uma planta divina, planta Dei pullulans in radice fidei, nossa regra nos vinha diretamente de Deus, não de vós, cães danados, pregadores mentirosos que espalhais ao redor o cheiro do enxofre, e não o do incenso, cães infames, carniças pútridas, corvos, servos da puta de Avinhão! Então eu acreditava que éramos a espada do Senhor e que era preciso matar até mesmo os inocentes para poder matar-vos todos o mais depressa possível. Queríamos matar a guerra que trazíeis com vossa avidez. Por que nos reprovais se, para estabelecermos a justiça e a felicidade, precisamos derramar um pouco de sangue? E valia até a pena tornar vermelha toda a água do Carnasco, naquele dia em Stavello, porque era sangue nosso também, não nos poupávamos, porque os tempos estavam próximos e era preciso apressar o curso dos acontecimentos...

Tremia inteiro, passava as mãos no hábito como se quisesse limpá-las do sangue que evocava.

— O glutão tornou-se de novo um puro — disse-me Guilherme.

— Mas pureza é isso? — perguntei horrorizado.

— Haverá também pureza de outra espécie — disse Guilherme —, mas, seja qual for, sempre me dá medo.

— O que vos aterroriza mais na pureza? — perguntei.

— A pressa — respondeu Guilherme.

— Basta, basta — dizia agora Bernardo —, nós te pedíamos uma confissão, não uma conclamação à carnificina. Está bem, não só foste herege como ainda o és. Não só foste assassino, mas mataste de novo. Então dize como mataste teus irmãos nesta abadia e por quê.

O despenseiro parou de tremer, olhou ao seu redor como se saísse de um sonho:

— Não — disse —, não tenho nada a ver com os crimes da abadia. Confessei tudo aquilo que fiz, não me façais confessar o que não fiz...

— Mas o que mais haverá que não possas ter feito? Agora te dizes inocente? Ó cordeiro, ó modelo de mansidão! Vós o ouvistes, no passado teve as mãos sujas de sangue e agora é inocente! Talvez nos tenhamos enganado, Remigio de Varagine é um modelo de virtude, um filho fiel da Igreja, um inimigo dos inimigos de Cristo, sempre respeitou a ordem que a mão vigilante da Igreja se afainou para impor a aldeias e cidades, a paz dos comércios, as oficinas dos artesãos, os tesouros das igrejas. Ele é inocente, não cometeu nada, vem dar-me um abraço, irmão Remigio, para que eu possa te consolar das acusações que os malvados levantaram contra ti!

E, enquanto Remigio o fitava com olhos perdidos, como se de repente quase estivesse acreditando numa absolvição final, Bernardo recompôs-se e voltou-se em tom de comando ao capitão dos arqueiros.

— Repugna-me recorrer a meios que a Igreja sempre criticou quando praticados pelo braço secular. Mas há uma lei que domina e dirige também meus sentimentos pessoais. Pedi ao abade um lugar onde possam ser instalados os instrumentos de tortura. Mas que não se faça uso deles já. Que ele fique três dias numa cela, com as mãos e os pés nos cepos. Que depois desse prazo lhe sejam mostrados os instrumentos. Só isso. E que no quarto dia se faça uso deles. A justiça não é movida pela pressa, como acreditavam os pseudoapóstolos, e a de Deus tem séculos à disposição. Proceda-se devagar e por etapas. E, sobretudo, lembrai o que foi dito repetidamente: que se evitem mutilações e o perigo de morte. Uma das providências que esse procedimento admite para o ímpio é justamente que a morte seja saboreada e esperada, mas não chegue antes que a confissão tenha sido plena, voluntária e purificadora.

Os arqueiros inclinaram-se para erguer o despenseiro, mas este fincou os pés no chão e opôs resistência, dando sinais de querer falar. Obtida a licença, falou, mas as palavras lhe saíam a custo da boca, e sua fala era como o tartamudear de um bêbado e tinha algo de obsceno. Apenas pouco a pouco, à medida que falava, encontrou aquela espécie de energia selvagem que animara sua confissão pouco antes.

— Não, senhor. A tortura não. Eu sou um homem covarde. Traí outrora, reneguei por onze anos neste mosteiro minha fé de antigamente, arrecadando dízimo de vinhateiros e camponeses, inspecionando as pocilgas e os estábulos para que prosperassem e o abade enriquecesse, colaborei de bom grado na administração desta fábrica do Anticristo. E me dava bem, tinha esquecido os dias da revolta, regalava-me com os prazeres da gula e outros mais. Sou covarde. Vendi hoje meus antigos confrades de Bolonha, vendi outrora Dulcino. E como covarde, disfarçado como um dos homens da cruzada, assisti à captura de Dulcino e Margarida, quando foram levados ao castelo do Bugello no sábado de aleluia. Vaguei pelos arredores de Vercelli por três meses, até que chegasse a carta do papa Clemente com a ordem de condenação. E vi Margarida ser despedaçada diante dos olhos de Dulcino, ela gritava, trucidada que estava sendo, pobre corpo que uma noite eu também tocara... E, enquanto seu cadáver despedaçado queimava, investiram contra Dulcino, e arrancaram-lhe o nariz e os testículos com tenazes incandescentes, e não é verdade o que disseram depois, que não emitiu sequer um gemido. Dulcino era alto e robusto, tinha uma grande barba de diabo e cabelos ruivos que lhe caíam em anéis pelos ombros, era belo e poderoso quando nos guiava com um chapéu de abas largas e pluma, com a espada cingida sobre a veste talar, Dulcino provocava medo nos homens e fazia as mulheres gritar de prazer... Mas, quando o torturaram, ele também gritava de dor, como uma mulher, como um bezerro, perdia sangue por todos os ferimentos, enquanto o levavam de um canto a outro, e continuavam a feri-lo devagar, para mostrar quanto tempo podia durar um emissário do demônio, e ele queria morrer, pedia que acabassem com ele, mas morreu tarde demais, quando subiu à fogueira e não passava de um amontoado de carne ensanguentada. Eu o seguia e me felicitava por ter escapado àquela prova, estava orgulhoso de minha astúcia, e aquele patife de Salvatore estava comigo e dizia-me: como fizemos bem, irmão Remigio, em nos comportarmos como pessoas espertas, não há nada mais feio que a tortura! Eu teria abjurado mil religiões naquele dia. E faz anos, muitos anos que me digo como fui covarde e como fui feliz por ser covarde, mas continuava esperando poder mostrar a mim mesmo que não era tão covarde assim. Hoje tu me deste essa força, senhor Bernardo, foste para mim aquilo que os imperadores pagãos foram para os mais covardes dos mártires. Deste-me coragem de confessar aquilo em que acreditei com a alma, enquanto o corpo se esquivava. Porém não imponhas demasiada coragem, mais do que possa suportar esta minha carcaça mortal. A tortura não. Direi tudo o que queres, antes a fogueira, morre-se sufocado antes de queimar. Tortura como a de Dulcino, não. Queres um cadáver e, para tê-lo, precisas que eu assuma a culpa por outros cadáveres. Cadáver logo serei, de qualquer modo. E por isso te dou o que queres. Matei Adelmo de Otranto por ódio à sua juventude e a seu talento em brincar com monstros iguais a mim, que sou velho, gordo, baixinho e ignorante. Matei Venâncio de Salvemec porque era demasiado sábio e lia livros que eu não compreendia. Matei Berengário de Arundel por ódio à sua biblioteca, eu que fiz teologia espancando párocos muito gordos. Matei Severino de Santo Emerano... por quê? Porque colecionava ervas, eu que estive no monte Rebello onde comíamos ervas sem nos perguntarmos sobre suas virtudes. Na verdade poderia matar também os outros, inclusive ao nosso abade: com o papa ou com o império, ele continua fazendo parte de meus inimigos e sempre o odiei, mesmo quando me dava de comer porque eu lhe dava de comer. Chega para ti? Ah, não, queres saber também como matei toda aquela gente... Mas matei-os... vejamos... Evocando as potências infernais, com a ajuda de mil legiões submetidas ao meu comando, com a arte que Salvatore me ensinou. Para matar alguém, não é necessário golpear, o diabo mata por vós, se sabeis comandar o diabo.

Fitava os presentes com ar cúmplice, rindo. Mas já era o riso de um demente, ainda que, como me fez notar depois Guilherme, esse demente tivesse tido a sagacidade de arrastar Salvatore à sua própria ruína, para vingar-se de sua delação.

— E como podias comandar o diabo? — instava Bernardo, que assumia esse delírio como legítima confissão.

— Tu o sabes também, não se lida tantos anos com os endemoninhados sem vestir o hábito deles! Tu o sabes também, trucidador de apóstolos! Pegas um gato preto — não é mesmo? —, que não tenha sequer um pelo branco (e tu bem sabes) e lhe amarras as quatro patas, depois o levas a uma encruzilhada à meia-noite, aí então gritas bem alto: ó grande Lúcifer, imperador do inferno, eu te pego e te enfio no corpo de meu inimigo assim como agora mantenho prisioneiro este gato, e, se levares meu inimigo à morte, no dia seguinte à meia-noite, neste mesmo lugar, eu te oferecerei este gato em sacrifício, e tu farás o que te ordeno pelos poderes mágicos que agora exerço de acordo com o livro oculto de são Cipriano, em nome de todos os chefes das maiores legiões do inferno, Adramelch, Alastor e Azazel, que eu agora invoco com todos os seus irmãos...

Seus lábios tremiam, os olhos pareciam saltados das órbitas, e ele começou a rezar, ou melhor, parecia estar rezando, mas elevava suas implorações a todos os barões das legiões infernais:

— Abigor, pecca pro nobis... Amon, miserere nobis... Samael, libera nos a bono... Belial eleyson... Focalor, in corruptionem meam intende... Haborym, damnamus dominum... Zaebos, anum meum aperies... Leonardo, asperge me spermate tuo et inquinabor...

— Chega, chega! — gritavam os presentes persignando-se. E: — Oh, Senhor, perdoa-nos todos!

O despenseiro agora calava. Tendo acabado de proferir os nomes de todos esses diabos, caiu de cara no chão, vertendo saliva esbranquiçada da boca torta e da arcada dentária rangente. As mãos, embora mortificadas pelas correntes, abriam-se e fechavam-se convulsivamente, suas pernas se debatiam de modo irregular e intermitente. Percebendo que eu fora tomado por um frêmito de horror, Guilherme pousou a mão em minha cabeça, agarrou-me quase pela nuca, apertando-a e devolvendo-me a calma:

— Aprende — disse-me —, sob tortura ou ameaçado de tortura, um homem não só diz aquilo que fez como também o que desejaria fazer, mesmo sem saber. Remigio agora deseja a morte com toda a sua alma.

Os arqueiros levaram o despenseiro ainda em meio a convulsões. Bernardo arrumou seus papéis. Depois fitou os presentes, imóveis, tomados de grande perturbação.

— O interrogatório está terminado. O acusado, réu confesso, será conduzido a Avinhão, onde se dará o processo definitivo, para a rigorosa salvaguarda da verdade e da justiça, e somente após esse processo regular será queimado. Abão, ele não mais vos pertence, nem pertence a mim, que fui apenas o humilde instrumento da verdade. O instrumento da justiça está alhures, os pastores cumpriram seu dever, e agora cabe aos cães separar a ovelha infectada do rebanho e purificá-la com o fogo. Está encerrado o miserável episódio presenciado por este homem culpado de muitos crimes cruéis. Que agora a abadia viva em paz. Mas o mundo...— e nesse ponto ergueu a voz e dirigiu-se ao grupo dos legados —, o mundo ainda não encontrou a paz, o mundo está dilacerado pela heresia, que encontra refúgio até nas salas dos palácios imperiais! Que meus irmãos se recordem disso: um cingulum diaboli liga os perversos acólitos de Dulcino aos honrados mestres do capítulo de Perúgia. Não esqueçamos isso, diante dos olhos de Deus os delírios desse miserável, que acabamos de entregar à justiça, não são diferentes daqueles dos mestres que se banqueteiam à mesa do alemão excomungado da Baviera. A fonte das infâmias dos hereges jorra de muitas pregações, também honradas e ainda impunes. É dura a paixão e humilde o calvário de quem foi chamado por Deus, como a minha pessoa pecadora, para identificar a serpe da heresia onde quer que ela se aninhe. Mas, cumprindo essa santa obra, aprende-se que herege não é apenas quem pratica a heresia às claras. Os adeptos da heresia podem ser identificados por cinco indícios comprobatórios. Primeiro, aqueles que os visitam às escondidas enquanto eles estão presos; segundo, aqueles que choram sua captura e foram seus amigos íntimos em vida (é difícil, de fato, que quem frequentou o herege por muito tempo não saiba de sua atividade); terceiro, aqueles que afirmam que os hereges foram condenados injustamente, ainda que tenha sido demonstrada a sua culpa; quarto, aqueles que veem com maus olhos e criticam os que perseguem os hereges e pregam com sucesso contra eles, e isso pode ser depreendido dos olhos, do nariz, da expressão que eles tentam esconder, mostrando odiar aqueles por quem sentem rancor e amar aqueles de cuja desgraça tanto se condoem. O quinto sinal, enfim, está em recolher os ossos carbonizados dos hereges queimados e torná-los objeto de veneração... Mas eu atribuo altíssimo valor também a um sexto sinal, e considero notoriamente amigos dos hereges aqueles em cujos livros (ainda que estes não ofendam abertamente a ortodoxia) os hereges encontraram as premissas com as quais puderam construir seus perversos silogismos.

Falava e fitava Ubertino. Toda a legação franciscana entendeu bem a que Bernardo aludia. O encontro já estava falido, ninguém mais ousaria retomar as discussões da manhã, sabendo que toda e qualquer palavra seria ouvida à luz dos últimos e malfadados acontecimentos. Se Bernardo fora enviado pelo papa para impedir uma recomposição entre os dois grupos, tinha conseguido.

Quinto dia

VÉSPERAS

Em que Ubertino foge, Bêncio começa a observar as leis e Guilherme faz algumas reflexões sobre vários tipos de luxúria encontrados naquele dia.

Enquanto a assembleia esvaziava lentamente a sala capitular, Miguel aproximou-se de Guilherme e ambos foram juntar-se a Ubertino. Saímos todos juntos ao ar livre, discutindo depois no claustro, protegidos pela névoa que não dava mostras de atenuar-se, mas, ao contrário, tinha sido ainda mais adensada pelas trevas.

— Bernardo nos derrotou — disse Guilherme. — Não me pergunteis se aquele imbecil de dulcinista é realmente culpado de todos aqueles crimes. Pelo que entendo, não, de jeito nenhum. O fato é que voltamos ao ponto de partida. João quer-te sozinho em Avinhão, Miguel, e este encontro não te forneceu as garantias que buscávamos. Ou melhor, deu-te uma imagem de como cada palavra tua, lá, poderia ser distorcida. Disso se deduz, parece-me, que não deves ir.

Miguel balançou a cabeça:

— Ao contrário, irei. Não quero um cisma. Tu, Guilherme, hoje falaste claro e disseste o que querias. Pois bem, não é o que eu quero, e me dou conta de que as deliberações do capítulo de Perúgia foram usadas pelos teólogos imperiais para além de nossos propósitos. Quero que a ordem franciscana seja aceita, em seus ideais de pobreza, pelo papa. E o papa precisará entender que, somente se a ordem assumir o ideal de pobreza, poderão ser reabsorvidas suas ramificações heréticas. Eu não penso na assembleia do povo ou no direito das gentes. Preciso impedir que a ordem se dissolva numa pluralidade de fraticelos. Irei a Avinhão e, se for necessário, farei um ato de submissão a João. Transigirei em tudo, menos no princípio de pobreza.

Ubertino interveio:

— Sabes que estás arriscando a vida?

— Que assim seja — respondeu Miguel —, melhor que arriscar a alma.

Arriscou seriamente a vida e, se João estava certo (coisa em que ainda não acredito), perdeu a alma também. Como todos já sabem, Miguel foi ter com o papa na semana seguinte aos fatos que estou narrando. Enfrentou-o por quatro meses, até que em abril do ano seguinte João convocou um consistório em que o tratou de louco, temerário, teimoso, tirano, promotor de heresia, serpente nutrida pela Igreja em seu próprio seio. E é de se pensar que já então, de acordo com o modo como ele via as coisas, João tivesse razão, porque naqueles quatro meses Miguel tornara-se amigo do amigo de meu mestre, o outro Guilherme, o de Ockham, e comungara suas ideias — não muito diferentes, ainda que mais extremadas, daquelas que meu mestre comungava com Marsílio e expressara naquela manhã. A vida desses dissidentes tornou-se precária em Avinhão, e em fins de maio Miguel, Guilherme de Ockham, Bonagratia de Bérgamo, Francisco de Ascoli e Henrique de Talheim fugiram, sendo perseguidos pelos homens do papa em Nice, Toulon, Marselha e Aigues Mortes, onde foram alcançados pelo cardeal Pedro de Arrablay que tentou em vão induzi-los a voltar, sem vencer sua resistência, o ódio ao pontífice e o medo que tinham. Em junho chegaram a Pisa, onde foram recebidos triunfalmente pelos imperiais, e nos meses seguintes Miguel denunciaria João publicamente. Demasiado tarde, então. A sorte do imperador estava minguando, de Avinhão João tecia intrigas para dar aos menoritas um novo superior geral, obtendo por fim a vitória. Melhor teria feito Miguel naquele dia se não decidisse ir ter com o papa: poderia ter cuidado da resistência dos menoritas de perto, sem perder tantos meses à mercê do inimigo, enfraquecendo sua posição... Mas talvez assim tivesse predisposto a onipotência divina; nem sei agora qual deles todos estava com a razão, e, além disso, após tantos anos o fogo das paixões se apaga e, com ele, o fogo que se acreditava ser a luz da verdade.

Mas estou me perdendo em melancólicas divagações. Devo contar o fim daquele triste colóquio. Miguel tinha decidido, e não houve jeito de convencê-lo a desistir. No entanto, havia agora outro problema, e Guilherme enunciou-o sem rodeios: o próprio Ubertino já não estava em segurança. As frases que lhe tinham sido dirigidas por Bernardo, o ódio que o papa nutria por ele, o fato de que, enquanto Miguel representava ainda um poder com o qual se havia de tratar, Ubertino, ao contrário, estava isolado...

— João quer Miguel na corte e Ubertino no inferno. Se bem conheço Bernardo, até amanhã, com a cumplicidade da névoa, Ubertino será morto. E, se alguém se perguntar por quem, a abadia poderá bem suportar outro crime, e dirão que eram diabos evocados por Remigio com seus gatos pretos ou algum sobrevivente dulcinista que ainda vaga dentro destas muralhas...

Ubertino estava preocupado:

— E então? — perguntou.

— Então — disse Guilherme —, vai falar com o abade. Pede-lhe uma montaria, provisões, uma carta para alguma abadia distante, além dos Alpes. E aproveita a névoa e a escuridão para partir imediatamente.

— Mas os arqueiros não estão ainda de guarda junto às portas?

— A abadia tem outras saídas, e o abade as conhece. Basta que um serviçal te espere numa das curvas inferiores com a montaria e, saindo por qualquer passagem da muralha, terás apenas de percorrer um trecho de bosque. Deves fazê-lo já, antes que Bernardo se recobre do êxtase de seu triunfo. Eu devo ocupar-me de algo diferente, tinha duas missões, uma falhou, que ao menos a outra não falhe. Quero pôr as mãos em cima de um livro e de um homem. Se tudo correr bem, estarás fora daqui antes que pergunte por ti novamente. Então, adeus.

Abriu os braços. Comovido, Ubertino o abraçou apertado:

— Adeus, Guilherme, és um inglês louco e arrogante, mas tens um grande coração. Tornaremos a nos ver?

— Tornaremos — afirmou-lhe Guilherme —, se Deus quiser.

Deus não quis. Como já disse, Ubertino morreu misteriosamente assassinado dois anos depois. Vida dura e aventureira a daquele velho combativo e ardente. Talvez não tenha sido um santo, mas espero que Deus tenha premiado aquela sua adamantina certeza de o ser. Quanto mais velho me torno, mais me entrego à vontade de Deus e cada vez menos aprecio a inteligência que quer saber e a vontade que quer fazer: reconheço como único elemento de salvação a fé, que sabe esperar pacientemente sem interrogar em demasia. E Ubertino por certo teve muita fé no sangue e na agonia de Nosso Senhor crucificado.

Talvez eu também estivesse pensando nessas coisas naquele momento, e o velho místico percebeu ou adivinhou que as teria pensado um dia. Sorriu-me com ternura e abraçou-me, sem o ardor com que me agarrara algumas vezes nos dias anteriores. Abraçou-me como um avô abraça o neto, e correspondi ao abraço com o mesmo espírito. Depois se afastou com Miguel para procurar o abade.

— E agora? — perguntei a Guilherme.

— Agora voltemos aos nossos crimes.

— Mestre — eu disse —, hoje aconteceram coisas muito graves para a cristandade e vossa missão falhou. Entretanto, pareceis mais interessado na solução desse mistério do que no encontro entre o papa e o imperador.

— Os loucos e as crianças dizem sempre a verdade, Adso. Talvez porque, como conselheiro imperial, meu amigo Marsílio seja melhor que eu, mas como inquisidor eu sou melhor. Melhor até que Bernardo Gui, Deus me perdoe. Porque a Bernardo não interessa descobrir os culpados, e sim queimar os acusados. Eu, ao contrário, encontro prazer mais jubiloso em desemaranhar um belo novelo intrincado. Quem sabe também seja porque, no momento em que, como filósofo, duvido que o mundo tenha uma ordem, consola-me descobrir, se não uma ordem, pelo menos uma série de conexões em pequenas porções das coisas do mundo. Por fim, há provavelmente outra razão: é que nesta história talvez estejam em jogo coisas maiores e mais importantes que a batalha entre João e Ludovico...

— Mas é uma história de roubos e vinganças entre monges de pouca virtude! — exclamei, incrédulo.

— Em torno de um livro proibido, Adso, em torno de um livro proibido — respondeu Guilherme.

Os monges dirigiam-se à ceia. A refeição já estava na metade quando junto a nós se sentou Miguel de Cesena, avisando-nos que Ubertino tinha partido. Guilherme deu um suspiro de alívio.

No fim da ceia evitamos o abade, que conversava com Bernardo, e vimos Bêncio, que nos cumprimentou com um meio sorriso, tentando chegar à porta. Guilherme alcançou-o e o obrigou a nos seguir até um canto da cozinha.

— Bêncio — perguntou-lhe Guilherme —, onde está o livro?

— Que livro?

— Bêncio, nenhum de nós é tolo. Estou falando do livro que procurávamos hoje no laboratório de Severino e que eu não reconheci, mas tu reconheceste muito bem e foste buscar...

— O que vos faz pensar que eu o peguei?

— É o que eu penso, e tu também. Onde está?

— Não posso dizer.

— Bêncio, se não me disseres irei falar ao abade.

— Não posso dizer por ordem do abade — disse Bêncio com ar virtuoso. — Hoje, depois que nos vimos, aconteceu uma coisa que deveis saber. Após a morte de Berengário faltava um ajudante de bibliotecário. Hoje à tarde Malaquias propôs-me tomar o lugar dele. Faz justamente meia hora que o abade consentiu, e amanhã cedo, espero, serei iniciado nos segredos da biblioteca. É verdade, peguei o livro de manhã e o escondi no enxergão da minha cela sem sequer o olhar, porque sabia que Malaquias estava me vigiando. E em certo momento Malaquias me fez a proposta que vos contei. E aí fiz o que deve fazer um ajudante de bibliotecário: entreguei-lhe o livro.

Não pude deixar de intervir, e com violência.

— Mas Bêncio, ontem, e anteontem tu... vós dissestes que ardíeis de curiosidade de saber, que não queríeis que a biblioteca continuasse a ocultar mistérios, que um estudioso precisa saber...

Bêncio calava corando, mas Guilherme deteve-me:

— Adso, há algumas horas Bêncio passou para o outro lado! Agora ele é o guardião dos segredos que queria conhecer e, enquanto os guarda, terá todo o tempo que quiser para conhecê-los.

— Mas e os outros? — perguntei. — Bêncio falava em nome de todos os sábios!

— Antes — disse Guilherme.

E puxou-me, deixando Bêncio entregue a seu atordoamento.

— Bêncio — disse-me depois Guilherme — é vítima de uma grande luxúria, que não é a mesma de Berengário, nem do despenseiro. Como muitos estudiosos, tem a luxúria do saber. Do saber para si próprio. Excluído de uma parte desse saber, queria apoderar-se dele. Agora se apoderou. Malaquias conhecia seu homem e usou o melhor meio para reaver o livro e selar os lábios de Bêncio. Tu me perguntarás de que serve controlar tanta reserva de saber quando se admite que ele não deve ser posto à disposição de todos os demais. Mas justamente por isso falei em luxúria. Não era luxúria a sede de conhecimento de Roger Bacon, que queria usar a ciência para tornar mais feliz o povo de Deus e por isso não buscava o saber pelo saber. A de Bêncio é apenas curiosidade insaciável, orgulho do intelecto, um modo como outro de um monge transformar e apaziguar os desejos da carne, ou o ardor que faz de outro um guerreiro da fé ou da heresia. Não existe apenas a luxúria da carne. É luxúria a de Bernardo Gui, distorcida luxúria de justiça, que se identifica com luxúria de poder. É luxúria de riqueza a de nosso santo e não mais romano pontífice. Era luxúria de testemunho, transformação, penitência e morte a do despenseiro, quando jovem. E é luxúria de livros a de Bêncio. Como todas as luxúrias, como aquela de Onan, que espargia seu sêmen na terra, é luxúria estéril, e não tem nada a ver com o amor, nem mesmo com o carnal...

— Eu sei — murmurei a contragosto. Guilherme fingiu não ter ouvido. Mas, como que continuando seu discurso, disse:

— O amor verdadeiro deseja o bem do ser amado.

— Será que Bêncio não quer o bem de seus livros (já que agora são dele também) e acha que o bem deles é ficar longe de mãos rapaces? — perguntei.

— O bem de um livro está em ser lido. Um livro é feito de signos que falam de outros signos que, por sua vez, falam das coisas. Sem um olho que o leia, um livro traz signos que não produzem conceitos, portanto é mudo. Esta biblioteca talvez tenha nascido para salvar os livros que contém, mas agora vive para sepultá-los. Por isso se tornou fonte de impiedade. O despenseiro disse que traiu. Bêncio fez o mesmo. Traiu. Oh, que dia horrível, meu bom Adso! Cheio de sangue e ruína. Por hoje chega. Vamos nós também às completas e depois dormir.

Saindo da cozinha, encontramos Aymaro. Perguntou-nos se era verdade aquilo que se murmurava, que Malaquias tinha proposto Bêncio como seu ajudante. Não pudemos deixar de confirmar.

— Esse Malaquias aprontou poucas e boas, hoje — disse Aymaro com seu habitual esgar de desprezo e indulgência. — Se houvesse justiça, o diabo viria buscá-lo esta noite.

Quinto dia

COMPLETAS

Em que se ouve um sermão sobre a vinda do Anticristo e Adso descobre o poder dos nomes próprios.

As vésperas tinham ocorrido de modo confuso, ainda durante o interrogatório do despenseiro, e os noviços curiosos tinham escapado ao controle do mestre para acompanharem pelas janelas e fendas o que acontecia na sala capitular. Era preciso agora que toda a comunidade orasse pela boa alma de Severino. Achava-se que o abade falaria a todos, e nos perguntávamos o que diria. Em vez disso, após a ritual homilia de são Gregório, o responsório e os três salmos prescritos, o abade assomou ao púlpito, mas somente para dizer que naquela noite ficaria calado. As desventuras que tinham enlutado a abadia, disse, eram demasiadas para que o pai comum pudesse falar com o tom de quem reprova e adverte. Era preciso que todos, sem exclusão de ninguém, fizessem um severo exame de consciência. Mas, visto que era necessário que alguém falasse, propunha que a admoestação viesse de quem, sendo mais velho que todos e já próximo da morte, era o menos envolvido nas paixões terrenas que tinham ocasionado tantos males. Por direito de idade, a palavra caberia a Alinardo de Grottaferrata, mas todos sabiam como era frágil a saúde do venerável confrade. Logo depois de Alinardo, na ordem estabelecida pelo curso inexorável do tempo, vinha Jorge. A ele o abade dava agora a palavra.

Ouvimos um murmurinho daquele lado dos assentos onde habitualmente se sentavam Aymaro e os outros italianos. Imaginei que o abade tinha confiado o sermão a Jorge sem consultar Alinardo. Meu mestre fez-me notar, à meia-voz, que o fato de não falar tinha sido uma decisão prudente do abade: porque qualquer coisa que ele dissesse seria sopesada por Bernardo e pelos demais avinhoneses presentes. O velho Jorge, ao contrário, se limitaria a algum de seus vaticínios místicos, e os avinhoneses não lhe dariam muito peso.

— Mas não eu — acrescentou Guilherme —, porque não creio que Jorge tenha aceitado e talvez solicitado a palavra sem um objetivo bem preciso.

Jorge subiu ao púlpito, amparado por alguém. Seu rosto era aclarado pelo tripé, única fonte de iluminação da nave. A luz da chama punha em evidência a treva que pesava sobre seus olhos, que pareciam dois buracos negros.

— Irmãos diletíssimos — principiou ele — e todos vós, nossos queridíssimos hóspedes, se quiserdes escutar este pobre velho... As quatro mortes que afligiram nossa abadia — para não falar nos pecados, remotos e recentes, dos mais malfadados dentre os vivos — não devem, como sabeis, ser atribuídas aos rigores da natureza que, implacável em seus ritmos, administra nossa jornada terrena, do berço à sepultura. Todos vós julgais, talvez, que a dor desse triste acontecimento, embora vos tenha transtornado, não envolve vossa alma, porque todos, exceto um, sois inocentes, e, quando esse tiver sido punido, só vos restará por certo chorar a ausência dos desaparecidos, mas não tereis de vos desculpar de nenhuma acusação diante do tribunal de Deus. Vós assim pensais. Loucos! — gritou com voz terrível. — Loucos e temerários que sois! Quem matou levará para diante de Deus o fardo de suas culpas, mas somente porque aceitou ser intermediário dos decretos de Deus. Assim como era preciso que alguém traísse Jesus, para que se cumprisse o mistério da redenção, e embora o Senhor tenha sentenciado danação e vitupério para quem o traiu, também nestes dias alguém pecou trazendo morte e ruína, mas eu vos digo que essa ruína foi, se não desejada, ao menos permitida por Deus para humilhação de nossa soberba.

Calou-se e volveu o olhar vazio sobre a soturna assembleia, como se com os olhos pudesse compreender suas emoções, enquanto de fato com o ouvido saboreava seu consternado silêncio.

— Nesta comunidade — continuou — rasteja há muito tempo a áspide do orgulho. Mas qual orgulho? O orgulho do poder num mosteiro isolado do mundo? Claro que não. O orgulho da riqueza? Meus irmãos, antes que no mundo conhecido reverberassem as longas polêmicas sobre a pobreza e a posse, desde os tempos de nosso fundador, nós, mesmo quando tivemos tudo, não tivemos nada, sendo nossa única e verdadeira riqueza a observância da regra, a prece e o trabalho. Mas de nosso trabalho, do trabalho de nossa ordem e, em particular, do trabalho deste mosteiro fazem parte — aliás, é sua substância — o estudo e a salvaguarda do saber. Digo salvaguarda, e não busca, porque é próprio do saber, coisa divina, estar completo e definido desde o início, na perfeição do verbo que exprime a si mesmo. Digo salvaguarda, e não busca, porque é próprio do saber, coisa humana, ter sido definido e completado no decurso dos séculos que vai desde a pregação dos profetas até a interpretação dos padres da igreja. Não há progresso, não há revolução de eras na alternância do saber, mas, no máximo, contínua e sublime recapitulação. A história humana marcha com o movimento irrefreável da criação, através da redenção, rumo ao retorno do Cristo triunfante, que aparecerá circundado por um nimbo para julgar os vivos e os mortos, mas o saber divino e humano não segue esse trajeto: firme como uma fortaleza que não desmorona, ele nos permite, quando nos fazemos humildes e atentos à sua voz, seguir, predizer esse trajeto, mas não é abalado por ele. Eu sou aquele que é, disse o Deus dos hebreus. Eu sou o caminho, a verdade e a vida, disse Nosso Senhor. Pois bem, o saber outra coisa não é senão o atônito comentário dessas duas verdades. Tudo quanto foi dito a mais, foi proferido pelos profetas, pelos evangelistas, pelos padres e pelos doutores para tornar mais claras essas duas sentenças. E muitas vezes um comentário oportuno provém até mesmo dos pagãos que as ignoravam, e suas palavras foram assumidas pela tradição cristã. Mas, afora isso, nada mais há para dizer. O que se deve fazer é meditar de novo, glosar, conservar. Esse era e deveria ser o trabalho desta nossa abadia com sua esplêndida biblioteca — não outro. Conta-se que um califa oriental certo dia ateou fogo à biblioteca de uma cidade famosa, orgulhosa e gloriosa, e que, enquanto aqueles milhares de volumes ardiam, disse que eles podiam e deviam desaparecer: ou porque repetiam o que já dizia o alcorão, portanto eram inúteis, ou porque contradiziam o livro sagrado dos infiéis, portanto eram prejudiciais. Os doutores da igreja — e nós com eles — não raciocinaram desse modo. Tudo aquilo que sirva de comentário e esclarecimento à escritura deve ser conservado, porque aumenta a glória das escrituras divinas; aquilo que as contradiz não deve ser destruído, porque só sendo conservado poderá ser contradito por quem possa e tenha esse ofício, nos modos e nos tempos que o Senhor quiser. Eis aí a responsabilidade de nossa ordem durante os séculos e o fardo de nossa abadia hoje: orgulhosos da verdade que proclamamos, humildes e prudentes na preservação das palavras inimigas da verdade, sem nos deixarmos conspurcar por elas. Ora, meus irmãos, qual é o pecado de orgulho que pode tentar um monge estudioso? O de entender seu trabalho não como salvaguarda, mas como busca de alguma notícia que ainda não tenha sido dada aos humanos, como se a última delas já não tivesse ressoado nas palavras do último anjo que fala no último livro das escrituras: "Atesto a todo o que ouvir as palavras proféticas deste livro: se alguém lhes fizer qualquer acréscimo, Deus lhe acrescentará as pragas descritas neste livro e, se alguém tirar qualquer coisa das palavras deste livro profético, Deus lhe retirará a sua parte do livro da vida e da cidade santa que estão descritas neste livro!". Pois bem... não vos parece, meus desventurados irmãos, que essas palavras outra coisa não representam senão o que aconteceu recentemente dentro destes muros, enquanto o que aconteceu dentro destes muros outra coisa não representa senão os próprios fatos deste século voltado, tanto na palavra quanto nas obras, tanto nas cidades quanto nos castelos, tanto nas soberbas universidades quanto nas catedrais, a tentar descobrir com afã novos aditamentos às palavras da verdade, distorcendo o sentido daquela verdade já enriquecida por todos os escólios e necessitada apenas de intrépida defesa, e não de insensato incremento? Esse é o orgulho que rastejou e ainda rasteja entre estes muros: e digo a quem se empenhou e empenha em romper os selos dos livros que não lhe são devidos: é esse o orgulho que o Senhor quis punir e continuará a punir se ele não diminuir e não se humilhar, porque, em vista de nossa fragilidade, o Senhor não tem dificuldade em encontrar, cada vez mais, os instrumentos de sua vingança.

— Ouviste, Adso? — sussurrou-me Guilherme. — O velho sabe mais do que diz. Havendo ou não um dedo dele nessa história, ele sabe, e avisa que, se os monges curiosos continuarem a violar a biblioteca, a abadia não recobrará a paz.

Jorge, após uma longa pausa, retomava a palavra.

— Mas quem é, afinal, o símbolo desse orgulho, aquele de quem os orgulhosos são imagem e mensageiros, cúmplices e porta-bandeiras? Quem, na verdade, agiu e talvez ainda esteja agindo dentro destes muros, para nos advertir que os tempos estão próximos e para nos consolar, porque, se os tempos estão próximos, os sofrimentos serão por certo insustentáveis, mas não infinitos no tempo, visto que o grande ciclo deste universo está para se completar? Oh, vós compreendestes muito bem e temeis pronunciar seu nome, porque é também vosso nome e tendes medo dele, mas, se vós tendes medo, eu não terei, e esse nome eu direi alto e bom som, para que vossas vísceras se contorçam de susto e vossos dentes batam até cortar-vos a língua, e o gelo que se formar em vosso sangue cubra com um véu escuro vossos olhos... Ele é a besta imunda, ele é o Anticristo!

Fez uma longuíssima pausa. Os presentes pareciam mortos. A única coisa móvel em toda a igreja era a chama do tripé, mas até as sombras que ela formava pareciam ter-se enregelado. O único rumor, abafado, era o arquejo de Jorge, que enxugava o suor da fronte. Depois recomeçou.

— Talvez desejeis dizer-me: não, ele ainda não está para vir, onde estão os sinais de sua vinda? Insipiente quem o disser! Mas se temos diante dos olhos, a cada dia, no grande anfiteatro do mundo, e na imagem reduzida da abadia, as catástrofes precursoras... Foi dito que, quando o momento estiver próximo, se erguerá a ocidente um rei estrangeiro, senhor de ingentes engodos, ateu, matador de homens, fraudulento, sedento de ouro, hábil em astúcias, perverso, inimigo e perseguidor dos fiéis, e na época dele não se fará conta da prata, mas se apreciará apenas o ouro! Eu sei bem: vós que me escutais, apressai-vos a fazer vossos cálculos para saberdes se aquele de quem falo se assemelha ao papa, ao imperador, ao rei de França ou a quem quiserdes, para poderdes dizer: ele é meu inimigo e eu estou do lado do bem! Mas não sou tão ingênuo a ponto de indicar-vos um homem: o Anticristo, quando vem, vem em todos e para todos, e cada um é parte dele. Estará nos bandos de salteadores que saquearem cidades e regiões, estará nos imprevistos sinais do céu onde aparecerem repentinamente arco-íris, chifres e fogos, enquanto se ouvirem bramidos e o mar ferver. Foi dito que os homens e os animais engendrarão dragões, mas com isso se queria dizer que os corações conceberão ódio e discórdia, e não olheis ao redor para avistar as bestas das miniaturas que vos deleitam nos pergaminhos! Foi dito que as jovens recém-casadas parirão crianças já capazes de falar perfeitamente, e estas trarão o anúncio da maturidade dos tempos e pedirão que sejam mortas. Mas não procureis entre as aldeias do vale, pois as crianças demasiado sapientes já foram mortas dentro destes muros! E, como as das profecias, tinham o aspecto de homens velhos, e como as da profecia eram os filhos quadrúpedes, os espectros e os embriões que deveriam profetizar no ventre das mães, proferindo encantamentos mágicos. E tudo foi escrito, sabeis? Foi escrito que muitas seriam as agitações nas castas, nos povos e nas igrejas; que se erguerão pastores iníquos, perversos, depreciadores, ávidos, desejosos de prazeres, amantes do lucro, complacentes com palavras vãs, jactanciosos, soberbos, gulosos, insolentes, imersos em luxúria, sequiosos de vanglória, inimigos do evangelho, prontos a repudiar a porta estreita, a desprezar a palavra verdadeira, eles que odiarão qualquer caminho de piedade, não se arrependerão de seus pecados e, por isso, em meio aos povos espalharão a incredulidade, o ódio fraterno, a perversidade, a dureza, a inveja, a indiferença, o latrocínio, a embriaguez, a intemperança, a lascívia, o prazer carnal, a fornicação e todos os demais vícios. Faltarão aflição, humildade, amor pela paz, pobreza, compaixão, o dom do pranto... Então, não vos reconheceis, todos aqui presentes, monges da abadia e poderosos vindos de fora?

Na pausa que se seguiu, ouviu-se um farfalhar. Era o cardeal Bertrando que se agitava em seu assento. No fundo, pensei, Jorge estava sendo um grande pregador e, enquanto fustigava os confrades, não poupava nem mesmo os visitantes. E eu teria dado não sei quê para saber o que estava passando naquele momento pela cabeça de Bernardo, ou pelas dos gordos avinhoneses.

— E será nesse momento, que é justamente este — trovejou Jorge, —, que o Anticristo terá sua blasfema parúsia, arremedo que ele quer ser de Nosso Senhor. Naqueles tempos (que são estes) serão conturbados todos os reinos, haverá carestia e pobreza, penúria de messes e invernos de excepcional rigor. E os filhos daquele tempo (que é este) já não terão quem administre seus bens e conserve os alimentos em seus depósitos, e serão maltratados nos mercados de compra e venda. Bem-aventurados então os que já não estiverem vivos ou que, vivos, consigam sobreviver! Chegará então o filho da perdição, o adversário que se glorifica e se gaba, exibindo múltiplas virtudes para induzir em erro toda a terra e prevalecer sobre os justos. De todas as partes então aparecerão abomínio e desolação, o Anticristo expugnará o Ocidente e destruirá as vias de tráfego, terá nas mãos espada e fogo ardente e queimará com o furor de violência e chama: sua força será a blasfêmia, engano sua mão, a direita será ruína, a esquerda portadora de trevas. E ele se distinguirá pelos seguintes traços: cabeça de fogo ardente, olho direito injetado de sangue, olho esquerdo de um verde felino, terá duas pupilas, e suas pálpebras serão brancas, e o lábio inferior, grande; terá fêmur fraco, pés grandes, polegar achatado e alongado!

— Parece o retrato dele mesmo — caçoou Guilherme num sopro. Era uma frase muito irreverente, mas fiquei-lhe agradecido, porque meus cabelos já estavam se pondo em pé. Contive a custo uma risada, inchando as bochechas e deixando sair um sopro pelos lábios fechados. Ruído que, no silêncio que se seguira às últimas palavras do velho, foi perfeitamente audível, mas por sorte todos acharam que era alguém tossindo, chorando ou com calafrios, e todos tinham motivos para isso.

— É o momento — dizia Jorge agora — em que tudo cairá no arbítrio, os filhos erguerão as mãos contra os pais, a mulher tramará contra o marido, o marido moverá ação contra a mulher, os senhores serão desumanos com os servos e os servos desobedecerão aos senhores, não haverá mais reverência para com os anciãos, os adolescentes exigirão o comando, a todos o trabalho parecerá canseira inútil, de toda parte se elevarão cânticos de glória à licenciosidade, ao vício, à dissoluta liberdade dos costumes. E, depois disso, estupros, adultérios, perjúrios, pecados contra a natureza seguirão em grandes ondas, males, adivinhações, encantamentos, e no céu aparecerão corpos voadores, em meio aos bons cristãos surgirão falsos profetas, falsos apóstolos, corruptores, impostores, bruxos, estupradores, avarentos, perjuros e falsificadores, os pastores se transformarão em lobos, os sacerdotes mentirão, os monges desejarão as coisas do mundo, os pobres não acorrerão em auxílio dos chefes, os poderosos não terão misericórdia, os justos se tornarão testemunhas de injustiça. Todas as cidades serão sacudidas por terremotos, haverá pestilências em todas as regiões, tempestades de vento erguerão a terra, os campos serão contaminados, o mar segregará humores enegrecidos, novos prodígios desconhecidos ocorrerão na Lua, as estrelas abandonarão seu curso normal, outras — desconhecidas — sulcarão o céu, nevará no verão e fará calor tórrido no inverno. E terão chegado os tempos do fim e o fim dos tempos... No primeiro dia, na hora terça, elevar-se-á no firmamento do céu uma voz forte e poderosa, uma nuvem purpúrea avançará do setentrião, trovões e relâmpagos a seguirão, e sobre a terra cairá uma chuva de sangue. No segundo dia a terra será erradicada de sua sede e a fumaça de uma grande fogueira atravessará as portas do céu. No terceiro dia os abismos da terra rumorejarão pelos quatro cantos do cosmos. Os pináculos do firmamento se abrirão, o ar se encherá de colunas de fumaça e haverá fedor de enxofre até a décima hora. No quarto dia logo cedo o abismo se liquefará, emitirá estrondos, e os edifícios cairão. No quinto dia, à hora sexta serão desfeitas as potências de luz e a roda do sol, e haverá trevas no mundo até o fim da tarde, e as estrelas e a lua cessarão seu ofício. No sexto dia, à hora quarta, o firmamento se fenderá de oriente a ocidente, e os anjos poderão olhar a terra através das fendas do céu, e todos os que estão na terra poderão ver os anjos olhando do céu. Então todos os homens se esconderão nas montanhas para escapar ao olhar dos anjos justos. E no sétimo dia chegará o Cristo na luz de seu pai. E haverá então o julgamento dos bons e sua ascensão para a beatitude eterna dos corpos e das almas. Mas não meditareis sobre isso esta noite, orgulhosos irmãos! Não será dado aos pecadores ver a aurora do oitavo dia, quando se elevar uma voz doce e suave de oriente, no meio do céu, e se manifestar aquele Anjo que tem poder sobre todos os outros anjos santos, e todos os anjos avançarão com ele, sentados num carro de nuvens, cheios de alegria, correndo velozes pelo ar, para libertar os eleitos que acreditaram, e todos juntos se comprazerão porque a destruição deste mundo terá sido consumada! Não é com isso que devemos nos comprazer orgulhosamente esta noite! Meditaremos, ao contrário, sobre as palavras que o Senhor pronunciará para afastar de si quem não mereceu salvação: ide para longe de mim, malditos, para o fogo eterno que vos foi preparado pelo diabo e por seus ministros! Vós mesmos fizestes por merecê-lo, e agora gozai! Afastai--vos de mim, descendo para as trevas exteriores e para o fogo inextinguível! Eu vos dei forma e vós vos tornastes seguidores de outrem! Vós vos tornastes servos de outro senhor, ide morar com ele na escuridão, com ele, a serpente que não repousa, no meio do ranger de dentes! Dei-vos ouvidos para ouvirdes as escrituras e escutastes as palavras dos pagãos! Dei-vos uma boca para glorificar a Deus, e a usastes para as falsidades dos poetas e para os enigmas dos jograis! Dei-vos olhos para verdes a luz de meus preceitos, e os usastes para perscrutar a treva! Eu sou um juiz humano, porém justo. A cada um darei o que merece. Desejaria ter misericórdia de vós, mas não encontro azeite em vossos vasos. Seria impelido a compadecer-me, mas vossas lâmpadas estão cheias de fumaça. Afastai-vos de mim... Assim falará o Senhor. E aqueles... e nós talvez desceremos para o suplício eterno. Em nome do Pai, do Filho e do Espírito Santo.

— Amém! — responderam todos em uníssono.

Todos em fila, sem nenhum sussurro, os monges foram para suas camas. Sem vontade de conversar, os menoritas e os homens do papa desapareceram, ansiando por isolamento e repouso. Meu coração estava pesado.

— Para a cama, Adso — disse-me Guilherme, subindo as escadas do albergue dos peregrinos. — Não é noite para se ficar andando por aí. À mente de Bernardo Gui poderia acudir a ideia de antecipar o fim do mundo, a começar por nossas carcaças. Amanhã tentaremos estar presentes às matinas, porque logo depois Miguel e os demais menoritas partirão.

— Partirá também Bernardo com seus prisioneiros? — perguntei com um fio de voz.

— Sem dúvida ele não tem mais nada que fazer aqui. Desejará preceder Miguel em Avinhão, mas de tal modo que sua chegada coincida com o processo do despenseiro, menorita, herege e assassino. A fogueira do despenseiro iluminará como tocha propiciatória o primeiro encontro de Miguel com o papa.

— E o que acontecerá a Salvatore... e à moça?

— Salvatore acompanhará o despenseiro, porque deverá testemunhar em seu processo. Pode ser que em troca desse serviço Bernardo lhe conceda a vida. Talvez o deixe escapar e depois mande matá-lo. Ou talvez o deixe ir realmente, porque alguém como Salvatore não interessa a alguém como Bernardo. Quem sabe, talvez acabe degolado nalguma floresta de Languedoque..

— E a moça?

— Já te disse, é carne queimada. Mas queimará antes, a caminho, para edificação de alguma aldeola cátara da costa. Ouvi dizer que Bernardo deverá se encontrar com seu colega Jacques Fournier (guarda esse nome, por ora ele queima albigenses, mas sua mira é mais alta), e uma bela bruxa para se pôr sobre a pira aumentará o prestígio e a fama de ambos...

— Mas não se pode fazer alguma coisa para salvá-los? — gritei. — O abade não pode intervir?

— Por quem? Pelo despenseiro, réu confesso? Por um miserável como Salvatore? Ou estás pensando na moça?

— E se fosse? — ousei. — No fundo, dos três é a única realmente inocente, vós sabeis que não é bruxa...

— E acreditas que o abade, depois do que aconteceu, queira pôr em risco, por uma bruxa, o pouco de prestígio que lhe sobrou?

— Mas se assumiu a responsabilidade pela fuga de Ubertino!

— Ubertino era um monge seu e não era acusado de nada. E, depois, que bobagens estás me dizendo, Ubertino era uma pessoa importante, Bernardo poderia atingi-lo somente à traição.

— Então o despenseiro tinha razão, os simples pagam sempre por todos, mesmo por aqueles que falam em seu favor, mesmo por aqueles como Ubertino e Miguel, que com suas palavras de penitência os impeliram à revolta!

Eu estava desesperado e não considerava sequer que a moça não era um fraticelo seduzido pela mística de Ubertino. Porém era uma camponesa e pagava por uma história que não lhe dizia respeito.

— Assim é — respondeu-me Guilherme com tristeza. — E, se procuras justamente um vislumbre de justiça, digo-te que um dia os cães graúdos, o papa e o imperador, para fazerem as pazes, passarão por cima dos corpos dos cães menores que se atracaram a serviço deles. E Miguel ou Ubertino serão tratados como hoje foi tratada a tua mocinha.

Agora sei que Guilherme profetizava, ou seja, silogizava com base em princípios de filosofia natural. Mas naquele momento suas profecias e seus silogismos em nada me consolaram. A única coisa certa era que a moça seria queimada. E eu me sentia corresponsável, porque era como se na fogueira ela também expiasse o pecado que eu cometera com ela.

Desatei a chorar sem pudor e fugi para minha cela, onde durante a noite inteira mordi o enxergão e choraminguei impotente, porque não me era sequer concedido — como tinha lido nos romances de cavalaria com meus companheiros em Melk — lamentar-me invocando o nome da amada.

Do único amor terreno de minha vida eu não sabia e nunca soube o nome.

SEXTO DIA

Sexto dia

MATINAS

Quando os príncipes sederunt, e Malaquias se estatela no chão.

Descemos para as matinas. Aquela última parte da noite, quase a primeira do novo dia iminente, ainda estava enevoada. Enquanto atravessava o claustro, a umidade ia penetrando até o fundo de meus ossos, moídos pelo sono inquieto. Ainda que a igreja estivesse fria, foi com um suspiro de alívio que me ajoelhei sob aquelas abóbadas, ao abrigo dos elementos, confortado pelo calor dos outros corpos e pela prece.

O canto dos salmos tinha começado havia pouco, quando Guilherme indicou-me um lugar vazio nos bancos à nossa frente, entre Jorge e Pacífico de Tivoli. Era o lugar de Malaquias, que de fato sempre se sentava ao lado do cego. E não éramos os únicos a dar por aquela ausência. De um lado surpreendi o olhar preocupado do abade, que certamente já sabia então que aquelas faltas eram portadoras de tristes notícias. De outro, percebi que o velho Jorge era agitado por singular inquietação. Seu rosto, de costume tão indecifrável, devido àqueles seus olhos brancos sem luz, estava três quartos imerso na sombra, mas suas mãos estavam nervosas e irrequietas. De fato, muitas vezes tateou o lugar ao lado, como para verificar se fora ocupado. Fazia e refazia o gesto a intervalos regulares, como à espera de que o ausente reaparecesse de um momento para o outro, mas temendo que ele não reaparecesse.

— Onde está o bibliotecário? — sussurrei a Guilherme.

— Malaquias era agora o único que tinha o livro nas mãos — respondeu Guilherme. Se não é ele o culpado dos crimes, então poderia não conhecer os perigos que aquele livro comportava...

Não havia mais o que dizer; cabia apenas esperar. E esperamos, nós, o abade que continuava a fitar o lugar vazio, Jorge que não parava de interrogar a escuridão com as mãos.

Quando se chegou ao fim do ofício, o abade recordou aos monges e aos noviços que era preciso preparar-se para a missa solene natalina e que, por isso, como de hábito, o tempo anterior às laudes seria empregado no ensaio da respiração coral da comunidade inteira na execução de alguns dos cantos previstos para aquela ocasião. Aquela coletividade de homens devotos estava efetivamente harmonizada como um só corpo e uma só voz e, no decorrer dos anos, reconhecia-se unida, como uma só alma, no canto.

O abade convidou a entoarem o Sederunt:

> Sederunt principes
> et adversus me
> loquebantur, iniqui.
> Persecuti sunt me.
> Adjuva me, Domine,
> Deus meus salvum me
> fac propter magnam misericordiam tuam.

Perguntei-me se o abade não tinha escolhido aquele gradual para ser cantado justamente naquela madrugada em que os enviados dos príncipes ainda estavam presentes na função, para lembrar que, havia séculos, nossa ordem estava pronta a resistir à perseguição dos poderosos, graças à sua relação privilegiada com o Senhor, Deus dos exércitos. E, realmente, o início do canto transmitiu forte impressão de potência.

Na primeira sílaba *se* iniciou-se um coro lento e solene de dezenas e dezenas de vozes, cujo som grave encheu a nave e adejou sobre nossas cabeças, parecendo, porém, erguer-se do coração da terra. E não se interrompeu, porque, enquanto outras vozes começavam a tecer, sobre aquela linha profunda e contínua, uma série de vocalises e melismas, o coro — telúrico — continuava a dominar e não parou por todo o tempo necessário para um recitante de voz cadenciada e lenta repetir doze vezes a *Ave Maria*. E, como que livres de temor, pela confiança transmitida aos orantes pela sílaba obstinada — alegoria da duração eterna —, as outras vozes (principalmente as dos noviços) erguiam, sobre aquela base pedregosa e sólida, cúspides, colunas, pináculos de neumas liquescentes e subpontuados. E, enquanto meu coração se maravilhava e enternecia ao vibrar um climacus ou um porrectus, um torculus ou um salicus, aquelas vozes pareciam dizer-me que a alma (dos orantes e minha, que os escutava), não podendo resistir à exuberância do sentimento, através deles se lacerava para exprimir a alegria, a dor, a laudação, o amor, com arroubo de sonoridades suaves. Enquanto isso, a obstinada perseverança das vozes ctônias não esmorecia, como se a presença ameaçadora dos inimigos, dos poderosos que perseguiam o povo do Senhor, permanecesse não resolvida. Até que aquele netúnico tumultuar de uma só nota pareceu vencido, ou pelo menos convencido e envolto pelo júbilo aleluiático de quem se lhe opunha, e dissolveu-se num majestoso e perfeito acorde e num neuma ressupino.

Depois de pronunciado com esforço quase surdo o "sederunt", o "principes" alçou-se aos ares, com grande e seráfica calma. Não me perguntei mais quem eram os poderosos que falavam contra mim (contra nós), dissolvera-se e desaparecera a sombra daquele fantasma sedente e iminente.

E outros fantasmas, acreditei então, dissolveram-se naquele momento porque, olhando para o assento de Malaquias, depois que minha atenção fora absorvida pelo canto, vi a figura do bibliotecário entre a dos demais orantes, como se nunca tivesse saído dali. Olhei para Guilherme e vi um matiz de alívio em seus olhos, o mesmo que percebi de longe nos olhos do abade. Quanto a Jorge, estendera de novo as mãos e, encontrando o corpo do vizinho, prontamente as retirara. Mas, quanto a ele, eu não saberia dizer que sentimentos o agitavam.

Agora o coro estava entoando festivamente o "adjuva me", cujo *a* claro se expandia alegremente pela igreja, e o próprio *u* não parecia soturno como o do "sederunt", mas pleno de santa energia. Os monges e os noviços cantavam, como requer a regra do canto, com o corpo ereto, a garganta livre, a cabeça elevada, o livro quase à altura dos ombros de modo que pudesse ser lido sem abaixar a cabeça, o que faria o ar sair com menor energia do peito. Mas a hora ainda era noturna e, embora soassem as trombetas do júbilo, a caligem do sono insidiava muitos dos cantores que, perdidos talvez na emissão de uma nota longa, confiantes na própria onda do cântico, às vezes reclinavam a cabeça, tentados pela sonolência. Então os vigilantes, também em meio àquela vaga, sondavam-lhes o rosto com o lume, um por um, para trazê-los de volta à vigília, do corpo e da alma.

Por isso mesmo, foi um vigilante quem primeiro percebeu que Malaquias balançava de modo estranho, oscilava como se de repente recaísse nas névoas escuras de um sono que ele provavelmente não tinha dormido naquela noite. Aproximou-se dele com a lâmpada, iluminando-lhe o rosto e atraindo desse modo minha atenção. O bibliotecário não reagiu. O vigilante tocou-o, e aquele caiu pesadamente para a frente. O vigilante mal teve tempo de sustentá-lo antes que ele desabasse.

O canto diminuiu, as vozes se apagaram, houve um breve alvoroço. Guilherme tinha logo se posto em pé num pulo e corrido para onde Pacífico de Tivoli e o vigilante deitavam no chão Malaquias, exânime.

Ali chegamos quase ao mesmo tempo que o abade, e à luz da lâmpada vimos o rosto do infeliz. Ele já era a imagem da morte. Nariz afilado, olhos fundos, têmporas encovadas, orelhas brancas e contraídas, com os lóbulos virados para fora, pele do rosto já rígida, esticada e seca, faces de uma cor amarelada e permeada por uma sombra escura. Os olhos ainda estavam abertos, e dos lábios ressecados saía uma respiração difícil. Abriu a boca e, estando eu inclinado atrás de Guilherme, que se inclinara sobre ele, vi agitar-se na arcada dentária uma língua já enegrecida. Guilherme ergueu-o, abraçando-lhe as costas, e enxugou com a mão um véu de suor que lhe empalidecia a fronte. Malaquias percebeu um toque, uma presença, olhou fixo diante de si, por certo sem enxergar, seguramente sem reconhecer quem estava à sua frente. Ergueu a mão trêmula, agarrou Guilherme pelo peito, puxando seu rosto quase até tocar o dele, depois proferiu algumas palavras abafadas e roucas:

— Ele me disse... é verdade... tinha o poder de mil escorpiões...

— Quem disse? — perguntou Guilherme. — Quem?

Malaquias tentou falar ainda. Depois foi sacudido por um forte tremor, e sua cabeça tombou para trás. O rosto perdeu a cor, qualquer vestígio de vida. Estava morto.

Guilherme levantou-se. Deu com o abade a seu lado, e não lhe disse palavra. Depois viu, atrás do abade, Bernardo Gui.

— Senhor Bernardo — perguntou Guilherme —, quem matou este aqui, se encontrastes e aprisionastes tão bem os assassinos?

— Não o pergunteis a mim — disse Bernardo. — Nunca afirmei que entregara à justiça todos os iníquos que andam por esta abadia. É o que eu faria de bom grado, se tivesse podido — e fitou Guilherme. — Mas os outros agora eu deixo por conta da severidade... ou da excessiva indulgência do senhor abade — disse, enquanto o abade empalidecia e calava.

E Bernardo afastou-se.

Nesse ínterim ouvimos uma espécie de lamúria, um soluço abafado. Era Jorge, inclinado sobre seu genuflexório, sustentado por um monge que devia ter-lhe descrito o acontecido.

— Não terminará nunca... — disse com voz entrecortada. — Oh, Senhor, perdoa-nos a todos!

Guilherme inclinou-se ainda um momento sobre o cadáver. Segurou seus punhos, virando para a luz as palmas das mãos. As pontas dos três primeiros dedos da mão direita estavam escuras.

Sexto dia

LAUDES

Em que é eleito um novo despenseiro, mas não um novo bibliotecário.

Já era hora das laudes? Era mais cedo ou mais tarde? Daquele momento em diante perdi a noção do tempo. Passaram-se talvez horas, talvez menos, em que o corpo de Malaquias ficou estendido na igreja sobre um catafalco, enquanto os confrades formavam um leque ao seu redor. O abade dava ordens para as próximas exéquias. Ouvi-o chamar Bêncio e Nicolau de Morimondo. No decurso de menos de um dia, disse, a abadia tinha ficado privada do bibliotecário e do despenseiro.

— Tu — disse a Nicolau — assumirás as funções de Remigio. Conheces o trabalho de muitos, aqui na abadia. Põe alguém em teu lugar na guarda das forjas, provê às necessidades imediatas de hoje, na cozinha, no refeitório. Estás dispensado dos ofícios. Vai.

Depois a Bêncio:

— Justamente ontem à noite foste nomeado ajudante de Malaquias. Cuida da abertura do scriptorium e vigia para que ninguém suba sozinho à biblioteca.

Bêncio fez timidamente a observação de que ainda não tinha sido iniciado nos segredos daquele lugar. O abade fitou-o com severidade:

— Ninguém disse que o serás. Cuida para que o trabalho não se interrompa e para que ele sirva de prece pelos irmãos mortos... e pelos que ainda morrerão. Cada um trabalhará somente nos livros de que já esteja incumbido, e quem quiser poderá consultar o catálogo. Nada mais. Estás dispensado das vésperas porque a essa hora fecharás tudo.

— E como sairei? — perguntou Bêncio.

— É verdade, fecharei eu as portas de baixo após a ceia. Vai.

Saiu com eles, evitando Guilherme, que tentava falar-lhe. No coro sobravam, num pequeno grupo, Alinardo, Pacífico de Tivoli, Aymaro de Alessandria e Pedro de Santo Albano. Aymaro escarnecia.

— Agradeçamos ao Senhor — disse. — Morto o alemão, corríamos o risco de ter um novo bibliotecário mais bárbaro ainda.

— Quem achais que será nomeado para seu lugar? — perguntou Guilherme.

Pedro de Santo Albano sorriu de modo enigmático:

— Após tudo o que aconteceu nesses dias, o problema já não é o bibliotecário, porém o abade...

— Cala-te — disse-lhe Pacífico.

E Alinardo, sempre com seu olhar absorto:

— Cometerão outra injustiça... como na minha época. É preciso detê-los.

— Quem? — perguntou Guilherme. Pacífico tomou-o confidencialmente pelo braço e o acompanhou para longe do ancião, em direção à porta.

— Alinardo... tu sabes, nós o amamos muito, representa para nós a antiga tradição e os melhores dias da abadia... Mas às vezes fala sem saber o que diz. Todos estamos preocupados com o novo bibliotecário. Precisará ser digno, maduro e sábio... Só isso.

— Precisará saber grego? — perguntou Guilherme.

— E árabe, assim o quer a tradição, assim exige o ofício. Mas há muitos em nosso meio com esses dotes. Eu, modestamente, Pedro e Aymaro...

— Bêncio sabe grego.

— Bêncio é muito jovem. Não sei por que Malaquias o escolheu ontem como ajudante, mas...

— Adelmo sabia grego?

— Acho que não. Aliás, não mesmo.

— Mas Venâncio sabia. E Berengário. Está bem, agradeço-te.

Saímos para ir arranjar alguma coisa na cozinha.

— Por que queríeis saber quem sabia grego? — perguntei.

— Porque todos os que morrem com os dedos pretos sabem grego. Portanto, não fará mal esperar o próximo cadáver dentre os que sabem grego. Eu inclusive. Tu estás salvo.

— E o que pensais das últimas palavras de Malaquias?

— Tu as ouviste. Os escorpiões. A quinta trombeta anuncia dentre outras coisas a saída dos gafanhotos que atormentarão os homens com um ferrão semelhante ao do escorpião, tu sabes. E Malaquias nos comunicou que alguém lhe prenunciara isso.

— A sexta trombeta — eu disse — anuncia cavalos com cabeça de leão, de cuja boca sai fumaça, fogo e enxofre, montados por homens cobertos por couraças cor de fogo, jacinto e enxofre.

— Coisas demais. Porém o próximo crime poderia acontecer perto do estábulo. Será preciso ficar de olho ali. E preparemo-nos para o sétimo toque. Duas pessoas ainda, portanto. Quem são os candidatos mais prováveis? Se o objetivo for o segredo do finis Africae, aqueles que o conhecem. E de meu conhecimento existe apenas o abade. A menos que a trama seja outra. Ouviste há pouco, estavam conspirando para depor o abade, mas Alinardo falou no plural...

— Será preciso prevenir o abade — falei.

— Do quê? De que o matarão? Não tenho provas convincentes. Eu procedo como se o assassino raciocinasse como eu. Mas, e se ele seguisse outro plano? E se, sobretudo, não houvesse *um* assassino?

— O que estais querendo dizer?

— Não sei exatamente. Mas, como te disse, é preciso imaginar todas as ordens possíveis, e todas as desordens.

Sexto dia

PRIMA

*Em que Nicolau conta muitas coisas,
enquanto se visita a cripta do tesouro.*

Nicolau de Morimondo, em seus novos trajes de despenseiro, estava dando ordens aos cozinheiros, e estes lhe davam informações sobre os usos da cozinha. Guilherme queria falar-lhe, e ele nos pediu que esperássemos um instante. Depois, disse, precisaria descer à cripta do tesouro para vigiar o trabalho de polimento dos escrínios, que ainda lhe competia, e lá teria mais tempo para conversar.

Pouco depois, de fato, convidou-nos a segui-lo, entrou na igreja, passou por trás do altar-mor (enquanto os monges arrumavam um catafalco na nave, para velar o corpo de Malaquias) e nos fez descer uma escadinha, aos pés da qual nos encontramos numa sala de abóbadas muito baixas, sustidas por pilastras de pedra não lavrada. Estávamos na cripta em que se guardavam as riquezas da abadia, lugar de que o abade era muito cioso, que era aberto somente em circunstâncias excepcionais e para hóspedes de muito respeito.

Havia, ao redor, escrínios de tamanhos diferentes, dentro dos quais a luz das tochas (acesas por dois fiéis ajudantes de Nicolau) punha a resplandecer objetos de admirável beleza. Paramentos dourados, coroas áureas incrustadas de gemas, cofres de vários metais lavrados com figuras, lavores de nigelo, marfins. Nicolau mostrou-nos, extasiado, um evangeliário cuja encadernação ostentava admiráveis placas de esmalte que compunham uma variegada unidade de compartimentos regulares, divididos por filigranas de ouro e presos, à guisa de cravos, por pedras preciosas. Apontou-nos um delicado oratório com duas colunas em lápis-lazúli e ouro que enquadravam uma deposição do sepulcro, representada em fino baixo-relevo de prata, encimada por uma cruz de ouro incrustada de treze diamantes sobre um fundo de ônix variegado, enquanto o pequeno frontão era festoado de ágata e rubis. Depois vi um díptico criselefantino dividido em cinco partes, com cinco cenas da vida de Cristo, e no centro um místico cordeiro composto de alvéolos de prata dourada com massa vítrea, única imagem policromada sobre um fundo de cérea brancura.

O rosto, os gestos de Nicolau, enquanto nos mostrava aquelas coisas, estavam iluminados de orgulho. Guilherme elogiou as coisas que vira, depois perguntou a Nicolau que tipo era Malaquias, afinal.

— Pergunta estranha — disse Nicolau —, tu também o conhecias.

— Sim, mas não o suficiente. Nunca compreendi que pensamentos ocultava.. e... — hesitou em emitir juízos sobre alguém que acabara de falecer — ... e se os tinha.

Nicolau umedeceu um dedo, passou-o sobre uma superfície de cristal não perfeitamente polida e respondeu com um meio sorriso, sem olhar Guilherme no rosto:

— Vês que não tens necessidade de fazer perguntas... É verdade, segundo muitos Malaquias parecia demasiado cismarento, no entanto era um homem muito simples. Segundo Alinardo, era um parvo.

— Alinardo guarda rancor de alguém por um acontecimento distante, quando lhe foi negada a dignidade de bibliotecário.

— Ouvi falar disso também, mas trata-se de uma história velha, remonta a cinquenta anos pelo menos. Quando aqui cheguei, o bibliotecário era Roberto de Bobbio, e os velhos murmuravam sobre uma injustiça cometida em prejuízo de Alinardo. Na época não quis me aprofundar, porque me parecia falta de respeito para com os mais velhos e não queria envolver-me em murmurações. Roberto tinha um ajudante, que depois morreu, e em seu lugar foi nomeado Malaquias, ainda muito jovem. Muitos disseram que ele não tinha mérito algum, que afirmava saber grego e árabe, mas não era verdade, era apenas um ótimo imitador, que copiava em bela caligrafia os manuscritos nessas línguas, mas sem compreender o que copiava. Dizia-se que um bibliotecário deve ser bem mais douto. Alinardo, que então ainda era um homem cheio de força, disse coisas muito amargas sobre a nomeação. E insinuou que Malaquias tinha sido posto naquele lugar para fazer o jogo de seu inimigo, mas não entendi de quem estava falando. Eis tudo. Sempre se comentou que Malaquias defendia a biblioteca como um cão de guarda, mas sem entender direito o que guardava. Por outro lado, murmurou-se também contra Berengário, quando Malaquias o escolheu para seu ajudante. Dizia-se que ele não era mais habilidoso que seu mestre, que não passava de um intrigante. Dizia-se igualmente que... Mas já terás ouvido tu também esses rumores... que havia uma estranha relação entre Malaquias e ele... Coisas antigas, depois sabes que falaram de Berengário e Adelmo, e os copistas jovens diziam que Malaquias sofria em silêncio de um ciúme atroz... E depois se murmurava também sobre as relações entre Malaquias e Jorge, não, não no sentido que podes pensar... ninguém nunca duvidou da virtude de Jorge! Porém Malaquias, como bibliotecário, por tradição, teria de escolher o abade como confessor, enquanto todos os demais se confessam com Jorge (ou com Alinardo, mas o velho agora está quase demente)... Bem, dizia-se que, apesar disso, era demasiada a frequência com que Malaquias confabulava com Jorge, como se o abade dirigisse sua alma, mas Jorge regulasse seu corpo, seus gestos, seu trabalho. Por outro lado sabes, viste, provavelmente: quem quisesse uma indicação sobre um livro antigo e esquecido não perguntava a Malaquias, mas a Jorge. Malaquias tomava conta do catálogo e subia à biblioteca, mas Jorge sabia o que significava cada um dos títulos...

— Por que Jorge sabia tantas coisas sobre a biblioteca?

— Era o mais velho, depois de Alinardo, está aqui desde a juventude. Jorge deve ter mais de oitenta anos, dizem que está cego há pelo menos quarenta anos ou mais...

— O que fez para se tornar tão sapiente antes da cegueira?

— Oh, há lendas sobre ele. Parece que, menino ainda, tinha sido tocado pela graça divina e lá em Castela, ainda impúbere, lia os livros dos árabes e dos doutores gregos. E mesmo depois da cegueira, ainda agora, senta-se por longas horas na biblioteca, pede que lhe leiam o catálogo, que lhe tragam livros, e um noviço lê para ele em voz alta durante horas. Ele se lembra de tudo, não é desmemoriado como Alinardo. Mas por que estás me perguntando tudo isso?

— Agora que Malaquias e Berengário estão mortos, quem restou que conheça os segredos da biblioteca?

— O abade, e o abade deverá agora transmiti-los a Bêncio... se quiser...

— Por que se quiser?

— Porque Bêncio é jovem, foi nomeado ajudante quando Malaquias ainda estava vivo, é diferente ser ajudante de bibliotecário e bibliotecário. Por tradição, o bibliotecário torna-se depois abade...

— Ah, é assim... Por isso o cargo de bibliotecário é tão ambicionado. Mas então Abão foi bibliotecário?

— Não, Abão não. Sua nomeação deu-se antes de eu chegar aqui, vai fazer trinta anos. Antes o abade era Paulo de Rimini, um homem esquisito de quem se contam histórias estranhas: parece que era leitor muito voraz, conhecia de cor todos os livros da biblioteca, mas tinha uma estranha enfermidade, não conseguia escrever, chamavam-no Abbas agraphicus... Tornou-se abade muito jovem, dizia-se que tinha o apoio de Algirdas de Cluny... Mas são velhos mexericos dos monges. Em suma, Paulo tornou-se abade, Roberto de Bobbio tomou seu lugar na biblioteca, mas estava sendo minado por um mal que o consumia, sabia-se que não poderia governar os destinos da abadia, e, quando Paulo de Rimini desapareceu...

— Morreu?

— Não, desapareceu, não sei como, um dia partiu para uma viagem e não voltou mais, talvez tenha sido morto por ladrões no caminho... Em suma, quando Paulo desapareceu, Roberto não podia assumir o lugar dele e ocorreram certas tramas obscuras. Abão — segundo se diz — era filho natural do senhor desta plaga, crescera na abadia de Fossanova, dizia-se que, mocinho, tinha assistido santo Tomás de Aquino quando lá morreu e cuidara do transporte daquele imenso corpo escadas abaixo de uma torre por onde o cadáver não conseguia passar... essa era sua glória, murmuravam os maldosos daqui... O fato é que foi eleito abade, ainda que não tivesse sido bibliotecário, e foi instruído por alguém, creio que por Roberto, sobre os mistérios da biblioteca.

— E Roberto, por que foi eleito?

— Não sei. Sempre procurei não investigar demais essas coisas: nossas abadias são lugares santos, mas em torno da dignidade abacial às vezes se tecem horríveis tramas. Eu estava interessado em meus vidros e meus relicários, não queria me misturar a essas histórias. Mas estás entendendo agora por que não sei se o abade quer instruir Bêncio, seria como se o designasse seu sucessor, um rapaz leviano, um gramático quase bárbaro, do Norte extremo, como poderia entender este país, a abadia e suas relações com os senhores do lugar...

— Mas Malaquias também não era italiano, nem Berengário, no entanto foram incumbidos da biblioteca.

— Eis um fato obscuro. Os monges murmuram que, já faz meio século, a abadia abandonou suas tradições... Por isso, mais de cinquenta anos atrás, talvez antes, Alinardo aspirava à dignidade de bibliotecário. O bibliotecário sempre fora italiano, não faltam grandes engenhos nesta terra. E vês agora... — e aqui Nicolau hesitou como se não quisesse dizer o que estava para dizer: — ... vês, Malaquias e Berengário foram mortos, talvez, para que não se tornassem abades.

Sacudiu-se, agitou a mão diante do rosto como para enxotar ideias pouco honestas, depois fez o sinal da cruz.

— O que estou dizendo, afinal? Neste país, há muitos anos, vêm acontecendo coisas vergonhosas, mesmo nos mosteiros, na corte papal, nas igrejas... Lutas para conquistar o poder, acusações de heresia para tirar de alguém uma prebenda... Que feio, estou perdendo a confiança no gênero humano, vejo complôs e intrigas palacianas por toda parte. A isso devia ficar reduzida também esta abadia, a um ninho de víboras, surgido por magia oculta naquilo que era um escrínio de membros santos. Olha o passado deste mosteiro!

Apontava os tesouros espalhados ao redor, e, deixando de lado cruzes e outras alfaias, levou-nos para ver os relicários que constituíam a glória daquele lugar.

— Olhai — dizia —, esta é a ponta da lança que atravessou a costela do Salvador!

Era uma caixa de ouro com tampa de cristal, onde, em cima de uma almofada púrpura, estava acomodado um pedaço de ferro de forma triangular, já roído pela ferrugem, mas ao qual fora restituído o vivo esplendor por um demorado trabalho de óleos e ceras. Mas aquilo não era nada. Porque em outra caixa de prata, incrustada de ametistas, com a parede anterior transparente, vi um pedaço do lenho venerando da santa cruz, trazido à abadia pela própria rainha Helena, mãe do imperador Constantino, após ter peregrinado aos lugares santos e mandado desenterrar a colina do Gólgota e o santo sepulcro, construindo ali uma catedral.

Depois Nicolau nos mostrou outras coisas, e de todas não saberei falar, por sua quantidade e raridade. Havia, num escrínio todo de água-marinha, um cravo da cruz. Havia, numa âmbula, pousado num leito de rosinhas emurchecidas, uma porção da coroa de espinhos, e, em outra caixa, também sobre uma camada de flores secas, um pedacinho da toalha da última ceia. E depois havia a bolsa de são Mateus, de malhas de prata, e, num cilindro, atado por uma fita violeta, esgarçado pelo tempo e sigilado de ouro, um osso do braço de Santa Ana. Vi — maravilha das maravilhas —, sob uma redoma de vidro e sobre uma almofada vermelha salpicada de pérolas, um pedaço da manjedoura de Belém, um palmo da túnica purpurina de são João Evangelista, duas das correntes que prenderam os tornozelos do apóstolo Pedro em Roma, o crânio de santo Adalberto, a espada de santo Estêvão, uma tíbia de santa Margarida, um dedo de são Vital, uma costela de santa Sofia, o queixo de santo Eobano, a parte superior da escápula de são Crisóstomo, o anel de noivado de são José, um dente de são João Batista, o cajado de Moisés, uma finíssima renda rasgada do traje nupcial da Virgem Maria.

E havia outras coisas que não eram relíquias, mas mesmo assim representavam testemunhos de prodígios e de seres prodigiosos de terras distantes, trazidos à abadia por monges que tinham viajado até os extremos confins do mundo: um basilisco e uma hidra empalhados, um chifre de unicórnio, um ovo que um eremita encontrara dentro de outro ovo, um pedaço do maná que alimentou os hebreus no deserto, um dente de baleia, um coco, o úmero de um animal antediluviano, uma presa de marfim de elefante, uma costela de golfinho. E mais outras relíquias que não reconheci, cujos relicários talvez fossem mais preciosos que elas, algumas das quais deviam ser antiquíssimas (a julgar pela confecção de seus recipientes, de prata escurecida), uma série infinita de fragmentos de ossos, tecidos, madeira, metal, vidro. E frascos com pós escuros, um dos quais soube que continha resíduos carbonizados da cidade de Sodoma, e outro, cal das muralhas de Jericó. Coisas essas, mesmo as mais modestas, pelas quais um imperador teria dado mais que um feudo, que constituíam uma reserva não só de imenso prestígio mas também de verdadeira riqueza material para a abadia que nos hospedava.

Eu continuava a vagar estonteado, pois Nicolau já deixara de nos descrever os objetos (que de resto vinham descritos cada um por um cartaz), já livre agora para girar quase ao acaso por aquela reserva de maravilhas inestimáveis, às vezes admirando aquelas coisas em plena luz, às vezes entrevendo-as na penumbra, enquanto os acólitos de Nicolau se postavam em outro ponto da cripta com suas tochas. Estava fascinado por aquelas cartilagens amareladas, místicas e repugnantes ao mesmo tempo, transparentes e misteriosas, pelos retalhos de roupas de tempos imemoriais, desbotados, esfiapados, às vezes enrolados dentro de alguma ampola como um manuscrito descorado, por aquelas matérias esmigalhadas que se confundiam com o tecido que lhes servia de base, resíduos santos de uma vida que foi animal (e racional) e agora, aprisionados por edifícios de cristal ou de metal que, em sua minúscula dimensão, imitavam a ousadia das catedrais de pedra com suas torres e agulhas, pareciam transformados também eles em substância mineral. Quer dizer então que os corpos dos santos esperam sepultos a ressurreição da carne? Daquelas lascas seriam recompostos aqueles organismos que, no fulgor da visão divina, reconquistando toda a sua sensibilidade natural, perceberiam, como escrevia Piperno, até as minimas differentias odorum?

Fui arrancado de minhas meditações por Guilherme, que me tocava o ombro:

— Vou indo — disse. — Subo ao scriptorium, tenho ainda de consultar algumas coisas...

— Mas não será possível ter livros — falei —, Bêncio recebeu ordem...

— Preciso só examinar mais um pouco os livros que estava lendo outro dia, e ainda estão todos no scriptorium sobre a mesa de Venâncio. Tu, se quiseres, fica aqui. Esta cripta é um belo epítome dos debates sobre a pobreza a que assististe nestes dias. E agora sabes pelo que esses teus confrades se trucidam, quando aspiram à dignidade abacial.

— Mas acreditais naquilo que Nicolau sugeriu? Os crimes dizem respeito então a uma luta pela investidura?

— Já te disse que por ora não quero arriscar hipóteses em voz alta. Nicolau disse muitas coisas. E algumas me interessaram. Mas agora vou seguir mais uma pista. Ou talvez a mesma, mas de outro lado. E não fiques muito encantado com esses escrínios. Fragmentos da cruz vi muitos outros, em outras igrejas.

Se todos fossem autênticos, Nosso Senhor não teria sido supliciado sobre duas tábuas cruzadas, mas sobre uma floresta inteira.

— Mestre! — eu disse, escandalizado.

— É assim, Adso. E há tesouros mais ricos ainda. Faz tempo, numa catedral alemã, vi o crânio de João Batista aos doze anos de idade.

— Verdade? — exclamei admirado. Depois, invadido por uma dúvida: — Mas João Batista foi morto em idade mais avançada!

— O outro crânio deve estar em outro tesouro — disse Guilherme, sério.

Eu nunca entendia quando ele estava zombando. Nas minhas terras, quando se brinca, se diz uma coisa e depois se ri com muito barulho, para que todos participem da brincadeira. Guilherme, ao contrário, ria só quando dizia coisas sérias, e ficava seriíssimo quando presumivelmente estava brincando.

Sexto dia

TERÇA

*Em que Adso, ouvindo o Dies irae, tem um sonho ou visão,
como se queira chamar.*

Guilherme despediu-se de Nicolau e subiu ao scriptorium. Eu já tinha visto o suficiente do tesouro e decidi ir à igreja orar pela alma de Malaquias. Nunca gostara daquele homem, que me dava medo, e não escondo que por muito tempo acreditei que ele fosse culpado de todos os crimes. Agora tinha aprendido que talvez fosse um coitado, oprimido por paixões insatisfeitas, vaso de barro entre vasos de ferro, entristecido porque perdido, silencioso e esquivo porque consciente de não ter nada que dizer. Eu sentia certo remorso em relação a ele e achei que a prece por seu destino sobrenatural poderia aquietar meus sentimentos de culpa.

A igreja estava iluminada por um clarão tênue e lívido, dominada pelos despojos mortais do desventurado, habitada pelo sussurro uniforme dos monges que recitavam o ofício dos mortos.

No mosteiro de Melk eu assistira várias vezes ao falecimento de um confrade. Era uma circunstância que não posso qualificar de alegre, mas que me parecia serena, regulada pela calma e por um amplo senso de justiça. Todos se alternavam na cela do moribundo, confortando-o com boas palavras, e cada um acreditava, no fundo do coração, que o moribundo era bem-aventurado, porque estava para coroar uma vida virtuosa e dentro em pouco estaria unido ao coro dos anjos, no gáudio que nunca tem fim. E parte daquela serenidade, o aroma daquela santa inveja, comunicava-se ao moribundo, que por fim falecia sereno. Como tinham sido diferentes as mortes daqueles últimos dias! Eu tinha finalmente visto de perto como morria uma vítima dos diabólicos escorpiões do finis Africae, e certamente tinham morrido desse modo também Venâncio e Berengário, buscando conforto na água, com o rosto já devastado como o de Malaquias...

    Sentei-me no fundo da igreja, encolhi-me para combater o frio. Senti um pouco de calor, movi os lábios para unir-me ao coro dos confrades orantes. Acompanhava-os sem quase me dar conta do que diziam meus lábios, com a cabeça a balançar e os olhos a se fecharem. Passou muito tempo, creio ter adormecido e acordado pelo menos três ou quatro vezes. Depois o coro entoou o *Dies irae*... O salmodiar dominou-me como um narcótico. Adormeci por completo. Ou talvez, mais que adormecer, caí exausto num torpor agitado, dobrado sobre mim mesmo, como uma criatura ainda encerrada no ventre da mãe. E, naquela névoa da alma, encontrando-me como que numa região que não era deste mundo, tive uma visão, ou sonho que fosse.

    Penetrava por uma escada estreita num corredor baixo e fechado, como se entrasse na cripta do tesouro, mas, continuando a descer, chegava a uma cripta mais ampla, que eram as cozinhas do Edifício. Tratava-se por certo das cozinhas, no entanto as operações que ali ocorriam não eram só de fornos e panelas, mas igualmente de foles e martelos, como se lá tivessem marcado encontro também os ferreiros de Nicolau. Era tudo uma cintilação vermelha de estufas, caldeiras e caldeirões borbulhantes que soltavam fumaça, enquanto à superfície de seus líquidos subiam grandes bolhas crepitantes que depois estouravam de repente com um ruído surdo e contínuo. Os cozinheiros agitavam espetos no ar, enquanto os noviços, reunidos todos ali, davam pulos para capturar os frangos e outras aves espetadas naqueles ferros em brasa. Mas, ao lado, os ferreiros martelavam com tal força que todo o ar ficava ensurdecido, e nuvens de fagulhas erguiam-se das bigornas, confundindo-se com as que os dois fornos expeliam.

    Eu não entendia se me encontrava no inferno ou se num paraíso como Salvatore possivelmente conceberia um, gotejante de molhos e palpitante de salsichões. Mas não tive tempo de me perguntar onde estava, pois uma turba de homúnculos, anõezinhos de cabeça grande em forma de panela, entrou correndo e, arrastando-me em seu ímpeto, empurrou-me para a soleira do refeitório, obrigando-me a entrar.

A sala estava enfeitada para festa. Grandes tapizes e estandartes pendiam das paredes, mas as imagens que os adornavam não eram as que de hábito fazem apelo à piedade dos fiéis ou celebram as glórias dos reis. Pareciam muito mais inspiradas nas marginálias de Adelmo e, de suas imagens, reproduziram as menos amedrontadoras e as mais histriônicas: lebres dançando ao redor do mastro de cocanha, rios percorridos por peixes que se jogavam espontaneamente na frigideira empunhada por macacos vestidos de bispos-cozinheiros, monstros de ventre obeso dançando em torno de panelões fumegantes.

No centro da mesa estava o abade, em traje de gala, com uma longa túnica de púrpura recamada, a empunhar seu garfo como um cetro. A seu lado, Jorge bebia de uma grande jarra de vinho, e o despenseiro, vestido como Bernardo Gui, lia virtuosamente, num livro em forma de escorpião, vidas de santos e trechos do evangelho, mas eram narrativas que diziam que Jesus brincava com o apóstolo, recordando-lhe que ele era pedra e sobre aquela pedra desavergonhada que rolava pela planície ele fundaria sua igreja; ou então o relato em que são Jerônimo comentava a Bíblia dizendo que Deus queria desnudar as costas de Jerusalém. E, a cada frase do despenseiro, Jorge ria batendo o punho na mesa e gritando: "Tu serás o próximo abade, ventre de Deus!", dizia assim mesmo, Deus me perdoe.

Atendendo a um sinal festivo do abade, entrou o cortejo das virgens. Era uma fúlgida fileira de mulheres ricamente vestidas, no meio das quais me pareceu de início distinguir minha mãe, depois me dei conta do engano, porque se tratava certamente da moça terrível como exército em formação de batalha. Com a diferença de que tinha na cabeça uma coroa de pérolas brancas, em duas fileiras, e de cada lado do rosto desciam mais duas cascatas de pérolas, confundindo-se com outras duas fileiras de pérolas que lhe pendiam sobre o peito, e a cada pérola estava preso um diamante do tamanho de uma ameixa. Além disso, de ambas as orelhas descia um fio de pérolas azuis, e ambos se uniam, formando uma gorjeira na base do pescoço branco e ereto como uma torre do Líbano. O manto era cor de múrice, e na mão ela trazia uma taça de ouro cravejada de diamantes na qual — eu soube, não sei como — estava o unguento mortal outrora roubado a Severino. Essa mulher, bela como a aurora, era seguida por outras figuras feminis: uma trajava manto branco recamado sobre um vestido escuro adornado por dupla estola de ouro bordada de flores do campo; a segunda tinha um manto de damasco amarelo, sobre um vestido rosa-pálido salpicado de folhas verdes e com dois grandes quadrados tecidos em forma de labirinto marrom; e a terceira trajava um manto vermelho, vestido cor de esmeralda entretecido de animaizinhos vermelhos, e trazia nas mãos uma estola recamada e branca. Quanto às outras, não reparei nos trajes, porque tentava compreender quem eram aquelas que acompanhavam a moça, que agora se assemelhava à Virgem Maria; e como se cada uma trouxesse na mão ou lhe saísse da boca um cartaz, soube que eram Rute, Sara, Susana e outras mulheres da sagrada escritura.

Àquela altura o abade gritou: "Entrai, filii de la puta!", e entrou no refeitório outra fila composta de personagens sagrados que reconheci muito bem; estavam ataviados de maneira austera e esplêndida, e no meio da fila estava Um sentado no trono, que era Nosso Senhor, mas ao mesmo tempo Adão, portando um manto purpurino, um grande diadema vermelho e branco de rubis e pérolas, a prender o manto nos ombros, na cabeça uma coroa igual à da moça e, nas mãos, uma taça maior, cheia de sangue de porcos. Outras personagens santíssimas de que falarei, todas conhecidíssimas minhas, faziam-lhe roda, mais um pelotão de arqueiros do rei de França, vestidos uns de verde, outros de vermelho, com um escudo esmeraldino no qual sobressaía o monograma de Cristo. O comandante daquela unidade foi prestar homenagem ao abade e, estendendo-lhe a taça, disse: Sao ko kelle terre per kelle fini ke ki kontene, trenta anni le possette parte sancti Benedicti". A isso o abade respondeu: "Age primum et septimum de quatuor", e todos entoaram: "In finibus Africae, amen". Então todos sederunt.

Depois de assim dispersos os dois batalhões opostos, Salomão, atendendo a uma ordem do abade, preparou-se para arrumar as mesas, Tiago e André trouxeram um fardo de feno, Adão acomodou-se no meio, Eva deitou-se sobre uma folha, Caim entrou arrastando o arado, Abel veio com um balde para mungir Brunello, Noé entrou triunfalmente a remar a arca, Abraão sentou-se debaixo de uma árvore, Isaque deitou-se no altar de ouro da igreja, Moisés acocorou-se em cima de uma pedra, Daniel apareceu sobre um catafalco de braços com Malaquias, Tobias estirou-se numa cama, José trepou num alqueire, Benjamim se estendeu em cima de um saco e depois — mas aí a visão se tornava confusa — Davi ficou sobre um montículo, João no chão, o faraó na areia (naturalmente, pensei, mas por quê?), Lázaro em cima da mesa, Jesus na beira do poço, Zaqueu nos galhos de uma árvore, Mateus num escabelo, Raabe na estopa, Rute na palha, Tecla no peitoril da janela (aparecendo de fora o rosto pálido de Adelmo a avisá-la de que se podia até cair no precipício), Susana na horta, Judas entre os túmulos, Pedro na cátedra, Tiago numa rede, Elias numa sela, Raquel num embrulho. E o apóstolo Paulo, depondo a espada, escutava Esaú resmungar, enquanto Jó gania no esterco e para socorrê-lo acorriam Rebeca com uma roupa, Judite com um cobertor, Agar com uma mortalha e alguns noviços portando um grande caldeirão fumegante, para fora do qual pulava Venâncio de Salvemec, todo vermelho, e começava a distribuir chouriços de porco.

O refeitório estava cada vez mais apinhado e todos comiam à tripa forra; Jonas trazia à mesa chicórias; Isaías, legumes; Ezequiel, amoras; Zaqueu, flores de sicômoro; Adão, limões; Daniel, tremoços; o faraó, pimentões; Caim, cardos; Eva, figos; Raquel, maçãs; Ananias, ameixas do tamanho de diamantes; Lia, cebolas; Arão, azeitonas; José, um ovo; Noé, uva; Simeão, caroços de pêssego; enquanto Jesus cantava o *Dies irae* e, alegremente, derramava sobre todas as comidas o vinagre espremido de uma esponja que pegara da lança de um dos arqueiros do rei de França.

— Meus filhos, meus cordeirinhos — disse nesse momento o abade já bêbado —, não podeis cear vestidos assim como mendigos, vinde, vinde.

E batia no primeiro e no sétimo dos quatro que, disformes como espectros, brotavam do fundo do espelho, o espelho se espatifava, e dele caíam ao chão, ao longo das salas do labirinto, trajes multicores incrustados de pedras, imundos e rasgados. E Zaqueu pegou uma roupa branca; Abraão, uma esmeraldina; Ló, uma sulfurina; Jonas, azulina; Tecla, cinabrina; Daniel, leonina; João, cristalina; Adão, courina; Judas, cor de moedas de prata; Raabe, escarlate; Eva cor da árvore do bem e do mal; e havia quem pegasse roupa colorina, quem espartarquina, quem cardina, quem marina, quem arvorina, quem muricina, ou então ferrugina e preta e jacinto e cor de fogo e enxofre, e Jesus pavoneava-se numa roupa columbina e, rindo, acusava Judas de nunca saber brincar em santa alegria.

Nessa altura Jorge, tirando os *vitra ad legendum*, acendeu uma sarça ardente para a qual Sara trouxera lenha, Jefté a apanhara, Isaque a descarregara, José a cortara e, enquanto Jacó abria o poço e Daniel se sentava junto ao lago, os serviçais traziam água, Noé vinho, Agar um odre, Abraão um bezerro que Raabe amarrou a um pau, enquanto Jesus entregava a corda e Elias lhe amarrava os pés: depois Absalão suspendeu-o pelos cabelos, Pedro deu a espada, Caim matou-o, Herodes derramou seu sangue, Sem jogou fora as vísceras e os excrementos, Jacó pôs o azeite, Molessadon o sal, Antíoco o pôs no fogo, Rebeca o cozinhou e Eva o provou primeiro e mal lhe soube, mas Adão dizia que não se preocupasse e batia nas costas de Severino, que aconselhava acrescentar ervas aromáticas. Então Jesus partiu o pão, distribuiu peixes, Jacó gritava porque Esaú tinha comido todas as suas lentilhas, Isaque estava devorando um cabrito assado, e Jonas uma baleia cozida, e Jesus ficou em jejum durante quarenta dias e quarenta noites.

Entrementes, todos entravam e saíam carregando boa veação de todos os formatos e cores, e Benjamim sempre pegava a parte maior, e Maria, a parte melhor, enquanto Marta se queixava por sempre ter de lavar todos os pratos. Depois dividiram o bezerro que naquele ínterim se tornara enorme, e João ficou com o crânio, Absalão com o cachaço, Arão com a língua, Sansão com a queixada, Pedro com a orelha, Holofernes com a cabeça, Lia com o cu, Saul com o pescoço, Jonas com a barriga, Tobias com o fel, Eva com a costela, Maria com a teta, Isabel com a vulva, Moisés com o rabo, Ló com as patas e Ezequiel com os ossos. Nesse meio-tempo, Jesus devorava um asno, são Francisco um lobo, Abel uma ovelha, Eva uma moreia, João Batista um gafanhoto, o faraó um polvo (naturalmente, pensei, mas por quê?) e Davi comia cantáridas lançando-se sobre a moça nigra sed formosa, enquanto Sansão mordia os costados de um leão e Tecla fugia gritando, perseguida por uma aranha preta e peluda.

Todos agora estavam visivelmente bêbados, uns escorregavam no vinho, outros caíam nos caldeirões deixando à mostra apenas as pernas cruzadas como dois paus, e Jesus estava com todos os dedos pretos e oferecia folhas de livros, dizendo pegai e comei, esses são os enigmas de Sinfósio, entre os quais aquele do peixe que é filho de Deus e vosso salvador. E todos bebendo: Jesus, vinho passito; Jonas, mársico; o faraó, sorrentino (por quê?); Moisés, gaditano; Isaque, cretense; Arão, adriano; Zaqueu, arbustino; Tecla do arsino; João, albano; Abel, campano; Maria, signino; Raquel, florentino.

Adão gorgolejava de bruços e o vinho saía-lhe pela costela, Noé maldizia Cam dormindo, Holofernes roncava sem desconfiar, Jonas dormia como uma pedra, Pedro guardava a vigília até o galo cantar e Jesus acordou de repente ao ouvir Bernardo Gui e Bertrando de Pouget planejando queimar a moça; e gritou, pai, se for possível, afasta de mim esse cálice! E uns serviam mal o vinho, outros bebiam bem, uns morriam rindo, outros riam morrendo, uns carregavam âmbulas, outros bebiam nos copos dos outros. Susana gritava que nunca cederia seu belo corpo branco ao despenseiro e a Salvatore por um mísero coração de boi; Pilatos circulava pelo refeitório como uma alma penada pedindo água para as mãos, e frei Dulcino, de pluma no chapéu, trazia-lhe água e depois abria a roupa gargalhando e mostrava a genitália vermelha de sangue, enquanto Caim fazia pouco dele abraçando a bela Margarida de Trento: e Dulcino punha-se a chorar e ia deitar a cabeça no ombro de Bernardo Gui chamando-o de papa angélico, Ubertino consolava-o com uma árvore da vida, Miguel de Cesena, com uma bolsa de ouro, as Marias passavam-lhe unguentos, e Adão o convencia a morder uma maçã recém-colhida.

Então se abriram as abóbadas do Edifício e do céu Roger Bacon desceu em cima de uma máquina voadora, unico homine regente. Depois Davi tocou cítara, Salomé dançou com seus sete véus, e a cada véu que caía soava uma das sete trombetas e mostrava-se um dos sete selos, até que ficou unicamente *amicta sole*. Todos diziam que nunca se vira uma abadia tão alegre, e Berengário levantava a roupa de todo mundo, homens e mulheres, beijando-lhes o ânus. E teve início uma dança, Jesus vestido de mestre, João de guardião, Pedro de reciário, Nimrod de caçador, Judas de delator, Adão de jardineiro, Eva de tecelã, Caim de ladrão, Abel de pastor, Jacó de mensageiro, Zacarias de sacerdote, Davi de rei, Jubal de citarista, Tiago de pescador, Antíoco de cozinheiro, Rebeca de aguadeira, Molessadon de idiota, Marta de serva, Herodes de louco furioso, Tobias de médico, José de carpinteiro, Noé de bêbado, Isaque de camponês, Jó de homem triste, Daniel de juiz, Tamar de prostituta, Maria de patroa que ordenava aos serviçais que trouxessem mais vinho, porque o sandeu de seu filho não queria transformar a água.

Foi então que o abade teve uma explosão de raiva, porque, dizia, tinha organizado uma festa tão bonita e ninguém lhe dava nada; então todos competiram para levar-lhe dádivas e tesouros, um touro, uma ovelha, um leão, um camelo, um cervo, um bezerro, uma égua, um carro solar, o queixo de santo Eobano, a cauda da santa Morimonda, o útero de santa Arundalina, a nuca de santa Burgosina, cinzelada como uma taça aos doze anos de idade, e uma cópia do *Pentagonum Salomonis*. Mas o abade começou a gritar, dizendo que, daquele jeito, tentavam desviar sua atenção e na verdade estavam saqueando a cripta do tesouro, onde agora todos nos encontrávamos, e que tinha sido roubado um livro preciosíssimo que falava dos escorpiões e das sete trombetas; e chamava os arqueiros do rei de França para que revistassem todos os suspeitos. E foram encontrados, para desdouro de todos, um tecido de seda variegada com Agar, um selo de ouro com Raquel, um espelho de prata no seio de Tecla, uma garrafa bebitória debaixo do sovaco de Benjamim, uma coberta de seda entre as vestes de Judite, uma lança na mão de Longino e a mulher de outro nos braços de Abimeleque. Mas o pior aconteceu quando encontraram um galo preto com a moça preta e belíssima como um gato da mesma cor e a chamaram de bruxa e pseudoapóstolo, de modo que todos investiram contra ela para puni-la. João Batista a decapitou, Abel a degolou, Adão a enxotou, Nabucodonosor, com a mão em brasa, escreveu signos zodiacais em seu seio, Elias a raptou num carro de fogo, Noé a mergulhou na água, Ló a transformou em estátua de sal, Susana a acusou de luxúria, José a traiu com outra, Ananias a fincou numa fornalha, Sansão a acorrentou, Paulo a flagelou, Pedro a crucificou de cabeça para baixo, Estêvão a apedrejou, Lourenço a tostou na grelha, Bartolomeu a esfolou, Judas a denunciou, o despenseiro a queimou, e Pedro negava tudo. Depois todos se lançaram sobre aquele corpo jogando excremento em cima dele, peidando-lhe na cara, urinando-lhe na cabeça, vomitando-lhe no seio, arrancando-lhe os cabelos, golpeando-lhe as costas com tochas ardentes. O corpo da moça, antes tão belo e doce, agora estava sendo descarnado, subdividido em fragmentos que se espalhavam pelos escrínios e relicários de cristal e ouro da cripta. Ou melhor, não era o corpo da moça que ia povoar a cripta, eram os fragmentos da cripta que, turbilhonando, iam aos poucos se compondo para formar o corpo da moça, já agora coisa mineral, e depois se decompunham novamente, espalhando-se, pulverulência sagrada de segmentos acumulados por desatinada impiedade. Agora era como se um único corpo imenso tivesse se dissolvido em suas partes ao longo dos milênios, e essas partes tivessem sido dispostas para ocupar a cripta inteira, mais refulgente, porém não diferente do ossário dos monges mortos, e como se a forma substancial do próprio corpo humano, obra-prima da criação, tivesse se fragmentado em formas acidentais plúrimas e separadas, tornando-se assim imagem de seu contrário, forma já não ideal, mas terrena, de poeira e lascas, capazes de significar unicamente morte e destruição...

Eu já não encontrava as personagens do festim e os presentes que tinham trazido; era como se todos os hóspedes do banquete estivessem agora na cripta, cada um mumificado em seu próprio resíduo, cada um uma diáfana sinédoque de si mesmo: Raquel como um osso, Daniel como um dente, Sansão como uma queixada, Jesus como um trapo de roupa purpurina. Como se no fim do festim, transformada a festa no massacre da moça, este se tornasse o massacre universal e ali eu visse o resultado final, os corpos (que digo?, todo o corpo terrestre e sublunar daqueles comensais famélicos e sedentos) transformados num único corpo morto, dilacerado e torturado como o corpo de Dulcino após o suplício, transformado num imundo e resplandecente tesouro, estendido em toda a sua superfície como a pele de um animal esfolado e pendurado, que no entanto contivesse com o couro as vísceras, todos os órgãos e os próprios traços fisionômicos, ainda petrificados. A pele com cada uma de suas pregas, rugas e cicatrizes, com seus planos aveludados, com a floresta de pelos, cútis, peito e genitália, tudo transformado em suntuoso damasco, e os seios, as unhas, as formações córneas sob o calcanhar, os filamentos dos cílios, a matéria aquosa dos olhos, a polpa dos lábios, a fina espinha da coluna, a arquitetura dos ossos, tudo reduzido a farinha arenosa, mas sem que nada tivesse perdido a configuração e a posição relativa, as pernas esvaziadas e murchas como um calçado, sua carne posta ao lado como uma casula com todos os arabescos vermelhos das veias, o amontoado cinzelado das vísceras, o intenso e mucoso rubi do coração, a fileira perlada dos dentes iguais dispostos em colar, com a língua qual um penduricalho rosa e azul, os dedos alinhados como círios, o selo do umbigo a reatar os fios do tapete estendido do ventre... Por toda parte, na cripta, aquele macrocorpo subdividido em escrínios e relicários, mas reconstruído em sua vasta e irracional totalidade, agora sorria para mim, sussurrava-me, convidava-me à morte, e era o mesmo corpo que na ceia comia e dava cambalhotas obscenas e aqui me aparecia fixado na intangibilidade de sua ruína surda e cega. E Ubertino, agarrando-me pelo braço, a ponto de cravar-me as unhas na carne, sussurrava-me: "Vê, é a mesma coisa, aquele que antes triunfava na loucura e se deleitava em seu jogo agora está aqui punido e premiado, liberto da sedução das paixões, enrijecido pela eternidade, entregue ao gelo eterno que o conserve e purifique, subtraído à corrupção através do triunfo da corrupção, porque nada mais poderá reduzir a pó aquilo que já é pó e substância mineral, mors est quies viatoris, finis est omnis laboris...

Mas de repente Salvatore entrou na cripta, flamejante como um diabo, e gritou: "Estúpido! Não estás vendo que esta é a grande besta liotarda do livro de Jó? De que tens medo, meu patrãozinho? Olha o queijo empastelado!". E de repente a cripta se iluminou de fulgores avermelhados e era novamente a cozinha, porém mais que uma cozinha era o interior de um grande ventre, mucoso e viscoso, e no meio um bicho preto como um corvo e com mil mãos, acorrentado a uma grande grade, alongava aqueles seus membros para pegar todos que estavam ao seu redor, e, tal como o aldeão quando tem sede espreme o cacho da uva, assim aquele animalão apertava os capturados de tal modo que os quebrava todos com as mãos, a alguns as pernas, a outros a cabeça, fazendo depois uma grande comilança, arrotando um fogo que parecia mais fedorento que enxofre. Porém, mistério admirável, a cena já não me incutia medo, e eu me surpreendia a olhar com familiaridade para aquele "bom diabo" (assim pensei) que, afinal de contas, outro não era senão Salvatore, porque agora eu já sabia tudo do corpo humano mortal, de seus sofrimentos e de sua corrupção, e não temia mais nada. De fato, à luz da chama, que agora parecia gentil e convivial, revi todos os convivas da ceia, já restituídos à sua forma, cantando e afirmando que tudo recomeçava, e entre eles a moça, íntegra e belíssima, dizendo-me: "Não é nada, não é nada, verás que depois retorno mais bela que antes, deixa-me ir só um momento queimar na fogueira, depois nos reveremos aqui dentro!". E mostrava-me, Deus me perdoe, sua vulva, na qual entrei e me achei numa caverna belíssima, que parecia o vale ameno da idade de ouro, orvalhada de águas e frutas e árvores nas quais cresciam queijos empastelados. E todos estavam agradecendo ao abade a bela festa e manifestavam-lhe afeto e bom humor dando-lhe empurrões, pontapés, arrancando-lhe a roupa, jogando-o no chão, batendo-lhe na verga com vergas, enquanto ele ria e pedia que parassem de lhe fazer cócegas. E a cavalo em cavalos que lançavam nuvens de enxofre pelas ventas entraram os frades de vida pobre, trazendo na cintura bolsas cheias de ouro, com as quais convertiam lobos em cordeiros e cordeiros em lobos e os coroavam imperadores com o beneplácito da assembleia do povo que glorificava a infinita onipotência de Deus. "Ut cachinnis dissolvatur, torqueatur rictibus!", gritava Jesus agitando a coroa de espinhos. Entrou o papa João imprecando contra a confusão e dizendo: "Nesse passo não sei onde iremos parar!". Mas todos o ridicularizavam e, seguindo o abade, saíram com os porcos para procurar trufas na floresta. Eu estava prestes a segui-los, quando vi Guilherme num canto, a sair do labirinto, trazendo na mão o ímã que o arrastava velozmente para setentrião. "Não me deixeis, mestre!", gritei. "Também quero ver o que há no finis Africae!"

— Já viste! — respondeu-me Guilherme, agora distante.

E acordei enquanto terminavam na igreja as últimas palavras do canto fúnebre:

> Lacrimosa dies illa
> qua resurget ex favilla
> iudicandus homo reus:
> huic ergo parce deus!
> Pie Iesu domine
> dona eis requiem.

Sinal de que a minha visão, fulmínea como todas as visões, se não tinha durado o tempo de um amém, tinha durado pouco menos de um *Dies irae*.

Sexto dia

APÓS A TERÇA

Em que Guilherme explica o sonho a Adso.

Saí transtornado pelo portal principal e encontrei-me diante de uma pequena multidão. Eram os franciscanos que estavam partindo, e Guilherme descera para despedir-se.

Uni-me aos adeuses, aos abraços fraternos. Depois perguntei a Guilherme quando partiriam os outros, com os prisioneiros. Ele disse que tinham partido meia hora antes, enquanto estávamos no tesouro, ou talvez, pensei, enquanto eu já estava sonhando.

Fiquei consternado por um instante, depois me recobrei. Melhor assim. Não teria suportado a visão dos condenados (digo, do pobre e desventurado despenseiro, de Salvatore... e, claro, da moça também), arrastados para longe e para sempre. Além disso, eu ainda estava tão perturbado pelo sonho que meus próprios sentimentos estavam como que enregelados.

Enquanto a caravana dos menoritas se dirigia para a porta de saída da muralha, Guilherme e eu permanecemos na frente da igreja, ambos melancólicos, ainda que por razões diferentes. Depois decidi contar o sonho a meu mestre. Embora a visão tivesse sido multiforme e ilógica, lembrava-me dela com extraordinária lucidez, imagem por imagem, gesto por gesto, palavra por palavra. E assim a contei, sem descuidar de nada, porque sabia que os sonhos frequentemente são mensagens misteriosas em que as pessoas doutas podem ler claríssimas profecias.

Guilherme escutou-me em silêncio, depois me perguntou:

— Sabes o que sonhaste?
— Aquilo que vos disse... — respondi desconcertado.
— Claro, entendi. Mas tu sabes que em grande parte o que me contaste já foi escrito? Inseriste pessoas e acontecimentos destes dias num quadro que já conhecias, porque já leste a trama do sonho nalgum lugar, ou ela te foi contada na infância, na escola, no convento. É a *Coena Cypriani*.

Fiquei perplexo por um instante. Depois me lembrei. Era verdade! Talvez tivesse esquecido o título, mas que monge adulto ou noviço irrequieto não sorriu ou riu com as várias visões, em prosa ou em verso, dessa história que pertence à tradição do rito pascal e dos ioca monachorum? Apesar de proibida ou vituperada pelos mais austeros mestres de noviços, não há convento em que os monges não a tenham sussurrado, resumida e readaptada de vários modos, enquanto alguns a transcreviam piedosamente, asseverando que, sob o véu da jocosidade, ela escondia secretos ensinamentos morais; e outros encorajavam sua divulgação porque, diziam, por meio do jogo os jovens podiam gravar com mais facilidade na memória os episódios da história sagrada. Fora escrita uma versão em versos para o papa João VIII, com a dedicatória: "Ludere me libuit, ludentem, papa Johannes, accipe. Ridere, si placet, ipse potes". E dizia-se que o próprio Carlos, o Calvo, levara ao palco, como jocosíssimo mistério sagrado, uma versão rimada para divertir seus dignitários durante a ceia:

> Ridens cadit Gaudericus
> Zacharias admiratur,
> supinus in lectulum
> docet Anastasius...

E quantas repressões recebi de meus mestres, quando recitamos trechos com meus companheiros! Lembrava de um velho monge de Melk que dizia que um homem virtuoso como Cipriano não poderia ter escrito coisa tão indecente, uma tal paródia sacrílega das escrituras, mais digna de um infiel e de um bufão que de um santo mártir... Havia anos tinha esquecido daqueles jogos infantis. Como então naquele dia a *Coena* reaparecera tão vívida em meu sonho? Eu sempre achara que os sonhos eram mensagens divinas, ou que no máximo eram absurdos balbucios da memória adormecida em torno de coisas acontecidas durante o dia. Percebia agora que é possível até sonhar com livros, portanto é possível sonhar com sonhos.

— Queria ser Artemidoro para interpretar corretamente teu sonho — disse Guilherme. — Mas me parece que mesmo sem a sapiência de Artemidoro é fácil compreender o que aconteceu. Nestes dias, meu pobre rapaz, viveste uma série de acontecimentos de que parece ter sido abolida toda e qualquer regra justa. E agora pela manhã aflorou em tua mente adormecida a lembrança de uma espécie de comédia na qual, embora com outras intenções, o mundo virara de cabeça para baixo. Inseriste nela tuas lembranças mais recentes, teus anseios e temores. Partiste das marginálias de Adelmo para reviver um grande carnaval em que tudo parece estar do lado errado, mas, tal como na *Coena*, cada um faz exatamente aquilo que fez na vida. E no fim te perguntaste, no sonho, qual é o mundo errado e o que quer dizer andar de cabeça para baixo. Teu sonho não sabia mais onde era o alto e onde o baixo, onde a morte e onde a vida. Teu sonho duvidou dos ensinamentos que recebeste.

— Não eu — respondi virtuosamente —, mas meu sonho. Então os sonhos não são mensagens divinas, são devaneios diabólicos e não contêm verdade alguma!

— Não sei, Adso — disse Guilherme. — Já temos tantas verdades nas mãos que no dia em que aparecesse alguém pretendendo extrair alguma verdade também de nossos sonhos, então estariam realmente próximos os tempos do Anticristo. No entanto, quanto mais penso em teu sonho, mais o acho revelador. Talvez não para ti, mas para mim. Perdoa-me se me apodero de teus sonhos para desenvolver minhas hipóteses, eu sei, é uma coisa vil, não deveria ser feita... Mas creio que tua alma adormecida compreendeu mais coisas que eu acordado nestes seis dias...

— Verdade?

— Acho teu sonho revelador porque coincide com uma de minhas hipóteses. Obrigado.

— Mas meu sonho era sem sentido, como todos os sonhos!

— Tinha outro sentido, como todos os sonhos. Deve ser lido alegórica ou anagogicamente...

— Como as escrituras?

— Um sonho é uma escritura, e muitas escrituras nada mais são que sonhos.

Sexto dia

SEXTA

Em que se reconstitui a história dos bibliotecários e têm-se algumas notícias mais sobre o livro misterioso.

Guilherme quis subir ao scriptorium, de onde acabara de descer. Pediu a Bêncio que consultasse o catálogo e o folheou rapidamente.
— Deve estar por aqui — dizia —, eu o vi justamente há uma hora...
Deteve-se numa página:
— Aqui está — disse —, lê este título.
Embaixo de uma única colocação (finis Africae!) estava uma série de quatro títulos, sinal de que se tratava de um só volume que continha vários textos. Li:

    I. ar. de dictis cujusdam stulti
    II. syr. libellus alchemicus aegypt.
    III. Expositio Magistri Alcofribae de cena beati Cypriani Cartaginensis Episcopi
    IV. Liber acephalus de stupris virginum et meretricum amoribus

— Do que se trata? — perguntei.
— É o nosso livro — sussurrou-me Guilherme. — Eis por que o teu sonho me sugeriu algo. Agora tenho certeza de que é este. E de fato... — folheava com rapidez as páginas imediatamente anteriores e as seguintes —, de fato eis os livros em que eu estava pensando, todos juntos. Mas não é isso que queria verificar. Escuta. Estás com a tua tábula? Bem, precisamos fazer um

cálculo, e tenta lembrar-te bem do que Alinardo nos disse outro dia e do que ouvimos de Nicolau esta manhã. Ora, Nicolau nos disse que chegou aqui cerca de trinta anos atrás e Abão já tinha sido nomeado abade. Antes o abade era Paulo de Rimini. Certo? Digamos que a sucessão tenha ocorrido por volta de 1290, ano mais, ano menos, não importa. Depois Nicolau nos disse que, quando chegou, Roberto de Bobbio já era bibliotecário. Está certo? Morre em seguida, e o posto é dado a Malaquias, digamos no começo deste século. Escreve. Há, porém, um período anterior à vinda de Nicolau, em que Paulo de Rimini é bibliotecário. Desde quando? Não nos disseram, poderíamos examinar os registros da abadia, mas imagino que estes estejam com o abade, e no momento não queria pedi-los. Vamos partir da hipótese de que Paulo tenha sido eleito bibliotecário sessenta anos atrás, escreve. Por que Alinardo se dói com o fato de que, cerca de cinquenta anos atrás, devia caber a ele o posto de bibliotecário, que, no entanto, foi dado a outro? Estava aludindo a Paulo de Rimini?

— Ou então a Roberto de Bobbio! — eu disse.

— Pareceria. Mas agora olha o catálogo. Sabes que os títulos estão registrados, como disse Malaquias no primeiro dia, por ordem de aquisição. E quem é que os inscreve no registro? O bibliotecário. Portanto, de acordo com a mudança de caligrafia nestas páginas, podemos estabelecer a sequência dos bibliotecários. Agora olhemos o catálogo a começar do fim: a última caligrafia é de Malaquias. E preenche poucas páginas. A abadia não adquiriu muitos livros nestes últimos trinta anos. Depois começa uma série de páginas escritas numa caligrafia trêmula; leio nela, claramente, a marca de Roberto de Bobbio, doente. Aqui também são poucas páginas, Roberto não deve ter ficado muito tempo no cargo. E vê o que encontramos agora: páginas e páginas de outra caligrafia, segura e firme, uma série de aquisições (dentre as quais o grupo de livros que eu estava examinando havia pouco), realmente impressionante. Quanto tempo Paulo de Rimini deve ter trabalhado! Muitíssimo tempo, se pensares que, segundo Nicolau, ele se tornou abade muito jovem. Mas suponhamos que em poucos anos esse leitor voraz tenha enriquecido a abadia com tantos livros... Acaso não nos foi dito que ele era chamado de Abbas agraphicus por causa daquele estranho defeito, ou doença, que o impedia de escrever? Então quem escrevia aqui? Eu diria seu ajudante de bibliotecário. Mas, se por acaso esse ajudante de bibliotecário tivesse sido nomeado bibliotecário, ele mesmo teria continuado a escrever, e então entenderíamos por que há aqui tantas páginas escritas com a mesma caligrafia. Então teríamos, entre Paulo e Roberto, outro bibliotecário, eleito há cinquenta anos, que é o misterioso concorrente de Alinardo que, por ser mais velho, esperava suceder a Paulo. Depois este desaparece e de algum modo, contra as expectativas de Alinardo e dos demais, Malaquias é eleito para ocupar o lugar dele.

— Mas por que estais tão certo de que essa é a sequência correta? Mesmo admitindo que esta caligrafia seja do bibliotecário sem nome, por que não poderiam ser de Paulo os títulos das páginas anteriores?

— Porque entre essas aquisições estão registradas todas as bulas e as decretais, que têm data precisa. Quero dizer, se encontrares aqui, como de fato encontras, a *Firma cautela* de Bonifácio VII, datada de 1296, saberás que esse texto não entrou antes daquele ano e podes imaginar que não tenha chegado muito depois. Com isso, tenho como que pedras miliárias dispostas ao longo dos anos; portanto, se eu admitir que Paulo de Rimini se tornou bibliotecário em 1265 e abade em 1275, vendo depois que sua caligrafia ou de outro qualquer que não é Roberto de Bobbio, dura de 1265 a 1285, descubro uma diferença de dez anos.

Meu mestre era realmente muito arguto.

— Mas que conclusões tirais dessa descoberta? — perguntei então.

— Nenhuma — respondeu-me —, só premissas.

Depois se levantou e foi falar com Bêncio. Este se encontrava bravamente a postos, mas com ar muito pouco seguro. Estava ainda em sua antiga mesa e não tinha ousado ocupar a de Malaquias, perto do catálogo. Guilherme o abordou com certa frieza. Não esquecíamos a desagradável cena da noite anterior.

— Ainda que tenhas ficado tão poderoso, senhor bibliotecário, não vais te negar a me dizer uma coisa, espero. Aquela manhã em que Adelmo e os outros discutiam aqui sobre enigmas argutos e Berengário fez a primeira menção ao finis Africae, alguém se referiu à *Coena Cypriani*?

— Sim — respondeu Bêncio —, não te disse? Antes que se falasse nos enigmas de Sinfósio foi justamente Venâncio que aludiu à *Coena* e Malaquias ficou enfurecido, dizendo que era uma obra ignóbil e lembrando que o abade havia proibido sua leitura a todos...

— O abade, hein? — disse Guilherme. — Muito interessante. Obrigado, Bêncio.

— Esperai — disse Bêncio —, quero falar convosco. — Fez-nos sinal para segui-lo fora do scriptorium, na escada que descia às cozinhas, de modo que os outros não o ouvissem. Seus lábios tremiam.

— Estou com medo, Guilherme — disse. — Mataram Malaquias também. Agora sei coisas demais. Além disso, sou malquisto pelo grupo dos italianos... Não querem mais um bibliotecário estrangeiro... Acho que os outros foram eliminados justamente por isso... Nunca cheguei a vos falar do ódio de Alinardo por Malaquias, de seus rancores...

— Quem é que lhe roubou o posto, anos atrás?

— Isso não sei, ele fala sempre de modo vago, e essa é uma história muito antiga. Devem estar todos mortos. Mas o grupo de italianos que cerca Alinardo fala frequentemente... falava frequentemente de Malaquias como um homem de palha, colocado aqui por alguém, com a cumplicidade do abade... Eu, sem me dar conta... entrei no jogo oposto de duas facções... Entendi isso somente esta manhã... A Itália é uma terra de conjuras, aqui se envenenam papas, imaginemos então um pobre rapaz como eu... Ontem não tinha compreendido, acreditava que tudo dissesse respeito àquele livro, mas agora não estou tão certo disso, aquele foi o pretexto: vistes que o livro foi recuperado e Malaquias foi morto mesmo assim... Eu preciso... quero... queria fugir. O que me aconselhais?

— Que mantenhas a calma. Agora queres conselhos, não é? Mas ontem à noite parecias o dono do mundo. Tolo, se tivesses me ajudado ontem teríamos impedido esse último crime. Foste tu que deste a Malaquias o livro que o levou à morte. Mas dize-me pelo menos uma coisa. Tu tiveste o livro nas mãos, tocaste nele, leste-o? E por que então não estás morto?

— Não sei. Juro, não o toquei, ou melhor, toquei-o para pegá-lo no laboratório, sem abrir, escondi-o sob a túnica e fui guardá-lo na cela, embaixo do colchão. Sabia que Malaquias estava me vigiando e voltei imediatamente ao scriptorium. E depois, quando Malaquias me ofereceu o posto de ajudante, levei-o à minha cela e entreguei-lhe o livro. Só isso.

— Não me digas que nem sequer o abriste.

— Sim, eu o abri, antes de escondê-lo, para certificar-me de que era realmente o que procuráveis vós também. Começava com um manuscrito árabe, depois um que acredito em sírio, depois havia um texto latino e finalmente um em grego...

Lembrei-me das siglas que víramos no catálogo. Os dois primeiros títulos eram indicados como *ar.* e *syr.* Era o *livro*! Mas Guilherme pressionava:

— Portanto, tocaste nele e não morreste. Então não se morre por tocá-lo. E do texto grego o que sabes dizer? Tu o viste?

— Muito pouco, o suficiente para saber que estava sem título, começava como se faltasse uma parte...

— Liber acephalus... — murmurou Guilherme.

— ... tentei ler a primeira página, mas na verdade conheço muito pouco de grego, precisaria de mais tempo. E por fim fiquei curioso com outro detalhe, justamente a propósito das folhas em grego. Não o folheei inteiro porque não consegui. As folhas estavam, como dizer, empapadas de umidade, não se separavam bem uma da outra. E isso porque o pergaminho era estranho... mais macio que os outros pergaminhos, o modo como a primeira página estava corroída, e quase se escamava, era... em suma, estranho.

— Estranho: a mesma expressão usada por Severino — disse Guilherme.

— O pergaminho não parecia pergaminho... Parecia tecido, mas fino... — continuava Bêncio.

— Charta lintea, ou pergaminho de pano — disse Guilherme. — Nunca tinhas visto?

— Ouvi falar, mas creio que nunca vi. Consta que é muito caro e frágil. Por isso é pouco usado. São feitos pelos árabes, não é?

— Eles foram os primeiros. Mas são feitos aqui na Itália também, em Fabriano. E também... Mas é isso, claro, é isso! — os olhos de Guilherme cintilavam. — Que bela e interessante revelação, muito bem Bêncio, agradeço-te! Sim, imagino que aqui na biblioteca a charta lintea seja rara, porque não chegaram manuscritos muito recentes. Além disso, muitos temem que não sobreviva aos séculos como o pergaminho, e talvez seja verdade. Imagina se aqui haveriam de querer algo que não fosse mais perene que o bronze... Pergaminho de pano, hein? Bem, adeus. E fica sossegado. Não corres perigo.

— Verdade, Guilherme, tendes certeza?

— Tenho. Se ficares no teu lugar. Já provocaste muita confusão.

Afastamo-nos do scriptorium, deixando Bêncio, se não mais sereno, pelo menos mais calmo.

— Estúpido! — disse Guilherme entre dentes enquanto saíamos. — Podíamos já ter resolvido tudo se ele não se metesse no meio...

Encontramos o abade no refeitório. Guilherme enfrentou-o e pediu-lhe uma reunião. Abão não pôde tergiversar e combinou o encontro conosco, em breve, em sua casa.

Sexto dia

NONA

Em que o abade se recusa a ouvir Guilherme, fala da linguagem das gemas e manifesta o desejo de que não se indague mais sobre aqueles tristes acontecimentos.

A casa do abade ficava em cima do capítulo e, pela janela da sala grande e suntuosa em que ele nos recebeu, podiam-se ver, no dia sereno e ventoso, as formas do Edifício além do telhado da igreja abacial.

O abade, em pé diante de uma janela, estava justamente a admirá-lo, e apontou para ele com um gesto solene.

— Fortaleza admirável — disse —, que em suas proporções resume a regra áurea que presidiu à construção da arca. Estabelecida em três andares porque três é o número da trindade, três foram os anjos que visitaram Abraão, os dias que Jonas passou na barriga do grande peixe, os dias em que Jesus e Lázaro permaneceram na sepultura, as vezes que Cristo pediu ao Pai que afastasse o cálice amargo, as vezes em que se afastou para orar com os apóstolos. Três vezes Pedro o renegou e três vezes ele se manifestou aos seus, após a ressurreição. Três são as virtudes teologais, três as línguas sagradas, três as partes da alma, três as classes de criaturas intelectuais — anjos, homens e demônios —, três as espécies de som — vox, flatus, pulsus —, três as épocas da história humana — antes, durante e depois da lei.

— Maravilhosa consonância de correspondências místicas — concordou Guilherme.

— Mas a forma quadrada também — continuou o abade — é rica de ensinamentos espirituais. Quatro são os pontos cardeais, as estações, os elementos, o quente, o frio, o úmido e o seco, o nascimento, o crescimento, a maturidade e a velhice, e as espécies celestes, terrestres, aéreas e aquáticas dos animais, as cores componentes do arco-íris e o número de anos necessários para formar um bissexto.

— Oh, claro — disse Guilherme —, e três mais quatro são sete, número místico mais que os outros, enquanto três multiplicado por quatro são doze, como os apóstolos, e doze vezes doze são cento e quarenta e quatro, que é o número dos eleitos.

A esta última manifestação de místico conhecimento do mundo supramundano dos números o abade não teve nada mais que acrescentar. O que possibilitou a Guilherme abordar o assunto.

— Precisamos falar dos últimos fatos, sobre os quais tenho refletido demoradamente — disse.

O abade deu as costas à janela e voltou-se para Guilherme com rosto severo:

— Demoradamente demais, talvez. Confesso, frei Guilherme, que esperava mais de vós. Desde que chegastes aqui se passaram quase seis dias, quatro monges estão mortos, além de Adelmo, dois foram detidos pela inquisição — foi por justiça, claro, mas poderíamos ter evitado essa vergonha se o inquisidor não tivesse sido obrigado a se ocupar dos crimes anteriores — e, por fim, o encontro de que eu era mediador deu penosos resultados, justamente por causa desses desatinos... Convenhamos que eu podia esperar desenlace diferente desses acontecimentos quando vos pedi que investigásseis a morte de Adelmo...

Guilherme calou-se, embaraçado. Claro que o abade tinha razão. Eu disse no início deste relato que meu mestre gostava de assombrar os outros com a presteza de suas deduções, e era lógico que seu orgulho ficasse ferido quando o acusavam, nem sequer injustamente, de lentidão.

— É verdade — admitiu —, não satisfiz vossas expectativas, mas direi por quê a Vossa Paternidade. Esses crimes não derivam de uma rixa ou de uma vingança qualquer entre os monges, mas decorrem de fatos que, por sua vez, têm origem na história remota da abadia...

O abade fitou-o preocupado:

— O que pretendeis dizer? Eu também entendo que a chave não está na história desventurada do despenseiro, que se cruzou com outra. Mas a outra, essa outra que eu talvez conheça, mas de que não posso falar... esperava que fosse esclarecida, e que vós me falásseis dela...

— Vossa Paternidade está pensando nalgum acontecimento de que soube em confissão...

O abade desviou o olhar para outro lugar, e Guilherme continuou:

— Se Vossa Paternidade quer saber se eu sei, mas não por intermédio de Vossa Paternidade, que ocorreram relações desonestas entre Berengário e Adelmo, e entre Berengário e Malaquias, pois bem, isso é sabido por todos na abadia...

O abade enrubesceu violentamente:

— Não creio que seja útil falar de semelhantes coisas na presença desse noviço. E não creio, uma vez realizado o encontro, que tenhais mais necessidade dele como escriba. Sai, rapaz — disse-me em tom imperativo.

Humilhado, saí. Mas, curioso como era, agachei-me atrás da porta da sala, que deixei entreaberta, de modo que pude acompanhar o diálogo.

Guilherme retomou a palavra:

— Pois bem, essas relações desonestas, se é que ocorreram, desempenharam pequeno papel nesses dolorosos acontecimentos. A chave é outra, e pensei que vós o imaginásseis. Tudo se desenvolve em torno do furto e da posse de um livro, que estava escondido no finis Africae, e que para lá voltou por obra de Malaquias, sem que, entretanto — como vistes —, a sequência dos crimes tenha sido interrompida.

Houve um longo silêncio, depois o abade recomeçou a falar com voz entrecortada e incerta, como de pessoa surpreendida por revelações inesperadas.

— Não é possível... Vós... Como ficastes sabendo do finis Africae? Violastes minha proibição e entrastes na biblioteca?

Guilherme deveria ter dito a verdade, e o abade se enfureceria além da medida. Evidentemente, não queria mentir. Preferiu responder à pergunta com outra pergunta.

— Acaso não me disse Vossa Paternidade, durante nosso primeiro encontro, que um homem como eu, que tinha descrito tão bem Brunello sem jamais o ter visto, não teria dificuldade para raciocinar sobre lugares aonde não podia ir?

— É isso mesmo — disse Abão. — Mas por que pensais o que pensais?

— Como cheguei aí é uma longa história. Mas foi cometida uma série de crimes para impedir que muitos descobrissem algo que não se queria que fosse descoberto. Agora todos aqueles que sabiam algo dos segredos da biblioteca, ou por direito ou por fraude, estão mortos. Resta só uma pessoa, vós.

— Quereis insinuar... quereis insinuar... — o abade falava como alguém a quem estavam engrossando as veias do pescoço.

— Não me entendais mal — disse Guilherme, que provavelmente também tentara insinuar. — Digo que há alguém que sabe e quer que ninguém mais saiba. Vós sois o último a saber, vós poderíeis ser a próxima vítima. A menos que me digais o que sabeis sobre aquele livro proibido e, sobretudo, quem na abadia poderia saber tanto quanto vós, e talvez mais, sobre a biblioteca.

— Faz frio aqui — disse o abade. — Vamos sair.

Afastei-me rapidamente da porta e esperei no topo da escada que conduzia para baixo. O abade viu-me e sorriu.

— Quantas coisas inquietantes deve ter ouvido esse mongezinho nestes dias. Vamos, rapaz, não te deixes perturbar muito. Parece-me que foram imaginadas mais tramas do que as que realmente existem...

Ergueu a mão e deixou que a luz do dia iluminasse um esplêndido anel que trazia no anular, insígnia de seu poder. O anel cintilou com todo o fulgor de suas pedras.

— Tu o reconheces, não é? — disse-me. — Símbolo de minha autoridade, mas também de meu fardo. Não é um ornamento, é um esplêndido florilégio da palavra divina de que sou guardião — continuou, tocando com os dedos a pedra, ou melhor, o espetáculo de pedras variegadas que compunham aquela obra de arte humana e da natureza. — Esta é a ametista — disse —, espelho de humildade, que nos recorda a ingenuidade e a ternura de são Mateus; esta é a calcedônia, insígnia da caridade, símbolo da piedade de José e de são Tiago Maior; este é o jaspe, que anuncia a fé, associado a são Pedro; e a sardônica, signo do martírio, que nos lembra são Bartolomeu; esta é a safira, esperança e contemplação, pedra de santo André e de são Paulo; e o berilo, sã doutrina, ciência e tolerância, virtudes próprias de são Tomé... Como é esplêndida a linguagem das gemas — continuou ele, absorto em sua visão mística —, que os lapidadores da tradição transpuseram do racional de Arão e da descrição da Jerusalém celeste no livro do apóstolo. Por outro lado, as muralhas de Sião eram entretecidas das mesmas joias que ornavam o peitoral do irmão de Moisés, menos o carbúnculo, a ágata e o ônix, que, citados no Êxodo, são substituídos no Apocalipse pela calcedônia, pela sardônica, pelo crisopásio e pelo jacinto.

Guilherme tentou abrir a boca, mas o abade o silenciou, erguendo a mão, e continuou seu discurso:

— Lembro-me de um livro de ladainhas em que cada pedra era descrita e rimada em honra à Virgem. Nele se falava de seu anel de noivado como de um poema simbólico resplandecente de verdades superiores manifestadas na linguagem lapidar das pedras que o embelezavam. Mas no engaste estavam incrustadas outras substâncias não menos eloquentes, como o cristal, que remete à castidade da alma e do corpo, o liguro, que se assemelha ao âmbar, símbolo da temperança, e a pedra magnética que atrai o ferro, assim como a Virgem toca as cordas dos corações penitentes com o arco de sua bondade. Todas substâncias que, como vedes, ornam, ainda que em mínima e humílima medida, também meu anel.

Movia o anel e deslumbrava meus olhos com seu fulgor, como se quisesse me atordoar.

— Maravilhosa linguagem, não é? Para outros padres as pedras significam outras coisas ainda; para o papa Inocêncio III o rubi anuncia a calma e a paciência, e a granada, a caridade. A linguagem das gemas é multiforme, cada uma exprime várias verdades, de acordo com o contexto em que aparece. E quem decide qual o contexto certo? Tu sabes, rapaz, ensinaram-te: é a autoridade, o comentador que, entre todos, seja o mais seguro e o mais investido de prestígio, e por isso de santidade. De outro modo, como não incorrer nos equívocos para os quais o demônio nos atrai? É curioso como a linguagem das gemas é malquista pelo diabo. A besta imunda vê nela uma mensagem que se ilumina por diversos níveis de sapiência e gostaria de distorcê-la porque percebe no esplendor das pedras o eco das maravilhas que tinha em seu poder antes da queda.

Ofereceu-me o anel para beijar, e eu me ajoelhei. Acariciou-me a cabeça.

— Portanto, rapaz, esquece as coisas sem dúvida errôneas que ouviste nestes dias. Entraste na maior e mais nobre de todas as ordens, dessa ordem sou um abade, tu estás sob minha jurisdição. Então, ouve minha ordem: esquece, e que teus lábios sejam selados para sempre. Jura.

Comovido, subjugado, certamente eu teria jurado. E tu, meu bom leitor, não poderias ler agora esta minha crônica fiel. Mas àquela altura Guilherme interveio, talvez não para impedir-me de jurar, mas por reação instintiva, por fastio, para desfazer aquele encantamento que o abade criara.

— O que tem a ver o rapaz com isso? Eu vos fiz uma pergunta, eu vos adverti de um perigo, eu vos pedi que me dissésseis um nome... Quereis agora que eu também beije o anel e jure esquecer o que soube ou o suspeito?

— Oh, vós... — disse melancolicamente o abade —, não espero que um frade mendicante compreenda a beleza de nossas tradições ou respeite o recato e o voto de silêncio pelos quais se pauta nossa grandeza... Vós me falastes de uma história estranha, de uma história inacreditável. Um livro proibido, pelo qual se mata em cadeia, alguém que sabe aquilo que só eu deveria saber... Quimeras, ilações sem sentido. Falai, se quiserdes, ninguém vos acreditará. E, se por acaso algum elemento de vossa fantasiosa reconstituição for verdadeiro, pois bem, agora tudo volta a ficar sob meu controle e minha responsabilidade. Verificarei, tenho meios, tenho autoridade para isso. Fiz mal desde o início em pedir a um estranho, muito embora sábio, que investigasse coisas que são de minha exclusiva competência. Mas, vós o compreendestes, no início eu achava que se tratava de uma violação do voto de castidade, e queria que outro me dissesse aquilo que ouvira dizer em confissão. Pois bem, agora mo dissestes. O encontro das legações ocorreu, vossa missão está terminada. Imagino que vos esperem com ansiedade na corte imperial. Não é fácil privar-se por muito tempo de um homem como vós. Dou-vos licença de deixar a abadia. Não quero que viajeis após o anoitecer, as estradas são inseguras. Partireis amanhã de manhã, bem cedo. Oh, não me agradeçais, foi uma alegria ter-vos como irmão entre irmãos e honrar-vos com nossa hospitalidade. Podereis retirar-vos com vosso noviço para preparar a bagagem. Naturalmente, não há necessidade de continuardes vossas investigações. Não perturbeis ainda mais os monges. Ide então.

Era mais que uma despedida, era uma expulsão. Guilherme despediu-se e descemos as escadas.

— O que quer dizer isso? — perguntei, sem entender mais nada.

— Experimenta formular uma hipótese, deves ter aprendido como se faz.
— Se é assim, aprendi que devo formular pelo menos duas, uma em oposição à outra, e ambas inacreditáveis. Bem, então... — engoli em seco, aventar hipóteses deixava-me pouco à vontade. — Primeira hipótese: o abade já sabia de tudo e imaginava que não tínheis descoberto nada. Havia vos encarregado da investigação antes, quando Adelmo morreu, mas aos poucos foi percebendo que a história era muito mais complexa, que o envolve também de algum modo, e ele não quer que essa trama venha à tona. Segunda hipótese: o abade nunca desconfiou de nada (do quê, realmente não sei, porque não sei em que estais pensando agora). Mas em todo caso ele continuava pensando que tudo era devido a uma rixa entre... entre monges sodomitas... Agora, porém, abristes seus olhos, ele percebeu de repente algo terrível, pensou num nome, tem ideia exata sobre o responsável pelos crimes. Mas a essa altura quer resolver a questão sozinho e vos afastar, para salvar a honra da abadia.
— Bom trabalho. Estás começando a raciocinar direito. Mas já vês que em ambos os casos o abade está preocupado com a boa reputação de seu mosteiro. Assassino ou vítima marcada que seja, não quer que para além destas montanhas vazem notícias difamatórias sobre esta santa comunidade. Matem-lhe os monges, mas não toquem na honra da abadia. Ah, por... — Guilherme estava ficando encolerizado. — ... esse filho bastardo de feudatário, esse pavão que só ficou famoso por ter servido de coveiro para Tomás de Aquino, esse odre inchado que só existe porque usa um anel do tamanho de um fundo de copo! Tipo arrogante, raça de arrogantes todos vós cluniacenses, piores que os príncipes, mais barões que os barões!
— Mestre... — arrisquei, melindrado, em tom de reprovação.
— Cala-te, que és da mesma farinha. Não sois simples, nem filhos de simples. Deparando com um camponês, talvez o acolhais, mas, vi ontem, não hesitais em entregá-lo ao braço secular. Mas um dos vossos não, é preciso encobrir, Abão é capaz de identificar o desgraçado, apunhalá-lo na cripta do tesouro e distribuir os restos mortais por seus relicários, contanto que a honra da abadia fique a salvo... Um franciscano, um plebeu menorita a descobrir a podridão desta casa santa? Ah, não, isso Abão não pode permitir de modo algum. Obrigado, frei Guilherme, o imperador precisa de vós, vistes que belo anel eu tenho, até logo. Mas agora o desafio não é somente entre mim e Abão,

é entre mim e toda essa história, e eu não saio destas muralhas antes de saber. Quer que eu parta amanhã? Está bem, ele é o dono da casa, mas até amanhã eu preciso saber. Preciso.

— Precisais? Quem vos obriga, afinal?

— Ninguém nos obriga a saber, Adso. É preciso, só isso, mesmo à custa de compreender mal.

Eu ainda estava confuso e humilhado com as palavras de Guilherme contra minha ordem e seus abades. Tentei justificar Abão em parte, formulando uma terceira hipótese, arte em que me tornara, parecia, habilíssimo:

— Não considerastes uma terceira possibilidade, mestre — eu disse. — Pudemos notar nestes dias, e hoje pela manhã ficou claro, após as confidências de Nicolau e as murmurações que ouvimos na igreja, que há um grupo de monges italianos que mal suportavam a sequência dos bibliotecários estrangeiros, que acusam o abade de não respeitar a tradição e que, pelo que entendi, se escondem atrás do velho Alinardo, empurrando-o diante de si como um estandarte, para reivindicar um governo diferente da abadia. Essas coisas eu compreendi bem, porque mesmo um noviço ouviu em seu mosteiro muitas discussões, alusões e conspirações dessa natureza. E então talvez o abade tema que vossas revelações possam servir de arma a seus inimigos e quer dirimir toda a questão com muita prudência...

— É possível. Mas continua sendo um odre inflado e se deixará matar.

— Mas o que pensais de minhas conjecturas?

— Eu te direi mais tarde.

Estávamos no claustro. O vento soprava cada vez mais furioso, a luz era menos clara, ainda que pouco antes tivesse transcorrido a nona hora. O dia estava se aproximando do crepúsculo e restava-nos muito pouco tempo. Nas vésperas o abade certamente avisaria aos monges que Guilherme já não tinha nenhum direito de fazer perguntas ou circular por toda parte.

— É tarde — disse Guilherme — e, quando se tem pouco tempo, ai de quem perder a calma. Precisamos agir como se tivéssemos a eternidade diante de nós. Tenho um problema para resolver, como penetrar no finis Africae, porque lá deveria estar a resposta final. Depois precisamos salvar uma pessoa, não decidi ainda quem. Enfim, devemos esperar algo dos lados dos estábulos, em que tu ficarás de olho... Repara quanto movimento...

De fato, o espaço entre o Edifício e o claustro estava especialmente agitado. Pouco antes um noviço, vindo da casa do abade, tinha corrido ao Edifício. Agora de lá saía Nicolau, que se dirigia aos dormitórios. Num canto, o grupo da manhã, Pacífico, Aymaro e Pedro, falava em tom veemente com Alinardo, como para convencê-lo de algo.

Depois pareceram tomar uma decisão, Aymaro amparou Alinardo, ainda relutante, e dirigiu-se com ele à residência abacial. Estavam entrando, quando do dormitório saiu Nicolau, a conduzir Jorge na mesma direção. Viu os dois entrar, sussurrou algo ao ouvido de Jorge, o ancião balançou a cabeça, e eles prosseguiram assim mesmo até o capítulo.

— O abade toma as rédeas da situação... — murmurou Guilherme com ceticismo. Do Edifício estavam saindo outros monges que deveriam estar no scriptorium, seguidos logo depois por Bêncio, que veio ao nosso encontro cada vez mais preocupado.

— Há rebuliço no scriptorium — disse-nos —, ninguém trabalha, todos conversam sem parar... O que está acontecendo?

— Está acontecendo que as pessoas que até esta manhã pareciam as mais suspeitas estão todas mortas. Até ontem todos se protegiam de Berengário, tolo, volúvel e lascivo; depois, do despenseiro, herege suspeito; por fim, de Malaquias, malquisto por todos... Agora já não sabem de quem se proteger e precisam urgentemente encontrar um inimigo, ou um bode expiatório. E cada um suspeita do outro, uns têm medo, como tu, outros decidiram amedrontar algum outro. Estais todos muito agitados. Adso, de vez em quando dá uma olhada nos estábulos. Eu vou descansar.

Eu deveria ficar estarrecido: ir deitar-se quando tinha poucas horas ainda à disposição não parecia a resolução mais sábia. Mas eu já conhecia meu mestre: quanto mais relaxado estava seu corpo, mais efervescente estava sua mente.

Sexto dia

ENTRE VÉSPERAS E COMPLETAS

Em que se narram com brevidade longas horas de confusão.

É difícil contar o que aconteceu nas horas que se seguiram, entre vésperas e completas.

Guilherme estava ausente. Eu vagava ao redor dos estábulos, mas sem notar nada de anormal. Os cavalariços levavam para dentro os animais que estavam inquietos por causa do vento, mas, de resto, tudo era calma.

Entrei na igreja. Todos já estavam em seus respectivos lugares, mas o abade notou a ausência de Jorge. Com um gesto, retardou o início do ofício. Chamou Bêncio para ir procurá-lo. Bêncio não estava. Alguém observou que ele provavelmente arrumava o scriptorium para ser fechado. O abade disse, apoquentado, ter sido estabelecido que Bêncio não fechasse nada porque não conhecia as regras. Aymaro de Alessandria levantou-se:

— Se Vossa Paternidade consentir, vou chamá-lo...

— Ninguém te pediu nada — disse o abade bruscamente, e Aymaro voltou ao seu lugar, não sem antes lançar um olhar indefinível a Pacífico de Tivoli. O abade chamou Nicolau, que não estava ali. Recordaram-lhe que estava preparando a ceia, e ele fez um gesto de desapontamento, como se lhe desagradasse mostrar a todos que se achava num estado de excitação.

— Quero Jorge aqui — gritou — procurai-o! Vai tu — ordenou ao mestre dos noviços.

Outro chamou sua atenção para o fato de que faltava também Alinardo.

— Eu sei — disse o abade. — Está doente.

Encontrava-me perto de Pedro de Santo Albano e ouvi-o dizer ao vizinho, Gunzo de Nola, em vulgar da Itália central, que em parte eu entendia:

— Acredito. Hoje quando saiu da conversa, o pobre velho estava transtornado. Abão se comporta como a puta de Avinhão!

Os noviços estavam desorientados; com sua sensibilidade de crianças inscientes, percebiam a tensão que reinava no coro, como eu também percebia. Passaram-se alguns longos momentos de silêncio e embaraço. O abade mandou recitar alguns salmos e indicou ao acaso três deles, que não eram prescritos pela regra para as vésperas. Todos se entreolharam, depois começaram a rezar em voz baixa. O mestre dos noviços voltou seguido por Bêncio, que alcançou seu lugar cabisbaixo. Jorge não estava no scriptorium e não estava em sua cela. O abade ordenou que se iniciasse o ofício.

No fim, antes que todos descessem para a ceia, fui chamar Guilherme. Estava estirado em seu enxergão, vestido, imóvel. Disse que não imaginava que fosse tão tarde. Contei-lhe rapidamente o que acontecera. Balançou a cabeça.

À porta do refeitório vimos Nicolau, que poucas horas antes acompanhara Jorge. Guilherme perguntou-lhe se o velho tinha entrado logo na casa do abade. Nicolau disse que precisara esperar bastante tempo do lado de fora da porta, porque na sala estavam Alinardo e Aymaro de Alessandria. Depois Jorge tinha entrado, permanecera lá dentro algum tempo, e ele ficara a esperá-lo. Em seguida saíra e pedira que o acompanhasse até a igreja que, uma hora antes das vésperas, ainda estava deserta.

O abade viu-nos falando com o despenseiro.

— Frei Guilherme — admoestou — ainda estais inquirindo?

Fez-lhe sinal para acomodar-se à sua mesa, como de hábito. A hospitalidade beneditina é sagrada.

A ceia foi mais silenciosa do que de costume, e tristonha. O abade comia de má vontade, oprimido por pensamentos sombrios. Por fim disse aos monges que se apressassem para as completas.

Alinardo e Jorge ainda estavam ausentes. Os monges, cochichando, apontavam o lugar vazio do cego. No fim do rito, o abade convidou todos a fazerem uma prece especial pela remissão de Jorge de Burgos. Não ficou claro se estava falando da remissão de sua doença ou se da remição de seus pecados. Todos compreenderam que uma nova desgraça estava para transtornar a comunidade. Depois o abade ordenou que todos se dirigissem, com maior presteza que de hábito, para suas respectivas camas. Ordenou que ninguém — e acentuou a palavra ninguém — ficasse circulando fora do dormitório. Os noviços, amedrontados, saíram primeiro, com o capuz sobre o rosto, cabisbaixos, sem trocar gracejos, cotoveladas, risadinhas, rasteiras maliciosas e ocultas com que costumavam provocar-se (porque, apesar de tudo, o noviço é sempre um menino, e de pouco valem as repreensões do mestre, que não pode impedir que ele se comporte frequentemente como criança, tal como exige sua pouca idade).

Quando os adultos saíram, entrei, sem dar na vista, na fila do grupo que já se caracterizara aos meus olhos como o dos "italianos". Pacífico estava cochichando com Aymaro: "Acreditas que Abão não saiba realmente onde está Jorge?". E Aymaro respondia: "Poderia até saber, e saber que de onde está não voltará jamais. Talvez o velho tenha desejado demais, e Abão não o queira mais...".

Enquanto Guilherme e eu fingíamos nos retirar para o albergue dos peregrinos, avistamos o abade voltando a entrar no Edifício pela porta do refeitório, que ainda estava aberta. Guilherme decidiu esperar um pouco; depois, quando a esplanada ficou completamente deserta, convidou-me a segui-lo. Atravessamos depressa os espaços vazios e entramos na igreja.

Sexto dia

APÓS AS COMPLETAS

Quando, quase por acaso, Guilherme descobre o segredo para entrar no finis Africae.

Postamo-nos, como dois sicários, perto da entrada, atrás de uma coluna, de onde se podia observar a capela dos crânios.

— Abão foi fechar o Edifício — disse Guilherme. — Depois que tiver posto as trancas por dentro das portas só poderá sair pelo ossário.

— E depois?

— E depois vejamos o que faz.

Não pudemos saber o que fez. Depois de uma hora ainda não tinha saído. Foi ao finis Africae, eu disse. Pode ser, respondeu Guilherme. E, preparado para formular muitas hipóteses, acrescentei: Talvez tenha saído do refeitório e ido procurar Jorge. E Guilherme: Pode ser isso também. Talvez Jorge já esteja morto, imaginei ainda. Talvez esteja no Edifício, matando o abade. Talvez ambos estejam noutro lugar e alguém os espere numa emboscada. O que queriam os "italianos"? E por que Bêncio estava tão assustado? Não seria uma máscara que ele pusera no rosto para nos enganar? Por que se demorara no scriptorium durante as vésperas, se não sabia nem como fechar nem como sair? Queria tentar o caminho do labirinto?

— Tudo pode ser — disse Guilherme. — Mas só uma coisa é, foi ou está sendo. E finalmente a misericórdia divina está nos oferecendo uma luminosa certeza.

— Qual? — perguntei, cheio de esperança.

— Que frei Guilherme de Baskerville, que já tem a impressão de ter entendido tudo, não sabe como entrar no finis Africae. Aos estábulos, Adso, aos estábulos.

— E se encontrarmos o abade?

— Fingiremos ser dois fantasmas.

Não me pareceu uma solução praticável, mas fiquei calado. Guilherme estava ficando nervoso. Saímos pelo portão setentrional e atravessamos o cemitério, enquanto o vento sibilava com força, e eu pedi ao Senhor que não fôssemos nós a encontrar dois fantasmas, pois almas penadas, naquela noite, não faltavam na abadia. Chegamos aos estábulos e ouvimos os cavalos cada vez mais inquietos com a fúria dos elementos. A porta principal da construção tinha, na altura do peito de um homem, uma ampla grade de metal, de onde se podia enxergar o interior. Entrevimos no escuro os contornos dos cavalos, reconheci Brunello porque era o primeiro à esquerda. À sua direita, o terceiro animal da fileira levantou a cabeça sentindo nossa presença e relinchou. Sorri.

— Tertius equi — eu disse.

— O quê? — perguntou Guilherme.

— Nada, estava me lembrando do pobre Salvatore. Queria fazer não sei que magia com aquele cavalo, e com seu latim designava-o como tertius equi. Que seria o *u*.

— O *u*? — perguntou Guilherme que tinha acompanhado meu devaneio sem prestar muita atenção.

— Sim, em bom latim tertius equi não quer dizer terceiro cavalo mas terceiro do cavalo, ou a terceira letra da palavra cavalo, portanto, o *u*. Mas é uma tolice...

Guilherme fitou-me, e no escuro parecia-me notar seu rosto alterado:

— Deus te abençoe, Adso! — disse. — Mas claro, suppositio materialis, o discurso se assume de dicto e não de re... Como sou burro!

Estava se dando um forte tapa na testa, com a mão aberta, a ponto de se ouvir um estalo, e acho até que se machucou.

— Meu rapaz, é a segunda vez hoje que a sabedoria fala por tua boca, primeiro em sonho, agora em vigília! Corre, corre à tua cela para pegar o lume, ou melhor, os dois que escondemos. Não te deixes ver, e alcança-me depressa na igreja! Não faças perguntas, vai!

Fui sem fazer perguntas. As lamparinas estavam embaixo de meu enxergão, cheias de azeite, porque eu já tratara de alimentá-las. A pederneira estava em meu hábito. Com os dois preciosos instrumentos junto ao peito, corri até a igreja.

Guilherme estava sob o tripé e relia o pergaminho com as anotações de Venâncio.

— Adso — disse-me —, primum et septimum de quatuor não significa o primeiro e o sétimo dos quatro, mas *do quatro*, da palavra quatro!

Não entendi de início, depois tive um lampejo:

— Super thronos viginti quatuor! A escrita! O versículo! As palavras que estão gravadas em cima do espelho!

— Vamos! — disse Guilherme. — Talvez ainda possamos salvar uma vida!

— De quem? — perguntei, enquanto ele já estava apalpando as caveiras e abrindo a passagem para o ossário.

— De alguém que não merece — disse. E, nesse momento, estávamos no corredor do subterrâneo, com os lumes acesos, em direção à porta que dava para a cozinha.

Já disse que àquela altura se empurrava uma porta de madeira e se entrava na cozinha atrás da chaminé, aos pés da escada em caracol que conduzia ao scriptorium. Justamente quando empurrávamos a porta, ouvimos à nossa esquerda ruídos surdos no muro. Vinham da parede ao lado da porta, na qual terminava a fileira de lóculos com as caveiras e os ossos. Lá, em lugar do último lóculo, havia um trecho de parede cega, de blocos de pedra grandes e quadrados, com uma velha lápide no centro, que tinha gravados monogramas desgastados. As batidas vinham, parecia, de trás da lápide, ou então de cima da lápide, em parte atrás da parede, em parte quase acima de nossa cabeça.

Se algo semelhante tivesse acontecido na primeira noite, eu logo teria pensado nos monges mortos. Mas agora estava pronto a esperar coisa pior dos monges vivos.

— Quem será? — perguntei.

Guilherme abriu a porta e saiu atrás da chaminé. As batidas eram audíveis também ao longo da parede que flanqueava a escada em caracol, como se alguém estivesse prisioneiro no muro, ou seja, naquela espessura de parede (realmente larga) que, como se podia presumir, existiria entre a parede interna da cozinha e a externa, do torreão meridional.

— Há alguém fechado aqui dentro — disse Guilherme. — Sempre me perguntei se haveria outra entrada para o finis Africae, neste Edifício tão cheio de passagens. Evidentemente há; do ossário, antes de subir à cozinha, abre-se um pedaço de parede e sobe-se por uma escada paralela a esta, escondida no muro, que dá diretamente para a sala murada.

— Mas quem está aí dentro agora?

— A segunda pessoa. Uma está no finis Africae, outra tentou alcançá-la, mas a de cima deve ter bloqueado o mecanismo que regula ambas as entradas. Desse modo o visitante caiu numa armadilha. E deve estar muito agitado porque, imagino, naquele lugar apertado não deve circular muito ar.

— E quem é? Vamos salvá-lo!

— Quem é veremos daqui a pouco. E quanto a salvá-lo, isso só poderá ser feito destravando-se o mecanismo de cima, porque deste lado não conhecemos o segredo. Por isso vamos subir depressa.

Assim fizemos, subimos ao scriptorium, e dali ao labirinto, e atingimos logo o torreão meridional. Precisei conter meu ímpeto bem umas duas vezes, porque o vento que naquela noite penetrava pelas fendas formava correntes que, ao se insinuarem por aqueles meandros, percorriam gemendo as salas, soprando sobre os fólios soltos nas mesas, e era preciso proteger a chama com a mão. Chegamos logo à sala do espelho, desta vez preparados para o jogo deformante que nos aguardava. Erguemos as lamparinas e iluminamos os versículos que encimavam a moldura, super thronos viginti quatuor... Finalmente o segredo se esclarecera: a palavra quatuor tem sete letras, era preciso tocar o *q* e o *r*. Pensei, excitado, em fazê-lo eu: pus rapidamente a lamparina em cima da mesa que ficava no meio da sala, completei o gesto nervosamente, a chama foi lamber a encadernação de um livro que ali estava.

— Cuidado, tonto! — gritou Guilherme e com um sopro apagou a chama.
— Queres atear fogo à biblioteca?

Desculpei-me e fiz menção de reacender o lume.

— Não precisa — disse Guilherme. — Basta o meu. Segura-o e ilumina para mim, porque a escrita está muito no alto e tu não alcançarias. Vamos logo.

— E se aí dentro houver alguém armado? — perguntei, enquanto Guilherme, quase tateando, procurava as letras fatais, erguendo-se na ponta dos pés, alto como era, para tocar o versículo apocalíptico.

— Ilumina, pelos diabos, e não tenhas medo, Deus está conosco! — respondeu-me, aliás incoerentemente. Seus dedos estavam tocando o *q* de quatuor, e eu, que estava a alguns passos atrás, via melhor que ele o que estava fazendo. Já disse que as letras dos versículos pareciam entalhadas ou gravadas na parede: evidentemente, as da palavra quatuor eram constituídas de perfis metálicos, por trás das quais estava encaixado e embutido um prodigioso mecanismo. Porque, quando foi empurrado para a frente, o *q* emitiu como que um estalo seco, e o mesmo sucedeu quando Guilherme apertou o *r*. A moldura inteira do espelho teve como que um sobressalto, e a superfície vítrea pulou para trás. O espelho era uma porta, com os gonzos no lado esquerdo. Guilherme enfiou a mão na abertura que se formara entre a borda direita e a parede, e puxou em direção a si. Rangendo, a porta abriu-se para nós. Guilherme insinuou-se na abertura e eu me esgueirei atrás dele, com o lume alto sobre a cabeça.

Duas horas após as completas, no fim do sexto dia, no coração da noite que dava início ao sétimo dia, tínhamos penetrado no finis Africae.

SÉTIMO DIA

Sétimo dia

MADRUGADA

Em que, para resumir as revelações prodigiosas de que se fala aqui, o título deveria ter a extensão do capítulo, o que é contrário aos costumes.

Vimo-nos na soleira de uma sala que tinha forma igual às outras três salas cegas heptagonais, onde dominava forte cheiro de mofo e de livros impregnados de umidade. O lume que eu mantinha alto iluminou primeiro a abóbada, depois movi o braço para baixo, à direita e à esquerda, e a chama lançou vagos clarões sobre os armários distantes, ao longo das paredes. Por fim, vimos no centro uma mesa cheia de papéis e, atrás da mesa, uma figura sentada, que parecia nos esperar imóvel no escuro, se é que ainda estava viva. Antes mesmo que a luz iluminasse seu rosto, Guilherme falou.

— Boa noite, venerável Jorge — disse. — Estavas à nossa espera?

A lamparina agora clareava o rosto do velho, que nos olhava como se enxergasse.

— És tu, Guilherme de Baskerville? — perguntou. — Esperava-te desde hoje à tarde antes das vésperas, quando vim trancar-me aqui. Sabia que chegarias.

— E o abade? — perguntou Guilherme. — É ele que se agita na escada secreta?

Jorge teve um instante de hesitação:

— Está vivo ainda? — perguntou. — Pensei que já lhe tivesse faltado o ar.

— Antes de começarmos a falar — disse Guilherme — queria salvá-lo. Tu podes abrir daqui.

— Não — disse Jorge com fadiga —, já não posso. O mecanismo é manobrado lá embaixo, apertando-se a lápide, e aqui em cima salta uma alavanca que abre uma porta lá no fundo, atrás daquele armário — e apontou às suas costas. — Poderias ver junto ao armário uma roda com contrapesos, que governa o mecanismo daqui de cima. Mas, quando ouvi daqui a roda girar, sinal de que Abão tinha entrado lá embaixo, dei um puxão na corda que sustenta os pesos, e a corda arrebentou. Agora a passagem está fechada, de ambos os lados, e não poderias amarrar os fios do maquinismo. O abade está morto.

— Por que o mataste?

— Hoje, quando mandou chamar-me, disse que, graças a ti, descobrira tudo. Não sabia ainda o que eu tentava proteger, nunca chegou a entender exatamente quais eram os tesouros e os fins da biblioteca. Pediu-me que lhe explicasse o que não sabia. Queria que o finis Africae fosse aberto. O grupo dos italianos pedira-lhe que pusesse um fim àquilo que eles chamam de mistério alimentado por mim e por meus predecessores. Estão agitados pela cupidez de coisas novas...

— E tu deves ter-lhe prometido que virias aqui e porias fim à tua vida como puseste fim à dos outros, de modo que a honra da abadia fosse salva e ninguém soubesse de nada. Depois lhe indicaste o caminho para vir, mais tarde, averiguar. Em vez disso, tu o esperavas, para matá-lo. Não pensavas que ele podia entrar pelo espelho?

— Não, Abão é baixo, não seria capaz de alcançar sozinho o versículo. Indiquei-lhe essa passagem que somente eu ainda conhecia. É a que usei durante muitos anos, porque era mais simples, no escuro. Bastava chegar à capela e depois seguir os ossos dos mortos, até o fim da passagem.

— Então fizeste-o vir aqui sabendo que o matarias...

— Já não podia confiar nem mesmo nele. Estava assustado. Tornara-se famoso porque em Fossanova conseguira fazer um corpo grande descer por uma escada em caracol. Glória injusta. Agora está morto porque não conseguiu fazer o seu subir.

— Usaste-o durante quarenta anos. Quando percebeste que estavas ficando cego e não poderias continuar a controlar a biblioteca, agiste de tal modo que fosse eleito abade um homem em quem podias confiar e fosse nomeado como bibliotecário primeiro Roberto de Bobbio, que podias instruir a teu bel-prazer, depois Malaquias, que não dava um passo sem te consultar. Durante quarenta anos foste o dono desta abadia. É isso que o grupo de italianos compreendera, é isso que Alinardo repetia, mas ninguém lhe dava ouvidos porque o consideravam demente, não é? Porém tu ainda me esperavas, e não poderias ter bloqueado a entrada do espelho, porque o mecanismo é embutido. Por que me esperavas, o que te dava a certeza de que eu viria?

Guilherme perguntava, mas pelo seu tom compreendia-se que ele já adivinhava a resposta, e a esperava como um prêmio à sua habilidade.

— Desde o primeiro dia compreendi que compreenderias. Pela tua voz, pelo modo com que me levaste a discutir aquilo de que eu não queria que se falasse. Eras melhor que os outros, chegarias de qualquer modo. Basta pensar e reconstruir na própria mente os pensamentos do outro. E depois ouvi que fazias perguntas aos monges, todas corretas. Mas nunca fazias perguntas sobre a biblioteca, como se já conhecesses seu segredo. Uma noite fui bater à tua cela, e não estavas. Estavas aqui decerto. Tinham desaparecido duas lamparinas da cozinha, ouvi um serviçal dizer. Por fim, quando Severino veio te falar de um livro, outro dia no nártex, tive certeza que estavas no meu rastro.

— Mas conseguiste subtrair-me o livro. Foste falar com Malaquias, que até então não tinha compreendido nada. Agitado pelo ciúme, o tolo continuava obcecado pela ideia de que Adelmo lhe roubara o adorado Berengário, agora desejoso de carne mais nova que a sua. Não entendia o que Venâncio tinha a ver com essa história, e tu lhe confundiste ainda mais as ideias. Disseste-lhe que Berengário tivera uma relação com Severino e que, para pagá-lo, tinha lhe dado um livro do finis Africae. Não sei exatamente o que lhe disseste. Malaquias foi até Severino, louco de ciúme, e o matou. Depois não teve tempo de procurar o livro que lhe descreveste, porque chegou o despenseiro. Foi assim?

— Mais ou menos.

— Mas não querias que Malaquias morresse. Ele provavelmente nunca olhara os livros do finis Africae, confiava em ti, obedecia às tuas proibições. Limitava-se a aprontar, à noite, as ervas para espantar os curiosos eventuais. Quem as fornecia era Severino. Por isso, naquele dia, Severino deixou Malaquias entrar no hospital, era sua visita diária para pegar as ervas frescas, que ele preparava todos os dias, por ordem do abade. Adivinhei?

— Adivinhaste. Eu não queria que Malaquias morresse. Disse-lhe que recuperasse o livro, de qualquer maneira, e o guardasse aqui, sem abrir. Disse-lhe que tinha o poder de mil escorpiões. Mas pela primeira vez o desatinado quis agir por iniciativa própria. Não o queria morto, era um executor fiel. Mas não fiques repetindo o que sabes, sei que sabes. Não quero alimentar o teu orgulho, já fazes isso por ti mesmo. Ouvi-te de manhã no scriptorium interrogar Bêncio sobre a *Coena Cypriani*. Estavas muito perto da verdade. Não sei como descobriste o segredo do espelho, mas quando soube pelo abade que tu havias mencionado o finis Africae, estava certo de que em breve chegarias aqui. Por isso estava te esperando. E agora o que queres?

— Quero ver — disse Guilherme — o último manuscrito do volume encadernado que reúne um texto árabe, um sírio e uma interpretação ou transcrição da *Coena Cypriani*. Quero ver aquela cópia em grego, feita provavelmente por um árabe, ou por um espanhol, que tu encontraste quando eras ajudante de Paulo de Rimini e conseguiste que te mandassem ao teu país para conseguires os mais belos manuscritos do Apocalipse de Leão e Castela, feito que te tornou famoso e estimado aqui na abadia e te valeu o posto de bibliotecário, que cabia a Alinardo, dez anos mais velho que tu. Quero ver aquela cópia grega escrita em papel de pano, que então era muito raro e fabricado em Silos, justamente, perto de Burgos, tua pátria. Quero ver o livro que roubaste lá, após tê-lo lido, porque não querias que outros o lessem, e esconddeste aqui, protegendo-o de modo perspicaz, livro que não destruíste porque um homem como tu não destrói livros, mas apenas os guarda e cuida para que ninguém os toque. Quero ver o segundo livro da Poética de Aristóteles, aquele que todos consideravam perdido ou nunca escrito, e do qual tu guardas talvez a última cópia.

— Que magnífico bibliotecário terias sido, Guilherme — disse Jorge num misto de admiração e contrariedade. — Então sabes de tudo. Vem, creio que há um banco do teu lado da mesa. Senta, eis o teu prêmio.

Guilherme sentou-se e pôs sobre a mesa o lume que eu lhe entregara, iluminando o rosto de Jorge de baixo para cima. O velho pegou o volume que tinha diante de si e passou-o a Guilherme. Reconheci a encadernação, era o que eu abrira no hospital, acreditando tratar-se de um manuscrito árabe.

— Lê, então, folheia, Guilherme — disse Jorge. — Venceste.

Guilherme olhou o volume mas não o tocou. Tirou do hábito um par de luvas, não as suas com a ponta dos dedos descobertas, mas as que estavam sendo usadas por Severino quando o encontramos morto. Abriu lentamente a encadernação desgastada e frágil. Eu me aproximei e me inclinei atrás dele. Jorge, com seu ouvido finíssimo, ouviu o barulho que eu fazia. Disse:

— Tu também estás aí, rapaz? Deixarei que o vejas também... depois.

Guilherme percorreu rapidamente as primeiras páginas:

— É um manuscrito árabe sobre os ditos de um estulto qualquer, de acordo com o catálogo — disse. — Do que se trata?

— Oh, lendas tolas dos infiéis, donde se conclui que os tolos têm motes argutos que pasmam seus sacerdotes e entusiasmam seus califas...

— O segundo é um manuscrito sírio, mas, segundo o catálogo, traduz um livrinho egípcio de alquimia. Como é que se encontra aqui?

— É uma obra egípcia do terceiro século de nossa era. Coerente com a obra que vem depois, mas menos perigosa. Ninguém daria ouvidos aos delírios de um alquimista africano. Atribui a criação do mundo ao riso divino... — levantou o rosto e recitou, com sua prodigiosa memória de leitor que havia quarenta anos repetia para si mesmo o que lera quando ainda tinha o dom da visão: — Assim que Deus riu, nasceram sete deuses que governaram o mundo; assim que gargalhou, apareceu a luz; na segunda risada apareceu a água, e no sétimo dia de riso apareceu a alma... Loucuras. E também o escrito que vem em seguida, de um dos inumeráveis estúpidos que se puseram a glosar a *Coena*... Mas não são esses que te interessam.

Guilherme de fato havia folheado rapidamente as páginas e chegara ao texto grego. Vi logo que as folhas eram de material diferente e mais mole, que a primeira estava quase arrancada, com uma parte da margem carcomida, coberta de manchas pálidas, como de hábito o tempo e a umidade produzem nos outros livros. Guilherme leu as primeiras linhas, primeiro em grego, depois traduzindo em latim e continuando em seguida nessa língua, de modo que também eu pude saber como começava o livro fatal.

> No primeiro livro tratamos da tragédia e de como ela, suscitando piedade e medo, produz a purificação de tais sentimentos. Como tínhamos prometido, tratamos agora da comédia (bem como da sátira e do mimo) e do modo como, suscitando o prazer do ridículo, ela chega à purificação de tal paixão. Que tal paixão é digna de consideração já dissemos no livro sobre a alma,

visto que, dentre todos os animais, o homem é o único capaz de rir. Definiremos, portanto, de que tipos de ação a comédia é mímesis, em seguida examinaremos os modos como a comédia provoca o riso, e esses modos são os fatos e o elóquio. Mostraremos como o ridículo dos fatos nasce da equiparação do melhor ao pior e vice-versa, de surpreender enganando, do impossível e da violação das leis da natureza, do irrelevante e do inconsequente, do rebaixamento das personagens, do uso de pantomimas histriônicas e vulgares, da desarmonia, da escolha das coisas menos dignas. Mostraremos, por conseguinte, como o ridículo do elóquio nasce dos equívocos entre palavras semelhantes para coisas diferentes e palavras diferentes para coisas semelhantes, da loquacidade e da repetição, dos jogos de palavras, dos diminutivos, dos erros de pronúncia e dos barbarismos...

Guilherme traduzia com esforço, buscando as palavras corretas, detendo-se de vez em quando. Traduzindo sorria, como se reconhecesse coisas que esperava encontrar. Leu em voz alta a primeira página, depois parou, como se não lhe interessasse saber mais, e folheou rapidamente as páginas seguintes. Mas, após algumas folhas, encontrou resistência, porque junto à margem lateral superior e ao longo do corte, as folhas estavam unidas umas às outras, como acontece quando o material do papel, umedecido e deteriorado, forma uma espécie de camada glutinosa. Jorge percebeu que o farfalhar das folhas tinha cessado e incitou Guilherme.

— Vamos, lê, folheia. É teu, tu o mereceste.

Guilherme riu, e parecia até divertir-se:

— Então não é verdade que me consideras tão arguto, Jorge! Tu não podes ver, mas estou de luvas. Com os dedos assim tolhidos não consigo separar as folhas uma da outra. Deveria fazê-lo com as mãos nuas, umedecer os dedos na língua, como me aconteceu fazer de manhã no scriptorium (de modo que de repente também esse mistério se me tornou claro), e deveria continuar folheando assim, até que uma boa dose do veneno passasse para a minha boca. Falo do veneno que um dia, há tempos, roubaste do laboratório de Severino, talvez já então preocupado por teres ouvido alguém no scriptorium manifestar curiosidade sobre o finis Africae, sobre o livro perdido de Aristóteles ou sobre ambos. Creio que guardaste a ampola por muito tempo, deixando para fazer uso dela quando tivesses percebido algum perigo. E o percebeste há alguns dias, quando Venâncio chegou perto demais do tema deste livro e Berengário, por leviandade, por gabolice, para impressionar Adelmo, revelou-se menos discreto do que esperavas. Então vieste e armaste a tua cilada. Bem a tempo, porque algumas noites depois Venâncio penetrou aqui, roubou o livro, folheou-o com ansiedade, com voracidade quase física. Sentiu-se mal logo depois e correu buscar ajuda na cozinha. Onde morreu. Estou errado?

— Não, continua.

— O resto é simples. Berengário encontra o corpo de Venâncio na cozinha, teme que daí tenha origem uma investigação, porque na verdade Venâncio estava à noite no Edifício, como consequência de sua primeira revelação a Adelmo. Não sabe o que fazer, carrega o corpo nas costas e o mete na talha de sangue, achando que todos ficariam convencidos de que tinha se afogado.

— E como sabes que aconteceu assim?

— Tu o sabes também, vi como reagiste quando encontraram um pano sujo de sangue na cela de Berengário. Com o pano aquele imprudente tinha limpado as mãos após ter enfiado Venâncio no sangue. Mas, uma vez que desaparecera, Berengário só podia ter desaparecido com o livro que agora também o deixara curioso. E tu esperavas que o encontrassem nalgum lugar, não ensanguentado, porém envenenado. O resto está claro. Severino encontrou o livro, porque Berengário tinha ido antes ao hospital para lê-lo ao abrigo de olhos indiscretos. Malaquias mata Severino instigado por ti e morre quando volta para cá, querendo saber o que havia de tão proibido no objeto que o fizera tornar-se assassino. Eis que temos uma explicação para todos os cadáveres... Que idiota!...

— Quem?

— Eu. Por causa de uma frase de Alinardo, eu estava convencido de que a série dos crimes seguia o ritmo das sete trombetas do Apocalipse. Granizo para Adelmo, e era suicídio. Sangue para Venâncio, e era uma ideia bizarra de Berengário; água para o próprio Berengário, e era um fato casual; a terça parte do céu para Severino, e Malaquias o golpeara com a esfera armilar porque era a única coisa que estava à mão. Finalmente, os escorpiões de Malaquias... Por que lhe disseste que o livro tinha a força de mil escorpiões?

— Por tua causa. Alinardo me falara dessa ideia, depois ouvi de alguém que tu a acharas convincente... então fiquei convencido de que esses desaparecimentos estavam sendo regulados por um plano divino de que eu não era responsável. E avisei a Malaquias que, se ele fosse curioso, pereceria de acordo com o mesmo plano divino, como de fato aconteceu.

— É assim então... fabriquei um esquema falso para interpretar os movimentos do culpado, e o culpado adequou-se a ele. E foi justamente esse falso esquema que me pôs no teu encalço. Em nossos dias estão todos obcecados pelo livro de João, mas tu me parecias aquele que mais meditava sobre ele, e não tanto por tuas especulações sobre o Anticristo, mas porque vinhas do país que produziu os mais esplêndidos Apocalipses. Um dia alguém me disse que os códices mais bonitos desse livro, na biblioteca, tinham sido trazidos por ti. Noutro dia Alinardo divagou sobre um misterioso inimigo dele que tinha ido procurar livros em Silos (fiquei curioso quando ele disse que esse inimigo tinha voltado antes do tempo para o reino das trevas: no momento podia-se entender que ele tinha morrido jovem, mas Alinardo estava aludindo à tua cegueira). Silos fica perto de Burgos, e pela manhã encontrei no catálogo uma série de aquisições que se referiam a todos os Apocalipses hispânicos, no período em que sucedeste ou estavas para suceder a Paulo de Rimini. E naquele grupo de aquisições havia também este livro. Mas só pude estar seguro daquilo que reconstituíra quando soube que o livro roubado era de papel de pano. Então me lembrei de Silos e tive certeza. Naturalmente, à medida que tomava forma a ideia deste livro e de seu poder venéfico, desmoronava a ideia do esquema apocalíptico; no entanto eu não conseguia compreender como o livro e a sequência das trombetas levavam a ti, e fui compreendendo melhor a história do livro à medida que, seguindo a sequência apocalíptica, era obrigado a pensar em ti e nas tuas discussões sobre o riso. Tanto que esta noite, quando já não acreditava no esquema apocalíptico, insisti em ir verificar os estábulos, onde esperava o troar da sexta trombeta, e foi justamente nos estábulos que, por mero acaso, Adso me forneceu a chave para entrar no finis Africae.

— Não estou entendendo — disse Jorge. — Sentes orgulho por me mostrares como chegaste a mim seguindo teu raciocínio, no entanto estás demonstrando que chegaste aqui seguindo um raciocínio errado. O que queres dizer-me?

— A ti, nada. Estou desconcertado, eis tudo. Mas não importa. Estou aqui.

— O Senhor soava as sete trombetas. E tu, mesmo em teu erro, ouviste um eco confuso desse som.

— Isso já o disseste no sermão de ontem à noite. Tentas convencer-te de que toda essa história ocorreu de acordo com um desígnio divino para ocultar de ti mesmo o fato de que és um assassino.

— Eu não matei ninguém. Todos caíram seguindo seu próprio destino por causa de seus respectivos pecados. Fui somente um instrumento.

— Ontem disseste que Judas também tinha sido um instrumento. Isso não impediu sua danação.

— Aceito o risco da danação. O Senhor me absolverá porque sabe que agi para a Sua glória. Meu dever era proteger a biblioteca.

— Ainda há poucos momentos estavas pronto a matar-me também e a este rapaz...

— És mais sutil, mas não melhor que os outros.

— E agora o que irá acontecer, agora que desfiz tua insídia?

— Veremos — respondeu Jorge. — Não quero necessariamente a tua morte. Talvez consiga convencer-te. Mas dize-me antes, como adivinhaste que se tratava do segundo livro de Aristóteles?

— Sem dúvida não teriam sido suficientes os teus anátemas contra o riso nem o pouco que fiquei sabendo sobre a discussão que tiveste com os outros. Fui auxiliado por alguns apontamentos de Venâncio. Não entendia, de início, o que queriam dizer. Mas havia algumas referências a uma pedra desavergonhada que rola pela planície, às cigarras que cantarão de baixo da terra, aos venerandos figos. Já tinha lido algo do gênero: conferi estes dias. São exemplos que Aristóteles usava já no primeiro livro da Poética e na Retórica. Depois lembrei que Isidoro de Sevilha define a comédia como algo que narra stupra virginum et amores meretricum... Pouco a pouco em minha mente foi-se esboçando esse segundo livro, do modo como deveria ter sido. Poderia te contar quase tudo, sem ler as páginas que deveriam me envenenar. A comédia nasce nas komai, ou seja, nas aldeias de camponeses, como celebração jocosa após um banquete ou uma festa. Não fala de homens famosos e poderosos, mas de seres vis e ridículos, e não malvados, e não termina com a morte dos protagonistas. Atinge o efeito de ridículo mostrando defeitos e vícios dos homens comuns. Nisso Aristóteles vê a disposição ao riso como uma força boa, que pode mesmo ter um valor cognoscitivo, quando, através de enigmas argutos e metáforas inesperadas, mesmo dizendo as coisas ao contrário daquilo que são, como se mentisse, de fato nos obriga a observá-las melhor e nos leva a dizer: eis que as coisas estavam assim justamente, e eu não sabia. Chega-se à verdade representando os homens e o mundo piores do que são ou do que acreditamos, piores em todo caso do que os poemas heroicos, as tragédias e as vidas dos santos nos mostraram. É assim?

— Está bem próximo. Tu a reconstruíste lendo outros livros?

— Venâncio estava trabalhando em muitos deles. Creio que Venâncio procurava este livro há muito tempo. Deve ter lido no catálogo as indicações que eu também li e ter ficado convencido de que aquele era o livro que procurava. Mas não sabia como entrar no finis Africae. Quando ouviu Berengário falar disso a Adelmo, lançou-se como um cão na pista de uma lebre.

— Foi assim, dei-me conta logo. Compreendi que chegara o momento em que deveria defender a biblioteca com unhas e dentes...

— E usaste o unguento. Deve ter dado trabalho... no escuro.

— Hoje em dia minhas mãos enxergam melhor que teus olhos. De Severino roubei também um pincel. E eu também usei luvas. Foi uma boa ideia, não? Custaste bastante a chegar...

— Sim. Eu estava pensando numa combinação mais complexa, num dente envenenado ou algo assim. Devo dizer que tua solução era exemplar, a vítima se envenenava sozinha, justamente na medida em que queria ler...

Dei-me conta, com um calafrio, de que naquele momento aqueles dois homens, a postos para uma luta mortal, admiravam-se reciprocamente, como se cada um tivesse agido apenas para obter o aplauso do outro. Minha mente foi atravessada pelo pensamento de que as artes empregadas por Berengário para seduzir Adelmo e os gestos simples e naturais com que a donzela suscitara minha paixão e meu desejo não eram nada, em termos de astúcia e desvairada habilidade em conquistar o outro, diante do caso de sedução que se desenvolvia ante meus olhos naquele instante, desenrolado ao longo de sete dias, quando cada um dos dois interlocutores marcava, por assim dizer, misteriosos encontros com o outro, aspirando cada um, secretamente, à aprovação do outro, que temia e odiava.

— Mas agora dize-me — perguntava Guilherme —, por que, por que quiseste proteger este livro mais que muitos outros? Por que escondias, mas não a preço de crime, tratados de necromancia, páginas em que talvez se blasfemasse contra o nome de Deus, mas por essas páginas danaste teus irmãos e danaste a ti mesmo? Há muitos outros livros que falam da comédia, muitos outros que contêm o elogio do riso. Por que este te incutia tanto medo?

— Porque era do Filósofo. Cada livro desse homem destruiu uma parte da sapiência que a cristandade acumulara durante séculos. Os padres haviam dito o que era preciso saber sobre a potência do Verbo, e bastou que Boécio comentasse o Filósofo para que o mistério divino do Verbo se transformasse na paródia humana das categorias e do silogismo. O livro do Gênesis diz o que é preciso saber sobre a formação do cosmos, mas bastou que se redescobrissem os livros físicos do Filósofo, para que o universo fosse repensado em termos de matéria surda e viscosa, e para que o árabe Averróis quase convencesse a todos da eternidade do mundo. Sabíamos tudo sobre os nomes divinos, e o dominicano sepultado por Abão — seduzido pelo Filósofo — deu-lhes novos nomes, seguindo as sendas orgulhosas da razão natural. Desse modo o cosmos que, para o Areopagita, se manifestava a quem soubesse olhar no alto a cascata luminosa da causa primeira exemplar, tornou-se uma reserva de indícios terrenos a partir dos quais se remonta para nomear uma abstrata eficiência. Primeiro olhávamos para o céu, achando que a lama da matéria merecia um olhar desgostoso; agora olhamos para a terra, e acreditamos no céu com base no testemunho da terra. Cada uma das palavras do Filósofo, sobre as quais agora até os santos e os pontífices juram, viraram de cabeça para baixo a imagem do mundo. Mas ele não chegou a virar de cabeça para baixo a imagem de Deus. Se este livro se tornasse matéria de livre interpretação, teríamos ultrapassado o último limite.

— Mas o que te assustou nesse discurso sobre o riso? Não eliminas o riso eliminando o livro.

— Claro que não. O riso é a fraqueza, a corrupção, a insipidez de nossa carne. É o folguedo para o camponês, a licença para o embriagado, mesmo a igreja em sua sabedoria admitiu o momento da festa, do carnaval, da feira, essa ejaculação diurna que descarrega os humores e reprimem outros desejos e outras ambições... Mas desse modo o riso fica como coisa vil, defesa para os simples, mistério dessacralizado para a plebe. Até o apóstolo dizia: em vez de vos abrasardes, casai-vos. Em vez de vos rebelardes contra a ordem desejada por Deus, ride e deleitai-vos com vossas imundas paródias da ordem, no fim da refeição, depois de esvaziardes jarras e garrafões. Elegei o rei dos tolos, perdei-vos na liturgia do asno e do porco, brincai e representai vossas saturnais de cabeça para baixo... Mas aqui, aqui... — Jorge batia agora o dedo na mesa, perto do livro que Guilherme tinha diante de si —, aqui a função do riso é invertida, ele é elevado ao nível da arte, para ele se abrem as portas do mundo dos doutos, ele se torna objeto de filosofia e de pérfida teologia... Ontem viste como os simples podem conceber e pôr em prática as mais torpes heresias, renegando as leis de Deus e as leis da natureza. Mas a Igreja pode suportar a heresia dos simples, que se condenam sozinhos, arruinados por sua ignorância. O inculto desatino de Dulcino e de seus pares nunca porá em crise a ordem divina. Pregará violência e morrerá pela violência, não deixará rastro, será consumido como se consome o carnaval, e não importa se durante a festa for produzida na terra, por pouco tempo, a epifania do mundo pelo avesso. Basta que o gesto não se transforme em desígnio, que esse vulgar não encontre um latim que o traduza. O riso liberta o aldeão do medo do diabo, porque na festa dos tolos até o diabo se mostra pobre e tolo, portanto controlável. Mas este livro poderia ensinar que se libertar do medo do diabo é sapiência. Quando ri, enquanto o vinho borbulha em sua garganta, o aldeão sente-se senhor, porque inverteu as relações de poder: mas este livro poderia ensinar aos doutos os artifícios argutos e — a partir de então — ilustres com que se pode legitimar a inversão. Então seria transformado em operação do intelecto aquilo que no gesto do aldeão ainda é, felizmente, operação do ventre. O fato de o riso ser próprio do homem é sinal dos nossos limites de pecadores. Mas deste livro quantas mentes corrompidas como a tua extrairiam o silogismo extremo de que o riso é a finalidade do homem! Por alguns instantes, o riso faz o aldeão esquecer o medo. Mas a lei se impõe por meio do medo, cujo nome verdadeiro é temor a Deus. E deste livro poderia partir a fagulha luciferina que atearia um novo incêndio no mundo inteiro: e o riso se afiguraria como arte nova, desconhecida até de Prometeu, para anular o medo. Para o aldeão que ri, naquele momento, a morte não lhe importa: mas depois, acabada a licenciosidade, a liturgia impõe-lhe de novo, de acordo com o desígnio divino, o medo da morte. E deste livro poderia nascer a nova e destrutiva aspiração a destruir a morte através da libertação do medo. E o que seremos nós, criaturas pecadoras, sem o medo, talvez o mais benéfico e afetuoso dos dons divinos? Durante séculos os doutores e os padres difundiram perfumadas essências de santo saber para redimir, através do pensamento daquilo que é elevado, a miséria e a tentação daquilo que é baixo. E este livro, justificando a comédia, a sátira e o mimo como remédios milagrosos que produziriam a purificação das paixões por intermédio da representação do defeito, do vício e da fraqueza, induziria os falsos doutos a tentar redimir (com diabólica inversão) o elevado por meio da aceitação do baixo. Deste livro derivaria o pensamento de que o homem pode querer na terra (como sugeria o teu Bacon a propósito da magia natural) a abundância própria do país da Cocanha. Mas é isso que não devemos e não podemos ter. Olha os jovens monges que se desavergonham na paródia histriônica da *Coena Cypriani*. Que transfiguração diabólica da sagrada escritura! Entretanto, ao fazê-lo, sabem que aquilo é ruim. Porém, no dia em que a palavra do Filósofo justificasse os jogos marginais da imaginação desregrada, oh, então realmente aquilo que estivesse na margem pularia para o centro, e se perderia qualquer vestígio do centro. O povo de Deus se transformaria numa assembleia de monstros arrotados pelos abismos da terra desconhecida, e nesse momento a periferia da terra conhecida se transformaria no coração do império cristão, os arimaspos subiriam ao trono de Pedro, os blêmias entrariam nos mosteiros, os anões barrigudos e cabeçudos estariam na guarda da biblioteca! Os servos a ditarem a lei, nós (mas tu também, então) obedientes, suspensas todas leis. Disse um filósofo grego (que teu Aristóteles cita aqui, cúmplice e imunda auctoritas) que se deve desmantelar a seriedade dos adversários com o riso e opor-se ao riso com a seriedade. A prudência de nossos padres fez a escolha: se o riso é o deleite da plebe, que a licenciosidade da plebe seja refreada, humilhada e intimidada com a severidade. E a plebe não tem armas para afiar o riso a ponto de torná-lo instrumento contra a seriedade dos pastores que devem conduzi-la à vida eterna e subtraí-la às seduções do ventre, da genitália, da comida, de seus sórdidos desejos. Mas, se um dia alguém, agitando as palavras do Filósofo, portanto falando como filósofo, levasse a arte do riso à condição de arma sutil, se a retórica do convencimento fosse substituída pela retórica da irrisão, se a tópica da paciente e salvadora construção das imagens da redenção fosse substituída pela tópica da impaciente desconstrução e da subversão de todas as imagens mais santas e veneráveis, oh, esse será também o dia de tua destruição e de toda a tua sabedoria, Guilherme!

— Por quê? Eu lutaria, minha argúcia contra a argúcia alheia. Seria um mundo melhor do que o mundo em que o fogo e o ferro em brasa de Bernardo Gui humilham o fogo e o ferro em brasa de Dulcino.

— Já estarias preso na trama do demônio. Combaterias do outro lado do campo do Armagedom, onde deverá ocorrer o embate final. Mas para esse dia a Igreja deve saber impor mais uma vez a regra do conflito. Não temos medo da blasfêmia, porque mesmo na maldição de Deus reconhecemos a imagem nervosa da ira de Jeová a amaldiçoar os anjos rebeldes. Não temos medo da violência de quem mata os pastores em nome de alguma fantasia de renovação, porque é a mesma violência dos príncipes que tentaram destruir o povo de Israel. Não temos medo do rigor do donatista, da loucura suicida do circuncelião, da luxúria do bogomilo, da pureza orgulhosa do albigense, da necessidade de sangue do flagelante, da vertigem do mal do irmão do livre espírito: conhecemo-los todos e conhecemos a raiz de seus pecados que é a mesma raiz de nossa santidade. Não temos medo deles e, sobretudo, sabemos como destruí-los, ou melhor, como deixar que se destruam sozinhos, levando arrogantemente ao zênite a vontade de morte que nasce dos abismos de seu nadir. Aliás, eu diria que a presença deles nos é preciosa, está inscrita no desígnio de Deus, porque seu pecado incita nossa virtude, sua blasfêmia encoraja nosso canto de louvor, sua penitência desregrada regra nosso gosto pelo sacrifício, sua impiedade faz resplandecer nossa piedade, assim como o príncipe das trevas, com sua rebelião e seu desespero, foi necessário para que melhor refulgisse a glória de Deus, princípio e fim de toda esperança. Mas, se um dia a arte da irrisão se tornasse aceitável, não mais como exceção plebeia, e sim como ascese do douto, consignada ao testemunho indestrutível da escritura, se um dia ela parecesse nobre e liberal, e não mais mecânica, se um dia alguém pudesse dizer (e ser ouvido) "eu rio da Encarnação", então não teríamos armas para deter a blasfêmia, porque ela conclamaria as forças obscuras da matéria corporal, as que se afirmam no peido e no arroto, e o arroto e o peido arrogariam a si o direito que é só do espírito, de soprar onde quer!

— Licurgo mandou erigir uma estátua ao riso.

— Isso tu viste no libelo de Clorício, que tentou absolver os mimos da acusação de impiedade, onde se diz como um doente foi curado por um médico que o tinha ajudado a rir. Por que precisava curá-lo, se Deus tinha estabelecido que sua jornada terrena chegara ao fim?

— Não creio que o tenha curado do mal. Ensinou-lhe a rir do mal.

— O mal não se exorciza, destrói-se.

— Com o corpo do doente.

— Se necessário.

— Tu és o diabo — disse então Guilherme.

Jorge pareceu não entender. Se enxergasse, teria fitado seu interlocutor com olhos atônitos.

— Eu? — disse.

— Sim, mentiram para ti. O diabo não é o príncipe da matéria, o diabo é a arrogância do espírito, a fé sem sorriso, a verdade que nunca é tomada pela dúvida. O diabo é sombrio porque sabe aonde vai e, indo, vai sempre para o lugar de onde veio. Tu és o diabo e, tal como o diabo, vives nas trevas. Se querias convencer-me, não conseguiste. Eu te odeio, Jorge, e, se pudesse, te conduziria nu pela esplanada, com penas de aves enfiadas no cu e a cara pintada como jogral e bufão, para que todo o mosteiro risse de ti e deixasse de sentir medo. Gostaria de lambuzar-te de mel, envolver-te em plumas, levar-te por uma trela às feiras, para dizer a todos: este aqui vos anunciava a verdade e dizia que a verdade tem sabor de morte, e vós não acreditáveis em sua palavra, mas em sua tenebrosidade. E agora eu vos digo que, na infinita vertigem dos possíveis, Deus vos permite até mesmo imaginar um mundo em que o suposto intérprete da verdade nada mais seja que um simplório desajeitado a repetir palavras aprendidas desde muito tempo.

— Tu és pior que o diabo, menorita — disse Jorge então. — És um jogral, como o santo que vos pariu. És como o teu Francisco que de toto corpore fecerat linguam, que fazia sermões dando espetáculos como os saltimbancos, que confundia o avaro metendo-lhe na mão moedas de ouro, que humilhava a devoção das freiras recitando o *Miserere* em vez da prédica, que esmolava em francês, que se fantasiava de vagabundo para confundir os frades glutões, que se jogava nu na neve, falava com os animais e transformava o próprio mistério da natividade em espetáculo de aldeia, invocava o cordeiro de Belém imitando o balido da ovelha... Foi uma boa escola... Não era menorita aquele frei Deustesalvet de Florença?

— Sim — sorriu Guilherme. — Aquele que foi ao convento dos pregadores e disse que não aceitaria comida se antes não lhe dessem um pedaço da túnica de frei João, para conservá-la como relíquia, e, quando o recebeu, limpou a bunda com ele e depois o jogou na esterqueira e passou a virá-lo no esterco com uma vara, gritando: "ai, irmãos, ajudai-me, perdi as relíquias do santo na latrina!".

— Parece que essa história te diverte. Talvez queiras contar-me também aquela do outro menorita, frei Paulo Milmoscas, que um dia levou um tombo no gelo, os cidadãos riram dele, e um lhe perguntou se não gostaria de ter algo melhor por baixo, e ele lhe respondeu: "Sim, tua mulher"... Assim procuráveis a verdade.

— Assim Francisco ensinava as pessoas a olhar as coisas de outro lado.

— Mas nós vos disciplinamos. Viste, ontem, os teus confrades. Voltaram às nossas fileiras, já não falam como os simples. Os simples não devem falar. Este livro teria justificado a ideia de que a língua dos simples é portadora de alguma sabedoria. Era preciso impedir isso, foi o que fiz. Tu dizes que sou o diabo: não é verdade. Eu fui a mão de Deus.

— A mão de Deus cria, não oculta.

— Há limites além dos quais não é permitido ir. Deus quis que em certos papéis fosse escrito: hic sunt leones.

— Deus criou os monstros também. Também te criou. E quer que se fale de tudo.

Jorge esticou as mãos trêmulas e puxou o livro para si. Mantinha-o aberto, mas de cabeça para baixo, de modo que Guilherme continuasse a vê-lo pelo lado certo.

— Então por que — disse ele — permitiu que este texto ficasse perdido durante séculos, que se salvasse apenas uma cópia sua, que a cópia dessa cópia, que foi parar não se sabe onde, permanecesse sepultada durante anos nas mãos de um infiel que não sabia grego e depois continuasse fechada numa velha biblioteca onde eu, não tu, eu fui chamado pela providência para encontrá-la, trazê-la comigo e escondê-la por mais anos ainda? Eu sei, sei como se o visse escrito em letras de diamante, com meus olhos que veem coisas que tu não vês, eu sei que essa era a vontade do Senhor, e, interpretando-a, agi. Em nome do Pai, do Filho e do Espírito Santo.

Sétimo dia

MADRUGADA

Em que ocorre a ecpirose e, por excesso de virtude, prevalecem as forças do inferno.

O velho calou-se. Mantinha ambas as mãos abertas sobre o livro, quase acariciando suas páginas, como se estivesse esticando as folhas para ler melhor ou quisesse protegê-lo de algum ataque voraz.

— De qualquer modo, nada disso adiantou — disse Guilherme. — Agora acabou, encontrei-te, encontrei o livro, e os outros morreram em vão.

— Em vão, não — disse Jorge. — Talvez em demasia. E, se precisavas de uma prova de que este livro é maldito, já a tens. Mas não devem ter morrido em vão. E, para que não tenham morrido em vão, outra morte não será de mais.

Disse e, com as mãos descarnadas e diáfanas, começou lentamente a rasgar as páginas moles do manuscrito e a colocar seus pedaços e tiras na boca, mastigando-os lentamente, como se estivesse consumindo a hóstia e quisesse torná-la carne da própria carne.

Guilherme fitava-o fascinado e parecia não se dar conta do que estava acontecendo. Depois saiu do torpor e inclinou-se para a frente, gritando:

— O que estás fazendo?

Jorge sorriu, pondo à mostra as gengivas exangues, enquanto uma baba amarelada lhe escorria dos lábios pálidos sobre a pelugem branca e rala do queixo.

— És tu que esperavas o som da sétima trombeta, não é verdade? Escuta agora o que diz a voz: sela o que disseram os sete trovões e não o escrevas, pega-o e devora-o, ele amargará teu ventre, mas para tua boca será doce como mel. Vês? Agora selo o que não devia ser dito, no túmulo que me torno.

Riu, logo ele, Jorge. Pela primeira vez ouvi seu riso... Riu com a garganta, sem que os lábios demonstrassem alegria, e quase parecia estar chorando:

— Não esperavas esta conclusão, não é, Guilherme? Este velho, por graça do Senhor, vence outra vez, não é mesmo?

E, como Guilherme tentasse arrancar-lhe o livro, Jorge, que adivinhou o gesto percebendo as vibrações do ar, retraiu-se, apertando com a mão esquerda o volume contra o peito, enquanto com a direita continuava a rasgar as páginas e a enfiá-las na boca.

Jorge estava do lado oposto da mesa, e Guilherme, que não o alcançava, tentou bruscamente contornar o obstáculo. Mas derrubou o banco e nele se enroscou seu hábito, de modo que Jorge percebeu o tumulto. O velho riu de novo, desta vez mais alto e, com insuspeitada rapidez, estendeu a mão direita, identificou o lume às apalpadelas e, guiado pelo calor, alcançou a chama e apertou-a com a mão, sem temer a dor, e a chama se apagou. A sala mergulhou na escuridão e ouvimos pela última vez a risada de Jorge, que gritava:

— Encontrai-me agora, porque agora sou eu quem vê melhor!

Depois se calou e não foi mais ouvido. Movia-se com aqueles passos silenciosos que sempre tornavam tão inesperadas suas aparições, e só ouvíamos de vez em quando, em pontos diferentes da sala, o ruído do papel sendo rasgado.

— Adso! — gritou Guilherme. — Fica junto à porta, não deixes que saia!

Mas falara tarde demais, porque eu, que estava morrendo de vontade de lançar-me sobre o velho, ao cair das trevas avançara na tentativa de contornar a mesa pelo lado oposto àquele em que se movera meu mestre. Tarde demais compreendi que tinha permitido a Jorge alcançar a porta, porque o velho sabia orientar-se no escuro com extraordinária segurança. E, de fato, ouvimos às nossas costas o ruído de papel rasgado já bastante abafado, porque provinha da sala contígua. E ao mesmo tempo ouvimos outro ruído, um chiado arrastado e progressivo, um gemer de gonzos.

— O espelho! — gritou Guilherme. — Está nos fechando aqui dentro!

Guiados pelo ruído, ambos nos lançamos em direção à entrada, eu tropecei num banco e machuquei uma perna, mas não fiz caso, porque num lampejo compreendi que, se Jorge nos trancasse ali, nunca mais sairíamos: no escuro não encontraríamos o jeito de abrir, não sabendo, daquele lado, o que se precisava manobrar e como.

Creio que Guilherme estava se movendo com o mesmo desespero, porque o senti ao meu lado enquanto ambos, chegando ao umbral, nos empurrávamos contra a parte de trás do espelho, que estava se fechando sobre nós. Chegamos a tempo, porque a porta se deteve e logo depois cedeu, reabrindo-se. Evidentemente Jorge, percebendo que o jogo estava empatado, afastara-se. Saímos da sala maldita, mas agora não sabíamos para onde se dirigira o velho, e a escuridão era total. De repente me lembrei:

— Mestre, mas eu tenho a pederneira!

— Então o que estás esperando — gritou Guilherme — procura a lamparina e acende-a!

Lancei-me na escuridão, em direção ao finis Africae, procurando o lume às apalpadelas. Alcancei-o logo, por milagre divino, remexi no escapulário, encontrei a pederneira, minhas mãos tremiam e falhei duas ou três vezes antes de conseguir, enquanto Guilherme ofegava da porta:

— Rápido, rápido!

Finalmente consegui.

— Rápido — incitou-me Guilherme outra vez —, senão o outro come o Aristóteles inteiro!

— E morre! — gritei angustiado, alcançando-o e pondo-me à procura com ele.

— Não me importa se morre, o maldito! — gritava Guilherme cravando o olhar ao redor e movendo-se de modo desordenado. — Com tudo aquilo que comeu seu destino já está selado. Mas eu quero o livro!

Depois parou e acrescentou com maior calma:

— Para. Se continuarmos assim, nunca o encontraremos. Calados e parados, por um momento.

Ficamos rijos e em silêncio. E no silêncio ouvimos não muito longe o ruído de um corpo a derrubar um armário, e o estardalhaço de alguns livros caindo.

— Para lá! — gritamos juntos.

Corremos em direção ao barulho, mas logo nos demos conta que devíamos diminuir o passo. De fato, fora do finis Africae, a biblioteca naquela noite estava sendo atravessada por lufadas de ar que sibilavam e gemiam na proporção do forte vento externo. Multiplicadas pelo nosso ímpeto elas ameaçavam apagar o lume, tão duramente reconquistado. Uma vez que não podíamos acelerar, seria necessário deter Jorge. Mas Guilherme teve uma intuição oposta e gritou:

— Nós te pegamos, velho, agora temos luz!

E foi uma sábia resolução porque a revelação deixou Jorge provavelmente tão agitado que ele precisou acelerar o passo, comprometendo o equilíbrio daquela sua mágica sensibilidade de vidente das trevas. De fato, ouvimos logo depois outro ruído e quando, acompanhando o som, entramos na sala Y de YSPANIA, vimo-lo caído no chão, com o livro ainda nas mãos, tentando reerguer-se no meio dos volumes que tinham tombado da mesa derrubada por um esbarrão seu. Procurava erguer-se, mas continuava arrancando as páginas, como para devorar o mais depressa possível sua presa.

Quando o alcançamos, já se tinha levantado e, sentindo nossa presença, voltou-se para nós, recuando. Seu rosto, no clarão vermelho do lume, agora parecia horrendo: os traços fisionômicos estavam alterados, um suor maligno estriava-lhe a testa e as faces, os olhos habitualmente brancos de morte estavam injetados de sangue, e da boca saíam tiras de pergaminho, como se ele fosse uma fera famélica que tivesse abocanhado em demasia e já não conseguisse engolir a comida. Desfigurada pela ânsia, pela ação do veneno que agora já circulava abundante em suas veias, pela desesperada e diabólica determinação, aquela figura, que já fora do venerável ancião, parecia agora horrenda e grotesca: em outros momentos teria provocado riso, mas nós também estávamos reduzidos a animais, a cães acuando a caça.

Poderíamos tê-lo agarrado com calma; em vez disso, lançamo-nos sobre ele com ênfase; ele se desvencilhou, fechou as mãos sobre o peito, defendendo o volume; eu o segurava com a mão esquerda, enquanto com a direita tentava manter o lume levantado, mas rocei-lhe o rosto com a chama, ele percebeu o calor, emitiu um som sufocado, um rugido quase, deixando cair da boca pedaços de papel, soltou a mão direita do livro, moveu-a em direção ao lume, arrebatou-o de repente, atirando-o à frente...

O lume foi cair justamente sobre o monte de livros tombados da mesa, empilhados, com as páginas abertas. O azeite entornou, o fogo ateou-se logo num pergaminho fragílíssimo que se incendiou como um feixe de galhos secos. Tudo aconteceu em poucos instantes, uma labareda elevou-se dos volumes, como se aquelas páginas milenares aspirassem havia séculos à combustão e se alegrassem por saciarem de repente uma insatisfeita sede de ecpirose. Guilherme tomou conhecimento do que estava acontecendo e largou o velho, que, sentindo-se livre, retrocedeu alguns passos. Guilherme hesitou durante um tempo, demasiado por certo, na dúvida entre agarrar Jorge de novo ou apagar a pequena fogueira. Um livro mais velho que os outros ardeu repentinamente, atirando para o alto uma língua de fogo.

As finas lâminas de vento, que podiam apagar uma chama débil, encorajavam uma chama mais forte e vivaz e dela faziam brotar fagulhas errantes.

— Apaga o fogo, rápido! — gritou Guilherme. — Vai queimar tudo aqui!

Lancei-me sobre a fogueira, depois me detive porque não sabia o que fazer. Guilherme moveu-se em minha direção, para me ajudar. Estendemos as mãos para o incêndio, procurando com os olhos algo que pudesse sufocá-lo, eu tive como que uma inspiração, arranquei o hábito, tirando-o pela cabeça e tentei jogá-lo sobre a fogueira. Mas as labaredas já estavam muito altas, morderam meu hábito e dele se alimentaram. Retirei as mãos, que tinham se queimado, voltei-me para Guilherme e vi, justamente às suas costas, Jorge aproximar-se novamente. O calor agora estava tão forte que ele o percebeu muito bem, soube com absoluta certeza onde estava o fogo e atirou nele o Aristóteles.

Guilherme teve um impulso de raiva e deu um violento empurrão no velho, que esbarrou num armário batendo a cabeça numa quina e caindo ao chão... Mas Guilherme, de quem creio ter ouvido uma horrível blasfêmia, não se preocupou com ele. Voltou aos livros. Tarde demais. O Aristóteles, ou seja, o que dele restara após o pasto do velho, já ardia.

Entrementes, algumas fagulhas tinham voado até as paredes, e os volumes de um outro armário já estavam se engelhando sob o ímpeto do fogo. Já não havia um incêndio, mas dois, a arder na sala.

Guilherme compreendeu que não poderíamos apagá-lo com as mãos e resolveu salvar os livros com os livros. Agarrou um volume que lhe pareceu mais bem encadernado e mais compacto que os outros e tentou usá-lo como arma para sufocar o elemento inimigo. Mas, batendo a encadernação tacheada sobre a pira dos livros ardentes, só fazia suscitar novas fagulhas. Tentou dispersá-las com os pés, mas obteve efeito contrário, porque se elevaram pedacinhos voláteis de pergaminho quase incandescente, que planavam como morcegos, enquanto o ar, aliado a seu aéreo companheiro, levava-os a incendiar a matéria terrestre de outros fólios.

Quis o azar que aquela fosse uma das salas mais desorganizadas do labirinto. Das prateleiras pendiam manuscritos enrolados. Outros livros, já desmantelados, lançavam para fora das capas, como que de lábios abertos, línguas de velo ressequido pelos anos, e a mesa devia ter contido uma enorme quantidade de escritos que Malaquias (já então sozinho, havia dias) deixara de guardar. De modo que a sala, após o desmoronamento provocado por Jorge, fora invadida por pergaminhos que nada mais esperavam, senão transformar-se em outro elemento.

Em breve o lugar tornou-se um braseiro, um sarçal ardente. Os armários também participavam daquele sacrifício e começavam a crepitar. Dei-me conta de que todo o labirinto outra coisa não era senão uma imensa pira sacrificial, preparada à espera duma primeira fagulha...

— Água, é preciso água! — dizia Guilherme, mas depois acrescentava: — e onde se encontra água neste inferno?

— Na cozinha, lá embaixo na cozinha! — gritei.

Guilherme fitou-me perplexo, com o rosto avermelhado pelo furioso clarão:

— Sim, mas antes que tenhamos descido e subido... ao diabo! — gritou depois —, em todo caso esta sala está perdida, e talvez a próxima também. Desçamos logo, eu procuro água, tu vais dar o alarme, é preciso muita gente!

Encontramos o caminho para a escada porque a conflagração clareava também as salas vizinhas, ainda que, com a distância, cada vez mais debilmente, de modo que percorremos as duas últimas salas quase às apalpadelas. Embaixo, a luz da noite iluminava palidamente o scriptorium e dali descemos ao refeitório. Guilherme correu à cozinha, eu à porta do refeitório, pelejando para abri-la de dentro, o que consegui após algum trabalho, porque a agitação me tornava desajeitado e inábil. Saí na esplanada, corri ao dormitório, depois compreendi que não poderia acordar os monges um por um, tive uma inspiração, fui à igreja procurando caminho para o campanário. Quando ali cheguei, agarrei-me a todas as cordas, soando a rebate. Eu puxava com força, e a corda do sino maior, remontando, arrastava-me consigo. Na biblioteca, minhas mãos tinham se queimado no dorso, eu ainda tinha as palmas sãs, mas as queimei fazendo-as escorregar pelas cordas, até que sangraram e precisei soltá-las.

Mas já então fizera barulho suficiente, precipitei-me para fora, a tempo de ver os primeiros monges saindo do dormitório, enquanto de longe se ouviam as vozes dos fâmulos que estavam aparecendo à soleira de seus alojamentos. Não pude me explicar bem, porque me sentia incapaz de formular palavras, e as primeiras que me vieram aos lábios foram em minha língua materna. Com a mão ensanguentada apontava as janelas da ala meridional do Edifício, através de cujo alabastro transparecia um clarão anormal. Dei-me conta, pela intensidade da luz, que, enquanto descia e tocava os sinos, o fogo já se propagara para outras salas. Todas as janelas da África e toda a fachada entre ela e o torreão oriental reluziam agora de clarões desiguais.

— Água, trazei água! — gritava eu.

De início ninguém entendeu. Os monges estavam tão acostumados a considerar a biblioteca um lugar sagrado e inacessível, que não conseguiam dar-se conta de que ela estava ameaçada por um acidente comum, como uma cabana de camponeses. Os primeiros que ergueram o olhar para as janelas persignaram-se, murmurando palavras de espanto, e compreendi que acreditavam em novas aparições. Agarrei-me a seus hábitos, implorei que compreendessem, até que alguém traduziu meus soluços em palavras humanas.

Era Nicolau de Morimondo, que disse:

— A biblioteca está pegando fogo!

— É isso — murmurei, deixando-me cair exausto ao chão.

Nicolau deu mostras de grande energia, gritou ordens aos serviçais, deu instruções aos monges que o rodeavam, mandou alguém abrir as outras portas do Edifício, impeliu outros a buscar baldes e recipientes de toda espécie, encaminhou os presentes em direção às nascentes e aos depósitos de água do recinto murado. Ordenou aos vaqueiros que usassem jumentos e asnos para transportar os cântaros... Se quem desse essas instruções fosse uma autoridade, a obediência teria sido imediata. Mas os fâmulos estavam acostumados a receber ordens de Remigio; os escrivães, de Malaquias; todos eles, do abade. E, infelizmente, nenhum dos três estava presente. Os monges olhavam ao redor, em busca do abade, esperando indicações e conforto, não o encontravam, e só eu sabia que ele estava morto ou morrendo naquele instante, murado num beco asfixiante que agora se transformava num forno, num touro de Fálaris.

Nicolau empurrava os vaqueiros para um lado, mas algum outro monge, animado de boas intenções, empurrava-os para outro lado. Alguns confrades tinham visivelmente perdido a calma; outros estavam ainda entorpecidos de sono. Eu tentava explicar, pois já havia recuperado o uso da palavra, mas é necessário lembrar que estava quase nu, tendo jogado o hábito às chamas, e a visão do rapaz que eu era, ensanguentado, com o rosto enegrecido pela fuligem, indecentemente implume de corpo, entorpecido agora pelo frio, por certo não devia inspirar confiança.

Finalmente Nicolau conseguiu arrastar alguns confrades e mais gente para a cozinha, que entrementes alguém tornara acessível. Algum outro teve o bom senso de levar archotes. Encontramos o local em grande desordem, e compreendi que Guilherme devia tê-lo revolvido em busca de água e recipientes adequados ao transporte.

Nesse ínterim justamente vi Guilherme desembocar pela porta do refeitório, com o rosto chamuscado, o hábito fumegante, um caldeirão na mão, e senti pena dele, pobre alegoria da impotência. Compreendi que, mesmo que tivesse conseguido transportar ao segundo andar uma panela de água sem derramá-la, mesmo que tivesse feito isso mais de uma vez, teria obtido bem pouco resultado. Lembrei-me da história de santo Agostinho, quando vê um menino tentando transvasar a água do mar com uma colher: o menino era um anjo que fazia aquilo para brincar com aquele santo que pretendia penetrar os mistérios da natureza divina. E, tal como o anjo, Guilherme falou comigo apoiando-se exausto no batente da porta:

— É impossível, nunca conseguiremos, nem mesmo com todos os monges da abadia. A biblioteca está perdida.

Ao contrário do anjo, Guilherme chorava.

Abracei-me a ele, enquanto ele arrancava um pano de uma mesa e tentava cobrir-me. Detivemo-nos a observar, derrotados, o que estava acontecendo à nossa volta.

Era uma correria desordenada. Alguns subiam de mãos vazias e cruzavam na escada em caracol com outros que, de mãos vazias, já tinham subido, impelidos por insensata curiosidade, e agora desciam para pegar recipientes. Outros, mais espertos, buscavam logo panelas e bacias, para aperceberem-se, depois, que na cozinha não havia água suficiente. De repente o salão foi invadido por alguns jumentos carregados de cântaros, e os vaqueiros que os impeliam descarregaram-nos e fizeram menção de levar a água para cima. Mas não conheciam o caminho para subir ao scriptorium, e demorou certo tempo para que alguns dos escribas os instruíssem, e, quando subiam, colidiam com os que desciam aterrorizados. Alguns cântaros quebraram-se e espalharam a água pelo chão, outros foram passados ao longo da escada em caracol por mãos prestativas. Acompanhei o grupo e achei-me no scriptorium; do acesso à biblioteca chegava uma fumaça densa, os últimos que tinham tentado subir ao torreão oriental estavam vindo de volta, tossindo com os olhos avermelhados e declarando que já não se podia penetrar naquele inferno.

Vi Bêncio, então. Com o rosto alterado, subia do andar inferior com um enorme recipiente. Ouviu o que diziam os que voltavam e os apostrofou:

— O inferno vos engolirá, covardes!

Virou-se como que em busca de ajuda e me viu:

— Adso — gritou —, a biblioteca... a biblioteca...

Não esperou minha resposta. Correu para o pé da escada e penetrou ousadamente na fumaça. Foi a última vez que o vi.

Percebi um estalido que vinha de cima. Das abóbadas do scriptorium caíam pedaços de pedras misturados a cal. Uma pedra angular esculpida em forma de flor soltou-se e quase me caiu na cabeça. O piso do labirinto estava cedendo.

Desci correndo ao andar térreo e saí ao ar livre. Alguns fâmulos prestativos tinham trazido escadas com as quais tentavam atingir as janelas dos andares superiores e passar a água por aquela via. Mas as escadas mais compridas mal chegavam às janelas do scriptorium, e quem subira não conseguia abri-las de fora. Mandaram alguém dizer que as janelas deviam ser abertas por dentro, porém, agora, ninguém mais ousava subir.

Enquanto isso eu fitava as janelas do terceiro andar. A biblioteca inteira devia ter-se tornado um único braseiro fumegante, e o fogo corria então de sala em sala, ateando-se rápido aos milhares de páginas ressecadas. Todas as janelas agora estavam iluminadas, uma fumaça negra saía do telhado: o fogo já se comunicara ao travejamento da cobertura. O Edifício, que parecia um tetrágono tão sólido, naquele transe revelava sua fraqueza, suas fendas, as paredes carcomidas desde o interior, as pedras esboroadas que deixavam a chama alcançar as armações de madeira onde quer que estas estivessem.

De repente algumas janelas se despedaçaram, como que premidas por uma força interna, as fagulhas saíram ao ar livre, ponteando de luzes errantes a escuridão da madrugada. O vento, antes forte, tornara-se mais leve, e esse foi o azar, porque, se estivesse forte, teria apagado as fagulhas, mas, leve, transportava-as, estimulava-as e, com elas, punha a voltear no ar tiras de pergaminhos que a chama interior tinha tornado ralos. Àquela altura ouviu-se um estrondo: o piso do labirinto cedera nalgum ponto, precipitando suas traves em brasa no andar inferior, porque então vi línguas de fogo levantar-se do scriptorium, também povoado por livros, armários e papéis soltos estendidos nas mesas, prontos à solicitação das fagulhas. Ouvi gritos de desespero de um grupo de escribas que se puxavam os cabelos e ainda pensavam em subir heroicamente, para recuperar seus amados pergaminhos. Em vão, pois a cozinha e o refeitório eram agora um cruzamento de almas perdidas que se agitavam em todas as direções, onde cada um era obstáculo a outros. As pessoas se esbarravam, caíam, quem tinha um recipiente derramava seu conteúdo salvador; os jumentos que haviam entrado na cozinha, percebendo a presença do fogo, precipitavam-se para as saídas pateando, esbarrando nos humanos e em seus assustadíssimos palafreneiros. Percebia-se que, em todo caso, aquela turba de aldeões e de homens devotos e sábios, mas inábeis, sem comando, estava dificultando até mesmo os socorros que poderiam ter chegado.

Toda a esplanada fora tomada pela desordem. Mas estava-se apenas no início da tragédia. Porque, saindo pelas janelas e pelo telhado, a nuvem agora triunfante de fagulhas, encorajada pelo vento, caía por toda parte, tocando o teto da igreja. Não há quem não saiba quantas esplêndidas catedrais tinham sido vulneráveis à ação do fogo: porque a casa de Deus parece bela e bem defendida como a Jerusalém celeste por causa da pedra que ostenta, mas as paredes e as abóbadas se sustentam sobre uma frágil, ainda que admirável, arquitetura de madeira, e, se a igreja de pedra recorda as florestas mais veneráveis por suas colunas altas que se ramificam nas abóbadas, ousadas como carvalhos, de carvalho é frequentemente seu corpo, assim como de madeira também são a mobília, os altares, os coros, os painéis pintados, os bancos, os tronos, os candelabros.

Foi o que aconteceu com a igreja abacial de belíssimo portal, que tanto me fascinara no primeiro dia. Ela pegou fogo em tempo curtíssimo. Os monges e toda a população da esplanada compreenderam então que estava em jogo a própria sobrevivência da abadia, e todos se puseram a correr com ainda maior bravura e desordem para fazer frente ao perigo.

Sem dúvida a igreja era mais acessível, portanto mais defensável que a biblioteca. A biblioteca fora condenada por sua própria impenetrabilidade, pelo mistério que a protegia, pela tacanhez de seus acessos. A igreja, aberta maternalmente a todos na hora da prece, estava aberta a todos na hora do socorro. Mas já não havia água, ou pelo menos era pouquíssima a que se podia encontrar depositada, e as nascentes forneciam com uma parcimônia não proporcional à urgência da necessidade. Todos gostariam de apagar o incêndio da igreja, ninguém sabia como. Além disso, o fogo se comunicara pelo alto, onde era difícil içar-se para combater as chamas ou abafá-las com terra e trapos. E, quando as chamas chegaram por baixo, já era inútil jogar terra ou areia sobre elas, pois o forro agora desmoronava sobre os que tinham acorrido, soterrando não poucos.

Desse modo, aos gritos de consternação pelas muitas riquezas incendiadas, estavam se unindo os gritos de dor por causa de rostos queimados, membros esmagados, corpos desaparecidos sob o repentino desabamento de abóbadas.

O vento voltara a ser impetuoso e mais impetuosamente alimentava o contágio. Logo depois da igreja pegaram fogo as pocilgas e os estábulos. Os animais aterrorizados romperam as amarras, derrubaram as portas, espalharam-se pela esplanada nitrindo, mugindo, balindo, grunhindo horrivelmente. Algumas fagulhas atingiram a crina de muitos cavalos, e viu-se a esplanada percorrida por criaturas infernais, corcéis chamejantes que destruíam tudo em seu caminho que não tinha meta nem trégua. Vi o velho Alinardo vagando perdido, sem entender o que estava acontecendo, derrubado pelo magnífico Brunello aureolado de fogo, arrastado na poeira e ali abandonado, pobre coisa informe. Mas não tive jeito nem tempo de socorrê-lo, nem de chorar seu fim, porque cenas não diferentes ocorriam agora por todo lado.

Os cavalos em chamas tinham transportado o fogo para onde o vento ainda não o havia levado: agora ardiam também as oficinas e a casa dos noviços. Torrentes de pessoas corriam de um lado a outro da esplanada, sem destino ou com destinos ilusórios. Vi Nicolau com a cabeça ferida e o hábito em farrapos, já vencido, de joelhos no caminho de acesso a maldizer a maldição divina. Vi Pacífico de Tivoli, renunciando a qualquer ideia de socorro, tentar agarrar de passagem um jumento desgovernado e, ao conseguir, gritar-me para fazer a mesma coisa e fugir, escapando àquele sinistro simulacro de Armagedom.

Perguntei-me então onde estaria Guilherme e temi que tivesse sido atingido por um desabamento. Após longa busca, encontrei-o nas proximidades do claustro. Tinha na mão seu alforje: enquanto o fogo já se comunicava à casa dos peregrinos, ele tinha subido à cela para salvar ao menos suas preciosíssimas coisas. Pegara meu alforje também, no qual encontrei algo com que me vestir. Detivemo-nos ofegantes a olhar o que acontecia ao redor.

A abadia estava condenada. Quase todos os seus edifícios, uns mais outros menos, tinham sido atingidos pelo fogo. Os ainda intactos em breve deixariam de sê-lo, porque tudo agora, dos elementos naturais à obra confusa dos socorredores, colaborava para propagar o incêndio. Incólumes ainda estavam as partes não edificadas, a horta, o jardim diante do claustro... Não se podia fazer mais nada para salvar as construções, mas bastava abandonar a ideia de salvá-las para poder observar tudo sem perigo, permanecendo em zona aberta.

Olhamos a igreja que agora ardia lentamente, porque é próprio dessas grandes construções incendiar-se logo nas partes lenhosas e depois agonizar por horas, às vezes por dias. Era diferente o modo como o Edifício ainda ardia. Nele, o material combustível era muito mais rico, e o fogo, depois de se propagar por todo o scriptorium, tinha invadido o andar da cozinha. Quanto ao terceiro andar, onde antes, durante centenas de anos, estivera o labirinto, já fora praticamente destruído.

— Era a maior biblioteca da cristandade — disse Guilherme. — Agora — acrescentou — o Anticristo está realmente próximo porque nenhuma sapiência vai barrá-lo. Por outro lado, vimos seu vulto esta noite.

— O vulto de quem? — perguntei aturdido.

— De Jorge, digo. Naquele rosto devastado pelo ódio à filosofia, vi pela primeira vez o retrato do Anticristo, que não vem da tribo de Judas, como querem seus anunciadores, nem de um país distante. O Anticristo pode nascer da própria piedade, do excessivo amor a Deus ou à verdade, assim como o herege nasce do santo, e o endemoninhado, do vidente. Teme, Adso, os profetas e os que estão dispostos a morrer pela verdade, pois costumam levar consigo à morte muitíssima gente, frequentemente antes deles mesmos e às vezes em seu lugar. Jorge cumpriu uma obra diabólica porque amava de modo tão lúbrico a sua verdade, que ousou tudo para destruir a mentira. Jorge temia o segundo livro de Aristóteles porque este talvez ensinasse de fato a deformar o rosto da verdade, a fim de não nos tornarmos escravos de nossos fantasmas. Talvez a tarefa de quem ama os homens seja fazer rir da verdade, *fazer rir a verdade*, porque a única verdade é aprendermos a nos libertar da paixão insana pela verdade.

— Mas mestre — arrisquei, penalizado —, falais assim agora porque estais ferido no fundo da alma. Porém há uma verdade, aquela que descobristes esta noite, aquela à qual chegastes interpretando as pistas que lestes esses dias. Jorge venceu, mas vós vencestes Jorge porque pusestes a nu sua trama...

— Não havia uma trama — disse Guilherme —, e eu a descobri por engano.

A afirmação era autocontraditória, e não entendi se realmente Guilherme queria que assim fosse.

— Mas era verdade que as pegadas na neve levavam a Brunello — eu disse —, era verdade que Adelmo se suicidara, era verdade que Venâncio não tinha se afogado na talha, era verdade que o labirinto estava organizado do modo como haveis imaginado, era verdade que se entrava no finis Africae tocando a palavra *quatuor*, era verdade que o livro misterioso era de Aristóteles... Poderia continuar enumerando todas as coisas verdadeiras que descobristes, valendo-vos de vossa ciência...

— Nunca duvidei da verdade dos signos, Adso, são a única coisa de que o homem dispõe para orientar-se no mundo. O que eu não compreendi foi a relação entre os signos. Cheguei até Jorge através de um esquema apocalíptico que parecia reger todos os crimes, contudo era casual. Cheguei até Jorge procurando um autor de todos os crimes, e descobrimos que cada crime tinha no fundo um autor diferente, ou então nenhum. Cheguei até Jorge seguindo o plano de uma mente perversa e raciocinativa, e não havia plano algum, ou melhor, o próprio Jorge fora suplantado por seu plano inicial e depois se iniciara uma cadeia de causas e concausas e causas mutuamente contraditórias, que procederam por conta própria, criando relações que não dependiam de nenhum plano. Onde está toda a minha sabedoria? Comportei-me como um obstinado, seguindo um simulacro de ordem, quando devia bem saber que não há ordem no universo.

— Mas, mesmo imaginando ordens erradas, encontrastes alguma coisa...

— Disseste uma coisa muito bonita, Adso, agradeço-te. A ordem que nossa mente imagina é como uma rede, ou uma escada, que se constrói para alcançar algo. Mas depois precisamos jogar fora a escada, porque descobrimos que, embora servisse, era desprovida de sentido. Er muoz gelîchesame die Leiter abewerfen, sô Er an ir ufgestigen ist... É assim que se diz?

— Soa assim na minha língua. Quem o disse?

— Um místico de tuas terras. Escreveu-o nalgum lugar, não lembro onde. E não é necessário que alguém um dia reencontre aquele manuscrito. As únicas verdades que prestam são instrumentos de se jogar fora.

— Não podeis recriminar-vos por nada, fizestes o melhor possível.

— É o melhor possível dos homens, o que é pouco. É difícil aceitar a ideia de que não pode haver ordem no universo, porque ofenderia a livre vontade de Deus e sua onipotência. Assim, a liberdade de Deus é nossa condenação, ou pelo menos, a condenação de nossa soberba.

Ousei, pela primeira e última vez na minha vida, uma conclusão teológica:

— Mas como pode existir um ser necessário totalmente entretecido de possível? Que diferença há então entre Deus e o caos primigênio? Afirmar a absoluta onipotência de Deus e sua absoluta disponibilidade para com suas próprias escolhas não equivale a demonstrar que Deus não existe?

Guilherme fitou-me sem qualquer sentimento a lhe transparecer no rosto e disse:

— Como um sapiente poderia continuar comunicando seu saber se respondesse sim à tua pergunta?

Não compreendi o sentido de suas palavras.

— Pretendeis dizer — perguntei — que não haveria mais saber possível e comunicável se faltasse o critério da verdade, ou então que não poderíeis comunicar aquilo que sabeis porque os outros não o consentiriam?

Naquele instante, uma parte dos telhados do dormitório desabou com imenso fragor, soprando para o alto uma nuvem de fagulhas. Uma parte das ovelhas e das cabras, que vagava pelo pátio, passou junto a nós lançando atrozes balidos. Um bando de serviçais passou junto a nós, gritando, e quase nos atropelou.

— Há muita confusão aqui — disse Guilherme. — Non in commotione, non in commotione Dominus.

ÚLTIMO FÓLIO

A abadia ardeu durante três dias e três noites e de nada valeram os últimos esforços. Já na manhã do sétimo dia de nossa permanência naquele lugar, quando finalmente os sobreviventes perceberam que nenhum edifício poderia ser salvo, quando desabaram as paredes externas das construções mais bonitas, quando a igreja, como que se enrodilhando em si mesma, engoliu sua torre, faltou a cada um vontade de lutar contra o castigo divino. Cada vez mais cansadas foram as corridas aos poucos baldes de água restantes, enquanto ardia ainda quietamente a sala capitular, com a soberba casa do abade.

Quando o fogo atingiu a extremidade das várias oficinas, os serviçais já tinham, havia tempo, salvado o máximo de apetrechos que podiam e preferiram bater a colina para recuperar pelo menos parte dos animais fugidos, que haviam transposto a muralha na confusão da noite.

Vi alguns fâmulos aventurar-se no interior do que sobrava da igreja: imaginei que estivessem tentando entrar na cripta do tesouro para apoderar-se, antes da fuga, de algum objeto precioso. Não sei se conseguiram, se a cripta já não tinha afundado, se os velhacos não afundaram nas vísceras da terra, na tentativa de alcançá-la.

Entrementes, subiam aldeões para prestar socorro ou para tentar também sacar algum butim. A maioria dos mortos permaneceu entre as ruínas ainda ardentes. No terceiro dia, depois de tratados os feridos e sepultados os cadáveres que tinham ficado a céu aberto, os monges e todos os demais recolheram suas coisas e abandonaram a esplanada ainda fumegante, como se fosse um lugar maldito. Não sei por onde se espalharam.

Guilherme e eu deixamos o lugar montados em duas cavalgaduras que encontramos perdidas no bosque e consideramos res nullius. Seguimos para oriente.

Chegando novamente a Bobbio, tomamos conhecimento de más notícias sobre o imperador. Entrando em Roma, tinha sido coroado pelo povo. Por considerar impossível qualquer composição com João, elegera um antipapa, Nicolau V. Marsílio tinha sido nomeado vigário espiritual de Roma, mas, por sua culpa ou fraqueza, ocorriam naquela cidade coisas tristes demais para contar. Estavam sendo torturados os sacerdotes fiéis ao papa que não queriam dizer missa, um prior dos agostinianos fora jogado na fossa dos leões, no Capitólio. Marsílio e João de Jandun tinham declarado João herege, e Ludovico o condenara à morte. Mas o imperador governava mal, estava se tornando inimigo dos senhores locais, dilapidava o erário.

À medida que ouvíamos essas notícias, retardávamos nossa descida para Roma, e compreendi que Guilherme não queria estar lá para ser testemunha de acontecimentos que dissipavam suas esperanças. Chegados que fomos a Pomposa, soubemos que Roma se rebelara contra Ludovico e que ele subira de volta a Pisa, enquanto à cidade papal retornavam triunfalmente os legados de João. Nesse ínterim, Miguel de Cesena dera-se conta de que sua presença em Avinhão não levava a resultado algum e, temendo por sua vida, fugira para reunir-se a Ludovico em Pisa. O imperador tinha, entrementes, perdido até mesmo o apoio de Castruccio, senhor de Lucca e Pistoia, que morrera.

Em resumo, prevendo os acontecimentos e sabendo que o Bávaro iria para Munique, invertemos o caminho e decidimos precedê-lo acolá, mesmo porque Guilherme percebia que a Itália estava se tornando insegura para ele. Nos meses e nos anos que se seguiram, Ludovico viu a aliança dos senhores gibelinos se desfazer; no ano seguinte o antipapa Nicolau se renderia a João, apresentando-se perante ele com uma corda no pescoço.

Quando chegamos a Munique, precisei me separar, entre lágrimas, de meu bom mestre. Sua sorte era incerta, meus pais preferiram que eu voltasse a Melk. Desde a trágica noite em que Guilherme me revelara seu desconforto diante das ruínas da abadia, não faláramos mais sobre o acontecimento, como que por tácito acordo. Tampouco lhe fizemos menção durante nossa dolorosa despedida.

Meu mestre deu-me muitos bons conselhos para meus estudos futuros e presenteou-me as lentes que Nicolau fabricara, uma vez que ele já tinha novamente as suas. Eu era jovem ainda, disse-me, mas um dia elas me seriam úteis (e realmente as estou usando agora, ao escrever estas linhas). Depois me abraçou com força, com a ternura de um pai, e despediu-se de mim.

Não o vi mais. Soube muito mais tarde que morrera durante a grande peste que assolou a Europa em meados deste século. Rezo sempre para que Deus tenha acolhido sua alma e lhe tenha perdoado os muitos atos de orgulho que sua soberba intelectual o fizera cometer.

Anos depois, já homem maduro, tive a oportunidade de fazer uma viagem à Itália por ordem de meu abade. Não resisti à tentação e na volta fiz um longo desvio para revisitar o que sobrara da abadia.

As duas aldeias do sopé do monte estavam despovoadas, as terras ao redor, incultas. Subi até a esplanada, e aos meus olhos marejados apresentou-se e um espetáculo de desolação e morte.

Das grandes e magníficas construções que adornavam o lugar, sobravam ruínas esparsas, como já acontecera a monumentos dos antigos pagãos na cidade de Roma. A hera cobrira os retalhos de parede, as colunas, as raras arquitraves que tinham ficado intactas. O mato invadia o terreno por toda parte, e não se entendia nem mesmo onde se localizavam antes a horta e o jardim. Somente o lugar do cemitério era reconhecível, por alguns túmulos que ainda afloravam no terreno. Único sinal de vida, grandes aves de rapina caçavam lagartos e serpentes que, como basiliscos, se escondiam por entre as pedras ou deslizavam pelos muros.

Do portal da igreja tinham restado poucos vestígios corroídos pelo mofo. Do tímpano sobrevivera só metade, e nesta percebi ainda, dilatado pelas intempéries e mortificado por liquens repelentes, o olho esquerdo do Cristo entronado, além de algo da cara do leão.

O Edifício, com exceção do muro meridional que desabara, parecia ainda estar em pé, desafiando o curso do tempo. Os dois torreões externos, que davam para o precipício, pareciam quase intactos, mas por todos os lados as janelas eram órbitas vazias, e as trepadeiras pútridas eram suas lágrimas viscosas. Dentro, a obra de arte destruída confundia-se com a da natureza, e por vastos espaços da cozinha o olhar corria a céu aberto, através do rasgão dos andares superiores e do telhado, desabados como anjos caídos. Tudo o que não estava verde de musgo, estava preto ainda da fumaça de tantos decênios antes.

Remexendo entre as ruínas, eu encontrava de vez em quando pedaços de pergaminho que, caídos do scriptorium e da biblioteca, haviam sobrevivido como tesouros sepultados na terra; comecei a recolhê-los, como se tivesse de recompor as folhas de um livro. Depois percebi que por um dos torreões ainda subia, periclitante e quase intacta, uma escada em caracol que levava ao scriptorium, e dali, trepando por uma rampa de escombros, podia-se chegar à altura da biblioteca: mas ela era apenas uma espécie de galeria rente às paredes externas, que dava para o vazio em todas as direções.

Junto a um pedaço de parede encontrei um armário que não sei como sobrevivera ao fogo; ainda estava milagrosamente de pé, apodrecido de umidade e insetos. Dentro havia ainda alguns fólios. Encontrei mais fragmentos remexendo nas ruínas de baixo. Pobre messe foi a minha, mas passei um dia inteiro a recolhê-la, como se daqueles disjecta membra da biblioteca houvesse de chegar-me alguma mensagem. Uns pedaços de pergaminho estavam desbotados, outros deixavam entrever a sombra de uma imagem, de vez em quando o fantasma de uma ou outra palavra. Por vezes encontrei folhas em que frases inteiras eram legíveis, com maior facilidade encadernações ainda intactas, protegidas por aquilo que tinham sido tachas de metal... Simulacros de livros, aparentemente ainda sãos por fora, mas devorados por dentro; no entanto, às vezes se salvara meio fólio, transparecia um incipit, um título...

Recolhi todas as relíquias que pude encontrar e com elas enchi dois alforjes, abandonando coisas que me eram úteis para salvar aquele mísero tesouro.

Durante a viagem de volta e depois em Melk, passei muitas e muitas horas tentando decifrar aqueles vestígios. Muitas vezes, por uma palavra ou por alguma imagem remanescente, reconheci de que obra se tratava. Quando, no futuro, encontrei outras cópias daqueles livros, estudei-os com amor, como se o fado tivesse me deixado aquele legado, como se ter localizado a cópia destruída tivesse sido um sinal do céu a dizer-me tolle et lege. No final de minha paciente recomposição, desenhou-se para mim como que uma biblioteca menor, signo daquela maior, desaparecida, uma biblioteca feita de trechos, citações, períodos incompletos, cotos de livros.

Quanto mais leio essa lista, mais me convenço de que ela é efeito do acaso e não contém nenhuma mensagem. Mas essas páginas incompletas acompanharam-

-me por toda a vida que desde então me foi dado viver, consultei-as frequentemente como a um oráculo e tenho quase a impressão de que aquilo que escrevi com base nessas folhas nada mais é que um centão, um poema figurado, um imenso acróstico que não diz e não repete nada além daquilo que esses fragmentos me sugeriram, tampouco sei se falei até agora deles ou se eles falaram por minha boca. Mas, seja qual for o caso, quanto mais recito para mim mesmo a história que deles saiu, menos consigo entender se nela há uma trama que vá além da sequência natural dos acontecimentos e dos tempos que os conectam.

E é duro para este velho monge, nos umbrais da morte, não saber se a letra que escreveu contém algum sentido oculto, se mais de um, se muitos ou nenhum.

Mas essa minha incapacidade de ver talvez seja efeito da sombra que a grande treva que se aproxima está lançando sobre o mundo encanecido.

Est ubi gloria nunc Babylonia? Onde estão as neves de antanho? A terra dança a dança de Macabré, parece-me de vez em quando que o Danúbio é percorrido por batéis carregados de loucos em direção a um lugar obscuro.

Não me resta senão calar. O quam salubre, quam iucundum et suave est sedere in solitudine et tacere et loqui cum Deo! Em breve me reunirei a meu princípio e já não creio que seja o Deus de glória de que me falaram os abades de minha ordem, ou de alegria, como acreditavam os menoritas de então, talvez nem mesmo de piedade. Gott ist ein lautes Nichts, ihn rührt kein Nun noch Hier... Penetrarei logo nesse deserto imenso, perfeitamente plano e incomensurável, em que o coração de fato piedoso sucumbe, bem-aventurado. Mergulharei na treva divina, no silêncio mudo e na união inefável, e nesse mergulho se perderão a igualdade e a desigualdade, e nesse abismo meu espírito perderá a si mesmo e não conhecerá nem o igual nem o desigual, nem nada: e serão esquecidas todas as diferenças, estarei no fundamento simples, no deserto silencioso onde nunca se viu diversidade, no íntimo onde ninguém se encontra no seu lugar. Cairei na divindade silenciosa e desabitada onde não há obra nem imagem.

Está fazendo frio no scriptorium, dói-me o polegar; deixo esta escrita não sei para quem, não sei mais sobre o quê: stat rosa pristina nomine, nomina nuda tenemus.

PÓS-ESCRITO A *O NOME DA ROSA*

(A primeira versão foi publicada em *Alfabeta*, 49, junho de 1983)

> *Rosa que al prado, encarnada,*
> *te ostentas presuntüosa*
> *de grana y carmín bañada:*
> *campa lozana y gustosa;*
> *pero no, que siendo hermosa*
> *también serás desdichada.*
> Juana Inés de la Cruz

O título e o sentido

Desde que escrevi *O nome da rosa* têm-me chegado muitas cartas de leitores perguntando o significado do hexâmetro final em latim e por que razão esse hexâmetro deu origem ao título. Respondo que se trata de um verso de *De contemptu mundi* de Bernardo de Morlay, beneditino do século XII, que constitui uma variação do tema do *ubi sunt* (entre os quais, *mais où sont les neiges d'antan*, de Villon), com a diferença de que Bernardo acrescentou ao *tópos* corrente (os grandes de outrora, as cidades famosas, as belas princesas, tudo se desvanece no nada) a ideia que de todas essas coisas desaparecidas restam-nos puros nomes. Lembro que Abelardo usava o exemplo do enunciado *nulla rosa est* para mostrar que a linguagem é capaz de falar tanto das coisas desaparecidas quanto das inexistentes. Dito isso, deixo que o leitor tire suas conclusões.

Para curiosos, meticulosos, remelentos e barbeiros,* reconheço, sim, que depois me indicaram outra versão que diz: "Stat Roma pristina nomine", o que seria bem mais coerente com os versos que vêm antes:

> *Est ubi gloria nunc Babylonia, nunc ubi dirus*
> *Nabuchodonosor et Darii vigor illeque Cyrus?...*
> *Nunc ubi Regulus aut ubi Romulus aut ubi Remus?*
> *Stat Roma pristina nomine, nomina nuda tenemus.*

Mas um amigo latinista chamou-me a atenção para o fato de que o "o" de Roma é longo, de maneira que o pé dátilo inicial do hexâmetro não funcionaria (enquanto tudo daria certo com *rosa*, cujo "o" é breve). De modo que, mesmo que Bernardo tivesse sido um trapalhão, eu teria a obrigação de corrigi-lo.

Um escritor não deve oferecer interpretações de sua própria obra, caso contrário não teria escrito um romance, que é uma máquina de gerar interpretações. Um dos principais obstáculos à realização desse virtuoso propósito é justamente o fato de que um romance deve ter um título.

Infelizmente, um título já é uma chave de interpretação. Não é possível esquivar-se das sugestões geradas por *O vermelho e o negro* ou *Guerra e paz*. Os títulos que mais respeitam o leitor são os que se reduzem ao nome do herói epônimo, como *David Copperfield* ou *Robinson Crusoé*, mas a própria referência ao epônimo pode constituir uma ingerência indevida por parte do autor. *O pai Goriot* concentra a atenção do leitor na figura do velho pai, embora o romance também seja a epopeia de Rastignac ou de Vautrin, vulgo Collin. Talvez fosse preciso ser honestamente desonesto como Dumas, visto estar claro que a história de *Os três mosqueteiros* é, na verdade, a história do quarto mosqueteiro. Mas trata-se de luxos raros que o autor talvez possa se permitir somente por engano.

---

* Essa expressão é a tradução literal de *notum lippis et tonsoribus*, para indicar o que é conhecido por Deus e todo mundo. Segundo consta, deriva de um verso de Horácio (*Sátiras* 1.7): *Proscripti Regis Rupili pus atque venenum / hybrida quo pacto sit Persius ultus, opinor / omnibus et lippis notum et tonsoribus esse*.
Um comentador diz que os remelentos (os que sofriam dos olhos) eram eternos desocupados e, assim como os barbeiros, estavam sempre à cata de novidades. Paul Lejay, *Q. Horatii Flacci Satirae*, Paris, 1911, p. 204. (*N. da R.*)

Meu romance tinha outro título quando estava sendo elaborado, que era *A abadia do crime*. Deixei-o de lado pelo fato de que fixava a atenção do leitor apenas na trama policial e podia induzir ilicitamente compradores azarados à cata de histórias de ação a se atirarem sobre um livro que os decepcionaria. Meu sonho era dar ao livro o título *Adso de Melk*. Título muito neutro, uma vez que Adso era, afinal, a voz narradora. Mas os editores italianos não gostam de nomes próprios, até mesmo o título *Fermo e Lucia* foi reciclado em outra forma,* e, quanto ao resto, há poucos exemplos, como *Lemmonio Boreo*, *Rubé* ou *Metello*... Pouquíssimos, diante das legiões de primas Bette, Barry Lyndon, Armance e Tom Jones, que povoam outras literaturas.

A ideia de *O nome da rosa* surgiu quase por acaso e gostei dela porque a rosa é uma figura simbólica tão densa de significados que quase não tem mais nenhum: rosa mística, rosa viveu o que vivem as rosas, a guerra das duas rosas, uma rosa é uma rosa é uma rosa, os rosa-cruzes, grato pelas magníficas rosas, rosa fresca olentíssima. Com isso o leitor ficava devidamente sem pistas, não podia escolher uma interpretação; e, mesmo que tivesse captado as possíveis leituras nominalistas do verso final, chegava a isso bem no fim, após ter feito sabe-se lá quais outras escolhas. Um título deve confundir as ideias, e não enquadrá-las.

Não há maior consolo para um autor de romances do que descobrir leituras em que ele não pensava e que os leitores lhe sugerem. Quando escrevia obras teóricas, minha atitude para com os resenhistas era de tipo judicial: entenderam ou não o que eu quis dizer? Com um romance é bem diferente. Não digo que o autor não possa descobrir um tipo de leitura que lhe pareça aberrante, mas em todo caso deve ficar calado; que os outros se encarreguem de contestá-la, com o texto na mão. De resto, a grande maioria das leituras leva a descobrir efeitos de sentido nos quais não se havia pensado. Mas o que significa o fato de eu não ter pensado?

Uma estudiosa francesa, Mireille Calle Gruber, descobriu sutis paragramas que unem os *simples* (os pobres) aos *simples* (ervas medicamentosas) e por isso acha que estou falando da "erva daninha" da heresia. Eu poderia responder

---

* Esse romance de Alessandro Manzoni é conhecido com o título de *I promessi sposi*, traduzido entre nós como *Os noivos*. (N. da R.)

que o termo "simples" aparece, em ambos os casos, na literatura da época, assim como a expressão "erva daninha". Por outro lado, eu conhecia muito bem o exemplo de Greimas sobre a dupla isotopia que nasce quando o herborista é definido como "amigo dos simples". Por acaso eu sabia ou não que estava jogando com paragramas? Não adianta dizer isso agora; o texto está aí e produz seus próprios efeitos de sentido.

Ao ler as resenhas do romance, eu sentia um arrepio de satisfação quando encontrava um crítico (e os primeiros foram Ginevra Bompiani e Lars Gustaffson) que citava uma frase proferida por Guilherme no final do processo inquisitorial: "O que vos aterroriza mais na pureza?" — pergunta Adso. E Guilherme responde: "A pressa." Eu gostava muito e ainda gosto dessas duas linhas. Porém, depois, um leitor reparou que na página seguinte Bernardo Gui, ao ameaçar o despenseiro de tortura, diz: "A justiça não é movida pela pressa, como acreditavam os pseudoapóstolos, e a de Deus tem séculos à disposição". E o leitor me perguntava com justiça que tipo de relação eu tivera a intenção de instaurar entre a pressa temida por Guilherme e a ausência de pressa celebrada por Bernardo. Àquela altura dei-me conta de que havia acontecido algo preocupante. A troca de frases entre Adso e Guilherme não existe no original. Esse breve diálogo foi acrescentado por mim nas provas: por razões de equilíbrio formal, eu precisava inserir mais uma escansão antes de devolver a palavra a Bernardo. E, naturalmente, enquanto fazia Guilherme odiar a pressa (e com muita convicção, por isso digo que gostei bastante da frase), havia esquecido completamente que pouco mais adiante Bernardo falava em pressa. A fala de Bernardo, lida sem a de Guilherme, não passa de uma expressão usual, afirmação que esperaríamos de um juiz, frase pronta, tal como "a justiça é igual para todos". Infelizmente, é legítimo que a pressa mencionada por Bernardo, quando contraposta à pressa mencionada por Guilherme, dê origem a um efeito de sentido, e o leitor tem razão em se perguntar se eles não estariam dizendo a mesma coisa, ou se o ódio à pressa, expresso por Guilherme, não seria sutilmente diferente do ódio à pressa expresso por Bernardo. O texto está aí e produz seus próprios efeitos. Quer eu queira, quer não, estamos diante de uma pergunta, de uma provocação ambígua, e eu mesmo me sinto embaraçado para interpretar a oposição, embora entenda que ali se aninha um sentido (ou muitos, talvez).

O autor deveria morrer depois de escrever. Para não atrapalhar o caminho do texto.

Relatar o processo

O autor não deve interpretar. Mas pode contar como e por que escreveu. Os assim chamados estudos de poética nem sempre servem para se entender a obra que os inspirou, mas servem para se compreender como resolver o problema técnico que é a produção de uma obra.

Poe, em sua *Filosofia da composição*, conta de que modo escreveu *O corvo*. Não nos diz como temos de lê-lo, mas quais problemas ele formulou para produzir um efeito poético. Eu definiria efeito poético como a capacidade de um texto gerar leituras sempre diferentes, sem nunca se esgotar completamente.

Quem escreve (quem pinta ou esculpe ou compõe música) sabe sempre o que faz e quanto lhe custa. Sabe que precisa resolver um problema. Pode acontecer de os dados de partida serem obscuros, pulsionais, obsessivos, nada mais do que uma vontade ou uma lembrança. Depois, porém, o problema se resolve na escrivaninha, interrogando a matéria sobre a qual se trabalha — matéria essa que exibe suas próprias leis naturais, mas, ao mesmo tempo, traz consigo a lembrança da cultura de que está carregada (o eco da intertextualidade).

Quando o autor diz que trabalhou no arroubo da inspiração, está mentindo *Genius is twenty per cent inspiration and eighty per cent perspiration*.

Não lembro sobre qual de suas famosas poesias Lamartine escreveu que ela lhe nascera de um jato só, numa noite de tempestade, num bosque. Depois de seu falecimento, foram encontrados os manuscritos, com correções e variantes, descobrindo-se que, possivelmente, aquela era a poesia mais "trabalhada" de toda a literatura francesa.

O escritor (ou o artista, em geral), quando diz que trabalhou sem pensar nas regras do processo, está só querendo dizer que trabalhava sem saber que as conhecia. Uma criança fala bem sua língua materna, mas não saberia escrever sua gramática. Porém, o gramático não é o único que conhece as regras da língua, porque elas são muito bem conhecidas também pela criança, sem que esta o saiba: o gramático é apenas aquele que sabe por que e como a criança conhece a língua.

Relatar como se escreveu não significa provar que se escreveu "bem". Poe dizia que "uma coisa é o efeito da obra e outra é o conhecimento do processo". Kandinski ou Klee, quando nos contam como pintam, não nos dizem se um é melhor que o outro. Michelangelo, quando nos diz que esculpir significa libertar do excedente a figura já inscrita na pedra, não está dizendo que a *Pietà* vaticana é melhor que a Rondanini. Às vezes, as páginas mais luminosas sobre os processos artísticos foram escritas por artistas menores que produziam efeitos modestos, mas sabiam refletir bem sobre seus próprios processos: Vasari, Horatio Greenough, Aaron Copland...

Obviamente, a Idade Média

Escrevi um romance porque me deu vontade de escrever. Creio que essa seja razão suficiente para alguém se dispor a narrar. O homem é um animal fabulador por natureza. Comecei a escrever em março de 1978, movido por uma ideia seminal. Tinha vontade de envenenar um monge. Acho que o romance nasce de ideias desse gênero, o resto é polpa que vai se acrescentando ao longo do caminho. A ideia devia ser mais antiga. Depois encontrei um caderno datado de 1975, no qual eu havia feito uma lista de monges de um convento qualquer. Nada mais. No começo me pus a ler o *Traité des poisons* de Orfila, comprado vinte anos antes, de um *bouquiniste* nas margens do Sena, por puras razões de fidelidade huysmaniana (*Là-bas*). Como não fiquei satisfeito com nenhum daqueles venenos, pedi a um amigo biólogo que me aconselhasse um fármaco com determinadas propriedades (que fosse absorvível pela pele, ao se manusear alguma coisa). Destruí imediatamente a carta na qual ele me respondia que não conhecia nenhum veneno que atendesse às minhas necessidades, por se tratar de documentos que, lidos em outro contexto, poderiam levar à forca.

No início, meus monges viveriam num convento atual (eu pensava num monge lendo o jornal *Il Manifesto*). Porém, como um convento ou uma abadia vive ainda de muitas recordações medievais, pus-me a compulsar meus arquivos de medievalista em hibernação (um livro sobre a estética medieval em 1956, outras cem páginas sobre o assunto em 1969, alguns ensaios no meio do caminho, retornos à tradição medieval de 1962 por ocasião de meu trabalho sobre Joyce, e depois, em 1972, o longo estudo sobre o *Apocalipse* e sobre as miniaturas do comentário do Beato de Liébana: portanto, a Idade Média era para mim uma prática constante). Caiu-me nas mãos extenso material (fichas, fotocópias, cadernos) acumulado desde 1952 e destinado a outras finalidades imprecisas: para uma história de monstros, ou para uma análise das enciclopédias medievais, ou para uma teoria do catálogo.* Em certo momento disse a mim mesmo que, uma vez que a Idade Média era meu imaginário quotidiano, valia escrever um romance que se desenvolvesse diretamente na Idade Média. Conforme tive ocasião de declarar em alguma entrevista, o presente eu só conheço através da tela da tevê, ao passo que da Idade Média tenho um conhecimento direto. Quando acendíamos fogueiras no campo, minha mulher me acusava de não saber olhar as fagulhas que subiam por entre as árvores e voluteavam ao longo dos fios elétricos. Depois, porém, ao ler o capítulo sobre o incêndio, ela disse: "Mas então, bem que você olhava para as fagulhas!". E eu respondi: "Não, mas sabia como um monge da Idade Média as veria".

Há uns dez anos, numa carta do autor ao editor, que acompanhava meu comentário ao comentário sobre o *Apocalipse* de Beato de Liébana (para Franco Maria Ricci), eu confessava:

De qualquer modo que se considere o assunto, nasci para a pesquisa atravessando florestas simbólicas habitadas por unicórnios e grifos e comparando as estruturas pinaculares e quadradas das catedrais às pontas de malícia exegética oculta nas fórmulas tetrágonas das *Summulae*, vagando entre o vico degli Strami** e as naves cistercienses, conversando afavelmente com monges cluniacenses cultos e faustosos, vigiado por um Tomás de Aquino gorducho e racionalista, tentado por Honório Augustodunense, por suas fantásticas geografias, nas quais também se explicava *quare in pueritia coitus non*

---

* É curioso que já nessa época eu estivesse pensando no catálogo. Ou melhor, já antes pensava nisso, uma vez que em *O nome da rosa*, "Primeiro dia", eu já falava do catálogo como "instrumento de maravilhosas hipotiposes", e em todo o romance dava grande prova disso. De qualquer maneira, essa é a origem de meu *Vertigine della lista*, Milão, Bompiani, 2009. (Ed. bras., *Vertigem das listas*, trad. Eliana Aguiar, Rio de Janeiro, Record, 2010 — N. da R.).
** Termo usado por Dante. Literalmente, ruela da forragem, refere-se à rue du Fouarre, em Paris, que teria sido frequentada por Dante e Boccaccio. (N. da R.)

contingat, como se chega à Ilha Perdida e como seria possível capturar um basilisco valendo-se tão somente de um espelhinho de bolso e de uma inabalável fé no Bestiário.

Esse gosto e essa paixão nunca me abandonaram, ainda que depois, por razões morais e materiais (ser medievalista implica frequentemente ser muito rico e ter a faculdade de percorrer bibliotecas remotas microfilmando manuscritos inencontráveis), trilhei outros caminhos. Desse modo a Idade Média, se deixou de ser minha profissão, continuou sendo meu *hobby* e minha constante tentação; e eu a vejo em todo lugar, por transparência, nas coisas de que me ocupo, coisas que medievais não parecem, mas são.

Férias secretas sob as naves de Autun, onde hoje o abade Grivot escreve manuais sobre o Diabo, com encadernação impregnada de enxofre, êxtases campestres em Missac e Conques, deslumbrado pelos Anciões do Apocalipse ou por diabos abarrotando de almas danadas caldeirões ferventes; e, ao mesmo tempo, leituras regeneradoras do monge iluminista Beda, confortos racionais pedidos a Okham, para compreender os mistérios do Signo nos pontos em que Saussure ainda é obscuro. E assim por diante, com contínuas nostalgias da *Peregrinatio Sancti Brandani*, com cotejos de nosso pensamento no Livro de Kells, Borges revisitado nos *kenningars* célticos, relações entre poder e massas persuadidas, verificadas nos diários do bispo Suger...

A *máscara*

Na verdade, não decidi apenas narrar *sobre* a Idade Média, mas sim *na* Idade Média e pela boca de um cronista da época. Eu era narrador iniciante e até então havia olhado para os narradores do outro lado da barricada. Envergonhava-me narrar. Sentia-me como um crítico teatral que, de repente, fica exposto às luzes da ribalta e se percebe olhado por aqueles de quem, até então, havia sido cúmplice, na plateia.

Será possível dizer "Era uma bela manhã de fins de novembro" sem se sentir Snoopy? Mas e se eu deixasse Snoopy dizer isso? Ou seja, se "era uma bela manhã..." fosse dito por alguém autorizado a dizê-lo, porque no tempo dele se podia fazer isso? Uma máscara, era disso que eu precisava.

Comecei então a ler ou reler os cronistas medievais para adquirir seu ritmo e sua candura. Eles falariam por mim e eu ficaria livre de suspeitas. Livre de suspeitas, mas não dos ecos da intertextualidade. Assim, redescobri o que os escritores sempre souberam (e que tantas vezes nos disseram): os livros falam sempre de outros livros, e cada história conta uma história já contada. Homero sabia disso, Ariosto sabia disso, para não falar em Rabelais ou Cervantes. Por esse motivo, minha história só podia começar com o manuscrito reencontrado, e aquela também não deixaria de ser uma citação (naturalmente). Assim, escrevi logo a introdução, pondo minha narração em quarto nível de encaixe, dentro de outras três narrações: eu digo que Vallet dizia que Mabillon dissera que Adso disse...

Estava agora livre de receios. E nesse ponto parei de escrever, por um ano. Parei por ter descoberto outra coisa que já sabia (que todos sabiam), mas que compreendi melhor trabalhando.

Descobri, então, que um romance nada tem a ver, em primeira instância, com as palavras. Escrever um romance é uma tarefa cosmológica, como a relatada pelo Gênesis (temos, afinal, de escolher algum modelo, dizia Woody Allen).

O romance como fato cosmológico

Entendo que para narrar é preciso primeiramente construir um mundo, o mais possível mobiliado até os mínimos detalhes. Se eu construísse um rio, duas margens, se na margem esquerda pusesse um pescador e se atribuísse a esse pescador um temperamento irascível e uma ficha policial pouco limpa, pronto, poderia começar a escrever, traduzindo em palavras aquilo que não pode deixar de acontecer. O que faz um pescador? Pesca (e aí vem toda uma sequência mais ou menos inevitável de gestos). E depois, o que acontece? Ou há peixes que mordem a isca ou não os há. Se os houver, o pescador os pescará e irá para casa alegre. Fim da história. Se não os houver, visto que ele é irascível, poderá enfurecer-se. Pode ser que quebre a vara de pescar. Não é muito, mas já é um esboço. Porém, existe um provérbio indiano que diz: "senta-te na margem do rio e espera, o cadáver de teu inimigo não tardará a passar". E se pela correnteza passasse um cadáver — visto que essa possibilidade está implícita na área intertextual do rio? Não esqueçamos que meu pescador não tem ficha policial limpa. Será que ele vai correr o risco de meter-se em apuros? O que irá fazer? Irá fugir e fingir que não viu o cadáver? Ou vai se sentir de rabo preso, uma vez que, no fim das contas, o cadáver é justamente do homem que ele odiava? Irascível como é, ficará furioso por não ter podido ele concretizar a vingança tão desejada?

Como veem, foi suficiente mobiliar um pouco nosso mundo e já surgiu o começo de uma história. Há também o começo de um estilo, porque um pescador a pescar deveria impor-me um ritmo narrativo lento, fluvial, escandido por sua espera, que deveria ser paciente, mas também pelos sobressaltos de sua ira impaciente. O problema é construir o mundo; as palavras virão quase por conta própria. *Rem tene, verba sequentur.* É o contrário — creio — daquilo que acontece com a poesia: *verba tene, res sequentur.*

O primeiro ano de trabalho com meu romance foi dedicado à construção do mundo. Longos fichamentos de todos os livros que podiam ser encontrados numa biblioteca medieval. Listas de nomes e dados pessoais de inúmeras personagens, muitas das quais seriam depois excluídas da história. Isso quer dizer que eu tinha de saber também quem eram os outros monges que não aparecem no livro; e não era necessário que o leitor os conhecesse, mas eu tinha de conhecê-los. Quem falou que a narrativa deve competir com o cartório de registro civil? Mas pode ser que ela tenha de competir com a secretaria de obras públicas. Portanto, longas pesquisas arquitetônicas em fotos e projetos da enciclopédia da arquitetura, para estabelecer a planta da abadia, as distâncias, até o número de degraus que há numa escada em caracol.

Marco Ferreri disse-me certa vez que meus diálogos são cinematográficos porque duram o tempo certo. Só podia ser assim, uma vez que, quando duas personagens minhas falavam a caminho do refeitório ao claustro, eu escrevia com a planta diante dos olhos, e quando chegavam paravam de falar.

É preciso impor-nos certas coerções para podermos inventar livremente. Em poesia a coerção pode ser dada pelo pé, pelo verso, pela rima, por aquilo que os contemporâneos chamam de respiração conforme o ouvido... Na narrativa, a coerção é dada pelo mundo subjacente. E isso nada tem a ver com realismo (ainda que explique *até mesmo* o realismo). Pode-se construir um mundo totalmente irreal, onde há asnos que voam e princesas que ressuscitam com um beijo, mas é necessário que esse mundo, puramente possível e irrealista, exista segundo estruturas definidas desde o início (é preciso saber se é um mundo onde uma princesa possa ser ressuscitada apenas pelo beijo de um príncipe ou também pelo de uma bruxa, e se o beijo de uma princesa transforma em príncipe apenas os sapos ou se também, digamos, os tatus).

Do meu mundo também fazia parte a História, e é por isso que li e reli tantas crônicas medievais e, lendo-as, percebi que no romance também deviam entrar coisas que no início eu nem sequer havia imaginado, como as lutas pela pobreza ou a inquisição contra os fraticelos.

Por exemplo: por qual motivo em meu livro há fraticelos do século XIV? Uma vez que eu ia escrever uma história medieval, deveria tê-la situado no século XIII ou no XII, porque os conhecia melhor do que o XIV. Mas eu precisava de um investigador, possivelmente inglês (citação intertextual), que tivesse um grande senso de observação e especial sensibilidade para a interpretação de indícios. Qualidades desse tipo só se encontravam no âmbito dos franciscanos e depois de Roger Bacon. Além disso, só se encontra uma teoria desenvolvida dos signos entre os seguidores de Okham, ou melhor, não é que antes não existisse, mas antes a interpretação dos signos ou era de tipo simbólico ou tendia a ler nestes ideias e universais. Apenas entre Bacon e Okham usam-se signos para tratar do conhecimento dos indivíduos. Logo, eu precisava situar a história no século XIV, com muita irritação, pois nele me movia com maior dificuldade.

Daí novas leituras e a descoberta de que um franciscano do século XIV, mesmo sendo inglês, não podia ignorar a disputa sobre a pobreza, especialmente se era amigo, seguidor ou conhecedor de Okham. (Entre parênteses, no início eu decidira que o investigador teria de ser o próprio Okham, depois desisti porque, humanamente, o Venerável Inceptor me é antipático).

Mas por que tudo acontece no fim de novembro de 1327? Ora, porque em dezembro Miguel de Cesena já se encontra em Avignon (aí está o que significa mobiliar um mundo num romance histórico: alguns elementos, como o número de degraus, dependem de uma decisão do autor; outros, como os movimentos de Miguel, dependem do mundo real que, por acaso, nesse tipo de romance coincide com o mundo possível da narração).

Novembro, porém, era cedo demais. Na verdade, eu também precisava matar um porco. Por quê? É simples: para poder fincar um cadáver de cabeça para baixo num barril de sangue. E por que essa necessidade? Porque a segunda trombeta do *Apocalipse* diz que... Eu não podia mudar o *Apocalipse*, ele fazia parte do mundo. Ora muito bem, acontece que (informei-me a respeito) matam-se porcos somente no frio, e novembro podia ser cedo demais. A não ser que eu pusesse a Abadia nas montanhas, para poder já ter neve. De outra forma, minha história poderia ter-se passado na planície, em Pomposa ou em Conques.

É o mundo construído que nos dirá de que modo a história terá de se desenvolver. Todos me perguntam por que meu Jorge evoca, no nome, Borges, e por que Borges é tão perverso. Eu, realmente, não sei. Queria um cego como guardião de uma biblioteca (parecia-me uma boa ideia narrativa) e biblioteca mais cego só pode dar Borges, mesmo porque dívida se paga. Além disso, é graças a comentários e miniaturas espanholas que o *Apocalipse* influencia toda a Idade Média. No entanto, quando coloquei Jorge na biblioteca, ainda não sabia que era ele o assassino. Por assim dizer, foi ele que fez tudo sozinho. E que ninguém pense ser esta uma posição "idealista", como quem diz que as personagens têm vida própria, e o autor, como que em transe, as faz agir conforme o que elas lhe sugerem. Besteiras dignas da redação de um exame vestibular. É que as personagens são obrigadas a agir segundo as leis do mundo em que vivem. Ou seja, o narrador é prisioneiro de suas próprias premissas.

Outra boa história foi a do labirinto. Todos os labirintos dos quais tive notícia — e eu tinha em mãos o belo estudo de Santarcangeli — eram ao ar livre. Podiam ser muito complicados e cheios de circunvoluções. Mas eu precisava de um labirinto fechado (alguém já viu uma biblioteca a céu aberto?), e, se o labirinto fosse demasiado complicado, com muitos corredores e salas internas, faltaria o arejamento necessário. E um bom arejamento era indispensável para alimentar o incêndio (sim, estava muito claro para mim que no final o Edifício teria de queimar, isso também devido a razões cronológico-históricas: na Idade Média, catedrais e conventos queimavam como fósforos, imaginar uma história medieval sem incêndio era como imaginar um filme de guerra no Pacífico sem um avião de caça caindo em chamas). E foi assim que trabalhei por dois ou três meses na construção de um labirinto como convinha e, no final, tive de acrescentar algumas frestas, caso contrário o ar teria sido sempre insuficiente.

Quem fala

Eu tinha muitos problemas. Queria um lugar fechado, um universo concentracionário e, para fechá-lo melhor, era conveniente introduzir, além das unidades de lugar, também as de tempo (visto que a unidade de ação era duvidosa). Portanto, uma abadia beneditina, com a vida escandida pelas horas canônicas (talvez o modelo inconsciente fosse o *Ulisses*, pela estrutura férrea das horas do dia; mas era também a *Montanha mágica*, pelo lugar rupestre e sanatorial onde deveriam ocorrer tantas conversas).

As conversas apresentavam muitos problemas, mas estes eu resolvi depois, escrevendo. Existe uma temática, pouco tratada nas teorias da narrativa, que é a dos *turn ancillaries*, ou seja, dos artifícios através dos quais o narrador passa a palavra aos diferentes personagens. Vejam-se as diferenças entre os cinco diálogos seguintes:

1. — Como vai?
   — Vou indo, e você?
2. — Como vai? — disse Giovanni.
   — Vou indo, e você? — disse Piero.
3. — Como — disse Giovanni —, como vai?

E Piero, de chofre:

   — Vou indo, e você?
4. — Como vai? — preocupou-se Giovanni.
   — Vou indo, e você? — riu Piero, com ar de troça.
5. — Disse Giovanni:
   — Como vai?
   — Vou indo — respondeu Piero com voz inexpressiva. Depois, com um sorriso indefinível:
   — E você?

Tirante os dois primeiros casos, nos outros se observa aquilo que se define como "instância da enunciação": o autor intervém com um comentário pessoal, sugerindo o sentido que podem adquirir as palavras dos dois interlocutores. Mas será que tal intenção se encontra de fato ausente nas soluções aparentemente assépticas dos dois primeiros casos? E o leitor, será que está mais livre nos dois casos assépticos, nos quais poderia sofrer uma imposição emocional sem dar pela coisa (pensemos na aparente neutralidade dos diálogos de Hemingway!), ou ficará mais livre nos outros três casos, nos quais ao menos sabe qual é o jogo do autor?

É um problema de estilo, é um problema ideológico, é um problema de "poesia", tanto quanto a escolha de uma rima interna ou de uma assonância, ou a introdução de um paragrama. Deve-se encontrar certa coerência. Talvez, no meu caso, a facilidade fosse maior, porque todos os diálogos são relatados por Adso, e é evidente que Adso impõe seu ponto de vista a toda a narração.

Os diálogos também apresentavam outro problema. Até que ponto eles poderiam ser medievais? Em outras palavras, eu me dava conta, ao escrever, de que o livro ia adquirindo uma estrutura de melodrama bufo, com longos recitativos e amplas árias. As árias (por exemplo, a descrição do portal) imitavam a grande retórica da Idade Média, e para isso não faltavam modelos. Mas e os diálogos? A certa altura, temi que os diálogos fossem Agata Christie, e as árias, Suger ou são Bernardo. Passei, então, a reler os romances medievais, quero dizer, a epopeia cavaleiresca, e percebi que, com alguma licença de minha parte, estava respeitando um uso narrativo e poético que não era estranho à Idade Média. O problema, entretanto, me atormentou durante muito tempo e não tenho certeza de ter resolvido a contento essas mudanças de registro entre ária e recitativo.

Outro problema: o encaixe das vozes, ou seja, das instâncias narrativas. Sabia que estava contando (eu) uma história com palavras de outro, após ter avisado, no prefácio, que as palavras desse outro haviam sido filtradas por pelo menos duas instâncias narrativas, a de Mabillon e a do abade Vallet, mesmo sendo possível supor que ambos tivessem trabalhado só como filólogos de um texto não manipulado (mas quem acredita nisso?). No entanto, o problema apresentava-se de novo no interior da narrativa feita em primeira pessoa por Adso. Adso conta, aos oitenta anos, o que vira aos dezoito. Quem está falando, Adso moço ou Adso velho? Ambos, claro, e isso é proposital. O jogo consistia em pôr continuamente em cena o Adso velho a refletir sobre o que lembra ter visto e sentido como Adso moço. O modelo (mas nesse caso não reli o livro, bastavam lembranças remotas) era o Serenus Zeitblom do *Doctor Faustus*. Esse jogo enunciativo duplo fascinou-me e apaixonou-me sobremaneira. Mesmo porque — voltando àquilo que dizia sobre as máscaras —, duplicando Adso, eu duplicava mais uma vez a série de interstícios, de anteparos entre mim, como personalidade biográfica, entre mim como autor narrante, eu narrador, e as personagens narradas, incluindo a voz narradora. Sentia-me cada vez mais protegido, e a experiência toda me lembrava (gostaria de dizer carnalmente e com a evidência de um sabor de madeleine embebida em chá de tília) certas brincadeiras infantis embaixo dos cobertores, quando me sentia como que dentro de um submarino e de lá lançava mensagens à minha irmã, debaixo dos cobertores de outra cama, ambos isolados do mundo exterior e totalmente livres para inventar longas viagens no fundo de mares silenciosos.

Adso foi muito importante para mim. Desde o começo eu queria contar a história toda (com seus mistérios, seus eventos políticos e teológicos, suas ambiguidades) pela voz de alguém que atravessa os acontecimentos, registra-os todos com a fidelidade fotográfica de um adolescente, mas não os entende (e não os entenderá a fundo nem na velhice, tanto que depois escolhe a fuga para o nada divino, que não era o que seu mestre lhe ensinara). Fazer compreender tudo através das palavras de alguém que não compreende nada.

Lendo as críticas, percebo que este é um dos aspectos do romance que menos impressionou os leitores cultos ou, ao menos, diria que ninguém o apontou, ou quase ninguém. Mas agora me pergunto se esse não teria sido um dos elementos que determinaram a legibilidade do romance por parte de leitores não sofisticados. Identificaram-se com a inocência do narrador e sentiram-se justificados mesmo quando não entendiam tudo. Eu os restituí a seus tremores diante do sexo, das línguas desconhecidas, das dificuldades do pensamento, dos mistérios da vida política... Essas são coisas que compreendo agora, *après coup*, mas talvez então eu transferisse para Adso muitos de meus tremores de adolescente, certamente em suas palpitações amorosas (porém, sempre com a garantia de poder agir por meio de outra pessoa: de fato Adso vive seus sofrimentos amorosos apenas através das palavras com as quais os doutores da Igreja falavam do amor). Arte é fugir da emoção pessoal, e isso tanto Joyce quanto Eliot me haviam ensinado.

A luta contra a emoção foi duríssima. Eu havia escrito uma bela oração, pautada no elogio à natureza, de Alain de Lille, que planejava pôr na boca de Guilherme, num momento de emoção. Depois entendi que ambos nos teríamos emocionado, eu como autor e ele como personagem. Eu, como autor, não devia me emocionar, por razões de poética. Ele, como personagem, não podia se emocionar por ter outro tipo de constituição: suas emoções eram todas mentais ou, então, reprimidas. Diante disso, eliminei essa página. Após ler o livro, uma amiga disse-me: "Minha única objeção é que Guilherme jamais teve um gesto de piedade". Comentei isso com um amigo, que me respondeu: "É justo, esse é o estilo da *pietas* dele". Pode ser que fosse assim. E assim seja.

A preterição

Adso serviu-me para resolver mais outra questão. Eu poderia fazer a história desenvolver-se numa Idade Média em que todos soubessem do que se falava. Como numa história contemporânea: se uma personagem diz que o Vaticano não aprovaria seu divórcio, não se deve explicar o que vem a ser o Vaticano e por que não aprova seu divórcio. Mas num romance histórico isso não pode ser feito: narra-se também para esclarecer melhor o acontecido a nós, contemporâneos, e em que sentido o acontecido tem importância para nós também.

O risco é então cair no salgarismo. As personagens de Emilio Salgari fogem para a floresta, acuados pelos inimigos, e tropeçam numa raiz de baobá. Aí o narrador suspende a ação e nos dá uma aula de botânica sobre o baobá. Hoje, isso se transformou em *tópos*, amável como os vícios das pessoas que amamos, mas não deveria ser praticado.

Reescrevi centenas de páginas para evitar esse tipo de pecado, mas não me lembro de ter jamais percebido como resolvi o problema. Só me dei conta dois anos mais tarde, justamente quando procurava explicar-me por que o livro era lido até por pessoas que não podiam certamente gostar de livros tão "cultos". O estilo narrativo de Adso baseia-se naquela figura de pensamento que se chama preterição. Lembram-se do exemplo ilustre? "Calo-me sobre

César, que por toda parte...",* ou seja, afirma-se não querer falar de alguma coisa que todos conhecem muito bem e, ao afirmá-lo, fala-se justamente daquela coisa. Essa é um pouco a maneira como Adso alude a pessoas e acontecimentos como sendo bem conhecidos e, apesar disso, fala deles. Quanto às pessoas e aos acontecimentos que o leitor de Adso (alemão de fim do século) não podia conhecer por serem da Itália do início do século, Adso não hesita em falar deles em tom didático, porque esse era o estilo do cronista medieval, desejoso de introduzir noções enciclopédicas todas as vezes que mencionasse alguma coisa.

Após ter lido o manuscrito, uma amiga (não a mesma de antes) disse-me ter ficado impressionada com o tom jornalístico do relato, que não é de romance, mas de artigo do *Espresso*. Ela falou assim, se estou bem lembrado. Num primeiro momento, fiquei meio sem jeito, depois entendi o que ela havia percebido, sem reconhecer. Era assim que escreviam os cronistas daqueles séculos, e, se hoje falamos de crônica, é porque naquela época se escreviam muitas.

Respiração

Mas os longos trechos didáticos também tinham de ser introduzidos por outra razão. Após lerem o manuscrito, os amigos da editora sugeriram-me encurtar as primeiras cem páginas, que eles consideravam por demais árduas e cansativas. Não tive dúvidas, recusei porque — afirmava — quem quisesse entrar na abadia e lá viver sete dias tinha de aceitar o ritmo dela. Caso não conseguisse, jamais conseguiria ler o livro inteiro. Logo, era função penitencial, iniciatória, das primeiras cem páginas, e quem não gostasse, azar, ficaria nas encostas da colina.

Entrar num romance é como fazer uma excursão à montanha: é preciso aprender a respirar, regular o passo, de outra forma não se vai adiante, desiste-se logo. É a mesma coisa que ocorre com poesia. Reparem como são insuportáveis os poetas recitados por atores que para "interpretarem" não respeitam a

---

* Famoso exemplo de preterição na cultura italiana, extraído do *Canzoniere* de Petrarca: Calo-me sobre César que, por toda parte a que chegou, tornou a relva da cor do sangue das veias onde afundou nossas armas. (*N. da R.*)

medida do verso, fazem *enjambements* recitativos como se falassem em prosa, estão preocupados com o conteúdo, e não com o ritmo. Para ler um poema de decassílabos e terça rima é preciso assumir o ritmo cantado que o poeta queria. É melhor recitar Dante como se fossem as rimas do *Corriere dei Piccoli* de antigamente do que correr a qualquer custo atrás do sentido.

Na narrativa, a respiração não fica por conta das frases, mas de macroproposições mais amplas, de escansões de acontecimentos. Há romances que respiram como gazelas, outros como baleias ou elefantes. A harmonia não está na extensão do fôlego, mas na sua regularidade, mesmo porque sua interrupção em certo ponto (mas não com demasiada frequência) e o término de um capítulo (ou de uma sequência) antes que a respiração seja concluída podem desempenhar papel importante na economia da narrativa, marcar um ponto de ruptura, um *coup de théâtre*.

Ao menos é isso que se vê nos grandes: "A desventurada respondeu" — ponto e parágrafo — não tem o mesmo ritmo de "Adeus, montanhas",* mas quando chega é como se o belo céu da Lombardia se cobrisse de sangue. Um grande romance é aquele em que o autor sempre sabe quando acelerar, quando frear e como dosar esses movimentos de pedal no quadro de um ritmo de fundo que permanece constante. Na música pode-se recorrer ao *rubato*, mas não demasiado, caso contrário estaríamos diante daqueles maus músicos que acreditam que, para tocar Chopin, basta exagerar no *rubato*. Não estou falando de como resolvi meus problemas, mas de como os formulei. E, se dissesse que os formulava conscientemente, estaria mentindo. Há um pensamento composicional que pensa até mesmo através do ritmo dos dedos que batem *no teclado*.

Gostaria de dar um exemplo de como narrar é pensar com os dedos. É claro que a cena da conjunção na cozinha está toda constituída com citações retiradas de textos religiosos, desde o *Cântico dos cânticos* até são Bernardo e Jean de Fécamp, ou santa Hildegarda de Bingen. Mesmo quem não tenha prática de crítica medieval, mas tenha ao menos um pouco de ouvido, pode tê-lo percebido. Mas quando alguém me pergunta agora de quem são as citações e onde termina uma e começa outra, já não tenho condições de dizer.

---

* Trecho famoso de *Os noivos* de Alessandro Manzoni. (*N. da T.*)

De fato, eu tinha dezenas e dezenas de fichas com todos os textos, às vezes páginas de livros, fotocópias, em grande número, muito mais do que vim a usar depois. Mas, quando escrevi a cena, escrevi de jato (só depois a poli, como se passasse um verniz homogeneizante, para que as suturas ficassem ainda menos visíveis). Então, escrevia, e ao meu lado eu tinha todos os textos, espalhados sem ordem, e olhava ora para um, ora para outro, copiando um trecho e ligando-o logo a outro. De todos os capítulos, é o que, na primeira versão, escrevi mais depressa. Compreendi depois que estava tentando acompanhar com os dedos o ritmo da conjunção amorosa, não podendo, portanto, parar para escolher a citação correta. O que tornava justa a citação inserida naquele ponto era o ritmo com que a inseria, descartando visualmente as que teriam interrompido o ritmo dos dedos. Não posso dizer que a escritura do acontecimento durou tanto quanto o acontecimento (embora existam conjunções amorosas bem demoradas), mas procurei abreviar o mais possível a diferença entre o tempo do amor e o tempo da escrita. Não digo escrita em sentido barthesiano, mas no sentido do datilógrafo, estou falando da escrita como ato material, físico. E estou me referindo aos ritmos do corpo, não às emoções. A emoção, já agora filtrada, encontrava-se antes, inteiramente, na decisão de fundir êxtase místico e êxtase erótico, no momento em que eu havia lido e escolhido os textos que seriam usados. Depois, nenhuma emoção, era Adso quem fazia amor, não eu, eu precisava apenas traduzir sua emoção num jogo de olhos e dedos, como se tivesse decidido contar uma história de amor tocando tambor.

Construir o leitor

Ritmo, respiração, penitência... Para quem, para mim? Não, claro, para o leitor. Escreve-se pensando num leitor. Da mesma forma que o pintor pinta pensando no observador do quadro. Depois de dar uma pincelada, ele se afasta dois ou três passos e estuda o efeito, ou seja, olha para o quadro como, nas devidas condições de luz, este deverá ser olhado pelo observador que irá admirá-lo na parede. Terminada a obra, instaura-se um diálogo entre o texto e seus leitores (o autor fica excluído). Enquanto a obra está sendo feita, o diálogo é duplo. Há o diálogo entre aquele texto e todos os outros textos escritos antes (fazem-se livros apenas sobre outros livros ou em torno de outros livros) e há diálogo entre o autor e seu leitor-modelo. Já expus teoricamente esse assunto em outras obras como *Lector in fabula* ou mesmo antes, em *Obra aberta*, mas não o inventei.

Pode ser que o autor escreva pensando em certo público empírico, como faziam os fundadores do romance moderno, Richardson, Fielding, Defoe, que escreviam para os mercadores e suas mulheres, mas Joyce também escreve para o público, pensando num leitor ideal, acometido de uma insônia ideal. Em ambos os casos, tanto para quem crê falar a um público que está ali, do outro lado da porta, com o dinheiro na mão, quanto para quem se propõe escrever para um leitor futuro, escrever é construir seu próprio modelo de leitor, através do texto.

O que quer dizer pensar num leitor capaz de superar o obstáculo penitencial das primeiras cem páginas? Significa exatamente escrever cem páginas com a finalidade de construir um leitor adequado para as páginas que virão em seguida.

Existe algum escritor que escreva apenas para a posteridade? Não, mesmo que o afirme, pois, não sendo Nostradamus, só pode imaginar a posteridade de acordo com o modelo daquilo que sabe de seus contemporâneos. Existe algum autor que escreva para poucos leitores? Sim, se com isso se entender que o Leitor-Modelo por ele imaginado em suas previsões tem poucas possibilidades de ser personificado pela maioria das pessoas. Mas, neste caso também, o escritor escreve com a esperança, não muito secreta, de que justamente seu livro conseguirá criar, e em grande número, muitos novos leitores representantes desse leitor desejado e procurado com tanta meticulosidade artesanal, postulado e encorajado por seu texto.

A diferença, se existir, está entre o texto que quer produzir um leitor novo e o texto que tenta atender aos desejos dos leitores já encontrados pelo caminho. Neste segundo caso, temos o livro escrito, construído de acordo com um formulário bom para produtos em série: o autor faz uma espécie de análise de mercado e a ela se ajusta. Percebe-se que ele trabalha com base em fórmulas quando se analisam os vários romances que ele escreveu ao longo do tempo e verifica-se que todos, tirando os nomes, os lugares, os rostos, contam a mesma história. Aquela que o público estava pedindo.

Mas, quando planeja o novo e projeta um leitor diferente, o escritor não quer ser um analista de mercado a fazer a lista das demandas expressas, mas um filósofo que intui as tramas do *Zeitgeist*. Ele quer revelar a seu público aquilo que este *deveria* querer, mesmo que não o saiba. Ele quer revelar o leitor a si mesmo.

Manzoni, se quisesse atender ao que o público queria, já tinha a fórmula: romance histórico ambientado na Idade Média, com personagens ilustres, como na tragédia grega, rei e princesa (por acaso ele não faz isso em seu outro romance, *Adelchi*?), grandes e nobres paixões, cometimentos guerreiros, celebrações das glórias itálicas numa época em que a Itália era terra de fortes. Por acaso não é o que faziam antes dele, com ele e depois dele tantos romancistas históricos menos ou mais malditos, desde o artesão d'Azeglio até o fogoso e descuidado Guerrazzi e o ilegível Cantù?

No entanto, o que faz Manzoni? Escolhe o século XVII, época de escravidão e personagens ignóbeis, o único espadachim da história é um traidor, ele nada conta de batalhas e ainda tem a coragem de atulhar a história com documentos e proclamações... E agrada, agrada a todos, doutos ou não doutos, adultos e crianças, carolas e anticlericais. Porque ele havia intuído que os leitores de seu tempo tinham de receber *aquilo*, mesmo que não o soubessem, mesmo que não o pedissem, mesmo que não acreditassem ser palatável. E trabalha muito, com lima, serra, martelo e burilamento da língua, para tornar seu produto *aceitável*. Para obrigar os leitores empíricos a tornarem-se o leitor-modelo que ele havia almejado.

Manzoni não escrevia para agradar ao público tal como era, mas para criar um público ao qual seu romance não pudesse deixar de agradar. E ai de quem não gostasse. Isso se vê na hipocrisia e na serenidade com que ele fala de seus 25 leitores. Vinte e cinco milhões, é o que queria.

E eu, que leitor-modelo queria, ao escrever? Um cúmplice, claro, que topasse meu jogo. Eu queria tornar-me completamente medieval e viver na Idade Média como se fosse meu tempo (e vice-versa). Mas ao mesmo tempo queria, com todas as minhas forças, que se desenhasse uma figura de leitor que, superada a iniciação, se tornasse minha presa, ou melhor, presa do texto, e pensasse nada mais querer a não ser aquilo que o texto lhe oferecia. Um texto quer ser uma experiência de transformação para seu leitor. Você acredita que quer sexo, intrigas policiais com a descoberta do culpado no fim, muita ação, mas, ao mesmo tempo, se envergonharia de aceitar uma venerável pacotilha de dramalhões e aventuras rocambolescas. Pois bem, vou lhe dar latim, poucas mulheres, teologia aos montes e sangue aos litros como no Grand Guignol, de modo que você diga "mas isso é falso, eu não aceito!". E, nesse momento, você deverá ser meu e sentir o calafrio da infinita onipotência de Deus, que torna vã a ordem do mundo. Depois, se for esperto, perceberá o modo como o atraí para a armadilha, porque, enfim, bem que eu lhe dizia, a cada passo, bem que eu o avisava de que o estava arrastando à danação, mas o bom dos pactos com o diabo é que quem os faz sabe com quem está tratando. Do contrário, por que ser premiado com o inferno?

E, visto que eu queria que fosse sentida como agradável a única coisa que nos faz fremir, ou seja, o estremecimento metafísico, não me restava outra coisa a não ser escolher (entre modelos de trama) a mais metafísica e filosófica de todas, o romance policial.

A metafísica policial

Não por acaso o livro se inicia como se fosse um romance policial (e continua iludindo o leitor ingênuo até o final, de modo que o leitor ingênuo pode nem perceber que se trata de um mistério em que se descobre pouca coisa, e o detetive acaba derrotado). Creio que as pessoas gostam de histórias policiais não pelo fato de nelas haver mortos assassinados, nem pelo fato de se celebrar o triunfo da ordem final (intelectual, social, legal e moral) sobre a desordem da culpa. É que o romance policial representa uma história de conjectura em estado puro. Mas um diagnóstico médico, uma pesquisa científica e uma indagação metafísica também são casos de conjectura. No fundo, a pergunta básica da filosofia (assim como da psicanálise) é a mesma da história de detetive: de quem é a culpa? Para sabê-lo (para achar que se sabe) é preciso supor que todos os fatos têm uma lógica, a lógica que lhes foi imposta pelo culpado. Toda história de investigação e conjectura conta-nos algo junto ao qual vivemos desde sempre (citação pseudo-heideggeriana). Nesta altura está claro por que minha história de base (quem é o assassino?) se ramifica em tantas outras histórias, todas elas de outras conjecturas, todas em torno da estrutura da conjectura enquanto tal.

Um modelo abstrato da conjecturabilidade é o labirinto. Mas há três tipos de labirinto. Um deles é o grego, o de Teseu. Esse labirinto não permite a ninguém perder-se: entra-se, chega-se ao centro e, depois, do centro à saída. Por isso, no centro está o Minotauro, caso contrário a história não teria sabor, não passaria de um simples passeio. O terror, quando nasce, é porque não sabemos aonde chegaremos e o que fará o Minotauro. Mas, desenrolando o labirinto clássico, teremos nas mãos um fio, o fio de Ariadne. O labirinto clássico é o fio de Ariadne de si mesmo.

Depois há o labirinto maneirista: percorrendo-o, temos em mãos uma espécie de árvore, uma estrutura de raiz com muitos becos sem saídas. A saída é uma só, mas podemos nos enganar. Precisamos de um fio de Ariadne para não nos perdermos. Este labirinto é um modelo de *trial-and-error process*.

Finalmente, existe a rede, ou seja, o que Deleuze e Guatari chamam rizoma. O rizoma é feito de tal modo que cada estrada pode conectar-se com qualquer outra. Não tem centro, não tem periferia, não tem saída, por ser potencialmente infinito. O espaço da conjectura ainda é um espaço rizomático. O labirinto de minha biblioteca ainda é um labirinto maneirista, mas o mundo no qual Guilherme percebe estar vivendo já é estruturado em rizomas, ou seja, é estruturável, mas nunca definitivamente estruturado.

Um rapaz de dezessete anos disse-me que não entendeu nada das discussões teológicas, mas que elas funcionavam como prolongamentos do labirinto espacial (como se fossem música *thrilling* num filme de Hitchcock). Creio que aconteceu algo do gênero: mesmo o leitor ingênuo farejou que se encontrava diante de uma história de labirintos, mas não de labirintos espaciais. Poderíamos dizer que, curiosamente, as leituras mais ingênuas eram as mais "estruturais". O leitor ingênuo entrou em contato direto, sem mediação dos conteúdos, com o fato de que é impossível que haja uma história.

O divertimento

Eu queria que o leitor se divertisse. Pelo menos tanto quanto eu. Esse é um ponto muito importante que parece contrastar com as ideias mais reflexivas que acreditamos ter em relação ao romance.

Divertir não significa des-viar, ou seja, afastar dos problemas. *Robinson Crusoé* quer divertir seu leitor-modelo contando os cálculos e as operações cotidianas de um competente *homo oeconomicus* bastante parecido com ele. Mas o *semblable* de Robinson, depois de ter-se divertido lendo-se em *Robinson*, de alguma maneira deveria ter entendido alguma coisa mais, ter-se tornado outro. Divertindo-se, de algum modo aprendeu. O fato de o leitor aprender alguma coisa a respeito do mundo ou alguma coisa a respeito da linguagem é a diferença que marca diferentes poéticas da narratividade, mas a questão não muda. O leitor ideal de *Finnegans Wake* deve, afinal, divertir-se tanto quanto o leitor de Carolina Invernizio. Tanto quanto, mas de maneira diferente.

Ora, o conceito de divertimento é histórico. Há modos diferentes de divertir-se e de divertir para cada período do romance. Não há dúvida de que o romance moderno procura diminuir o divertimento do enredo para privilegiar outros tipos de divertimento. Eu, grande admirador da poética aristotélica, sempre achei que, apesar de tudo, um romance deve divertir também e principalmente por meio da trama.

Não há dúvida de que um romance que divirta angaria a aprovação de um público. Ora, durante certo período acreditou-se que a aprovação era sinal negativo. Se um romance encontra aprovação significa que nada diz de novo e dá ao público aquilo que ele já esperava.

Mas acredito que não é a mesma coisa dizer "o romance que der ao leitor o que ele esperava terá aprovação" e "o romance que tem aprovação é porque dá ao leitor o que ele esperava".

A segunda afirmação nem sempre é verdadeira. Basta pensar em Defoe ou Balzac, para chegar a *O Tambor* ou a *Cem anos de solidão*.

Haverá quem diga que a equação "aprovação = desvalor" foi encorajada por certas posições polêmicas assumidas por nós, do Grupo 63, e mesmo antes de 1963, quando se identificava o livro de sucesso com o livro escapista, e o romance escapista com o romance de enredo, ao mesmo tempo que se celebrava a obra experimental, que provoca escândalo e é recusada pelo grosso do público. Tudo isso foi dito e tinha sentido dizê-lo, foi o que mais escandalizou os literatos tradicionalistas e nunca mais foi esquecido pelos cronistas, justamente porque havia sido dito para surtir esse efeito exato, pensando-se nos romances tradicionais de base fundamentalmente consoladora e desprovidos de inovações interessantes em relação à problemática do século XIX. Foi fatal a formação de blocos opostos, de generalizações descabidas, muitas vezes por razões de guerra entre correntes.

Lembro-me de que os inimigos eram Lampedusa, Bassani e Cassola, mas hoje, pessoalmente, eu faria sutis distinções entre os três. Lampedusa havia escrito um bom romance fora de época, e polemizava-se contra a celebração que dele se fazia como se estivesse propondo um novo caminho para a literatura italiana, quando, ao contrário, estava fechando gloriosamente outro. Quanto a Cassola, não mudei de opinião. No que se refere a Bassani, porém, hoje eu seria muito, mas muito cauteloso e, se estivéssemos em 1963, o aceitaria como companheiro de viagem. Mas o problema de que quero falar é outro.

É que ninguém lembra mais o que aconteceu em 1965, quando o grupo se reuniu novamente em Palermo, para discutir o romance experimental (as atas ainda constam do catálogo da Feltrinelli, com o título de *Il romanzo sperimentale* [O romance experimental], que traz 1965 como data de capa e 1966, de impressão).

No decorrer daquele debate descobriram-se coisas muito interessantes. Em primeiro lugar, a comunicação inicial de Renato Barilli, já teórico de todos os experimentalismos do *Nouveau Roman*, que naquele momento estava a acertar as contas com o novo Robbe Grillet, com Grass, com Pynchon (não esquecer que Pynchon hoje é citado entre os iniciadores do pós-moderno, palavra esta que naquela época não existia, ao menos na Itália, e estava começando nos Estados Unidos, com John Barth) e citava o redescoberto Roussel, que amava Verne, e não citava Borges, pois sua reavaliação ainda não havia começado. Mas o que dizia Barilli? Que até então haviam sido privilegiados o fim do enredo e o bloqueio da ação na epifania e no êxtase materialista. Mas que se estava iniciando uma nova fase da narrativa, com a revalorização da ação, ainda que de uma ação *outra*.

Eu analisava a impressão que todos nós tivéramos na noite anterior, assistindo a uma curiosa colagem cinematográfica de Baruchello e Grifi, *Verifica incerta*, história feita com trechos de outras, ou melhor, com clichês, *topoi* de cinema comercial. E observava que os momentos em que o público tinha reagido com maior agrado haviam sido aqueles em que até poucos anos antes ele teria reagido com sinais de escândalo, ou seja, momentos em que as consequências lógicas e temporais da ação tradicional eram evitadas, e suas expectativas pareciam violentamente frustradas. A vanguarda estava se tornando tradição, aquilo que era dissonante alguns anos antes tornava-se mel para os ouvidos (ou para os olhos).

Disso só se podia tirar uma conclusão. A inaceitabilidade da mensagem já não era critério primordial para uma narrativa (e para qualquer arte) experimental, visto que o inaceitável era agora codificado como agradável. Divisava-se um retorno pacífico a novas formas de aceitável e agradável. E eu lembrava que, se no tempo das noitadas futuristas de Marinetti era indispensável que o público vaiasse, "hoje, ao contrário, é improdutiva e tola a polêmica de quem considera inválido um experimento pelo fato de ele ser aceito como normal: isso significa voltar ao esquema axiológico da vanguarda histórica, e neste ponto o eventual crítico da vanguarda nada mais é do que um marinettiano retardatário. Repetimos que apenas num momento histórico preciso a inaceitabilidade da mensagem por parte do receptor tornou-se garantia de valor... Desconfio que talvez devamos renunciar a esse subentendido que domina constantemente nossas discussões, qual seja, que o escândalo externo deveria ser uma prova da validade de um trabalho. A mesma dicotomia entre ordem e desordem, entre obra de consumo e obra de provocação, mesmo não perdendo validade, terá de ser reexaminada, quem sabe, de outra perspectiva: isto é, creio que será possível encontrar elementos de ruptura e contestação em obras que aparentemente se prestam a consumo fácil e perceber, ao contrário, que certas obras que parecem provocatórias e ainda fazem o público pular na cadeira, nada contestam... Por estes dias encontrei alguém que, desconfiado de um produto porque ele lhe *agradava demais*, deixava-o de quarentena numa zona de dúvida..." E assim por diante.

1965. Eram os anos em que tinha início a arte pop e, portanto, eram derrubadas as distinções tradicionais entre arte experimental, não figurativa, e arte de massa, narrativa e figurativa. Eram os anos em que Pousseur, referindo-se aos Beatles, dizia-me "eles trabalham para nós", sem perceber ainda que ele também estava trabalhando para eles (e foi preciso que viesse Cathy Berberian para mostrar-nos que os Beatles, reconduzidos a Purcell, como era justo, podiam ser executados em concerto, junto com Monteverdi e Satie).

O pós-moderno, a ironia, o agradável

De 1965 até hoje ficaram definitivamente esclarecidas duas ideias. São elas: que era possível encontrar o enredo mesmo na forma de citação de outros enredos, e que a citação poderia ser menos escapista do que o enredo citado (será de 1972 o almanaque Bompiani intitulado *Il ritorno dell'intreccio* [O retorno do enredo], ainda que tal retorno se dê por meio da revisitação irônica e ao mesmo admirativa de Ponson du Terrail e Eugène Sue e da admiração com pouca ironia de certas grandes páginas de Dumas). Podia-se ter um romance não escapista que fosse razoavelmente problemático e assim mesmo agradável?

Essa fusão e o reencontro não apenas do enredo, mas também do prazer, viria a ser realizada pelos teóricos americanos do pós-modernismo.

Infelizmente "pós-moderno" é um termo que serve para tudo. Tenho a impressão de que hoje ele é aplicado a tudo o que agrada a quem o usa. Por outro lado, parece existir uma tentativa de fazê-lo escorregar para trás: antes parecia adaptar-se a alguns escritores ou artistas ativos nos últimos vinte anos, depois, aos poucos, foi retrocedendo até o começo do século, em seguida recuou ainda mais, e a marcha continua: dentro em breve a categoria do pós-moderno chegará a Homero.

Acho, entretanto, que o pós-moderno não é uma tendência que possa ser delimitada cronologicamente, mas sim uma categoria espiritual, ou melhor, um *Kunstwollen*, um modo de operar. Poderíamos dizer que cada época possui seu pós-moderno, assim como cada época possuiria seu próprio maneirismo (tanto que me pergunto se pós-moderno não seria o nome moderno de maneirismo enquanto categoria meta-histórica). Creio que em cada época se chega a momentos de crise como os descritos por Nietzsche na *Segunda consideração intempestiva* a respeito dos malefícios dos estudos históricos. O passado nos condiciona, nos oprime, nos chantageia.

A vanguarda histórica (mas aqui também eu entenderia a categoria vanguarda como meta-histórica) procura acertar contas com o passado. "Abaixo o luar" — lema futurista — é um programa típico de qualquer vanguarda: basta colocar no lugar de luar algo de apropriado. A vanguarda destrói o passado, desfigura-o. As *Demoiselles d'Avignon* são o gesto típico da vanguarda; depois vai além: destruída a figura, ela a anula, atinge o absoluto, o informal, a tela branca, a tela rasgada, a tela queimada. Em arquitetura, será a condição mínima do *curtain wall*, o edifício como monólito, puro paralelepípedo; em literatura, a destruição do fluxo do discurso, até as colagens à Bourroughs, até o silêncio ou a página em branco; em música, será a passagem da atonalidade ao ruído, ao silêncio absoluto (nesse sentido, o Cage das origens é moderno).

Chega, porém, o momento em que a vanguarda (o moderno) não pode ir além por já haver produzido uma metalinguagem que fala de seus textos impossíveis (a arte conceitual). A resposta pós-moderna ao moderno consiste em reconhecer que o passado, não podendo ser destruído, pois sua destruição leva ao silêncio, precisa ser revisitado: com ironia, de um modo não inocente. Penso na atitude pós-moderna como a de um homem que ama uma mulher muito culta e sabe que não pode dizer-lhe "amo-te desesperadamente" porque ele sabe que ela sabe (e que ela sabe que ele sabe) que essas frases já foram escritas por Liala. Mas há uma solução. Ele poderá dizer: "tal como disse Liala, amo-te desesperadamente". A essa altura, tendo conseguido evitar a falsa inocência e dito com clareza que já não se pode falar de forma inocente, ele terá dito à mulher aquilo que queria dizer: que a ama, mas que a ama numa época de inocência perdida. Se aceitar o jogo, a mulher terá de qualquer modo recebido uma declaração de amor. Nenhum dos dois interlocutores se sentirá inocente, ambos terão aceitado o desafio do passado, do já dito que não pode ser eliminado, e ambos estarão jogando conscientemente e com prazer o jogo da ironia... Mas os dois terão conseguido mais uma vez falar de amor.

Ironia, jogo metalinguístico, enunciação elevada ao quadrado. De modo que, se com o moderno quem não entende o jogo só pode rejeitá-lo, com o pós-moderno é possível até não entender o jogo e levar as coisas a sério. Essa é, por sinal, a qualidade (o risco) da ironia. Há sempre quem tome por sério o discurso irônico. Acho que as colagens de Picasso, de Juan Gris e de Braque eram modernas: por isso as pessoas normais não as aceitavam. Já as colagens que Max Ernst fazia, montando fragmentos de gravuras do século XIX, eram pós-modernas: podem ser lidas até como um conto fantástico, como o relato de um sonho, sem que se perceba que representam um discurso sobre a gravura e, quem sabe, sobre a própria colagem. Se o pós-moderno é isso, então fica claro por que Sterne ou Rabelais eram pós-modernos e por que Borges certamente também o é, por que, num mesmo artista, podem conviver, ou seguir-se a curta distância, ou alternar-se, o momento moderno e o momento pós-moderno. Veja-se o que aconteceu com Joyce. *Um retrato do artista quando jovem* é a história de uma tentativa moderna. *Dublinenses*, ainda que anterior, é mais moderno que *Um Retrato...* *Ulisses* está no limite. *Finnegans Wake* já é pós-moderno ou ao menos inicia o discurso pós-moderno: para ser compreendido, não exige a negação do já dito, mas seu repensamento irônico.

Sobre o pós-moderno já foi dito quase tudo desde o início (ou seja, desde ensaios como "A literatura do esgotamento" de John Barth, que é de 1967 e que foi recentemente publicado pela revista italiana *Calibano*, número 7, dedicado ao pós-moderno americano). Isso não quer dizer que eu esteja completamente de acordo com as classificações que os teóricos do pós-modernismo (Barth inclusive) atribuem a escritores e artistas, estabelecendo quem é pós-moderno e quem ainda não é. O que me interessa é o teorema que os teóricos dessa tendência extraem de suas premissas:

> Meu escritor pós-moderno ideal não imita nem repudia pura e simplesmente seus pais modernistas do século XX nem seus avós pré-modernistas do século XIX. Tem a primeira metade do século XX em mente, mas não o carrega nas costas [...]. Pode ser que ele não atinja nem comova os cultores de James Michener e Irving Wallace — para não falar dos analfabetos lobotomizados pelos meios de comunicação de massa —, mas deveria ter a esperança de atingir e deleitar, pelo menos algumas vezes, um público mais amplo que o do círculo dos que Thomas Mann chamava de primeiros cristãos: devotos profissionais da arte elevada. [...] O romance pós-moderno ideal deveria estar acima das polêmicas entre realismo e irrealismo, formalismo e "conteudismo", literatura pura e literatura engajada, ficção de elite e ficção de massa [...]. Eu faria uma analogia com o bom jazz ou com a música clássica: ouvindo-se repetidamente e analisando-se a partitura, descobrem-se muitas coisas que não haviam sido percebidas da primeira vez; mas essa primeira vez deve ser tão arrebatadora — não só para especialistas — que temos prazer em ouvir de novo.

Assim escrevia Barth em 1980, voltando ao tema, mas dessa vez com o título de "A literatura da plenitude". Naturalmente o discurso pode ser retomado com maior gosto pelo paradoxo, conforme faz Leslie Fielder. A revista *Calibano* publica um ensaio seu de 1981 e, recentemente, a nova revista *Linea d'ombra* publica um debate dele com outros autores norte-americanos. Fielder provoca, é óbvio. Elogia *O último dos moicanos*, o romance de aventuras, o gótico, o lixo desprezado pelos críticos, mas que soube criar mitos e povoar o imaginário de mais de uma geração. Pergunta se ainda aparecerá algo como *A cabana do pai Tomás*, que possa ser lido com igual paixão na cozinha, na sala de estar e no quarto das crianças. Põe Shakespeare ao lado dos que sabiam divertir, junto com *E o vento levou*. Todos sabemos que ele é um crítico sutil demais para se acreditar no que diz. Ele apenas quer derrubar a barreira que foi erguida entre arte e agradabilidade. Intui que alcançar um público vasto e povoar seus sonhos hoje talvez signifique ser vanguarda e deixa-nos livres para dizer que povoar os sonhos dos leitores não quer dizer necessariamente consolá-los. Pode querer dizer obsedá-los.

O romance histórico

Há dois anos venho me recusando a responder a perguntas ociosas. Do tipo: "sua obra é aberta ou não?". Que sei eu, isso não é comigo, isso é com vocês. Ou então: "com quais de suas personagens você se identifica?". Oh, Deus, mas com quem se identifica um autor? Com os advérbios, é óbvio.

De todas as perguntas ociosas, a mais ociosa foi a daqueles que sugerem que falar do passado é um modo de fugir do presente. Será verdade? — perguntam-me. É provável, respondo; se Manzoni falou do século XVII foi porque o século XIX não lhe interessava, e o *Sant'Ambrogio* de Giusti fala aos austríacos de seu tempo enquanto, claramente, o *Giuramento de Pontida* de Giovanni Berchet fala de histórias de um tempo passado. *Love Story* empenha-se em seu próprio tempo, enquanto *A cartuxa de Parma* conta apenas fatos acontecidos 25 anos antes... Inútil dizer que todos os problemas da Europa moderna, da maneira como os sentimos hoje, se formam na Idade Média, da democracia comunal à economia bancária, das monarquias nacionais às cidades, das novas tecnologias às revoltas dos pobres; a Idade Média é nossa infância, e é preciso voltar sempre a ela para fazer nossa anamnese. Pode-se, entretanto, falar da Idade Média também no estilo de *Excalibur*. Neste caso, o problema é outro e não pode ser ignorado. O que quer dizer escrever um romance histórico?

Creio que existem três maneiras de narrar literariamente no passado. Uma delas é o *romance*,* desde o ciclo bretão até as histórias de Tolkien, e aí cabe também a *gothic novel*, que não é *novel*, mas, justamente, *romance* nesse sentido. O passado é tomado como cenografia, pretexto, construção fabulística, para dar livre curso à imaginação. Logo, não é sequer necessário que esse tipo de narrativa se desenrole no passado, basta que não se desenrole aqui e agora e que não fale do aqui e agora, nem mesmo por alegoria. Muita ficção científica é puro *romance* nesse sentido. É a história de um alhures.

Em seguida vem o romance de "capa e espada", como o de Alexandre Dumas. Esse tipo de romance escolhe um passado "real" e reconhecível e, para torná-lo reconhecível, o autor o povoa de personagens já registradas na enciclopédia (Richelieu, Mazarino) e as põe a realizar algumas ações que a enciclopédia não registra (o encontro com Milady, os contatos com certo Banacieux), mas pelas quais a enciclopédia não é contradita. Naturalmente, para fortalecer a impressão de realidade, as personagens históricas também farão aquilo que (com a concordância da historiografia) fizeram de fato (sitiar La Rochelle, manter relações íntimas com Ana da Áustria, ter ligações com a Fronda). Nesse quadro ("verídico") inserem-se as personagens fictícias que, porém, manifestam sentimentos que poderiam ser atribuídos igualmente a personagens de outras épocas. O que d'Artagnan faz, recuperando em Londres as joias da rainha, poderia ter sido feito também no século XV ou no XVIII. Não é necessário viver no século XVII para ter a psicologia de d'Artagnan.

No romance histórico, ao contrário, não é preciso pôr em cena personagens reconhecíveis em termos de enciclopédias comuns. Pensemos em *Os noivos*. A personagem mais conhecida é o cardeal Federigo que, antes de Manzoni, era conhecido por pouquíssimos (o irmão dele, San Carlo Borromeo, era bem mais conhecido). Mas tudo o que Renzo, Lucia e o padre Cristoforo fazem só poderia ser feito na Lombardia do século XVII. O que as personagens fazem possibilita entender melhor a história, aquilo que

---

* A palavra romance aqui (no original, romance grifado) faz referência à composição de cunho épico, desenvolvida na Idade Média, em que algumas ficções contemporâneas se inspiram. No parágrafo seguinte a palavra romance (de capa e espada, no original romanzo) é tomada no sentido atual. (*N. da R.*)

aconteceu. Acontecimentos e personagens, apesar de inventados, dizem-nos sobre a Itália da época coisas que os compêndios de história nunca nos haviam dito com a mesma clareza.

É nesse sentido que eu certamente queria escrever um romance histórico, e não porque Ubertino ou Miguel de Cesena tivessem de fato existido e dissessem mais ou menos aquilo que haviam dito de fato, mas porque tudo o que diziam as personagens fictícias como Guilherme poderia ter sido dito naquela época.

Não sei até que ponto fui fiel a esse propósito. Não creio havê-lo traído quando mascarava citações de atores posteriores (como Wittgenstein), fazendo-as passar por citações da época. Nesses casos sabia muito bem que meus medievais não eram modernos, mas que os modernos é que que pensam como medievais. Prefiro perguntar-me se às vezes não dotei minhas personagens fictícias da capacidade de, partindo dos *disiecta membra* de pensamentos completamente medievais, montar alguns híbridos conceituais que, como tais, a Idade Média não reconheceria como seus. Mas creio que um romance histórico tem de fazer isso também: não somente identificar no passado as causas do que aconteceria depois, mas também desenhar o processo por meio do qual aquelas causas foram lentamente produzindo seus efeitos.

Uma personagem minha que comparar duas ideias medievais e extrair uma terceira mais moderna estará fazendo exatamente aquilo que a cultura fez depois, e, se ninguém nunca tiver escrito aquilo que ela diz, é certo que alguém — mesmo que confusamente — poderia ter começado a pensá-lo (ainda que sem o enunciar, tomado por não se sabe quantos temores e pudores).

De qualquer maneira, há uma questão que me divertiu bastante: toda vez que um crítico ou leitor escrevia ou dizia que alguma personagem minha afirmava coisas modernas demais, pois bem, em todos esses casos e justamente neles, eu havia usado citações textuais do século XIV.

E há outras páginas, nas quais o leitor fruiu como refinadamente medievais atitudes que eu senti como ilegitimamente modernas. O fato é que cada um tem sua ideia própria, em geral contaminada, sobre a Idade Média. Só nós, monges daquela época, conhecemos a verdade, mas, dizendo-as, somos às vezes levados à fogueira.

Para terminar

Dois anos depois de escrever o romance encontrei uma anotaçao que fizera em 1953, ainda estudante universitário.

> Horácio e o amigo chamam o conde de P. para resolver o mistério do espectro. Conde de P., fidalgo excêntrico e fleumático. De outro lado, um jovem capitão da guarda dinamarquesa, com métodos americanos. Desenvolvimento normal da ação de acordo com as linhas da tragédia. No último ato, o Conde de P. reúne a família e explica o mistério: o assassino é Hamlet. Tarde demais, Hamlet morre.

Anos depois descobri que Chesterton já tivera uma ideia desse tipo, em algum lugar. Parece que o grupo do OuLiPo construiu recentemente uma matriz de todas as possíveis situações policiais e teria descoberto que ainda falta escrever um livro em que o assassino seja o leitor.

Moral da história: existem ideias obsessivas, que nunca são pessoais, os livros conversam entre si e uma verdadeira investigação policial deve provar que os culpados somos nós.

Trechos em latim traduzidos por Ivone Benedetti

Pág	Latim	Tradução	Autor / Observação
39	In omnibus requiem quaesivi, et nusquam inveni nisi in angulo cum libro	Em tudo procurei descanso e em nada o encontrei, a não ser num canto, com um livro.	Atribuído a Tomás de Kempis.
43	videmus nunc per speculum et in aenigmate	e agora vemos através do espelho e por enigma	Paulo de Tarso, Epístola aos coríntios, I.
45	usus facti	uso de fato	
49	moechus	adúltero, fornicador	
49	unico homine regente	com um único homem a dirigi-las	Roger Bacon. Epistola de secretis operibus artis et naturae.
56	omnis mundi creatura / quasi liber et pictura / nobis est in speculum	toda criatura do mundo / qual um livro, uma pintura, / está para nós como espelho.	Alain de Lille (em latim, Alanus ab Insulis)
56	ut sit exiguum caput et siccum prope pelle ossibus adhaerente, aures breves et argutae, oculi magni, nares patulae, erecta cervix, coma densa et cauda, ungularum soliditate fixa rotunditas	que a cabeça seja pequena e vigorosa, com a pele bem aderente aos ossos, orelhas curtas e agudas, olhos grandes, nariz largo, pescoço ereto, crina espessa no rabo e na cabeça, cascos redondos, sólidos e firmes	Isidoro de Sevilha, "Dos animais", in Etimologias, livro XII.
57	autorictates	autoridades	

60-61	verbum mentis	palavra da mente, conceito	
67	Eris sacerdos in aeternum.	Tu és um sacerdote eterno.	Salmos, 110, 4
68	coram monachis	diante dos monges	
69	Monasterium sine libris est sicut civitas sine opibus, castrum sine numeris, coquina sine suppellectili, mensa sine cibis, hortus sine herbis, pratum sine floribus, arbor sine foliis.	Um mosteiro sem livros é como uma cidade sem riquezas, uma fortaleza sem soldados, uma cozinha sem utensílios, uma mesa sem alimentos, uma horta sem plantas, um prado sem flores, uma árvore sem folhas.	Jakob Louber, Mosteiro da Ordem dos Cartuxos, Basileia.
70	Mundus senescit.	O mundo está envelhecendo.	
74	Pictura est laicorum literatura	A pintura é a literatura dos leigos.	
75	signata quantitas	quantidade designada	Referência à doutrina tomística da individualização da matéria.
76	apta coadunatio	coadunação interligada	Referência à harmonia das vozes.
80	ad placitum	por convenção	
80	disiecta membra	pedaços dispersos	
80	si licet magnis componere parva	se é que é lícito comparar coisas grandes a pequenas	
84	fratres et pauperes heremitae domini Celestini	irmãos e pobres eremitas do senhor Celestino	
86	per mundum discurrit vagabundus	percorre o mundo como errante	
90	Spiritus Libertatis	Espírito da liberdade	Movimento leigo denominado Irmãos do Livre Espírito.
90	homo nudus cum nuda iacebat	um homem nu deitava-se com uma mulher nua	

90	et non commiscebantur ad invicem	e não tinham entre si comércio carnal	
95	lignum vitae	lenho da vida	
96	Quorum primus seraphico calculo purgatus et ardore celico inflammatus totum incendere videbatur. Secundus vero verbo predicationis fecundus super mundi tenebras clarius radiavit.	O primeiro dos quais, purificado pela pedra seráfica e inflamado de ardor celeste, parecia totalmente abrasado. O segundo, fecundo pela verdadeira palavra da pregação, brilhou mais claramente sobre as trevas do mundo.	Ubertino de Casale, Arbor vitae crucifixae Jesu Christi, liv. V, cap. 3.
98	Mors est quies viatoris, finis est omnis laboris.	A morte é o descanso do viajor, é o fim de todas as labutas.	
101	lectio divina	leitura orante	
109	Habeat Librarius et registrum omnium librorum ordinatum secundum facultates et auctores, reponeatque eos separatim et ordinate cum signaturis per scripturam applicatis.	Que o bibliotecário guarde registro ordenado de todos os livros segundo as propriedades e os autores, que os guarde separadamente e em ordem, com sinais aplicados por escrito.	
110	vellum	velo	
113	Verba vana aut risui apta non loqui.	Não dizer palavras vãs ou que provoquem riso.	Regra da Ordem de São Bento, IV, 53.
114	exempla	exemplos	
114	nugae	nugas, ninharias	
122	oculi de vitro cum capsula	olhos de vidro com uma caixinha	
122	vitrei ab oculis ad legendum	vidros de olhos para ler	
122	tamquam ab iniustis possessoribus	tal como [se toma] de proprietários indevidos	

130	Forte potuit sed non legitur eo usus fuisse.	Talvez pudesse, mas não se lê que costumasse.	Pierre le Chantre, Verbum abbreviatum, P.L. v. 205, col. 203.
135	Domine labia mea aperies et os meum annuntiabit laudem tuam.	Ó Senhor, abrirás meus lábios, e minha boca anunciará teu louvor.	Salmo 51, 15.
136	Venite exultemus	Vinde, exultemos	Salmo 95, 1.
137	Deus qui est sanctorum splendor mirabilis e Iam lucis orto sidere.	Deus que é admirável esplendor dos santos; já nasce o astro luminoso.	
141	Credo in unum Deum.	Creio em um só Deus.	
145	infima doctrina	doutrina humilde	
145	figmenta	ficções	
146	naturaliter	naturalmente	
147	Est domus in terris, clara quae voce resultat. / Ipsa domus resonat, tacitus sed non sonat hospes. / Ambo tamen currunt, hospes simul et domus una.	Há uma casa na terra que ecoa com voz clara. / Essa casa ressoa, mas o hóspede, calado, não soa. / No entanto, ambos, hóspede e casa, correm simultaneamente.	
148	finis Africae	confins da África	
154	speculum mundi	espelho do mundo	
155	filii Dei	filhos de Deus	
156	sancti Benedicti	de são Bento	
156	filios Francisci non ereticos esse	que os filhos de Francisco não são hereges	
156	Ille menteur	ele (é) mentiroso	Mistura de latim e francês.

164	fabulae poetae a fando nominaverunt quia non sunt res factae sed tantum loquendo fictae	foram chamadas de fábulas de poeta, do verbo falar, porque não são coisas feitas, mas fingimentos verbais.	Isidoro de Sevilha, Etimologias, 1.40.1.
165	stultus in risu exaltat vocem suam	O estulto eleva a voz quando ri.	Regra de são Bento, Décimo grau de humildade, citação de Eclesiástico, 21, 23.
166	espiritualiter salsa	espiritualmente divertidas	
166	admittenda tibi joca sunt post seria quaedam.	deves admitir as brincadeiras depois de algumas coisas sérias.	
167	Deus non est.	Deus não existe.	
168	ludi	jogos, brincadeiras	
168	Tum podex carmen extulit horridulum.	Então o ânus produziu um canto áspero.	
169	punctum temporis	Lit., ponto de tempo; um instante	
180	ordo monachorum	ordem monástica	
185	ordo Bulgarie [...] ordo Drygonthie	ordem da Bulgária (...) ordem de Dragovitsa	
190	salva me ab ore leonis	salva-me da boca do leão	
193	Hunc mundum tipice laberinthus denotat ille. (...) Intranti largus, redeunti sed nimis artus.	Esse labirinto representa claramente o mundo. (...) Largo para quem entra, mas estreito demais para quem quer sair.	
194	aqua fons vitae	a água é fonte de vida	

198	Mane, Tekel, Fares	contado, pesado, dividido	Variação: mene, tequel, parsim. Inscrição enigmática surgida na parede do rei Belshasar durante um banquete e decifrada por Daniel. Daniel, 5, 25.
201	secretum finis Africae	segredo dos confins da África	
202	Graecum est, non legitur.	É grego, não se lê.	
204	Apocalypsis Iesu Christi	Apocalipse de Jesus Cristo	
205	super thronos viginti quatuor	nos tronos, vinte e quatro [sentados]	Apocalipse 4, 4.
205	nomen illi mors	chamava-se morte	Apocalipse 6, 8.
205	obscuratus est sol et aer	o sol e o ar escureceram	Apocalipse 9, 2.
205	facta est grando et ignis	houve granizo e fogo	Apocalipse 8, 7.
206	in diebus illis	naqueles dias	
206	primogenitus mortuorum	o primogênito entre os mortos	Apocalipse 1, 5.
206	cecidit de coelo stella magna	caiu do céu uma grande estrela	Apocalipse 8, 10.
206	equus albus	cavalo branco	Apocalipse 19, 11.
206	gratia vobis et pax	graça e paz para vós	Apocalipse 1, 4.
207	tertia pars terrae combusta est	a terça parte da terra foi queimada	Apocalipse 8, 7.
208	oculi ad legendum	olhos para ler	
210	requiescant a laboribus suis	descansem de seus trabalhos	Apocalipse 14, 13.
210	mulier amicta sole	mulher vestida de sol	Apocalipse 12, 1.

242	Quod enim laicali ruditate turgescit non habet effectum nisi fortuito.	O que cresce devido à da rudeza dos ignorantes não tem efeitos que não sejam casuais.	Roger Bancon, Compendium Studii Philosophiae, I.
242	Sed opera sapientiae certa lege vallantur et in finem debitum efficaciter diriguntur	Mas as obras da sapiência são consolidadas por uma lei certa e dirigem-se para um fim devido.	Idem.
250	hic lapis gerit in se similitudinem coeli	essa pedra comporta em si semelhança com o céu	Pedro Peregrino, Epistola de magnete.
254	Omnes enim causae effectuum naturalium dantur per lineas, angulos et figuras. Aliter enim impossibile est scire propter quid in illis.	Com efeito, todas as causas dos efeitos naturais são representadas por linhas, ângulos e figuras. De outro modo é impossível saber qual é sua causa.	Guilherme de Ockam.
256	Abbonis est	é de Abão	
256	Sufficit... Vide illuc, tertius equi.	Basta... Vê ali, terceiro (do) cavalo.	Adso ri por causa da forma equi, que não está correta aí. A tradução literal do que Salvatore diz seria "terceiro do cavalo".
259	Penitentiam agite, appropinquabit enim regnum coelorum.	Arrependei-vos, pois está próximo o reino dos céus.	Mateus 3, 2.
262	de hoc satis	basta disso	
267	Pulchra enim sunt ubera quae paululum supereminent et tument modice, nec fluitantia licenter, sed leniter restricta, repressa sed non depressa.	Belos são os seios que sobressaem pouquíssimo e se intumescem com moderação, que não flutuam com licenciosidade, ligeiramente apertados, contidos, mas não caídos.	Frase de Gilbert de Hoyland, cistercience de origem inglesa que morreu em 1153. Faz parte de um comentário ao Cântico dos Cânticos.

272	et ibidem igne et flammis igneis accensis concrematur et comburatur, ita quod penitus moriatur et anima a corpore separetur	E que pelo fogo e pelas chamas acesas arda e queime completamente, para que morra inteiramente e a alma se separe do corpo.	Texto que faz parte dos autos de condenação de Michele Berti.
273	per Dominum moriemur	morreremos pelo Senhor	
279	vis apetitiva	força apetitiva	
281	terribilis ut castrorum acies ordinata	terrível como um exército em formação de batalha	Cântico dos Cânticos, 6, 4.
282	O sidus clarum puellarum (...) o porta clausa, fons hortorum, cella custos unguentorum, cella pigmentaria	Ó estrela clara das donzelas (...) Ó porta fechada, esconderijo de unguentos, celeiro de perfumes.	De um poema medieval, atribuído por alguns a Pedro Abelardo.
282	Oh, langueo (...) Causam languoris video nec caveo	Oh, desfaleço. (...) A causa do desfalecimento eu vejo e não temo.	Da canção Vacillantis trutine, que chegou até nós por meio dos manuscritos de Carmina burana
282	et cuncta erant bona	e todas as coisas eram boas	
284	omnis ergo figura tanto evidentius veritatem demonstrat quanto apertius per dissimilem similitudinem figuram se esse et non veritatem probat	Com efeito, toda figura demonstra a verdade com tanto maior evidência quanto mais abertamente prova, por sua semelhança desigual, que é figura, e não verdade.	Ricardo de São Vítor, em Apocalipse de João.
286	Omne animal triste post coitum.	Todo animal é triste após o coito.	Máxima atribuída a Galeno de Pérgamo.
298	ergo	logo, portanto	
298	Aut semel aut iterum medium generaliter esto.	Ou uma vez ou duas vezes o termo médio precisa ser tomado em sentido geral.	Regra presente em Institutiones logicae et metaphysicae de Theodorus Mang, frade cisterciense do século XVIII.

307	ad mulieres pauperes in villulis	às mulheres pobres nos vilarejos	
307	Peccant enim mortaliter, cum peccant cum quocumque laico, mortalius vero quando cum Clerigo in sacris ordinibus constituto, maxime vero quando cum Religioso mundo mortuo.	Cometem pecado mortal quando pecam com qualquer leigo, mais mortal sem dúvida quando pecam com um clérigo pertencente a uma ordem sagrada, e, o que é mais mortal, quando pecam com um religioso morto para o mundo.	
316	actus appetitus sensitivi in quantum habent transmutationem corporalem annexam, passiones dicuntur, non autem actus voluntatis	os atos do apetite sensitivo, porquanto vêm acompanhados de transmutação corpórea, chamam-se paixões, que não são atos da vontade	Tomás de Aquino, Summa theologica, I, 20.
316	Appetitus tendit in appetibile realiter consequendum ut sit ibi finis motus.	O apetite tende a conseguir realmente o que apetece para que nele esteja o fim do movimento.	Ibidem, I-II, q. 26.
316	Amor facit quod ipsae res quae amantur, amanti aliquo modo uniantur et amor est magis cognitivus quam cognitio.	O amor faz que as próprias coisas que são amadas de algum modo se unam ao amante, e o amor é mais cognitivo que a cognição.	
316	intus et in cute	interior e exteriormente	
317	principium contentionis	origem de conflito	
317	consortium in amato	comunhão com o (ser) amado	
317	propter multum amorem quem habet ad existentia	Por causa do muito amor que tem pelas coisas que existem	Tomás de Aquino, Summa Theologica, q. 28, art. 4, 3.
317	motus in amatum	movimento para o (ser) amado	Idem.

330	corona regni de manu Dei	coroa do reino (recebida) da mão de Deus	
330	diadema imperii de manu Petri	diadema do império (recebido) da mão de Pedro	
330	taxae sacrae poenitentiariae	taxas sagradas da penitência	
343	Oc! Bestiola parvissima est.	Sim, é um bichinho pequeníssimo.	
343	et redet ad bellum	e volta à guerra	
343	et dicunt	e dizem	
346	Hoc spumans mundanas obvallat Pelagus oras / terrestres amniosis fluctibus cudit margines. / Saxeas undosis molibus irruit avionias. / Infima bomboso vertice miscet glareas / asprifero spergit spumas sulco, / sonoreis frequenter quatitur flabris.	Este Pélago espumoso circunda as praias do mundo / e golpeia as margens de terra com ondas torrentosas. / Irrompe com moles ondulantes nos desertos pétreos. / Agita o areal miúdo no ruidoso vértice / salpica espumas no áspero sulco, / frequentemente sacudido por rajadas sonoras.	"De mari". Faz parte de uma das composições poéticas de um conjunto denominado Hisperica Famina (Irlanda, século VII).
346	Primitus pantorum procerum poematorum pio potissimum paternoque presertim privilegio panegiricum poemataque passim prosatori sub polo promulgatas	Em primeiro lugar de todos os poemas próceres e principalmente com piedoso e especial privilégio paterno um panegírio e poemas de diversos lugares, promulgados para o prosador sob o polo.	

347	ignis, coquihabin (quia incocta coquendi habet dictionem), ardo, calax ex calore, fragon ex fragore flammae, rusin de rubore, fumaton, ustrax de urendo, vitius quia pene mortua membra suo vivificat, siluleus, quod de silice siliat, unde et silex non recte dicitur, nisi ex qua scintilla silit. E aeneon, de Aenea deo, qui in eo habitat, sive a quo elementis flatus fertur	"ignis", "coquihabin" (porque a palavra soa semelhante à expressão cozinhar o cru), "ardo", "calax", de calor, "fragon", do fragor da chama, "rusin", de rubro, "fumaton", "ustrax", de queimar, "vitius" porque com sua forma de pênis vivifica os membros mortos, "siluleus" porque sai do sílex e por isso dizer sílex não é correto, a não ser que se tome por aquilo de onde a chispa brota. E "aeneon", do deus Eneias, que o habita ou porque dá alento aos elementos.
347	in nomine patris et filiae	em nome do pai e da filha
350	hic sunt leones	aqui estão os leões
358	nigra et amara	negra e amarga
360	complexio venerea	temperamento erótico
360	intentiones	intenções
375	inimicus pacis	inimigo da paz
389	Nomina sunt consequentia rerum.	Os nomes são consequência das coisas.
408	de dicto	de enunciado, verbal
411	Qui non habet caballum vadat cum pede.	Quem não tem cavalo que vá a pé.
420	planta Dei pullulans in radice fidei	planta de Deus germinada na raiz da fé

424	Abigor, pecca pro nobis... Amon, miserere nobis... Samael, libera nos a bono... Belial eleyson... Focalor, in corruptionem meam intende... Haborym, damnamus dominum... Zaebos, anum meum aperies... Leonardo, asperge me spermate tuo et inquinabor...	Abigor, peca por nós; Amon, tem misericórdia de nós; Samael, liberta-nos do bem; Belial, tem piedade; Focalor, guia-me na minha depravação; Haborym, condenemos o Senhor; Zaebos, abrirás meu ânus; Leonardo, derrama sobre mim teu sêmem e ficarei maculado.
425	cingulum diaboli	cinturão do diabo
445	sederunt	sentaram-se
446	Sederunt principes / et adversus me / loquebantur, iniqui. / Persecuti sunt me. / Adjuva me, Domine, / Deus meus salvum me / fac propter magnam misericordiam tuam	Os príncipes sentaram-se / e contra mim / falaram, os iníquos. / Perseguiram-me. / Ajuda-me, Senhor, / Meu Deus, salva-me / com tua grande misericórdia.	Salmos, 119,23.
459	minimas differentias odorum	mínimas diferenças de odores
464	Age primum et septimum de quatuor.	Aperta o primeiro e o sétimo de quatro.
464	in finibus Africae, amen	nos confins da África, amém
465	vitra ad legendum	vidros para ler
466	nigra sed formosa	negra, mas formosa	Cântico dos cânticos, 1, 5.
467	unico homine regente	com um só homem a dirigir
470	mors est quies viatoris, finis est omnis laboris	a morte é o descanso do viajor, o fim de todo labor

471	Ut cachinnis dissolvatur, torqueatur rictibus.	Que seja dissolvido quem ri e retorcido pelo ricto labial.	Coena Cypriani, 29.
471	Lacrimosa dies illa / qua resurget ex favilla / iudicandus homo reus: huic ergo parce deus! / Pie Iesu domine / dona eis requiem.	Dia de lágrimas aquele / em que ressurja das cinzas / o homem culpado, para ser julgado: / então Deus o perdoa! / Oh, piedoso senhor Jesus! / Dá-lhes descanso.	
473	ioca monachorum	divertimentos dos monges	
473	Ludere me libuit, ludentem, papa Johannes, accipe. Ridere, si placet, ipse potes.	Gosto de brincar; acolhe o brincalhão, papa João. Se te aprouver, podes rir.	
473	Ridens cadit Gaudericus / Zacharias admiratur, / supinus in lectulum / docet Anastasius…	O risonho Gauderico cai / Zacarias se surpreende, / de costas na caminha / Anastásio ensina.	
475	liber acephalus	livro acéfalo	
481	vox, flatus, pulsus	voz, sopro, pulsação	
494	suppositio materialis	suposição material	
494	de dicto	de enunciado, verbal	
494	de re	da coisa	
509	stupra virginum et amores meretricum	estupros de virgens e amores de meretrizes	
515	de toto corpore fecerat linguam	fez do corpo todo língua	Palavras de Tomás de Celano sobre são Francisco.
530	Non in commotione, non in commotione Dominus.	Não na agitação, o Senhor não está na agitação.	3 Reis, **19, 11** da Vulgata.
533	res nullius	coisa de ninguém	
536	disjecta membra	pedaços dispersos	
536	tolle et lege	pega e lê	

537	Est ubi gloria nunc Babylonia?	Onde está agora a glória, Babilônia?	
537	O quam salubre, quam iucundum et suave est sedere in solitudine et tacere et loqui cum Deo	Oh, como é salutar, feliz e suave estar sentado na solidão, calar e falar com Deus	Tomás de Kempis, Viator christianus reta ac regia in caelum via tendens, VII.
545	quare in pueritia coitus non contingat	por que na infância não ocorre o coito	Honório de Autun, Operis pars I, liv. IV, cap. IX.
548	Rem tene, verba sequentur.	Possui a coisa, e as palavras se seguirão.	Máxima atribuída a Catão.

Este livro foi composto na tipografia
Minion Pro, em corpo 11/15 e impresso em
papel off-white no Sistema Cameron da
Divisão Gráfica da Distribuidora Record.